레 미제라블 5

레 미제라블 5

빅토르 위고 지음 | 베스트트랜스 옮김

더클래식

| 차례 |

1. 시가전

생 앙투안의 바리케이드와 탕플 교외의 바리케이드

사회적 병폐를 살피는 자가 먼저 손꼽는 가장 중요한 두 개의 바리케이드는 이 이야기가 벌어지는 시기와는 전혀 연관이 없다. 그 두 바리케이드는 각자 다른 모습으로 무서운 사태를 상징하며, 둘 다 역사상 가장 큰 시가전인 1848년 6월의 숙명적인 반란이 일어났을 때 땅에서 솟구치듯 느닷없이 등장했다.

어느 주의 주장을 반대하고, 자유와 평등과 박애를 부정하며, 보통선거를 반대하고, 만인에 의한 만인의 정부까지도 부정하면서 스스로의 고민, 실의, 결핍, 흥분, 빈곤, 독기, 무지, 암흑의 밑바닥으로부터 좌절하는 위대한 자들이라고 말할 수 있는 천민들은 항의의 말을 외치고, 하층민들은 일반 민중에게 맞서는 사태가 종종 일어난다.

건달들은 대중의 권리를 공격하고, 정치는 민중에게 대항하는 것이다. 이거야말로 애통한 싸움이다. 그 광란 속에서도 어느 정도의 정당함이 있고, 싸움에는 자살 행위가 있기 때문이다. 그리고 부랑자, 천민, 어리석은 집단, 하층민이라는 욕된 낱말들은 비참하게도 고통받는 사람들의 죄보다는 통치하는 사람들의 죄를, 다시 말해 무산자들의 죄보다 통치자들의 죄를 증명하는 것이다.

그렇기 때문에 우리는 그런 낱말에 대해 고통과 경의를 느낀다. 왜냐하면 철학은 그와 같은 낱말의 의미 속에서 비참함과 같이 때때로 많은 위대함을 알아내기 때문이다. 아테네는 어리석은 집단이었다. 부랑자는 네덜란드를 세웠고, 하층민들은 여러 번 로마를 구했다. 그리고 천민들은 예수 그리스도의 뜻을 따랐다.

하층사회의 위대함을 모르는 철학가는 없다.

아마도 성 히에로니무스가 생각한 것도 바로 그런 천민이었을 것이다. 그가 '도시의 찌꺼기야말로 이 세상의 법이다'라는 신기한 말을 했을 때, 그는 사도(使徒)들과 순교자를 낳은 그 모든 가난한 자들이며, 부랑아며, 비참한 자들을 생각했던 것이다.

고통으로 피 흘리는 이 민중들의 분노, 스스로의 목숨 같은 주의에 대항하는 그 폭력, 법에 맞서는 폭력, 이런 것들이 민중의 반란이며, 그것은 모름지기 막아야 한다. 착실한 사람은 그것을 막기 위해 몸을 바치고, 민중을 사랑하기 때문에 오히려 민중과 싸운다. 그러나 싸우면서도 민중을 용서해야 한다고 생각하는 것이다! 반항하면서도 그 민중을 존중하는 것이다! 그야말로 자기의 몫을 다하면서도 아주 가끔 자기의 발목을 잡아채듯 미지의 불안의 그림자를 느끼는 것은 그것 때문이다. 인간은 고집을 부린다. 또 응당 그래야 한다. 그렇지만 고집을 부리면 본심은 흡족하나 마음 한구석은 씁쓸하다. 그러니 의무를 다하면서도 깊은 슬픔이 마주치는 것이다.

1848년 6월의 폭동은—어서 이 말을 해 둬야겠다.—특별한 사건이고, 역사와 철학 속에서 다른 사건과 비교할 수 없다. 우리가 앞서 설명한 모든 것은 신성한 노동권에 대해 주장하고 권리를 요구한 이 특별한 폭동에는 제외되어야 한다. 이 폭동은 사람들이 진압할 수밖에 없었다. 그것은 의무였다. 왜냐하면 그 폭동은 공화국에 대항했기 때문이다. 그렇다면 1848년 6월이란 근본적으로 뭔가? 그것은 민중 스스로를 향한 민중의 반항이었다.

주제를 명확히 하는 한 이야기는 벗어나지 않는다. 그래서 지금, 얘기한 참에 이 반란의 특징을 이룬 그 특별한 두 개의 바리케이드에 잠깐 독자의 관심을 돌리려 함을 이해해 주기 바란다. 이 두 바리케이드야말로 1848년 6월의 특성을 나타내 주는 것이다.

그중 하나는 생 앙투안 성새의 담 바깥에 있는 입구를 차단하고 있었고, 다른 하나는 탕플 성새의 담 바깥을 막고 있었다. 빛나는 6월의 하늘 아래 솟아 있는 내란이 만든 그 두 개의 걸작을 직접 본 사람들은 영원토록 그것을 잊어버리지 못할 것이다.

생 앙투안의 바리케이드는 괴물처럼 보였다. 약 4층 건물만큼 높았고 폭은 거의 700피트에 달했다. 그것은 담 바깥에 있는 넓은 입구를, 즉 세 개의 거리를 한 구석에서 다른 구석까지 가로막고 있었다. 움푹 패고, 잘리고, 들쭉날쭉하고, 동강 나고, 커다랗게 뚫린 곳은 총을 겨누는 구멍이 되어 있고, 그것들이 각자 성새를 만들고 있는 여러 개의 돌무더기로 받쳐져 여기저기 돌출부가 있고, 뒤로는 큰 집 두 채가 나와 있었는데, 7월 14일(1789년)의 무대가 되었던 그 무시무시한 장소 안에 큰 제방처럼 솟아 있었다. 그 주요 바리케이드 저쪽, 거리 안으로는 열아홉 개의 작은 바리케이드가 겹쳐 있었다. 그것은 보기만 해도 스스로 죽음을 원하는 생각을, 마지막 순간에 이른 죽음의 크나큰 고통을 그 성새 담 바깥에서 맛볼 수 있었다.

그 바리케이드는 무엇으로 세워졌는가?

누군가는 7층 높이의 건물 세 채를 일부러 무너뜨려서 세운 것이라고 했다. 또 누군가는 별의별 분노가 가져온 기적의 산물이라고 했다. 그것은 모든 증오의 건축물처럼 처참함을 갖고 있었다. 폐허였다.

바리케이드를 만든 자를 질문할 수 있다면, 그것을 파괴한 자도 질문할 수 있다. 바리케이드는 즉흥적인 흥분의 결과물이었다.

보라! 저 문을! 저 문턱을! 저 차양을! 저 철책을! 저 무너진 화로를! 저 깨진 냄비를! 전부 내보여라! 전부 던져 넣어라! 전부 밀어라! 굴려라, 파헤쳐라, 벗겨라, 뒤엎어라, 허물어라! 바리케이드는 길바닥 돌과 깨진 돌과 들보와 철봉과 걸레 조각이며 깨진 유리 파편, 짚이 빠져 버린 의자, 양배추의 속대, 누더기, 그리고 저주의 합작품이었다.

바리케이드는 위대하고도 작았다. 마구 뒤섞인 것들이 그 자리에서 바로 만든 깊은 심연이었다. 좁쌀만 한 것들 앞에 있는 큰 덩어리, 부서진 벽 소각에 깨진 회분도 있었다. 모든 깨진 조각의 위협적인 화합이었다. 시시포스는 거기에 바위를 넣었고, 욥은 유리병 파편을 집어넣었다. 요컨대 정말 무서운 것이다. 그것은 걸인들의 아크로폴리스였다. 뒤집어진 짐마차가 그 비탈면을 울퉁불퉁하게 만들었다. 커다란 이륜마차 한 대가 바퀴 굴대를 위로 뻗치고 옆으로 내던져져 그 여러 가지가 혼합된 정면에 상처가 난 것처럼 보이게 했다. 마치 미개한 건축가들이 공포에 장난을 치려는 듯, 인력으로 잡동사니 산의 정상까지 올려서 지금은 끌 말도 없는 채를 하늘에 있는 말에게라도 내밀고 있는 듯했다. 그 어마어마한 퇴적물, 폭동의 덩어리는 보는 이에게 모든 혁명의 펠리온 산 위에 오사 산을 포개 놓은 것을 떠올리게 했다.

1789년 위에 놓은 1793년, 8월 10일(1792년) 위에 포개진 공화(共和) 열월(熱月) 9일(1794년 7월 27일), 1월 21일(1793년) 위에 포개진 공화 무월(霧月) 18일(1799년 11월 9일), 공화 초월(草月)(1795년 5월)위에 포개진 공화 장월(檣月)(1795년 10월), 1830년 위에 포개진 1848년들이었다. 그 장소는 그 정도 노력을 기울일 만큼 가치 있는 곳이고, 그 바리케이드는 바스티유 감옥이 사라진 바로 그곳에 세워지기에 손색이 없었다. 만약, 대양이 방파제를 세운다면 아마 꼭 이렇게 만들 것이다. 미친 듯이 일렁이는 물결이 그 괴상한 장애물에 달라붙어 있었다. 성난 파도란? 바로 하층의 민중들이었다. 그 앞에 서면 마치 돌처럼 딱딱한 힘찬 외침을 듣는 것 같았다.

이 바리케이드 위에서 윙윙대는 벌 소리가 나는 듯했다. 마치 어마어마한 검은 벌떼가 벌집에서 윙윙 나는 것 같았다. 가시밭이었는지? 바쿠스 기일이었는지? 요충지였는지? 정신을 홀리는 날갯짓으로 쌓은 듯했다. 그 각면보(各面堡) 안에는 쓰레기 더미가 있고, 그 퇴적물 더미 속에는 올림포스의 전당이 있었나. 그 절망에 싸인 혼란 속에는 지붕의 서까래, 벽지가 발린 고미다락방의 벽 조각, 부서진 잡다한 물건 속에 포탄을 막으려 세운 유리가 고스란히 붙어 있는 창틀 벽에서 뗀 벽난로, 옷장, 탁자, 의자, 요란스레 엉망이 된 큰 혼잡, 또한 거지조차도 거들떠보지 않을 분노와 허무를 한꺼번에 담은 수많은 너저분한 잡동사니가 있었다. 그것은 민중의 누더기, 나무와 쇠와 구리와 돌로 만든 누더기 같았으며, 또 생 앙투안이 그 거리의 참담한 생활의 부스러기를 바리케이드로 만들어서 엄청나게 큰 빗자루로 입구에 쓸어 놓은 듯했다.

목 베는 작두 같은 쇠붙이, 풀린 쇠사슬, 교수대 같이 기름나무가 그대로 붙어 있는 판자 틀, 파괴된 굴대에서 직선으로 뻗어 나온 수레바퀴, 그런 것들이 이 무정부 상태의 건물에 민중들이 참고 인내해 온 오랜 고통의 검은 그림자를 드리우고 있었다. 생 앙투안의 바리케이드는 별의별 것을 무기로 삼고 있었다. 거기에서 내란이 사회에 던질 수 있는 모든 것이 나오고 있었다. 그것은 싸움이 아니라 발작하는 분노였다. 그 각면보를 보호하는 기총들은 그 속에 섞여 있는 몇 자루의 구식 산탄총과 함께, 사기 그릇 파편이나 뼈다귀, 상의 단추나 더욱이 구리의 독성 때문에 위험한 포탄이 되는 침실 탁자 다리에 달린 바퀴까지도 닥치는 대로 쏘아 댔다.

그 바리케이드는 미치고 있었다. 형언할 수 없는 절규가 구름 위까지 치솟았다. 때로는 군대를 공격하며 민중과 태풍 같은 광란 속에 휩싸일 때도 있었다. 붉게 달아오른 얼굴들이 그 맨 위까지 뒤덮여 있었다. 개미 떼 같은 무리가 그곳에 바글바글 넘쳐 있었다. 그 맨 위는 총, 사벨, 곤봉, 도끼, 창, 총칼로 가시가 돋친 것 같았다.

큰 붉은 깃발 하나가 바람에 나부끼고 있었다. 호령 소리, 진격의 노래, 북소리, 아녀자들의 울음소리, 배가 고픈 사람들의 텅 빈 웃음소리가 들렸다. 그 바리케이드는 비정상적으로 활기에 차 있고, 마치 천둥 치는 검은 구름과 같이 섬광을 번쩍이고 있었다. 혁명 정신으로 만들어진 검은 구름이 그 위를 뒤덮고 있었는데 신의 목소리와 비슷한 민중의 목소리가 울려 퍼졌나. 밀도 인 되게 무너진 쓰레기 더미에서 이상하게 웅장한 공기가 빠져나왔다. 그것은 쓰레기 더미인 동시에 시나이 산이었다.

이미 말했듯이 그 바리케이드는 대혁명의 이름을 걸고 혁명을 친 게 아니고 뭐겠는가. 그 바리케이드는 우연성이었고, 혼란이었고, 술렁임이고, 오해였으며, 입헌 의회를, 민중의 주권을, 보통선거를, 국민을, 공화국을 상대로 싸웠다. 그것은 '라 마르세예즈(프랑스 국가)'에 대드는 '카르마뇰(프랑스 혁명가)'이었다.

어리석은 도전이었으나 용맹무쌍했다. 그 이유는 이 역사적인 성새는 영웅 같았기 때문이다.

성새의 담장과 각면보는 서로 협력하고 있었다. 성새 담장은 각면보에 의지하고, 각면보는 성새 담장을 거점으로 두고 있었다. 넓은 바리케이드는 아프리카 장수들의 병법까지도 깨뜨린 벼랑처럼 솟아나 있었다. 그 동굴, 그 혹, 그 돌출물, 그 솟구친 것들이 얼굴을 찌푸리고 화약 연기 속에서 비웃음을 짓고 있었다. 산탄은 자취도 없이 사라지고, 허망하게 그 속에 떨어진 포탄은 먹히고, 탄환은 그저 구멍을 내는 것에 지나지 않았다. 마구 뒤섞인 것들에 총을 쏜들 뭣하겠는가? 매우 잔인한 전쟁이 낯설지 않는 여러 군대도 멧돼지처럼 털을 곤두세우고, 산처럼 큰 그 짐승과 같은 각면보를 불안한 눈으로 지켜볼 뿐이었다.

그곳에서 1킬로미터쯤 떨어진 저수탑 분수 근처 큰길로 가는 탕플 거리의 모퉁이에 서서, 달르마뉴 가게의 진열창이 돌출된 부분 밖으로 용감히 머리를 내밀고 보면, 멀리 운하 저쪽 벨빌의 언덕을 올라가는 거리 가운데, 언덕 위쪽에 높이가 3층 건물에 이르는 이상한 장벽이 보였다. 그 벽은 양쪽의 집들을 잇는 것 같았는데 흡사 거리를 갑자기 막기 위해서 가장 높은 벽을 꺾어 놓은 듯이 보였다. 하지만 그 벽은 실상 길바닥의 포석을 가지고 만들어졌다. 곧고 규칙적이며, 빈틈없고, 수직으로 돼 있고, 측량해서 먹줄로 줄을 긋고, 추를 달아 똑바로 쌓은 벽 같았다. 시멘트는 안 썼으나, 그렇다고 해서 로마식 벽처럼 건물의 단단함에는 흠이 없었다. 그 높이를 미루어 보아 그 안의 깊이도 꽤 될 것으로 예상됐다. 맨 위는 수학적으로 땅바닥과 나란했다. 회색빛 표면 이곳저곳에 거의 보이지 않는 검은 실처럼 총구멍이 줄지어 있고, 그 총구멍은 같은 간격으로 뚫려 있었다.

거리에는 사람의 흔적이라곤 없었다. 창이며 문들은 죄다 잠겨 있었다. 그리고 안쪽 깊숙이 선 장벽이 그 거리를 막다른 골목으로 만들었다. 벽은 고요하고 꼼짝하지 않았다. 아무도 찾을 수 없었고 어떤 소리도 들을 수 없었다. 외침도, 물건 소리도, 숨 쉬는 소리도 안 들렸다. 흡사 무덤 속인 듯했다.

눈부신 6월의 해가 그 무시무시한 곳에 빛을 비추고 있었다.

그것은 탕플 성새 담장 바깥에 있는 바리케이드였다.

그곳에 들어와 그것을 쳐다보면, 제 아무리 담대할지라도 그 신비로움 앞에서 생각에 깊이 빠질 수밖에 없다. 그것은 잘빠지고, 딱 맞게 끼워지고, 나란하게 기왓장이 뒤집혀 있어서 직선적이고, 양쪽 틀이 꼭 맞춰 있었지만 을씨년스러운 분위기가 있었다. 과학적인 이론과 어둠이 그곳에 꽉 차 있었다. 그 바리케이드의 대장은 기하학자이거나 또는 귀신일 거라고 생각되었다. 사람들은 그것을 쳐다보고, 낮게 소곤댔다.

간혹 병사나 장교, 또는 민중의 대표인 대의원이 용감하게 그 쓸쓸한 큰길을 지나가려 하면, 바람을 끊는 희미하고 날 선 소리에 그 사람은 다치거나 죽었다. 다행히 모면했을 때에는 닫힌 덧문이나 벽돌 사이, 또는 회반죽벽 어딘가에 총알이 박히는 것을 보았다.

가끔은 머스켓 탄환도 있었다. 그것은 바리케이드의 많은 사람들이 무쇠 두 개로 만든 가스관의 한쪽을 잘라 천 조각과 진흙으로 막아서 작은 총대 두 자루를 만들었기 때문이다.

괜히 화약을 허비하지는 않았다. 총알은 대부분 적중했다. 시체가 이곳저곳에 즐비하고 피가 포석 위에 흥건했다. 작가는 거리 곳곳을 날아다니던 흰나비 한 마리를 기억하고 있다. 여름은 어디에서든 여느 때와 같았다.

인근의 집 현관문 앞에는 다친 사람들이 바글바글했다. 거기서는 보이지 않는 무언가의 표적이 되고 있음이 저절로 느껴지고, 틀림없이 총살될 것 같았다.

탕플 성새의 담장 밖, 입구에서 운하의 아치형 다리를 이루는 나귀 등처럼 솟아오른 곳 뒤에는 공격 부대의 군사들이 모여 그 음산한 각면보, 그 꼼짝 않는 물체, 죽음의 그림자가 어른거리는 그 비정한 장소를 엄중하면서도 성실히 감시하고 있었다. 몇몇은 납작 엎드려서 모자가 보이지 않도록 주의하면서 다리의 굴곡 맨 위까지 기어갔다.

용감한 몽테나르 대령은 전율하며 그 바리케이드에 감탄하고 있었다.

"정말 잘 만들었어요!"

어느 대의원을 향해 말했다.

"포석이 빠진 곳은 한 곳도 없습니다. 꼭 도자기처럼 매끈하군요."

이때 총알 하나가 그의 가슴에 다린 십자 훈장을 뚫고 지나갔다. 대령은 고꾸라졌다.

"비겁한 자식!"

어떤 이가 외쳤다.

"얼굴을 보여라! 모습을 나타내라! 겁쟁이야! 숨지 말고 나와!"

탕플 성새 담장 밖의 바리케이드를 지키던 80명은 1만 명의 공격을 사흘 동안 버텼다. 나흘째가 되자 공격군은 자차와 콩스탄틴의 때와 같은 전술로 집마다 구멍을 뚫고 지붕에 올라가서 바리케이드를 함락했다. 80명의 '비겁자'는 한 명도 달아나려 하지 않았다. 그들은 잠시 후에 말할 대장 바르텔미만이 빠져나오고, 전부 거기에서 싸우다 죽었다.

생 앙투안의 바리케이드는 우레처럼 야단스레 울렸고 탕플의 바리케이드는 침묵했다. 이 두 개의 각면보 사이에는 잔인함과 처참함이 달랐다. 하나는 사나운 야수의 입이고, 또 하나는 가면과 같았다.

이 어둡고 규모가 큰 6월의 반란이 하나의 분노와 하나의 수수께끼로 돼 있다고 한다면, 앞의 바리케이드 안에서는 용을, 뒤의 바리케이드 이면에는 스핑크스를 떠올릴 수 있었다.

이 두 요충지는 쿠르네와 바르텔미라는 두 남자에 의해서 세워진 것이다. 쿠르네는 생 앙투안의 바리케이드를, 바르텔미는 탕플의 바리케이드를 세웠다. 그 두 방어막은 그것을 세운 사람의 모습을 담고 있었다.

쿠르네는 키가 컸다. 떡 벌어진 어깨, 불그레한 얼굴, 억센 손에 용맹하고 충실한 영혼과 진지하고 매서운 눈을 갖고 있었다. 또 대범하고, 힘이 세고, 화를 잘 내고, 괄괄한 성격이었다. 인간으로서는 매우 진실했으나, 전투원으로서는 매우 무서웠다. 전쟁, 투쟁, 싸움이 그에겐 어울렸으며 그를 기분 좋게 만들었다. 과거에 해군 장교였던 그의 행동이나 목소리만 들어도 그가 바다에서 왔다는 것, 폭풍우와 싸우며 살았다는 것을 알 수 있었다. 그는 바다 위의 큰 폭풍우 바람을 땅 위의 전쟁에 불어넣었다. 신성(神性)을 빼면, 당통 안에 헤라클레스적인 것이 있었듯이, 천재성을 빼다면 쿠르네 안에는 당통적인 것이 있었다.

바르텔미는 바짝 마르고, 약하고, 핼쑥하며, 조용한 소위 불우한 부랑아였다. 언젠가, 한 경찰에게 뺨을 맞은 것에 앙심을 품고 그 경찰을 노리고 기다렸다가 그를 죽였다. 그래서 열일곱 살에 감옥에 갇혔다. 그는 감옥에서 풀려나자 이 바리케이드를 세웠던 것이다.

훗날, 두 사람 모두 추방되어 런던으로 갔는데 무슨 일 때문이었는지, 바르텔미는 쿠르네를 죽였다. 처절한 싸움이었다. 그 후 며칠 만에 얄궂은 치정 관계에 얽혀서 프랑스 법정은 정상참작을 해 주었지만, 영국 법정은 사형을 선고하여 결국 바르텔미는 교수형에 처해졌다.

완벽한 지성과 강직한 성품의 인간이었고 위대할 수도 있는 이 불행한 인간은 부소리한 사회제도, 물질적 결여와 정신적 어둠 때문에 프랑스 감옥에서 시작하여 영국의 교수대에서 사라진 것이다. 바르텔미는 무슨 일이 있어도 오직 한 가지 깃발만 달았는데 그것은 검은 깃발이었다.

구렁텅이 속에서나 말할 수밖에

16년이란 시간은 지하에서 폭동을 교육하는 기간으로서는 꽤 길었으므로 1848년 6월은 1832년 6월보다도 폭동에 관해 더 많이 알고 있었다. 그러므로 샹브르리 거리의 바리케이드는 방금 설명한 두 개의 큰 바리케이드에 비하면 하나의 출발이고 태아에 불과했다. 하지만 그때로선 무서워할 만했다.

마리우스는 어떤 것에도 신경을 쓰지 않았으므로, 폭도들은 앙졸라의 지휘대로 어둠을 타서 움직였다. 바리케이드는 고쳐졌을 뿐만 아니라 보강되었다. 높이도 2피트나 되었다. 작은 자갈밭 중간에 세워진 철 구조물은 꼭 꽂아 놓은 창처럼 보였다. 이곳저곳에서 별의별 부스러기들을 날라다가 덧붙였기 때문에 겉모양은 점차 더 복잡해졌다. 각면보의 안은 벽처럼, 밝은 가시덤불처럼 교묘하게 바뀌었다.

성벽과 같이 위로 오를 수 있는 자갈밭의 계단도 다시 만들어졌다.

모두가 바리케이드를 고치고, 주점 아래층의 홀을 치우고, 부엌을 야전병원으로 꾸며 다친 사람들을 치료하고, 마룻바닥이며 식탁 위에 흩어진 화약을 쓸어 모아 탄환이나 탄약통을 만들고, 붕대를 만들고, 적이 버리고 간 무기를 나누고, 각면보 안을 청소하고, 파편을 쓸어 담고, 시신을 치웠다.

시신은 아직도 그들의 구역인 몽데투르 골목 안에 있었다. 그곳의 자갈밭은 그 후로도 오래도록 붉게 물들어 있었다. 사망자 중에는 시골 출신인 국민병 네 명이 섞여 있었다. 앙졸라는 그들의 군복을 갖고 있도록 했다.

앙졸라는 두 시간 동안 모두에게 자라고 말했다. 앙졸라의 말은 명령이었지만 서너 명만이 그에 따랐다. 푀이는 그 두 시간 동안 주점 맞은편에 이런 글씨를 새기며 보냈다.

민중 만세!

그 글귀는 못으로 돌에 새겼는데, 1848년까지도 아직 그곳에 그대로 남아 있었다.

주점의 세 여자는 전쟁이 멈춘 밤사이 행적을 숨기고 다시 오지 않았다. 그래서 폭도들은 마음이 훨씬 가벼워졌다. 그녀들은 인근의 인가로 몸을 피했던 것이다.

다친 사람 대부분은 여전히 싸울 힘과 의지를 보이고 있었다. 야전병원이 된 부엌이 이불이나 짚 더미 위에는 중상자 다섯이 누워 있었다. 그 가운데 둘은 시민병이었다. 시민병은 먼저 치료를 받았다.

아래층 홀에는 천으로 덮여 있는 마뵈프와 기둥에 묶인 자베르밖엔 없었다.

"이곳이 영안실이야."

앙졸라가 입을 뗐다.

촛불 하나가 흐릿하게 비추는 그 홀에는 안쪽 깊숙이 시체를 눕힌 식탁이 기둥 뒤에 가로대처럼 놓여 있고, 서 있는 자베르와 누워 있는 마뵈프는 마치 큰 십자가처럼 희미하게 보였다.

합승마차의 채찍은 총에 맞아서 끝이 부러졌지만, 아직 깃발을 매달 정도의 길이는 되었다.

사기가 한 말은 반드시 지킨다는 지도자다운 자질을 지닌 앙졸라는 전사한 노인의 구멍 난 피투성이 옷을 깃대에 묶었다.

모두 먹을 수 없었다. 빵과 고기도 없었다. 바리케이드 안의 50명의 사내는 이곳에 온 열여섯 시간 동안에 주점에 있던 부실한 음식물을 전부 먹어치운 것이다. 어느 때가 되면 완강히 저항하던 바리케이드 안의 사람들도 메뒤즈호의 뗏목처럼 힘이 없어지기 마련이다. 그들은 배고픔을 견딜 수밖에 없었다. 그들은 자신의 욕심이나 이기심을 이겨 내야 하는 비장한 6월 6일을 보내고 있었다. 그날 생 메리의 바리케이드에서 굶주림을 이기지 못한 폭도들에 에워싸인 잔이, "빵을 달라!" 하고 외치는 자들에게 "뭐라고요? 지금이 3시예요. 우리는 4시엔 죽을 거예요." 하고 말했던 것이다.

이미 남은 음식이 없었기 때문에, 앙졸라는 음주를 금지했다. 포도주를 금하고 브랜디를 조금씩 돌렸다.

주점 지하 창고에서 단단히 봉해 있는 술병을 열다섯 병이나 찾아냈다. 앙졸라와 콩브페르가 그것을 확인했다. 콩브페르는 지하실을 나오며 이야기했다.

"향료품을 팔던 위슐루 영감의 예전 밑천이야."

"그건 분명히 포도주야."

보쉬에가 대답했다.

"그랑테르가 자고 있길 천만다행이야. 그가 안 잔다면 술이 남아나지 않을걸."

여러 불평도 있었지만 앙졸라는 열다섯 개의 병을 따지 못하게 하고 누구도 손대지 못하게 해서 신성한 것으로 생각하도록 마뵈프 영감이 누워 있는 식탁 아래에 모두 두었다.

새벽 2시 무렵 점호를 했나. 아직 서른일곱 명이 살아 있었다.

날이 차츰 밝아 왔다. 자갈로 에워싼 상자 안에 켜져 있던 횃불도 방금 꺼 버린 참이었다. 거리에서 멀리 떨어진, 작은 안마당 같은 바리케이드 안은 새벽녘의 어스름한 어둠 속에서 부서진 배의 갑판과도 같은 모습을 내보이고 있었다. 동료들은 검은 그림자같이 오갔다. 그 무서운 어둠의 소굴 위로는 높은 집들이 푸르스름하게 보였고, 맨 위에는 굴뚝이 희읍스름하게 보였다. 하늘은 희지도 푸르지도 않은 묘하고 매력적인 몽롱한 색깔을 띠고 있었다. 새들이 지저귀며 그 위를 날고 있었다. 바리케이드 뒤에 늘어선 높은 집들은 동쪽을 향해 있었으므로 지붕에 붉은 햇살을 받고 있었다. 4층 창문에는 어제 죽은 노인의 회색 머리칼이 아침 바람에 흩날리고 있었다.

"횃불을 꺼 준 누군가가 고맙군."

쿠르페락이 푀이에게 이야기했다.

"바람에 일렁이는 횃불이 싫어. 마치 겁을 먹은 것 같았어. 횃불 빛은 비겁한 자의 지혜야. 흔들리기 때문에 아무리 해도 밝게 비추지는 못하니 말이야."

새벽은 새들과 더불어 사람들의 정신도 깨운다. 모두 말을 주고받았다.

물받이 위를 어슬렁거리는 한 마리의 고양이를 본 졸리는 거기에서 철학을 찾아냈다.

"고양이가 뭔가?"

그는 말했다.

"하나의 수정물(修正物)이지. 하느님이 쥐를 창조하고 나서, '내가 잘 못했군.' 하고 고양이를 창조하신 거야. 고양이, 그것은 쥐의 개정표(改正表) 같은 거야. 쥐에다 고양이를 더해야 마침내 천지창조가 바르게 고쳐지는 거지!"

학생들과 노동자에 둘러싸인 콩브페르는 장 플루베르, 바오렐, 마뵈프에 관해서, 심지어 카뷕 같은 죽은 자에 관해 말하고 있었으며, 또 앙졸라의 엄중한 비극에 관해서도 말했다.

콩브페르는 이야기했다.

"하르모디오스와 아리스토지톤, 브루투스, 케레아스, 스테파누스, 크롬웰, 샤를로트 코르데, 샹드, 이들은 전부 살인한 후에 고통의 시간을 보냈단 말이야. 우리 인간의 마음이란 정말 상처 입기 쉽고 삶이란 정말 알수 없는 거야. 공공의 복리를 위해 죽인 것조차, 심지어 해방이나 구제를 목적으로 죽인다 하더라도, 한 사람을 살인했다는 양심적인 죄책감은 인류에게 이바지했다는 기쁨보다 훨씬 큰 법이야."

그리고 이런저런 말을 주고받았는데, 이윽고 플루베르의 시(詩)에 대해 말하고, 베르길리우스의 작품인 《게오르기카》를 번역한 자들을 비교한 후, 말필라트르가 해석한 몇 구절을, 그중에서도 특히 카이사르의 죽음에 관해 널리 알려진 문장을 두고 로와 쿠르낭을 드릴과 비교했다. 그리고 이 카이사르라는 한 단어로 이야깃거리는 다시 브루투스에게로 넘어갔다.

"카이사르는."

콩브페르가 입을 뗐다.

"정당하게 죽은 거야. 키케로는 카이사르에게 잔인하게 말했으나 그건 정당했어. 그 잔인한 말은 절대 혹평이 아니야. 조일루스가 호메로스를 욕하고, 메비우스가 베르길리우스를 욕하고, 비제가 몰리에르를 욕하

21

고, 교황이 셰익스피어를 악평하고, 프레옹이 볼테르를 욕한 것은 예전부터 표현한 증오야. 천재는 욕을 듣고 위인은 어느 정도 혹평을 듣게 마련이지. 그렇지만 조일루스와 키케로는 같지 않아. 키케로는 이데올로기에 의한 심판관인 거야. 마치 브루투스가 칼에 의한 심판관인 양. 나는 나중의 심판, 곧 칼을 손가락질하지. 하지만 예전엔 칼의 심판을 알아 줬거든. 명령을 거역하고 루비콘 강을 건넌 카이사르는 민중에게서 나온 여러 권위를 마치 자기 것인 듯 사람들에게 주고 원로원에 나오지도 않고 유트로프스가 이야기했듯이, 왕처럼 또한 폭군처럼 행동했지. 그는 위대한 인물이었기 때문에 그만큼 불행하기도, 행복하기도 했지. 가르침은 위대한 인물인 경우 장대하고 높은 것이었으니까. 하지만 그가 받은 스물세 곳의 상처는 사람들이 예수의 이마에 뱉은 침만큼 나를 감동시키지 못해! 카이사르는 원로들의 손에 죽었지만, 예수는 하인들에게 따귀를 맞은 거야. 심한 모욕일수록 사람들은 하느님을 깨닫게 되는 법이지."

보쉬에는 돌 더미 위에서, 말하는 사람들을 내려다보면서 기총을 들고 소리쳤다.

"오, 시다테네옴, 미리누스, 프로발린트여! 에안티드의 미의 여신이여! 아아, 그 누가 내게 로륨이나 에다프테온의 그리스인처럼 호메로스의 시를 낭송할 수 있는 힘을 줄 것인가?"

밝은 곳과 어두운 곳

앙졸라가 염탐을 나갔다. 그는 처마 밑을 따라서 몽데투르 골목길을 벗어났다.

폭도들은 희망이 넘쳤다. 어젯밤의 공격을 물리치자 자신감이 생겨서 새벽의 습격도 처음부터 걱정하지 않았다. 도리어 공격을 기다리며 웃음까지 짓고 있었다. 자기들의 명분과 더불어 승리할 것을 완전히 믿었다. 더욱이 지원군은 반드시 올 것이다. 그들은 그것을 의심하지 않았다. 싸우는 프랑스인의 힘 중의 하나인, 저 대단히 낙관적인 승리의 예감으로 인해 그들은 마침내 시작되려는 하루를 세 단계로 확실히 나누어 생각하고 있었다. 즉 오전 6시에 '먼저 손써 뒀던' 한 개 연대가 투항해 올 것이고, 정오에는 파리 전체가 일어나고 저녁쯤엔 혁명이 시작될 것이다.

어제부터 계속 울리는 생 메리의 경종 소리가 아직도 들리고 있었다. 그것은 또 하나의 큰 바리케이드인 잔의 바리케이드가 아직도 견디고 있다는 증표였다.

그런 모든 희망은 벌집 속의 벌들이 싸우는 날갯짓 소리와도 비슷한 일종의 유쾌하고 두려운 속삭임이 되어 무리 곳곳으로 옮겨 갔다.

앙졸라가 다시 나타났다. 그는 독수리처럼 밖의 어둠 속을 아무도 모르게 한 바퀴 빙 돌고 온 것이다. 그는 팔짱을 하고, 한 손은 입에 댄 채 잠시 그런 모든 속삭임에 귀를 기울였다. 그런 뒤 밝아 오는 새벽의 희뿌연 빛 속에서 산뜻한 장밋빛 모습으로 그는 입을 열었다.

"파리의 모든 군대가 이동하고 있소. 그중 3분의 1은 이 바리케이드를 습격해 올 거요. 거기에는 국민군도 같이 있소. 나는 국민군 제6연대의 깃발과 보병 제5연대의 군모를 발견했소. 여기는 한 시간 뒤에 습격을 당할 거요. 민중들은 어제는 들끓었으나 오늘 아침엔 미동조차 없소. 이제는 기다릴 것이 아무것도 없고, 희망을 가질 수 있는 것도 하나도 없소. 이제는 성새 밖의 담장도 연대도 없소. 우리는 포위되었소."

이 말은 이곳저곳 무리 지어 있던 사람들의 웅성거림 위에 떨어져서, 태풍을 예고하는 빗방울이 벌집 위로 떨어진 결과를 낳았다. 모두 침묵했다. 죽음의 날갯짓 소리가 들리는 듯한, 뭐라 형언할 수 없는 침묵의 한때였다.

침묵의 순간은 짧았다. 군중의 가장 어두운 안쪽에서 누군가가 앙졸라를 향해 소리쳤다.

"좋소, 바리케이드를 20피트로 쌓아 올리고 모두 마지막까지 여기에 남읍시다. 여러분, 시체가 되어 싸웁시다. 민중이 공화주의자를 버려도 공화주의자는 민중을 버리지 않는다는 것을 알려 줍시다."

이 외침은 모든 사람의 고민을, 사적인 불안감의 갑갑한 구름을 없애 버렸다. 그리고 열광적인 환호를 받았다.

이 말을 한 남자의 이름은 끝내 밝혀지지 않았다. 그는 작업복 차림의 남자였고, 이름 없는 남자였고, 잊힌 남자였으며, 스쳐 가는 영웅이었다. 이런 이름 없는 위인은, 항상 인류의 위기나 사회의 개벽에 섞여 있다가 때가 오면 의젓하게 결정적인 한마디를 던지며 번갯불 속에서 민중과 신을 대표한 뒤, 다시 어둠 속으로 자취를 감추었다.

이런 군은 결의가 1832년 6월 6일의 분위기 속에 짙게 다져지고 있었으므로, 거의 동시에 생 메리의 바리케이드에서는 폭도들이, 역사에도 기록되고 재판 서류에도 남아 있는 아래와 같은 구호를 외치고 있었다.

"지원군과는 상관없다! 끝까지 모두 여기에 남아 싸우다 죽자!"

이것만 보아도 알 수 있듯이 두 개의 바리케이드는 사실상 떨어져 있었으나 마음은 서로 이어져 있었다.

다섯 명이 나가고 한 명이 들어오다

'시체의 저항'을 외친 익명의 남자가 영혼이 통하는 말을 마쳤을 때, 모든 사람의 입에서 묘하게도 만족스러운 무시무시한 고함 소리가 터져 나왔다. 그 의미는 비장했고 말투는 의기양양했다.

"전사 만세! 모두 여기에 마지막까지 남아 있자."

"왜 모두야?"

앙졸라가 소리쳤다.

"모두야, 모두!"

앙졸라는 덧붙여 말했다.

"위치도 좋고, 바리케이드는 튼튼하오. 서른 명이면 됩니다. 왜 마흔 명 전부를 희생하오?"

사람들은 대답했다.

"아무도 떠나고 싶지 않기 때문이오."

"여러분."

앙졸라는 소리쳤다. 분노에 찬 그의 목소리는 떨리고 있었다.

"공화국은 사람이 충분하지 못하오. 괜히 희생시킬 수 없소. 허세는 낭비하는 것이오. 누군가에게 있어서 떠나는 것이 의무라면 그 의무도 다른 의무와 같이 지켜야 하오."

주체성이 강한 앙졸라는 사람들이 불평하자 목소리를 높였다. 그는 도도하게 외쳤다.

"서른 명만 남는 것이 무서운 자는 그리 말하시오."

불평하는 목소리는 더욱 높아졌다.

"첫째."

무리 속에서 누군가의 목소리가 외쳤다.

"여길 나간다는 것은 말로는 간단하오. 그러나 바리케이드는 지금 포위되었소."

"시장 쪽은 뚫려 있소."

앙졸라는 대답했다.

"몽데투르 거리는 자유요. 그러니까 프레쇠르 거리를 지나서 이노상 시장 쪽으로 빠져나갈 수 있소."

"그리고 그곳에서."

그 군중 속의 또 다른 목소리가 외쳤다.

"십중팔구 잡힐 거요. 보병이나 교외병의 전방 부대와 맞닥뜨릴 것이오. 놈들은 작업복 차림에 챙 없는 모자를 쓴 남자가 가는 걸 보고, '어디서 왔냐? 바리케이드에서 온 놈이 아니냐.'라고 조사하겠죠. 그리고 화약 냄새가 나면 쏴 죽일 거요."

앙졸라는 그 말에 대꾸하지 않고 콩브페르의 어깨를 잡고 둘이서 아래층 홀로 내려갔다.

그 둘은 이내 나왔다. 앙졸라는 보관해 두었던 군복 네 벌을 두 팔 가득 안고 있었다. 허리띠와 군모를 든 콩브페르가 뒤따라 나왔다.

"이것을 입고."

앙졸라가 외쳤다.

"병사들 틈에 섞여서 빠져나갈 수 있을 거요. 네 사람 몫이오."

그렇게 외치고 포석이 벗겨진 땅바닥에 그것을 던졌다.

결의를 다진 군중 중에는 작은 흔들림도 찾을 수 없었다. 콩브페르가 입을 뗐다.

"자."

그는 외쳤다.

"조금은 동정심을 가져야 하오. 지금 문제가 뭔지 아시오? 여자요. 어떻소? 부인이 있는 자는 없소? 자식이 있는 자는? 발로 요람을 흔드는 많은 아이들을 돌보는 어머니가 있는 자는? 어머니의 젖을 한 번도 보지 못한 자가 있다면 손을 드시오. 아아! 당신들은 죽음을 원하고 있소. 나도, 여러분에게 말하고 있는 나도 그것을 원하고 있소. 그러나 나는 내 주변에서 탄식하며 팔을 비트는 여사의 환영을 보기 싫소. 죽는 것은 자기 마음이오. 하지만 다른 사람을 죽게 하면 안 되오. 이곳에서 여러분이 하려는 자살은 숭고하오. 그렇지만 자살은 좁은 범위로 한정되어야지 넓게 전파

되면 안 되오. 만일 가까운 사람에게까지 전이되면 자살도 살인이 되는 거요. 금발의 어린아이를 떠올려 보시오. 그리고 백발의 노인을. 좀 들으시오. 방금 전에 앙졸라가 내게 말했는데, 시뉴 거리의 한 모퉁이 6층에 촛불을 밝힌 작은 창문이 보였다고 하오. 유리창에 날이 밝을 때까지 자지 않고 누군가를 기다리는 듯한 노파의 머리 그림자가 흔들거리는 것을 봤다는 거요. 여러분 중 누군가의 어머니일 수도 있소. 자, 떠나 주시오. 그런 사람은 어서 어머니에게 달려가서 말하시오. '어머니, 접니다!'라고. 어떤 것도 걱정할 것 없소. 여기의 일은 조금도 걱정할 필요 없소. 자기의 노동으로 가족을 돌보는 자는 맘대로 목숨을 버릴 권리가 없소. 그것은 가족을 버리는 것이오. 또 딸이 있는 자도, 여동생이 있는 자도 그렇소. 여러분은 죽을 겁니다, 여러분은 죽어요. 그건 좋아요. 하지만 내일은 어떻게 되겠소?

굶주린 어린 딸, 그것은 무시무시한 일이오. 남자는 동냥을 다니고 여자는 매춘을 하오. 아아, 저 얌전하고 친절하고, 어여쁜 처녀들을. 꽃모자를 쓰고 노래 부르고, 재잘대며 온 집 안을 순수로 꽉 채우고, 싱그러운 향기와도 같고, 땅 위에서 처녀의 순수함으로 하늘에 천사가 있음을 증명하는 처녀들. 저 잔, 저 리즈, 저 미미. 여러분의 행복이며 자랑인 저 사랑스럽고 찬미해야 할 정숙한 처녀들. 아아, 그녀들이 배를 곯게 되오! 무슨 말을 해야 좋겠소? 이 세상엔 몸을 파는 인육시장이라고 하는 것이 있소. 그리고 이미 유령이 되어 버린 여러분의 손이 그녀들의 주변에서 막으려 해도 그녀들이 그곳으로 들어가는 것을 막을 수는 없소!

오가는 사람들로 가득한 거리에서 목덜미를 훤히 내놓고 진흙이 묻은 여자들이 서성대는 가게 앞을 떠올려 보시오. 그 여자들도 예전에는 깨끗했었소. 여동생이 있는 자는 여동생을 떠올리시오. 가난, 매춘, 경찰서, 생 라자르 감옥, 그런 곳에, 참으로 화사하고 어여쁜 아가씨들이, 저 5월의 라일락꽃보다도 생생한 순결과 아름답고 가냘픈 보물들이 떨어질 것이란 말이오.

아아, 여러분이 죽는다면! 아, 여러분이 사라진다면! 여러분은 그걸로 만족할 거요. 민중을 왕권으로부터 빼앗으려고 스스로 선택한 일이오. 하지만 여러분은 경찰의 손에 딸을 넘기는 것이오. 여러분, 주의하시오. 연민을 가지시오.

여자들, 이 세상의 관습은 불행한 여자에 관해 별로 생각하지 않소. 여자들이 남자들과 동등하게 교육받지 못한 것을 빌미로 책을 안 읽히고 사색을 훼방 놓으며 정치에 관심을 가지지 못하도록 하오. 그녀들이 오늘 저녁 시체 안치소에서 그대들의 시신을 찾아야 하는 아픔을 겪지 않도록 하는 것이 어떻소? 가족이 있는 자는 고심한 뒤 우리와 악수를 나누고 여기를 떠나, 우리에게 이 일을 일임하였으면 하오. 여길 나가는 데에 용기가 있어야 한다는 건 잘 알고 있소. 그건 힘든 일이오. 그러나 힘든 일인 만큼 값어치가 큰 법이오.

이렇게 생각하는 자도 있을 거요. '난 총이 있다. 나는 바리케이드 안에 있다. 그러므로 어쩔 수 없다. 그러니 남겠다.'라고 말이오. 하지만 여러분, 내일도 있소. 그 내일에 여러분은 죽었을지라도 여러분의 가족은 죽지 않았소. 얼마나 괴로움이 깊겠소! 귀엽고 건강한 어린아이를 생각해 봅시다. 사과 같은 두 볼, 한두 마디 서툴게 말하기도 하고, 조잘대고, 이야기도 하고, 입을 맞추면 싱그러운 향기가 나는 아이를 말이요. 그 아이가 버려졌을 때 어찌되겠소?

난 그런 아이 한 명을 본 적이 있소. 아주 조그마한, 요만한 아이였소. 그 아이의 아비는 죽었소. 불쌍해서 가난한 사람들이 그 아일 데려와 키웠지만, 그들도 양식이 없었소. 아이는 항상 배를 곯았소. 겨울이었는데 아이는 울지 않았소. 그 아이가 한 해 동안 불이라곤 지펴 보지도 않은, 누런 진흙으로 연통 사이를 바른 난로 옆으로 가는 것을 가끔 보았소. 아이는 그 진흙을 작은 손가락으로 조금씩 떼어 먹었던 것이오. 숨을 헐떡이고 얼굴은 핼쑥하고 다리는 축 늘어지고 배는 부풀어 있었소. 한마디도 안 했소. 말을 붙여 봐도 대답이 없었소. 그 아이는 죽었소. 네케르 구호원에서 죽었소.

난 그곳에서 그 아일 봤소. 난 그때 그 병원에서 조수로 있었지요. 자아, 여러분 중에 아이가 있는 사람이 있다면, 큰 손으로 아들의 작은 손을 잡고 일요일에 소풍을 가는 행복한 아버지가 있다면, 지금 말한 그 아이가 내 아들이라고 생각해 보시오. 그 가여운 아이를 나는 기억에서 지울 수 없소. 지금도 눈에 선하오. 해부대 위에 발가벗겨진 채 눕혀져 있을 때 그 갈비뼈는 무덤을 덮은 풀 숲이 흙더미처럼 불쑥 튀어나와 있었소. 위에서 진흙 같은 것이 나왔고, 이 사이에는 재가 한가득했었소.

자, 마음속을 들여다보고 양심에게 물어보시오. 통계에 따르면 부모가 없는 아이의 사망률은 55퍼센트나 되오. 재차 이야기하지만 문제는 부인이며, 모친이며, 어린 딸이며, 어린이들이오. 여러분에 관한 이야기인 줄 아시오? 여러분이 전부 용감한 사람이라는 것은 익히 잘 알고 있소. 당연하고말고요! 여러분이 대의를 지키기 위해 생명을 내놓는 기쁨과 명예를 소중히 한다는 것을 잘 아오. 여러분 스스로가 명예롭게 죽는 거라고 생각하며, 각자가 승리의 몫을 귀하게 여긴다는 것도 잘 아오. 대단한 일이오! 하지만 여러분은 이 세상에 혼자가 아니오. 돌보아야 할 사람들이 많소. 이기적인 사람이 되면 안 되오."

모두 침울한 표정을 하고 머리를 숙였다.

가장 숭고한 때에 드러나는 모순된 인간의 마음! 콩브페르는 이렇게 이야기했으나 그 자신은 어머니가 있었다. 그는 남의 어머니를 위하면서 자신의 어머니는 아프게 했다. 그리고 죽기로 작정했다. 참으로 '이기적인 사람'은 바로 그였다.

마리우스는 어떤 것도 입에 대지 않고, 마음이 조급해서 모든 희망을 차례대로 잃어 가는 고통에 부딪혀 매우 우울한 조난자가 되었다. 그는 격정에 사로잡혀 마지막이 가까워진 것을 느끼면서 인간 스스로가 달갑게 받아들이는 마지막 시간 바로 전에 틀림없이 찾아오는 저 환각의 마비 속으로 서서히 빠져들고 있었다.

생리학자라면 그때의 그를 연구 대상으로 삼아 과학적으로 잘 알려져 있고 나뉘어져 있는 그 열성 상태에 의한, 육체적 쾌락과 같은 아픔에 관한 증세가 점점 심해지는 징후를 관찰할 수 있었을 것이다. 절망에도 황홀함이 감춰져 있다. 그는 그런 상태에 빠져 있었다. 그는 수수방관했다. 앞서 이야기했듯이 바로 눈앞에서 발생한 사건도 그에게는 먼 곳의 딴 일처럼 느껴졌다. 전체는 선명하게 볼 수 있었지만, 세세한 것들은 아무것도 볼 수 없었다. 그는 지나가는 사람들의 형체를 불꽃 속에서 바라보고 있었다. 사람들의 목소리도 깊은 바닷속 밑바닥에서 들려오는 것 같았다.

그러나 이 같은 현상은 그의 정신을 움직였다. 그 정황 속에는 뾰족한 바늘처럼 가슴을 찌르는 뭔가가 있어 그의 눈을 뜨게 했다. 그는 죽겠다는 한 가지 생각밖에는 없었다. 그러나 지금, 우울한 환각 상태에서 자신을 희생해 누군가를 구하는 것은 금지되지 않았다고 생각했다.

그는 큰 소리로 말했다.

"앙졸라나 콩브페르의 말이 맞아."

그는 외쳤다.

"불필요한 희생은 없어야 하오. 나는 두 사람의 말에 찬성하오. 빨리 움직여야 하오. 콩브페르는 중요한 말을 했소. 여러분 중에는 가족이, 어머니나 부인이나 여동생이나 자식이 있는 자가 있을 거요. 그런 사람은 앞으로 나오시오."

움직이는 사람이 아무도 없었다.

"결혼한 사람과 부양할 가족이 있는 사람은 앞으로 나오시오!"

그는 재차 외쳤다.

그의 권위는 막강했다. 앙졸라는 바리케이드의 지도자였으나 마리우스는 그 바리케이드의 구원자였다.

"나는 명령하오!"

앙졸라는 소리쳤다.

"나는 여러분에게 간절히 부탁하오."

마리우스는 외쳤다.

그때 콩브페르의 이야기에 감격하고, 앙졸라의 명령에 흔들리고, 마리우스의 간절한 부탁에 마음이 동해서 용감한 자들은 서로의 이름을 부르기 시작했다.

"맞는 말이오."

한 청년이 나이 든 남자에게 말했다.

"당신은 한 가족의 가장이요. 앞으로 나가시오."

"아니, 나보다 자네야말로."

그 남자는 말했다.

"자네는 여동생 둘을 보살피고 있잖나."

이상한 다툼이 일어났다. 전부 무덤의 문에 붙어 있으려는 다툼이었다.

"빨리 끝내야 해."

쿠르페락이 이야기했다.

"15분 후엔 시간이 없습니다."

"여러분."

앙졸라가 뒤이어 외쳤다.

"이곳은 공화국이오. 모든 일은 보통선거가 결정하오. 여러분 자신이 나가야 할 자의 이름을 말하시오."

사람들은 그 말에 따랐다. 몇 분 후에 다섯 명이 만장일치로 지명되어 앞으로 나왔다.

"다섯이군!"

마리우스가 말했다.

군복은 네 벌이 전부였다.

"그럼 한 명은 남아야겠군."

다섯 사람이 한결같이 이야기했다.

이번에는 서로 남고자 하는 다툼이, 서로 다른 사람이 남으면 안 되는 이유를 말하는 고상하고 순결한 다툼이 시작되었다.

"자네에겐 자널 사랑하는 부인이 있잖나."

"자네에겐 나이 많은 어머니가 계시네."

"부모가 없는 자네의 어린 세 동생은 어쩔 건가?"

"자넨 다섯 아일 키워야 하는 아버지야."

"자넨 살 권리가 있어. 아직 열일곱 살밖에 안 됐잖아? 죽기엔 너무 어려."

그 위대한 혁명의 바리케이드는 영웅을 숭배하는 자들의 집결지였다. 이상한 일이 이곳에선 당연한 일로 생각되었다. 그들은 아무도 움직이지 않았다.

"서두르시오."

쿠르페락은 재차 말했다.

어떤 자가 무리 속에서 마리우스에게 소리쳤다.

"당신이 한 사람을 뽑아 주시오."

"그게 좋겠소."

다섯 명이 일제히 말했다.

"뽑아 주십시오. 당신의 뜻에 따르리다."

마리우스는 이제 어떤 것도 자신을 감동시킬 수 없다고 여기고 있었다. 그러나 지금 죽어야 할 한 사람을 뽑아야 한다고 생각하자 온몸의 피가 거꾸로 흐르는 것을 느꼈다. 그때까지도 창백해져 있던 그의 얼굴은 더욱 새파랗게 질렸다.

마리우스는 자기를 향해 웃고 있는 다섯 명에게로 갔다. 그들은 모두 테르모필의 역사 속에서 볼 수 있었던 불꽃을 눈 안에 가득 담고 그에게 소리쳤다.

"나를! 나를! 나를!"

마리우스는 기가 막혀서 그들을 다시 세었다. 역시나 다섯이었다. 이어서 그의 눈은 네 벌의 군복으로 향했다. 그때 다섯 번째 군복이 마치 하느님이 던져 준 듯 다른 네 벌의 군복 위로 떨어졌다. 다섯 번째 남자는 구조됐다.

마리우스는 고개를 들었다. 포슐르방 씨가 눈에 들어왔다. 장 발장은 지금 막 바리케이드 안으로 왔다.

사람들에게 들었는지 본능이었는지 아니면 우연인지 장 발장은 몽데투르 골목을 지나서 왔다. 국민병 제복을 입은 덕분에 쉽게 지나올 수 있었다.

그들이 몽데투르 거리에 두었던 보초병은, 단 한 명의 국민병 때문에 경보를 울릴 의무는 없었다. 그래서 그 보초병은 '지원하러 왔겠지, 아니면 항복하러 왔던가.' 하고 여기고 그대로 거리를 지나가게 했다. 보초가 이런 작은 일로 경계를 소홀히 하거나, 맡은 자리를 떠나기엔 너무 중요한 때였다.

장 발장이 각면보 안에 들어왔을 때는 그 누구도 그를 발견하지 못했다. 모든 이의 관심은 뽑힌 다섯 명과 네 벌의 군복에 쏠려 있었다. 장 발장은 모든 정황을 이해하자마자 조용히 자기 옷을 벗어 쌓여 있는 네 벌의 군복 위로 던졌던 것이다.

사람들의 기쁨은 다 표현할 수 없을 정도였다.

"저잔 누구지?"

보쉬에가 말했다.

"저 사람은."

콩브페르가 말했다.

"다른 사람을 살리는 분이지."

마리우스는 엄숙한 목소리로 말을 덧붙였다.

"내가 아는 분이오."

이 한마디가 모두를 만족시켰다. 앙졸라는 장 발장을 향해 몸을 돌리면서 이야기했다.

"잘 오셨습니다."

그리고 이어서 말했다.

"아시다시피 우리는 모두 죽음을 각오했습니다."

장 발장은 아무 말없이 그가 구조한 폭도가 제복을 입는 것을 도와주었다.

바리케이드 위에서 보이는 지평선

이런 비정한 장소에서 이런 위급한 때에 겉으로 나타난 상태에는, 앙졸라의 괴로움을 넘어서는 결속력과 그 같은 심리의 극대화가 존재했다.

앙졸라의 가슴은 혁명 정신으로 가득 차 있었다. 그러나 신도 완전하지 않듯이 그에게도 결점이 있었다. 다시 말해 생 쥐스트 같은 행동력은 강한 반면, 아나카르시스 클로츠 같은 이성은 부족했다. 그래도 그의 정신은 'ABC의 친구'라는 비밀 조직에서, 콩브페르의 사상에서 크게 영향을 받았다. 최근 들어 그는 독단적인 생각에서 차츰 벗어나 폭넓고 발전된 목표를 추구하게 되었나. 위대한 프랑스 공화국을 광활한 인류 공화국으로 발전시키는 것이 가장 이상적인 마지막 혁명이라고 생각하게 되었다. 다만 현실적인 방법에 있어서는 심각한 상황에 처해 있기 때문에,

방법 역시 과격해야 한다고 생각하고 있었다. 이 점에서 그는 확고한 생각을 가졌다. 그리고 그는 93년이라는 말 한마디로 정리되는 그 서사시적인 무시무시한 유파에 가담해 있었다.

지금 그는 포석을 쌓아 만든 계단 위에 서서 기총의 총부리에 한쪽 팔꿈치를 얹고 있었다. 그는 생각에 깊이 빠져 있었다. 그리고 가끔 어떤 숨결이 느껴지는 듯 몸을 부들거렸다. 죽음이 있는 곳에는 귀신이 점쟁이의 탁상을 흔드는 것과 같은 징조가 보이는 것이다. 영혼의 눈길이 가득 담긴 그의 눈에서는 불꽃같은 빛이 빛나고 있었다. 순간적으로 그는 머리를 들었다. 그의 금발 머리는 별을 박은 검은 마차에 탄 천사의 머리처럼 뒤로 흩날렸다. 그것은 꼭 불꽃 빛을 휘날리는 성난 사자의 갈기 같기도 했다. 앙졸라는 소리쳤다.

"여러분, 여러분은 머릿속에 미래를 그려 본 적이 있소? 도시의 거리에는 빛이 가득하고, 집집마다 초록의 나무가 우거지고, 모든 국민은 동기간이 되며, 진실한 사람이 되고, 노인들은 아이들을 예뻐하고, 과거는 현재를 사랑하고, 사상가는 완전한 정신적 자유를 누리며, 신앙이 있는 자는 완전한 평등을 누리고, 하늘을 종교로 삼고, 하느님이 직접 주교가 되고, 인간의 양심이 제단이 되고, 증오는 사라지고, 공장이나 학교에도 우정이 넘쳐흐르고, 형벌과 포상이 분명해지고, 모든 이가 일할 수 있고, 권리가 있고, 평화가 있고, 피를 흘릴 일도, 전쟁도 사라지며, 세상의 모든 어머니는 행복해지는 거요! 시작은 물질을 정복하는 것이요, 그다음은 이상을 이루는 것이오. 발전이란 것이 남긴 게 무엇인지 생각해 보시오.

일찍이 최초의 인류는 물 위에서 으르렁대는 기괴한 뱀, 불을 뿜는 기괴한 용이며, 독수리의 날개와 호랑이의 발톱을 하고 날아다니는 하늘의 기괴한 새 등등 인간보다 강한 짐승들이 눈앞에 지나가는 것을 두려움에 바들바들 떨면서 지켜보고 있었소. 그러나 드디어 인간은 지혜라는 성스러운 함정을 파서 그 괴물들을 붙잡고 말았소.

인간은 기괴한 뱀을 정복했소. 그 뱀은 기선이라는 거요. 인간은 기괴한 용을 정복했소. 그 용은 기관차라는 것이오. 인간은 다시 기괴한 새를 정복하는 중이오. 아니 이미 그 새를 손아귀에 쥐고 있소. 그것은 경기구(輕氣球)라 하오. 이 프로메테우스적인 일을 끝내고 이들 고대 괴물 셋을 인간의 뜻대로 할 수 있는 날, 인간은 물과 불과 바람을 지배하게 되고, 다른 생명체에 대해서 일찍이 고대의 신들과 같은 존재가 될 것이오. 용기를 내시오, 그리고 앞으로 나아갑시다! 여러분, 우린 어디로 향할 것입니까? 정부의 역할을 할 과학을 향하여, 대중의 유일한 힘인 필연적인 권력을 향하여, 상벌 규정을 정하여 정확하게 적용하는 자연의 법칙을 향하여, 태양이 떠오르는 것과 같은 진리의 새벽을 향하여 가는 것이오. 우리는 각 민족의 단합을 향해 가는 것이고, 인간의 단합을 향해 가는 것이오. 여기엔 거짓을 행하거나 남에게 해를 끼치는 일은 용서되지 않소. 진실에 의해 다스려지는 현실, 이것이 목표요. 문화가 그 심판의 법정을 유럽의 맨 위에, 그리고 곧 저 대륙의 가운데에 위대한 지혜의 의회에서 회의를 열게 될 것이오. 일찍이 이와 유사한 일이 한 번 있었소. 고대 그리스 연방 회의의 대표자는 1년에 두 번, 한 번은 신의 땅인 델포이에서, 또 한 번은 영웅의 땅인 테르모필에서 회의를 개최했소. 곧 유럽도 그 연방 회의의 대표자를 얻을 것이고, 지구 전체도 그 대표자를 얻을 것이오. 프랑스는 이 숭고한 미래를 품고 있소. 이것이 바로 19세기가 품고 있는 것이오. 그리스가 그려 놓은 밑그림은 프랑스에 의해 완성될 만한 충분한 가치가 있소.

퀴이여! 잘 들어라. 자네는 용기 있는 노동자, 민중의 대표자, 전 세계의 민중을 대표하는 사람일세. 나는 자네를 존경하네. 그래, 자네는 미래를 정확히게 예측하고 있네. 그래, 그대는 바르게 행동하고 있어. 퀴이, 네겐 부모가 아무도 없었다. 그대는 인의(仁義)를 어머니로, 권리를 아버지로 삼았네. 자넨 여기서 죽음을 맞이하고자 하네. 이를테면 승리를 바라고 있네.

여러분, 오늘 일이 어떻게 끝나 건, 이기든 지든 우리가 달성하려는 것은 혁명이오. 화재가 도시 전체를 훤히 비추듯이 혁명이 전 인류를 밝게 비추어 줄 것이오. 그럼 우리가 하려는 혁명은 어떤 것인가? 방금 전에도 말했듯이 '진실'의 혁명이오. 정치적인 면으로 보면 원칙은 하나뿐, 곧 인간에 대한 인간의 주권이오. 자기 스스로에 대한 주권을 '자유'라고 말하오. 주권이 두 개나 여러 개가 서로 합쳐지는 곳에 '국가'가 생겨나는 것이오. 그러나 그 결합에는 어떤 권리의 포기도 없소. 사적인 주권은 공동의 권리를 위해서 다소 자기를 희생해야 하오. 그 정도는 모든 사람에게 공평하오. 각자가 만인에게 행하는 그 공평한 희생을 '평등'이라고 말하오.

공동의 권리란 각자의 권리 위에 반짝이는 모든 사람을 위한 보호일 따름인 것이오. 이 개인에 대한 만인의 보호를 '우애'라고 말하오. 그 모든 주권이 한 곳에 모이는 교차점을 '사회'라고 말하오. 이 교차는 하나로 이어져 있으므로 그 교차점은 일종의 매듭이오. 거기서 사회적 관계라는 게 만들어지는 것이오. 누군가는 그것을 사회적 계약이라고도 말하오. 어떻게 말하든지 똑같소. 약속이란 단어의 어원은 관계라는 관념으로 만들어 낸 것이오. 여기서 평등이란 말을 알아 둡시다. 왜냐하면 자유를 꼭대기라고 한다면 평등은 그 밑바탕이기 때문이오. 평등이란 크기가 같은 식물을 일컫는 게 아니오. 키 큰 풀잎이나 키 작은 떡갈나무로 이루어진 사회가 아니오. 그 관계는 서로 제거하려는 질투의 사이가 아니오. 그것을 보편적으로 말하면, 모든 능력이 똑같은 기회를 가지게 되는 것이며, 정치적으로 말하면 모든 투표가 똑같은 무게를 갖는 것이고, 종교적으로는 모든 양심이 똑같은 권리를 가지는 것을 뜻이오.

평등은 일종의 기관을 갖고 있소. 그것은 무상의 의무교육이오. 기본적 권리, 먼저 거기서부터 시작해야 하오. 초등학교 교육을 모든 사람이 의무적으로 받도록 하고 중등학교를 모든 사람에게 열어 줄 것, 이것이 야말로 당연한 법률이오. 똑같은 교육에서 평등 사회가 만들어지는 것이오. 그렇소, 교육이 중요하오! 밝은 빛을! 모든 것은 밝은 빛에서 나와서 밝은 빛으로 되돌아가오.

동지들, 19세기는 위대하오. 하지만 20세기도 행복할 것이오. 그때에는 낡아 빠진 역사 같은 것이 전혀 없을 거요. 지금처럼 정복, 침략, 강제로 빼앗는 왕위, 무력에 의한 국가들의 갈등, 여러 국왕 사이의 정략결혼에 의한 문화적 장해, 폭력 정치를 대물림하는 왕자의 탄생, 국제회의에 따른 민족의 분리, 왕조의 소멸로 인한 국가의 분단, 컴컴한 어둠 속 다리 위에서 뿔을 맞대고 싸우는 두 마리 염소처럼, 두 종교의 다툼 같은 것도 이제는 무서워할 필요가 없을 것이오. 배고픔도, 착취도, 가난으로 인해 몸을 파는 행위도, 파업 때문에 직면하게 되는 끔찍한 생활고도, 교수대도, 칼도, 전쟁도, 또 사건의 숲에서 나타나는 날치기도 두 번 다시 무서워할 필요가 없을 것이오. 이제 참혹한 사변은 어디에도 없다고 사람들은 이야기할 것이오. 사람들은 행복해질 것이오. 지구가 자연의 법칙을 지키듯이 인간은 인류의 법칙을 지킬 것이오. 사람의 영혼과 하늘의 별은 다시 어우러질 것이오. 별이 태양의 주위를 공전하듯이 인간의 영혼은 진리의 주위를 공전할 것이오. 친구들이여, 우리가 살고 있는 이 시대, 내가 여러분에게 말하고 있는 이 시대는 어둠의 시대인 것이오. 하지만 이 어둠의 시대야말로 미래를 얻기 위해 우리가 내야 할 당연한 보상금이오. 혁명은 일종의 세금이오. 오오! 이리하여 인류는 자유롭게 되고 깊이 위로받을 것이오! 우리는 이 바리케이드 위에서 그것을 인류에게 주저 없이 말하겠소. 깊은 희생심이 없다면 사랑의 외침은 어디에서 나올 수 있겠소?

동지들이여. 이곳은 생각하는 사람과 괴로워하는 사람이 서로 합쳐지는 곳이오. 이 바리케이드는 포석이나 대들보나 쇠 부스러기로 구축된 것이 아니요, 사상의 더미와 고통의 더미인 두 퇴적물로 만들어진 것이오. 이곳에서 비참함과 이상(理想)이 서로 마주할 것이고, 낮은 이곳에서 밤을 감싸 안고 이렇게 이야기할 것이오, '나는 그대와 같이 죽고, 그대는 나와 같이 다시 태어나는 것이오.'라고. 온갖 아픔을 받아들이는 것에서 굳은 신념이 솟아나는 것이오. 괴로움이 여기에 오랜 아픔을 가져왔고, 사상은 사라지지 않을 역사를 실어 오고 있소. 그 아픔과 불멸은 섞여 곧 우리의 죽음을 달성해 줄 것이오. 동지들이여, 여기서 죽는 자는 앞날의 밝은 빛 속에서 죽는 것이오. 우리는 새벽녘에 솟아오르는 태양 빛으로 가득한 무덤 안으로 들어가는 것이라오."

앙졸라는 입을 다물었다기보다는 말을 그쳤다. 그의 입술은 여전히 스스로에게 무슨 말을 계속하듯이 소리를 내지 않고 움직이고 있었다. 그래서 모두 귀를 쫑긋 세우고 다시 그의 말을 듣기 위해 그를 바라보았다. 박수갈채는 없었으나 소곤대는 소리는 오래도록 계속되었다. 말은 입김과 같아서 그것을 받아들이는 사람들의 지성적인 떨림은 나뭇잎이 흔들리는 것과 비슷하다.

애가 타는 마리우스, 조용한 자베르

마리우스의 마음속은 어땠는지 말하기로 하자.

그의 심리적 상태를 기억해 주기 바란다. 아까 전에 말했듯이 그에게 모든 것은 이미 환영에 불과했다. 혼란에 빠진 그의 판단력은 흐려져 있었다. 재차 이야기했지만 그는 죽어 가는 자 위에 펼쳐지는 큰 날개 그늘에 있었다. 그는 무덤 속이라고 느꼈고, 이미 인생의 벽 저쪽으로 나간 듯했으며, 산 사람들의 얼굴을 이미 죽은 자의 눈으로만 보고 있었다.

포슐르방 씨가 여기에 어떻게 왔는지, 왜 왔는지, 무엇하러 왔는지, 그는 그런 의문조차 들지 않았다. 게다가 인간의 절망에는 야릇한 뭔가가 있어 그 자신은 물론, 다른 사람까지도 기정사실화해 버린다. 지금의 그는 모든 사람이 죽으러 오는 것이 당연하다고 여겨졌다.

다만 그는 괴로울 정도로 코제트를 생각했다.

또한 포슐르방 씨도 그에게 말을 붙이지 않고, 관심조차 보이지 않았으며, 마리우스가 큰 소리로 "내가 아는 분이오."라고 외쳤을 때도 그 목소리를 안 듣는 것 같았다.

그는 포슐르방 씨의 그런 태도에 오히려 마음을 놓았다. 사실을 말한다면 그를 기분 좋게 만드는 것 같았다. 그는 포슐르방 씨에 대해 '도무지 정체를 모르겠고, 위압적인 그 알 수 없는 인물에게 말을 건다는 것은 절대로 할 수 없는 일이다.'라고 생각하고 있었다. 더욱이 제법 오랜 시간 동안 보지 못했기 때문에 소심하고 조심성이 많은 그로서는 더더욱 말을 붙일 수가 없었다.

이름이 불린 다섯 남자는 몽데투르 옆 골목을 지나 바리케이드를 떠났다. 그들은 정말 국민병과 똑같아 보였다. 그 가운데 한 명은 울면서 떠났다. 바리케이드를 나가기 전에 그들은 바리케이드 안에 남은 자들과 서로 껴안았다.

삶의 길로 돌아가는 다섯 사람이 떠나가 버리자, 앙졸라는 죽음의 길로 들어선 한 사람이 생각났다. 앙졸라는 아래층 홀로 향했다.

자베르는 기둥에 매인 채 생각에 깊이 빠져 있었다.

"뭐, 필요한 건 없나?"

앙졸라가 말했다.

"나를 언제 죽일 셈인가?"

자베르는 그에게 물었다.

"기다려, 우리는 지금 총알이 아무리 많아도 부족할 지경이니까."

"그렇다면 물이나 주게."

자베르는 대답했다.

앙졸라는 직접 물을 떠서 묶여 있는 자베르에게 먹여 주었다.

"이젠 됐는가?"

앙졸라가 물었다.

"이 기둥은 좀 불편하군."

자베르는 대꾸했다.

"여기서 밤을 보내게 한 건 너무 몰인정하오. 당신 뜻대로 묶는 것은 나쁘시 않지민 식탁 위에 눕혀 주어두 괜찮을 텐데, 이자처럼 말이오."

그러면서 그는 고개를 들어 마뵈프 노인의 시신을 가리켰다.

독자들도 익히 알고 있듯이 홀 안쪽에는 탄환을 녹이고 만드는 데 쓰였던 크고 긴 식탁이 있었다. 탄환은 이미 다 만들었고, 화약도 다 써 버렸기 때문에 그 식탁 위는 텅 비어 있었다.

앙졸라의 지시로 폭도 넷이 자베르를 기둥에서 풀었다. 푸는 동안 또 다른 한 명의 폭도가 그의 가슴에 총칼을 들이대고 있었다. 두 손은 등 뒤로 묶인 채 두고 발목에는 교수대에 올라가는 사람처럼 15인치 정도밖에 걸을 수 없도록 가늘고 튼튼한 회초리 끈을 단단히 맸다. 그러고는 그를 홀 안쪽의 식탁 옆까지 걸어가게 해서 그 위에 뉘고 몸통 중간을 단단히 졸라맸다.

무슨 짓을 한대도 도망칠 수 없도록 단단히 맸고, 더욱 완벽하게 하기 위해 한 가닥의 밧줄을 목에 감고 감옥에서 마르탱갈이라고 말하는 그런 방법으로 묶었다. 그 방법은 밧줄을 목에 건 후, 배 위에서 밧줄을 둘로 갈라 양쪽 다리 사이로 엮어서 두 손을 결박하는 것이다.

자베르가 묶이는 동안 홀 입구에서 선 어떤 남자가 이상하게도 자베르를 유심히 바라보고 있었다. 그 남자의 긴 그림자를 발견하고 자베르는 머리를 돌렸다. 고개를 들어 보니 그는 장 발장이었다. 자베르는 떨지도 않았고, 건방지게 눈을 내리깔고 이렇게 중얼거릴 뿐이었다.

"그랬었군."

내빠진 상황

밤이 지나고 새벽이 왔다. 그러나 열려 있는 창문은 하나도 없었고 모든 문도 단단히 잠겨 있었다. 새벽이 왔지만 아무것도 깨어나지 않았다. 바리케이드를 향한 샹브르리 거리 끝에는 앞서 이야기했듯이 군대가 물러간 뒤여서 지금은 자유롭게 보였으나 을씨년스러운 고요에 잠겨 행인들이 오가고 있었다. 생 드니 거리는 테베의 스핑크스 거리처럼 조용했다. 햇볕을 하얗게 받고 있는 네거리에는 살아 숨 쉬는 것은 아무것도 없었다. 사람의 흔적이 없는 시가지의 밝음만큼 불길한 느낌을 갖게 하는 것은 없다.

어떤 것도 보이지 않았지만 소리는 들렸다. 조금 떨어진 데서 의심쩍은 움직임이 시작되고 있었다. 위기가 몰려오고 있는 것은 분명했다. 지난밤과 같이 바리케이드로 보초병이 돌아왔다. 다만 지금은 보초병 모두가 되돌아온 것이다.

바리케이드는 최초의 공격 때보다 한층 튼튼했다. 지명된 다섯 남자가 나간 후 더 높이 쌓아올렸다.

시장 일대를 망보던 보초병의 보고를 듣고, 앙졸라는 뒤쪽에서 기습당할 것을 우려해 매우 중대한 결정을 내렸다. 지금까지 자유롭게 훤히 열어 두었던 몽데투르 옆 골목의 좁은 실을 차단해 버렸다. 길을 막기 위해 다시 몇 채의 집에서 포석들을 날라 왔다. 이리하여 바리케이드는 앞쪽의 샹브르리 거리, 왼편의 시뉴 거리와 프티트 트뤼앙드리 거리, 오른편의 몽데투르 거리, 이렇게 세 거리와 연결되는 연결로를 막았기 때문에 그야말로 쉽사리 함락되지 않을 요새가 되었다. 그들은 마침내 고립되고 만 것이다. 바리케이드는 정면이 세 군데나 있었으나 빠져나갈 곳이 전혀 없었다.

"요새이기는 하지만 마치 생긴 것이 쥐덫 같군!"

쿠르페락이 웃으며 입을 열었다.

앙졸라는 술집 문 앞에 포석을 높이 쌓도록 지시했다.

"너무 높이 쌓았군."

보쉬에가 잠견을 했디.

습격당할 것이 확실한 곳이 너무 잠잠했기 때문에 앙졸라는 모두 각자의 수비 위치로 가도록 명령했다.

모든 전투원은 일정한 양으로 지급된 브랜디를 마셨다.

닥쳐올 습격을 기다리는 바리케이드만큼 기묘한 장면은 없다. 연극이 시작되기 전 무대에 오르는 배우들처럼 각자 자기 자리를 찾아간다. 몸을 가려 줄 가림막에 팔꿈치를 괴거나 몸을 기대거나 어깨로 밀어낸다. 포석을 쌓아 올린 자도 있다. 위험이 크다며 벽 모퉁이는 되도록 멀리한다. 반면 총알을 피할 수 있다면서 좁은 모퉁이에 숨기도 한다. 왼손잡이는 더 좋았다. 다른 자들은 편하지 않은 자리도 편했기 때문이다. 대부분은 앉은 자세로 싸우려 한다. 편하게 적이 죽는 것을 보며 기쁜 마음으로 죽기를 바라기 때문이다. 1848년 6월의 참혹한 전쟁이 발발했을 때, 발코니 위를 차지했던 뛰어난 사격 솜씨를 가진 한 폭도는 안락의자에 앉아 있었는데, 탄알이 안락의자에 앉아 있던 그를 뚫고 지나갔다.

지휘자가 전투태세를 갖추라고 소리치자 모든 움직임은 질서를 찾고, 모두 한마음이 되었고 동료 사이의 작은 갈등도 분쟁도 없어졌다. 머릿속은 오직 하나의 생각으로 꽉 차고 적의 습격을 대비하는 마음이 되었다. 위험하지 않은 바리케이드는 무질서하지만 위험 속에서는 질서가 있다. 위험한 상황이 질서를 만드는 것이다.

2연발의 기총을 든 앙졸라가 전쟁할 장소를 결정하자 모든 폭도가 동시에 입을 다물었다. 포석 벽을 따라 달각대는 낮고 메마른 소리가 여기저기에서 들렸다. 그것은 총에 총알을 재는 소리였다.

그리고 그들의 태도는 유달리 고결하고 자신감에 넘쳤다. 매우 높은 희생정신은 신념을 더욱 단단하게 만든다. 그들은 이미 희망은 잃었지만 절망을 가지고 있었나. 베르길리우스가 절망이 때로는 승리를 안겨줄 최후의 병기가 된다고 이야기한 적이 있다. 제일 좋은 방법은 모든 것이 끝나는 순간 최후의 결심에서 생겨난다. 때로는 죽음이라는 배에 타는 것이 난파를 피하는 법이 되기도 하고, 관 뚜껑이 구멍의 판자가 되기도 한다.

어젯밤처럼, 폭도 전원의 신경은 이제 밝아 잘 보이는 거리 끝을 향해 있다기보다는 거의 빨려 들어가고 있었다.

기다림은 오래 걸리지 않았다. 다시 생 뢰 거리 쪽에서 요란한 소리가 선명히 들려왔다. 하지만 그 소리는 처음 습격 때와는 전혀 달랐다. 쇠사슬 소리, 거대한 무리가 이동하는 소리, 포석 위를 굴러가는 청동 소리, 어떤 웅장한 소음, 그것들은 어떤 굉장히 무서운 무쇠의 무기가 다가오는 것을 미리 알려 주는 소리였다. 많은 이해관계와 사상의 원활한 유통을 위한 것이지 무시무시한 전차 바퀴를 굴리기 위해 만들어진 것은 아닌 평화로운 옛 거리에 엄청난 떨림이 생겨난 것이다.

거리의 끝에 몰린 모든 전투원의 긴장한 눈이 동시에 커졌다. 대포 하나가 등장한 것이다.

포병들이 포차를 밀며 가까이 왔다. 발사대 안에 포문이 있었다. 앞 수레는 분리돼 있고 포수 두 명이 포가를 떠받치고, 바퀴 옆에는 네 명의 포수가 있었다. 화약심지에서 연기가 나는 것이 보였다.

"쏴!"

앙졸라가 소리쳤다.

바리케이드 전체가 불을 뿜었고 사격은 매서운 기세로 가해졌다. 눈사태가 일어난 듯 연기가 포차와 병사들을 집어삼키고 그 형체를 가려 버렸다. 몇 초 후에 연기가 걷히자 대포와 병사들의 모습이 다시 나타났다. 포수들은 천천히 정확하게 덤비지 않고 포차를 바리케이드 정면으로 돌려놓고 있었다. 총에 맞은 사람은 아무도 없었다. 마침내 포문을 올리기 위해 포문장이 대포 끝으로 올라가서 마치 별에 망원경을 맞추는 천문학자인 양 침착하게 조준했다.

"잘하고 있다, 포수들!"

보쉬에가 소리쳤다.

바리케이드 안의 사람들이 일제히 박수를 쳤다. 얼마 지나지 않아 포차는 거리 중앙에 도랑을 타고 앉듯이 야무지게 놓이고 쏠 태세를 갖추었다. 살벌한 포문이 바리케이드를 향해 집어삼킬 듯 입을 벌렸다.

"자, 한번 놀아 보자!"

쿠르페락이 외쳤다.

"무식한 놈들, 손가락을 튕기고 나더니 이제 주먹질이로군. 놈들은 우리를 코끼리 발 같은 엄청난 힘으로 밟으려 하는군. 이번엔 바리케이드도 꽤 타격을 입겠는데. 소총은 스칠 뿐이지만 대포는 덮칠 테니까."

"80밀리미터짜리 대포군그래. 새로 나온 청동 대포야."

콩브페르가 말했다.

"저 포문은 동과 주석이 100대 10의 비율을 넘기면 쉽게 폭발해 버리지. 주석이 많이 들어가면 약해져서 포문 속에 구멍과 틈이 생겨 버려. 그걸 방지하고, 무리하게 포탄을 넣기 위해선 14세기 때의 방법을 가져와서 테를 끼워야 할 거야. 다시 말해 이어 붙이지 않은 강철 테를 많이 끼워서 포문의 겉을 보완해 튼튼하게 만드는 걸세. 하긴 지금은 그런 흠을 가능한 한 없애고는 있지만 말이야. 즉 구멍이나 파인 곳이 어딘지를 탐

45

지기를 이용해 찾아내는 거지. 그러나 제일 좋은 방법은 그리보발이 발명한 동성기(動星器)일세."

"16세기 때는."

보쉬에가 끼어들었다.

"포의 몸통 안쪽에 소라 껍데기처럼 빙빙 홈을 팠었지."

"맞아."

콩브페르가 내꾸했다.

"그렇게 하면 탄도력(彈道力)은 좋아지지만 정확히 사격하기는 힘들어. 또 짧은 거리에는 탄도가 의도한 대로 똑바로 날아가지 않고 포물선이 커져서, 똑바로 나가지 않아 중간에 있는 물체를 맞힐 수도 없지. 하지만 전투에선 중간에 있는 물체를 맞히는 것도 필요해서, 적에게 가까이 가서 빨리 총을 쏴야 할 때에는 그 필요성이 훨씬 커지네. 16세기 당시, 나선형의 홈을 판 대포의 탄도곡선의 약점은 장전이 약한 데 있었지. 하지만 약한 장전은 이런 유의 무기에서, 말하자면 포가를 보호하기 위한 탄도학상의 필요에서 생겨난 거야. 즉 대포라는 이 폭군은 뭐든 원하는 대로 다 되지는 않네. 힘이란 큰 약점도 가지고 있는 거야. 포탄은 한 시간 동안 6천 리밖에 나가지 않지만 광선은 1초에 70만 리를 나가네. 이것이 나폴레옹보다 예수 그리스도가 거룩한 이유일세."

"다시 장전해."

앙졸라가 외쳤다.

포탄은 바리케이드의 돌담을 어떻게 만들 것인가? 구멍을 낼 것인가? 그것이 문제였다. 폭도들이 다시 총알을 재는 동안에 포병들도 포탄을 넣고 있었다. 각면보 안 깊숙이 불안함이 스며들었다. 포문이 열리고 폭발음이 울려 퍼졌다.

"갔다 왔습니다!"라는 명랑한 목소리가 들렸다.

포탄이 바리케이드에 떨어지자마자 가브로슈가 바리케이드 안으로 뛰어들어 왔다. 그는 시뉴 거리 쪽에서 와서 프티트 트뤼앙드리의 작은 길 쪽을 향하고 있는 보조 바리케이드를 타고 쉽사리 넘어왔던 것이다.

가브로슈는 포탄보다 더 바리케이드 안을 동요하게 만들었다.

포탄은 잡다한 파편이 산처럼 쌓인 곳 속으로 파묻히고 말았다. 기껏해야 합승마차의 바퀴 하나와 앙소의 낡은 짐수레를 부수었을 뿐이었다. 그것을 본 바리케이드 안의 폭도들은 파안대소했다.

"멈추지 마라!"

보쉬에는 포병들에게 소리쳤다.

대포의 엄청난 힘

모두 가브로슈에게 몰려들어 그를 에워쌌다. 하지만 가브로슈는 말할 틈이 전혀 없었다. 흥분한 마리우스가 그를 불러 세웠다.

"왜 돌아온 거야?"

"네?"

가브로슈는 되물었다.

"그렇다면 당신은?"

그렇게 대답하고 남자다운 당당한 태도로 마리우스를 빤히 보았다. 가브로슈의 확신에 찬 두 눈은 반짝반짝 빛나고 있었다. 마리우스가 엄하게 이야기했다.

"누가 다시 오라고 했어? 편지는 잘 전달한 거야?"

가브로슈는 그 편지에 관해서는 기분이 조금 찜찜했다. 빨리 바리케이드로 돌아오기 위해 편지를 전했다기보다 성가셔서 처치해 버린 것과 같았다. 얼굴도 모르는 남자에게 다소 책임감 없이 편지를 떠맡긴 것을 부정할 수 없었다. 사실 그 남자는 모자를 안 썼지만, 그런 것은 핑계에 지나지 않았다. 요컨대 이 문제에 있어서는 그는 내심 양심에 찔려서 마리우스가 자기를 혼낼까 봐 무서워했다. 그는 이 위기를 벗어나기 위해 제일 손쉬운 방법을 골랐다. 이를테면 거짓말을 하기로 했다.

"편지는 문지기에게 전달했어요. 그 부인은 이미 꿈속으로 갔던 걸요. 일어나면 편지를 읽을 거예요."

마리우스는 두 개의 목적으로 그 편지를 보냈다. 첫째는 코제트에게 작별 인사를 하기 위함이고, 둘째는 가브로슈를 바리케이드에서 내보내는 일이었다. 그는 절반의 성공에 만족해야 했다.

편지를 보낸 것과 포슐르방 씨가 이곳에 온 것, 이 대조가 마리우스의 머리를 스쳤다. 그는 슐르방 씨를 지목하며 가브로슈에게 말했다.

"저분을 모르겠니?"

"네."

가브로슈는 대답했다.

가브로슈는 사실 앞서 이야기했듯이 어둠 속에서밖에 장 발장을 보지 못했다.

마리우스의 막연한 불안감과 억지스러운 추측은 이것으로 전부 없어졌다. 마리우스는 포슐르방 씨의 사상을 알고 있었던가? 포슐르방 씨는 아마도 공화주의를 찬성하는 자일 테지. 그러면 이 싸움에 그가 끼어든 이유를 의심할 필요는 없다.

그 사이에 어느덧 바리케이드 저쪽 끝으로 간 가브로슈는 "내 총!" 하고 소리치고 있었다. 쿠르페락은 가브로슈에게 총을 다시 주었다.

가브로슈는 이른바 그가 '동지'라고 부르는 자들에게 바리케이드가 적들에게 포위됐다고 말해 주었다. 바리케이드까지 오기가 대단히 어려웠다는 것이다. 제일선 대대가 프티트 트뤼앙드리에 총을 세워 두고 시뉴 거리 쪽을 주시하고 있었다. 맞은편에서는 경찰 대원이 프레쇠르 거리를 차지하고 있었다. 그리고 앞에는 군대의 주력부대가 주둔하고 있었다.

가브로슈는 이상의 사실을 알리면서 덧붙여 소리쳤다.

"내가 승낙할 테니 놈들을 혼쭐내 줘."

한편 앙졸라는 자기의 위치에서 귀를 쫑긋 세우고 적의 동정을 파악하고 있었다.

공격 측은 아마도 방금 전의 포격이 불만족스러웠는지 다시 대포를 쏘지 않았다.

거리 끝에서 제일선 보병의 1중대가 포차 뒤로 주둔했다. 그들은 포석을 떼어 거기에 높이 18인치 정도의 바리케이드에 맞설 수 있는 작고 낮은 흉벽을 만들었다. 그 흉벽의 왼편 모퉁이에는 생 드니 거리에 모여들었던 교외병 대대가 보였다.

동정을 살피던 앙졸라는 산탄 상자를 탄약차에서 끌어 내리는 것 같은 소리를 들었다. 또 포수장이 포구를 조금 왼쪽으로 비스듬히 눕히며 조준을 새로이 하는 것을 보았다. 그런 뒤 포수들이 대포를 장전하기 시작했다. 포수장이 직접 화약심지에 불을 붙였다.

"엎드려라, 벽으로 붙어라!"

앙졸라가 소리쳤다.

"모두 바리케이드에 딱 붙어서 앉아!"

가브로슈가 들어왔을 때, 각자 맡은 자리를 벗어나 술집 앞에 흩어져 있던 폭도들은 일제히 바리케이드 안으로 뛰어들었다. 하지만 미처 앙졸라의 말이 전해지기도 전에 대포는 무서운 소리와 함께 발포됐다. 산탄(霰彈)이었다.

각면보의 갈라진 틈으로 쏘아진 탄알은, 벽 위로 튀어 올라 동시에 사방으로 흩어져 폭도 둘을 죽이고 세 명에게 부상을 입혔다. 만약 이렇게 계속 공격을 당한다면 바리케이드는 더는 버텨 내지 못할 것이다. 산탄은 계속 날아왔다. 탄식하는 소리가 술렁거렸다.

"일단 두 번째 공격을 막아 냅시다."

앙졸라가 소리쳤다.

그런 뒤 그는 방금 대포 뒤에 웅크리고 앉아 조준 중인 포수장을 향해 기총을 내렸다.

그 포수장은 젊고 잘생긴 포병 중사로, 금발의 선량한 얼굴이었지만, 공포의 무기도 제조할 수 있고 결국에는 전쟁을 끝장낼 수 있는 숙명을 가진 무시무시한 병기를 다룰 만큼 뛰어난 재능도 갖고 있었다.

앙졸라의 옆에 선 콩브페르가 그 포수장을 유심히 보고 있었다.

"안타까운 일이야!"

콩브페르가 입을 열었다.

"이렇게 죽이는 일이야말로 저주받을 일이야! 그렇지 않은가? 왕이라는 게 사라지면 이제 싸움도 사라질 거네. 앙졸라, 자넨 저 청년을 겨냥하고 있지만, 저 청년을 잘 모를 거야! 정말 괜찮은 젊은이 아닌가. 용기 있고 현명하기도 한 것 같아. 공부도 꽤 많이 했을 거야. 저런 포병대의 청년에게는 부모가 모두 계시고, 가족도 있고, 아마 사랑하는 여자가 있을지도 몰라. 나이는 스물대여섯 살쯤 됐을까? 자네의 형제일 수도 있지."

"자네 말이 맞아."

앙졸라가 동의했다.

"응."

콩브페르가 말했다.

"또한 내 형제야. 이봐, 살려 두게."

"나한테 맡겨 둬. 어쩔 수 없는 일이야."

그리고 앙졸라의 대리석같이 희고 단단한 뺨에 눈물 한 방울이 천천히 흘러내렸다.

그와 동시에 앙졸라는 기총을 쐈다. 순간 불이 번쩍였다. 포수는 핑그르 두 번 돌더니 두 팔을 벌리고 마치 숨을 크게 들이마시듯 고개를 들더니 포차 위로 쓰러져 피가 솟아오르는 것이 보였다. 총알이 가슴을 지나간 것이다. 포수장은 저승으로 갔다.

공격 측은 시신을 치우고 포수장을 대체할 사람을 찾아야 했기 때문에 얼마간의 시간이 필요했다.

옛 밀렵자의 재주와 1796년의 유죄 판정에 영향을 끼친 총격

바리케이드 안은 다양한 의견으로 떠들썩했다. 포격이 재개되려고 했다. 그 쏟아지는 산탄을 다시 받으면 15분도 버텨 내지 못할 것이다. 어떻게든 산탄을 막아 내야 했다. 앙졸라는 지시했다.

"여기를 이불로 덮자."

"이불은 없어."

콩브페르가 반대했다.

"이불은 부상자가 쓰고 있어."

장 발장은 무릎 사이에 총을 놓고 혼자 멍하니 술집 모퉁이의 표석(標石) 위에 앉아서 지금까지 일어난 모든 일에 관심을 주지 않았다. 사람들이 "이상한 포수로군."이라고 흉을 보는 소리도 무시했다.

그러던 장 발장이 앙졸라의 말을 듣고 일어났다.

샹브리 거리에 군중이 몰렸을 때 한 노파가 총알을 막기 위해 이불을 창문틀에 걸었던 것을 여러분은 떠올릴 수 있을 것이다. 그 창문, 고미다락방의 그 창문은 바리케이드의 약간 바깥쪽에 있는 7층 건물의 것이었다. 이불 밑은 두 개의 빨래 막대기가 받치고 위는 양쪽에 줄을 매달았다. 두 가닥의 짧은 줄은 고미다락방 창틀에 박아 놓은 못에 감겨 있었다. 바리케이드에서 창문을 보면 그 두 줄이 가느다란 머리카락처럼 뚜렷이 보였다.

"2연발 기총을 잠깐만 빌려 주게."

장 발장이 입을 열었다.

앙졸라는 마침 총알이 들어 있던 자신의 기총을 주었다. 장 발장은 고미다락방을 향해 총을 쐈다. 총알이 두 줄 가운데 한 가닥을 끊었다. 이불을 매달고 있는 줄은 이제 하나밖에 남지 않았다. 장 발장은 한 번 더 발사했다. 남아 있던 줄이 고미다락방의 창유리에 떨어졌다. 이불은 두 빨래 막대기 사이를 미끄러져서 길 위로 풀썩 떨어졌다. 바리케이드 안에는 박수 소리가 울려 퍼졌다. 모두 환호성을 터뜨렸다.

"이불이다."

"맞아."

콩브페르가 외쳤다.

"그런데 누가 가져오지?"

이불은 사실 바리케이드 밖에, 폭도들과 군대 중간에 떨어진 것이다. 그런데 포수장의 죽음에 격분한 병사들은 방금 전부터 쌓아 올린 포석의 선 뒤에 포복한 채 새로운 포수장이 정해질 때까지 어쩔 수 없이 잠자코 있어야 하는 대포를 대신해 바리케이드를 향해 총을 쏘아대고 있었다. 하지만 폭도들은 총알을 아끼기 위해 대항하지 않았던 것이다. 총알은 바리케이드에 막혀 안으로 들어오지 못했다. 하지만 거리는 빗발치는 총알로 가득했다.

장 발장은 바리케이드의 틈으로 나가 거리의 빗발치는 총알 속을 뚫고 이불을 찾아 등에 업고 바리케이드로 돌아왔다. 그는 이불로 직접 바리케이드의 갈라진 틈을 막았다. 그는 그것을 포병들이 알아채지 못하게 벽에 갖다 붙였다.

바리케이드 틈이 막히고 나자 그들은 산탄이 발사되길 기다렸다. 아니 기다릴 필요도 없었다.

대포는 폭발음과 함께 산탄 한 뭉텅이를 뱉어 냈다. 그러나 튀어 오르지 않았다. 이불이 산탄의 힘을 흡수해 버린 것이다. 이불은 생각한 대로 자기의 역할 잘해 낸 것이다. 바리케이드 사람들은 아무도 다치지 않았다.

"동지!"

앙졸라가 장 발장에게 외쳤다.

"공화국은 동지에게 고맙습니다."

감탄한 보쉬에는 큰 소리로 웃었다. 그는 소리쳤다.

"이불이 이저럼 내던진 힘을 갖고 있다니, 정말 놀라운걸! 맹렬하게 몰아닥치는 총알을 부드럽게 받아 내서 승리하는구나. 아니 아무튼 대포를 막아 내는 이불에 영광이 있으리!"

밝아 오는 빛

그 무렵 잠을 자던 코제트는 일어났다.

그녀의 방은 좁고 깨끗하고 단출했는데, 뒤뜰에 동쪽으로 난 좁고 긴 창문이 하나 열려 있었다.

그녀는 지금 파리에서 발생한 일에 대해 아무것도 몰랐다. 어젯밤은 외출하지 않았고, 투생이 "난리가 났어요." 하고 이야기했을 때는 이미 자기 방에 있었다.

그녀는 짧은 시간이었지만 푹 잤다. 그녀는 달콤한 꿈을 꿨다. 아마 눈처럼 새하얀 그녀의 작은 침대가 도움이 됐을 것이다. 마리우스인 것 같은 어떤 사람이 빛 속에 나타났다. 그녀는 눈부신 햇살을 느끼고 깨어났다. 눈을 떴지만 여전히 꿈속처럼 느껴졌다.

꿈에서 깨어난 그녀는 제일 먼저 상쾌하다고 생각했다. 그녀는 마음이 편안해졌다. 그녀는 얼마 전의 장 발장과 똑같이 절대 불행하고 싶지 않은 영혼의 반동 상태를 경험하고 있었다. 이유를 알 수 없지만 젖 먹던 힘까지 다해 희망을 품기 시작했다. 그러다가 가슴이 꽉 막혀 왔다. 오늘까지 사흘째 마리우스를 보지 못했다. 하지만 마리우스는 분명히 내 편지를 받았겠지. 내가 있는 곳을 알았을 거야. 더욱이 마리우스는 똑똑하니까 무슨 수를 써서라도 이곳까지 나를 만나러 오겠지, 하고 생각했다. 그것도 틀림없이 오늘 오전 중으로 올 거야. 어느덧 해가 다 뜬 것 같지만 햇빛은 옆으로 들어오고 있어서 아직은 꽤 이른 시간이라고 그녀는 여겼다. 하지만 마리우스를 맞을 준비를 하려면 침대를 나와야 했다.

그녀는 마리우스 없이는 못 산다는 것을, 그리고 또 그는 반드시 그녀를 만나러 온다는 것을 확신하고 있었다. 그 누구도 부정하지 못할 것이다. 이미 그것은 분명한 사실인 것이다. 사흘 동안의 고통이 몸서리가 쳐질 정도로 지겨웠다. 그가 사흘이나 여기로 오지 않다니, 하느님도 원망스러웠다. 하지만 지금은 그토록 잔혹하고도 심술궂은 장난도 과거의 시련일 뿐이었다. 그는 여기로 오고 있을 것이다. 게다가 좋은 소식과 함께 말이다. 이것이 바로 청춘이라는 것이다. 청춘은 이내 눈물을 닦아 준다. 청춘은 번뇌를 무의미하다고 여기고 거부한다. 청춘은 어떤 알 수 없는 세계에 대해 주어지는 미래의 웃음이고, 그 알 수 없는 세계는 곧 청춘이다. 청춘에 있어서 행복은 마땅히 존재하는 것이다. 청춘의 숨결은 마치 희망으로 만들어진 것과 같다.

그것뿐일까? 그녀는 마리우스가 하루뿐이라고 맹세한, 그가 왜 오지 못한다 했는지, 또 뭐라고 말했는지, 아무리 애를 써도 기억나지 않았다. 땅에 떨어뜨린 동전이 얼마나 약삭빠르게 모습을 감추는지, 얼마나 훌륭하게 숨어 버리는지 모두가 알 것이다. 생각 속에도 그것과 똑같은 심술궂은 장난질이 있는 것이다. 그런 생각이 머리 한구석에 숨어 버리면 모든 것은 끝나 버린다. 그 생각은 절대 찾을 수 없다. 아무리 생각해 내려고 해도 할 수 없다. 코제트는 생각해 내려고 안간힘을 써 보았으나 소용이 없는 것에 조금 신경질이 났다. 마리우스가 한 말을 까먹다니, 절대 잊으면 안 되는 일이고, 미안한 일이라고 여겼다.

침대를 내려온 그녀는 몸과 마음을 깨끗하게 씻는 마음으로 기도를 올리고 단정하게 화장했다.

필요하다면 여러분을 신혼 방으로 데려갈 수는 있지만 결혼 안 한 아가씨의 방으로는 데려갈 수 없다. 시로 표현하기도 힘든 일인데 산문으로는 훨씬 더 그려 내기가 힘들다.

아가씨의 방은 아직 야무지게 오므라져 있는 꽃의 속인 것이다. 그림자 안의 하얀빛이다. 햇빛이 비치기 전에는 사람이 훔쳐보면 안 되는 꽉 다문 백합의 비밀스런 방인 것이다. 아직 열지 않은 봉오리인 여성은 신성하다. 이불을 걷자 드러난 깨끗한 침대, 자신도 떨리는 그 눈부신 반나체, 실내화 안으로 슬쩍 몸을 감추는 하얀 발, 거울이 보는 것이 창피한지 얼른 가려 버리는 그 젖가슴, 사소하고 아주 작은 소리에도 놀라서 후다닥 어깨를 감싸는 슈미즈, 매어진 리본, 꼭 끼어 있는 단추, 단단히 붙들어 맨 끈, 깜짝 놀라는 그 떨림, 추위와 부끄러움으로 일어나는 작은 소름, 갖가지 움직임으로 일어나는 묘한 두려움, 전혀 무서워할 필요가 없는데도 날벌레의 작은 날개처럼 가라앉지 않는 불안, 새벽녘의 구름처럼 순서대로 색깔이 변하는 마음을 사로잡는 옷의 주름, 그 모든 것을 말하기에는 적절하지 않고 나열하는 것만으로 족하다.

인간의 눈은 어린 아가씨 앞에서 별이 뜰 때보다 더 경건해져야만 한다. 만져질 수도 있기 때문에 눈은 더욱 두려워해야 한다. 복숭아의 솜털, 매실 껍질의 털, 방사형 눈의 결정, 가루에 싸인 나비의 날개들도 자신의 순결을 깨닫지 못한 소녀의 순결에 비하면 미미한 것이다. 어린 아가씨는 꿈꾸고 있는 것에 지나지 않으므로 아직 하나의 명확한 실상(實像)이 있는 것은 아니다. 그 침실은 이상적인 어두운 분위기 속에 감춰져 있다. 판단력이 흐린 눈은 그 넓고 어렴풋한 빛을 험하게 만든다. 여기에서는 보기만 해도 모독하는 것이다.

그렇기 때문에 우리는 꿈에서 깨어나는 코제트의 달콤한 사랑의 야단법석을 못 본 척하기로 하자.

동양의 전설에 따르면, 신은 장미꽃을 하얗게 만들었지만, 그 봉오리가 막 열리려 할 때 아담이 들여다봐서 수줍어진 꽃이 붉게 물들었다고 한다. 우리는 어린 아가씨와 꽃을 귀하게 여기므로 그들 앞에서 침묵한다.

코제트는 서둘러 옷을 갈아입고 머리를 빗었다. 그 당시의 여자들은 가발로 굽슬굽슬하게 하거나 둥글게 말아 올리거나 심을 넣어 봉긋하게 부풀리지 않았기 때문에 머리를 빗는 것은 매우 손쉬웠다. 머리를 다 빗자 그녀는 창문을 열고, 길가의 어느 곳이나, 집 모퉁이든가, 포석 위든가, 마리우스를 기다릴 만한 곳은 없을까 하고 둘러보았다. 그러나 바깥은 전혀 보이지 않았다. 뒤뜰은 꽤 높은 돌 벽으로 에워싸여서 몇몇 집의 정원만이 보였다. 그녀는 그 정원들이 꼴 보기 싫어졌다. 태어나서 처음으로 꽃들이 미웠다. 조금이나마 보이는 네거리의 도랑이 지금의 그녀에게는 훨씬 좋았다. 그녀는 마리우스라면 날아서도 올 수 있다고 느껴졌는지, 하늘을 쳐다보았다.

갑자기 그녀는 침대에 엎드려 울음을 터뜨렸다. 마음이 변덕을 부린 것은 아니다. 괴로움이 더해지자 희망의 끈이 끊어져 버린 것이다. 이것이 지금 그녀의 마음 상태였다. 그녀는 어렴풋이 왠지 모르게 두려워하고 있었다. 사실 모든 것이 허공을 떠돌고 있었다. 그녀는 확신할 수 있는 것은 아무것도 없다고 생각하고 그를 못 만나는 것은 그와 헤어지는 것이라고 생각했다. 그러자 마리우스가 날아와 줄 거라는 생각은 이제 전혀 기쁘지 않고 슬프게 생각되었다.

그러자 이런 울적한 마음이 언제나 그렇듯이 이내 가라앉았고 희망과 무의식적으로 떠오른 하느님에 대한 믿음이 미소가 되어 나타났다.

집 안에 있는 사람들은 아직 깨어나지 않았다. 고요했다. 모든 덧문은 닫혀 있었다. 문지기의 방도 역시 그랬다. 투생이 아직 자고 있으므로 당연히 아버지도 일어나지 않았다고 그녀는 판단했다. 그녀는 매우 고심했음에 분명했다. 왜냐하면 코제트는 아버지가 심술을 부린다고 생각했기 때문이다. 하지만 지금은 마리우스가 여기로 오고 있을 가능성이 있었다. 그러한 희망의 불이 꺼진다는 것은 결단코 생각할 수 없다. 그녀는 간절히 기도했다. 간혹 꽤 멀리에서 둔중한 진동이 들려왔다. 그래서 그녀는 이렇게 이른 아침부터 문을 여닫는 것은 이상하다고 생각했다. 그 소리는 바리케이드를 향해 발사되는 대포 소리였다.

그녀의 방 창문 아래, 벽에 붙어 있는 낡고 시커먼 처마 밑에 제비가 만들어 놓은 둥지가 하나 있었다. 그 제비 둥지의 일부가 처마 끝에서 조금 튀어나와 있어서 코제트는 그 작은 낙원 안을 내려다볼 수 있었다. 어미 제비는 새끼를 보호하듯 날개를 부채처럼 활짝 펼치고 있었고, 날아간 아비 제비는 이내 부리에 지렁이와 키스를 가지고 왔다. 아침 해는 그 행복한 가족을 따뜻하게 감싸고, '번식하라.'라는 위대한 자연법칙이 웃음을 머금고 엄숙하게 그들을 지켜보고 있었으며, 그 신비는 아침의 밝은 빛 속에서 피어나고 있었다.

코제트는 머리 위로 아침 햇살을 받으며 상상에 빠져서 가슴속은 사랑으로 빛나고 밝은 새벽빛으로 빛나는데, 마리우스를 생각하고 있는 자신조차 깨닫지 못하면서 무의식적으로 몸을 굽혀 그 제비들을, 그 가족들을, 그 어미 제비와 아비 제비를, 그 새끼들을, 제비 둥지가 처녀에게 안겨 주는 동요를 느끼면서 지켜보고 있었다.

사살하지 않는 사격

공격군의 포화는 멈추지 않고 계속되었다. 바리케이드로 소총의 일제사격과 산탄이 차례대로 쏟아졌지만 크게 타격을 입진 않았다. 코랭트 술집의 정면 위쪽만이 타격을 입었을 뿐이다. 산탄을 맞은 2층 창문과 고미다락방의 창문은 구멍이 많이 나서 서서히 모양이 허물어져 갔다. 그곳에서 싸우던 전투원들은 옆으로 비켜서야만 했다. 하지만 이것은 공격 측의 전략으로, 사격을 멈추지 않는 것도 폭도 측을 반격하게 하여 탄약을 모두 소진시키기 위함이었다. 폭도들의 사격이 점차 줄고 이제는 모든 탄약을 다 써 버렸을 때 바리케이드 안으로 들이닥치자는 것이었다. 그러나 앙졸라는 속지 않았다. 바리케이드는 꿈쩍도 하지 않았다.

총알이 쏟아질 때마다 가브로슈는 건방진 자세로 양 볼을 부풀리며 그들에게 소리쳤다.

"잘한다. 잘한다."

가브로슈는 외쳤다.

"천을 찢어 줘. 우린 붕대가 있어야 하니까."

쿠르페락은 산탄이 전혀 먹혀들지 않는 것을 놀리며 대포를 향해 외쳤다.

"끈질기군, 아저씨들."

싸우는 중에도 가면무도회에서처럼 사람은 호기심을 발동한다. 아마도 각면보가 계속 잠잠히 있자 불안해진 공격군은 어떤 예상치 못한 일이 일어난 건 아닌지 겁내는 듯했다. 그래서 포석 더미 건너편을 살피면서, 잠자코 총알을 빚고 있는 바리케이드 뒤에서 무슨 일이 생긴 건지 알고 싶었던 모양이다. 폭도들은 갑자기 가까운 지붕 위에서 햇빛을 받아 빛나는 철모 하나를 발견했다. 소방병 한 명이 높은 굴뚝에 몸을 숨기고 이쪽을 훔쳐보는 모양이었다. 그의 시선은 바리케이드 안을 향해 있었다.

"이거 성가신 놈인걸."

앙졸라가 입을 열었다.

앙졸라의 기총을 돌려준 장 발장은 자신의 소총을 갖고 있었다.

아무 말없이 그는 소방병을 겨냥했고, 1초가 지난 후 장 발장의 총알에 맞은 소방병의 철모는 시끄러운 소리를 내며 떨어졌다. 깜짝 놀란 소방병은 허겁지겁 도망쳤다.

그곳에 두 번째 감시병이 등장했다. 그는 장교였다. 장 발장은 서둘러 장전한 뒤 장교의 철모를 조금 전에 떨어뜨린 병사의 철모 위로 떨어뜨렸다. 장교는 급히 물러갔다. 이것으로 바리케이드 측의 경고가 먹혀든 것이다. 그 후 아무도 지붕 위에 모습을 드러내지 않았다. 적군은 바리케이드 정찰을 포기했다.

"그 남자를 죽이지 않는 이유가 뭐요?"

보쉬에가 장 발장에게 물었다.

하지만 장 발장은 묵묵부답이었다.

질서의 편에 선 무질서

보쉬에가 콩브페르에게 귓속말을 했다.

"저 사람은 내가 묻는 말에 아무 말도 하지 않았어."

"사격으로 호의를 베푸는 사람이야."

콩브페르가 대답했다.

이미 전설이 되어 버렸지만 그 시대의 사실을 아직 잊지 못한 사람들은, 교외의 국민병이 폭동에 맞서 용감무쌍하게 싸운 것을 알고 있을 것이다. 그들은 그중에서도 특히 1832년 6월의 전쟁에서 꿋꿋하고 대담무쌍했다. 폭동으로 상점을 닫아야 했던 팡탱, 베르튀, 또는 퀴네트 인근의 음식점 주인 중에는 텅 비어 버린 가게를 보고 격분하여, 교외 음식점의 질서를 위해 결국 전쟁터에서 죽은 사람도 있었다. 부르주아적이자 동시에 영웅적이었던 그 시대에는 여러 가지 사상에 자기 한 몸을 바치려는 용감한 자와, 어떤 이익을 위해 고집을 꺾지 않는 용맹스러운 자도 있었다. 동기는 비굴하였더라도 행동은 결단코 용감했다.

화폐가 계속하여 줄어들자 은행가들도 '라 마르세예즈'를 불렀다. 그들은 은행을 위해서 서정시적으로 피를 흘렸다. 그리고 국민들은 조국의 굉장히 작은 축소판인 가게를 스파르타적인 정열로 꿋꿋이 지켰다.

기본적으로 지금까지의 이야기에는 오로지 진지함과 진실만이 존재할 뿐 다른 것은 맹세코 전혀 없다. 즉 사회의 각 부분이 평등해지기 전에, 먼저 투쟁이 있었던 것이다.

다른 것보다 이 시대의 하나의 특징은 건실한 한 당파에 관하여 알맞은지 알 수 없지만, 정부주의 안에 뒤섞인 무정부주의였다는 것이다. 사람들은 법도 가지고 있지 않으면서 질서를 유지하려 했다. 국민군의 어느 대령의 명령이 떨어지자 갑자기 집결의 북소리가 울려 퍼졌다. 어느 대위는 사적인 감정으로 전투에 참가하기도 하고, 어느 국민병은 '본인 나름의 판단으로', 더욱이 자신의 사적인 이익을 위해서 참가하기도 했다. 위기의 순간에는 병사는 지휘관의 명령에 복종하지 않고 자기의 본능에 충실했다. 질서가 있는 군대에 유격병이 많았다. 누구는 파니코처럼 칼로, 또 누구는 앙리 퐁프레드처럼 펜으로 움직였다.

안타깝게도 그때는 같은 사상으로 모여든 집단보다 이해관계로 맺어진 집단 때문에 문명은 불안한 상황이었고, 또 모든 사람이 그렇다고 믿었다. 문명은 경고하고 있었다. 사람들은 각자 자기중심적으로 앞장서서

문명을 지켰다. 사회를 구해야 할 책임을 누구든 깨닫고 있었다.

열광은 적을 잔인하게 살육하기에 이르렀다. 국민군의 어느 중대는 개인적인 권리로 군법 회의를 열고 포로로 잡힌 폭도를 단 5분 만에 재판하고 처형해 버렸다. 장 플루베르도 그런 식의 즉석 재판으로 죽었다. 잔인한 사형벌에 관해서는 어떤 당파도 다른 인간을 비난할 수 없었다. 그 이유는 유럽의 군주국도 아메리카의 공화국도 모두 허용하고 있었기 때문이다. 이 사형벌은 그때 많은 잘못된 생각을 품고 있었다. 폭동이 일어났던 어떤 날, 폴 에메 가르니에라는 한 젊은 시인이 루아얄 광장에서 병사의 총칼을 피해 도망치다가 6번지의 대문 안으로 들어가서 간신히 위기를 벗어났다.

병사들은 이렇게 소리쳤다.

"저기 생시몽주의자가 한 명 더 있다!"

그래서 그를 뒤쫓았던 것이다. 하지만 그 젊은 시인은 단지 생시몽 공작의 《회상록》 한 권을 들고 있었을 뿐이었다. 한 국민병이 그 책에서 '생시몽'이라는 글자를 발견한 것으로 "사형!"이라고 선고한 것이다.

1832년 6월 6일 변두리에서 온 국민병 일원은 방금 전에 등장했던 판니코 대위의 지휘 아래 마음대로 이랬다저랬다 하다가 상브르리 거리에서 큰 타격을 입었다. 이 사실은 정말 이상하지만, 1832년의 반란 뒤에 발간된 법정 신문으로 확인할 수 있었다. 판니코 대위는 성질이 급하고 대범한 소시민으로 질서를 갖춘 용병 대장이라고 할 수 있는 남자였다. 지금 언급한 것처럼 맹목적이고 꺾이지 않는 정부주의자였는데, 적당한 때를 기다리지 않고 쏘고 싶은 마음, 즉 자기 혼자서, 오로지 자기 중대만으로 바리케이드를 함락하고 싶은 야심에 광분하고 있었다. 붉은 깃발에 뒤이어 낡은 옷이 꽂힌 것을 검은 깃발로 착각하고 광분한 그는 장군과 부대장을 맹렬히 비난했다. 회의 중이던 장군들은 결정적인 때는 아직 오지 않았다고 생각하고 그들 중 한 명의 의견대로 '반란을 들끓게' 내버려 두려고 했던 것이다. 하지만 그는 바리케이드는 완전히 '익었다'라고 판단하고 완전히 '익은' 것은 떨어지는 게 자연스러우므로 돌진하려고 했다.

그는 그와 판박이인 용감한 병사들을, 어느 목격자의 진술에 따르면 '광적인 병사'들을 데리고 있었다. 시인 장 플루베르를 쏴 죽인 부대가 바로 그의 중대로, 거리 모퉁이에 주둔한 대대의 선두 부대였다. 전혀 고려하지 않은 때에 내위는 바리케이드를 향해 그의 중대를 돌격시켰다. 그것은 전술보다는 오만한 태도에서 빚어진 행동인데 판니코 중대에 큰 피해를 끼쳤다. 미처 거리의 3분의 2도 지나지 않아 폭도 측으로부터 총알 세례를 받았다. 가장 앞서 돌진하던 네 명의 용감한 병사들이 각면보 바로 아래에서 총에 맞았다. 그리고 용감한 국민병 무리는 용맹했지만 군인의 강인한 정신이 없었기 때문에 잠시 주저하다가 시체 열다섯 구를 포석 위에 버려둔 채 후퇴할 수밖에 없었다. 그 잠깐의 주저함이 폭도들에게 총알을 다시 잴 수 있는 시간을 벌어 주어, 다시 맹렬히 시작된 일제사격이 그들이 미처 거리 모퉁이로 피신하기도 전에 중대를 덮쳤다. 잠깐 동안 중대는 양쪽의 총격전 사이에 끼어서, 또 중지 명령을 받지 못한 포병이 발사하는 산탄 세례까지 받아야 했다. 대범하고 무모한 판니코도 그 산탄의 희생자 중 한 명이었다. 그는 대포가, 즉 질서가 죽인 것이다.

진지했다기보다 미친 듯 날뛰었던 그 돌격은 앙졸라를 분노하게 했다.

"바보 같은 놈들!"

그는 외쳤다.

"공연히 병사들을 사지로 내몰고 우리 총알을 낭비하게 하는군. 무의미한 일인데 말이야."

앙졸라는 반란군의 진짜 장관처럼 이야기했는데 사실이 그랬다. 반란군과 진압군은 여러모로 상황이 달랐다. 반란군의 무기는 머지않아 없어지는 것으로서 탄약과 전투원이 매우 부족했다. 탄약통이 비어도, 전투원이 죽어도 보충할 방법이 없다. 반면에 군대를 보유한 진압군은 전투원도 아깝지 않았고, 뱅센(병기창 화약고)에서 충분히 탄약을 제공받을 수 있었다. 진압군은 바리케이드 인원 수만큼의 연대와 바리케이드의 탄약통 수만큼 무기 창고를 갖고 있다. 그렇기 때문에 반란은 한 사람과 백 사람이 싸우는 것과 같아서 끝내 바리케이드는 무너지고 말 것이다. 혹시나 갑자기 혁명이 발발하여 천사의 불꽃 검을 전운의 저울 위로 던진다면 모를 일이지만.

그런 일이 생겨나기도 한다. 그 순간 모든 것은 들고일어나고, 포석은 뒤집히고, 민중의 각면보가 곳곳에 만들어지고, 파리는 더할 나위 없이 전율이 일고, '어떤 신성한 그것'이 생겨나고, 8월 10일이 하늘에 오르고, 7월 29일이 공중에 부양하고, 신비로운 빛이 스치고, 거대하게 벌어져 있던 권력의 입은 다물어지고, 호랑이 같은 군대는, 그의 눈앞에 말없이 서 있는 예언자 프랑스를 보게 될 것이다.

밝은 빛이 지나가다

바리케이드를 수호하는 감정과 열정에는 별의별 것이 다 들어가 있다. 그 혼돈 속에는 용기, 청춘, 명예에 대한 기개, 감격, 이상, 확신이 뒤섞여 있으며, 도박꾼들의 정열이 있고, 그리고 특히 주기적으로 되풀이되는 희망이 섞여 있다.

어느 순간 어렴풋이 희망 하나가, 가장 뜻밖인 때에 샹브르리의 바리케이드 안에 떠올랐다.

"주목하시오."

여전히 적의 동정을 살피던 앙졸라가 갑자기 소리쳤다.

"파리가 깨어난 것 같소."

확실히 반란은 6월 6일 아침, 잠깐의 시간 동안에 어느 정도 기운을 되찾았다. 생 메리의 고집스런 경종 소리는 주저하던 그들을 북돋아 주었다. 푸아리에 거리와 그라빌리에 거리에 바리케이드가 세워지고 있었다. 생 마르탱 개선문 앞에서는 기총을 든 한 젊은이가 홀로 1개 중대의 기병과 맞섰다. 몸을 숨길 수도 없는 큰길 한가운데에서 그는 한쪽 무릎을 꿇고 어깨에 총을 올리고, 중대장을 쏴 죽인 뒤 "이제 우리를 방해하는 놈이 또 하나 없어졌다." 하면서 뒤로 돌아섰다. 그 순간 그 젊은이는 군도에 찔려 죽었다.

생 드니 거리에서는 어떤 여자가 가리개를 내린 창문 뒤에 숨어 시의 경비대를 향해 총을 쐈다. 총을 발사할 때마다 가리개의 널빤지가 흔들렸다. 열네 살 소년이 주머니에 탄약을 가득 넣고 코손리 거리를 지나다가 경찰에게 붙잡혔다. 여러 초소가 기습을 당했다. 베르탱 푸아레 거리의 길목에서 생각지도 않은 치열한 소총 사격이 흉갑 기병 1개 연대를 향해 쏟아졌다. 연대는 카베냑 드 바라뉴 장군이 선두에 나서서 앞으로 나가고 있었다. 플랑슈 미브레 거리에서는 집집마다 지붕 위에 올라가 낡은 접시며 살림 도구 등을 군대를 향해 마구 던졌다. 그것은 나쁜 징조였다. 이 일이 술트 원수의 귀에 들어갔을 때, 옛 나폴레옹의 참모였던 그는, 쉬셰가 사라고사 공격 때에 했던 이야기를 떠올리고 고뇌에 빠졌다.

"노파들이 우리 머리 위에 요강을 던지면 우리도 끝장이다."

폭동이 일부에 국한된 것이라 여기던 바로 그때, 갑자기 일어난 곳곳의 징조, 기운을 회복한 분노의 열기, 파리의 문밖, 변두리에 가득 쌓아 놓은 장작더미 위에서 사방으로 튀어 옮는 불꽃, 그 전부가 군대의 지휘관들을 불안에 떨게 했다. 그들은 막 옮겨 붙기 시작한 불을 진화하려고 노력했다. 그러한 작은 불씨를 진화하기 위해 모베나 샹브르리, 생 메리 등의 바리케이드를 공격하는 일은 미루어졌다. 마지막에 바리케이드만을 집중적으로 공격해서 한꺼번에 무너뜨릴 작정이었다. 부대마다 큰 거리의 폭도들을 휩쓸어 버리고, 작은 거리를 감시하면서, 조용하지 않은 거리는 신중하게, 서두르지 않고, 또는 기습적으로 진압해 나갔다. 군대는 사격하는 자들이 숨어 있는 집들의 문을 쳐부수었다. 그와 함께 기병의 행동대가 큰 거리에 몰려 있는 사람들을 해산시켰다. 군대의 그런 행동은 동요를 불러오고, 군대와 민중과의 마찰에 늘 따라오는 어마어마한 소란을 야기했다. 그것이 앙졸라가 포성과 총성 사이에서 찾아낸 바로 그 소리였다. 더욱이 거리 앞쪽에서 들것에 실려 나가는 부상자들을 보고 쿠르페락에게 외쳤다.

"저기 실려 나가는 부상자들은 우리 쪽 사람들이 아냐."

희망은 길게 지속되지 않았다. 광명은 곧 없어져 버렸다. 반시간도 채 비추지 못하고 공중에 흩어졌다. 꼭 천둥을 데려오지 않은 번갯불 같았다. 폭도들은 또다시 민중의 무심함이 던진 무거운 납 같은 무언가가 자기들을 덮치고 있음을 느꼈다.

전반적인 움직임은 희미한 윤곽만을 남긴 채 멈추어 버렸다. 육군 대신의 관심과 장군들의 전술은 마침내 간신히 버티고 있던 네 개의 바리케이드에 집중되었다.

지평선 위로 해가 떠올랐다.

누군가가 앙졸라를 향해 외쳤다.

"모두 아무것도 먹지 못했소. 결국 이대로 아사할 거요?"

여전히 팔꿈치를 총에 올려놓은 앙졸라는 거리 끝을 향한 시선을 거두지 않은 채 인정한다는 듯이 고개를 끄덕였다.

앙졸라가 사랑한 여인의 이름

쿠르페락은 앙졸라 옆에 있는 포석 위에 주저앉아 대포를 향해 욕설을 퍼붓고 있었다. 산탄을 머금은 포탄의 검은 구름이 무시무시한 굉음을 내며 지나갈 때마다 야유를 보냈다.

"목쉬겠어, 이 늙은 망나니야. 괜히 고함만 질러 봤자 아무짝에도 쓸모없어. 도리어 걱정만 산다고. 천둥은 고사하고 재채기 소리 같군."

그 말을 들은 사람들은 박장대소했다.

쿠르페락과 보쉬에는 위험한 상황임에도 불구하고 그들을 격려하기 위해 스카롱 부인처럼 우스갯소리로 배고픔을 덜어 주고, 또 그들에게 포도주 대신 유쾌한 기분을 따라 주며 다녔다.

"앙졸라는 대단해."

보쉬에는 감탄했다.

"아무렇지도 않은 듯이 견디고 있는 용기는 정말 대단해. 홀몸이니까 아마도 약간 비관적인 면이 있을 거야. 앙졸라는 자기가 뛰어나니까 연인이 생기지 않는 거라고 투덜대고 있어. 우린 모두 자신을 바보나 용자로 변하게 하는 연인을 한두 명쯤은 갖고 있지. 호랑이처럼 사랑을 하면 아무리 못해도 사자처럼은 싸울 수 있어. 그것은 처녀들에게 속은 것에 대한 분풀이의 한 방법이거든. 롤랑은 앙젤리크에게 복수하기 위해 전쟁터에서 죽었어. 우리의 용기는 전부 여자들로부터 샘솟는 거야. 연인이 없는 사내는 공이치기가 없는 권총이야. 그런데 앙졸라에게는 연인이 없어. 연애를 하지 않는데도 용감하고 대범하거든. 얼음과 같이 차갑고 불처럼 용맹한 남자를 찾기란 매우 어려운 일이야."

앙졸라는 그 말을 듣지 않는 듯했다. 하지만 만약 가까이에 누군가가 있었다면, 작게 '파트리아(조국_옮긴이).' 하고 말하는 것을 들었을 것이다.

보쉬에의 얼굴에 여전히 웃음이 남아 있을 때 쿠르페락이 소리쳤다.

66

"또 오는군!"

그리고 손님이 왔음을 알리는 종업원처럼 크게 소리쳤다.

"80밀리미터짜리 대포입니다."

드디어 새로운 등장인물이 나타났다. 그것은 두 번째 포문이었다. 포병들은 재빠르게 두 번째 포차를 처음의 포차 옆에 붙였다. 이로써 바리케이드의 마지막은 예상할 수 있었다.

곧이어 두 포문은 동시에 바리케이드 정면으로 일제히 발사되었다. 제일선 보병과 교외 부내기 일제사격을 퍼부으며 포병대를 엄호했다.

약간 떨어진 곳에서 또 다른 포성이 들렸다. 두 포문이 샹브르리 거리의 바리케이드를 공격함과 동시에 또 다른 포문 둘이 생 드니 거리와 오브리 르 부셰 거리에 주둔한 채 생 메리의 바리케이드에 대포를 쏘아 대고 있었다. 네 개의 대포가 서로 을씨년스러운 메아리를 울리고 있었다. 사나운 투견들이 요란하게 짖어 대는 소리가 맞물리고 있었다.

샹브르리 거리의 바리케이드를 향해 있는 대포는 둘이었는데 하나는 산탄을, 또 다른 하나는 유탄을 발사하고 있었다.

유탄이 장전된 포문은 조금 높게 조준되어 탄알이 바리케이드 꼭대기 모퉁이 끝에 맞도록 해서 그곳을 부수고, 포석을 바스러뜨리고, 그 부스러기를 산탄의 파편처럼 폭도들 머리 위로 뿌렸다.

이 포격의 임무는 바리케이드 꼭대기에 있는 폭도들을 쫓아내고 그 안에 모으는 것이다. 이를 테면 돌격을 위한 준비 과정이었다. 폭도들을 유탄이나 산탄으로 바리케이드 위와 주점 창문에서 쫓아내기만 하면, 공격군은 총알에 맞지 않고, 몰래 거리 안으로 들어가서, 어젯밤처럼 갑자기 바리케이드를 넘어 가서, 그리고 어쩌면 기습해서 함락할 수도 있을 것이다

"저 성가신 포문의 입을 좀 닫아야겠어."

앙졸라가 소리쳤다.

"포병을 향해 발사!"

전투원 전원은 준비 태세를 갖추고 있었다. 꽤나 긴 시간 동안 잠자코 있었던 바리케이드는 열광적으로 공격했다. 일종의 분노와 환희에 휩싸인 폭도들은 일고여덟 번이나 총알 세례를 퍼부었다. 거리는 시야를 가릴 만큼 연기가 자욱하게 깔렸다. 잠시 후 불꽃이 만들어 낸 섬광이 포차 아래에 쓰러져 있는 수많은 포병의 시신을 흐릿하게 비추었다. 살아남은 포병들은 침착하게 포차를 조준하고 있었다. 그러나 발포 속도가 확연히 느려졌다.

"좋아. 성공했어."

보쉬에는 앙졸라를 향해 외쳤다.

앙졸라는 머리를 가로저으며 말했다.

"섣부른 판단은 금물이야. 15분 후면 성공인지 판가름 날 걸세. 하지만 15분 후엔 여기에 탄약통이 열 개밖에 없을 거야."

아마도 가브로슈가 이 소리를 들었나 보다.

바리케이드를 빠져나간 가브로슈

쿠르페락은 어떤 사람이 총알이 마구 쏟아지는 바리케이드 밖에 있는 것을 보았다.

그는 가브로슈였다. 술집에서 술병을 담는 용도로 쓰는 바구니를 들고 바리케이드의 갈라진 틈바구니로 나가, 겁도 없이 보루 옆에 죽어 있는 국민병의 탄약통에서 탄약을 꺼내어 바구니에 담고 있었다.

"거기서 뭐하고 있어?"

쿠르페락이 소리쳤다.

가브로슈가 올려다보았다.

"탄약을 줍고 있어요."

"도대체 넌 산탄이 안 보이니?"

가브로슈가 말했다.

"아니요, 막 쏟아지는걸요? 그런데요?"

쿠르페락은 소리를 질렀다.

"당장 이리와!"

"금방 끝나요."

가브로슈는 태연히 내딛었다. 그리고 거리로 팔짝 뛰어갔다.

판니코의 중대가 후퇴하면서 시체를 내버려 두고 간 사실을 알고 있을 것이다. 시체가 스무 구가량 거리 이곳저곳에 흩어져 있었다. 가브로슈에게 그것은 20여 개의 탄약통일 뿐이었다. 폭도들에게 나누어 줄 20개의 탄약통이었다.

화약 연기가 안개처럼 거리에 자욱했다. 높은 절벽 낭떠러지에 걸린 구름을 본 적이 있다면, 양옆으로 줄지어 선 높은 집들 때문에 더욱 짙게 깔린 검은 연기를 떠올릴 수 있을 것이다. 연기는 천천히 올라가고 쉴 새 없이 다시 자욱이 깔렸다. 그 때문에 주변은 점점 어두워지고 한낮의 햇빛마저도 흐릿하게 보였다. 거리의 양 끝에 있는 그들은, 매우 짧은 거리였지만 서로를 잘 볼 수 없었다.

그 어둠은 군대 지휘관들이 원하고 계획했던 것이었지만, 가브로슈에게도 좋았다.

그 연기 속에 숨어서, 작은 체구 때문에 그는 몰래 거리 앞으로 꽤 멀리 나갈 수 있었다. 그리고 국민병이 버리고 간 일고여덟 개의 탄약통을 큰 위기 없이 주울 수 있었다.

가브로슈는 포복해 가고, 달리고, 입에 바구니를 물고, 몸을 비틀고, 미끄러지고, 시체를 타고 넘어 다니면서 다람쥐가 도토리를 줍듯이 탄약을 주웠다.

　바리케이드에서는, 아직 상당히 가까이에 있는 그에게 그 누구도 돌아오라고 강경하게 소리치지 않았다. 적이 눈치챌까 봐 겁이 났던 것이다.

　그는 한 하사의 몸에서 화약통을 찾아냈다.

　"목이 탈 때를 대비해서."

　그는 중얼대면서 화약통을 주머니에 넣었다.

　탄약을 줍는 것에 정신이 팔린 그는 연기가 걷혀 적에게 노출되는 곳까지 나가 버렸다. 그래서 포석 더미 뒤에 숨어 있던 제일선의 저격병과 거리 모퉁이에 모여 있던 저격 국민병들은 연기 속에 갑자기 나타난 움직임을 포착하고 서로 그곳을 가리켰다.

　가브로슈가 경계석 옆에서 죽은 상사의 몸에서 탄약을 꺼내고 있을 때 총알 하나가 날아와 그 시체에 박혔다.

　"이봐!"

　그는 소리쳤다.

　"자기편을 또 총살하는군."

　두 번째 총알이 바로 옆의 포석을 맞추자 불꽃이 튀었다. 세 번째 총알이 탄약을 담은 바구니를 뒤엎었다. 그는 그쪽을 쳐다보고 그 총알이 국민병이 쏜 것임을 알아챘다.

　그는 벌떡 일어서서 머리카락을 바람에 휘날리며 두 손을 허리에 짚고 총알이 날아오는 곳을 매섭게 노려보며 큰소리로 노래를 했다.

　정말 못생겼더군, 낭테르 녀석들은.

　그건 볼테르 때문.

　정말 멍청하더군, 팔레조 녀석들은.

　그건 전부 루소 때문.

그런 뒤 그는 다시 쏟아진 탄약을 모조리 바구니에 담고, 총을 쏘는 쪽으로 다른 탄약통을 빼앗으러 나아갔다. 그 순간 네 번째 총알이 그를 스치며 날아갔다. 그는 노래를 불렀다.

공중이이 아니야, 난,
죄는 볼테르 때문.
난 참새, 자그마한 참새라네,
죄는 전부 루소 때문.

다섯 번째 날아온 총알도 그가 제3절을 노래하게 할 뿐이었다.

더할 나위 없이 명랑하네, 내 성격은.
죄는 바로 볼테르 때문.
더할 나위 없이 초라하네, 내 차림새는
죄는 전부 루소 때문.

꽤 오랫동안 이런 상황이 지속되었다.

무서우면서도 재미났다. 가브로슈는 날아오는 총알을 받으면서도 그것을 놀리고 있었다. 그는 이 상황을 매우 즐기는 듯 보였다. 마치 사냥꾼을 부리로 쪼아 대는 참새 같았다. 그는 총성이 한 번씩 울릴 때마다 답가로 노래를 한 소절씩 불렀다. 적은 계속 그를 향해 쏘았지만 총알은 매번 빗나갔다. 적들도 킬킬거리면서 그를 겨냥했다. 그는 몸을 숙였다가 다시 일어나고, 구석에 몸을 숨겼다가 다시 튀어 나가고, 숨었다가 나타나고, 또 도망쳤다가 다시 돌아오고, 산탄을 흉내 내며, 그러면서도 탄약을 빼앗아 바구니를 채웠다. 폭도들은 불안에 떨며 그를 지켜보고 있었다. 바리케이드는 겁에 질렸으나 당사자는 즐거운 듯 노래를 하고 있었다. 그는 소년도 어른도 아니었다. 그는 신기한 부랑아 요정이었다. 절대 죽지 않는 난쟁이이기도 했다. 총알이 그를 뒤쫓았으나 그는 총알보다 빨랐다. 그는 죽음과 말도 안 되는 무시무시한 술래잡기 놀이를 하는 중이었다. 귀신의 얼굴이 코앞까지 다가올 때마다 부랑아는 손가락을 튕기고 있었다.

하지만 한 총알이 지금까지의 총알보다도 잘 겨냥되었는지, 아니면 제일 음흉했는지, 끝내 불사신 같던 그의 몸에 박히고 말았다. 가브로슈가 비틀대다 쓰러지는 것이 보였다. 바리케이드 안 모든 사람의 탄식 소리가 울려 퍼졌다. 그러나 그 부랑아는 안테우스(쓰러져도 땅에 닿자 다시 살아났다는 거인_옮긴이)의 능력이 있었다. 부랑아가 포석 위에 쓰러지는 것은 곧 안테우스가 땅 위에 쓰러지는 것이다. 가브로슈가 쓰러진 것은 단지 다시 일어나기 위함이었다. 가브로슈는 그 자리에 퍼질러 앉았다. 긴 한 줄의 붉은 피가 뺨을 타고 흘러내렸다. 그는 두 팔을 하늘 높이 들고 총알이 날아온 쪽을 노려보며 노래를 불렀다.

나는 쓰러졌네, 땅 위에.
죄는 볼테르의 때문.
나는 머리를 처박았네, 도랑 속에.
죄는 전부 루소의……

가브로슈는 노래를 끝까지 부르지 못했다. 같은 저격자가 쏜 두 번째 총알이 그의 노래를 멈추게 했다. 이번에는 그의 머리가 포석 위로 고꾸라지고 영영 움직이지 않았다. 그 위대한 어린 영혼은 떠나 버린 것이다.

어떻게 형이 아비 구실을 하는가

같은 시간에 뤽상부르 공원에는—전체를 보는 눈은 구석구석까지 봐야 하기 때문에 이야기하겠는데—두 어린아이가 서로 손을 잡고 걸어가고 있었다. 일곱 살쯤 된 아이와 다섯 살쯤 된 아이였다. 비를 맞았기 때문에 두 아이는 햇살이 비치는 식은 길을 걷고 있었다. 나이 많은 아이가 더 어린아이의 손을 잡고 있었다. 그들은 다 닳은 옷을 입었고 창백했다. 마치 작고 여린 새처럼 보였다.

더 어린아이가 겨우 입을 열었다.

"배고파."

일찍 철이 든 나이 많은 아이는 보호자답게 왼손으로 동생의 여린 손을 꼭 잡고 오른손에 가는 나뭇가지를 들고 있었다.

공원 안에는 그 둘밖에 없었다. 인적이 끊기고 철책 문은 폭동이 일어나자 경찰이 닫아 버렸다. 공원에 주둔하고 있던 군대는 싸우러 나갔다.

두 아이는 어쩌다가 이곳까지 흘러들어 왔을까? 어느 경찰서에서 기회를 엿보고 달아난 것일까? 또는 이 부근의 앙페르 문이나 천문대 언덕이나 그것도 아니면 '그들은 강보에 싸여 있는 갓난아이(어린 그리스도)를 발견했다.'라고 새겨져 있는 박공이 솟아 있는 가까운 네거리, 혹은 광대들의 막사에서 달아난 것일까? 또는 지난밤 폐점 시간에 문지기 몰래 사람들이 신문 따위를 읽는 저 감시초소에서 하루 잠을 잤는지?

사실 그들은 부랑아였으며 언뜻 보기에는 자유로워 보였다. 자유롭게 떠돌아다닌다는 것, 그것은 버림받았다는 것이다. 불쌍한 두 아이는 돌아갈 집이 없었다.

그들은 예전에 가브로슈가 보호해 준 아이들이었음을 여러분도 기억할 것이다. 테나르디에 집안의 아이들로 마농에게 보내져 질노르망 씨의 친자식처럼 키워졌으나, 오늘날엔 나뭇가지에서 떨어진 잎사귀처럼 바람이 데려가는 대로 떠도는 처지가 되었다.

마농네 집에서 살던 때, 깨끗해서 질노르망 씨의 자랑거리였던 그들의 옷도 지금은 더럽고 너덜너덜해졌다.

두 아이는 그 후, 파리의 길거리에서 경찰에게 잡혔다가 다시 도망치기를 반복하며 '기아'의 통계표 속에 포함되어 있었다.

가여운 그들이 이 공원에 흘러들어 온 것은 그날의 소란 때문이었다. 만약 공원 경비원에게 발각되었다면 두 아이는 쫓겨났을 것이다. 돈이 없는 어린아이는 공원 안에 들어갈 수 없다. 하지만 그 아이들도 꽃을 볼 권리가 있음을 기억해야 할 것이다.

그 아이들은 철문이 닫혀 있어서 공원에 머무를 수 있었다.

아이들은 잘못을 저지르고 있었다. 공원에 몰래 들어와 있는 것은 규칙을 위반하는 짓이다. 철문을 닫았다고 해서 감시를 안 하는 것이 아니고, 경비원이 계속 순찰을 돌게 되어 있지만 아무래도 감시가 소홀해지기 마련이다. 더욱이 공원 경비원들도 지금 일어나고 있는 소동에 마음이 쏠려서 이미 공원 경비는 뒷전이 되어, 그 두 명의 위반자를 못 본 것이다.

어제는 비가 내렸고, 오늘 아침에도 한줄기 쏟아졌다. 하지만 6월에 내리는 소나기는 별게 아니다. 비바람이 끝난 뒤 한 시간만 지나면 비가 왔는지도 모를 만큼 말끔히 개어 버린다.

하지가 머지않은 지금, 대낮의 햇빛은 살을 태우는 듯 따갑다. 그것은 세상 전부를 덮친다. 그것은 끈질기게 땅에 달라붙어 물을 빨아먹는다. 태양은 몹시 목이 마른 듯했다. 저녁에 잠깐 퍼붓는 소나기는 한 잔의 음료밖에 안 됐다. 한줄기의 소나기는 이내 말라 버렸다. 오전에 폭우가 내려도 오후에는 모든 것에 먼지가 일어난다.

비가 씻겨 주고 햇빛이 닦아 준 나뭇잎의 초록보다 황홀한 것은 없다. 그것은 찌는 듯한 더위 속에서 맛보는 청량음료이다. 정원이나 수목원의 나무는 뿌리에 물을 가득 담고 꽃은 햇빛을 담고 향로처럼 모든 향기를 한꺼번에 뿜어낸다. 세상 모든 것이 웃으며 노래를 부르고 춤을 춘다. 사람들은 향긋함에 도취된다. 이른 여름은 얼마간 파라다이스이고 태양은 우리의 마음을 여유롭게 만든다.

세상에는 그것으로 충분히 만족하는 사람이 있다. 파란 하늘을 올려다보며, "이것으로 됐다!" 하는 천하태평한 사람, 자연의 경이로움에 빠져 그것을 찬양하는 나머지, 선과 악에 대해 관심이 없어지는 몽상가, 유유자적하며 인간 생활에서 일어나는 일들을 잊어버리는 명상가, 나무 그늘에서 편히 꿈꿀 수 있는데도, 타인의 배고픔이나, 목마름이나, 빈곤한 자들이 헐벗은 채 겨울을 보내는 것이나, 아이들 등뼈의 임파성 만곡이나, 지저분한 침대, 고미다락방, 지하 감옥, 그리고 소녀의 너덜너덜한 옷 등을 하나하나 걱정하는 사람의 마음을 모르겠다는 우주의 명상가. 그들은 모두 평온하지만 가혹하고 비정하고 악독한 마음이 가득한 사람들이다.

신기하게도 무한한 것만으로도 그들은 충분했다. 그들은 인간의 욕구 중 가장 큰 비중을 차지하는 너그럽게 감쌀 수 있는 유한한 것을 알지 못한다. 유한한 것은 발전을 가능하게 한다는 그 거룩한 작용을 그들은 고려하지 않는다. 무한과 유한과의 인간적이자 신적인 결합이 만드는, 정확하지 않은 무언가를 그들은 보지 못한다. 광대무변한 것을 만나기만 하면 그들은 만족의 웃음을 흘린다. 결단코 크나큰 기쁨을 느낄 수 없지만 늘 황홀감에 빠져 있다. 뭔가에 빠지는 것, 그것이 그들의 인생인 것이다. 인류의 역사도 그들에게는 한낱 자질구레한 일에 불과하다.

'모든 것'은 거기에 들어가 있지 않다. 진정한 '모든 것'은 그곳 밖에 있다. 인간 따위에게 마음을 써서 뭐하겠는가? 인간은 고통스러워하고 있다. 어쩌면 그럴지도 모른다. 하지만 밤하늘에 반짝이는 알데바란 별을 보라. 어미에게 젖이 나오지 않든, 갓난쟁이가 죽어가든 나와는 상관없다. 하지만 현미경 속에 전나무의 백목질의 테가 그리는 이 아름다운 장미 모양을 들여다보라! 그리고 가장 아름답다는 벨기에의 말린에서 생산되는 레이스와 비교해 보라! 그렇지만 이 사상가는 사랑을 잃어버리고 있는 것이다.

하늘의 황도대는 그들의 눈을 가려 버리고 우는 아이들조차 못 보게 하는 것이다. 신은 그들의 영혼을 잠재우고 있다. 그것은 보잘것없이 작을 뿐만 아니라 위대한 정신의 한 종류이다. 그런 사람들 중에는 호라티우스, 괴테, 라퐁텐이 포함된다. 그들은 무한만을 사랑하는 그야말로 위대한 이기주의자이며 인간의 괴로움에 관한 냉철한 방관자여서 날씨만 화창하면 폭군 네로는 나 몰라라 하고, 햇볕에 눈이 홀려서 화형대를 알아보지 못하고, 단두대에 사람의 목을 올리는 것을 보면서도 오로지 빛의 작용을 관찰하려고 할 것이다. 외침도, 흐느낌도, 죽음의 숨소리도, 경종 소리도 듣지 않고, 5월이 존재하는 이상 모든 것이 만족스럽고, 황혼이 붉게 물드는 것만으로도 충분하다고 말하고, 반짝이는 별과 새들의 노래가 끝날 때까지는 행복하리라 생각하는 것이다.

그들은 기쁨으로 얼굴을 반짝이는 어둠 속 인간들이다. 그들은 자신이 한심하다고는 눈곱만치도 생각하지 않는다. 하지만 틀림없이 그들은 가여운 인간들이다. 눈물이 없는 사람은 진실을 알지 못한다. 눈썹 아래의 눈 대신 이마 한가운데에 별을 박아 놓은 밤이자 낮인 그들이야말로 가여운 동시에 찬양해야 할 인간들이다.

어떤 이는 고상한 철학에서 그런 사상가의 무관심이 생겨난다고 주장한다. 어쩌면 그럴 수도 있다. 하지만 그 고상함 속에는 장애자와 비슷한 부분이 있다. 인간은 영원히 사라지지 않지만 반면에 다리를 절룩일 수도 있다. 불카누스 신처럼. 인간은 인간 이상일 수도, 그 이하일 수도 있다. 자연은 완전하지 않다. 태양이 맹인이 아니라고 누가 말할 수 있을까?

그러면 대체 무엇을 믿어야 할까? 태양이 거짓이라고 말할 수 있는 사람이 있을까? 그러면 천재도, '존엄한 사람'도, 별과 같은 사람도 잘못을 저지를 수 있단 말인가? 까마득히 높은 곳에, 맨 위에, 맨 끝에, 하늘 맨 위에 있는 자, 땅 위에 무수한 빛을 비추는 자, 그의 눈은 거의 볼 수 없는가, 잘 볼 수 없는가, 아예 보이는 것이 없는가? 만약 사실이라면 희망은 없는 것이 아닌가? 아니, 그러면 태양 위에 존재하는 것은 무엇인가? 신이 존재하는 것이다.

1832년 6월 6일, 오전 11시쯤 뤽상부르 공원은 텅 비어서 적적했지만 매력적이었다. 빛 속의 나무들과 꽃들은 아름답게 반짝였고, 달콤한 향기를 퍼뜨리고 있었다. 한낮의 햇살에 취한 나뭇가지들은 서로 껴안는 것 같았다. 큰 단풍나무에서는 멧새가 지저귀고, 참새들은 자랑하듯 조잘대며, 너도밤나무에서는 검은 딱따구리가 딱딱딱 구멍을 내는 소리가 들렸다. 화단에는 꽃들의 왕인 백합이 피어 있었다. 가장 숭고한 향기는 하얀 빛 속에서 퍼지는 향기이다. 카네이션의 톡 쏘는 향기도 풍기고 있었다. 마리 드 메디치가 아끼던 새는 예전과 변함없이 숲 속에서 사랑의 말을 주고받고 있었다. 튤립은 태양이 만들어 낸 불꽃처럼 금빛과 붉은 빛을 반짝이며 타오르고 있었다. 그리고 그 주변을 꿀벌이, 불꽃처럼 피어 있는 그 꽃들의 작은 불똥인 양 맴돌고 있었다. 모든 것이, 한 번 더 쏟아질 소나기마저도 고상하고 생기발랄했다. 그 소나기도 꽃을 해친다고는 하지만 은방울꽃이나 인동덩굴에겐 좋았으므로 전혀 걱정할 게 없었다. 제비는 낮게 비행하면서 깜찍하게 주변을 놀랬다. 그곳의 모든 것은 행복을 먹고 생명은 향긋한 향기를 풍기고, 주변의 자연은 순수함과 보살핌과 따뜻한 마음과 사랑스런 손길과 밝은 빛을 퍼뜨리고 있었다. 하늘에서 내려오는 사상은 어린아이의 작은 손에 키스할 때의 느낌과 같이 보드라웠다.

나무 아래의 벌거벗은 하얀 조각들은 빛의 반점이 그려진 그림자의 옷을 입고 있었다. 그리고 하얀 조각들의 여신은 태양의 누더기에 감싸여 있었다. 태양은 사방에서 그녀들에게 빛의 화살을 날리고 있었다. 연못가는 바닥을 드러내고 있었다. 그래도 이따금 바람이 도처에 작은 먼지를 감아올리고 있었다. 작년 가을부터 이곳을 지키던 누런 낙엽이 서로 술래놀이를 하듯 날리고 있었다.

풍요로운 빛은 왠지 마음을 차분하게 하는 힘을 갖고 있었다. 생명과 수액과 열과 증기가 흘러넘쳐서 세상의 모든 것에 그 원천의 광대함을 느낄 수 있었다. 사랑이 배어 있는 숨결 속에, 반사와 반영과 엇갈림 속에, 그 굉장한 빛의 방출 속에, 자유로이 움직이는 황금의 무한한 유출 속에, 무한한 것의 낭비가 느껴졌다. 그리고 불빛 뒤에서는 수많은 별을 만들어 내신 하느님을 남몰래 느낄 수 있었다.

모래를 깐 덕분에 진흙의 얼룩은 찾아볼 수 없고, 비가 내린 덕분에 흙먼지는 조금도 날리지 않았다. 방금 목욕한 듯한 풀숲은 갖가지의 벨벳, 새틴, 에나멜, 황금이 꽃으로 피어나 맑고 깨끗했다. 그 호화찬란함은 곧 청결 그 자체였다. 공원은 온통 행복한 자연이 내는 침묵으로 가득했다. 둥지 속에 들어앉은 비둘기가 우는 소리, 벌 떼가 윙윙거리는 소리, 바람 소리 같은 수많은 소리가 노래가 되어 흐르고 있었다. 이 모든 것이 하나로 화합하여 계절의 조화를 이루고 있었다.

봄이 때에 맞게 물러가고 있었다. 라일락이 지려 하자 재스민이 꽃을 피우려 했다. 어떤 꽃은 때를 놓친 것 같았고, 어떤 곤충은 좀 빠른 것 같았다. 6월의 나비인 붉은 나비들이 5월의 흰 나비와 어울리고 있었다. 플라타너스는 새 옷으로 갈아입고 있었다. 약한 바람이 큰 너도밤나무에게 잔물결을 일으키고 있었다. 그야말로 멋진 광경이었다. 인근 병영에 있는 한 늙은 병사가 철책 사이로 공원을 들여다보며 밀했다.

"제대로 차려입은 봄이로군."

모든 자연이 아침을 먹고 있었다. 세상의 모든 것이 식탁 앞에 앉아 있었다. 즉 밥을 먹는 시간이었다. 하늘에 파란 식탁보가 펼쳐지고, 땅에는 초록색 식탁보가 깔렸다. 태양은 눈부시게 빛나고 있었다. 신은 모두의 식사를 보살피고 있었다. 생명체들은 각자의 음식을 먹고 있었다. 산비둘기는 대마 열매를 따 먹고, 되새는 좁쌀을 쪼아 먹고, 방울새는 별꽃을 갖고, 울새는 벌레를 잡아먹고, 꿀벌은 꽃을 차지하고, 파리는 작은 생물을 찾아내고, 깊은 산의 멧새는 파리를 잡아먹었다. 서로를 잡아먹는 경우도 어느 정도 있었다. 그것은 선과 악이 공존하는 자연의 신비이다. 하지만 아무도 굶주리지 않았다.

큰 분수 앞에 버려진 두 아이가 있었다. 그런데 그 아이들은 주위를 감싸고 있는 너무도 밝은 빛에 놀라 어디든 몸을 감추려 했다. 그것은 비록 비인간적이라 할지라도 어떤 장대한 것을 마주했을 때 드러나는 모든 약자들의 본능이었다. 그래서 두 아이는 백조의 집 뒤에 몸을 감췄다. 가끔 곳곳에서 고함을 치는 소리, 떠들썩한 소요, 어수선하고 시끄러운 총소리가 바람에 실려 왔다. 그리고 그 사이사이에 멀리서 대포가 터지는 둔중한 소리가 들렸다. 그리고 시장을 향해 줄지어 선 집들의 지붕 위에는 연기가 잔뜩 끼어 있었다. 멀리서 사람을 부르는 듯한 종소리가 울려 퍼졌다.

두 아이는 그 소리가 안 들리는 듯했다. 동생은 간혹 힘없이 중얼거렸다.

"배고파."

큰 분수 앞으로 그 아이들과 다른 두 사람이 동시에 다가갔다. 쉰 살쯤으로 보이는 남자가 여섯 살쯤 된 남자아이의 손을 잡고 있었다. 그들은 아버지와 아들 사이인 것 같았다. 아들의 손에는 큰 빵이 들려 있었다.

그때 마담 거리나 앙페르 거리 등 센 강변에 있던 집들은 뤽상부르 공원의 열쇠를 갖고 있어서 그곳에 곁방살이를 하던 사람들은 공원을 아무 때나 들어올 수 있었다. 이 너그러운 조치는 그 후 없어졌다. 그들도 아마 그런 사람들일 것이다.

두 불쌍한 아이는 그 '신사'를 발견하고 조금 더 깊이 몸을 감췄다.

그 신사는 중류층 사람이었다. 어쩌면 그는 어느 땐가 마리우스가 이 큰 분수 앞에서 본 적 있는, 아들을 향해 다정하게 "조심해야 된다." 하고 말하던 그 사람인지도 모른다. 그 신사는 친절해 보였지만 다소 거만하게 행동했고, 그 입은 항상 미소 짓고 있었다. 그 판에 박힌 미소는 주걱턱인 데다 얇은 피부 때문에 생기는 것이어서 마음보다는 이를 보이고 있는 것과 같았다. 빵을 먹던 아들은 벌써 배가 부른 듯했다. 아들은 폭동 때문에 국민병의 제복 차림이었지만 아버지는 단정하게 평상복 차림을 하고 있었다.

그들은 두 마리의 백조가 노닐고 있는 연못 옆에서 걸음을 멈추었다. 그 중류층은 백조를 남달리 좋아하는 것처럼 보였다. 그의 걸음걸이는 백조의 것과 닮아 있었다. 그런데 백조는 지금 헤엄을 치는 중이었다. 헤엄은 백조의 귀중한 능력이었다. 그 모습은 멋졌다.

만약 두 불쌍한 아이들이 주의 깊게 들었다면, 또는 철이 들었을 나이였다면, 그들은 점잖은 한 사람이 한 이야기를 들었을 것이다. 아버지는 아들에게 이야기했다.

"지혜로운 인간은 작은 것에 만족하며 산단다. 아버지를 봐. 나는 호화로운 것을 욕심내지 않아. 내가 많은 돈을 가졌거나 비싼 옷을 입은 것을 본 사람은 아무도 없어. 그런 겉치레는 지각없는 사람이 하는 짓이야."

그 순간 시장 쪽에서 종소리와 요란한 소리에 뒤섞여 크게 부르짖는 소리가 들려왔다.

"저건 무슨 소리야?"

아들이 말했다.

"축제 소리야."

아버지는 웃으며 말했다.

문득 그는 초록색 백조의 집 뒤편에 숨어 있는 누더기 차림의 두 아이를 발견했다.

"저것으로부터 시작되지."

그는 이야기했다. 그리고 잠시 말을 멈추었다가 다시 입을 열었다.

"이 공원에 무정부주의가 숨어 있구나."

그 사이에 아들이 먹던 빵을 뱉더니 느닷없이 울음을 터뜨렸다.

"왜 울어?"

그가 아들을 달래며 물었다.

"배가 불러."

아들이 울음을 그치며 말했다.

그의 미소가 유난히 눈에 띄었다.

"배가 불러도 빵 한 개 정도는 다 먹을 수 있어."

"이 빵은 싫어. 딱딱하단 말이야."

"안 먹을 거야?"

"안 먹을 거야."

그는 손가락으로 백조를 가리키며 말했다.

"그럼 백조에게 던져 주렴."

아들은 주저했다. 빵이 먹기 싫다고 해서 꼭 그것을 다른 사람에게 줄
필요는 없었다.

그는 계속 말을 덧붙였다.

"동정심을 가져야 해. 동물을 불쌍하게 생각해야 해."

그리고 아들의 손에서 빵을 가로채 그것을 연못을 향해 던졌다. 빵은
연못 물 위로 떨어졌다. 백조는 빵과 멀리 떨어진 연못 한가운데서 노
닐고 있었다. 하지만 백조는 중류층의 그들과 빵에겐 눈길조차 주지 않
았다.

그는 과자가 무용해질까 봐, 그 불필요한 손해에 애가 달아서 크게 팔
을 휘저으며 간신히 백조의 관심을 끌었다.

백조는 물 위의 빵을 발견하고 마치 배처럼 빵을 향해 흰 동물에 걸맞은 위엄 있는 태도로 서서히 다가왔다.

"시뉴(백조)는 시뉴(암호)를 이해하는군."

그는 자신의 재치를 자랑하며 이야기했다.

그 순간 멀리서 들리던 요란한 소리가 갑자기 커졌다. 이번 소리는 왠지 불길했다. 특히 바람이 분명한 어떤 사실을 알려 주듯 불어왔다. 그때, 바람이 실어 온 소리는 북소리와 고함을 지르는 소리와 그리고 장마처럼 쏟아지는 사격 소리와 경종과 대포가 주고받는 우울한 대화 소리였다. 그 소리들과 걸음을 맞추듯 검은 구름이 순간 태양을 삼켰다.

백조는 그때까지 빵이 떨어져 있는 곳까지 오지 않았다.

"집에 가자."

그가 아들을 향해 말했다.

"그들이 튈르리 궁을 습격하는구나."

그는 아들의 손을 꽉 쥐었다. 그런 뒤 계속 말을 덧붙였다.

"튈르리 궁에서 뤽상부르 공원까지는 왕족과 귀족들 사이처럼 매우 가깝단다. 곧 총알이 마구 떨어질 거야."

그는 하늘을 올려다보았다.

"더욱이 비가 또 쏟아질 것 같구나. 하늘까지 제 역할을 톡톡히 하는군. 분가(부르봉 왕가의 분가를 뜻함_옮긴이)의 앞날은 결정됐어. 자, 어서 집으로 가자."

"백조가 빵을 먹는 모습을 볼래요."

아들이 얘기했다.

"그건 조심성 없는 행동이야."

그가 아들을 나무랐다. 그런 뒤 그는 아들의 손을 잡아끌며 서둘러 갔다. 하지만 백조에게 미련이 남은 아들은 연못이 꽃밭에 가려져서 안 보일 때까지 연못에서 눈을 떼지 못했다.

그 부자가 돌아가는 동안, 백조와 두 부랑아들이 빵에 다가갔다. 빵은 수면 위에 둥둥 떠 있었다. 동생의 눈은 빵을 보고 있었고, 형은 멀어져 가는 두 부자를 보고 있었다.

그 부자는 마담 거리 쪽 나무가 울창한 오솔길로 접어들어 높은 계단을 올라갔다.

그들의 모습이 사라지자 형은 재빨리 연못가에 바짝 엎드렸다. 오른손으로 땅을 짚고 곧 물에 빠질 만큼 아슬아슬하게 몸을 내밀어 왼손에든 긴 막대기를 빵을 향해 뻗쳤다. 백조는 라이벌이 나타나자 빨리 헤엄쳐 왔다. 하지만 작은 낚시꾼에겐 그것이 오히려 고마운 일이었다. 백조가 물결을 일으켜 빵을 아이의 막대기 앞으로 가만히 밀어 주었던 것이다. 백조가 근접했을 때 빵은 막대기 끝에 닿았다. 그러자 아이는 물을 튕겨서 빵을 끌어당기고, 백조를 쫓아내고, 빵을 건진 뒤 일어났다. 빵은 축축이 젖어 있었다. 하지만 두 아이는 먹을 빵과 물이 절실히 필요했다. 형은 빵을 크기가 다르게 갈라서 큰 것을 동생에게 건네면서 얘기했다.

"자아, 어서 이걸 총 속(배 속_옮긴이)에 넣으렴."

죽은 아비는 곧 죽을 아들을 기다린다

마리우스는 바리케이드 밖으로 달려 나갔다. 콩브페르가 뒤를 이어 달려갔다. 하지만 이미 늦었다. 가브로슈의 몸은 사늘하게 식어 있었다. 콩브페르는 탄약이 든 바구니를 나르고 마리우스는 가브로슈의 시신을 옮겼다.

아아! 마리우스는 탄식했다. 이 소년의 아비가 내 아버지께 베풀어 준 호의를 지금 내가 그 아들에게 되갚고 있구나. 다만 테나르디에는 살아 있는 내 아버지를 안고 왔으나 나는 그의 죽은 아들을 안고 가는구나.

가브로슈를 안고 바리케이드 안으로 들어왔을 때 그의 얼굴은 소년과 같이 피로 얼룩져 있었다. 가브로슈를 안아 들기 위해 몸을 숙였을 때 탄알 하나가 그의 머리를 스쳤던 것이다. 그는 피가 나는지도 몰랐다.

쿠르페락이 넥타이를 풀어 그의 이마를 싸맸다.

폭도들은 가브로슈를 마뵈프 노인 옆에 눕히고, 두 시신 위에 검은 숄을 덮었다. 그 숄은 두 사람의 몸을 덮기에 충분했다.

콩브페르는 가브로슈가 주워 온 탄약을 모두에게 나눠 주었다. 각각 열다섯 발씩 주어졌다.

장 발장은 여전히 경계석 위에 잠자코 앉아 있었다. 콩브페르가 그에게 총알 열다섯 발을 건네자 그는 머리를 가로저었다.

"정말 흔치 않은 사람이야."

콩브페르가 앙졸라에게 속삭였다.

"이 바리케이드 안에 있으면서 전투에 참가하지 않으니."

"그렇지만 바리케이드를 지키고 있긴 하지."

앙졸라가 말했다.

"영웅에도 별종이 있군그래."

콩브페르는 투덜대듯 말했다.

그 말을 들은 쿠르페락이 끼어들었다.

"마뵈프 영감과는 다른 부류야."

여기서 특히 알아 둬야 할 점은 바리케이드를 향해 발사되는 총격이 그 안까지 혼란에 빠뜨리지는 못하고 있단 것이다. 이런 싸움의 소용돌이를 빠져나온 경험이 전혀 없는 자는, 그 동란에 섞여 있는 신기하도록 고요한 순간을 도지히 생각할 수 없을 것이다. 사람들은 떠돌아다니고, 수다를 떨고, 장난을 쳤다. 한 전투원은 산탄이 빗발치는 상황에서 "우린 홀아비들이 아침을 먹는 것처럼 이곳에 있어." 하고 농담하는 것을 들었다. 샹브르리 거리의 바리케이드 안는 굉장히 고요했다. 별의별 변화, 별의별 국면이 다 등장했다. 또는 다 등장하려고 했다. 위기의 상황은 머지 않아 험난해지고, 그 험난한 상황은 점점 절망적인 상황이 되려고 했다. 상황이 갈수록 참담해지면서 영웅적인 빛이 서서히 바리케이드를 붉게 물들여 갔다. 앙졸라는 위엄이 있으면서도 정중하게 바리케이드를 지휘하고 있었다. 마치 음침한 정령 에피도타스에게 칼을 바치는 스파르타의 젊은이 같은 모습이었다.

콩브페르는 앞치마를 하고 부상자들을 치료하고 있었다. 보쉬에와 푀이는, 사브토슈가 티시외 시체에서 빼앗은 화약으로 탄약을 제조하고 있었다.

보쉬에는 푀이를 향해 말했다.

"우리는 곧 화성으로 떠나는 승합마차에 오르려고 하지."

쿠르페락은 앙졸라 옆에 쌓아 둔 포석들 위에 단장이며 소총, 두 자루의 기병용 권총 등 자신이 소유한 모든 무기를, 젊은 아가씨가 반짇고리를 정돈하듯이 정성을 기울여 가지런히 정돈해 놓았다.

장 발장은 입을 꼭 다문 채 우두커니 앞에 있는 벽을 쳐다보고 있었다. 한 노동자는 위슐루 부인의 큰 밀짚모자를 쓰고 "일사병에 걸릴까 봐 겁나요." 하고 지껄이고 있었다.

엑스의 쿠구르드 청년들은 마지막으로 사투리를 쓰려는 듯 저희들끼리 유쾌한 대화를 나누고 있었다. 졸리는 위슐루 부인의 거울을 가져와 자기의 혀를 들여다보고 있었다. 몇몇의 폭도들은 서랍 속에서 곰팡이가 잔뜩 핀 빵 조각을 찾아내고 허겁지겁 그것을 먹고 있었다. 마리우스는 돌아가신 아버지께서 이제 곧 자기에게 무슨 말씀을 할 것인지를 짐작하니 불안해졌다.

먹이로 전락한 독수리

여기서 잠깐 바리케이드 고유의 심리적 사실을 하나 알려 주겠다. 이 굉장한 시가전을 다른 것과 구별 지어 주는 것은 어떤 것도 빼놓아서는 안 되기 때문이다.

지금 이야기한 것 같은 내부의 적막이 얼마만큼이든, 바리케이드 안 사람들에게 바리케이드는 역시 일종의 환영에 불과했다.

내란에는 묵시록적인 미스터리가 있다. 온갖 알 수 없는 안개가 그들의 잔혹한 불길에 뒤섞여 있다. 혁명은 스핑크스와 같다. 바리케이드를 나온 사람들은 모두가 꿈에서 깨어나는 듯한 느낌이 들었다.

우리가 마리우스에 대해 말한 것처럼, 혹은 이제 곧 말하려는 그 결과처럼, 그런 곳에서 사람들이 절실히 느끼는 것은 사실 목숨이 아니다. 바리케이드를 빠져나가면 이미 자기가 본 것의 정체를 알지 못한다. 두려웠으나 그것의 정체를 모른다. 그들은 사람의 탈을 쓴 투쟁의 관념에 사로잡혀 있었던 것이다. 미래의 빛 속으로 머리를 박고 있었던 것이다. 시체가 누워 있고, 귀신이 우뚝 서 있었다. 시간은 웅대하고 영원히 계속될 것 같았다. 그들은 죽음 속에서 숨 쉬고 있었던 것이다. 온갖 귀신이 지나갔다. 그건 뭐였을까? 피가 흥건히 묻은 손도 봤다. 고막을 찌르는 듯한 엄청난 소요도, 두려운 적막도 있었다. 벌어진 입은 지껄여대기도 했고 그대로 잠자고 있기도 했다. 그들은 연기 속에, 어쩌면 어둠 속에 있었는지도 알 수 없다. 가늠조차 하기 힘든 깊은 곳에서부터 새어 나오는 참혹한 것에 닿는 것 같은 느낌이다. 손톱에 낀 어떤 붉은 것이 보였다. 더는 기억나지 않았다.

그럼 이제 상브르리 거리로 나시 가자.

갑자기 두 번의 일제사격 중간에, 멀리서 시간을 알리는 종소리가 울려 퍼졌다.

"12시군."

콩브페르가 입을 열었다.

종이 열두 번을 미처 다 치기도 전에 앙졸라는 벌떡 일어나서 사람들을 향해 크게 외쳤다.

"포석을 집 안으로 가져가. 모든 창문을 포석으로 막아. 패를 반으로 나누어 한쪽은 사격을 하고, 나머지는 포석을 가져와. 서둘러! 1분도 낭비해선 안 돼!"

거리 끝에 도끼를 짊어진 소방병 한 대가 곧 공격할 태세로 등장한 순간이었다.

그들은 한 대열의 앞부분에 지나지 않았다. 당연히 그 대열은 공격종대였다. 그 이유는 바리케이드를 부수라는 지시를 받은 소방병은 늘 돌격 명령을 받은 병사들의 선두에 서야 했기 때문이다.

클레르몽 토네르 씨가 1822년에 '넥타이를 바짝 조른 것'이라고 말했던 위기의 순간이 도래하고 있었다.

앙졸라의 명령은 즉각 행동으로 옮겨졌다. 배와 바리케이드는 절대 빠져나갈 수 없는 유일한 두 전쟁터였다. 1분도 지나지 않아 술집의 입구에 쌓여 있던 포석의 3분의 2가 2층과 고미다락방으로 옮겨졌고, 2분이 지나기 전에 그 포석들은 2층과 고미다락방의 창문을 절반 정도 막았다. 작업을 총괄하던 푀이는 여러 곳에 몇 개의 구멍을 만들어 총구를 넣을 수 있게 했다. 창문을 막는 일은 산탄 발사가 그쳤기 때문에 순조롭게 진행되었다. 하지만 지금 두 개의 대포는 돌격하기 좋은 작은 틈이라도 내기 위해 바리케이드 중앙에 유탄을 마구 발사하고 있었다.

방어전에 쓰일 마지막 포석이 옮겨졌을 때, 앙졸라는 마뵈프 영감의 시신이 눕혀 있는 식탁 밑에 두었던 술병을 전부 2층으로 옮기게 했다.

"대체 이걸 누가 마시나?"

보쉬에는 궁금한 듯 물었다.

"저놈들이야."

앙졸라가 말했다.

그런 뒤 전투원 전원은 아래층 창문을 단단히 닫고, 영업이 끝난 술집 문을 안에서 걸어 잠그는 쇠 빗장을 어느 때라도 걸 수 있도록 준비했다. 요새는 만반의 준비가 끝났다. 바리케이드는 성벽으로 탈바꿈하였고 주점은 성탑의 모습을 갖추었다.

그들은 남은 포석으로 바리케이드의 틈새를 꼼꼼히 막았다.

방어군은 늘 탄약을 아껴야 했고, 또 그런 사정을 매우 잘 알고 있는 공격군은 적을 불안하게 만드는 계략을 꾸며서, 아무 때나 총격을 가했지만, 그것도 진짜라기보다는 상대를 속이기 위함이었으므로 아무렇게나 쏘아 대는 것이었다. 공격 준비는 항상 변함없이 느리게 진행되고, 그런 뒤 번개처럼 공격해 들어온다.

그 느린 준비 시간을 이용해 앙졸라는 상대의 동태를 알아내고 방어를 완벽하게 준비할 수 있었다. 이토록 용감한 자들이 목숨을 잃을 때에는 그 죽음 또한 위대해야 한다고 그는 믿고 있었다.

앙졸라는 마리우스를 향해 입을 열었다.

"우리 두 사람은 대장일세. 나는 집 안에서 최후의 명령을 내리겠네. 자네는 밖에서 동정을 살펴 주게."

마리우스는 바리케이드 맨 위로 올라가서 적의 동정을 살폈다. 앙졸라는 여러분도 이미 알고 있는 야전병원으로 바뀐 주방의 문에 못을 박도록 지시했다.

"부상자들을 다시 다치게 해선 안 돼."

그는 이야기했다.

그런 뒤 그는 아래층 홀로 내려가서 짧은, 하지만 굉장히 차분한 목소리로 최후의 명령을 내렸다. 주의 깊게 듣고 있던 푀이는 전투원 전원을 대표해서 명령에 응답했다.

"2층 계단을 부숴 버릴 도끼가 몇 자루 필요해. 준비할 수 있겠나?"

"그럼."

쾡이가 대답했다.

"몇 개나 있지?"

"일반적인 도끼 두 개와 백정들이 쓰는 도끼 하나야."

"좋아. 전투원은 모두 스물다섯 명이야. 총은 얼마나 있지?"

"서른네 자루."

"여덟 개가 남는군. 그것도 모두 총알을 넣어서 옆에 두게. 군도와 권총은 허리띠에 차시오. 스무 명은 바리케이드로 가시오. 나머지 여섯 명은 고미다락방과 2층 창문 뒤에 몸을 숨기고 포석의 틈새로 공격군을 향해 사격하고. 움직일 수 있는 자는 모두 공격해야 해. 머지않아 공격의 북소리가 들리면 스무 명은 바리케이드를 향해 달려가라. 도착한 순서대로 좋은 자리를 차지하라."

모두 그의 명령에 따라 흩어지자 앙졸라는 자베르를 향해 입을 열었다.

"너를 어떻게 처리할지가 남았군."

앙졸라는 식탁 위에 권총 하나를 올려놓으며 말했다.

"여기에 마지막으로 남아 있는 사람이 이자의 머리에 총을 쏘기로 한다."

"이곳에서?"

어떤 자가 되물었다.

"아니, 이자의 시체를 우리 동료들의 시신과 함께 둬선 안 돼. 몽데투르 거리에 세워진 작은 바리케이드는 넘어 갈 수 있어. 높이가 4피트 정도이니까. 이자는 포박되어 있으니 그곳까지 끌고 가서 그곳에서 죽이는 게 좋겠어."

그때 앙졸라보다 더 담담한 사람이 한 명 있었다. 그자는 자베르였다.

갑자기 장 발장이 앞으로 나왔다. 그는 여태까지 폭도들과 함께 있었다. 장 발장은 앙졸라를 향해 입을 열었다.

"그대가 대장이오?"

"맞소."

"당신, 얼마 전에 내게 고맙다고 했었지요?"

"공화국을 위해. 두 사람이 이 바리케이드를 지켜 냈소. 한 사람은 마리우스 퐁메르시고, 또 다른 사람은 당신이오."

"당신은 내가 그 내가를 받을 만한 사람이라고 여기시오?"

"당연하오."

"그러면 내 요구 한 가지만 들어주시오."

"말하시오."

"저자를 내가 처형할 수 있도록 해 주시오."

자베르는 머리를 들고 장 발장을 쳐다보며 미세하게 몸을 흔들더니 입을 열었다.

"그렇군."

앙졸라는 어느덧 자신의 기총을 장전하고 있었다. 그는 주변 사람들을 향해 말했다.

"반대하는 사람은 없소?"

모두의 동의를 구한 그는 장 발장을 바라보았다.

"그럼 이자를 끌고 가시오."

이리하여 장 발장은 자베르를 자기 손아귀에 넣을 수 있었다. 그는 권총을 쥐고, 딸깍하는 작은 소리로 총알이 들어 있음을 확인했다. 그리고 거의 같은 시각에 나팔소리가 울려 퍼졌다.

"놈들이 몰려온다!"

바리케이드 위에서 마리우스가 소리쳤다.

자베르는 특유의 소리 없는 웃음을 터뜨리더니 폭도들을 똑바로 쳐다보며 말했다.

"너희들은 나보다 더 위험할걸."

"모두 밖으로 나가!"

앙졸라가 소리쳤다.

그들은 요란하게 달려 나갔다. 밖으로 뛰쳐나가던 그들은 등 뒤로 자베르의 말―그런 식으로 말하는 것은 실례지만―을 들었다.

"그럼, 머지않아 또 봅시다!"

장 발장의 앙갚음

장 발장은 모두 밖으로 나가자 자베르를 탁자에 매어 놓았던 밧줄을 풀었다. 그런 뒤 일어나라는 눈짓을 보냈다. 자베르는 쇠사슬에 매인, 정부의 권위가 쏠려 있는, 도무지 의미를 알 수 없는 미소를 지으며 일어났다.

장 발장은 말고삐를 쥐고, 허리에 줄을 묶은 자베르를 끌고 가면서 천천히 술집을 나갔다. 발도 묶여 있던 자베르는 잔걸음밖에 할 수 없어서 느릿느릿 쫓아갔다.

장 발장은 권총을 갖고 있었다. 그 둘은 바리케이드 안의 네모난 공터를 지나갔다. 폭도들은 위급한 상황에 온 정신을 뺏겨서 지나가는 그들을 보지 못했다.

다만 홀로 바리케이드 왼쪽 끝에 있었던 마리우스만이 그들을 볼 수 있었다. 마리우스의 눈에 죽음의 빛이 드리워진 사형수와 집행인 한 쌍이 보였다.

장 발장은 포박된 자베르에게 몽데투르 옆 골목의 작은 바리케이드를 넘어 가게 했다. 상당히 성가신 일이었지만 그동안 잠시도 쉬지 않았다. 그 바리케이드를 넘어 가자 골목길에는 장 발장과 자베르만이 있었다. 그들을 보는 사람은 아무도 없었다. 집 모퉁이가 그들을 폭도들로부터 감추어 주고 있었다. 그곳에는 바리케이드에서 끌어낸 시체가 무섭게 쌓여 있었다.

그 시체 더미 꼭대기에 핼쑥한 얼굴에 헝클어진 머리카락, 손바닥엔 구멍이 나 있고, 가슴을 반쯤 드러낸 여자의 시신이 보였다. 바로 에포닌이었다.

자베르는 그 시체를 곁눈질로 유심히 보더니 매우 담담한 목소리로 작게 말했다.

"본 적이 있는 여자로군."

그런 뒤 그는 장 발장을 향해 돌아섰다.

장 발장은 권총을 팔에 끼우고, 자베르를 똑바로 응시했다.

"자베르, 나를 알아보겠소."

자베르는 담담히 말했다.

"죽여라."

장 발장은 옷 안에서 칼을 꺼내었다.

"단도군!"

자베르는 말했다.

"하기는, 자네에겐 단도가 어울리지."

장 발장은 자베르의 목을 묶은 밧줄을 끊고, 다음에는 손목을 감고 있던 밧줄을 자르고, 마지막으로 몸을 숙여 발을 묶고 있던 얇은 줄을 잘랐다. 그런 뒤 그는 일어서며 조용히 말했다.

"이제부터 당신의 몸은 자유요."

자베르는 침착하려 애썼다. 하지만 그럼에도 불구하고 그는 놀라지 않을 수가 없었다. 그는 영문을 놀라 입을 벌린 채 가만히 서 있었다.

장 발장은 계속 말을 이었다.

"나는 여길 벗어날 수 있다고는 생각하지 않소. 하지만 만약 그럴 수 있다면, 나는 옴므 아르메 거리 7번지에서 포슐르방이라는 사람으로 살 겠소."

자베르는 입을 살짝 벌리고 호랑이처럼 얼굴을 찡그리며 작게 말했다.

"조심해."

"떠나시오."

장 발장은 그를 재촉했다.

자베르가 되물었다.

"이름이 포슐르방이라고 했지, 옴므 아르메 거리의?"

"7번지."

자베르는 작은 목소리로 반복했다.

"7번지."

자베르는 상의 단추를 잠그고, 어깨를 딱 펴고, 뒤로 돌아선 뒤 한 손을 턱에 붙인 채 팔짱을 하고, 그리고 시장 쪽으로 걸어갔다.

장 발장은 그의 뒷모습을 쳐다보았다. 그런데 대여섯 걸음 만에 자베르가 뒤돌아서며 장 발장을 향해 소리쳤다.

"당신은 나를 힘들게 하는군. 차라리 내게 총을 쏴 주시오."

자베르는 자신이 장 발장에게 이제 말을 놓지 않는 것을 알아채지 못했다.

"빨리 떠나시오."

장 발장은 소리쳤다.

자베르는 천천히 걸어갔다. 잠시 후 자베르는 프레쇠르 거리 모퉁이를 돌았다.

자베르의 모습이 사라지자 장 발장은 하늘을 향해 권총의 방아쇠를 당겼다. 그런 뒤 그는 바리케이드로 되돌아와서 태연히 말했다.

"죽였소."

그동안 바리케이드에선 이런 일이 일어났다.

마리우스는 안의 사정보다도 밖의 사정이 더 걱정이 되어서 아래층 홀에 붙잡혀 있던 끄나풀에게 그때까지 관심을 두지 않았었다.

하지만 그 끄나풀이 처형되기 위해 바리케이드를 넘어 가는 모습을 환한 대낮에 발견했을 때, 그는 예전에 본 적이 있는 사람이라고 생각했다. 어떤 기억이 퍼뜩 머리를 스쳤다. 마리우스는 퐁투와즈 거리의 경찰과, 자신이 지금 쓰고 있는 두 자루의 권총을 그가 줬다는 사실을 기억해 냈다. 그리고 얼굴만이 아니라 이름까지도 기억해 냈다.

하지만 그것은 그의 머릿속을 맴도는 여러 상념처럼 희뿌옇고 어지러웠다. 그는 확신을 가졌던 것이 아니라 의문을 품었던 것이다.

"저자는 내게 자베르라고 이름을 밝혔던 그 경찰이 아닐까?"

저 남자를 위해서 판결을 바꿀 수 있는 시간이 아직 남아 있지 않을까? 하지만 먼저 저 남자가 자베르가 확실한지 확인해야 해.

마리우스는 마침 바리케이드의 끝에 진을 친 앙졸라를 향해 외쳤다.

"앙졸라!"

"왜 그러나?"

"저 남자의 이름이 뭔가?"

"누굴 보고 묻는 건가?"

"끄나풀 말이야. 그의 이름을 아는가?"

"당연히, 본인의 입으로 밝혔어."

"이름이 뭔가?"

"자베르라고 하더군."

마리우스는 벌떡 일어났다.

그때 '탕' 하고 권총 소리가 들렸다. 그리고 곧 장 발장이 돌아와 소리쳤다.

"죽였소."

마리우스의 마음은 어두운 오한으로 떨렸다.

목숨을 잃은 사람도 옳고 살아남은 사람도 잘못은 없다

바리케이드에서 죽음의 괴로움이 마침내 시작되려 하고 있었다.

모든 것이 마지막 순간처럼 비장한 분위기를 만들고 있었다. 하늘을 맴도는 수많은 신비로운 소리, 보이지 않는 거리 곳곳에서 움직이기 시작한 집결한 군대의 입김, 간혹 커지는 기병들이 내달리는 소리, 행군하는 포병대의 둔중한 흔들림, 파리의 미로 속에서 엇갈리는 총화와 포화, 중첩된 지붕 위에 자욱한 금빛 전쟁의 연기, 청자를 막연히 전율케 하는 멀고 아득한 무르싯음, 도서에서 번쩍이는 위협적인 불빛, 이제는 서럽게 우는 듯한 생 메리의 경종, 아름다운 햇살, 계절의 상냥함, 태양과 구름으로 뒤덮인 하늘의 빛, 집들의 무시무시한 적막함.

그도 그럴 것이 샹브르리 거리 양옆으로 줄지어선 집들이 어제부터 두 개의 장벽으로 변모해 있었던 것이다. 모든 문은 닫혀 있었다.

오늘날과 아주 달랐던 그 당시, 너무 오랜 시간 지속된 상황을, 국왕이 만든 헌법이나 법치국가란 그럴 듯한 명목을 민중이 내던지길 바라는 때가 올 때, 모든 이의 분노가 공중에 차오를 때, 도시가 포석을 떼어내기를 찬성할 때, 반란이 그 암호를 중류층에게 속삭여 그들을 웃음 짓게 할 때, 그 순간 폭동의 감정에 휩싸인 시민들은 폭동군의 조력자가 되고, 집들은 그 즉시 요새로 탈바꿈되는 것에 힘을 보탰던 것이다. 그러나 상황이 충분히 무르익지 않았던 때에는, 반란이 확실한 동조를 얻지 못했던 때에는, 민중들이 움직이길 꺼릴 때에는, 전사들은 버려지고 도시는 저항의 주변에서 사막으로 변모하고, 사람들의 마음은 차가워지고, 도망칠 곳은 닫히고, 거리는 바리케이드를 공격하는 군대에 협조하기 위해 막히는 것이었다.

민중을 아무리 강요한다 해도 그들이 원하는 것보다 더 빨리 움직이게는 할 수 없다. 민중을 강압적으로 전진시키려는 자에게 재앙 있으리!

민중을 맘대로 다루어 부릴 수는 없다. 그렇기 때문에 강압적으로 요구하면 민중은 반란을 내버려 둬 버린다. 폭도들을 흑사병 환자처럼 생각하게 되는 것이다. 민가는 낭떠러지가 되고, 대문은 거부를 뜻하고, 그들 앞에는 벽만 서 있게 될 것이다. 그 벽은 모든 것을 보고 듣지만 스스로 바라지는 않는다. 그래도 조금 열려서 폭도들을 구해 낼 것인가? 아니다. 그것은 심판하는 자인 것이다. 폭도들을 지켜본 뒤 그들을 심판한다.

그 문을 단단히 닫은 집은 참으로 음침했다. 그것은 생명이 꺼진 듯이 보이지만 사실은 살아 숨 쉬고 있다. 생명은 그곳에서 끊겨 있는 것처럼 보이지만 실은 거기에 뿌리를 깊숙이 내리고 있다. 하루 종일 그곳을 나온 사람은 전혀 없었지만 어떤 집이든 있을 사람은 다 있었다. 그 바윗돌처럼 고요해진 집 안에서 사람들은 돌아다니고 잠자리에 들고 깨어나고 한다. 거기에는 가정이 존재한다. 그곳에서 사람들은 음식물을 먹고 마신다. 하지만 공포에 관해서만큼은 그들도 벌벌 떤다. 이 공포심이 폭도들을 향한 그들의 냉정한 방임을 덮어 주는 구실을 하는 것이다. 공포에 놀라움이 혼합되어 있는 것도 양해해 줘야 한다. 가끔은 현실에서 보았던 것처럼, 공포는 열정으로 바뀌는 경우가 있다. 조심성이 노여움으로 바뀔 수 있듯 공포는 격정으로 바뀔 수 있다. 그렇기 때문에 '온건한 과격파'라는 매우 뜻깊은 말이 탄생한 것이다. 불길한 연기와 같이 분노를 표출하는 불길한 공포가 존재한다.

"그들이 원하는 것은 무엇인가? 그들은 절대로 만족하지 않는다. 그들은 평온한 자들까지 꾀어내려고 한다. 여전히 혁명이 부족하다는 듯이. 그들이 이곳에 온 이유는 무엇인가? 제멋대로 해 보라지. 최후는 어떻게든 결정되어 있다, 안타깝지만 어쩔 수 없다. 본인들 잘못이지. 자승자박이다. 될 대로 되라지. 어떻게 되어도 우리와는 상관없다. 이 거리도 총알이 빗발치겠지. 저들은 무뢰한이다. 어쨌든 문을 열어 주어서는 안 되겠다."

이렇게 이야기한 뒤 인가는 무덤과 같은 얼굴을 한다. 폭도는 그 문전에서 죽음의 괴로움을 느낀다. 산탄 또는 빼어 든 군도가 가까이 오는 것을 본다. 소리를 지르면 사람들은 듣고 있지만 구하러 오지는 않을 것이다. 거기에 지켜 줄 벽이 있다. 거기에 도와줄 사람들이 있다. 그 벽은 사람의 귀를 가졌지만 사람들은 바위 같은 마음만을 가졌다.

누구를 탓하랴?

그 누구도 원망해서는 안 된다. 사람들 모두를 원망해야 하는 것이다. 우리가 살고 있는 이 완전하지 않은 시대를 원망해야 한다.

이상향이 만린으로 번모하고, 천학적 저항이 무장 항쟁이 되고, 미네르바(시의 여신_옮긴이)가 팔라스(전쟁의 여신_옮긴이)로 바뀌는 것은 언제나 자신을 위험에 처하게 하는 일이다. 견디지 못하고 폭동으로 변하는 이상향은 자신 앞으로 닥쳐올 운명이 무엇인지 스스로 잘 알고 있다. 대체로 이상향이란 너무 일찍이 앞으로 달려 나가는 것이다. 그래서 포기해 버리고, 이기는 것 대신 파국을 과감하게 맞아들인다. 오히려 감싸 주기까지 하면서, 자신을 인정하지 않는 사람들을 탓하지 않고 그들에게 힘을 바친다. 너그럽게도 버려진다는 것에 동조한다. 그것은 방해하는 것에는 완고하고, 은혜를 모르는 것에는 매우 부드럽다.

과연 그것은 은혜를 모르는 것일까?

맞다, 인류라는 관점에서 이야기하자면.

하지만 개인의 관점에서라면 맞지 않다.

인간은 진보를 양식으로 삼는다. 일반적인 인류의 생명을 '진보'라고 일컫는다. 인류의 집단적 발걸음을 '진보'라고 일컫는다. 진보는 앞으로 나간다. 진보는 낙원적인 것, 신적인 것을 향하여 인간의 땅 위에서 여행을 한다. 하지만 진보는 뒤쳐진 자를 기다리기 위해서 가끔씩 멈추어 선다. 갑자기 눈앞에 눈부신 가나안의 땅을 두고 사색에 잠기기 위한 휴식기를 갖고 있다. 잠을 자기 위한 밤도 가지고 있다. 인간의 영혼을 둘러싼 검은 그림자를 보고 잠들어 있는 진보를 어둠 속에서 찾으면서 깨우지 못한다는 것은 사상가의 뼈저린 고통 중 하나이다.

"신은 분명히 죽고 말았다."

언젠가 제라르 드 네르발은 나에게 이야기했다. 하지만 그 말은 진보를 신과 뒤섞어서 생각하고, 운동의 멈춤을 '존재'의 사망으로 잘못 생각하고 한 것이다.

좌절하는 사람은 옳지 않다. 진보는 틀림없이 깨어난다. 또, 진보는 잠들어 있는 사이에도 역시 앞으로 나갔다고 할 수 있을 것이다. 진보가 다시 일어설 때마다 늘 예전보다 커져 있는 것을 볼 수 있다. 변함없이 평화를 지켜 나간다는 것은 강이 스스로 어찌할 수 없는 것과 같이 진보 역시 똑같다. 그렇기 때문에 둑을 만들어서도, 바위나 돌을 던져서도 안 된다. 장애물은 물거품을 일으키고, 인류를 끓어오르게 한다. 그곳에서 혼란이 나타난다. 하지만 그 혼란이 사라지면 얼마간 앞으로 나간 것을 볼수 있다. 일반적 평화인 질서가 잡힐 때까지는, 조화와 통일이 계속될 때까지는 진보는 혁명을 수단으로 이용할 것이다.

그렇다면 '진보'란 무엇인가? 그것에 대한 해답은 방금 전에 이야기했다. 민중의 꺼지지 않는 생명이다.

그런데 개인의 유한한 생명이 인류의 무한한 생명과 반대되는 경우가 가끔 있다.

진실을 이야기한다면, 개인은 각자 이해(利害)를 지니고 있으며, 그것으로 인해 서로 약속을 하고, 그 약속을 안 지킨다고 해도 반역죄를 저지르는 것은 아니다. 현재란 허락되는 만큼의 자신의 이익만을 꾀하는 마음을 지니고 있다. 유한한 생명도 그 나름의 권리를 갖고 있어서 언제나 미래를 위해 헌신할 의무는 없다. 지금 땅 위를 지나갈 순서가 된 세대는, 곧 순서가 다가올 다른 세대, 이를 테면 자신과 대등한 다른 세대를 위해 자신의 기한을 줄일 필요는 없다.

'모든 사람'이라고 일컬어지는 그 사람이 이야기한다.

"나는 존재한다. 나는 어리고 사랑하는 중이다. 나는 나이 들었고 쉬기를 원한다. 나는 한 집안의 가장이고 일하고 사업도 번창하는 중이다. 집을 임대하고 돈을 국가에게 맡기고 있고, 행복하고, 부인과 아이들이 있고, 그 모두를 사랑하며 살아가기를 원하고 있다. 나를 가만히 내버려 둬라."

이런 마음에서 어떤 경우에는 인류의 고매한 전위(前衛)에 대해 깊은 냉정함이 나타나는 것이다.

그리고 또 숭고한 이상은 전투적인 태세를 취하면 그 눈부신 영역을 떠나 버린다는 사실을 인정하자. 미래의 진리인 이상향은 전투라는 수단을 과거의 허위에서 가져온다. 그렇게 되면 미래인 이상향은 과거와 같이 행동한다. 순수한 개념인 이상향은 폭력 행위로 바뀌고 만다. 영웅주의에 폭력을 끌어넣은 이상향은 자기 스스로 그 책임을 져야 한다. 그것은 편승적인 폭력, 임시방편으로서 폭력, 주의를 저버린 폭력으로 이상향은 처벌을 피할 수가 없다. 이상향에서 반란은 낡은 전술로 전쟁을 한다. 앞잡이와 배신자를 총살하고 산 사람들을 붙잡아서 알 수 없는 어둠 속에 내던져 버린다. 죽음을 써먹는 것이다. 그것은 중대한 문제이다. 이상향은 이미 사람의 힘으론 저항할 수 없고, 변하지 않는 힘인 광명을 안 믿는 것 같다. 그것은 사람을 칼로 마구잡이로 벤다. 하지만 어떤 칼도 단순하게 만들어진 것은 없다. 모든 칼은 양쪽에 날을 가지고 있다. 한쪽 칼날로 남을 다치게 하는 자는, 반대쪽 칼날로 자기를 다치게 한다.

이런 조건을 달아서, 더욱이 엄격하게 달고도, 미래의 영광스러운 전투원들을, 이상향의 성직자들을, 그들의 성공 여부와는 상관없이 찬양할 수밖에 없다. 그들이 비록 실패할지라도 마땅히 존경해야 한다. 아니, 그들이 보다 높은 존엄성을 보여 줄 때는 실패한 경우인 것이다. 성공이 진보의 방향과 같을 때에는 민중의 박수갈채를 받을 만하다. 하지만 영웅적인 실패는 민중의 감동을 불러일으킬 만하다. 전자는 대단하고 후자는 숭고하다. 성공보다는 순교를 더 아끼는 우리에게는 존 브라운(1859년에 처형된 미국의 노예 해방 운동가_옮긴이)은 워싱턴보다 더욱 훌륭하고, 피자카네(1818년~1859년. 나폴리 왕국 원정에서 죽은 이탈리아의 애국자_옮긴이)는 가리발디(이탈리아의 혁명가_옮긴이)보다 훌륭하다.

패자의 편을 들어 줄 누군가가 필요한 법이다.

미래를 설계하는 훌륭한 사람들이 실패할 경우, 사람들은 흔히 그들을 마땅찮게 생각한다.

사람들은 혁명가들이 공포의 씨앗을 심었다고 힐난한다. 분명히 바리케이드는 범죄를 저지를 계획 같이 보인다. 사람들은 그들의 주의를 따지고, 그들의 목적에 의심을 품고, 그들의 의도를 무서워하고, 그들의 양심을 지탄한다. 오늘날의 사회 현실에 대하여 비극과 쓰라림과 부정과 탄식과 좌절을 켜켜이 쌓고, 밑바닥에서 어둠의 뭉치를 가져와 거기에 총구멍을 내서 다툰다고 힐난한다. 사람들은 그들에게 소리친다.

"당신들은 지옥의 포석을 뜯어내고 있다!"

하지만 그들은 이렇게 대꾸할 수 있을 것이다.

"우리의 바리케이드가 선의로 만들어진 것이다(지옥의 포석은 선의로 만들어져 있다는 속담, 선행을 하려고 생각만 하고 행동으로 옮기지 않으면 아무 쓸모없다는 뜻_옮긴이)."

가장 좋은 방법은 당연히 평화로운 해결이다. 이를 테면 포석을 보면 곰을 떠올리게 되며, 어떤 선의는 도리어 사회의 불안을 조장한다는 것을 인정할 수밖에 없다. 하지만 사회를 구해 내는 것은 사회 스스로에게 달려 있다. 우리가 간곡히 말하는 것은 사회 스스로의 선의인 것이다. 과격한 치료가 있어야 하는 것은 아니다. 폐단을 조사하고, 확인하고, 그것을 바르게 고치는 일, 우리가 사회에게 말하는 것은 이것이다.

어쨌든 비록 실패하더라도, 아니 실패로 인해 더욱 세계의 도처에서는 프랑스에 시선을 거두지 않는 것이요, 꺾기지 않는 이상을 갖고 위대한 일을 위해 맞서 싸우는 그들은 더욱 거룩하다. 그들은 진보를 위한 순수한 선물로서 자신의 목숨을 내놓는다. 그들은 신의 뜻이 이루어지도록 하고 종교적 행위를 실행한다. 정해진 때가 오면, 무대 위의 배우와 같은 욕심 없는 자세로 신이 지어 놓은 각본대로 그들은 무덤 안으로 들어간다. 그들은 희망 없는 싸움과 금욕을 통한 자기 한 몸의 소멸을 받아들인다. 1789년 7월 14일에 저항할 수 없이 시작된 거창한 인류의 운동을 눈부신 최고의 보편적인 결과로 이루어 내기 위해서 그들 용사들은 사제이며, 프랑스 대혁명은 신의 행동인 것이다.

그 외에 앞에서 말한 갖가지 구별에 다음의 구별을 더하는 것이 옳을 것이다. 즉, 혁명이라고 일컫는 인정된 반란과 폭동이라고 일컫는 부정된 혁명이 있다는 것이다. 터져 버린 반란, 그것은 민중 앞에서 평가를 받는 일종의 사상이다. 만일 민중이 검은 공을 들면 그 사상은 버려진 꽃이 되고, 반란은 어리석은 행동이 되고 만다.

요구가 있을 때마다 매번 응답하고, 또 이상향이 그것을 바랄 때마다 투쟁한다는 것은 민중이 하는 행동이 아니다. 민중이 늘 영웅이나 순교자적 성향을 보여 준다고는 할 수 없다.

민중은 실제로 이익이 되는 것을 좋아한다. 태생적으로 반란을 좋아하지 않는다. 왜냐하면 우선 반란은 파멸을 불러오기 때문이며 또 반란은 늘 하나의 추상적인 개념을 시작점으로 하기 때문이다.

위대한 일이지만 자신을 내놓는 자들은 언제나 이상을 위해서, 오직 이상을 위해서만 자기를 내놓기 때문이다. 반란은 일종의 열광이다. 열광이 격분으로 변할 때가 있다. 그래서 무장을 하게 되는 것이다. 하지만 정부이든 제도이든 간에 총을 겨누게 되는 반란은 조금 더 높은 곳에 목표를 둔다. 이를테면 1832년의 반란의 지휘자들, 특히 샹브르리 거리의 어린 열광자들의 목표가 꼭 루이 필리프라고는 할 수 없었다.

사실은 대부분의 사람들은 군주정치와 혁명의 중간 존재인 루이 필리프의 자격을 승인하고 있었던 것이며, 그를 싫어하는 사람은 한명도 없었다. 하지만 그들은 앞서 샤를 10세가 대표하는 부르봉 종가를 공격했듯이 루이 필리프가 대표하는 부르봉 분가를 공격했다. 그리고 그들이 프랑스에 있는 왕의 권력을 뒤집어엎으려고 한 것은 이미 이야기했듯이, 소수 인간에 의한 '모든 인간의 권리'의 박탈, 소수 특권에 의한 '전 세계의 권리'의 박탈이었다.

왕이 존재하지 않는 파리는 그 반동으로 전제자가 존재하지 않는 세계를 만든다. 그들은 그렇게 생각했던 것이다. 그들의 목적은 당연히 원대하고 거의는 모호했고 인간의 힘으로 쉽사리 이룰 수 없는 것이었다. 하지만 그 목적은 위대했다.

그런 것이다. 그리고 사람들은 그와 같은 환상에 목숨을 내놓는다. 그와 같은 환상은 희생된 자들에게는 언제나 마지막엔 환각으로 변한다. 하지만 모든 인간적 확신이 담긴 환각인 것이다. 폭도는 반란을 시적인 것으로 아름답게 꾸미고 금빛으로 반짝이게 한다. 그는 자신이 도모한 일에 심취하여 그 비극적인 일에 뛰어든다. 누가 알겠는가? 성공할 수도 있을지. 이쪽은 수가 적고 모든 군대를 상대하고 있다. 하지만 이쪽은 권리, 자연법칙, 꺾을 수 없는 각자의 주권, 정의, 진리를 수호하는 것이며, 필요하다면 300명의 스파르타 사람처럼 전사할 것이다. 그들은 돈키호테가 아니라 레오니다스를 꿈꾸고 있다. 그들은 앞으로 나가고, 일단 투쟁을 시작하면 물러나지 않고 미증유의 승리, 완성된 혁명, 자유로워진 진보, 인류의 성장, 세계의 해방을 목표로 삼고 고개를 숙이고 내달린다. 그리고 최악의 경우는 테르모필 따위에 지나지 않는 것이다.

이러한 진보를 위한 싸움은 이따금 실패하게 되는데, 왜냐하면 군중은 의협가에게 이끌려가지 않기 때문이다. 미련하고 느린 집단, 수많은 대중은 스스로의 무게로 인해 깨어지기 쉽고 또한 모험을 겁낸다. 이상은 어느 정도의 모험을 담고 있다.

게다가 꼭 주의해야 할 것은 이해관계가 뒤엉키는 것이다. 이해관계에 이상이나 감상은 쉽사리 결합되지 않는다. 종종 위장은 심장을 멈춰 버리는 것이다.

프랑스의 위대함과 아름다움은 다른 국민만큼 굶주림을 크게 상관하지 않는 점에 있다. 필요하다면 프랑스는 흔쾌히 자신의 허리를 졸라맬 것이다. 가장 빨리 깨어나고 가장 마지막에 잠든다. 그리고 앞으로 나간다. 프랑스는 탐구자인 것이다.

그 원인은 프랑스가 예술가라는 점에 있다.

이상은 논리의 최고점밖에 안 된다. 마치 아름다움이 진실의 절정밖에 안 되는 것처럼. 예술가인 국민은 또한 합리적인 국민이기도 하다. 아름다움을 사랑하고, 광명을 원한다. 유럽의 횃불, 그러니까 문명의 횃불은 먼저 그리스가 높이 들었고, 그리스는 그것을 이탈리아에 주었고, 이탈리아는 그것을 프랑스에 전했다. 횃불을 높이 드는 거룩한 민중들이여!

'그들은 생명의 등불을 전한다.'

민중의 시가 진보의 성분이 되는 것은 당연히 예찬할 일이다. 문화의 크기는 상상력의 크기로 잴 수 있다. 하지만 문화를 전달하는 민중은 강건해야만 한다. 코린트는 강건하지만 시바리스는 연약하다. 연약한 자는 퇴보한다. 즐기기 위한 것도 전문가도 되어선 안 된다. 오직 예술가이어야 한다. 문명에 관해서는 세련을 지양하고, 순수하게 만들어야 한다. 이런 조건 아래에서 이상의 틀이 인류에게 전해지는 것이다.

근대의 이상은 예술에 양식을 두고, 방법은 과학에서 찾는다. 시인들의 어마한 환상, 즉 사회의 아름다움이 현실로 나타나는 것은 과학의 힘이다. 인간은 A+B에 의해서만 에덴동산을 다시 세울 것이다. 문명이 도달해 있는 지금 이 시점에서는, 정확이란 것은 찬란한 빛의 필요 성분이며, 예술적 감정은 과학적인 기술, 또는 조작에 의하여 도움을 받을 뿐 아니라 추가되고 메워진다. 꿈도 계산의 힘을 보여야 한다. 예술은 정복자이지만, 그것은 과학이라는 보행자에게 기대지 않으면 안 된다. 밑바탕이 튼튼해야 하는 것이 중요하다. 근대정신은 인도의 천재를 마차로 생각하는 그리스의 천재, 코끼리를 탄 알렉산더인 것이다.

독단적 믿음 안에서 굳어져 버리거나, 이윤 때문에 부패한 종족은 문화를 이끌 만한 자격이 없다. 우상이나 돈 앞에 무릎을 굽히는 것은, 전진하기 위한 다리의 근육과 의지를 위축시킨다. 제사의 의식, 혹은 상업에 몰두하는 것은 민중의 빛을 약하게 하고, 그 수준을 떨어뜨리면서 그 시야를 낮추고, 보편적인 목적에 관한 인간적이며 신적인 지혜를, 몇몇의 국민을 전도사로 만드는 지혜를 갈취한다. 바빌론에는 이상이 존재하지 않는다. 카르타고에는 이상이 없다. 아테네와 로마는 오랫동안 어둠의 시대를 지나왔는데도 여전히 문명의 후광을 받고 그것을 지키고 있다.

프랑스는 그리스와 로마와 같은 종류의 민중이다. 프랑스는 아름다운 점에서 아테네를 닮았고, 위대한 점에서 로마를 닮았다. 게다가 프랑스는 착하다. 프랑스는 희생적이다. 다른 민중보다도 더 빈번히 희생과 헌신적인 마음을 갖는다. 다만 그 마음은 프랑스를 매료시켰다가 낭떠러지로 떨어졌다 한다. 바로 이런 점이 프랑스가 걸어가려고만 할 때 뛰어가려는 사람들이나, 멈추어 서려고 할 때 걸어가려는 사람들에게는 큰 위험인 것이다. 프랑스는 때때로 유물론에 빠진다. 어느 때에는 특별히 정해진 사상이 프랑스의 저 거룩한 머리를 가려 버리고, 프랑스의 위대함을 떠올리게 하는 것이라곤 하나도 없고, 그 사상의 크기가 고작 미주리주나 사우스캐롤라이나 주 정도밖에 되지 않을 때가 있다. 하고자 하는 것이 무엇이란 말인가? 난쟁이의 역할을 거인이 하려는 것이다. 거대한 프랑스가 잠깐의 재미로 작아지고 있는 것이나.

거기에 관해서는 할 말이 없다. 모든 국민은 천체의 일식과도 같이 빛을 잃을 권리가 있다. 모든 것은 올바르고 마땅하다. 다만 다시 빛을 되찾기만 하면, 그리고 일식이 밤으로 변해 버리지만 않는다면 말이다. 여명과 재생은 의미가 같은 단어이다. 빛이 다시 나타나는 것이란 영원히 계속되는 자아와 동일한 것이다.

이와 같은 사실을 냉정히 받아들이자. 바리케이드에서 죽거나, 망명지에서 죽는 것은 시대에 따라 간혹 희생으로 치하된다. 희생의 참다운 이름은 공평무사함이다. 버려진 자는 버려지게 두라. 망명한 자는 그대로 있으라. 우리는 단지 위대한 모든 민중이 물러날 때, 너무 멀리 물러나지 말기만을 기원하자. 성으로 귀환할 수 있다는 것을 핑계로 너무 아래로 내려가서는 안 된다.

물질이 있고, 순간도 있고, 이해관계도 있고 배(腹)도 있다. 그러나 배가 하나 뿐인 지혜여서는 안 된다. 유한한 생명에도 권리가 있지만 무한한 생명도 권리가 있다. 그러나 아아! 높은 곳에 올라가 있다고 하여 안 떨어진다고 보장할 수는 없다. 역사를 보면 그 실제 예를 생각보다 많이 찾을 수 있다. 어떤 국민이 탁월하다고 가정하자. 그래서 이상의 맛을 안다고 가정하자. 하지만 나중에는 진흙을 먹고 그 맛을 좋다고 한다. 그리고 왜 소크라테스를 버리고 팔스타프를 맞아들이게 되었냐고 질문하면, 그 국민은 말한다. "정치가가 좋아서."라고.

이야기가 혼란에 빠지기 전에 한마디 더 하고 싶다.

지금 여기서 이야기하고 있는 싸움은 이상을 향해 나아가려는 일종의 경련에 지나지 않는다. 구속된 진보는 병약하고, 빈번히 그와 같은 비극적인 경련을 일으킨다. 이 진보의 질병, 반란을, 우리는 길의 중간에서 부딪혀야만 했다. 이것은 사회적으로 단죄된 한 인간을 중심으로 하고 '진보'를 참다운 제목으로 삼는 비극의 필연적인 단계, 막중이기도 하고 막의 사이이기도 한 단계의 일종인 것이다.

"진보!"

우리가 곧잘 외치는 이 소리야말로 우리의 모든 사상인 것이다. 그리고 이곳까지 다다른 말에 있어 진보가 담고 있는 이념은 아직도 많은 시련을 겪어야 한다. 혹 장막을 걷어 내지 못한다 해도 적어도 그 불빛을 분명히 꿰뚫어 볼 것만은 아마 허락될 것이다.

여러분이 지금 보고 있는 책은 처음부터 마지막까지 전체적으로나 세부적으로, 문제나 예외나 부족함이 있다곤 해도, 모든 악에서 선으로, 부정에서 정의로, 거짓에서 사실로, 밤에서 낮으로, 욕심에서 양심으로, 부패에서 생명으로, 야만성에서 의무로, 지옥에서 천국으로, 허무에서 신으로의 행진인 것이다. 시작점은 물질이며 도달점은 영혼이다. 히드라에서 출발하여 천사로 끝맺는 것이다.

용맹한 자들

갑작스레 돌격의 북소리가 울려 퍼졌다.

공격은 폭풍과도 같았다. 어젯밤, 어둠에 숨어 뱀처럼 슬그머니 바리케이드로 다가왔었다. 하지만 지금 한낮에, 바리케이드 입구의 넓은 거리에서의 습격은 도저히 불가능했다. 더욱이 막강한 무력은 본체를 밝히고 대포는 으르렁거리기 시작했다. 군대는 정면에서 바리케이드를 향해 거침없이 달려왔다. 병사들의 광적인 분노가 교묘히 이용되고 있었다. 막강한 제일선 보병의 한 대열이 일정한 거리를 두고 국민군과 시민병이 함께, 모습을 찾을 수는 없지만 행진하는 발소리가 들려오는 거대한 무리를 지원군 삼아, 거리 한가운데로 내달려 와 북을 두드리고 나팔소리를 울리며 총칼을 들이밀며, 공병늘을 선두로 내세우고 총알이 빗발치는 것에도 개의치 않고, 청동으로 만들어진 대들보가 내리누르는 듯한 무게로 곧장 바리케이드로 접근했다.

바리케이드는 굳건히 버텨 냈다.

폭도들은 죽기 살기로 총을 쏘아 댔다. 적이 타고 오르는 바리케이드는 풀어헤친 번갯불의 갈깃머리 같았다. 너무도 맹렬히 돌격해 오자 바리케이드는 한때 공격군으로 뒤덮였을 정도였다. 하지만 바리케이드는 사자가 개들을 흔들어 떨어뜨려 버리듯 공격군을 떨어뜨려 버리고, 마치 거품을 입에 문 바닷물에 절벽이 삼켜지듯 공격군에게 순식간에 뒤덮였으나 잠시 후 다시 검고 가파르고 무서운 위용을 드러냈다.

물러날 수밖에 없는 공격군은 길 위에 결집하여 포화를 무릅쓰고 무시무시한 힘으로 맹렬히 총을 쏘아 대며 바리케이드에 대항했다. 불꽃을 본 경험이 있는 자라면 화약을 십자로 묶어서 만든 꽃다발이라고 일컫는, 최후의 순간에 쏘아 올리는 큰 조명탄을 알 것이다. 그 꽃다발을 위가 아니라 옆으로 쏘아서, 퍼져 나가는 각각의 불꽃 끝에 총알이나 소총탄이나 산탄을 매달아, 뇌성 같은 소리를 내며 터지는 그 불꽃 송이가 죽음을 흩뿌리는 모습을 떠올려 주기 바란다. 바리케이드는 그러한 꽃다발 밑에 있었다.

양쪽의 결의는 조금도 다르지 않았다. 그 용기는 거의 야만적이었고, 자기를 희생하는 것으로 시작해 점차 강해지는 하나의 영웅적인 잔혹성을 갖고 있었다. 국민병이 알제리아 보병처럼 용맹하게 싸우는 시대였다. 군대는 한 번에 적을 격퇴하려 했고, 폭도들은 죽을 때까지 맞서려 했다. 청춘과 건강이 왕성한 때에, 죽음의 괴로움을 기꺼이 받아들이는 그 대범함은 용감함을 열광으로 바꾼다. 그러한 혼란 속에서 각자는 서로 싸우고 그 마지막을 위대하게 만들었다. 거리에는 온통 시체가 가득했다.

바리케이드의 양 끝에는 각각 앙졸라와 마리우스가 있었다. 바리케이드 전체를 그의 머릿속에 넣어 두고 있는 앙졸라는 신중히 몸을 웅크리고 몸을 감추고 있었다. 그가 숨어 있다는 것을 알아채지 못한 세 명의 병사가 하나씩 그의 총에 맞아 죽어 갔다. 마리우스는 포탄을 견뎌 내며 싸우고 있었다. 그는 상대의 표적이 되어 있었다. 바리케이드 맨 위에서 상체를 내놓고 있었다. 감정을 마음대로 표출하는 수전노만큼 낭비가 심한 자는 없고, 몽상가만큼 과격하게 행동하는 자는 없다. 마리우스는 맹렬히 싸우면서도 생각에 빠져 있는 듯했다. 그는 자신이 꿈속에 있는 것처럼 느끼며 싸움터 속에 있었다. 마치 귀신이 싸우고 있는 듯했다.

방어군의 탄약통은 바닥을 내보이고 있었다. 하지만 그들의 풍자는 멈추지 않았다. 그 무덤의 소용돌이 속에서도 그들은 웃음을 띠고 있었다. 쿠르페락의 머리에는 모자가 없었다.

"모자는 어찌했나?"

보쉬에가 그에게 물었다.

쿠르페락은 말했다.

"놈들의 포탄 때문에 날아가 버렸지."

그리고 그들은 크게 소리치고 있었다.

"어떻게 된 거야?"

푀이는 씁쓸하게 소리쳤다.

"저자들은―그리고 그는 몇 사람의 이름을, 잘 알려지고 유명하기까지 한 이름을 언급하고, 옛 군대의 몇 사람인가 이름도 언급했다.― 우리와 함께하겠다고 약속하고, 우리에게 협력하겠다고 맹세하고, 이미 명예를 걸기까지 하고, 더더욱 우리의 지도자이어야 할 자들인데 우리를 외면하다니!"

하지만 콩브페르는 차분한 미소를 지으며 이렇게 말할 뿐이었다.

"세상에는 명예의 규칙을 별을 관측하듯 먼 곳에서 바라보는 자들도 있으니까."

바리케이드의 안은 흡사 눈송이가 내려앉은 듯 부서진 탄피가 매우 많이 흩어져 있었다.

공격군은 수적으로 강했고, 폭도 측은 지형적으로 강했다. 폭도들은 바리케이드 꼭대기에서 죽거나 다친 사람들에게 걸려 가파른 경사면에 달라붙어 있는 병사들을 겨냥해 총을 쏘았다. 이 바리케이드는 만든 방법이라든가 버텨 내는 힘이 대단히 좋아서 매우 적은 인원으로도 1군단을 물리치기에 충분한 조건을 갖춘 곳이었다. 하지만 공격군은 빗발치는 총알 아래에서 계속 새로운 병력을 보태며 조금씩 한 걸음씩, 그러나 확실하게, 압축기를 조이는 나사와 같이, 바리케이드를 조여 갔다.

돌격은 차례대로 일어났다. 더욱 심하게 위험해지고 있었다.

그 순간 그 포석 위에서, 그 샹브르리 거리에서, 마치 트로이의 성벽과 닮은 싸움이 일어났다. 야위고 누더기 차림의 지쳐 있는 그들, 하루 종일 아무것도 먹지 못하고 자지 않은 그들, 이제는 몇 개의 총알만이 남은, 주머니를 뒤집어 봐도 탄약은 찾을 수 없고, 대부분은 다쳤으며, 머리며 팔을 지저분한 헝겊으로 싸맸고 구멍이 난 옷에는 피가 흐르고, 몇 개 되지 않는 형편없는 총과 녹슬고 이가 빠진 군도로 무장한 그들은 티탄족(그리스 신화의 거인족_옮긴이)처럼 거대하게 바뀐 것이다. 바리케이드는 열 번이나 적들의 습격을 받고, 적들이 기어올라 왔지만 절대 함락되지는 않았다.

그 전투를 떠올려 보려면, 무시무시한 용기의 무더기에 불붙여진 솟아오르는 불길을 바라본다고 생각하면 좋겠다. 그것은 싸우는 것이 아니라 도가니 속이었다. 사람들의 입은 불길을 내뿜고, 얼굴들은 괴이해졌고, 인간의 모습을 찾아볼 수 없는 전사들은 장렬하게 타오르고 있었다. 붉은 연기 속에 그러한 백병전의 샐러맨더가 지나가는 것은 정말로 무시무시한 장면이었다. 그 장렬한 살육이 연이어 도처에서 발생하는 장면을 여기에 묘사하지는 않겠다. 오로지 서사시만이 하나의 전쟁을 두고 1만 2천 행의 시구를 지을(호메로스의 서사시 《일리아드》_옮긴이) 권리가 있다.

마치 저 열일곱 개의 지옥 중에서도 가장 두려운, 베다 중 '칼의 숲'이라고 일컫는 브라만교의 지옥과도 같았다.

그들은 적과 직접 맞붙어서 권총으로, 군도로, 또는 주먹으로, 가까운 곳에서나 먼 곳에서, 위쪽에서나 아래쪽에서, 사방팔방에서, 지붕 위에서, 술집 창문가에서, 또 누군가는 지하실 환기창 앞에서 싸웠다. 한 명이 육십 명을 상대하는 싸움이었다.

코랭트의 앞면은 반이나 부서져서 보기에도 흉측했다. 산탄을 맞은 창문은 유리도 창틀도 사라지고, 이미 모양이 일그러진 구멍, 포석으로 엉망이 된 막힌 구멍에 불과했다. 보쉬에가 숨을 거뒀다. 푀이도 숨을 거뒀다. 쿠르페락도 숨을 거뒀다. 졸리도 숨을 거뒀다. 콩브페르는 다친 병사를 잡아 일으키려는 그때, 세 자루의 총칼에 가슴이 찔려 머리가 위로 향하는가 싶더니 끝내 죽었다.

마리우스는 계속 맞서고 있었으나 온몸에 심한 상처가 생겼고, 특히 머리를 심하게 다쳐서 얼굴은 피범벅이 되어 보이지 않고 마치 붉은 손수건으로 얼굴을 가린 듯했다.

앙졸라만이 상처를 전혀 입지 않았다. 무기를 놓친 그가 좌우로 손을 내밀자 한 폭도가 그의 손에 조각난 칼을 쥐어 주었다. 그는 칼 네 자루를 모두 부러뜨리고 지금 한 자루의 부러진 조각을 들고 있었다. 말레냐노 전투에서 프랑수아 1세는 칼 세 자루를 썼다지만.

호메로스는 이야기했다.

"디오메드는 아리스바에 살던 튜트라니스의 아들 아크실스를 칼로 찔러 죽였다. 메시튜스의 아들 유리얼레스는 드레소스와 오펠티오스와 에세포스, 그리고 강의 신인 아바르바레아가 흠잡을 데 없는 부콜리온과 사랑에 빠져 낳은 페다슈스를 칼로 베어 죽였다. 오디세우스는 페르코즈의 피듀테스를 넘어뜨리고, 안틸로큐스는 아블레로스를, 폴리페테스는 아스튜알로스를, 폴리다마스는 실레네의 오토스를, 튜체르는 아레타온을 넘어뜨렸다. 메간티오스는 유리필로스의 창에 맞아 죽었다. 영웅들의 우두머리인 아가멤논은 높은 소리를 내며 흐르는 사트노이스 강변에 우뚝 솟은 도시에서 탄생한 엘라토스를 쓰러뜨렸다."

프랑스의 옛 무용담을 노래한 시 중에는 에스플랑디앙(스페인의 기사 이야기의 주인공_옮긴이)은 불이 붙어 있는 두 갈래 창을 들고 거인 스방티보르 후작을 치고, 후작은 탑을 송두리째 뽑아서 기사에게 집어던지면서 막는다. 프랑스의 옛 벽화에는 브르타뉴 공작과 부르봉 공작이 무기를 들고, 문장을 달고, 투구 장식을 꼭대기에 달고, 전쟁터에서 말을 타고 손도끼를 들고, 무쇠 투구와 무쇠 장화와 무쇠 장갑을 끼고, 한쪽은 담비 털가죽으로 만든 마구를 걸고, 또 한쪽은 하늘빛 헝겊 마구를 걸고 서로 다가가는 장면을 그리고 있다. 브르타뉴 공작은 투구의 양 뿔 사이에 사자의 문양을 하고, 부르봉 공작은 챙에 큰 백합꽃 문양을 한 투구를 쓰고 있다. 하지만 위엄을 갖추기 위해서 이봉과 같이 공작의 투구를 쓰거나, 에스플랑디앙과 같이 활활 타오르는 불을 손에 들거나, 폴리다마스의 아버지 필레스처럼 인간의 왕 유페테스가 선사한 훌륭한 투구와 갑옷을 에피레(코린토스의 옛 지명_옮긴이)에서 가져올 필요는 없다. 다만 하나의 신조라든가 충절을 지키기 위해서 목숨을 바치는 것으로 충분한 것이다. 어제까지는 보스나 리무쟁 인근의 농사꾼이었으나 오늘은 총칼을 옆구리에 차고 뤽상부르 공원의 아이를 돌보는 여자들의 주변을 한가로이 걷는 저 소박하고 귀여운 병사, 해부용 시체의 조각이나 책 위에 상체를 숙이고, 또 가위로 수염을 매만지고 있는 저 창백한 금발의 어린 학생, 이런 두 사람을 데리고 와서 의무에 관한 관념을 심어 주어 부슈라 네게리나 플랑슈 미브레의 막다른 골목에 서로를 마주 보게 하고, 한쪽은 군의 기강을 위해서, 다른 쪽은 이상을 위해서 다투고 있다고 생각하게 한다면, 그것은 어마어마한 싸움이 될 것이다. 그처럼 인류가 고군분투하고 있는 서사시적인 광야에서 서로 맞붙은 병사와 의학생이 만들어 내는 그림자는 호랑이가 우글거리는 리시의 왕 메가리온과, 신과 거의 대등한 아작스가 맞붙었다 떨어졌다 하면서 만들어 내는 그림자와 유사할 것이다.

한 걸음씩

살아 있는 지휘자로서 바리케이드 양 끝에 서 있는 앙졸라와 마리우스만이 남게 됐을 때, 쿠르페락, 졸리, 보쉬에, 푀이, 콩브페리가 그토록 오랜 시간 지키던 중심부는 그들이 숨을 거두는 것과 동시에 힘이 약해졌다. 대포는 능란하게 돌격로를 만들어 내지는 못했으나 보루의 중앙을 초승달 모양으로 비교적 넓게 부수었다. 그 바리케이드의 맨 위는 대포알에 맞아서 파괴되었다. 그 자리는 무너져 버려 파편은 안쪽 또는 바깥쪽에 수북이 떨어져 바리케이드 양쪽, 다시 말해 안과 밖에 두 개의 비탈면을 만들었다. 바깥쪽의 비탈면은 바리케이드 안으로 들어가기 쉬운 기울기였다.

최후의 돌격이 그곳을 겨냥해 시작되었고 마침내 성공했다. 총칼을 나무숲처럼 세워 들고 발맞추어 내달리며 전진해 온 무리는 저항할 수 없는 힘으로 밀어닥쳤다. 연기 속에서 공격대열의 선두가 바리케이드 위에 형체를 드러냈다. 이번에야말로 끝장이었다. 중심부를 방어하고 있던 폭도들은 동시에 뒤로 물러났다.

그때 살고 싶다는 본능이 몇몇 폭도의 마음에서 깨어났다. 숲처럼 빽빽이 늘어선 소총이 폭도들을 겨눌 때 몇몇은 더 이상 죽음을 원하지 않았다. 그것은 잠사고 있던 자기 보존의 본능이 으르렁대며, 동물적인 면이 내면에서 깨어나는 순간이었다. 그들은 보루의 뒤편에 있는 7층 높이의 건물에까지 후퇴하고 있었다. 그 집은 그들의 피신처가 될 만했다. 그 집은 단단히 닫혀져 마치 전체가 벽으로 막아 놓은 것처럼 되어 있었다. 제일선 부대가 보루 안에 들이닥칠 때까지는 한 개의 문을 열고 닫을 수 있을 만큼의 시간밖에 없었다. 전광이 한번 번쩍할 정도의 시간이면 족했다. 순간 약간 열렸다가 다시 닫혀 버린 그 집 문은 이 절망적인 사람들에게 목숨과도 같은 것이었다. 그 집 뒤로 길이 이어져 있어서 도망칠 수 있었고 공터도 있었다. 그들은 울부짖고 소리치고, 애걸하고, 손을 모아 빌면서 그 문을 총의 아랫부분이나 발로 마구 쳤다. 하지만 그 누구도 문을 열지 않았다. 오로지 4층의 창문에서 죽은 자의 머리만이 그들을 내려다보고 있었다.

하지만 앙졸라와 마리우스, 그리고 그들과 가까이에 있던 일고여덟 명의 동료들이 뛰어와서 그들을 지켰다. 앙졸라는 병사들에게 소리쳤다.

"다가오지 마라!"

하지만 한 장교가 그의 말을 무시했고, 앙졸라는 그를 사살했다. 앙졸라는 이제 바리케이드 안의 작은 안마당에서 코랭트 술집을 뒤로 두고 두 손에 각각 칼과 기병총을 들고 공격군을 저지하면서 술집의 문을 활짝 열어 놓고 있었다.

그는 좌절한 폭도들에게 소리쳤다.

"문이 열려 있는 곳은 여기밖에 없다."

그리고 그들을 자기 몸으로 방어하면서, 혼자서 1개 대대와 맞서면서, 사람들을 뒤로 보냈다. 모든 폭도는 그곳으로 들어갔다. 앙졸라는 기병총을 막대기처럼 휘두르며―봉술을 하는 자는 그런 기술을 소위 '잎이 숨은 장미'라고 일컫는데―양옆과 앞으로 달려드는 총칼을 막아 내며 가장 마지막에 들어갔다. 위험한 순간이었다. 병사들은 문을 열려고 하고, 폭도들은 문을 닫으려고 안간힘을 했다. 그 문은 굉장히 세게 닫혔다. 문이 쾅하고 닫힐 때 가로대를 붙잡고 있던 어떤 병사의 다섯 손가락이 잘려서 그대로 가로대에 붙어 있는 것이 보였다.

마리우스는 안으로 들어가지 못했다. 쇄골에 총을 맞았기 때문이었다. 그는 의식을 잃고 쓰러져 가는 자신을 깨달았다. 그때, 이미 눈을 감고 있던 마리우스는 누군가의 강한 손이 자신을 붙잡는 것을 느끼며 정신을 잃어 가고 있으면서도, 코제트와의 마지막 추억을 떠올리며 흐릿하게 생각했다.

'나는 잡힌 것이다. 총에 맞아 죽게 되겠지.'

앙졸라는 술집으로 피신한 자들 속에서 마리우스를 찾을 수 없자 그와 똑같은 생각을 했다. 하지만 그들은 지금 자신의 죽음밖에는 생각할 수 없는 절박한 상황에 처해 있었다. 앙졸라는 문에 빗장을 지르고, 문고리를 걸고, 자물쇠와 맹꽁이자물쇠를 채워 여러 겹으로 문을 단단히 잠갔다. 그러는 중에도 밖에서는 병사들이 총의 아랫부분으로, 공병들은 도끼로 맹렬히 문을 내리치고 있었다. 공격군은 그 문 앞에 밀집해 있었다. 드디어 코랭트 술집을 향한 공격이 시작되려 했다.

병사들 몸 전체가 분노에 휩싸여 있었다고 해도 틀린 말이 아니다.

포병 상사의 사망이 그들을 화나게 한 데다가, 더욱 그들을 격노하게 한 것은 공격이 시작되기 전 몇 시간 동안에 그들 사이에서 퍼져 나갔던, 폭도들이 붙잡힌 병사의 팔다리를 잘랐다는 등, 술집 안에는 머리가 잘린 어떤 병사의 시체가 있다는 식의 소문 때문이었다. 이런 식의 흉측한 소문은 모든 내란에서 으레 생겨나기 마련이어서 후에 트랑스노냉 거리의 참극이 일어난 것도 그러한 허황된 헛소문이 원인이었다.

문이 단단히 닫히자 앙졸라가 폭도들에게 외쳤다.

"생명을 비싸게 팔자."

그런 뒤 그는 마뵈프와 가브로슈가 누워 있는 식탁으로 가까이 갔다. 검은 천 아래에는 굳어 버린 두 개의 형체가, 큰 얼굴과 작은 얼굴이 시신의 옷자락의 서늘한 주름 아래에 희미하게 떠올라 있었다. 팔 하나가 얇은 이불 밖으로 나와 아래로 축 늘어져 있었다. 그 팔은 마뵈프 영감의 것이었다.

앙졸라는 몸을 숙이고 어제 그 이마에 입맞춤을 한 것처럼 그 거룩한 손등에 입을 맞추었다. 그것은 그의 일생에 있었던 단 두 번의 입맞춤이었다.

사건을 정리해 보자. 바리케이드는 테베의 시문(市門)처럼 맞서고 술집은 사라고사의 집처럼 맞섰다. 이러한 반항은 견뎌 낼 수가 없다. 휴식을 취할 만한 군영도 없었고 군사(軍使)를 보낼 곳도 없었다. 상대를 죽이는 이상 본인들도 죽기를 바라고 있었다. 쉬셰가 "투항하라."라고 외치자, 쌀라폭스는 응답힌디. "포격전이 끝나면 칼싸움이 남아 있지."라고. 코랭트 술집 공격에는 없는 것이라고는 없었다. 창문과 지붕에서 비처럼 쏟아지며 무서운 파괴력으로 병사들을 격분하게 만든 포석, 지하실이며 고미다락에서 날아오는 총탄, 맹렬한 공격, 격렬한 방어, 그리고 끝내 문이 파괴됐을 때의 독기가 서린 광기의 착란. 공격군들은 바닥에 떨어져 있는 부서진 문짝에 발이 걸려 휘청거리면서 술집 안으로 몰려들어 왔으나, 그곳에는 아무도 없었다. 도끼로 잘라 낸 나선형 계단은 아래층 홀 중앙에 떨어져 있고, 몇몇 부상자들은 이미 죽어 있었고, 살아남은 자들은 전부 2층에 올라가 있었다.

그곳, 계단 입구였던 천장 채광창 구멍에서 순간 굉장히 큰 폭발이 일어났다. 그것은 최후의 탄약이었다. 그 탄약이 다 소진됐을 때, 반쯤 죽은 상태의 그 무서운 사람들에게 화약도 탄환도 남아 있지 않았을 때, 앞에서 말했듯이 앙졸라가 미리 준비해 두었던 술병을 두 개씩 들고, 그 약해 빠진 곤봉으로 기어올라 오는 적에게 저항했다. 사실 그건 초산 병이었다. 우리는 그 끔찍했던 살육의 장면을 과장 없이 이야기하는 것이다. 적들에게 에워싸인 자들은 어떤 것이든 닥치는 대로 무기로 쓴다. 그리스의 불길을 무기로 쓴 것도 아르키메데스의 명예를 먹칠하지 않았고, 뜨거운 송진도 바야르의 명예를 손상하지 않았다. 자고로 전쟁은 공포이고, 그곳에서 무기는 어떤 것이든 용납된다. 공격군의 일제사격은 쉽지 않았고, 아래에서 위를 향해 발사해야 하는 불리한 조건에서도 필사적이었다. 많은 사람을 사살했다. 천장 구멍 주변은 얼마 지나지 않아 시체들의 머리로 에워싸이고, 그곳에서 무럭무럭 김이 나는 붉은 피가 긴 실처럼 흘러나왔다. 혼란은 말로 다 표현할 수 없을 정도였다. 화약 연기가 자욱한 그 전투장은 밤인 양 어두컴컴했다. 이 정도까지 이른 공포는 형언하려 해도 알맞은 말을 찾을 수 없다. 마침내 지옥으로 변한 그 싸움에는 이미 인간은 존재하지 않았다. 거인과 거수의 대결도 아니었다. 호메로스보다는 밀턴이나 단테와 유사했다. 악마가 덤벼들고 유령이 대항하고 있었다.

그것은 괴물들의 용맹이었다.

배고픈 오레스트와 만취한 필리드

급기야 짧은 사다리를 만들고 계단의 뼈대를 붙잡고 벽을 타고 천장에 붙어서, 천장 덮개 가장자리에서 대항하는 마지막 남은 폭도들을 쓰러뜨리면서, 스무 명가량의 병사와 국민병과 시민병이 함께 결사적으로 기어오르는 동안에 그들 거의가 얼굴에 상처를 입어 모양이 일그러지고, 터져 나오는 피 때문에 앞이 보이지 않게 되자 미친 듯이 격노하여 야만인으로 변하여 2층 홀로 쳐들어왔다. 그곳에는 앙졸라만이 남아 있었다. 총알도 칼도 없이, 그는 달려드는 적의 머리를 갈기다 부러져 버린 기총의 총신만을 들고 있을 뿐이었다. 그는 당구대를 중간에 두고 공격군들과 마주섰다. 홀 모퉁이에 물러서서 자랑스러운 눈빛을 하고 턱을 들고 부서진 총신의 토막을 움켜쥐고 있는 그의 모습은, 그 주위에 생긴 넓은 공간만큼이나 상대에게 불안감을 일으켰다. 누군가가 소리쳤다.

"저자가 대장이다. 저자가 포병을 총살했어. 마침 저기 서 있으니 잘된 일이야. 그대로 둬. 곧 총을 쏴서 죽여 버리자."

"죽여라."

앙졸라는 외쳤다.

그리고 무기를 내던지고 팔짱을 끼고 가슴을 내밀었다.

용감하게 목숨을 내던질 수 있는 대범함은 사람을 감동시킨다. 앙졸라가 팔짱을 끼고 최후를 기꺼이 받아들이자 홀 안의 싸우는 소리는 한순간에 멎고, 그 혼란이 사라앉지 주위는 무덤 안처럼 고요해졌다.

무기를 버린 채 움직이지 않고 서 있는 앙졸라의 처절한 위용은 소란을 무겁게 가라앉혔다. 오로지 그만 다치지 않고 숭고한 모습으로, 피로 얼룩진 아름다운 불사신처럼 침착한 그 청년은 다만 냉철한 시선의 위엄만으로, 그를 둘러싼 흉악한 무리들이 존경하는 마음으로 그의 목숨을 끊으라고 외치고 있었다. 그의 아름다움은 이 순간 그의 긍지로 더욱 훌륭하게 반짝이고 있었다. 그리고 다치지 않은 것과 같이 피로도 사라진 듯 공포의 하루를 보낸 뒤인데도 그는 혈색 좋은 장밋빛 얼굴을 하고 있었다. 훗날 군법 회의에서 "아폴론이라고 일컫던 폭도가 한 명 있었다."라고 말한 목격자는 아마도 그를 두고 한 말일 것이다. 앙졸라를 겨냥하고 있던 한 국민병은 총을 내리면서 "꽃을 죽이는 것 같군." 하고 이야기했다.

열두 명의 병사가 앙졸라의 맞은편 구석에 늘어서서 조용히 총알을 총에 넣었다.

어떤 한 상사가 소리쳤다.

"조준."

다른 한 장교가 저지했다.

"잠깐!"

그리고 앙졸라를 향해 말했다.

"눈을 가려 주길 바라는가?"

"아니요!"

"포병 상사를 총살한 자는 그대가 확실한가?"

"맞소!"

방금 전부터 그랑테르는 일어나 있었다.

그랑데르는, 여러분도 알고 있겠지만 전날부터 코랭트의 위층 홀 식탁에 엎드려서 자고 있었다.

그는 '죽을 만큼 취한다.'라는 오래전부터 전해져 오는 풍자를 말 그대로 실천하고 있었던 것이다. 압생트 술이 그를 정신을 잃게 만들었던 것이다. 그가 엎드려 있던 식탁은 작아서 바리케이드를 구축하는 데 필요하지 않았으므로 그를 위해 남겨 두었었다. 그는 꼼짝도 하지 않고 두 팔에 머리를 올리고 식탁에 엎드려 컵이며 술잔이며 술병들 속에 파묻혀 있었다. 겨울잠을 자는 곰이나 피를 빨아 잔뜩 부푼 거머리처럼 잠에 빠져 있었다. 소총을 쏘아 대는 것도, 포탄도, 창문으로 날아드는 산탄도, 돌격군의 시끄러운 외침도, 관심에 없었다. 다만 그는 가끔씩 대포 소리에 코고는 소리로 응답할 뿐이었다. 마치 한 발의 총알이 수월하게 깨어나게 해 주지나 않을까 하고 기다리고 있는 듯했다. 죽은 사람이 그의 주변에 많이 누워 있었다. 언뜻 보면 깊은 죽음의 잠에 빠진 사람들과 똑같았다.

시끄러운 소리는 술에 취한 자를 깨우지 못하고, 적막이 그의 눈을 뜨게 했다. 이런 신기한 일은 가끔 일어난다. 주변에서 들리는 무언가 붕괴되는 소리는 그랑테르를 더더욱 깊이 잠들게 했다. 무너지는 것이 그를 잠재우고 있었다. 하지만 앙졸라를 앞에 두고 소동이 한순간에 멈춘 것은 그 깊은 잠에 있어서는 일종의 충격이었다. 그것은 내달리던 마차가 순간 멈춰 선 것과 같은 것이었고 마차에서 자고 있던 사람을 한 번에 흔들어 깨웠다. 그랑테르는 깜짝 놀라 깨어난 뒤 두 팔을 뻗고 눈을 문지르다가 영문을 몰라 주변을 훑어보면서 하품을 하다가, 모든 상황을 알아챘다.

술기운이 깬다는 것은 장막이 찢기는 것과 유사하다. 사람은 술기운이 숨겼던 모든 것을 동시에 보게 된다. 모든 기억이 순간 생생하게 떠오른다. 그리고 하루 사이에 무슨 일이 발생했는지 아무것도 모르는 주정꾼도 미처 눈을 다 뜨기도 전에 일의 형편을 알아채게 된다. 모든 생각은 단숨에 분명하게 되살아난다. 술기운의 몽롱함, 머리를 안개는 모두 사라지고, 밝고 명료한 현실의 성찰싱에 지리를 내준다

그랑테르는 한쪽 구석에 웅크리고 있었던 데다가 때마침 당구대의 그늘이 그를 가려 주었기 때문에 앙졸라를 보고 있는 병사들은 그를 발견하지 못했다. 상사가 "조준." 하고 다시 명령하려고 했을 때, 느닷없이 어떤 목소리가 그들 곁에서 소리쳤다.

"공화국 만세! 나 역시 그들과 한편이다."

그랑테르는 어느덧 일어서 있었다.

때를 놓쳐서 참여하지 못한 모든 싸움의 찬란한 불빛이 지금, 모습이 변한 주정꾼의 그 빛나는 시선 속에 드러났다.

그는 "공화국 만세!"를 반복하고 굳센 걸음걸이로 홀을 가로질러 총구 앞으로 가서 앙졸라의 옆에 섰다.

"모두 한 번에 죽여라."

그가 외쳤다.

그리고 앙졸라를 바라보며 그에게 물었다.

"승낙하겠나?"

앙졸라는 미소를 띠며 그의 손을 쥐었다. 그 미소가 미처 사라지기도 전에 총성이 울렸다. 앙졸라는 여덟 개의 총알이 그의 몸을 뚫고 지나가 마치 총알로 박음질을 한 듯 벽에 기댄 채로 서 있었다. 단지 머리만 떨어

뜨렸다. 그랑테르는 벼락을 맞은 것처럼 그의 발 옆에 쓰러졌다.

잠시 후, 병사들은 술집의 위층에 몸을 감추고 있던 남은 폭도들을 모두 없앴다. 그들은 나무 문살 너머로 고미다락을 향해 마구 총을 쏘았다. 싸움은 고미다락 안에서 일어났다. 창밖으로 시체가 내던져졌는데 그중 몇 명은 아직 죽지 않았었다. 두 병사가 부서진 승합마차를 바로 세우려다가 고미다락에서 발사한 두 발의 기총을 맞고 쓰러졌다. 노동복 차림의 남자는 총칼로 배가 찔리고 창밖으로 내던져져 바닥에서 고통스러워하고 있었다. 병사 한 명과 폭도 한 명이 부둥켜안고 기왓장 위를 굴렀는데 서로 상대를 놔주려 하지 않아 거칠게 껴안은 채 떨어졌다. 지하실 안의 싸움도 똑같았다. 고함, 총성, 큰 발소리, 그 후에 정적이 왔다. 바리케이드는 함락된 것이다.

병사들은 인근의 집들을 뒤지고 도망친 자들을 쫓기 시작했다.

포로

사실상 마리우스는 포로가 되어 있었다. 장 발장에게 사로잡힌 것이다.

그가 쓰러지는 순간 뒤에서 받아 안던 팔, 정신을 잃으면서 그가 느낀 자신을 붙잡던 팔의 주인은 장 발장이었다.

장 발장은 그저 그곳에 있을 뿐 싸움에 참여하지는 않았다. 하지만 그가 없었다면 곧 죽음이 닥쳐올 마지막 순간에 다친 사람에게 마음을 써준 사람은 아무도 없었을 것이다. 그의 덕분으로―살인이 자행되는 곳곳에 하늘의 섭리처럼 등장한 그의 덕택으로―부상당한 사람들은 아래층 홀로 옮겨져서 치료를 받았다. 그러는 사이사이에 그는 바리케이드를 고쳤다. 하지만 자기 손으로 타인에게 상처를 주거나 싸우려고 하지 않앞을 뿐만 아니라 자신의 몸조차 지키지 않았다.

그는 조용히 사람을 구해 내고 있었다. 그는 작은 찰과상을 몇 군데에 입었을 뿐이었다. 총알은 그의 몸에 꽂히기를 바라지 않았다. 만일 그가 이 묘지로 올 때 품었던 몽상의 한 부분이 자살이었다고 한다면, 그 점에서 그는 실패한 셈이다. 하지만 자살이라는, 종교와 반대되는 짓을 하려고 했었는지에 관해서는 의문이 든다.

싸움의 검은 구름 속에서 장 발장은 마리우스를 보고 있지 않는 것 같았으나 사실은 계속 주시하고 있었다. 한 발의 총알이 마리우스를 맞혔을 때, 장 발장은 호랑이처럼 잽싸게 달려와서 먹이를 가로채듯 그를 데리고 가 버렸다.

공격의 소용돌이는 때마침, 사나운 기세로 앙졸라와 술집 입구에 몰려들었기 때문에, 장 발장이 정신을 잃은 마리우스를 안아 들고 바리케이드 안의 포석이 뜯겨진 공터를 가로질러서 코랭트의 모퉁이 저편으로 모습을 감추는 것을 아무도 알아채지 못했다.

곶처럼 거리로 쑥 나온 그 모퉁이를 여러분은 이미 알고 있을 것이다. 꽤 넓은 그곳은 총알이나 사람들의 눈을 막고 있었다. 그처럼 때로는, 화재의 한가운데에서도 안전한 방이 있기도 하고, 거친 바닷속에서도 곶의 맨 앞이나 막다른 골목처럼 암초 안쪽으로 작고 한적한 한 모퉁이가 있는 법이다. 에포닌이 숨을 거둔 곳도 그러한 바리케이드 안의 각진 한 모퉁이였다.

그곳에서 장 발장은 멈춰 선 뒤 마리우스를 조심히 땅바닥에 내려놓고 벽에 붙어 서서 주위를 살펴보았다. 상황은 정말로 위험했다.

매우 짧은 시간, 아마도 이삼 분 동안은 그 벽을 은둔처로 삼을 수 있었다. 하지만 무슨 수로 이 학살 현장을 탈출할 수 있을까? 그는 8년 전 폴롱소 거리에서 고생했던 경험을 떠올리고, 당시 어떻게 해서 빠져나갈 수 있었는지를 기억해 냈다. 하지만 그 당시에는 힘들지만 가능한 일이었지만 이번에는 가능하지 않은 일이다. 그의 정면에는 저 7층 건물의 고집 센 귀머거리 같은 집이 있었다. 창문에 걸려 있는 죽은 자 말고는 사람이 전혀 없는 듯한 집이었다. 오른쪽에는 프티트 트뤼앙드리를 막고 있는 상당히 낮은 바리케이드가 있었다. 그 장해물을 넘어 가는 것은 쉬운 일이었으나, 벽 위로 줄지어 선 총칼의 끝이 보였다. 그것은 바리케이드 저편에 주둔하고 있는 제일선 보병 부대였다. 틀림없이 바리케이드를 넘어 가는 것은 일제사격을 스스로 당하러 가는 것과 같고 포석의 벽 위에서 약간이라도 고개를 내밀면 예순 발의 과녁이 될 뿐이었다. 왼쪽은 싸움터였다. 등 뒤 벽 모퉁이에 죽음이 도사리고 있었다.

어찌할 것인가? 그곳을 빠져나갈 수 있는 것은 오직 새밖에 없었다.

당장에 결정을 내려서 방법을 찾아내고, 단단히 결심해야 했다. 몇 발자국 떨어진 곳에서는 전투가 일어나고 있었다. 다행히도 모두의 관심이 한곳에만, 즉 주점 입구로만 집중되어 있었다. 그러나 만약에 단 한 명의 병사라도 집을 돌아본다든가 혹은 옆에서 집을 습격하려고 하면 그것으로 모든 일은 끝장나는 것이었다.

장 발장은 앞의 집을 보고, 옆의 바리케이드를 보고, 그리고 도망치는 자의 절박하고 고통스러운 심정으로 땅바닥에 구멍을 내려는 듯 뚫어지게 쳐다보았다.

쳐다보는 동안에 원하던 것을 이루어 내는 힘이 그 시선 속에 있었는지 그런 고통 속에서도 희미한 것이 나타나 그의 발아래에 분명한 모양을 이루었다. 그는 몇 발자국 앞에, 무정하게도 밖에서 단단히 빈틈없이 감시당하고 있는 작은 장벽 밑에, 무너진 포석 더미 밑에, 일부는 가려져 있기는 하지만, 한 개의 쇠 그물이 납작하게 땅에 붙어 있는 것을 찾아냈다. 그 쇠 그물은 견고한 가로대로 2제곱피트 정도였다. 그것은 괴고 있던 포석의 가장자리가 떨어져 나가 흡사 뜯겨 있는 것처럼 보였다. 가로대 사이로는 난로의 굴뚝이나 물통의 관 같은 어두운 입구가 보였다. 장 발장은 달려갔다. 예전의 탈출 지식이 퍼뜩 생각났다. 위에 포개져 있는 포석을 들어내고 쇠 그물을 치우고, 시체마냥 축 늘어진 마리우스를 업고, 그 무거운 짐을 업은 채, 팔꿈치와 무릎으로 기어서 다행히 별로 깊지 않은 우물 같은 구덩이 안으로 내려가 머리 위의 철 뚜껑을 덮으면서 흔들리던 포석이 그 위로 다시 떨어지는 것을 내버려 두고 받침돌을 깐 지하 3미터의 밑바닥에 발을 디디는 일을 마치 착란상태에서 하듯이 거인의 힘과 독수리처럼 잽싸게 해치웠다. 단 몇 분밖에 걸리지 않았다.

장 발장은 여전히 의식을 잃고 있는 마리우스를 업고 긴 지하 복도로 들어갔다. 그곳은 싶은 평화의 절대 깨지지 않는 침묵, 그리고 밤밖에 없었다.

오래전에 거리에서 수도원 안으로 뛰어들어 갔을 때 받았던 느낌이 생각났다. 단지 지금 업고 있는 것은 코제트가 아닌 마리우스였다.

공격받고 있는 술집의 무시무시한 소요도 지금은 작은 속삭임처럼 머리 위에서 희미하게 들려올 뿐이었다.

2. 레비아단의 창자

바다로 인해 말라 버리는 땅

파리는 매해 2500만 프랑을 물에 던지고 있다. 이것은 비유적 표현이 아니다. 어떻게 해서, 어떤 수단으로? 낮이든 밤이든 상관없이 던지고 있다. 무슨 목적을 가지고? 목적은 전혀 없다. 어떤 생각으로? 생각도 전혀 없다. 왜? 이유도 가지고 있지 않다. 그렇다면 무슨 기관으로? 파리의 내장으로. 내장은 무엇인가? 바로 하수도다.

2500만이라는 돈은 그 계통의 전문 과학이 계산한 것 중에서 제일 적은 금액이다.

과학은 오랫동안 궁리한 끝에, 현재 비료 중에서 가장 효과가 좋고 땅을 비옥하게 만드는 것은 사람에게서 배출되는 비료임을 인정하고 있다. 부끄러운 말이겠지만, 중국인은 우리 유럽인보다 그 사실을 빨리 알았다. 에케르베르히의 말로는 중국의 농사꾼은 도시에 가면 반드시 우리가 오물이라고 말하는 것을 두 통에 담아서 대나무 막대기 양 끝에 걸고 돌아온다고 한다. 이 인분 덕분에 중국의 땅은 아브라함 시대와 똑같이 어리다. 중국에서는 밀 한 알로 120알의 밀을 거두어들인다. 어떤 구아노도 한 도시에서 나오는 인분이 만들어 내는 생산량을 따라오지 못한다.

대도시는 도둑갈매기(갈매기의 일종. 여기서는 비료를 만든다는 뜻으로 쓰였다._옮긴이) 중에서도 가장 강력한 것이다. 들판을 비옥하게 하는 데 도시를 이용하면 틀림없이 성공할 것이다. 만일 우리의 황금이 배설물이라고 한다면, 반대로 우리의 배설물은 황금일 것이다.

사람들은 그 황금 비료를 어찌하고 있는가? 바다로 흘려 버리고 있다.

바다제비나 펭귄의 똥을 남극까지 구하러 가기 위해서 어마어마한 돈을 들여서 많은 선박을 남극 지방으로 보낸다. 그런데 사람들은 바로 곁에 있는 막대한 자원을 바다에 버리고 있다. 세계가 소용없게 만들고 있는 인간이나 동물의 비료를 전부 바다에 버리지 말고 땅에게 준다면 그것은 세계를 충분히 먹여 살릴 수 있을 것이다.

경계석 주변에 쌓여 있는 쓰레기들, 밤거리를 덜컹덜컹 지나가는 흙이 잔뜩 묻은 짐수레, 지저분한 쓰레기통, 포석 아래에 감춰져 있는, 지하의 악취 나는 시궁창의 흐름, 그것의 의미를 사람들은 알 것인가? 그것이야말로 꽃이 만개한 목장이고, 초록색 초원이고, 사향초이고, 샐비어이고, 짐승이고, 가축이고, 저녁 무렵 흡족한 소리를 내는 큰 소이고, 향긋한 사료이며 황금빛 밀이며, 식탁 위의 빵이며, 사람의 혈관을 지나는 뜨듯한 피이고, 건강이고, 기쁨이고, 생명이다. 땅 위에서는 다양한 형태로 변하고, 하늘에서는 다양한 모습으로 변하는 저 신비로운 창조의 힘이 그렇게 만든다.

그것을 큰 항아리 안에 넣어 보라. 인간의 풍부한 밑천이 그곳에서 만들어지리라. 비옥한 평야는 인간을 먹여 살린다.

사람들이 이렇게 많은 자원을 버리든, 또 이런 내 생각을 비웃든, 그것은 그들 마음이다. 하지만 그것은, 매우 어리석은 일이라고 할 수 있겠다.

통계에 의하면 프랑스만으로도 매해 5억 프랑의 돈을 여러 강어귀에서 대서양으로 쏟아붓는다고 한다. 다음과 같은 일을 유념해야겠다. 그 5억 프랑의 돈으로 국가 예산의 4분의 1을 보텔 수 있다는 점이다. 사람의 지혜는 그 5억 프랑을 그대로 하수구에 던지는 편이 낫다고 생각하고 있다. 그 돈은 바로 국민들의 자양분인데 그것을 먼저 하수도가 한 방울씩 강에 게우고 강은 한꺼번에 바다로 게워 낸다. 하수도가 딸꾹질을 할 적마다 쓸데없이 천 프랑씩 쓴다. 거기에서 두 가지 결과가 나타난다. 즉 땅은 빈곤해지고 물은 오염된다. 밭이나 들에서 배고픔이 일어나고 강에서 질병이 발생한다.

예컨대 현재 템스 강이 런던을 망가지게 하고 있다는 것은 유명한 사실이다. 파리의 경우는 가장 근래에, 대부분의 하수구를 하류 가장 끝에 있는 다리 밑으로 옮겨야만 했다.

밸브와 배수문으로 빨아들이고 내뱉는 역할을 동시에 하는 이중토관 시설은 인간의 허파처럼 쉽고 기본적인 배수 방법으로, 영국에서는 이미 여러 시나 마을에서 잘 이용하고 있는데 그것을 사용하기만 하면 프랑스의 도시는 시골의 깨끗한 물을 끌어오고, 들에는 도시의 기름진 물을 흘려보내 제일 쉽고 편리한 방법으로 바다에 버리는 5억 프랑을 도로 거두어들이게 될 것이다. 하지만 사람들은 완전히 다른 생각을 갖고 있다.

오늘날의 방법이 이롭다고 알지만 도리어 피해를 주고 있다. 본뜻은 좋았지만 결과가 참혹하다. 깨끗한 도시를 만든다는 것이 사실은 시민을 다치게 하고 있다. 하수도는 생각을 잘못한 것이다. 오직 씻어 내리기만 해서 땅을 말라 버리게 하는 하수도 대신 들어온 것을 다시 돌려보낸다는 이중의 배수법이 도처에 설치된다면 그제서야말로 새로운 사회 경제의 여건과 조화를 이루어 땅의 생산물은 열 배가 되고 가난의 문제는 뚜렷이 줄어들 것이다. 그것과 더불어 기생충을 박멸하면 문제는 완전히 사라질 것이다.

하지만 그렇게 되지 않는다면 공공의 자원을 강으로 흘려보내 버리므로 낭비가 된다. '낭비'(원어 Coulage에는 '흘리는 것'이라는 뜻이 있다_옮긴이)란 말이 적당하다. 이렇게 쇠약해진 유럽은 황폐해지는 것이다.

프랑스로 따지자면 손실 금액은 지금 이야기한 액수와 똑같다. 그런데 파리는 프랑스 전체 인구의 25분의 1에 해당하고, 파리의 인분은 제일 기름지므로 파리의 손실 금액이, 프랑스가 매해 유실하는 5억 프랑 중 2500만 프랑에 이른다고 해도 과언이 아니다. 이 2500만 프랑을 복지사업이나 오락 시설을 위해 쓴다면 파리는 두 배 더 눈부셔질 것이다. 하지만 파리 시는 그 금액을 하수도에 흘려보내고 있다. 그러니 우리는 파리의 어마어마한 낭비, 놀라운 쾌락, 보종관(18세기의 대부호 니콜라 보종의 저택 자리에 생겼던 환락장. 1824년에 없어졌다_옮긴이)의 광란, 대주연, 돈을 흥청망청 쓰는 낭비, 호사, 사치, 초기, 그것이 곧 파리의 하수도라고 이야기할 수 있다.

이렇게 그릇된 경제정책의 무지로 인해, 모든 사람의 행복은 물에 빠져 흘러내려 가고 깊은 바닷속으로 없어진다. 공공의 자원을 위해서도 생 클루의 그물(센 강의 생 클루 다리 아래에 쳐진 투신자 구조망_옮긴이)을 칠 필요가 있다.

경제면에서 이 사실은 다음처럼 정리할 수 있다. 즉 파리는 구멍 난 소쿠리라고.

파리는 본받을 만한 도시이며 각 국민이 따라하려고 하는 제일의 도시이며, 이상이 살아 있는 수도이며, 독창성과 추진력과 시련의 장엄한 조국이며, 모든 정신이 스며 있는 중심지이며, 한 국가를 이루고 있는 도시이며, 미래를 키우는 안식처이며, 바빌론과 코린트를 뒤섞어 놓은 굉장한 곳이지만 지금 위에서 말한 것 같은 시각에서 본다면, 파리는 푸젠 성의 농사꾼이 어깨를 으쓱해 보이게 할 것이다.

파리를 따라한다는 것은 스스로 쇠퇴함을 의미한다. 무엇보다도 까마득한 옛날부터 이어져오는 이 어처구니없는 낭비라는 점에서 파리야말로 자기 스스로가 흉내 내고 있는 것이다.

이 놀랄 만한 우매함은 새로 생겨난 일이 아니다. 이것은 어리기 때문에 생기는 우매함이 아니다. 옛날 사람도 오늘날 사람과 똑같이 해왔다.

"로마의 하수도는."

리비히(19세기 독일의 유기화학자_옮긴이)는 이야기하고 있다.

"로마 농부의 번성을 모두 빨아먹었다."

로마의 모든 사람이 로마의 하수도 때문에 피폐해졌을 때, 로마는 이탈리아를 쇠퇴시켰다. 게다가 이탈리아를 하수도에 버리자 시실리도, 뒤에는 사르디니아도, 그 뒤에는 아프리카도 하수도에 휩쓸려 내려가고 말았다. 로마의 하수도는 세계를 집어삼켜 버리고 말았다. 그 하수도는 도시와 세계를 바라보며 아가리를 벌리고 있었다. '시와 세계(Urbi et orbi)' 이다. 불후한 도시와 끝을 알 수 없는 하수도.

이 점에서도 다른 점과 똑같이 로마가 좋은 본보기를 보이고 있다. 파리는 그 보기를 따르고 있는 것이다. 재치 있는 도시에 마땅히 따르게 마련인 우매함으로.

위에서 이야기한 것 같은 사업을 이루기 위해서 파리는 땅속에 또 하나의 파리를 가지고 있다. 바로 하수도의 파리를. 그 파리에도 거리가 있고 네거리가 존재하고, 광장이 존재하고, 막다른 골목이 존재하고, 동맥이 존재하고, 구정물의 순환이 존재하지만 오직 사람이 존재하지 않을 뿐이다.

이런 이야기를 하는 것은 누구든, 위대한 국민에게도 아첨을 하면 안되기 때문이다. 모든 것이 전부 갖추어져 있는 곳에는 고상한 것과 더불어 상스러운 것이 있게 마련이다. 파리에는 빛의 도시 아테네와, 힘의 도시 티르와, 용기의 도시 스파르타와, 기적의 도시 니니브가 있는 반면, 진흙의 도시 루테시아(파리의 옛 이름_옮긴이)도 존재한다.

당연히 그 힘 또한 _l곳에 숨어 있어, 다양한 기념물 중에서도 특히 파리의 크나큰 지하 소굴은 마키아벨리나 베이컨이나 미라보와 같은 사람이 인류에게 보여 준 저 미스터리한 이상, 즉 상스러운 장대함을 보여 주고 있다.

파리의 땅속을 땅 위에서 꿰뚫어 볼 수 있다면, 마치 큰 돌산호를 보는 것 같은 상태를 보여 줄 것이다. 낡은 대도시가 있는 사방 60리에는 갯솜동물의 뼈대에 뚫려 있는 아주 가늘고 작은 구멍보다도 훨씬 많은 통로며 수로가 뚫려 있다. 파리에는 따로 하나의 큰 지하 동굴을 만들고 있는 카타콤(지하 묘지)이 있는데, 그것을 제외하더라도, 이리저리 뒤섞인 가스관과 또 시가지의 상수도로 이어지고 있는 급수관의 장대한 조직을 세외하더라도, 하수도만으로 센 강의 양 기슭 아래에 굉장한 어둠의 그물을 둘러치고 있다. 그것은 그야말로 미로여서 다만 비탈진 쪽으로 내려가는 것 말고는 어떤 표시도 없다.

그곳의 습한 안개 속에서 파리가 내놓은 자식처럼 쥐가 나타난다.

오래된 하수도의 역사

뚜껑을 열어 둔 파리를 떠올려 보자. 하늘에서 본 하수도의 그물코는 센 강의 양쪽 기슭에 접붙인 큰 나뭇가지와 같은 모양일 것이다. 오른편 강가의 고리 모양의 하수도가 그 나무의 본줄기이며, 분맥이 작은 가지이고 끝부분이 잔가지가 된다.

이 모양은 대략적이어서 절반 정도만 일치한다고 하겠다. 이런 지하의 가지들은 일반적으로 직각으로 갈라져 있는데 식물의 가지는 그런 일이 대부분 없다.

그 괴이한 기하학적 모양에 좀 더 유사한 모양을 떠올리려면, 숲처럼 얽혀 있는 동양의 기묘한 문자를 어두운 배경에 대어 본다고 생각하면 도움이 된다. 그 기묘한 모양의 문자는 얼핏 보기에는 복잡하고 들쭉날

쭉한 것 같지만 구석과 구석에서 혹은 끝과 끝에서 서로 이어져 있다.

시궁창이나 하수도는 중세나 동로마제국이나 고대 동양에서는 큰 구실을 했다. 흑사병이 그곳에서 발생하고 전제군주들은 그곳에서 숨졌던 것이다. 민중은 그러한 부패의 이부자리, 무시무시한 죽음의 요람을 거의 종교적인 두려움의 대상으로 생각했다. 베나레스(동부 인도의 힌두교의 성도_옮긴이)의 기생충이 득실거리는 소굴은 바빌론의 사자 동굴만큼이나 사람들을 겁먹게 했다. 유대교의 율법서에 따르면 테글라트 팔라자르(고대 아시리아의 왕_옮긴이)는 니니브의 지저분한 물이 고여 있는 곳을 향해 다짐했다고 한다. 레이데의 요하네가 거짓으로 달을 보여 준 곳은 몬스터의 하수도였고, 동양에서 코라산의 숨은 예언가 모카나가 태양을 거짓으로 나타나게 한 곳도 케크셰브의 시궁창이었다.

인간의 역사는 시궁창의 역사에 나타나 있다. 사형수의 시체를 던진 곳은 로마의 역사를 보여 주고 있다. 파리의 하수도는 매우 낡은 것이었다. 그것은 묘지였고 피신처였다. 범죄, 지혜, 사회에 대한 저항, 신앙의 자유, 사상, 절도, 인간의 법률이 좇는 것, 혹은 추구한 것 전부가 그 구렁속에 모습을 감추고 있었다.

14세기의 마이요탱(1382년에 폭동을 일으킨 파리의 시민들_옮긴이), 15세기의 외투 날치기들, 16세기의 위그노, 17세기의 모랭 환상파, 18세기의 불을 들이대는 강도가 그곳에 모습을 감추고 있었다. 100년 전에는 밤 동안 그곳에서 칼이 나와 사람을 찌르기도 하고, 위험을 느낀 소매치기가 그곳에 숨어들곤 했다. 숲에 동굴이 있는 것처럼 파리에는 하수도가 존재했다. 골 언어로 '피카르리아'라고 하는 떠돌이들은 하수도를 쿠르 데 미라클의 또 다른 집합 장소로 두고, 저녁 무렵이 되면 빈정거리며 배짱 두둑한 모습으로 안방에 들어가듯이 모뷔에 하수도 아래로 들어가는 것이었다.

비드 구세 막다른 골목(호주머니를 터는 막다른 골목_옮긴이)이나, 꾸프

고르즈 거리(자객의 거리_옮긴이)를 하루하루의 일자리로 삼는 사람들이 슈맹 베르의 작은 다리나, 위르푸아 다리 아래를 밤의 이부자리로 삼는 것은 당연했다. 그곳에서 무수한 이야기가 만들어졌다. 모든 종류의 귀신이 사람이 없는 긴 거리 아래의 통로로 왔다 갔다 하고 있었다. 곳곳에 악취와 독기가 차 있었다. 안에 있는 비용과 밖에 있는 라블레가 말을 나누는 통풍 구멍이 여러 곳에 있었다.

옛 파리의 하수도는 모든 소비와 모든 노력이 모이는 곳이었다. 경제 정책은 그곳에서 일종의 부스러기를 찾고, 사회철학은 그곳에서 일종의 찌꺼기를 찾는다.

하수도, 그것은 도심 속에 모습을 감추고 있는 양심이다. 모두가 이곳에 모이고 이곳에서 마주친다. 창백한 이 장소에는 어둠은 존재해도 비밀은 존재하지 않는다. 각각의 사물이 참다운 모양을 보여 준다. 적어도 마지막 모양을 보여 준다. 쓰레기 더미의 좋은 점은 사람을 기만하지 않는다는 것이다. 정직이 그곳에 피신해 있는 것이다. 바질(보마르셰의 희곡 《세빌리아의 이발사》에 등장하는 우스꽝스런 위선자_옮긴이)의 탈이 그곳에 있지만 그 탈의 두꺼운 종이며 실이 나와 있어서 바깥쪽과 똑같이 안쪽도 볼 수 있어 정직한 진흙을 볼 수 있다. 그 옆에는 스카팽(몰리에르의 희곡 《스카팽의 간계》의 주인공. 흉계의 명수_옮긴이)의 모형 코가 있다. 문명의 모든 종류의 나쁜 짓은 일단 할 일을 마치면 무엇이나 사회의 거대한 전락의 끝인 이 진실의 구멍 속에 떨어져서 먹히기도 하지만, 또 그곳에서 참다운 모습을 드러내기도 한다.

그 혼잡은 일종의 고백이다. 그곳에서는 거짓으로 꾸민다든가 겉치레도 없으며, 배설물은 속옷을 벗어던지고, 환상도 신기루도 사라지고, 진실한 모습만이 있어, 모두 끝난 자의 무서운 얼굴만이 존재한다. 현실과 소멸밖에 없다. 그곳에서는 술병의 밑바닥이 주정꾼을 고백하고, 소쿠리의 손잡이는 하인들의 삶을 말한다. 거기서는 문학적인 생각을 가진 사과 씨가 보통의 사과 씨로 바뀐다. 2수짜리 동전의 초상은 완전히 녹슬고, 카이프(그리스도를 유죄라고 선고한 유대의 대사제_옮긴이)의 침은 팔스타프가 뱉어 낸 배설물과 섞이고, 도박판에서 나오는 루이 금화는 자살한 사람이 목맨 새끼줄 끝에 걸리는 못과 만나고, 창백해진 태아는 지난 사육제 마지막 날 오페라 극장에서 춤추던 반짝거리는 옷에 둘둘 말려 구르고, 사람들의 죄를 벌주는 법관의 모자는 매춘부의 치맛자락이었던 부패한 물건 옆에서 나뒹군다. 무엇이든 불문하고 전부 친구보다 더 다정한 관계다. 화장을 진하게 하고 멋을 부렸던 것들도 형편없이 지저분해진다. 마지막 면사포도 벗겨진다. 하수도는 몰인정하다. 하수도는 모든 것을 고백한다.

배설물의 그러한 솔직함은 사람들에게 기쁨을 주고 안심하게 해 준다. 국가의 시정 방침이니 서약, 정략, 인간의 정의, 직무상의 성실, 지위의 존엄, 결백한 법복, 이런 것들이 보여 주는 엄숙한 모습을 땅 위에서 잘 참아 내며 계속 보아 온 뒤에, 하수도에 내려가서 그것들과 걸맞은 진흙탕을 보는 것은 안위가 된다.

그것은 동시에 깨닫게 해 주는 것이 있다. 앞서 이야기했듯이 역사는 하수도를 지나간다. 생 바르텔미의 대학살(1572년 8월)과 같은 일은 포석 사이에서 한 방울씩 하수도 속에 스며든다. 민중의 대학살, 정치적, 종교적 살인은 이 문명의 지하도로를 가로질러 그곳에 시신을 집어넣는다. 공상가의 시선에는, 역사 속의 모든 살인자가 거기에 있다. 음산하고 어두운 그 속에 무릎을 꿇고 수의의 잘려 나간 자락을 앞치마로 두르고 안쓰럽게도 자신이 저지른 죄를 씻어 내려 하고 있다.

루이 11세가 트리스탕(15세기 루이 11세 시대의 냉혹한 행정관_옮긴이)과 함께 있다. 프랑수아 1세는 뒤프라(16세기 프랑수아 1세 시대의 대법관_옮긴이)와 같이 있고, 샤를 9세(생 바르텔미의 대학살 당시의 프랑스의 왕_옮긴이)는 그의 어머니(카트린 드 메디치_옮긴이)와 같이 있다. 리슐리외는 루이 13세와 같이 있고, 그리고 루부아, 르텔리에, 에베르와 마야르도 있다. 죄다 손톱으로 돌을 긁으면서 자신이 한 짓의 흔적을 없애려 하고 있다. 지하의 둥근 천장 아래에서 귀신들이 바닥을 쓰는 소리가 들린다. 사회에서 발생한 큰 재해의 어마어마한 악취가 난다. 구석마다 칙칙한 붉은빛이 거울의 반사처럼 보인다. 그곳에는 피범벅 된 손을 씻은 끔찍한 물이 흐르고 있다.

사회 연구가는 그런 귀신의 그림자 안으로 들어가야 한다. 거기는 그들 실험실의 한부분이다. 철학은 사상의 현미경이다. 모든 것이 거기에서 달아나려고 하지만 그곳에서 도망칠 수 있는 것은 아무것도 없다. 속이려고 해도 안 되는 일이다. 속이는 사람은 자신의 어떠한 한 면을 보이게 될까? 치욕스러운 면을 보이게 된다. 철학은 부지런한 눈으로 악을 감시하고 악이 허무 속으로 달아나는 것을 용서하지 않는다. 없어지는 사물의 그 소멸 속에서도, 스러져 가는 사물의 소실 가운데서도 철학은 전부 알아낸다.

누더기의 조각에서 붉은 옷을 짓고, 장신구의 작은 파편에서 여자를 다시 살아나게 한다. 시궁창에서 도시를 다시 살리고, 진흙탕에서 풍습을 이루어 낸다. 깨진 사기그릇의 조각을 토대로 병인지 항아리인지를 알아낸다. 양피지 위의 손톱자국으로 유덴가스의 유대인 마을과 게토의 유대인 마을의 차이를 구별한다. 남아 있는 것으로 옛 모습을 찾아낸다. 선도, 악도, 허위도, 진실도, 궁전의 핏자국도, 동굴 속의 잉크의 자국도, 매음굴의 촛농 흔적도, 이를 악물고 견뎌 온 시련도, 반갑게 맞았던 유혹도, 게워 낸 대주연도, 유약한 성격으로 몸을 해쳐 만들어 낸 주름살도, 비천한 영혼이 매춘을 하게 한 흔적도, 또한 로마 노동자들의 조끼 위에 메살리나가 찔러 댄 팔꿈치 자국도 찾아낸다.

브륀조

파리의 하수도는 중세에는 유명했다. 16세기에 앙리 2세가 측량하려 했으나 결국 성공하지 못했다. 메르시에가 알려 준 것이지만, 겨우 100년 전만 해도 하수도는 그대로 내버려져 있었다.

그 당시의 낡은 파리는 그만큼 논쟁과 우유부단과 모색에 빠져 있었다. 파리는 오랜 시간 동안 매우 바보스러웠다. 그 후, 1789년은 어떻게 도시에 정신이 스며드는지를 보여 주었다. 하지만 과거에는 수도(首都)는 전혀 머리를 쓰지 않았다. 정신적으로나 물질적으로나 자신의 일을 해결하지 못하고 잘못도 오물도 없앨 줄 몰랐다. 모든 것이 장애물이었고, 모든 것이 궁금증이었다. 하수도도 마찬가지여서 진정시킬 수가 없었다. 도시에서 다른 사람과 말이 통하지 않듯이, 시궁창 속에서는 방향을 찾을 수가 없었다. 지상에서는 알아들을 수가 없었고, 지하에서는 길을 잃었다. 언어의 복잡한 혼란 아래에 여러 동굴이 얽히고설켜 있었다. 미로가 바벨탑 아래에 있었다.

가끔 파리의 하수도는 마치 하찮게 보았던 나일 강이 느닷없이 노여워하듯 흘러넘칠 때가 있었다. 역겨운 말이지만 하수도 범람이 때때로 있었다. 이 문명의 위는 가끔 소화를 시키지 못해 구정물이 도심의 목구멍으로 거슬러 올라와 파리는 시궁창의 개운하지 않은 뒷맛을 느꼈다. 하수도가 이와 같이 후회와 유사한 것은 이로운 일이었다. 그것은 경고했다. 그런데 사람들은 그 경고를 잘못 이해했다. 도시는 하수도의 염치없음에 격분하여 시궁창물이 다시 역류하지 못하게 했다. 더욱 확실하게 내쫓자는 것이었다.

1802년 홍수는 현재 여든 살 가까이 된 파리의 시민에게는 선명한 기억 중의 하나다. 시궁창 물은 루이 14세의 동상이 있는 빅투아르 광장에서 여기저기로 퍼지고, 샹젤리제의 두 개 하수도에서 생 토노레 거리로,

생 플로랑탱의 하수구에서 생 플로랑탱 거리로, 손느리 하수도에서 피에르 아 푸아송 거리로, 슈맹 베르의 하수도에서 포팽쿠르 거리로, 라프 거리의 하수도에서 로케트 거리로 흘러들어 갔다.

물은 샹젤리제 거리의 오른쪽 도랑의 35센티미터 높이까지 차올랐다. 또 남쪽에서는 센 강으로 이어진 큰 배수구에서 역류한 물이 마자린 거리, 에쇼데 거리, 마레 거리로 흘러들어 가 109미터나 흘러가서, 정확히 라신이 기주하던 집 몇 발자국 앞에서 겨우 멈추었다. 17세기의 국왕보다 시인에게 더 존경하는 뜻을 보였던 것 같다. 생 피에르 거리의 홈통이 가장 깊어서 물은 그곳의 받침돌 위 3피트까지 찼고, 가장 넓게 흘러간 곳은 생 사뱅 거리로 238미터에 달했다.

금세기(19세기_옮긴이) 초의 파리의 하수도는 역시 신비로운 곳이었다. 흙탕물에 대한 평가 따위가 좋을 리는 만무하지만, 그때 그 악평은 무서울 정도로 심했다. 파리는 발아래에 무시무시한 구덩이가 있다는 것을 희미하게나마 알고 있었다. 사람들은 마치 길이가 15피트나 되는 지네가 득실대고 있고, 베헤모트가 미역을 말았을지도 모른다는 저 테베의 무시무시한 진창의 늪에 대해 말하듯 떠들었다. 하수도를 치우는 일꾼들의 장화도, 이미 한 번 간 적이 있는 몇몇 곳에서 절대로 더는 들어가려고 하지 않았다. 그 시대는 아직 생 푸아가 그 위에서 크레키 후작과 우애를 나눴다는, 쓰레기 청소부의 수레를 하수도에다 모두 쏟아 버리던 시대, 그때와 아주 밀접했다.

하수도를 청소하는 것은 소나기에 일임했다. 하지만 빗물은 치워 주기보다 막아 버리는 일이 많았다. 로마는 그래도 하수도에 조금의 시적인 분위기를 덧붙여서 제모니(탄식의 계단. 사형된 죄인의 시체를 내던진 곳_옮긴이)라고 일컬었지만, 파리는 시궁창을 업신여겨서 트루 퓌네(구린내 나는 구멍_옮긴이)라고 일컬었다. 과학도 미신도 전부 하수도를 좋아하지 않았다. '구린내 나는 구멍'은 이야기뿐만 아니라 위생에서도 구박을 당했다.

므완 부뤼(화를 잘 내는 신부. 아이들에게 겁을 줄 때 말하는 귀신 이름_옮긴이)는 무프타르 하수도의 역겨운 냄새가 나는 둥근 천장 아래에 갇혀 있었다. 마르무제(18세기에 음모를 꾀하다가 실패한 청년 귀족의 일당_옮긴이)의 시체는 바리유리의 하수도에 버려졌다. 파공의 말에 따르면, 1685년의 무시무시한 악성 열병은 마레의 하수도에 생긴 큰 구멍 때문이라고 한다. 그 구멍은 1833년까지 생 투이 거리의 역마차 간판 반대편에 입을 떡 벌리고 있었다. 모르텔리 거리의 하수도 입구는 흑사병이 발병하는 곳으로 잘 알려져 있었다. 그 하수도 입구는 사람의 치열과 비슷한, 끝이 날카로운 쇠창살이 붙어 있어서 음침한 거리 속에서 마치 지옥의 입김을 내뿜는 용의 입처럼 보였다.

민중의 상상은 파리의 음산한 하수도에 영원하고 흉한 일들을 더하고 있었다. 하수도는 밑바닥이 없었다. 하수도, 그것은 바라트럼(아테네에서 사형수를 던진 못_옮긴이)이었다. 그러한 나병에 걸린 것 같은 곳을 파헤쳐 보겠다는 생각은 경찰마저도 도저히 생각하지 않았다. 그 알 수 없는 곳을 조사하는 것, 그 어둠 속 물의 깊이를 측량하는 측심연(測深鉛)을 집어넣는 것, 그 깊은 곳으로 조사하러 가는 것을 어느 누가 감히 할 수 있을까? 진저리가 쳐질 일이었다. 그러나 과감히 하겠다는 자가 있었다. 하수도에도 크리스토퍼 콜럼버스가 등장했다.

1805년 어느 날, 흔하지 않은 일이지만 황제가 파리에 온 날, 드크레스였는지 크레테였는지 어쨌든 그때의 내무대신이 뵙기를 청했다.

카루젤 광장에는 대공화국의 위대한 병사들이 군도를 휘두르는 소리가 들렸다. 나폴레옹이 지내는 곳 근처에는 용병들로 가득 들어차 있었다. 라인, 에스코, 아디즈, 그리고 나일 강의 역전의 용병들, 주베르, 드제, 마르소, 오슈, 클레베르와 같은 전사들, 플뢰뤼스의 기구병, 마앙스의 척탄병, 제노아의 가교병(架橋兵), 피라미드의 바로 아래를 지나온 경기병, 쥐노의 대포탄에 진흙을 뒤집어쓴 포병, 주이데르제에 닻을 내린 함대를 습격해서 붙잡은 흉갑병, 보나파르트를 쫓아서 로디 다리를 건넜던 병사들, 뮈라와 함께 망투의 참호 안에 있었던 군사들, 란보다 앞장서서 몬테벨로의 고랑 길 앞으로 행진했던 병사들이었다. 당시의 모든 군대가 그곳 튈르리 궁전의 안마당에 분대나 소대를 보내어 쉬고 있는 나폴레옹을 지키고 있었다. 그것은 대육군이 앞서 마렝고의 승전 보고를 보내고, 아우스터리츠의 승리를 코앞에 두고 있는 눈부신 시기였다.

"황제 폐하, 소신은 어제 이 나라에서 제일 용감한 자를 보았습니다."

내무대신은 나폴레옹에게 이야기했다.

"누구인가? 그래, 무엇을 했나는 말인가?"

나폴레옹이 물었다.

"어떤 일을 계획하고 있습니다, 황제 폐하."

"어떤 일?"

"파리의 하수도를 파헤쳐 보겠다고 합니다."

실존했던 이자의 이름은 브륀조라고 했다.

세상에 알려지지 않은 일

탐험은 이루어졌다. 위험한 전쟁이었다. 흑사병과 질식을 적으로 두고 한 어둠 속의 전투였다. 그뿐만 아니라 그것은 발견을 향한 항해이기도 했다. 당시에 매우 젊고 똑똑한 인부였던 그 탐험대의 생존자 한 명이 오늘날부터 수년 전까지만 해도 이야기의 소재로 삼았던 일인데, 브륀조가 공문서에 적합하지 않다는 평계로 시경국장에게 제출하는 보고서에서 누락시켜야겠다고 한 매우 재미있는 사실이 있었다. 그때는 소독 방법도 매우 미숙했다. 브륀조가 지하의 그물코 같은 길의 가장 처음의 연결 마디를 간신히 지나갔을 때 스무 명 중 여덟 명은 더 전진할 것을 거절했다.

일은 굉장히 복잡했다. 탐험과 동시에 준설 공사도 하고 있었다. 그래서 진흙탕을 걷어 내는 동시에 측량을 해야만 했다. 다시 말해 물이 들어가는 입구를 관찰하고, 쇠살문과 수문의 개수를 헤아리고, 지관을 세세히 나누고, 갈림길에서 물의 흐름을 조사하고, 여러 가지 구덩이의 크기를 하나하나 측정하고, 주된 수로와 이어져 있는 작은 수로를 관찰하고, 각 수로의 아치형 맨 위의 홍예석부터 벽 아래까지의 높이를 측량하고, 아치의 둥글게 휘어진 밑동과 토대의 높이로 수로의 너비를 재고, 끝으로 각 배수구와 직각으로, 즉 물의 높이 좌표를 바닥과 도로의 수평으로 정하는 것이었다.

사람들은 겨우겨우 전진했다. 내려가는 사다리가 3피트나 진흙탕에 빠지는 일이 종종 있었다. 등잔불은 가스 때문에 잘 타지 않았다. 가끔 정신을 잃은 일꾼이 밖으로 실려 나왔다. 곳곳에 낭떠러지가 있었다. 지반은 무너지고 돌 마루는 움푹 들어가서 하수도는 오래된 우물 같이 되어 있었다. 이제는 발을 올릴 수 있는 단단한 것은 찾을 수 없었다. 순간 한 일꾼이 웅덩이에 빠졌다. 그를 빼내려고 매우 고생했다. 푸르크루아 (18세기 말에서부터 19세기 초에 걸쳐서 활약한 화학자이자 정치가_옮긴이)의 조언에 따라 이곳저곳 충분히 소독한 곳에는 송진을 묻힌 삼베 조각을 잔뜩 넣은 큰 바구니를 놓고 불을 붙여 갔다. 벽 여기저기에는 종기처럼 생긴 이상한 버섯 같은 것이 잔뜩 있었다. 숨도 쉬기 힘든 그 안에서는 돌마저 병들어 있는 것 같았다.

브륀조는 그 탐험에서 상류에서 하류로 방향을 잡았다. 그랑 튀를뢰르의 두 수로의 교차로에서 솟아 나온 돌 위에 적혀 있는 1550이라는 연호를 볼 수가 있었다. 그 돌은 필리베르들로름이 앙리 2세의 지시로 파리의 하수도를 조사했을 때, 최종 도착 지점을 알려 주고 있었다. 그 돌은

16세기가 하수도에 남긴 자취였다.

브륀조는 그리고 1600년에서 1650년 사이에 둥근 천장을 만들어 놓은 퐁소와 비에유 뒤 탕플 거리의 수로에서 17세기의 인력(人力)의 흔적을 발견하고, 1740년에 파서 천장을 둥글게 만든 큰 하수도의 서쪽에서는 18세기의 인력을 발견했다. 그 두 둥근 천장, 특히 더 오래되지 않은 1740년의 것은 환형(環形) 하수도의 돌을 쌓아 올린 곳보다도 더 금이 가고 무너져 있었다. 이 환형 하수도는 1412년에 건설된 것으로, 그때 메닐몽탕의 깨끗한 물줄기가 파리의 큰 하수도라는 요직으로 뛰어오른 것이어서 이것은 농사꾼이 국왕의 시종상이 된 것 같은 출세였다. 그로 장(농부)이 르벨(왕)이 된 것과 같았다.

이곳저곳에, 그 가운데에서도 특히 재판소 아래에 하수도 안에는 과거의 지하 감방과 유사한 면이 있었다. 참혹한 '지하 감옥'. 그 감방 하나에는 무쇠 고리가 달려 있었다. 브륀조 탐험대는 그것을 전부 막았다. 몇 가지 괴이한 물건이 있었다. 그 가운데 1800년에 식물원에서 없어진 오랑우탄의 해골이 나왔는데, 그것은 18세기 말에 베르나르댕 거리에 괴물이 출현했다는 확실하고도 유명한 이야기와 아마도 연관이 있을 것이다. 그 짐승은 안쓰럽게도 하수도 속에 빠져 죽은 것이다.

아르슈 마리옹 거리로 이어지는 둥근 천장의 긴 통로 아래에 넝마주이가 들고 다니는 바구니 한 개가 멀쩡하게 남아 있어 감식가들은 그것을 보고 찬탄했다. 사람들이 과감하게 치우고 간 진흙 안엔 금붙이, 은붙이, 보석, 화폐와 같은 귀중품이 많이 들어 있었다. 만일 어느 거인이 그 진창물을 체로 걸렀다면 수세기 동안의 값비싼 물건을 건져 냈을 것이다. 탕플 거리와 생타부아 거리 두 줄기가 나누어지는 곳에서는 희귀한 유그노의 동메달이 발견됐다. 그것은 추기경의 모자를 쓴 돼지가 앞면에 그려져 있고, 뒷면에는 교황의 관을 쓴 늑대가 그려져 있었다.

가장 예기치 않은 일에 맞닥뜨린 것은 대하수도의 입구에서였다. 그 입구가 과거에는 쇠창살문으로 닫혀 있었는데 지금은 돌쩌귀만 남아 있었다. 그 돌쩌귀 한쪽에 형체를 모르는 누더기 같은 무언가가 걸려 있었다. 분명히 떠내려가다가 그곳에 걸린 채 암흑 속에 떠돌고, 그러다가 찢어진 것 같았다. 브뢴조는 등불을 비추어 그 누더기를 관찰했다. 질이 매우 좋은 바티스트 삼베지로 조금밖에 안 찢어진 한쪽 구석에 'LAUBESP'라는 일곱 글자와 그 위에 관(冠)의 문장을 새겨 놓은 것을 발견할 수 있었다. 관은 후작의 것이었다. 일곱 글자는 'laubespine(부인 이름_옮긴이)'라는 의미였다. 사람들은 그들이 보고 있는 그것이 마라(1793년에 암살된 대혁명의 지도자의 한 사람_옮긴이)가 썼던 염포의 한 부분임을 알게 되었다. 마라는 젊었을 때 여러 번 정사를 반복했다. 그것은 그가 수의사로서 아르투아 백작 집에서 지내던 때의 일이었다. 역사적으로 밝혀진 한 귀부인과의 정사로 인해 그 침대의 얇은 이불이 그에게 남아 있었다. 그것은 우연이었는지 아니면 기념하기 위해 일부러 남겨 두었는지는 알 수가 없다. 그가 숨졌을 때, 그의 집에서 그나마 괜찮은 천이라곤 그것밖에 없었기 때문에 시체를 그것으로 염한 것이다. 몇 명의 늙은 여자들이 비극적인 이 '민중의 친구'(마라는 그가 발행하던 신문이름으로 알려져 있었다_옮긴이)를 환락과 인연이 있는 그 천으로 염습하여 저승으로 보냈던 것이다.

브뢴조는 누더기를 가만히 둔 채 앞으로 걸어갔다. 경멸이었는지 혹은 경의의 표현이었는지? 어쨌든 마라는 그 둘을 모두 받을 자격이 있었다. 더욱이 숙명의 자국이 너무도 선명해서 거기에 감히 손대기를 망설였다. 무엇보다도 무덤 안의 물건은 그것이 정한 장소에 그대로 가만히 두는 것이다. 요컨대 그 유물은 희귀한 물건이었다.

한 후작부인이 거기에 잠자고 있었고 마라가 거기에서 부패했다. 그 유물은 팡테옹을 지나서 하수도 쥐들의 집까지 온 것이다. 예전에 와토(18세기 초의 프랑스 화가_옮긴이)는 그 헝겊의 주름까지도 즐거이 그렸겠지만 오늘날은 단테가 똑바로 바라보기에 적당한 물건이 되어 버렸다.

파리 지하의 하수도 전체에 대한 조사는 1805년부터 1812년까지 7년 동안 계속되었다. 브뤼조는 조사를 하면서 여러 가지 굉장한 일을 구상하고 지휘하고 이루어 냈다.

1808년에 그는 퐁소의 토대를 낮추고 또 사방으로 수로를 새로 건설하여 1809년에는 생 드니 거리 아래에서 이노상의 분수까지, 1810년에는 프루아망토 거리 아래에서 살페트리에르 구호원 아래까지, 1811년에는 뇌브 데 프티 페르 거리 아래와 르 마이 거리 아래와 에샤르프 거리 아래와 루아얄 광장 아래에, 1812년에는 라페 거리 아래와 앙탱 차도 아래에 하수도를 넓혔다. 동시에 그물 같은 하수도를 소독해서 깨끗하게 만들었다. 조사가 시작한 후 2년이 되던 해부터 브뤼조는 사위 나르고를 조수로 임명했다.

이리하여 19세기 초에 낡은 사회는 그 이중의 바닥을 깨끗이 치우고 하수도의 단장을 마쳤다. 어쨌든 그것만은 틀림없이 깨끗해졌다.

이리저리 구부러져 있고, 금이 가고, 포석이 떨어지고, 깨지고, 움푹 파여 물이 고이고, 묘한 모퉁이가 얽히고, 마음대로 높았다 낮아졌다 하고, 고약한 냄새를 풍기고, 황폐하고, 손을 댈 수가 없게 허물어지고, 어둠 속에 잠기고, 포석에도 벽에도 흉터가 있고, 사람을 소름 끼치게 하는 그러한 상태가 파리의 옛 하수도였다.

사방으로 나눠진 지맥, 뒤엉킨 구덩이, 여러 수로의 교차점, 갱도 안에 있는 것 같은 갈라짐, 맹장, 막다른 골목, 부식된 둥근 천장, 부패한 물웅덩이, 사방의 벽으로 넓혀 가는 더러운 때, 천장에서 뚝뚝 떨어지는 물, 어둠, 그것만큼 고름을 질질 흘리는 낡은 땅속 굴의 공포를 이길 만한 것은 아무것도 없다. 그것은 바빌론의 소화기관이었고 동굴이었고 무덤 구덩이였다.

정신적으로 보면 그 구멍의 암흑을 통해서 옛날에는 호화로웠던 것들의 쓰레기 더미 속에 과거라고 하는 저 눈먼 두더지가 떠도는 것처럼 보이는 것이다. 그것이, 한 번 더 이야기하지만 바로 '옛날'의 하수도였다.

오늘날의 진보

현재 하수도는 깨끗하고 시원하고 똑바르게 정리되어 있다. 영국에서 '리스펙터블(respectable)'이라는 단어로 표현하는 의미보다 더 많은 것을 보여 주고 있다. 현재의 하수도는 정연하고 흐릿한 회색빛을 나타내고 있다. 먹줄로 그은 듯이 곧은 직선이 되어 있어 마치 정성껏 멋을 낸 것 같다. 일개 상인이 국가의 고문관이 된 것과 같다. 안에서 보아도 거의 밝다. 더러운 물도 음전하게 흐르고 있다. 얼핏 보면 오래전의 '민중이 왕을 사랑하던' 그 좋은 시절의 왕족들이 달아나기에 아주 손쉬운 곳이었다. 도처에 파졌던 지하도로의 하나가 아닐까 하고 여겨질 정도로 현재의 하수도는 모두 아름답고 곧은 형식으로 되어 있다. 곧은 선으로 된 알렉산드리아 파의 고전미는 시(詩)에서 내쫓겨 건축 속에 도망친 것처럼 보이고, 이 어둡고 희뿌옇고 길고 둥근 천장의 모든 돌에 일일이 스며들어 있는 듯하다. 배수구는 전부 반원 모양으로 되어 있다. 리볼리 거리는 하수도 안에서까지 일파를 만들고 있다. 그러한 데다가 가지런한 선이 제일 잘 보이는 곳이 있다면 그것은 곧 대도시의 오물 구덩이일 것이다. 그곳에는 모든 것이 가능한 짧은 길로 되어 있다.

현재의 하수도는 어딘지 모르게 공적인 모습을 보이고 있다. 가끔 지하 경찰이 내놓는 하수도에 대한 보고서도 지금은 중요하게 다룬다. 하수도를 표현하는 공통어도 꽤 발전되고 점잖다. 창자라고 말하던 것을 이제는 지하도로라고 말하고, 구멍이라고 말하던 것을 현재는 맨홀이라고 말한다. 비용이 예전에 잠자던 곳을 찾아내려 해도 쉽지 않을 것이다. 이 지하 동굴의 그물코에는 여전히 오래전부터 살고 있는 설치류라는 시민이 있는데, 예전보다 더 많아졌을 정도이다. 가끔 늙은 쥐가 하수도 창문으로 고개를 내밀고 파리 시민들을 지켜본다. 하지만 이 기생 동물도 자기들의 지하 왕궁에 흡족하여 양순해져 있다.

하수도는 이미 처음의 거친 그림자는 모두 사라졌다. 예전에는 하수도를 지저분하게 하던 빗물도 이제는 하수도를 깨끗하게 씻어 준다. 그렇지만 안심해서는 안 된다. 유독가스는 여전히 그곳에 차 있다. 완전히 깨끗하다기보다 속 빈 강정 같은 것이다. 경찰국과 위생 당국이 매우 노력했지만 헛수고였다. 별의별 위생 방법이 시도됐으나 마치 회개한 후의 타르튀프처럼 여전히 의심스러운 냄새를 뭉게뭉게 풍기고 있다.

정리하자면, 문명에 대해 하수도가 해야 할 봉사가 청소며, 또 이런 시각에서 타르튀프의 양심은 아우게이아스의 외양간(그리스 신화. 3천 마리의 소를 먹이면서 30년간 한 번도 청소를 안 했다는 외양간_옮긴이)보다는 한 걸음 앞으로 나갔다는 의미에서, 파리의 하수도가 더 좋아졌다는 것은 분명했다.

아니, 그것은 진보를 뛰어넘는 일종의 변형이다. 과거의 하수도와 오늘날의 하수도 사이에 혁명이 존재한다. 그 혁명을 일으킨 사람은 누구인가? 세상이 잊어버린 사람, 앞서 이야기한 적 있는 바로 브륀조다.

미래의 진보

파리 하수도를 뚫는 것은 결코 간단한 일이 아니었다. 거기에 낭비한 10세기 동안의 노력이 파리를 완성할 수 없었던 것처럼 하수도를 완성할 수 없었다. 하수도는 과연 파리가 번영하는 것과 관련해 그 영향을 받을 수밖에 없었다. 그것은 촉각을 많이 지니고 있는 암흑 속의 자포동물과 유사해서 땅 위의 도시가 확장됨에 따라서 지하에서 커진다. 시가 길을 하나 내면 하수도는 팔을 하나 뻗는 식이다. 과거의 왕정은 2만 3천미터의 하수도밖에 건설하지 않았다. 그것이 1806년 1월 1일 당시 파리의 모습이었다. 그때부터, 이제 곧 말하겠지만 하수도 공사는 효율적이고 강력하게 다시 시작되고 내내 이어졌다.

나폴레옹은 묘한 숫자이지만 4804미터를 건설했다. 루이 18세는 5709미터, 샤를 10세는 1만 836미터, 루이 필리프는 8만 9020미터, 1848년의 공화정부는 2만 3381미터, 지금의 정부는 7만 500미터를 만들었다. 오늘날에는 22만 6610미터, 과연 600리의 하수도가 연결되어 있는 파리의 거대한 창자다. 암흑 속에 기다랗게 뻗어 있는 작은 나뭇가지, 그것은 항상 일손을 놓지 않는다. 누구도 알아채지 못하는 웅대한 건설인 것이다.

현재 파리의 땅속 미로는 19세기 초의 열 배보다 더 넓어졌다. 저 하수도를 지금처럼 꽤 완전한 모습으로 만들어 가기 위해 감당해야 했던 인내와 노력이 어느 정도였는지는 생각만 하기에도 벅차다. 과거 왕정 시대의 관청과 18세기 말의 10년간의 혁명정부의 시청이 1806년 이전부터 있었던 50리의 하수도를 건설한 것도 간신히 한 일이었다. 땅의 성질에서 오는 곤란함이며 파리의 노동자층의 편견에서 오는 거리낌 등 별의별 종류의 장애물이 그 공사를 어렵게 했다.

파리라는 도시는 곡괭이에도 괭이에도 시추기계에도 맞서는, 다시 말해 모든 인력에 완강히 대항하는 땅 위에 세워져 있다. 파리라는 굉장한 역사적 산물이 쌓여 있는 지질학적 산물만큼 파기 어렵고 뚫기 힘든 것은 없다. 어느 방법으로든지 공사를 시작해서, 충적층 속으로 파내려 가면, 곧 땅속의 저항에 차례대로 마주치게 된다. 붉은 점토가 나타나기도 하고, 물이 올라오기도 하고, 단단한 바위가 버티고 있기도 하고, 전문

과학이 겨자라고 일컫는 부드럽고 깊은 진흙도 있다. 굉장히 얇은 점토의 막과 아담보다 이전에 바다에 살던 굴 껍데기를 흩뿌린 편암층이 다섯 층으로 이루어진 석회암층 속을 곡괭이는 온 힘을 다해 앞으로 간다.

가끔은 물이 나와서 작업이 끝난 둥근 천장을 순식간에 무너뜨리고, 물에 일꾼들이 빠지게 한다. 혹은 조금씩 흐르던 진흙탕물이 결국 폭포수처럼 거세게 밀어닥쳐서 굉장히 큰 받침나무도 유리를 깨듯 부러뜨려 버린다. 근래 비예트에서 생 마르탱의 운하를, 배의 통행을 허용하고 운하의 물을 빼내지도 않고 하수도를 건설해야 했을 때, 운하의 밑바닥에 틈이 생겨서 순식간에 지하 작업장으로 물이 들어왔다. 물을 퍼내기 위해 가지고 있는 흡수 펌프를 모두 작동시켰으나 소용이 없었다. 잠수부를 동원해 갈라진 틈을 찾아냈으나 커다란 정박소 입구에 있는 틈을 메우는 것 또한 여간 어려운 일이 아니었다.

그 외에 센 강 가까이라든가 강에서 꽤 멀리 있더라도, 예를 들면 벨빌나 그랑드 뤼라든가 뤼니에르 골목에서는 사람의 발이 빠지면 그대로 삼켜 버리는 밑이 없는 모래 늪과 만났다. 거기에다 유독가스로 인한 숨 막힘, 흙모래에 파묻히는 피해, 갑작스런 무너짐이 있었다. 그 외에도 질병이 존재해서 일꾼들은 천천히 장티푸스에 걸렸다. 최근에도 센 강에 우르크 강의 수도 본관을 넣기 위해 둑을 쌓는 공사까지 같이해서 클리슈의 지하도로를 건설하기 위해 참호 안으로 들어간 뒤 깊이 10미터 되는 지점에서 흙모래가 허물어져 내리는 사이를 뚫고 호(壕)의 구멍—대개는 부패해서 고약한 냄새를 풍기는—이며, 무너지는 것을 방지하기 위해 만들어 둔 받침나무 등에 기대어서 로피탈 대로에서 센 강까지 비에브르 강의 물을 흘려보내는 하수도의 둥근 천장을 건설하는 일, 파리를 몽마르트르의 세찬 물줄기에서 건져 내고, 마르트르 시문 옆에 고여 있는 9헥타르의 진흙탕 물을 흘려보낼 배수로를 뚫기 위한 일, 즉 블랑슈 시문에서 오베르빌리에의 도로까지 하나의 하수도를

11미터의 깊은 곳에서 넉 달 동안 밤낮없이 완성해 내는 일, 바르 뒤 베크 거리에서는 참호 없이 지하로 들어가 땅속 6미터에서 하수도를 건설하는, 그때까지 볼 수 없었던, 그러한 갖가지의 일을 마친 후에 감독 모노는 숨을 거두었다.

그리고 트라베르시에르 생 앙투안 거리에서 루르신 거리까지 시내의 각 지점을 잇는 3천 미터의 둥근 천장을 건설하는 일, 아르발레트에서 지맥을 끊어와서 상시에 무프타르 네거리에 범람하는 빗물을 흘려보내게 하는 일, 무너져 내린 모래 더미 속에 돌과 콘크리트로 토대를 만들고 그 위에 생 조르주 하수도를 내는 일, 노트르담 드 나자레 지관의 토대를 낮추는 위험한 작업의 감독과 같은 몇몇의 많은 일을 마친 뒤 기사 뒬로도 숨을 거두었다. 그러나 전쟁터에서 일어나는 바보 같은 살육보다 이로운 그들의 용기 있는 행동에 관한 보고서는 전혀 없다.

1832년, 파리의 하수도는 지금과 상당히 달랐다. 브륀조는 일의 단서를 제공해 주었으나 그 후에 대대적인 개조를 결행하게 한 것은 코렐라의 힘이었다. 놀랄 만한 말이지만, 1821년에 대운하라고 일컬었던 대하수도의 한 부분이 마치 베니스처럼 구드르 거리에서 덮개가 나온 채 물이 고여 있었다. 악취를 풍기는 그것에 덮개를 덮기 위한 비용 26만 80프랑 6상팀을 파리 시가 마련할 수 있었던 것은 불과 1823년의 일이다. 콩바와 퀴네트와 생 망데 세 곳의 물을 빨아들이는 우물이 각각 배수구와 다양한 장치와 물을 모이게 하는 웅덩이와 물을 거르는 분맥을 갖추고 완성된 것은 1836년의 일이었다. 이렇게 하여 파리 배 속의 도로는 근래 4반세기 이후로 새롭게 고쳐지고, 앞서 이야기한 대로 열 배보다 더 많이 길어진 것이다.

지금부터 30년 전, 다시 말해 1832년 6월 5일과 6일의 폭동이 발발한 즈음의 하수도는 여러 곳이 과거와 똑같았다. 대부분의 거리는 오늘날에는 가운데가 높지만 그 당시에는 가운데가 오목했다. 도로나 네거리의 비탈이 끝난 곳, 다시 말해 비탈이 시작되는 곳에서 곧잘 크고 네모난 쇠살문을 찾아볼 수 있었다. 그 굵은 쇠창살문은 수많은 사람의 발길로 인해 광이 나도록 닦여서 마차는 미끄러지기 십상이었고 말을 넘어뜨리곤 했다.

토목 분야 공통어는 그러한 비탈의 기점이나 창살문에 '카시스(거미줄)'라는 매우 뜻깊은 이름을 붙였다. 1832년에는 에투알 거리, 생 루이 거리, 탕플 거리, 비에유 뒤 탕플 거리, 노트르담 드 나자레 거리, 폴리 메리구르 거리, 플뢰르 강변, 프티 뮈스크 거리, 노르망디 거리, 퐁 토 비슈 거리, 마레 거리, 생 마르탱 교외, 노트르넘 데 비투아르 거리, 몽마르트르 교외, 그랑즈 바틀리에르 거리, 샹젤리제, 자코브 거리, 투르농 거리 같은 많은 도로에 예전과 똑같은 고딕식 하수도가 지금까지도 망설임 없이 아가리를 벌리고 있었다. 대단한 것이 아니다. 뚜껑이 달린 큰 돌로 만들어진 구멍으로, 둘레를 경계석으로 둘러싼 것도 있어 기념물의 뻔뻔함을 지니고 있었다.

1806년 파리의 하수도는 1663년 5월에 공식적으로 알려진 전체 길이 5328투아즈와 같았다. 브륀조 이후 1832년 1월 1일에는 전체 길이가 4만 3천 미터가 되어 있었다. 1806년부터 1831년까지 매해 평균 750미터를 확장한 셈이었다. 그 후 매해 8천 미터에서 1만 미터에 달하는 지하도로를 콘크리트의 토대 위에 수경성(水硬性) 석회를 다져 넣는 작업으로 만들어 갔다. 1미터당 200프랑으로 계산했을 때, 오늘날의 파리 하수도 600리는 4천8백만 프랑의 비용이 든 셈이다.

파리의 하수도라는 이 크나큰 문제에는 이미 말한 적 있는 경제적인 진보에 공중 위생상의 중요한 문제가 포함되어 있다.

파리는 물의 층과 공기의 층이라는 두 개의 넓은 층 사이에 있다. 물의 층은 땅속에 꽤 깊이 매장되어 있는데, 벌써 두 번 파헤치고 탐색한 결과 석회질의 암석과 쥐라기 지층에 포함되는 석회석 사이에 있는 녹색 사암층에서 나타난다. 그 사암층은 반지름 250리의 접시 모양으로 표현할 수가 있다. 다양한 크기의 많은 개천물이 그 안에 있다. 그래서 그르넬 거리의 우물물을 한 잔 먹으면, 센 강, 마른 강, 욘 강, 우아즈 강, 엔 강, 셰르 강, 비엔 강과 루아르 강의 물을 먹는 것과 같다.

이 물의 층은 깨끗하다. 그것은 먼저 하늘에서 내려오고, 다음에 땅에서 솟아난다. 그러나 공기의 층은 깨끗하지 않아서 하수도에서 나온다. 하수도의 모든 독의 기운이 공기에 뒤섞여 있다. 그래서 숨을 쉬기가 곤란해지는 것이다. 거름 위에서 모은 공기가 파리에서 모은 공기보다 맑다는 것은 과학적으로 증명되었다. 하지만 일정한 기간이 지나면 발전하는 데 따라서 온갖 기관도 만들어지고 좋은 생각도 떠올라 물의 층을 이용해서 공기의 층을 깨끗하게 만들 수 있게 될 것이다. 다시 말해 하수도를 씻어 낼 수 있게 될 것이다. 하수도를 씻어 낸다는 이야기가 여기에서는 진흙탕을 땅으로 돌려보내는 뜻이라는 것을 잘 알 것이다. 즉, 흙으로, 다시 말해서 비료를 밭으로 다시 보낸다는 뜻이다. 이 단순한 일 하나로 사회 전체의 가난은 줄어들고 건강은 더 나아질 것이다. 오늘날 파리에서 이런저런 질병들이 확산되는 것은, 루브르를 그 전염의 수레바퀴의 굴대라고 친다면, 사방 500리에 달하고 있다.

10세기 이후 하수구는 파리 질병의 발생지였다고 할 수 있다. 하수도는 도시의 혈액 속에 든 독이다. 민중의 본능은 그것을 결코 놓치지 않았다.

백정이란 직업은 아무도 좋아하지 않아서 오랜 시간 동안 사형 집행인에게만 맡겨 두었듯이 하수도 청소부가 하는 일도 예전에는 거의 그것과 동급으로 위험해서 마찬가지로 민중에게 혐오스러운 것이었다. 그 악취를 풍기는 구덩이 안으로 석공들을 들어가게 하려면 비싼 임금을 줘야 했고, 우물을 파는 일꾼의 사다리도 그곳에 내려가기를 망설였다. '하수도에 내려가는 것은 무덤 안으로 들어가는 일이다.'라는 말까지 사람들 사이에 퍼졌다. 게다가 이미 말한 것과 같은 별의별 소름 끼치는 이야기가 그 거대한 하수도를 공포로 휩싸고 있었다.

사람들이 무서워하는 그 지하 소굴은 인간의 혁명만이 아니라 지구 혁명의 자취까지도 남겨 두어 노아의 대홍수 때의 조개껍질부터 마라의 누더기 천에 이르기까지 갖가지 대변동의 유물이 나타나는 것이다.

3. 진흙탕 속의 영혼

하수도와 의외의 선물

장 발장이 들어간 곳은 파리의 하수도였다.

또 하나의 파리와 바다가 통하는 점이 여기에 있다. 그곳에 빠진 사람은 바다 속에서와 같이 영원히 없어져 버리고 만다.

사태의 변화는 괴이할 정도였다. 시의 한가운데 있는데도 장 발장은 도시 바깥에 있는 것이다. 순식간에 한 개의 덮개를 열었다가 덮는 순간 그는 한낮에서 깜깜한 어둠 속으로, 정오에서 한밤중으로, 시끄러움에서 침묵 속으로, 회오리치는 천둥소리에서 묘지 속 같은 적막으로, 또 폴롱소 거리에서 일어나는 급작스런 변화보다 더 급작스러운 변화로 인해 가장 위험한 곳에서 매우 안전한 곳으로 들어간 것이다.

땅속으로 갑자기 떨어지는 것, 파리의 지하 감옥 속으로 들어가는 것, 죽음이 지배하는 거리를 벗어나서 생명이 있는 하나의 묘지로 가는 것, 그것은 놀라운 순간이었다. 그는 그대로 한참 멍해져서 귀를 세우고, 정신이 아찔한 상태로 있었다. 구원의 구덩이가 그의 발아래에 갑작스레 아가리를 벌린 것이다. 하늘의 자비가 배반을 하여 그를 사로잡은 것이다. 몹시 감탄할 만한 신의(神意)의 기다림이었다.

다만 어깨에 멘 부상자는 전혀 움직이지 않았다. 장 발장은 이 무덤구덩이 속에서 자신이 메고 있는 남자의 생사조차 알지 못했다.

그가 처음으로 느낀 것은 눈이 안 보이는 것이었다. 갑자기 보이는 것이 아무것도 없었다. 그리고 순간적으로 귀가 안 들리는 것 같았다. 아무 소리도 들을 수 없었다. 겨우 수 피트 머리 위에서 불어닥치는 미친 듯한 살인 태풍은 앞서 이야기했듯이 두꺼운 지면이 가로막고 있어서 지금은 깊은 곳에서 울렁대는 소음처럼 그의 귀에 느리고 어렴풋하게 들려올 뿐이었다. 발아래에 단단한 것이 느껴졌다. 그것뿐이었다. 하지만 그것만으로 족했다. 두 팔을 뻗치니 벽이 낳아 통로가 좁다는 것을 깨달았다. 발이 미끄러지므로 돌바닥이 축축하다는 것을 깨달았다. 구멍인지 물이 고인 곳인지 아니면 깊은 못인지, 겁을 내며 조심히 한 발을 내디뎠다. 돌바닥이 길게 이어져 있는 것이 분명했다. 고약한 냄새를 맡고 여기가 어딘지 유추할 수 있었다.

잠시 뒤 흐릿하게나마 보이기 시작했다. 흐릿한 빛이 방금 전에 자신이 기어들어 온 통풍구로 들어오고 있었다. 눈도 지하에서 조금 적응을 했다. 사물을 구별할 수 있게 되었다. 두더지처럼 숨었다고밖에 이야기할 수 없는 그 굴의 뒤쪽은 벽이었다. 그것은 전문 용어로 분지(分枝)라고 일컫는 막다른 골목의 일종이었다. 앞에도 또 다른 벽, 밤의 벽이 있었다. 통풍구에서 들어오는 빛은 장 발장이 있는 곳에서 열 발자국이나 열두 발자국까지밖에 비추지 못했고, 하수도의 습한 벽을 불과 10여 미터 흐릿하게 비추고 있을 따름이었다. 그 앞은 짙은 어둠이었다. 그곳으로 들어가는 것은 겁이 났고, 들어가기만 하면 먹혀 버리고 말 것처럼 느껴졌다. 하지만 그 속으로 들어갈 수도 있을 것 같은 생각이 들었고, 또 들어가야만 했다. 그것도 바삐 움직여야 했다. 장 발장은 자신이 포석 아래에서 찾아낸 그 쇠창살문을 병사들 또한 찾아낼 수도 있고, 모든 것은 우연히 일어날 수도 있다고 생각했다. 병사들도 이 하수도로 내려와서 그를 쫓고 있을지 알 수 없는 일이었다. 1분도 허비하면 안 되었다. 장 발장은 마리우스를 바닥에 내려놓았다가 다시 어깨에 메었다. 그리고 다시 걷기 시작했다. 그는 대범하게 암흑 속으로 걸어 들어갔다.

사실은 장 발장의 생각만큼 안전하지는 않았다. 유형이 다른, 그리고 그들을 기다리는 거대한 위험이 숨어 있을 수도 있었다. 싸움의 거센 회오리바람이 지난 뒤, 이번에는 유독가스와 함정의 동굴이었다. 혼란 후의 시궁창이었다. 장 발장은 지옥에서 또 다른 지옥으로 떨어진 것이다.

약 쉰 발자국을 걸어간 곳에서 발을 멈추어야 했다. 문제가 발생한 것이다. 하수도는 또 다른 관과 연결되어 있고 거기에 길이 두 갈래로 나 있었다. 어느 쪽으로 가야 하나? 왼쪽으로 가야 할까, 오른쪽으로 가야 할까? 이 깜깜한 미로 속에서 어떻게 길을 찾아야 할 것인가? 이 미로에는 우리가 유념해 두었던 것처럼 하나의 단서가 있다. 그 속의 비탈이다. 비탈을 따라 내려가면 강으로 나갈 수 있다. 장 발장은 곧 그 사실을 깨달았다.

장 발장은 생각했다. 이곳은 분명히 시장의 하수도일 것이다. 그러므로 왼쪽으로 방향을 잡아서 비탈을 타고 내려가면 15분이면 충분히 퐁 뇌프와 퐁토 샹즈 사이에 센 강으로 빠져나가는 출구 어딘가에 도달할 수 있을 것이다. 그렇게 되면 한낮에 파리에서 제일 번화한 장소로 나오게 될 것이다. 아마도 네거리의 맨홀 뚜껑에 이르게 될 것이다. 피범벅이 된 두 남자가 발밑의 땅속에서 튀어나오는 것을 본다면 거리의 행인들은 깜짝 놀랄 것이다. 경찰이 달려오고 가까이에 있는 헌병들이 총을 들고 올 것이다. 바깥으로 탈출하기 전에 사로잡히고 말 것이다. 그렇다면 이 미로 속에 숨어서 이 어둠에 기대어, 출구를 향해 가는 것은 신의 뜻에 따르는 것이 좋겠다. 그는 다시 비탈을 더듬어 올라가 오른편으로 방향을 잡았다.

지하도로의 모퉁이를 돌자, 통풍구에서 비추던 흐릿한 빛은 없어지고 어둠의 장막이 다시 내려와 앞이 캄캄해졌다. 그래도 그는 쉬지 않고 가능한 한 빨리 걸었다. 마리우스의 두 팔은 장 발장의 목을 감싸고 다리는 축 늘어져 있었다. 그는 두 팔을 한 손으로 붙잡고, 다른 손으로 벽을 짚으며 발을 옮겼다. 마리우스의 피 묻은 볼이 그의 볼에 닿아서 끈적끈적하게 들러붙었다. 마리우스의 몸에서 뜨듯한 피가 자신의 몸에까지 흘러 옷 안으로 배어드는 것을 느꼈다. 하지만 다친 사람의 입과 밀접해 있는 귀에서 그가 흘리는 입김을 느낄 수 있는 것은 아직까지는 숨을 쉬고 있는, 즉 살아 있다는 뜻이었다.

장 발장이 지금 지나가고 있는 지하도로는 치욕 것보다 넓었다. 장 발장은 그곳을 꽤 힘들게 지나갔다. 어제 내린 빗물이 여태껏 모두 빠져 나가지 않아서 아치의 토대가 되는 양편 기슭 가운데에 작은 급류를 만들고 있었으므로 그는 벽에 몸을 밀착시켜 발이 물에 빠지지 않게 조심해서 걸어야 했다. 이런 방법으로 그는 암흑 속을 지나갔다. 마치 미지의 세계를 더듬으면서 지하 어둠의 물줄기 속으로 휩쓸려 들어가는 밤의 생명체 같았다.

하지만 점차, 멀리 있는 구멍에서 새어 드는 흐릿한 빛이 짙은 안개 속을 비추고 있는 건지, 아니면 그의 눈이 컴컴한 어둠에 적응됐는지, 흐릿한 시력이 회복되어 손으로 더듬고 있는 벽이며, 머리 위의 둥근 천장이 희미하게 보이기 시작했다. 마치 영혼이 불행 속에서 커져서 그곳에서 신을 찾아내듯이 눈동자는 어둠 속에서 커져 급기야 그 속에서 빛을 찾아낸 것이다.

가야 할 곳을 알아내는 것은 아주 어려웠다. 하수도의 길은 그 위에 있는 도로의 줄기를 닮았다고 해도 좋았다. 그 시절의 파리에는 2200개의 거리가 존재했다. 그 아래에 하수도라는 어둠의 분지가 한껏 뻗어 있는 숲을 떠올려 보라. 그 당시의 하수도 망은 양 끝을 이으면 길이가 110리에 이르렀다. 이미 이야기했듯이, 오늘날의 그물코는 근래 30년 동안의 왕성한 공사 덕택에 600리를 넘고 있다.

장 발장은 처음에 잘못 생각했다. 그는 생 드니 거리 밑에 있는 것이라고 생각했으나 안타깝게도 아니었다. 생 드니 거리 밑에는 루이 13세 시대부터 낡은 돌로 건설한 하수도가 있어 대하수도라고 일컫는 종합 하수도로 바로 이어져 있었다. 단지, 예전의 쿠르 데 미라클(기적의 광장)의 언덕에 오른편 모퉁이를 내놓고, 또 그 한 줄기는 갈라져서 생 마르탱 하수도에서 네 개의 길이 엇갈려 있다. 하지만 코랭트 술집 옆에 입구가 있는 프티트 트뤼앙드리의 지맥은 생 드니 거리 아래를 지나는 것은 아니다. 그것은 몽마르트르 하수도에 이어져 있는데 장 발장은 거기에 들어간 것이다.

거기에서는 길을 잃을 가능성이 높았다. 몽마르트르 하수도는 낡은 그물코 가운데에서도 특히 미로였다. 다행인 것은 장 발장은 많은 돛대를 이리저리 매어 놓은 것 같은 모습의 시장 하수도는 이미 통과했던 것이다. 하지만 그 앞에는 몇몇의 어려운 고비가 있었다. 매우 많은 거리의 모퉁이가—사실 이곳은 도로였다.—어둠 속에 물음표처럼 놓여 있었다. 첫째, 왼쪽에는 퍼즐과 같은 큰 플라트리에르 대하수도가 우체국과 밀 시장의 원형 건물 아래에서 T자 모양이나 Z자 모양으로 센 강까지 이리저리 줄기를 내밀어 거기에서 Y자 모양을 만들고 있다. 둘째, 오른쪽에는 카드랑 거리의 한쪽으로 휘어진 지하도로가 세 개의 이빨처럼 막다른 골목에 부닥치고 있었다. 셋째, 왼쪽에는 마이의 하수도 한 줄기가 거의 입구에서부터 삼지창 모양으로 뒤엉켜 있어서 그곳을 갈지자 모양으로 더듬어 들어가면 여기저기로 갈라진 토막을 만들고, 가지와 같이 나뉘어져 있는 루브르의 큰 하수구로 빠져나가게 된다. 끝으로 오른쪽에는 여러 곳에 작은 구멍이 있는 것은 제외하더라도, 환형 하수도로 빠져나가려면 죄뇌르 거리의 막다른 지하도로를 지나야 했다. 그리고 오직 이 환형 하수도만이 그가 안전하게 멀리 있는 출구까지 갈 수 있는 길이었다.

만일 장 발장이 우리가 지금 말한 사실을 약간이라도 알았다면 벽을 짚어 보기만 해도 그곳이 생 드니 거리의 지하도로가 아닌 것을 금방 알아챘을 것이다. 잘라 낸 낡은 돌 대신에, 즉 화강암과 1투아즈에 800프랑이나 하는 질 좋은 석회를 바른 벽으로 만든 양쪽 기슭의 토대와 도랑이 있고, 하수도마저 품격 있게 지었던 옛 궁전식 건축 대신에 근대의 싸고 경제적인 방법으로 1미터당 200프랑인 콘크리트에 수경성 석회로 만든 돌덩어리, 소위 '싼 재료'를 사용한 부르주아식 건축술을 손으로 감지할 수 있었을 것이다. 하지만 그는 아무것도 알지 못했다.

장 발장은 몹시 불안해져서, 그렇지만 차분하게, 아무것도 보지 않고, 전혀 아는 것이 없이, 우연에 몸을 의지한 채 신의 뜻에 따라 전진해 나갔다.

솔직히 이야기하면, 장 발장은 점차 어떤 두려움의 포로가 되어 갔다. 그를 둘러싸고 있는 검은 그림자가 그의 정신 속에 파고들고 있었다. 그는 미로 속을 걸어갔다. 이 하수도는 무시무시하다. 아찔할 만큼 어지럽게 뒤엉켜 있다. 이 어둠의 파리 속에 붙잡힌 것은 불길한 일이다. 장 발장은 볼 수도 없는 길을 찾아내, 아니 거의 길을 내다시피 해서 걸어가야 했다. 이 알 수 없는 세계에서는 내딛는 한 걸음이 마지막 한 걸음이 될지도 모르는 일이었다. 어떻게 여기를 탈출할 수 있을까? 출구를 발견할 수 있을까? 그것도 알맞은 때에 찾아낼 수 있을까? 돌로 만든 벌집과 같은 이 지하의 크나큰 해면(海綿)은 사람이 안으로 들어가거나 통과해 나가는 것을 허용할까? 어떤 예상치 못했던 어둠의 매듭에 맞닥뜨리지 않을까? 탈출할 수 없는 곳에, 뚫고 지나갈 수 없는 곳에 빠지는 것은 아닐까? 마리우스는 피를 많이 흘렸기 때문에, 장 발장은 배고픔 때문에 이곳에서 목숨을 잃는 것은 아닐까? 둘 다 최후에는 이곳에서 실종되어 이 밤의 한쪽 모퉁이에서 두 개의 뼈다귀가 되어 버리는 것은 아닐까? 그는 답을 찾을 수 없었다. 이런 여러 가지를 스스로에게 질문해 보았지만, 답을 알 수가 없었다. 파리의 내장은 일종의 깊은 바닷속이었다. 옛 예언가처럼 그는 괴물의 배 안에 있었다.

순간 장 발장은 소스라치게 놀랐다. 그는 지금까지 쭉 걸어오던 길이 어느새 오르막길이 아니라는 것을 문득 알아차렸다. 도랑의 물은 발 앞으로 오지 않고 발 뒤에서 부딪치고 있었다. 하수도는 이제 내리막길이었다. 어떻게 된 일일까? 그러면 이제 센 강에 도달한 것일까? 그것은 아주 위험천만한 일이었지만 다시 돌아간다는 것은 훨씬 더 위험했다. 그는 그대로 앞으로 걸어갔다.

그가 걷고 있는 길은 사실은 센 강으로 이어지지 않았다. 센 강 오른편 기슭인 파리의 땅이 만든 움푹한 곳은 한쪽 물줄기를 센 강으로, 다른 쪽 물줄기를 대하수도로 보내고 있다. 물줄기가 나누어지는 곳인 그 움푹 파인 곳은 매우 곧지 못한 선을 그리고 있다. 배수의 교차로인 제일 꼭대기는, 생타부아 하수도에서는 미셸 르 콩트 거리 건너에 있고, 루브르의 하수도에서는 큰 거리 근처에 있으며 몽마르트르 하수도에서는 시장 인근에 있다. 장 발장이 도착한 곳이 바로 그 제일 꼭대기였다. 그는 환형 하수도 쪽으로 가고 있었던 것이다. 길은 바르게 잘 선택한 셈이다. 하지만 그는 그런 사실을 전혀 알지 못했다.

갈림길로 들어설 때마다 그는 모퉁이를 손으로 가늠하여 그 입구가 방금 자기가 지나 온 지하도로보다 좁다고 생각되면 꺾지 않고 곧바로 걸어 나갔다. 좁다란 길은 전부 막다른 골목에 이르기 마련이어서 목적지, 즉 출구로 갈 수 없다는 그럴 듯한 생각을 했기 때문이다. 그는 이런 방법으로 이미 이야기했던 네 개의 미로가 만들어서 암흑 속에 숨겨 두었던 네 개의 함정을 피해 갈 수 있었다.

그렇게 걸어가던 그는 순간 폭동이 화석처럼 굳어 버리게 만든 파리, 바리케이드가 교통을 막아 버린 파리 아래를 지나와 활력 넘치는, 보통 날과 같은 파리 아래에 도착했다는 것을 깨달았다.

갑자기 머리 위에서 우레와 같은, 멀지만 계속 이어지는 소리를 들었다. 마차가 지나가는 소리였다.

그의 어림셈으로는 적어도 30분 정도 걸어왔다. 잠시도 휴식을 취할 생각은 없었다. 다만 마리우스를 잡고 있던 손을 바꾸었다. 어둠은 더욱 더 짙어졌지만, 짙은 그 어둠이 도리어 그의 마음을 차분하게 했다.

갑자기 눈앞에 자신의 그림자가 나타났다. 그림자는 굉장히 흐릿하고 엷은 붉은빛 위에 나타났는데, 그 붉은빛은 발아래의 토대와 머리 위의 둥근 천장을 불그스름하게 물들이고 지하노로의 끈적끈적한 벽 위에 미끄러지듯 좌우로 흔들리고 있었다. 화들짝 놀란 장 발장은 뒤를 돌아다보았다.

그의 등 뒤, 그에게는 더 멀다고 느껴졌던 방금 지나온 지하도로에서 짙은 암흑을 뚫고 무시무시한 별 같은 것이 불타듯 빛을 내며 그를 쏘아보는 듯했다.

그것은 하수도 안에 뜨는 매우 찜찜한 경찰의 별이었다. 그 별 뒤에는 검고 똑바르며 흐릿하고 무시무시한, 열 명가량 되는 사람의 그림자가 포개져서 움직이고 있었다.

해석

6월 6일에, 하수도를 샅샅이 뒤지라는 명령이 떨어졌다. 패전자들이 그곳을 은신처로 삼았을지도 모른다는 걱정이 있었기 때문이다. 뷔조 장군이 파리의 표면을 쓸어버리는 동안 지스케 총감은 파리의 이면을 수색해야만 했다. 서로 연관된 이중 작전, 지상에서는 군대, 지하에서는 경찰로 대표되는 관리의 이중 작전이 요구되었던 것이다. 경찰과 하수도 청소부로 짜여진 3분대가, 1분대는 센 강 오른편 기슭으로, 또 다른 1분대는 왼편 기슭으로, 나머지 1분대는 시테 섬으로 갈라져 파리의 지하도로를 수색했다. 경찰들은 기총과 곤봉과 검과 칼을 들고 있었다.

방금 장 발장에게 비친 것은 오른편 기슭에 배정된 수색대의 등불이었다.

그 수색대는 가드랑 거리 아래 구불구불한 지하도로와 세 곳의 막다른 골목을 살펴보고 오는 중이었다. 수색대가 그 막다른 골목 안쪽으로 깊숙이 제등(提燈) 불빛을 비추고 있는 동안에 장 발장은 바로 그 지하도로 입구에 이르렀으나 지금까지 지나오던 수로보다 좁다고 생각하고 그곳으로 들어가지 않았던 것이다. 장 발장은 그곳을 지나쳐 버렸다. 경찰들은 카드랑의 지하도로에서 나올 때 환형 하수도 방향으로 발소리가 들린다고 생각했다. 그것은 장 발장이 내는 발소리였다. 수색대장인 경찰은 자신의 등불을 높이 쳐들고, 대원들은 발소리가 들리는 쪽의 안개 속을 살펴보기 시작했다.

장 발장에게는 뭐라고 말로 표현할 수 없는 위급한 순간이었다.

다행스럽게도 장 발장은 등불이 잘 보였으나, 등불 쪽에서는 그가 잘 안 보였다. 그는 그림자였고 등불은 빛이었다. 그는 무척 멀리 떨어져 있었고 주변의 어둠에 감싸여 있었다. 장 발장은 벽에 딱 붙어 서서 움직이지 않았다.

게다가 자기 등 뒤로 움직이고 있는 것이 어떤 것인지 몰랐다. 자지 못한 데다가 배고픔까지 더해진 흥분으로 그는 환각상태에 빠지고 있었다. 이글거리는 불꽃과 그 불꽃 주변의 망령들을 보았다. 무엇일까? 저것은. 그는 도통 모르겠다고 생각했다.

장 발장이 발을 멈추니 발소리도 멎었다. 수색대는 귀를 세웠으나 들리는 것은 전혀 없었다. 자세히 둘러봤으나 아무것도 눈에 띄지 않았다. 그들은 의견을 나누었다.

몽마르트르 하수도의 그곳은, 비가 많이 내릴 때면 빗물이 폭포수처럼 밀어닥쳐서 땅속에 작은 호수를 만들기 때문에 후에 무너뜨려 버렸으나, 그때는 소위 '통용로'식으로 어디로든 연결되는 네거리였다. 수색대는 그 네거리에 집결할 수 있었다.

싱 발장은 그러한 도깨비들이 빙 둘러서 모여 있는 것을 보았다. 그 도둑을 지키는 개들의 머리는 한 곳에 모여 작게 수군댔다.

개들은 논의한 결과, 자신들이 잘못 생각했고 소리는 들리지 않았으며, 사람은 전혀 없었고 환형 하수도까지 갈 이유도 없으며, 시간만 낭비하게 될 따름이니, 그보다는 생 메리 쪽으로 빨리 가는 편이 좋다, 지금부터 해야 할 일이 있고 '부쟁고(급진적 민주주의파 청년)'를 뒤쫓아야 한다면 그쪽으로 가야 한다고 결정했다.

당파는 자신에 대한 오래된 모욕적인 별명을 종종 새로운 별명으로 바꾸어 놓는다. 1832년에 '부쟁고'라는 말은 이미 낡아서 없어진 '자코뱅'이라는 말과, 이때는 거의 안 썼지만 후에 자주 쓰게 된 '데마고그(선동 정치가)'라는 말 중간 의미로 과격민주당을 일컫고 있었다.

수색대장은 왼편으로 돌아서 센 강의 언덕길을 내려가도록 지시했다. 만일 그들이 두 무리로 나누어 두 방향으로 가기로 결정했다면 장 발장은 잡혔을 것이다. 일은 거기에서 판가름이 났다. 아마도 싸움이 일어날 경우, 많은 폭도들과 맞서야 할 것을 짐작했던 시경의 훈령이, 수색대가 흩어지는 것을 금지했던 것이다. 수색대는 뒤에 장 발장을 남겨 두고 걸음을 옮기기 시작했다. 그 행동에서 장 발장의 눈에 보인 것은 불빛이 느닷없이 방향을 바꾸고 없어진 것뿐이다.

그곳을 벗어나기 전에 수색대장은 경찰관다운 조심성으로 그대로 내버려 두고 가는 쪽에, 다시 말해 장 발장이 숨어 있는 방향으로 총의 방아쇠를 한 번 당겼다. 총소리는 지하도로 속에 메아리를 만들어서 마치 거인의 창자에서 야단스런 소리가 나는 것 같았다. 석회가 잔뜩 붙은 벽 조각이 하나 물속에 떨어져서 장 발장으로부터 몇 발자국 떨어진 곳에서 물소리가 났다. 그 소리를 듣고 그는 총알이 둥근 천장에 맞았다는 것을 깨달았다.

일정하고 느린 발소리가 한참 동안 돌바닥 위에 울리고, 거리가 멀어질수록 점차 희미해지고, 검은 그림자 떼가 어둠 속에 휩싸이고, 흐릿한 불빛은 떨리며 방황하고, 그 빛이 둥근 천장에 던지는 불그스름한 반원 모양은 점점 작아지다가 없어지고, 침묵은 깊어지고, 어둠이 모든 것을 덮어 보이지도 들리지도 않아 아무것도 알 수 없었다. 하지만 장 발장은 아직 움직이려고 하지 않고, 오래도록 벽에 등을 기댄 채 귀를 세우고 눈을 크게 뜨고, 그 환영들이 사라져 버린 곳을 조용히 쳐다보고 있었다.

쫓기는 남자

그때의 경찰은 대단히 중요한 공공의 위기에 당황하지 않고 도로 행정과 경계의 임무를 완수했다는 것을 알아주어야 한다. 폭동은 경찰의 입장에서는 범죄자들을 내버려 두거나 또 정부가 위험에 처했다고 해서 사회를 되는 대로 방치해도 괜찮다는 명분이 될 수는 없었다. 늘 반복되는 업무는 비상근무 중에도 확실하게 시행되었고 흐지부지되는 경우는 없었다. 앞을 내다볼 수 없는 정치적인 사건 속에서 혁명이 이루어질지도 모를 위급한 때에도 폭동이나 바리케이드에만 집중하지 않고 경찰은 도둑의 뒤를 밟고 있었다.

6월 6일 오후 센 강변, 앵발리드 다리 오른편 기슭의 강둑에서 그 같은 상황이 벌어지고 있었다.

그곳의 강둑은 지금은 사라졌다. 그 인근의 모습도 바뀌었다.

그 강둑에서 지금 두 남자가 일정한 거리를 두고 서로의 시선을 피하면서 서로 상대방을 경계하고 있다. 앞에 가는 사람은 멀리 떨어지려고 노력하고 뒤에 쫓아가는 사람은 더 가까이 다가가려고 노력하고 있었다.

흡사 멀리 떨어져서 장기를 두는 것 같았다. 그러면서도 두 사람 모두 바삐 움직이려 하지 않고 일부러 천천히 걷는 것처럼 보였다. 너무 빨리 걸으려다가 상대방의 발걸음만 그만큼 빠르게 해 주는 결과가 생기지 않게 두 사람 모두 신경을 쓰고 있었다. 배고픈 짐승이 사냥감을 뒤쫓으면서도 속마음을 보여 주지 않는 것과 같았다. 사냥감도 거친 녀석이어서 자기 몸을 단단히 방어하고 있었다.

쫓기는 족제비와 쫓는 개 사이에 알맞은 평행이 유지되고 있었다. 도망치는 남자는 몸집이 작고 얼굴도 핼쑥했다. 사로잡으려는 남자는 몸집도 크고 힘도 강해 보였다. 험상궂은 얼굴이었으며 끈기도 있는 것 같았다.

앞서 가는 남자는 자신이 약하다는 것을 알고 뒤에 쫓아오는 남자를 피하려 했다. 하지만 피한다고 해도 그 행동이 매우 초조해서 유심히 관찰해 보면, 그의 눈에서 달아나는 자의 어두운 적개심과 두려움 속에 깃든 강박감을 찾을 수 있었을 것이다.

강둑은 음산했다. 행인도 없었다. 곳곳에 매어 있는 작은 배에는 뱃사공도 일꾼도 없었다.

그들의 모습을 잘 볼 수 있는 곳은 맞은편 기슭밖에 없었다. 그 거리에서 그들을 본다 해도 앞서 가는 남자는 머리가 덥수룩하고 옷도 너덜너덜한 것이 의심쩍어 보이고, 찢어진 작업복 안에서 초조하게 떨고 있고, 뒤를 쫓는 남자는 점잖은 관리 같은 사람으로 턱 아래까지 단추를 채운 프록코트 차림의 관복을 입은 것을 볼 수 있을 것이다. 조금 더 가까이 다가가서 봤다면 그 두 남자의 정체를 여러분은 알아챘을 것이다.

뒤에 가는 남자의 목적은 무엇이었을까? 아마도 앞에 걸어가는 남자에게 조금 더 따뜻한 옷을 입혀 주려는 것일 테다.

관복 차림을 한 남자가 누더기를 걸친 남자를 뒤쫓는 것은, 그 남자에게도 역시 국가의 관복을 입혀 주기 위해서다. 단지 그 색깔이 문제이다. 푸른 관복을 입는 것은 명예로운 일이지만 붉은 관복을 입는 것은 불쾌한 일이다. '비천한 붉은빛'이라는 것도 있다(붉은빛은 원래 고귀한 신분을 나타내는 빛이지만 붉은 관복은 죄수복이다_옮긴이). 앞서 가는 남자가 좋아하지 않는 것은 아마도 그런 식의 불쾌감이고 그런 식의 붉은빛일 것이다.

뒤에 걷는 남자가 그러한 남자를 앞장세우고서도 여태 붙잡으려고 하지 않는 이유는 누가 봐도 그가 어딘가 명확한 장소, 좋은 사냥감이 집결해 있는 곳에 도착하기를 기다리는 꿍꿍이인 것 같았다. 그러한 야릇한 작전을 '미행'이라고 말한다.

이 예상은 그대로 맞아떨어졌다. 단추를 채운 남자는 강둑에서 강변 거리를 지나가는 빈 마차를 보고 마부에게 사인을 보냈다. 마부는 고개를 끄덕이고, 볼일이 있는 사람이 누구인지 알아차린 모양이었다. 방향을 틀어 강변 거리 위에서 두 사람 뒤를 보통 걸음걸이로 뒤따라갔다. 앞에 있는 누더기를 걸친 의심쩍은 남자는 그 사실을 깨닫지 못했다.

마차는 샹젤리제의 가로수를 따라갔다. 채찍을 든 마부의 상체가 강변 거리의 난간 위를 들썩이며 가는 것이 보였다.

경찰의 비밀 훈령 가운데에는 이런 것이 있다.

'미처 생각하지 못한 사건에는 언제나 마차를 가까이에 둘 것.'

서로 완벽한 전략을 세우면서, 두 남자는 강둑의 내리막이 물가까지 이르러 있는 곳에 도착했다. 그곳은 그 당시 파시에서 온 마차의 마부들이 말에게 물을 먹일 때 물가까지 다가갈 수 있도록 만들어 놓은 곳이었다. 그 경사는 그 후 주변과 균형을 이루기 위해서 무너졌다. 그 덕택에 말은 매우 목이 말랐을지언정 외관은 깔끔해졌다.

왠지 작업복 차림의 남자는 그 경사를 올라가서 샹젤리제로 달아나려는 듯 보였다. 샹젤리제는 나무숲이 울창한 곳이지만 경찰들이 순찰하고 있어 뒤에 가는 남자는 쉽사리 도움을 받을 수 있을 것이다.

강변의 그곳은 1824년에 브라크 대령이 모레에서 파리로 옮겨 온 건물, 소위 '프랑수아 1세의 집'에서 얼마 떨어져 있지 않다. 파출소도 근처에 있었다.

하지만 놀랍게도 니행당하는 남자는 말을 물 먹이는 곳의 경사 쪽으로 가지 않았다. 그는 곧장 강변을 따라 북 위로 갔다.

그가 있는 곳은 매우 위험해졌다. 센 강으로 뛰어들지 않는다면 어쩌려는 것일까?

그것보다 앞에는 강변 거리로 들어가는 길이 없다. 이제는 경사도 계단도 존재하지 않는다. 더욱이 바로 앞은 센 강이 이에나 다리 쪽으로 휘어지는 곳이어서 거기에서 둑은 점차 좁아지고 마지막에는 얇은 혓바닥처럼 되어 물속으로 없어졌다. 거기까지 가면 오른쪽은 낭떠러지가, 왼쪽과 앞은 강이, 그리고 등 뒤에는 경찰이 있어서 어떻게 해도 피할 수가 없었다.

사실은 그 둑의 끝에는 어떤 것이 무너져서 만들어진 흙더미가 육칠 피트 정도 수북이 쌓여 있어 시야를 막고 있었다. 하지만 그 남자는 한 바퀴 돌아가면 이 흙더미 그늘에 용케 몸을 감출 수가 있다고 여기는 것일까? 그런 방법은 꼬마를 속이는 것과 같았다. 그도 아마 그럴 작정은 아닐 것이다. 도둑놈도 그 정도로 단순하지는 않다.

흙더미는 둑에 언덕처럼 쌓여져 있고 강가의 벽까지 곶처럼 길게 뻗쳐 나와 있었다.

미행당하는 남자는 그 작은 언덕에 도착하자 그곳을 돌아갔다. 미행하는 남자의 눈을 피하게 되었다.

미행하는 남자는 상대방의 모습을 볼 수 없게 되었으나 상대방도 그의 모습을 볼 수 없었다. 그래서 그사이 여태까지 누르고 감춘 것을 집어던 지고 걸음의 속력을 한껏 높였다. 재빨리 흙더미가 있는 곳까지 와서 그곳을 한 바퀴 빙 돌았다. 그런데 그는 그 자리에 멍하니 멈춰 서 버렸다. 그가 미행한 남자는 이미 거기에 없었다. 작업복 차림의 남자는 그림자도 남기지 않고 사라졌다.

강둑은 흙더미에서 겨우 서른 발자국도 떨어져 있지 않은 부딪치는 강물 속에 잠겨 있었다. 달아난 자가 센 강에 뛰어들었든지 강가로 기어서 올라갔든지 했다면 뒤쫓는 자의 눈에 보이지 않았을 리가 없다. 그렇다면 과연 그는 어찌된 것일까?

프록코트 단추를 단정하게 채우고 입은 남자는 강둑의 끝까지 가서 오랫동안 깊은 생각에 빠져 두 주먹을 불끈 쥐고 눈에 힘을 주고 가만히 있었다. 순간 그는 이마를 탁 때렸다. 지면과 수면이 이어지는 곳에 큰 자물통과 세 개의 무거운 돌쩌귀가 달린 넓고 얇은 반원 모양의 철책을 발견했기 때문이다. 그 철책은 강둑 아래에 뚫린 하나의 문인데 강과 강둑의 석축 쪽으로 뚫려 있었다. 거무스름한 물이 그 아래에 흐르고 있었다. 그 물은 센 강으로 흘러들고 있었다.

그 녹슨 무거운 창살 건너로 둥근 천장의 컴컴한 복도가 보였다.

남자는 팔짱을 끼고, 나무라는 듯한 눈빛으로 철책을 뚫어지게 쳐다보았다.

쳐다보는 것만으로는 모자라서 그는 철책을 열려고 했다. 잡고 흔들어보았지만 철책은 단단히 버텼다. 아무 소리도 들리지 않다니 이렇게 녹슨 철책치고는 괴상한 일이었지만, 하지만 막 열렸다가 다시 닫혔음에 분명했다. 조금 전에 이 문을 열고 다시 닫은 남자는 갈고리가 아니라 열쇠를 소지하고 있었던 게 분명하다.

이 뚜렷한 사실이 힘껏 철책을 흔들던 남자의 뇌리에 퍼뜩 떠올랐다. 그는 의도치 않게 분노가 뒤섞인 탄성을 질렀다.

"뻔뻔한 녀석이군! 정부의 열쇠를 지니고 있다니!"

그런 뒤, 이내 냉정하게 머릿속에 뒤엉켜 있는 모든 생각을 거의 비웃는 듯한 어투로 한꺼번에 뱉어 냈다.

"그래? 그래? 그래? 그래?"

그렇게 말한 뒤, 그 남자가 다시 나오는 것을 기다릴 작정인지, 아니면 다른 남자가 들어가는 것을 기다릴 생각인지, 어쨌든 어떤 것을 기다리려는 것처럼 망을 보는 사냥개의 인내심 있는 자세로 흙더미 뒤에 몸을 감추고 감시를 시작했다.

한편, 그의 일거수일투족에 속도를 맞추어 온 마차는 그의 머리 위 난간 옆에 멈추었다. 마부는 기다리는 시간이 길어질 것을 생각하고 말의 코를 바닥이 축축한 귀리 부대 안에 넣어 주었다. 이 부대는 파리 시민들의 눈에 친숙한 것인데 더 이야기하면 정부가 파리 시민들에게 가끔씩 그것을 주는 일이 있다. 어쩌다 가끔 이에나 다리를 건너가는 사람들은 다 건너가기 전에 머리를 돌려서 주변의 경치 속에서 꼼짝도 않고 둑 위에 있는 한 남자와 강변 거리 위에 멈춰 있는 마차를 흘끗 쳐다보고는 했다.

그도 십자가를 짊어지다

장 발장은 다시 걸음을 옮기기 시작하여 잠시도 쉬지 않았다.

걸어가는 일은 점차 고통스러워졌다. 둥근 천장의 높이는 일정하지 않았다. 평균 높이는 5피트 6인치 정도여서 사람의 키에 맞추어져 있었다. 장 발장은 천장에 마리우스가 부딪치지 않도록 몸을 숙이고 걸어가야 했다. 때때로 몸을 숙이기도 하고 또 펴기도 하며, 쉴 새 없이 벽을 더듬어야만 했다. 벽의 돌은 젖어 있었고 바닥은 끈적끈적해서, 손과 다리의 든든한 버팀목이 되어 주지 못했다. 장 발장은 끔찍한 도시의 배설물 속에서 휘청거렸다. 통풍구 사이로 비치는 반사광이 간간이 보였으나 그것도 한참 뒤에나 볼 수 있는 데다 매우 흐릿해서 햇빛인데도 달빛처럼 느껴졌다. 그 뒤로는 안개와 독기와 불명확함과 어둠이었다. 장 발장은 배고픔과 목마름을 느꼈다. 특히 목이 타는 듯했다. 게다가 여기는 바다와 같아서 물이 많은 곳인데도 한 방울도 입에 넣을 수가 없었다. 장 발장의 체력은 모두 알다시피 훌륭하고 순수하고 검소한 생활을 보낸 덕택에 나이 때문에 일어나는 쇠퇴는 전혀 보이지 않았지만, 지금은 서서히 약해지고 있었다. 피곤에 휩싸이고 힘이 빠져나가면서 등에 업은 짐도 차츰 무거워졌다. 마리우스는 아마도 죽은 모양이었다. 시체처럼 무겁게 느껴졌다. 하지만 장 발장은 그의 가슴을 누르지 않도록, 가능한 숨쉬기가 쉽도록 그를 메고 있었다. 쥐가 그의 다리 사이로 쏜살같이 지나가는 것을 느낄 수 있었다. 그 가운데 한 마리는 당황한 나머지 그에게 달려들어 다리를 깨물기도 했다. 가끔 하수도의 틈 사이로 맑은 공기가 새어 들어와 그에게 힘을 불어넣어 주었다.

오후 3시 정도 되었을까? 장 발장은 환형 하수도에 도착했다. 먼저 느닷없이 넓어진 것에 당황했다. 두 팔을 뻗어도 벽을 만질 수 없고, 머리도 천장에 닿지 않는 지하도로로 빠져나온 것이다. 사실 그 대하수도는 너비는 8피트, 높이는 7피트였다.

몽마르트르 하수도가 대하수도와 이어지는 곳에는 따로 두 갈래의 지하도로, 다시 말해 프로방스 거리의 지하도로와 도살장 거리의 지하도로가 모여서 네거리가 되어 있었다. 장 발장이 조금만 더 지각력을 갖지 않았다면 그 네 갈래 길에서 어떤 길로 갈 것인지 주저했을 것이다. 장 발장은 제일 넓은 길, 즉 환형 하수도로 결정했다. 하지만 여기에서 또 문제가 발생했다. 내리막길을 갈 것인지, 아니면 오르막길을 갈 것인지? 장 발장은 상황이 위급한 것을 떠올리고 위험이 크더라도 지금은 센 강으로 가야 한다고 판단했다. 즉 내리막길을 내려가기로 한 것이다. 그는 왼쪽으로 방향을 잡았다.

그 결정은 그에게 다행한 일이었다. 그 이유는 환형 하수도가 베르시 방향과 파시 방향의 두 개의 출구가 있는 줄 알고, 환형이라는 이름이 알려 주듯 센 강 오른쪽 기슭의 파리 지하 환형도로라고 생각하면 오산이다. 대하수도는 과거 메닐몽탕의 지저분한 물이 흐르는 강이었음을 떠올려야겠다. 그것을 거슬러 올라가면 막다른 곳 다시 말해 메닐몽탕 언덕 기슭에 닿는데, 이곳이 옛날에 하수도의 시식겹이었던, 강의 발원이 된다. 포팽쿠르 지구로부터 파리의 물이 모아져 예전의 루비에 섬 상류에서 아믈로 하수도를 통과해 센 강으로 흐르는 지관은 직접 이어져 있지 않다. 대하수도의 보조 수로인 그 지관은 메닐몽탕 거리의 땅속에서, 물을 상류와 하류로 가르는 곳을 보여 주는 지층으로 대하수도와 떨어져 있다. 만일 장 발장이 지하도로를 거슬러 올라갔다면, 모든 힘을 소진한 끝에 기진맥진하여 암흑 속에서 또 하나의 방해물과 맞닥뜨렸을 것이다. 그렇게 되었다면 두 사람은 끝장이 났을 것이다.

조금 더 엄밀히 이야기하자면, 거기에서 조금 뒤로 나와서 부슈라 네거리의 교차점에서 길을 헤매지 않는다면 피유 뒤 칼베르의 지하도로로 들어가서, 생 루이 지하도로의 왼쪽 생 질 하수관으로 들어간 후 오른쪽으로 돌아서 생 세바스티앵 지하도로를 지나치면, 아믈로 하수도로 빠져나갈 수가 있다. 거기에서 다시 바스티유 감옥 아래에 있는 F자 모양의 길에서 길을 헤매지 않으면 병기창 가까이에서 센 강으로 나가는 출구에 도착할 수 있다. 그러기 위해선, 커다란 돌산호 같은 하수도를 모조리, 모든 분기점이나 구멍까지도 전부 알고 있어야 한다. 하지만 장 발장은 지금 지나가고 있는 그 무시무시한 길에 대해서는 전혀 아는 것이 없었다는 것을 누차 말해야겠다. 어떤 사람이 그에게 지금 있는 곳이 어디냐고 물어본다면, 그는 밤의 어둠 속에 있다고 말했을 것이다.

본능이 제법 장 발장에게 도움을 주었다. 내리막길을 결정한 것만으로도 빠져나갈 수 있었다.

장 발장은 라피트 거리와 생 조르주 거리 아래에서 독수리 발톱 모양으로 나누어져 있는 두 갈래 수로와, 앙탱 차도 아래 두 갈래로 갈라져 있는 기다란 복도를 오른쪽으로 두고 걸어갔다.

틀림없이 마늘렌의 지관이라고 여겨지는 지류의 약간 앞에서 장 발장은 멈추어 섰다. 매우 지쳐 있었다. 추측하자면 앙즈 거리의 맨홀이었을 것이다. 상당히 큰 통풍구가 있어 꽤 밝은 빛이 비치고 있었다. 장 발장은 다친 동생을 보살피는 형처럼 다정한 동작으로 마리우스를 하수도의 한쪽 축대 위에 내려놓았다.

피투성이인 마리우스의 얼굴은 통풍구에서 들어오는 희뿌연 빛 아래에서 마치 무덤 밑바닥에 있는 듯이 보였다. 눈꺼풀은 내려와 있었고, 머리카락은 붉은 물감을 칠했다가 말라 버린 그림붓처럼 관자놀이에 들러붙고, 두 팔은 죽은 듯이 축 늘어지고, 손발은 차갑고, 피가 입꼬리에 엉겨 있었다. 핏덩이는 넥타이의 매듭에도 달라붙어 있었다. 상의 자락이 맨살에 선명하게 새겨져 있는 상처를 스쳤다. 장 발장은 마리우스의 옷을 헤치고 그의 가슴 위에 손바닥을 올렸다. 심장은 아직도 뛰고 있었다. 장 발장은 자신의 옷을 뜯어서 상처를 가능한 한 잘 싸매어 피가 나오는 것을 막았다. 그런 후 엷은 빛 속에서 아직도 정신을 잃고 다 죽어 가듯이 얕은 숨을 내쉬는 마리우스 위에 몸을 숙였다. 형용하기 힘든 원망스러운 마음으로 마리우스를 바라보았다.

장 발장은 마리우스의 옷을 열 때 주머니 안에 들어 있는 두 개의 물건, 전날 넣어 두고 먹지 않은 빵과 마리우스의 수첩을 찾아냈다. 장 발장은 그 빵을 먹고 수첩을 펼쳤다. 첫 장에 마리우스가 적은 네 줄의 글을 읽었다. 생각날 것이다.

'내 이름은 마리우스 퐁메르시. 내 시신을 마레 지구 피유 뒤 칼베르 거리 6번지에 살고 있는 나의 할아버지 질노르망 씨에게 보내 주시오.'

장 발장은 통풍구에서 비치는 빛으로 이 네 줄의 글을 보고 한참 동안 생각에 빠진 듯 조용히 앉아 있었다. 드디어 그는 낮은 목소리로 반복했다.

"피유 뒤 칼베르 거리 6번지, 질노르망 씨."

그런 후 수첩을 마리우스의 주머니에 다시 집어넣었다. 빵을 먹은 덕분에 힘이 났다. 그는 마리우스를 다시금 어깨에 메고 그의 머리를 조심히 자신의 오른쪽 어깨에 다시 올리고는 하수도를 내려갔다.

메닐몽탕의 이리저리 구부러진 계곡을 따라 만들어진 하수도는 길이가 20리 정도였다. 그 수로의 주된 곳에는 돌이 깔려 있었다.

장 발장이 땅속을 지나간 파리의 거리 이름을 여러분을 위해서 횃불처럼 밝혔다. 당연히 장 발장은 그 횃불을 들고 있지 않았다. 지금 파리의 어느 곳을 통과하고 있는지, 지금까지 어떤 길을 더듬어 걸어왔는지는 전혀 알 수 없었다. 다만 가끔씩 마주치는, 물이 고여 있는 웅덩이 같은 것이 점차 희미해지는 것을 보고, 거리에는 어느덧 해가 넘어가서 곧 어두워지리라는 것을 어림할 뿐이었다. 그리고 머리 위에서 자주 들리던 마차가 지나가는 소리가 뜸해지더니 곧 없어져서, 이제는 파리의 가운데에 있는 것이 아니라 시외의 큰 거리나 변두리의 강변 가까이가 아니면 어느 한적한 시골 마을 근처에 와 있다고 예측할 뿐이었다. 집이나 거리가 한적한 곳에는 하수도의 통풍구 수도 많지 않았다. 어둠이 장 발장의 주변에서 더욱더 짙어지고 있었다. 하지만 그는 어둠 속을 손으로 더듬으며 쉬지 않고 걸어갔다.

그 어둠은 순간 무서운 것으로 변했다.

모래에도 교묘히 성실하지 않은 면이 있다

장 발장은 자기가 물속으로 들어가는 것을, 또한 발아래는 이미 돌바닥이 아니라 진흙탕이라는 것을 깨달았다.

브르타뉴나 스코틀랜드의 어느 해안에서는 여행자나 어부가 썰물 때 해안에서 멀리 있는 모래톱을 걸어가다 보면, 몇 분 전부터 왠지 걷기가 어려워진 것을 순간 알아챌 때가 있다. 모래톱의 모래가 송진처럼 끈적대고 발바닥에 달라붙는다. 그것은 이미 모래가 아닌 끈끈이로 변한 것이다. 모래는 바싹 말랐는데도 한 발자국 디딜 때마다, 발을 떼면 발자국은 이내 물이 가득 찬다.

그래도 주변을 둘러보면 어떤 변화도 발견할 수 없다. 넓은 모래밭은 평평하고 조용하다. 모래는 어디에든 모두 똑같아서 단단한 땅과 단단하지 않은 땅을 구별할 수 없다.

작고 극성맞은 벌레 떼가 걸어가는 사람의 발 위에서 야단스럽게 날아다닌다. 사람은 계속 걸음을 옮기고, 앞으로 가고, 육지를 향하여 기슭에 가까이 가려고 노력한다. 초조하지는 않다. 어떤 것이 초조하단 말인가? 단지 한 발자국 내디딜 때마다 무거워지는 느낌이 날 따름이다.

순간 그는 빠진다. 이삼 인치 정도 빠진다. 틀림없이 안 좋은 길이다. 그는 방향을 찾으려고 발을 멈춘다. 발아래를 내려다본다. 발은 숨겨져 있다. 모래가 발을 감싸고 있는 것이다. 그는 발을 모래에서 꺼내고 다시 뒤로 돌아가려고 돌아본다. 훨씬 깊이 빠진다. 모래가 복사뼈까지 오기 때문에 발을 잡아 뽑듯이 왼편으로 내딛는데 모래가 정강이까지 온다. 오른쪽으로 내딛자 모래는 무릎까지 온다. 그 순간 지기가 모래 늪에 빠진 것을, 사람이 걸어갈 수 없고, 물고기가 헤엄칠 수도 없다는 사실을 알고 형언할 수 없는 공포에 휩싸인다. 짐은 모조리 던져 버리고 조난당한 배와 같이 몸을 가볍게 만들려고 한다. 하지만 벌써 늦었다. 모래가 무릎 위까지 올라온 것이다.

구조를 요청하고 모자나 손수건을 흔들어 대도 모래는 서서히 그를 집어삼킨다. 바닷가에 아무도 없다든지 육지가 너무 멀리 있다든지, 그 모래 늪이 매우 나쁘다고 정평이 나 있다든지, 근처에 용감한 사람이 있지 않다면, 모든 일은 끝장이다. 그는 산 채로 매장되는 벌을 받게 된 것이다. 서서히, 성실하게 한 번 달라붙으면 떨어지지 않는, 지연시킬 수도 없는, 몇 시간 동안 이어지는, 영원히 계속되는 무시무시한 생매장 형을 선고받은 것이다. 사람을 세워 둔 그대로, 자유롭고 건강한 그대로 잡아서, 발을 끌어당겨서, 사람이 버둥대며 소리칠 때마다 조금씩 아래로 끌어당겨, 반항하는 인간을 벌주듯 차츰 죄는 힘을 더하고, 인간의 지평선과 나무숲을, 푸른 들판과 평야 속의 마을에서 피어오르는 연기를, 바다 위의 돛대를, 날아다니며 노래하는 새들을, 태양을, 하늘을 쳐다볼 여유를 넉넉하게 주면서 서서히 인간을 지하로 잡아들인다.

사람을 집어삼키는 모래, 그것은 땅 아래에서 살아 있는 사람을 향해 파도처럼 밀려오는 무덤이다. 매순간 무정하게 땅속에 묻고 있다. 안쓰러운 사람은 앉으려고 애쓴다. 엎드리려고도 애쓴다. 기어가려고 한다. 하지만 그가 무슨 짓을 해도 그를 매장하는 데 힘을 보탤 따름이다.

몸을 세운다, 그러면 다시 가라앉는다. 자기가 삼켜지는 것을 깨닫는다. 비명을 지르고, 원망하고, 구름을 향해 소리치고, 팔을 꼬고, 죽을힘을 다해 몸부림친다. 모래는 어느덧 배까지 올라왔다. 가슴까지 찼다. 상체만이 남았다. 두 팔을 들고 광적으로 소리를 지르고, 모래를 손톱으로 긁어내면서 마치 재와 같은 것에 매달리려 하고, 자기의 하반신이 앉아 있는 단단하지 않은 받침대에서 두 팔꿈치를 짚고 몸을 솟구치려 하듯 미친 듯이 울부짖는다. 차츰 모래는 올라온다. 어깨에 이르고, 목을 덮는다. 이제는 얼굴밖에 안 보인다. 입을 크게 벌리고 소리친다. 모래가 그 입으로 잔뜩 들어온다. 이젠 비명을 지르지도 못한다. 눈은 아직까지 보인다. 모래가 그 눈을 덮는다. 이제는 전혀 보이지 않는다. 이마가 덮인다. 몇 개의 머리카락이 모래 위에서 흔들리고 있다. 하나의 손만 나와서 모래를 헤집고, 움직이고, 바들바들 떤다. 그러다가 없어진다. 한 인간의 참혹한 사라짐이다.

말을 탄 사람이 말과 같이 생매장이 되는 경우도 있다. 수레를 끌던 사람이 수레와 같이 생매장 되는 경우도 있다. 모든 것이 모래 아래로 잠긴다. 그것은 물 바깥에서 조난당하는 것이다. 사람을 빠져 죽게 만드는 땅이다. 땅에 바다가 침범해 들어와서 함정이 된 것이다. 평평한 땅처럼 보이면서 파도처럼 아가리를 벌린다. 심연은 이런 식으로 사람을 배신하는 때가 있다.

그런 참혹한 사건은 어떤 해안에서는 언제나 발생할 위험이 있는데, 30년 전 파리의 하수도 안에서도 당연히 가능했다.

1833년에 시작된 대공사 이전에는 파리의 지하도로는 예고도 없이 사람을 매장하는 일이 제법 있었다.

지반 중에 특히 무너지기 쉬운 곳은 물이 배어들기 때문에 예전 하수도의 돌바닥에 비록 새 지하도로와 같이 콘크리트와 수경성 석회를 발라 둔다 해도 이미 지반이 떠내려가 버려서 무게를 견디지 못하는 것이다.

이런 식의 바닥에 나타나는 주름은 틈으로 변해 버린다. 틈은 바로 붕괴다. 토대는 꽤 길게 무너져 있었다. 진흙탕이자 심연의 입구인 균열을 전문적인 말로는 '함몰 구덩이'라고 일컫는다. 함몰이란 어떤 것인가? 지하에서 갑자기 마주치게 되는 해변의 모래 늪이다. 하수도 속에 있는 생미셸 섬의 처형장이다. 물이 스며든 흙은 녹아 있는 것 같다. 흙의 알갱이는 전부 부드러운 가운데에 맴돌고 있다. 그것은 흙이라 할 수도 없고 물이라 할 수도 없다. 가끔은 꽤 깊은 곳까지 이른다. 그런 곳과 마주치는 것보다 두려운 일은 없다. 물을 많이 머금고 있을 때에는 죽음도 빨리

온다. 순식간에 사람을 매장하고 만다. 반면에 흙이 많을 때에는 죽음은 천천히 사람을 매장한다.

그런 죽음을 우리는 떠올릴 수 없을 것이다. 바닷가 모래밭에서도 몹시 두려운 생매장인데, 하수도 속에서는 과연 어떻겠는가? 신선한 공기, 빛, 태양, 반짝이는 수평선, 넓은 하늘의 소리, 생명의 비를 뿌려 주는 떠도는 구름, 멀리 보이는 작은 배, 여러 가지 모습으로 떠오르는 희망, 사람이 지나갈 수도 있다고 여기는 애타는 마음, 최후의 순간에 일어날지도 모르는 구조—그런 것들은 하나도 없고, 단지 침묵, 어둠, 컴컴한 둥근 천장, 이미 파 놓은 무덤 속, 육중한 덮개 아래 진흙 속의 죽음. 배설물이 서서히 목구멍을 막고, 돌상자 속에서 숨 막힘이 진흙탕 속에 손톱을 세우고 사람의 목을 움켜쥔다. 죽음의 헐떡이는 숨결에 고약한 냄새가 뒤섞인다. 모래밭 대신에 진흙탕이, 태풍 대신에 황화수소가, 바다 대신에 오물이 있다. 사람을 소리쳐 불러도, 분노의 이를 갈아도, 몸부림을 쳐도, 버둥거려도, 헐떡여도, 머리 위의 대도시는 아무것도 모른다.

이런 식으로 죽어 가는 말로 표현할 수 없는 공포! 죽음은 종종 하나의 참혹한 위엄으로 그 잔인함을 보상하는 때가 있다. 불에 타 죽는 것이나 난파되는 경우, 인간은 위대해질 수도 있다. 불꽃 속이나 하얀 파도 속이라면 우아한 자세를 취할 수 있을 것이다. 그곳에서는 깊은 곳에 잠기면서 모습을 바꿀 수가 있다. 그러나 이곳 하수도 속에서는 완전히 다르다. 하수도 속의 죽음은 더럽다. 그곳에서의 죽음은 굴욕이다. 죽음의 순간 눈에 보이는 것은 불결한 것밖에 없다. 진흙탕은 수치와 같은 말이다. 그것은 비천하고, 추하고, 더럽다. 클레어런스와 같이 달콤한 포도주 통 속에 빠져 죽는 것이라면 좋다. 하지만 에스쿠블로와 같이 개천 청소부의 무덤구덩이 안에서 죽음을 마주하는 것은 소름 끼치는 일이다. 그 안에서 버둥대는 것은 보는 것만으로도 흉측하다. 죽음으로부터 도망치기 위해 버둥대는 것과 함께 진흙탕 속을 기어 다니는 것이다. 지옥인 듯한 암흑이 있고, 늪과 같은 진흙탕이 있어서 생명이 꺼져 가는 사람은 자신이 귀신이 되는 것인지 아니면 두꺼비가 되는 것인지 분간할 수가 없다.

어디든 무덤은 불길하지만 하수도 속에서는 더럽고 흉악한 것이 된다.

함몰 구덩이의 깊이도, 그 길이나 밀도도 밑바닥 토질의 정도에 따라서 다르다. 어떤 것은 깊이 삼사 피트에 달하고, 8피트에서 10피트에 달하는 것도 존재한다. 끝을 모르는 것도 있다. 어느 곳은 단단하기도 하고 어느 곳은 거의 액체인 듯하다. 뤼니에르 함몰 구덩이에서는 사람 한 명이 잠기는 데 한나절이 걸렸지만, 펠리포 진흙탕은 겨우 5분 만에 끝났다. 진흙의 밀도 차이에 따라 버티는 힘도 순서가 있다. 어른이 잠기는 곳이라도 어린애라면 빠져나올 수가 있다. 빠져나오기 위한 첫 번째 조건은 짐을 몽땅 버리는 일이다. 연장통이며, 짊어지는 바구니며, 물통을 던져 버리는 일이다. 발아래의 지면이 밑으로 꺼지는 것을 느끼는 순간 하수도 일꾼은 먼저 꼭 그렇게 한다.

함몰 구덩이가 만들어지는 요인은 지질이 단단하지 못한 곳, 사람의 손이 닿지 않는 깊은 곳에서 발생하는 흙 사태, 여름의 계속되는 소나기와 멈출 줄 모르고 쏟아지는 겨울비, 그리고 오랜 장맛비 등 가지가지다. 가끔은 이회암질이나, 모래가 많은 땅에 많이 세워진 인근 집들의 무게가 지하도로의 둥근 천장을 눌러서 일그러지게 하거나, 혹은 육중하게 짓누르는 힘으로 토대가 갈라지고 금이 생기는 경우도 있다. 1세기 전에 팡테옹이 무너져서 생 주느비에브 산에 있는 하수도의 한 부분을 막아 버린 적이 있다. 하수도가 무너지면 길 위에 깔린 포석 사이에 톱니 모양의 균열이 생겨나는 경우가 있다. 그 균열은 금이 간 지하의 둥근 천장을 따라 이리저리 뻗어 가서 이내 발견할 수 있기 때문에 금방 고칠 수 있다. 반대로 안에서 망가진 것이 겉으로 조금도 드러나지 않는 경우도 있었다. 그때야말로 하수도 일꾼들의 재앙이다. 밑이 빠진 하수도에 아무것도 모르고 들어가서 숨겨 버리는 일이 어쩌다 있었다.

예전 기록에 그런 식으로 함몰 구덩이 속에 산 채로 묻혀 버린 하수도 일꾼들이 기록되어 있다. 그 명단 중에 블레즈 푸트랭이라는 사람이 있었다. 그는 카렘 프르낭 거리 아래 함몰 구덩이에 빠져 죽은 하수도 일꾼이었다. 이 블레즈 푸트랭은 니콜라 푸트랭과 형제인데 니콜라는 이 노상의 납골당이라고 일컫는 묘지가 없어지던 1785년에 그곳의 무덤을 판 마지막 일꾼이었다.

또한 그 가운데에는 우리가 말한 적 있는 저 젊고 멋있는 에스쿠블로 자작도 있었다. 비단 양말을 신고 바이올린을 들고 공격했던, 레리다 포위전의 용사였던 에스쿠블로는 어느 날 밤 사촌누이 수르니 공작 부인 집에서 정사 장면이 발각되어, 공작의 칼을 피해서 보트레이 하수도로 달아났는데, 그 구린내 나는 진흙탕에 빠져 죽고 말았다. 그가 죽었다는 사실이 알려졌을 때 수르디 부인은 각성제 약병을 열어 그 냄새를 많이 맡은 덕분에 우는 것을 잊어버렸다. 이러면 사랑도 사라지는 것이다. 시궁창이 사랑의 불꽃을 꺼뜨려 버린 것과 같다. 헤로는 레앙드르의 시체를 염습하는 것을 거절했다. 티스베는 피람 앞에서 코를 움켜쥐고 이야기했다.

"아이고, 구린내가 나!"

함몰

장 발장은 함몰 구덩이와 마주하고 있었다.

이런 식으로 흙이 무너지는 일은 당시 샹젤리제의 지하에서 자주 발생하곤 했는데, 유동성이 심해서 치수공사가 힘들고 지하 시설을 유지하기가 어려웠다. 그 유동성은, 콘크리트 위에 돌을 발라 굳혀서 겨우 막아 놓았던 생 조르주 지구의 모래땅보다 안정성이 없었고, 마르티르 지구의 가스에 오염된 점토층보다 훨씬 안정성이 없었다. 마르티르의 지하 도로만은 주철관을 쓰지 않고는 길을 뚫을 수 없을 정도로 물이 많았다. 지금 장 발장이 있는 돌로 만든 낡은 하수도는 1836년에 수리하기 위해서 생 토노레 땅 아래를 무너뜨렸는데, 당시에도 샹젤리제에서 센 강까지 바닥에 깔려 있는 모래 늪이 걸림돌이 되어 공사가 약 6개월 동안 계속되었기 때문에 인근에 사는 사람들, 그중에서도 호텔이나 마차를 소유하고 있는 사람들의 불평을 샀다. 공사는 하기 어려운 것보다 훨씬 위험했다. 무엇보다도 넉 달 반이나 계속 된 장마로 인해 센 강이 세 번이나 범람했던 것이다.

장 발장이 맞닥뜨린 함몰 구덩이는 전날 쏟아진 소나기 때문에 생겨난 것이다. 바닥의 모래가 겨우 떠받치고 있던 포석이 주저앉아서 빗물이 가득 고인 것이다. 침수가 발생하고 계속해서 무너졌다. 토대는 밀려나서 진흙탕 속으로 빠진다. 함몰 구덩이가 어느 정도 길게 이어져 있을까? 그건 모를 일이다. 그 부근은 다른 곳보다도 어두컴컴했다. 그곳은 밤의 동굴 속에 만들어진 진흙탕의 구덩이였다.

장 발장은 발아래의 포석이 미끄러져 떨어지는 것을 깨달았다. 그는 진흙탕 안으로 들어갔다. 그곳의 위에는 물이었고 바닥은 진흙탕이었다. 무슨 수를 써서라도 지나가야 했다. 도저히 다시 돌아갈 수는 없었다. 마리우스는 죽을 것 같았고 장 발장은 기진맥진해 있었다. 그런데 어느 쪽으로 가야 할까? 장 발장은 앞으로 걸어갔다. 진흙탕은 처음 두서너 발자국을 걸을 때는 별로 깊지 않았다. 그런데 전진할수록 그의 발은 깊숙이 빠졌다. 이내 진흙탕은 정강이까지, 물은 무릎 위까지 찼다. 그는 두 팔로 가능한 한 물 위로 높이 마리우스를 들어 올리면서 전진했다. 진흙탕은 어느덧 무릎까지 이르렀고 물은 허리까지 올라와 있었다. 다시 되돌아가기란 불가능했다. 그는 점차 물에 잠기기 시작했다. 그 진흙탕은 한 명의 무게라면 버틸 수도 있을 것 같았지만 두 명을 지탱할 수는 없는 게 명백했다. 마리우스와 장 발장이 한 명씩 각자 걸었다면 빠져나갔을지도 모른다. 하지만 장 발장은 생명이 꺼져 가는 인간의 몸뚱이, 아마 시체일수도 있는 것을 둘러맨 채 앞으로 계속 걸어갔다.

물은 겨드랑이까지 올라왔다. 몸이 잠기고 있는 것을 깨달았다. 진흙탕 속에서는 몸을 움직이는 것마저 어려웠다. 떠받쳐 주는 진흙의 밀도가 도리어 걸림돌이 되었다. 그는 계속해서 마리우스를 들어 올리고 젖먹던 힘까지 내시 진긴했다. 하지만 몸은 차츰 밑으로 내려갔다. 물 위에 있는 것은 머리와 마리우스를 들고 있는 두 팔밖에 없었다. 예전의 대홍수를 그린 그림에는 이런 식으로 자식을 들어 올리고 있는 어머니 모습이 그려져 있다.

그는 계속 가라앉았다. 그는 물을 피해서 호흡을 위해 고개를 젖혔다. 그 암흑 속에서 그를 본 자가 있다면 그림자 위에 떠 있는 탈이라고 생각했을 것이다. 그는 머리 위에 마리우스의 축 늘어진 머리와 핏기 없는 얼굴을 흐릿하게 보았다. 죽을 힘을 다해 한 걸음 앞으로 내디뎠다. 발에 알 수 없는 어떤 단단한 것이 부딪쳤다. 그것은 발판이었다. 참으로 적합한 때였다.

장 발장은 몸을 비틀어 세운 뒤 정신없이 그 발판 위에 올라섰다. 이것이 마치 또 한 번 생명으로 올라가는 첫 계단처럼 느껴졌다.

절박한 때에 진흙탕 속에서 마주친 그 발판은, 토대 저쪽 비탈면의 마지막이었다. 발판은 휘어지긴 했어도 내려앉지 않고 판자와 같이 단 한 장만이 물밑으로 구부러져 있었던 것이다. 제대로 쌓은 석축은 둥글게 곡선을 만들고 이처럼 견고하다. 그 밑바닥은 절반이나 물에 가라앉아 있었지만 여전히 튼튼하고 흡사 비탈길처럼 되어 있어, 어떻게든 그 비탈길 위로 올라가기만 하면 죽지 않을 것이 분명했다. 장 발장은 그 비탈을 올라가서 드디어 진흙탕 저쪽에 닿았다.

물을 빠져나올 때 그는 돌에 걸려 넘어져서 무릎을 꿇고 말았다. 주저앉아 마땅하다고 여긴 그는 꽤 오랫동안 그 자세 그대로 신에게 알 수 없는 말을 하면서 기도를 올렸다.

그는 바들바들 몸을 떨면서, 얼어붙고 고약한 냄새를 풍기며, 반죽음이 된 인간을 업고 몸을 숙인 채 온몸에서 진흙탕물을 뚝뚝 떨어뜨리면서도, 영혼은 묘한 빛으로 가득 찬 채 벌떡 일어났다.

육지에 오른다고 생각할 때 때때로 암초에 부딪친다

장 발장은 다시 걸어가기 시작했다.

함몰 구덩이 속에서 겨우 목숨은 건졌지만 힘이 빠진 것 같았다. 안간힘을 써서 빠져나온 그는 탈진해 있었다. 매우 지쳤기 때문에 몇 발자국을 내딛지 못하고 가쁜 숨을 쉬어야 했고, 벽에 기대 쉬어야 했다. 한 번은 마리우스의 자리를 옮기기 위해 옆의 축대에 기대려 했을 때, 두 번 다시 걸을 수 없을 것처럼 느껴졌다. 하지만 육체적 힘은 다했어도 정신적 힘은 남아 있었다. 그는 다시 힘을 내서 일어났다.

그는 남은 힘을 모두 쥐어짜 내 거의 뛰듯이 걸음을 재촉했다. 그렇게 백 보가량을 고개도 들지 않고 숨도 전혀 쉬지 않은 채로 걸었다. 그리고 순간 벽에 머리를 박았다. 하수도의 모퉁이에 도착한 것인데 머리를 숙이고 걸었기 때문에 미처 벽을 피하지 못한 것이었다. 고개를 들자, 하수도 끝 저 멀리 앞쪽에, 멀리, 무척 멀리에 빛이 하나 비쳤다. 지금의 빛은 무시무시하지 않았다. 부드러운 하얀 빛이었다. 바로 햇빛이었다. 장 발장은 출구를 보았다.

만약 저주받고 불지옥의 한가운데에 떨어졌다가, 예기치 못한 사이 지옥의 출입문을 발견한 영혼이 있다면, 장 발장이 느낀 이날의 기분을 충분히 이해할 것이다. 그 영혼은 정신없이 타다 남은 날개를 잘라 버리고 눈부신 빛의 출입문으로 달려갈 것이다. 장 발장은 이제 피로가 싹 사라졌다. 마리우스를 업고 있는지도 모를 만큼 무게도 느껴지지 않았다. 다시 강철 같은 다리로 돌아온 듯했다. 걷는다기보다 달렸다. 가까이 달려갈수록 출구가 서서히 선명하게 보였다. 아치형의 반원인 출구는 차츰 좁아지는 둥근 천장보다 훨씬 낮고, 둥근 천장이 낮아질수록 좁아지는 시하도로보다 더욱 좁았다. 터널은 깔때기의 속처럼 점점 좁아지며 끝나 있었다. 그렇게 짓궂게 좁힌 것은 감옥의 쪽문을 노방한 것으로 감옥이라면 훌륭했지만 하수도는 적합하지 않았기 때문에 후에 바뀌었다.

장 발장은 드디어 그곳에 이르렀다. 출구 앞에서 그는 멈춰 섰다. 출구임에는 틀림없었지만 도저히 나갈 수가 없었다.

아치형의 문은 견고한 철책으로 되어 있었는데, 철책은 눈을 씻고 봐도 녹슨 돌쩌귀 위를 돌아간 일이 여간해서는 없었던 모양으로, 돌로 만든 문틀에 두꺼운 자물쇠가 달려 있었고 붉게 녹슨 그 자물쇠는 큰 벽돌 같았다. 열쇠 구멍과 깊게 박힌 튼튼한 빗장도 보였다. 자물쇠는 분명히 이중일 것이다. 과거에 파리가 분별없이 애용하던 감옥 자물쇠 중 하나였다.

철책 너머에는 신선한 공기와 맑은 강과 밝은 햇빛과, 그리고 매우 좁지만 건너가기엔 충분한 석축의 둑과 그 저편의 강변, 손쉽게 모습을 감출 수 있는 심연의 파리, 끝없는 지평선, 자유가 있었다. 오른쪽 하류 방향에는 이에나 다리가, 왼편 상류 방향엔 앵발리드 다리가 보였다. 밤을 기다려 어둠을 틈타 달아나기에 매우 좋은 곳이었다. 그곳은 파리에서 가장 호젓한 곳 중 하나였다. 그로 카유 맞은편 둑이었다. 철책 창살 틈으로 파리가 들어왔다 나갔다 하고 있었다.

오후 8시 반쯤이나 되었을까. 해가 떨어지고 있었다.

장 발장은 토대의 건조한 벽에 마리우스를 내려놓고 철책 앞으로 가서 두 손으로 창살을 쥐었다. 그는 창살을 마구 흔들어 댔지만 꿈쩍도 안 했다. 철책은 꿋꿋하게 버텼다. 장 발장은 창살을 하나씩 잡았다. 가장 약한 것을 하나 뽑아내서 지렛대로 이용하면 문을 들어 올리든가 자물쇠를 부술 수도 있을 것이라 생각한 것이다. 하지만 창살은 아무것도 뽑히지 않았다. 사자의 이빨도 이렇게 튼튼하지는 않을 것이다. 지렛대로 쓸 만한 것은 없었다. 문을 들어 올릴 수 있는 게 전혀 없었다. 넘을 수 없는 장애물이었다. 문을 열 수 있는 방법을 도저히 찾을 수 없었다.

그렇다면 여기서 그만 포기해야만 하는가? 어쩌지? 이제 앞으로 어째야 하는가? 지나왔던 무시무시한 길을 또다시 되돌아갈 엄두가 도저히 나지 않았다. 죽을힘을 다해 기적적으로 빠져나올 수 있었던 그 함몰 구덩이를 무슨 힘으로 다시 건넌다는 말인가? 게다가 함몰 구덩이 뒤에는, 절대 피할 수 없는 순찰대의 매서운 눈이 있지 않은가? 빠져나갈 수 있는 구멍은 어디에 있을까? 어느 쪽으로 가야 하나? 진로를 경사로 쪽으로 선택해서는 목적지에 도착할 수 없다. 다른 출구를 찾았다 해도 그것도 맨홀 뚜껑이나 철책으로 단단히 막혀 있을 것이다. 모든 출구는 지금 상황과 똑같을 것이 분명했다. 뜻하지 않게 그가 찾은 구멍의 철책만은 헐거웠지만 틀림없이 하수도의 다른 모든 구멍은 단단히 닫혀 있을 게 분명했다.

결국 감옥에 들어오는 데 성공했을 뿐이다. 이제 모두 끝장났다. 장 발장이 애쓴 일은 아무짝에도 쓸모없는 것이었다. 신은 받아들이지 않은 것이다.

그 둘 모두 어두컴컴하고 거대한 죽음의 거미줄에 걸려든 것이다. 장 발장은 암흑 속에서 전율하는 거미가 검은 거미줄 위를 마구 달리는 것을 느꼈다.

그는 철책을 등지고 여전히 미동조차 없는 마리우스 옆에 쓰러지듯 털썩 주저앉아서 머리를 무릎 사이로 떨어뜨렸다. 빠져나갈 구멍은 없다. 그는 마지막 남은 불안감이 가슴을 옥죄는 것을 느꼈다.

그 깊은 절망 속에서 누구의 얼굴을 떠올리고 있었을까? 그의 머릿속에는 자신도 마리우스도 없었다. 그의 머리에는 코제트의 얼굴이 떠올랐다.

찢긴 옷자락

그렇게 맥이 빠진 채 앉아 있는 그의 어깨를 손 하나가 짓누르고, 어떤 낮은 목소리가 그에게 말했다.

"함께 나누지."

그 어둠 속에 누군가가 있었단 말인가? 절망처럼 꿈과 유사한 것은 없다. 장 발장은 꿈을 꾸는 중이라고 착각했다. 지금까지 발소리 하나도 못 들었는데, 이런 일이 생길 수 있는가? 그는 고개를 들었다. 한 남자가 눈 앞에 버티고 서 있었다.

그 남자는 작업복 차림이었다. 왼손에 구두를 들고 맨발이었다. 발소리도 안내고 장 발장에 다가가기 위해서였다. 구두를 벗은 것은 틀림없이 발소리를 없애기 위해서였다.

장 발장은 퍼뜩 떠올랐다. 정말 우연한 만남이었지만 그 남자는 아는 사람이었다. 테나르디에였다.

비록 예기치 못한 순간에 흔들려 깨어난 셈이었지만 장 발장은 갑작스러운 일에는 익숙했고, 얼른 대응해야 하는 예상하지 못한 충격에도 익숙했기 때문에 곧 제정신을 차렸다. 더욱이 위난도 어느 수준 이상은 커지지 않는 것이어서 상황이 지금보다 더 악화될 리는 없었다. 테나르디에가 등장했다고 해서 이 어둠을 더욱 짙게 만들 수는 없었다.

잠시 기다렸다.

테나르디에는 이마에 댄 오른손으로 차양을 만들어 눈을 가리고, 눈을 실처럼 뜨면서 이맛살을 구겼다. 이것은 입을 약간 비죽대고 상대방을 확인하려는 사람의 날카로운 경계를 나타내는 행동이다. 하지만 잘 안 됐다. 장 발장은 앞서 이야기했듯이 등 뒤로 빛을 받고 있었다. 게다가 한낮에도 알아보기 힘들 정도로 얼굴이 달라지고 진흙과 피가 잔뜩 묻어 있었다. 반대로 철책에서 새어 나오는 빛을 정면으로 받는 테나르디에는―비록 그 빛이 지하 동굴처럼 흐릿하다고는 하지만 그 속에 푸르스름하게 모습을 드러내는 빛을 정면으로 받은 테나르디에는―흔히 사람들이 비유하듯 대뜸 장 발장의 눈에 뛰어들어 온 것이었다. 그런 조건의 차이는 이제 두 상황과, 두 남자에게서 막 시작되려는 이상한 싸움에서 당분간 장 발장이 충분히 유리하게 만들었다. 가면을 쓴 장 발장과 가면을 벗은 테나르디에가 어쩌다 만남으로써 결투는 시작되었다.

테나르디에가 자기를 제대로 알아보지 못하는 것을 장 발장은 곧 눈치챘다.

그들은 이 컴컴한 어둠 속에서 상대의 몸집을 재듯 한참을 노려보았다. 테나르디에가 먼저 입을 열었다.

"자넨 여길 어떻게 나갈 생각이지?"

장 발장은 침묵을 지켰다. 테나르디에는 이어서 말했다.

"문은 안 열리네. 그래도 자넨 여길 빠져나가야겠지."

"맞네."

장 발장이 입을 뗐다.

"그럼 반씩 나누어 갖도록 해."

"무슨 소리야?"

"자넨 그 남자를 살인했지, 맞지? 내겐 열쇠가 있단 말이야."

테나르디에는 손가락으로 마리우스를 가리켰다. 그는 말을 이었다.

"나는 자네가 누군지 잘 몰라, 하지만 돕겠다는 거야. 내 말 이해하지?"

장 발장은 알아듣기 시작했다. 테나르디에는 그를 살인자로 알고 있는 것이다. 테나르디에는 계속 말을 덧붙였다.

"자아, 들어 보라고 친구. 자네는 그 남자의 주머니 속에 든 것을 탐냈겠지. 내게 절반을 주게. 그러면 문을 열어 주겠네."

그러고는 구멍이 숭숭 난 삭업복 인에시 열쇠를 반쯤 내부이며 말했다.

"자유의 몸을 만들어 줄 열쇠가 어떤 것이지 궁금할 테지. 자아, 여기 있네."

장 발장은 늙은 코르네유의 말처럼 '아연실색했다(코르네유의《신나》제5막, 제1장).' 자신이 지금 보고 있는 것이 꿈이 아닌가 하고 눈을 믿을 수 없었다. 그것은 소름 돋는 형상으로 나타난 하늘의 계시였으며, 테나르디에의 몸을 빌려 땅에서 나온 착한 천사였다.

테나르디에는 상의 안의 큰 호주머니에 손을 넣고 밧줄을 꺼내 장 발장에게 건넸다.

"자아, 덤으로 이 줄을 주겠네."

"그 줄은 왜?"

"돌도 있어야겠지만 그건 밖에도 충분할 거야. 잡다한 것들이 잔뜩 있으니까."

"돌은 왜 필요하지?"

"이런 바보 같은 친구, 자넨 그자를 강에 버릴 계획이겠지? 그러니까 돌과 밧줄이 있어야 한다는 거 아닌가? 안 그러면 물 위에 뜰 테니까 말이야."

장 발장은 그 밧줄을 받았다. 누구든 그렇게 생각 없이 물건을 받을 때가 있다.

테나르디에는 순간 생각난 듯이 손가락을 소리 나게 튕겼다.

"이보게 친구, 어떻게 저 구덩이를 건너왔나? 난 도저히 못하겠던데, 아아! 고약한 냄새가 나는군."

잠시 후 그는 계속 말을 이었다.

"내가 이것저것 질문했는데 무엇도 대답해 주지 않는 것은 이해하겠어. 그 지겨운 예심판사가 15분간 하는 심문을 연습하는 거니까. 게다가 입을 떼지 않으면 큰 소리로 떠들어 댈 걱정도 없어. 하지만 그건 소용 없는 일이야. 내가 자네 얼굴도 안 보이고, 이름도 모른다고 해서 자네가 어떤 사람인지, 어떤 짓을 할 계획인지 내가 아무것도 모른다고 생각해선 안 돼. 전부 알고 있지. 그자를 살인했기 때문에 지금부터 어디에 갖다 버리려는 거겠지. 자넨 강이 필요하지. 강은 그런 뒤치다꺼리를 전부 삼켜 버리니까. 곤란하다면 내가 돕지. 힘든 사람을 돕는 건 내 적성과 딱이니까."

장 발장이 조용히 있는 것이 마땅한 일이라고 말하면서도, 분명히 말을 시키려고 노력하고 있었다. 그는 옆얼굴을 보려는 속셈인지 장 발장의 한쪽 어깨를 밀더니 역시 낮게 외쳤다.

"그 구덩이 말이야, 자넨 특이한 사람이야. 왜 그 구덩이에 던져 버리지 않았지?"

장 발장은 여전히 대답하지 않았다. 테나르디에는 넥타이 대신 낡은 천을 목에 바짝 올려 묶었다. 그것은 진지한 남자의 행동이었다. 그러고는 이야기했다.

"나름대론 현명한 짓이야. 일꾼들이 내일이라도 구멍을 막기 위해 오면 버려진 시신을 발견할 게 분명해. 그렇게 되면 차례대로 연줄을 찾아 꼬리가 밟혀서, 자네는 결국 붙잡히게 되지. 하수도를 빠져나간 놈이 있다. 누군가? 어디로 빠져나왔나? 목격자는 없는가? 경찰은 머리가 좋거든. 하수도는 믿을 수 없는 놈이라서 자네를 일러바치지. 시신이라는 습 득물은 잘 볼 수 없는 물건인 데다가 사람의 관심을 끄는 법이야. 하수도 를 써먹는 놈은 흔하지 않아. 하지만 강은 누구나 손쉽지. 강은 진짜 무덤 이야. 한 달쯤 후에 생 클루의 다리목에 친 그물에 시신이 걸렸다 해 봐, 하지만 그건 아무 쓸모없지. 다 썩은 시신 하나, 그게 뭐 큰일인가? 죽인 자가 누구냐? 파리가 살인자지. 그렇게 되면 경찰은 조사도 잘 안 해. 자 넨, 정말 잘했어."

테나르디에가 계속 떠들어 대면 떠들어 댈수록 장 발장은 입을 다물었 다. 테나르디에는 다시 그의 어깨를 집었디.

"자아, 끝을 내자고. 반으로 나눠 갖자. 난 열쇠를 보여 주었으니 자네 도 돈을 보여 주게."

테나르디에는 무서운 모습을 하고, 짐승처럼, 음흉하고, 어쩐지 위협하 듯 바짝 다가왔지만, 어딘가에 호의가 살짝 보였다.

이상한 것은 테나르디에가 장 발장을 대하는 자세가 단순하지만은 않 다는 것이다. 뭔가 이상했다. 뭔가 피하는 것 같지는 않는데 목소리를 낮추는 것이다. 간혹 입에 검지를 대고 쉿! 하고 말했다. 그 이유를 모르 겠다. 그곳에는 그 둘밖에 없었다. 장 발장은 아마도 패거리들이 따로 근 처에 숨어 있고 테나르디에는 그들과 나눠 먹지 않으려는 것이라고 추 측했다.

테나르디에는 계속 말을 덧붙였다.

"끝을 내는 게 어때? 그자의 주머니엔 얼마가 있었어?"

장 발장은 자기 주머니를 뒤졌다.

여러분도 알다시피 늘 돈을 갖고 다니는 것이 그의 버릇이었다. 그때 그때 상황에 맞추어 수를 쓰며 살아야만 하는, 숙명적으로 암흑 생활 을 하도록 태어난 그는 그것을 철칙으로 삼았다. 그랬는데 이번엔 돈 이 없었다. 어젯밤 국민병 제복을 입을 때, 너무도 슬픈 생각에 빠져 있었기 때문에 지갑을 챙기는 걸 잊었던 것이다. 조끼 안주머니에 다소의 잔돈이 있을 뿐이었다. 돈은 모두 30프랑 정도밖에 되지 않았다. 그는 구덩이 물에 축축이 젖은 주머니를 뒤집어서 밑바닥 계단 위에 루이 금화 한 닢과 5프랑짜리 은화 두 닢, 그리고 2수짜리 동전 대여섯 닢을 떨어뜨렸다.

테나르디에는 괜히 그러는 듯 목을 돌리면서 아랫입술을 비쭉 내밀었다.

"죽인 대가가 싸군그래."

그는 중얼거렸다.

그는 장 발장과 마리우스의 주머니를 거침없이 뒤졌다. 장 발장은 빛을 등지는 데에만 주의하느라고 그를 그냥 내버려 두었다. 테나르디에는 마리우스의 옷을 뒤지는 동안 마술사처럼 교묘한 솜씨로 장 발장이 눈치채지 못하게 옷자락의 천을 뜯어서 자기 옷 안에 숨겼다. 아마도 그 천 조각이 곧 죽은 남자와 죽인 남자가 누구인지 밝혀내는 데 단서가 될 거라고 생각한 모양이었다. 하지만 돈은 더 이상 나오지 않았다.

"과연 그렇군. 두 사람 것을 전부 더해서 이게 다라니."

그리고 "반씩 나눠 갖자."던 말은 금세 잊고 전부 혼자 가졌다.

2수짜리 동전까지도 집으려 그는 조금 망설였다. 하지만 고민하다 중얼대며 그것도 집어 들었다.

"별수 없지! 이렇게 싼값으로는 남는 게 없어."

돈을 챙기자 그는 작업복 안에서 다시 열쇠를 꺼냈다.

"자, 자네는 여길 나가야겠지? 이곳은 시장과 같아서 나가고 싶은 자는 돈을 지불해야 해. 돈을 지불했으니 나가 봐."

그렇게 말한 뒤 웃어 대기 시작했다.

테나르디에가 그 열쇠를 모르는 남자에게 빌려 주고, 자기 아닌 다른 사람을 밖으로 내보내 준 것은 한 살인자를 도와주려는 순수하고도 욕심 없는 마음이었을까? 이에 대해서는 의심을 품어도 좋을 것이다.

테나르디에는 장 발장이 마리우스를 다시 어깨에 둘러매는 것을 도와주었다. 그런 뒤 장 발장에게 따라오라는 손짓을 보내고 맨발 끝을 세우고 철책에 다가가 밖의 낌새를 살피고, 검지를 입에 대고 잠깐 동안 주저하고 있었다. 그러고는 밖의 상황을 확인하고 나더니 자물쇠에 열쇠를 꽂았다. 빗장이 밀리며 문이 열렸다. 스치는 소리도, 삐걱대는 소리도 없었다. 정말 조용히 열렸다. 틀림없이 그 철책과 돌쩌귀에는 조심히 기름칠을 해 둬서 예상했던 것보다 자주 열렸던 모양이다. 그 부드러움은 도리어 소름 끼쳤다. 거기에서 느러나시 잃는 왕래, 밤이 남자들의 은밀한 출입, 살금살금 걷는 죄악의 발걸음을 느낄 수 있었다. 틀림없이 하수도는 어떤 비밀 조직의 공범이었다. 소리 없는 철책은 범죄자의 은닉처였다.

테나르디에는 문을 조금 열어 겨우 장 발장이 나갈 수 있을 정도의 틈을 내주더니, 다시 철책을 닫고 열쇠를 두 번 돌려서 자물쇠를 잠그고는 숨소리조차 내지 않고 다시 어둠 속으로 사라져 버렸다. 그의 발은 호랑이의 발바닥인 듯 전혀 소리가 나지 않았다. 하늘의 계시라고 받아들여야 할 이 혐오스러운 남자는 순식간에 미지의 세계 속으로 사라져 버리고 말았다.

장 발장은 밖으로 빠져나왔다.

누가 봐도 죽은 것 같은 마리우스

장 발장은 둑의 석축 위에 마리우스를 내려놓았다.

그들은 밖으로 빠져나온 것이다!

어둠과 공포와 독기는 없어졌다. 건강하고 깨끗하고, 신선하고 즐거운, 자유롭게 맡을 수 있는 공기가 가득했다. 주위는 고요했지만 그것은 파란 하늘에 해가 가라앉은 후의 아름다운 고즈넉함이었다. 어느덧 노을이 지고 있었다. 밤이 가까이 오고 있었다. 밤, 위대한 해방자 ─고난을 벗어나기 위해 어두운 그림자의 망토를 걸쳐야 하는 모든 영혼의 친구. 끝없이 넓은 하늘은 마치 큰 장막 같았다. 강물이 그의 발끝에 입 맞추는 소리를 내며 흘러가고 있었다. 샹젤리제의 느릅나무 숲에서는 밤 인사를 나누는 둥지 안의 새들의 이야기 소리가 들린다. 아직도 옅게, 파란 하늘에 꿈꾸는 자의 눈에만 보이는 몇몇 개의 별이 아주 먼 곳에 작은 점이 되어 흐릿하게 빛나고 있었다. 저녁이 그의 머리 위에 무궁무진한 것이 갖고 있는 온갖 고요함을 펼치고 있었다.

그것은 미묘하고도 부정확한 시간, 밤은 아니지만, 밤이 아닌 것도 아닌 애매한 시간이었다. 밤의 장막은 제법 두꺼워서 조금 멀어지면 사람의 모습은 잘 안 보이게 되나 그래도 아직 낮의 빛이 약간 남아 있어서 가까이가면 상대방 얼굴을 알아볼 수 있었다.

장 발장은 엄숙하고도 아늑한 그 정막에 한참 동안 몸을 기대고 있었다. 인간에게는 그렇게 자기 자신을 잊어버리는 때가 있다. 그런 순간의 고뇌는 불행한 인간을 괴롭히지 않는다. 모든 것은 생각 속으로 모습을 숨긴다. 평화가 꿈꾸는 자를 밤처럼 에워싼다. 그리고 빛을 던져 주는 황혼 아래, 빛을 비추는 하늘처럼 인간의 영혼에도 별이 가득 뜬다. 장 발장은 머리 위에 펼쳐진 광활한, 빛나는 그림자를 정신을 잃고 쳐다보았다. 생각에 빠진 그는 영원한 하늘의 엄숙한 침묵 속에서 황혼과 기도에 빠져 있었다. 그러다가 화들짝 놀라, 의무감이 든 듯 허리를 숙여 손으로 물을 떠서 마리우스의 머리 위에 가만히 부었다. 마리우스는 일어나지 않았다. 하지만 약간 벌어진 그 입에서 숨결이 새어 나왔다.

장 발장은 한 번 더 강물에 손을 담그려 했다. 그러다 순간 그는 모습은 안 보이지만 뒤에 누군가가 서 있는 듯한, 어떤 불안함을 느꼈다. 앞서 다른 곳에서 이야기한 바와 같다.

그는 뒤를 돌아봤다.

역시 그의 느낌대로 뒤에 누군가 있었다.

긴 프록코트 차림에 팔짱을 하고 오른손에는 맨 위에 납덩이가 붙은 곤봉을 들고, 마리우스에게 몸을 숙이고 있는 장 발장 뒤로 대여섯 걸음 먼 곳에 키가 큰 남자가 서 있었다.

그 모습은 그림자 때문이기도 했지만 왠지 귀신 같았다. 어수룩한 인간이라면 저녁 어둠에 부서워했을 것이다. 생각이 깊은 인간이라도 곤봉에 공포를 느꼈을 것이다.

장 발장은 그가 자베르라는 것을 깨달았다.

독자는 벌써 눈치챘을 테지만 테나르디에를 뒤쫓던 자는 자베르 바로 그자였다. 자베르는 우연히 바리케이드에서 나온 후, 시 경찰청으로 가서 잠깐 국장을 만나 구두로 보고를 하고, 바로 자신이 맡은 일로 돌아왔는데—바리케이드에서 그의 주머니에서 찾은 종이쪽지를 떠올려 주기 바란다.—그가 맡은 일에는 얼마 전부터 경찰이 주시하고 있는 센 강 오른쪽 둑에서 샹젤리제 근처를 감찰하는 것도 포함되어 있었다. 그곳에서 그는 테나르디에를 보고 미행했던 것이다. 그 후의 일을 독자들은 이미 알고 있을 것이다.

이것으로 모두 이해할 수 있을 것이다. 장 발장에게 친절히 철책을 열어 준 것은, 사실 테나르디에의 간사한 꾀였던 것이다. 테나르디에는 아직 가까이에 자베르가 보고 있다는 것을 알고 있었다. 감시당하는 자는 뛰어난 코를 가지고 있는 법이다. 그래서 사냥개에게 뼈다귀를 하나 던져 줘야 했다. 그때 마침 살인자가 등장해 주니 그야말로 반드시 잡아야 하는 희생물이었다. 테나르디에는 장 발장을 밖으로 내보내 줌으로써 경찰에게 범인을 넘기고, 자신에 대한 감시의 눈을 돌리고, 더 큰 사건으로 자신의 사건을 잊게 하고, 자베르에게는 기다린 만큼의 값어치를 주고, 한편 자기는 30프랑을 얻고, 그가 장 발장에게 한 눈을 파는 동안 도망치려는 계획이었다.

장 발장은 하나의 그물에서 또 다른 그물에 걸려든 것이다.

테나르디에의 손아귀에서 자베르에게로 떨어지는 계속된 두 재앙은 정말 잔인했다.

장 발장은 앞서 이야기했듯이 전혀 딴판이었기 때문에 자베르는 그를 알아보지 못했다. 그는 팔짱을 한 채, 알아채지 못할 정도로 손에 든 곤봉을 고쳐 잡고, 조용하고 분명한 목소리로 물었다.

"누구냐 넌?"

"나요."

"대체 어떤 놈이냐?"

"장 발장."

자베르는 곤봉을 입에 물고 무릎을 굽혀 몸을 숙이고, 두 손으로 장 발장의 두 어깨를 힘껏 잡고, 두 개의 물건을 고정시키는 기계처럼 꽉 붙잡고 자세히 들여다보고 나서야 마침내 그가 누구인지 알아챌 수 있었다. 그 둘의 얼굴은 맞닿을 듯 가까웠다. 자베르의 눈은 매서웠다.

장 발장은 자베르에게 잡힌 채 꼭 살쾡이의 발톱을 참고 있는 사자처럼 꼼짝하지 않았다.

"자베르 경위, 당신은 결국 이렇게 나를 붙잡았소. 더욱이 난 오늘 아침부터 이미 당신에게 붙들린 것과 같다고 생각했소. 당신에게서 도망치려고 했다면 주소 같은 것은 알려 주지 않았을 거요. 나를 잡아가시오. 다만 한 가지 부탁만 들어주기 바라오."

자베르는 듣고 있지 않는 듯했다. 그는 장 발장을 똑바로 쳐다보았다. 입술로 코를 막듯이 해서 턱에 주름이 생긴 사나운 꿈에 빠진 모습이었다. 이윽고 장 발장을 놓고 벌떡 일어서서 곤봉을 다시 들고 이렇게 물어

보았다. 아니 그보다 꿈속을 헤매듯 우물거렸다.

"당신 여기서 뭐하는 거요? 그리고 그 남자는 누구요?"

그는 장 발장을 알아보고도 '너'라고 말하지 않았다.

장 발장은 말했다. 그 목소리를 듣고 자베르는 제정신을 차린 것 같았다.

"내가 당신에게 말하려는 것은 바로 이 남자에 관한 것이오. 내 몸은 당신 뜻대로 하시오. 하지만 먼저 이 남자를 자기 집으로 데려다 줄 수 있게 도와주시오. 부탁하오."

남들이 자신에게 뭔가를 희생해 주실 바라는 순간처럼, 자베르의 얼굴에는 팽팽한 긴장감이 돌았다. 하지만 그는 거절은 하지 않았다. 그는 다시 몸을 숙이고 주머니에서 손수건을 꺼내 물을 묻혀 피가 묻은 마리우스의 이마를 닦아 주었다.

"바리케이드에 있던 남자로군."

그는 낮은 목소리로 혼잣말을 했다.

"마리우스라는 남자요."

그야말로 최고의 탐정인 그는, 당장에 죽음을 맞게 될 거란 것을 알고도 모든 것을 관찰하고, 모든 것을 귀담아 듣고, 모든 것을 기억했다. 죽음의 고통 속에서도 망을 보고, 무덤 안에 한 발을 집어넣으면서도 그는 기록했던 것이다.

그는 손가락을 마리우스의 팔목에 대고 맥박을 찾았다.

"부상을 당했소."

장 발장이 입을 열었다.

"사망했군."

자베르가 이야기했다.

장 발장은 대꾸했다.

"아니, 아직 안 죽었소."

"그럼, 당신은 이 남자를 바리케이드에서 여기까지 옮겨 왔군."

자베르가 이야기했다.

그는 어떤 일엔가 마음속 깊이 사로잡힌 것 같았다. 하수도를 빠져나온 이 사연 있는 인간의 구조에 대해서 그 이상 질문하지 않고, 또 그의 물음에 장 발장이 아무 말도 않는 것을 신경 쓰지 않은 채.

한편 장 발장은 한 가지 생각에만 골몰하고 있는 듯했다. 그는 입을 열었나.

"이 남자가 사는 곳은 마레 지구 피유 뒤 칼베르 거리에 있소. 조부의 집인데, 조부의 이름은 모르오."

장 발장은 마리우스의 상의를 뒤져 수첩을 꺼내 마리우스가 연필로 급히 쓴 쪽을 펼쳐 자베르에게 보여 주었다.

아직 하늘에는 글씨를 읽을 수 있을 만큼의 빛이 남아 있었다. 더욱이 자베르의 눈은 부엉이처럼 어둠에서도 볼 수 있는 어떤 빛을 내고 있었다. 그는 마리우스가 쓴 짧은 글을 읽고 입을 움직였다.

"질노르망, 피유 뒤 칼베르 거리 6번지."

그런 뒤 그는 소리쳤다.

"마부!"

마차가 만약의 사태를 위해 대기하고 있었다는 것을 독자들은 상기할 것이다.

그는 마리우스의 수첩을 자기 주머니에 넣었다.

곧장 마차가 물 먹이는 곳의 경사로를 내려와 둑의 석축에 멈추자 마리우스를 뒷좌석에 태우고 자베르는 장 발장과 나란히 앞좌석에 올라탔다.

문이 닫히고 마차는 서둘러 강변길을 벗어나 바스티유 방면을 향해 달려갔다.

그들은 강변 거리를 지나 넓은 길로 들어갔다. 마부는 마부석 위에 검은 그림자를 드리우며 여윈 말에 채찍을 때리고 있었다. 마차 안에는 차가운 침묵이 흘렀다. 마리우스는 꼼짝하지 않고 안쪽 구석에 몸을 기대고 머리를 가슴에 바짝 고꾸라뜨리고, 두 팔을 축 늘어뜨리고, 두 발은 뻣뻣해져서 이제는 관속에 들어갈 일만 남은 모습이었다. 장 발장은 그림자로 만들어진 듯했고, 자베르는 돌로 만들어진 듯 보였다. 그리고 마차 안은 짙은 어둠으로 채워져서, 그 안은 가로등 앞을 지날 때마다 가끔 번쩍이는 번갯불에 푸르스름하게 비쳤다. 시체와 귀신과 석상. 이 움직이지 않는 비참한 세 물체를 우연히 한곳에 모아 놓고 우울하게 마주 보게 하는 듯했다.

아들이 돌아오다

포장도로를 달리는 마차가 덜커덩거릴 때마다 마리우스의 머리에서 핏방울이 하나씩 떨어졌다. 마차가 피유 뒤 칼베르 거리 6번지에 도착했을 때는 이미 오밤중이었다.

자베르가 먼저 마차에서 내려 현관 위의 번지수를 확인하고 숫염소와 사티로스가 마주 보고 있는 옛날식 장식이 붙은 무거운 무쇠 고리를 들어 세게 두드렸다. 문이 한쪽 열렸다. 자베르는 문을 밀어 크게 열어젖혔다. 문지기가 자다 깬 멍한 눈으로 하품을 하며 촛불을 들고 상반신을 내밀었다.

집 안의 사람들은 전부 자고 있었다. 마레 사람들은 빨리 잠자리에 드는 편이고, 폭동이 일어나는 때는 더 그랬다. 옛 기풍을 따르는 이 거리는, 혁명이란 소리만 들어도 두려움에 떨며 잠 속으로 피하는 것이다. 마치 아이들이 크로크미텐(어린아이를 놀라게 할 때에 말하는 도깨비 이름_옮

197

긴이)이 온다고만 하면 재빨리 머리에 이불을 덮는 것과 같았다.

그동안에 장 발장은 겨드랑이 아래를, 마부는 무릎을 들고 마리우스를 마차에서 끌어 내렸다.

장 발장은 다른 한쪽 손을 마리우스의 길게 찢어진 옷 안으로 집어넣어 가슴을 만진 뒤 심장이 아직 뛰는 것을 확인했다. 심장은 아까보다 조금 더 빨리 뛰는 것 같았다. 흔들리는 마차가 생명을 약간 되찾게 한 듯했다.

자베르는 폭도의 집 문지기에게 관료다운 말투로 말했다.

"질노르망 씨 댁인가?"

"네. 왜 그러십니까?"

"질노르망의 아들을 데리고 왔네."

"아들이요?"

문지기는 모르겠다는 듯이 말했다.

"죽었어."

장 발장은 더러운 넝마 차림으로 자베르 뒤에 서 있었기 때문에 문지기는 무서운 듯이 그를 쳐다보았다. 장 발장은 아직은 안 죽었다는 의미로 문지기에게 머리를 가로저어 보였다. 문지기는 자베르의 말도 장 발장의 행동도 무엇을 뜻하는지 깨닫지 못한 모양이었다.

자베르는 계속 말했다.

"바리케이드에서 데리고 온 거요."

"바리케이드에서요?"

문지기가 소리쳤다.

"거기서 이렇게 된 거야. 가서 이자의 아비를 데려와요."

문지기는 꼼짝하지 않았다.

"어서 가라니까!"

자베르가 소리를 질렀다.

그리고 덧붙여 말했다.

"내일은 장례식을 해야겠지."

자베르는 공무에서 발생하는 일들을 종류별로 구분했다. 이것은 감
시와 경계의 기본으로, 사건 하나하나를 나누어 놓는 것이다. 발생할 것
같은 일은 전부 서랍 속에 들어 있으며 거기에서 경우에 따라 필요한 만
큼 나오는 것이었다. 거리에는 소란과 폭동, 유흥, 장례식이 존재했다.

문지기는 바스크를 흔들어 깨웠다. 바스크는 니콜레트를 흔들어 깨웠
다. 니콜레트는 질노르망 이모를 흔들어 깨웠다. 그러나 조부는 가만히
두었다. 그에게는 가능한 늦게 알리는 쪽이 좋다고 판단한 것이다.

건물 안의 다른 사람들 몰래 마리우스는 2층으로 옮겨져 질노르망 씨
의 옆방인 손님방의 낡은 안락의자 위에 눕혀졌다. 한편 바스크는 의사
를 데리러 가고 니콜레트가 붕대로 쓸 만한 것을 찾으려 옷장을 열 때,
장 발장은 그의 어깨가 자베르에게 잡혀 있는 것을 깨달았다. 그는 그 의
미를 알아채고 자신의 뒤를 따라오는 자베르의 발소리를 들으며 계단
을 내려갔다.

문지기는 그들이 들어왔을 때처럼, 무서운 꿈이라도 꾸고 있듯이 그
들이 나가는 것을 쳐다보았다. 그들은 마차에 다시 탔다. 마부도 마부석
에 탔다.

"자베르 경위! 하나만 더 부탁을 들어주시오."

"뭘?"

자베르는 건조한 목소리로 말했다.

"잠시 집으로 가게 해 주시오. 그 후엔 당신의 뜻대로 하시오."

자베르는 프록코트의 깃에 턱을 묻고 잠시 생각하는 듯 가만히 있더
니, 앞에 있는 작은 유리창을 내렸다.

"마부, 옴므 아르메 거리 7번지로 가지."

그는 말했다.

절대자의 흔들림

그들은 장 발장의 집으로 향하는 동안 아무 말을 하지 않았다.

장 발장이 원하는 것은 무엇일까? 시작했던 일을 끝내고 싶었던 것이다. 즉 코제트에게 모든 것을 털어놓고 마리우스의 행방을 알려 주고, 그밖에 도움이 될 만한 말을 해 주고, 될 수 있으면 끝으로 이것저것 정리해 두자는 것이었다. 본인의 일, 본인 한 사람에 대한 일은 이미 끝나 있었다. 그는 자베르에게 잡혀 반항하지 않았다. 그가 아닌 보통 인간이 그런 상황이었다면 아마도 테나르디에가 주었던 밧줄과 앞으로 가게 될 감방의 창살문을 바보 같이 떠올렸을 것이다. 그러나 과거 주교와 만난 이후부터 그의 마음에는 어떤 폭행에 관해서도, 심지어 설사 자기 자신이 당하는 폭행에도 종교적인 주저함이 깊게 일어나는 것이었다.

자살은 알 수 없는 세계를 향한 하나의 신비한 위법 행위이며—그런 행위에는 다소 정신적인 죽음이 내포되는데—장 발장으로서는 할 수 없는 일이었다.

마차는 옴므 아르메 거리 입구에서 섰다. 그 거리는 마차가 들어갈 수 없을 만큼 너무 좁았다. 자베르와 장 발장은 그곳에서 내렸다.

마부는 마차의 유트레히트의 벨벳이 죽은 사람의 피와 살인자의 진흙 때문에 더러워졌다고 '경위 나리'에게 허리를 굽히며 정중하게 말했다. 그는 일이 일어난 상황을 그렇게 이해했던 것이다. 그리고 손해를 물어 줬으면 좋겠다고 말했다. 그러면서 옷에서 수첩을 꺼내어 '어떤 증명하는 말을' 써 달라고 경위 나리에게 부탁했다.

"얼마인가, 기다린 비용과 마차비를 합쳐서?"

"7시간하고 15분입니다. 게다가 더럽혀진 벨벳 시트는 새것입니다. 80프랑을 주세요, 경위 나리."

자베르는 나폴레옹 금화 네 닢으로 요금을 지불하고 마부를 돌려보냈다.

장 발장은 자베르가 자신을 인근에 있는 블랑 망토의 경찰서나 아르시브의 경찰서로 데려갈 모양이구나, 하고 생각했다. 그들은 거리로 들어갔다. 거리는 평소처럼 조용했다. 자베르는 장 발장을 앞장서게 했다. 그들은 7번지에 도착했다. 장 발장은 문을 쾅쾅 두드렸다. 문이 열렸다.

"좋소. 들어가시오."

자베르가 이야기했다.

그리고 미묘한 표정으로, 어쩔 수 없이 말하듯 이어서 이야기했다.

"난 이곳에서 기다리지."

장 발장은 자베르를 바라보았다. 평소의 자베르는 무슨 일이 있어도 이런 짓을 하지 않았다. 하지만 지금 자베르가 자신을 매우 믿는다고 해도 그다지 놀랄 일은 아니었다. 그것은 쥐에게 손톱만큼의 자유를 주는 고양이의 믿음이며, 또한 장 발장은 자신을 버리고 전부 끝내려고 결심했기 때문이다. 그는 집 안으로 들어가서 일찍 잠들었다가 침대에 누워 문 여는 줄을 당겨 준 문지기에게 "날세!" 하고 말한 뒤 계단을 올라갔다.

2층에 올라온 그는 멈춰 섰다. 모든 슬픔의 길에도 멈춰 설 곳은 있는 것이다. 계단참에 여닫이 창문이 열려 있었다. 오래된 집에 흔히 있는 그 계단은 빛을 받기 위해 바깥으로 향해 있어서 거리가 내려다보였다. 바로 맞은편에 서 있는 가로등 덕분에 희미하게나마 불빛을 받아 기름을 아낄 수 있었다.

장 발장은 한숨 돌리려고 그랬는지 아니면 그저 그랬는지 창문으로 고개를 내밀었다. 그런 뒤 길 위를 보았다. 가로등이 짧은 길을 끝에서 끝까지 밝히고 있었다. 그는 깜짝 놀라 자신의 눈을 믿을 수 없었다. 길 위에는 이미 한 사람도 없었다.

자베르는 사라지고 없었다.

할아버지

안락의자 위에서 미동도 없이 누워 있던 마리우스를 바스크와 문지기는 손님방으로 옮겼다. 의사가 불려 왔다. 잠이 깬 질노르망 이모가 나왔다.

질노르망 이모는 매우 놀라 두 손을 모은 채 "아아, 이게 무슨 일이야!"라고 할 뿐 어떻게 해야 할지를 몰랐다. 간혹 이런 말도 했다.

"전부 피투성이가 되는구나!"

점차 두려움은 사라지고, 그녀도 사연을 다소 알게 되자, "당연히 이렇게 될 수밖에!" 하고 자신의 생각을 이야기했다. 하지만 이번엔 "그러니까 내가 뭐라고 하던가!" 하는 입버릇은 하지 않았다.

의사가 안락의자 옆에 간이침대를 놓도록 지시했다. 의사는 마리우스를 진찰하고, 아직 맥박이 있으며 가슴에는 깊은 상처가 전혀 없고, 입꼬리에 엉긴 피가 코피임을 확인하자 마리우스를 침대 위에 똑바로 눕히고, 편한 호흡을 위해서 베개를 쓰지 않고 머리를 몸보다 약간 낮게 하고 옷을 벗겼다. 질노르망 이모는 환자의 옷을 벗기는 것을 보고 방에서 나왔다. 그녀는 자기 방으로 돌아가 기도를 하기 시작했다.

몸 안에 상처가 난 곳은 전혀 없었다. 수첩 때문에 옆으로 빗나간 총알 하나가 옆구리에 심한 파열상을 입혔지만, 생명에 지장은 없었다. 오랜 시간 하수도를 빠져나오는 동안 부러진 쇄골이 완전히 자리를 벗어나 상태가 심각했다. 두 팔 모두 칼자국이 있었다. 얼굴은 말짱했지만 머리는 매우 엉망이었다. 그런 머리의 상처는 어떻게 될까? 두피에만 난 상처인지? 머릿속까지 깊이 들어갔는지? 그 점은 아직 뭐라고 단정할 수 없었다. 중요한 것은 그 상처가 그를 기절시켰다는 것인데, 그런 경우에는 꼭 낫는다고 할 수 없었다. 게다가 환자는 출혈을 많이 해서 상태가 악화되어 있었다. 허리띠 아래쪽은 바리케이드에 가려져 있던 덕분에 괜찮았다.

바스크와 니콜레트는 천을 잘라 붕대를 마련했다. 니콜레트가 천을 꿰매고 바스크가 감았다. 가제가 없어서 의사는 응급조치 때 사용하는 솜으로 출혈을 막았다. 침대 옆에는 외과 수술용 기구를 늘어놓은 탁자가 있고, 그 위에 세 자루의 초가 불을 밝히고 있었다. 의사는 환자의 얼굴과 머리가락을 찬물로 씻겼다. 통을 가득 채운 물이 순식간에 붉게 변했다. 촛불을 든 문지기가 의사의 손 밑을 비추고 있었다.

의사는 비관적으로 본 듯했다. 가끔 고개를 가로저었는데, 그것은 마치 속으로 스스로 묻고 답하는 것 같았다. 의사의 그런 행동은 환자에게 좋지 않은 징조다.

의사가 환자의 얼굴을 닦고, 아직 감겨 있는 눈에 가볍게 손끝을 갖다대었을 때, 방 안쪽 문이 열리고 새하얗게 질린 긴 얼굴이 나타났다. 할아버지였다. 이틀간의 폭동은 질노르망 씨를 몹시 자극하여 격분케 하고 좌불안석하게 했다. 지난밤에는 잠을 못자서 오늘은 온종일 열이 났다. 밤이 되자, 문단속을 시키고 피곤이 몰려와서 일찌감치 침대에 들어가 얕은 잠에 빠져 있었다.

노인의 잠은 가볍다. 노인의 방은 손님방에 붙어 있었기 때문에, 모두가 굉장히 주의했어도 그는 소리를 듣고 깬 것이었다. 문틈으로 불빛이 들어오는 것을 보고 깜짝 놀라 침대를 내려와 더듬대며 나왔다.

질노르망은 문지방 위에 서서, 한 손은 반쯤 열린 문의 손잡이를 잡고, 머리를 약간 내밀어 건들건들하며, 몸은 주름이 없고 수의처럼 흰 잠옷에 감싼 채 꽤 놀란 얼굴을 하고 있었다. 흡사 무덤 안을 들여다보는 귀신 같았다.

그는 침대를 보고, 이불 위에 누워 살빛은 납처럼 희고, 눈은 감고, 입은 벌어지고, 입술은 새파랗고, 상의는 모두 벗겨지고, 온몸이 시뻘건 피투성이에 꼼짝도 않고 불빛을 받고 있는 젊은이를 보았다.

조부는 뼈가 앙상한 온몸을 간신히 지탱하며 떨었다. 나이 때문에 노래진 두 각막은 유리처럼 번들거리는 빛에 싸였고, 얼굴은 마치 해골인 듯 흙빛을 띠었다. 그는 용수철이 끊어진 듯 두 팔을 축 늘어뜨리고, 바들바들 떨고 있는 늙은 손가락 사이에까지 놀라움이 드러나고, 양 무릎은 앞으로 엉거주춤하고, 잠옷을 어민 틈으로 흰 털이 난 앙상한 정강이를 드러내며 말했다.

"마리우스."

"나리, 방금 도련님을 어떤 사람이 업고 왔습니다. 바리케이드에 계시다가, 그러다가…….."

바스크가 울먹였다.

"죽었구나! 아아! 나쁜 놈!"

그때, 무덤 속에서도 가능할까 싶을 만큼 곧 100살인 노인이 젊은이처럼 벌떡 섰다.

"여보오, 당신은 의사로군요. 먼저 한 가지만 알려 주시오. 저놈은 죽었소, 맞지요?"

의사는 너무 안타까운 나머지 말을 하지 못했다.

질노르망 씨는 처절하게 웃으며 두 팔을 휘저었다.

"죽은 거야! 죽었어! 바리케이드에서 죽어 버렸어! 날 원망하며! 내게 복수하려고 이런 짓을 했어! 이런! 흡혈귀 같으니라고! 이런 참혹한 모습으로 돌아왔어! 아아, 얄밉구나! 죽었어!"

노인은 숨을 쉬기 힘든지 창문을 활짝 열어젖히고 어둠 앞에 바로 서서 거리의 밤을 향해서 소리치기 시작했다.

"찔리고, 잘리고, 목이 찔리고, 얻어맞고, 찢기고 상처투성이가 되어 버렸어! 저것 봐라, 못된 놈! 제아무리 못된 놈이라도 내가 기다리고 있는 걸 잘 알 텐데. 제 방을 치워 놓고 어릴 때 사진을 항상 머리맡에 두는 것을 말이야! 잘 알았을 거야, 돌아오기만 해도 된다는 것을! 몇 년 전부터 내가 네 이름을 계속 부르짖는 것을, 저녁이면 벽난로 구석에서 무릎을 감싼 채 불안해하는 것을, 너 때문에 내가 정신이 나가 버린 것을! 너는 잘 알고 있었을 거야. 돌아오는 것만으로 충분해. 돌아와서 '접니다.'라고 한마디만 하면 됐어. 그것으로 너는 이 집을 갖게 될 것이었다. 나는 네가 원하는 대로 하려고 마음먹었다. 너는 이 늙고 어리석은 할아비를 네 뜻대로 할 수 있다는 것을 실 알았을 것이다! 그런데 너는, '아니, 저건 왕당파야, 가지 않겠어!'라고 이야기했지. 그러더니 바리케이드에 가서 일부러 죽어 버린 거야! 베리 공작에 관해 내가 한 말에 대한 복수로 말이다! 부끄러움을 모르는 자식이 이런 자식이야! 어쩔 수 없지, 누워서 편안히 자거라! 아, 죽다니, 이제야 나도 깨달았구나."

의사는 이번에는 양쪽이 다 걱정되어 잠시 동안 환자의 곁을 떠나 질노르망 씨 옆에 가서 팔을 부축했다. 뒤를 돌아본 조부는 핏발이 선 눈을 크게 뜨고 의사를 쳐다보더니 조용히 입을 열었다.

"고맙소, 나는 괜찮소. 나는 남자요. 루이 16세의 죽음도 봤고 어떤 난리에도 요지부동했소. 다만 한 가지 겁나는 것은 신문이 온갖 피해를 끼친다는 것이오. 세상에 엉터리 기자, 달변가, 변호사, 연설가, 연단, 논쟁, 진보, 광명, 인권, 출판의 자유가 있는 한, 아이들은 전부 이런 모습으로 집으로 업혀 오게 돼! 아아! 마리우스! 무서운 일이다! 죽임을 당하고 말았구나! 나보다 빨리 죽다니! 바리케이드! 아아! 나쁜 놈들! 의사 선생, 당신은 가까이에 살지요? 나는 당신을 잘 알아요. 지나가는 당신의 마차를 나는 창문에서 봤소. 당신에게 약속하리다. 내가 지금 화난 줄 안다면 오산이오. 죽은 자에게 화를 낸들 무엇하겠소. 그건 바보 같은 짓이오, 이 아이는 내가 키운 자식이오. 이 애가 아직 어릴 때에 나는 이미 늙은이였소. 튈르리 공원에서 이 아이가 작은 괭이와 작은 의자를 갖고 놀면, 나는 공원지기에게 혼나지 않도록 지팡이로 이 애가 판 구멍을 전부 메웠소.

어느 날, 그 아이가 루이 18세를 쳐부순다며 소리치고 나갔소. 내 잘못이 아니오. 이 아이는 장밋빛 얼굴에 금발 머리였소. 어머니는 예전에 죽었소. 당신도 알죠? 어린아이들이 전부 금발 머리인 것은 왜일까요? 이 아이는 '루아르 강의 불한당(나폴레옹의 패잔병_옮긴이)'의 자식이오. 하지만 아버지의 죄는 아이와 상관없소. 이 아이가 아주 어렸을 때 일이 떠오르는군요. 아직 'D'자를 말하지 못할 때였소. 어찌나 말을 부드럽게 하는지 혀가 잘 돌려지지 않아서 꼭 작은 새 같았소. 어느 날은 헤라클레스 파르네즈 조각상 앞에서 이 아이에게 감탄한 사람들이 아이 주변을 에워싸서 칭찬하던 것을 기억하오만, 그만큼 잘났었소, 이 아이는! 마치 그림 속의 아이 같았으니 말이오. 난 소리를 지를 때도 있었고, 지팡이를 든 적도 있었지만 그것도 다 장난이라는 것을 이 아인 잘 알았지요. 아침에 내 방으로 오면 나는 심한 잔소리를 했지만, 마음속으로는 태양이 들어온 것처럼 반겼다오. 그런 꼬맹이에겐 힘이 없는 거지요. 우리 마음을 훔치고 우리를 노예로 만들고 다시는 놓아주지 않았지요. 정말 이 아이를 죽이다니! 라파예트파니, 뱅자맹 콩스탕파니, 티르퀴이르 드 코르셀파는 어떤 자들이오! 이대로 둘 순 없어."

의사는 정신을 잃고 아직 꼼짝도 않고 누운 마리우스 쪽으로 돌아왔다. 조부도 마리우스에게 가까이가자, 또다시 두 팔을 잡았다. 노인의 흰 입술이 마음대로 움직이고 죽는 순간의 숨소리처럼 거의 못 알아듣는 말을 했다.

"아아! 얄미운 놈! 혁명당! 무법자! 9월파(1792년 9월의 왕당파 대학살에 참가한 혁명 당원_옮긴이)!"

그것은 죽음에 임박한 자가 죽은 자를 향하여 낮은 목소리로 나무라는 소리였다.

마음속의 화는 말로 나오지 않으면 멈추지 않는다. 차츰 말이 맥을 찾았으나 조부는 벌써 말할 힘이 없는 것 같았다. 그의 목소리는 작고 약해서 마치 깊은 바다 저 멀리에서 들리는 것 같았다.

"나는 이제 어떻게 되든 좋소, 나도 이제 죽는다오. 그런데 이 파리 안에서 이 가여운 놈을 행복하게 만들어 줄 여자가 한 명도 없었다니! 어리석은 놈이 삶을 즐기지 않고 전쟁터에 나가서 짐승처럼 맞아 죽었단 말인가! 그것도 누구 때문에, 무엇을 위해서? 공화제를 위해서! 젊은 사람답게 쇼미에르에 놀러 가면 좋았을 텐데! 스무 살이라면 매우 좋은 나이야. 천하에 쓸데가 없는 빌어먹을 공화제, 세상 어미들이 귀여운 남자아이를 아무리 많이 낳는다 해도 모두 죽여 버려.

이, 이 아이는 죽었소. 그래서 이 집에서 네 것과 내 것의 두 장례가 치러지게 될 거야. 네가 이렇게 만든 것도 라마르크 징군의 마음에 들고 싶어서였느냐! 대체 그 장군이 네게 무엇이란 말이냐! 멧돼지 같은 군인! 어리석은 놈! 죽은 자를 위해 죽다니! 이러고도 정신을 놓지 않을 수 있겠는가! 생각해 보라고. 겨우 스무 살로! 그것도 뒤에 있는 사람을 돌아보지도 않고! 착한 늙은이는 비참하게 혼자 죽어야 하는가! 아, 단지 그렇게 하란 말인가! 흥, 좋다, 나도 그걸 원했다. 이제는 미련 없이 죽을 수 있어. 나는 너무 오래 살았어. 벌써 100살이야, 10만 살이야. 훨씬 전에 죽었어야 했어. 이제 급소를 한 대 맞은 거야. 이것으로 마지막이야. 오히려 잘된 일이지. 이 아이에게 암모니아 냄새를 뿌린다든가, 약을 주어서 무얼 하겠소? 쓸모없는 일이요, 의사 선생! 보시오, 이 아이는 죽었소, 아주 잘 죽어 있소. 나는 알아요. 나도 죽은 자이니까. 이 아이는 어떤 일이든 하다가 그만두는 법이 없소.

그렇다오, 세상은 더럽다오. 더러워, 더러워. 시대도, 사상도, 주의도, 지도자도, 권위자도, 학자들도, 엉터리 문사도, 사이비 철학자도, 그리고 60년간 튈르리 궁전의 까마귀 떼들을 놀라게 한 모든 혁명도, 전부 다 더럽단 말이오! 그리고 너도 날 무시한 채 이렇게 죽으니까 나도 네 죽음에 눈물 흘리지 않을 테다, 알겠냐? 이 살인자야!"

마침, 마리우스가 가만히 눈을 떴다. 그리고 여전히 혼수상태의 놀라움에 싸여 흐리멍덩한 눈으로 질노르망 씨를 보고 있었다.

"마리우스! 마리우스! 내 새끼! 내 귀여운 마리우스! 깨어났느냐? 내가 보이는구나, 살아 있구나, 고맙다!"

노인은 소리쳤다.

그리고 그는 그대로 실신했다.

4. 의무를 저버린 자베르

여유 있게 걸으며 옴므 아메르 거리를 떠난 자베르

그는 난생처음 고개를 숙이며 뒷짐을 지고 걸었다. 지금껏 자베르는 팔짱을 낀 자세만을 취했다. 그건 나폴레옹의 두 가지 자세 중 결단성을 드러내는 태도였다. 뒷짐 진 자세는 망설임을 나타내는 자세였기 때문이다. 그에게 어떤 큰 변화가 일어난 게 틀림없었다. 몸이 완만하게 기울고 우울한 빛을 보이며 고뇌하는 기색이 역력했다.

그가 찾아들어 간 곳은 쥐 죽은 듯 조용한 거리였다. 그래도 일정한 방향을 더듬어 센 강으로 가는 가장 가까운 지름길을 택했다. 오름 강가로 나와 그 강가를 따라서 그레브를 지나 샤틀레 광장 초소에서 약간 떨어진 곳에 있는 노트르담 다리 모퉁이에서 멈춰 섰다. 센 강은 거기서 노트르담 다리와 퐁토 샹즈 다리로 흐르고, 다른 한편으로는 메지스리 강가와 플뢰르 강가에 끼어서 급류가 그 한복판을 가로지르는 네모난 호수 모양이었다.

뱃사공들은 센 강을 가장 두려워했다. 센 강의 급류는 다리의 물방아 말뚝 때문에 좁혀져서 물살이 거세졌다. 그래서 매우 위험했다. 물방아는 지금은 비록 허물어졌지만 그 무렵엔 아직 존재했다. 센 강에는 두 다리가 가까이 걸려 있어서 더욱 위험했다. 두 다리 밑에서 물살이 세차게 솟구쳤기 때문이다.

강물은 교각에 무시무시하게 넓은 주름을 둘둘 말고 있다. 강물이 교각에 계속 모이고 쌓인다. 이 세찬 물살은 거센 힘을 드러낸다. 강물이 흐르는 것을 보면, 움직이는 굵은 밧줄로 교각들을 잡아 뽑아낼 것처럼 보인다.

자베르는 난간에 두 팔꿈치를 대고, 두 손으로 턱을 받치며 깊은 생각에 잠겼다. 그러면서 별생각 없이 손가락 끝으로 짙은 콧수염을 만지작거렸다.

어떤 새로운 일과 혁명, 그리고 비극적인 결말이 마음 밑바닥에서 일어났다. 깊은 반성이 필요한 일이었다. 자베르는 아주 심각하게 고민했다. 몇 시간 전부터 자베르는 단순히 생각할 수 없었다. 그의 마음은 이미 흐트러졌고, 그토록 완고하면서도 맑던 두뇌는 지금 투명함을 잃어가고 있었다. 그 투명함 속에 한 조각 구름이 낀 것 같았다. 자베르는 의무가 두 가지 길로 갈라지는 것을 마음 밑바닥에서 느끼고 있었다. 더 이상 자신을 속일 수 없었다. 뜻밖에 센 강가를 거닐다가 장 발장을 만났을 때, 그는 다시금 놓쳤던 먹잇감을 다시 만난 늑대처럼, 가까스로 주인을 찾아낸 개와 같은 본능이 되살아났다.

그는 자기 앞에 놓인 두 갈래 길을, 둘 다 곧기는 했지만 전혀 다른 두 갈래의 길을 보았다. 지금껏 단 하나의 직선 길밖에 몰랐던 자베르에게는 무서운 일이었다. 그를 몹시 괴롭히는 것은, 그 길이 서로 반대 방향이라는 것이었다. 두 갈래 길은 서로 멀리하고 있었다. 어느 것이 참다운 길인지? 그의 처지는 실로 형용하기 어려웠다.

범죄자에게 목숨을 구제받고 그 부채를 인정했다. 그리고 그 보답으로 죄인과 똑같은 처지가 되어 은혜를 은혜로 보답할 수밖에 없었다. 자기에게 "가라."라고 한 자에 대해 이쪽에서도 "자유의 몸이 되라."라고 대답한 것이다. 개인적인 동기에서 공적인 임무를 희생했고, 더욱이 그 개인적 동기 속에 무언가 공적인 것, 아마도 좀 더 높은 것을 느꼈다. 무엇보다 자신의 양심을 배반하지 않기 위해 사회를 배신하는 그러한 부조리가 그 자신을 덮쳐 왔다. 그는 어찌할 바를 몰랐다.

장 발장은 자베르를 용서했다. 그러자 자베르는 몹시 당황했고, 자신 또한 장 발장을 용서한 사실에 망연자실했다.

자신은 어디에 있는가? 그는 애초의 자신을 찾으려고 애썼다. 이젠 찾을 수가 없었다.

이제부터 어떻게 해야 하나? 장 발장을 넘겨주어야 하나? 그것은 나쁜 일이었다. 그러면 장 발장을 자유롭게 놓아줄 것인가? 그것도 나쁜 일이었다. 첫 번째는 관리가 유형수 이하로 떨어지는 것이고, 두 번째는 유형수가 법률보다 높이 올라가서 결과적으로 법률을 밟는 것이었다. 둘 다 자베르에게는 불명예였다. 어느 쪽이든 그곳엔 추락이 기다리고 있었다. 숙명에는 불가능 위에 수직으로 솟은 절벽이 있었다. 절벽 위에서 보면 저쪽의 인생은 이미 하나의 심연에 지나지 않는다. 자베르는 지금 절벽 끝에 와 있었다.

그를 괴롭히는 고뇌 중 하나는 서로 모순되는 격렬한 감정이 생각을 강요한다는 것이다. 그는 생각하는 습관 따위는 없었다. 그래서 지금 생각할 수밖에 없는 상황이 그를 몹시 괴롭혔다. 생각한다는 것에는 반드시 얼마간 마음의 배반이 포함되어 있기 때문이다. 그는 자신의 마음에 반란이 있다는 것에 화가 났다.

자기 직무 밖에 있는 문제를 생각한다는 것은 그에게 언제나 불필요하고 지루한 일이었다. 그러나 지금은 지난날을 생각하면 괴로웠다. 그래도 역시 얼마만큼의 동요 뒤에 자신의 마음을 살피고 냉정하게 들여다보지 않을 수 없었다.

방금 전 자신이 한 일을 생각하자 진저리가 났다. 자베르는 경찰의 규칙을 전부 위반했다. 사회와 사법의 모든 조직을 배반하고, 모든 법전을 어기고 스스로 판단하여 범죄자를 놓아주었다. 그것이 개인에게는 정당한 일이었을지 몰라도 공적인 일을 사적인 일로 바꾸어 놓은 것이었다. 달리 말로 설명할 수 없었다. 스스로 명분이 서지 않았다. 자베르는 머리 끝에서 발끝까지 떨었다. 그가 결심할 것은 단 한 가지뿐이었다. 급히 옴 므 아르메 거리로 돌아가서 장 발장을 투옥하는 것이다. 그것은 자신이 해야 할 일이었다. 그러나 그는 그렇게 할 수 없었다.

그를 막는 무언가가 있었다. 법정과 집행명령과 경찰과 권력 외에 또 무엇이 존재한단 말인가? 자베르는 이런 상황이 당황스러웠다.

신성한 징역수라니! 단죄할 수 없는 죄수가 있었다. 자베르에게 닥친 현실이었다.

벌을 주려는 자베르와 벌을 받아야 하는 장 발장, 둘 다 법 안에 있으면서 법을 초월했다. 얼마나 무서운 일인가!

이런 일이 생기다니, 아무도 벌을 받지 않는 일이 가능할까? 장 발장이 사회조직 전체보다 강력하여 자유롭게 되고, 자베르는 여전히 정부의 빵을 먹고 사는 일이 가능할까?

그의 몽상은 점점 무서워졌다.

그런 생각에 빠져 있는 동안에도 그는 피유 뒤 칼베르 거리로 운반된 폭도에 관한 일에 조금은 자신을 책망했다. 그러나 그는 그 일을 염두에 둘 수 없었다. 작은 실수는 커다란 과오 속에 묻혔다. 게다가 그 폭도는 분명히 죽었다. 법률상의 추적은 죽은 사람에게까지 적용되지는 않는다.

장 발장만이 그를 압박하는 무거운 짐이었다.

장 발장은 그를 난처하게 만들었다. 그가 평생 지켜오던 모든 원칙이 그 사나이 앞에서 무너졌다. 자베르에 대한 장 발장의 관용이 그를 압도하고 말았다. 그 밖의 일을 떠올려 보니 예전에는 허위나 어리석은 짓이라고 여겼던 여러 사실들이 지금은 현실이 되어 되살아났다. 마들렌 씨가 장 발장 그늘 뒤에 나타나 두 사람의 모습이 하나로 겹쳐졌다. 지금은 존경해야 할 대상이 되었다. 자베르는 무언가 무서운 것이, 죄인에 대한 찬탄이 자기 영혼 가운데 스며드는 것을 느꼈다. 징역수에 대해 존경하는 마음이라니, 가능한 일인가?

그는 무섭고 소름 끼쳤다. 몸을 가누기조차 어려웠다. 아무리 발버둥 쳐도 양심을 심판하는 마당에서 그 악한의 숭고함을 고백할 수밖에 없었다. 그로서는 견디기 힘든 일이었다. 장 발장은 자선을 베푸는 악인이었고, 동정심 많고 남 돕기를 좋아하고, 마음이 너그러우며 악을 선으로 갚고 증오에 대해서는 용서로 응대하고 복수보다는 연민을, 적을 멸망시키기보다 스스로 멸망하는 길을 택하는 자였다. 자신을 때린 자를 구하고 높은 덕 위에서 무릎을 꿇고 인간보다 천사에 가까운 징역수였다. 자베르도 결국 세상에 그런 괴물이 존재한다는 것을 인정할 수밖에 없었다. 이대로 끝날 일이 아니었다.

저 괴물, 저 비천한 천사, 저 혐오스러운 영웅에게, 그를 놀라게 하는 동시에 격노케 한 저 사나이에게, 아무 저항 없이 굴복한 것은 아니었다. 마차 속에서 장 발장과 마주앉아 있을 때, 법률인 호랑이가 그의 마음속에서 몇 번이나 으르렁댔다. 장 발장을 물어뜯고, 다시 말해 그를 체포하고 싶은 충동을 느꼈다. 사실, 그것은 매우 간단한 일이었다.

파출소 앞을 지날 때, 이렇게 외치면 될 일이었다.

"규칙을 어긴 죄인이 여기 있소!"

그러곤 헌병을 불러서 "이 사나이를 인계하게." 하고 말한 뒤, 죄인을 남겨 둔 채 뒷일은 상관하지 않고 가 버렸어야 했다. 그러면 장 발장은 영원히 법률의 포로가 되었을 테고, 법률이 요구하는 대로 죗값을 치렀을 것이다. 이렇게 정당하게 처리될 일이었다. 자베르는 혼자 이런저런 생각을 했다. 과감하게 자신의 손으로 직접 장 발장을 체포하려고 했다.

그런데 그때나 지금이나 그것이 자신의 뜻대로 되지 않았다. 자신의 손이 경련을 일으키듯 장 발장의 목덜미를 향해 처들었지만 그때마다 저항할 수 없는 무게에 눌리는 것처럼 힘없이 내려 버렸다. 마음 밑바닥에서 이상야릇한 목소리가 외치는 것이었다.

"좋다, 네 생명의 은인을 넘겨주어라. 그러고 나서 퐁스 필라트(그리스도를 십자가에 매단 유대의 총독_옮긴이)의 대야를 가져와서 네 손을 씻으면 된다."

다음 순간 그의 생각은 자기 자신에게로 돌아왔다. 그리고 위대한 장 발장 앞에 추락한 자신의 모습이 보였다. 징역수가 자기의 은인이었다.

하지만 어째서 그는 자신의 목숨을 구하는 것을, 그 남자에게 허락했던 것일까? 장 발장은 그 바리케이드 안에서 자베르를 죽일 수 있었다. 그는 그 권리를 행했어야 했다. 그는 다른 폭도들을 불러 장 발장을 방해하고 그 자리에서 총살당하는 편이 훨씬 나았다.

그는 확신이 사라진 게 가장 고통스러웠다. 자신이 송두리째 사라진 것 같았다. 법전도 이제는 나무토막처럼 느껴졌다. 그는 알 수 없는 걱정과 씨름했다. 여태까지 그의 둘도 없는 삶의 척도였던 법률 위에 그의 사고는 편히 자리 잡고 있었다. 그러다 그의 사고방식과 전혀 동떨어진 어떤 감정적인 계시가 그의 마음속에서 일어났다. 예전의 충실하고 공명정대한 태도를 계속하는 것은 더 이상 그를 만족시킬 수 없었다. 뜻밖의 사태가 돌발하여 그를 굴복시켰다. 전혀 다른 새로운 세계가 그의 영혼 앞에 나타났다. 기꺼이 받고 다시 돌려준 친절, 헌신, 자비, 관용, 연민에서 나온 준엄의 훼손, 개인성의 승인, 단호하게 사람을 벌주거나 죄를 짓게 할 수도 없다는 것, 법의 눈에도 눈물이 흐를 수 있다는 것, 인간에게 의존하는 정의와는 반대방향을 택하는 것, 그것은 일종의 신에게 의존하는 정의였다. 그는 지금껏 이런 정의는 알지 못했다. 도덕의 태양이 암흑 속에서 무섭게 뜨는 아침이었다. 아침이 그를 겁나게 했다. 그는 현기증을 느꼈다. 독수리의 눈을 가질 것을 강요당한 부엉이였다.

그는 속으로 중얼거렸다. 이것도 진실이다. 세상에는 예외가 있기 마련이다. 그 방면의 권위도 동요할 때가 있다. 규칙도 어떤 사실 앞에서는 막힐 때가 있다. 법조문 안에 모든 것이 기록되는 것은 아니다. 의외의 일에는 따르는 수밖에 없다. 징역수가 관리를 반성하게 하는 수도 있다. 괴물이 신성해질 수도 있다. 인생에는 복병이 있다. 그가 이런 기습을 피하지 못한 것이 문제였다. 절망감과 함께 이런저런 생각이 떠올랐다.

장 발장을 통해 선의가 존재한다는 것을 인정할 수밖에 없었다. 그 죄수는 친절했다. 또한 그 자신도 예전엔 그러지 않았지만 얼마 전부터 친절한 행위를 해 왔다. 그는 변했다. 그는 자신이 비겁하다는 것을 인정했다. 그는 두려움을 느꼈다.

자베르에게 이상이란, 아무런 결점도 없는 사람이 되는 일이었다. 인간답게 되거나 위대해지는 것, 숭고해지는 것도 중요하지 않았다. 그러던 그가 과오를 저지른 것이다.

어째서 일이 이렇게 되었을까. 자신도 알 수 없었다. 솔직한 심정이었다. 두 손으로 머리를 끌어안고 곰곰이 생각했다. 도저히 말로는 설명할수가 없었다.

장 발장을 법의 손에 넘겨줄 것도 생각했다. 장 발장은 법률의 포로였다. 그리고 자베르는 법률의 노예였다. 장 발장을 붙잡는 동안 그를 놓아주겠다는 생각은 단 한순간도 하지 않았다. 어떤 의미에서는 자기도 모르게 손이 벌어져서 장 발장을 놓아 버린 게 맞았다.

수수께끼 같은 많은 일들이 눈앞에 펼쳐졌다. 그는 자문자답했다. 자신의 대답에 두려움을 느끼며 자신에게 물었다.

"내가 박해라 할 만큼 집요하게 추적한 저 죄수, 절망에 빠진 저 남자는, 나를 짓밟고 복수할 기회가 있었다. 원한을 풀고 자신의 안전을 위해 당연히 복수했어야 했다. 그런데도 나를 살려 주고 나를 용서했다. 도

216

대체 무엇 때문에 그랬던 걸까. 사적인 의무였을까. 아니다. 그것은 의무 이상이었다. 그러고 나서 나도 그를 용서했다. 또 어째서였을까? 그것도 사적인 의무였을까. 아니다. 의무 이상의 무엇이다. 그렇다면 의무 이상의 것이 있단 말인가?"

그는 두려워졌다.

그의 저울은 어긋나기 시작했다. 저울 접시의 한쪽은 심연 속으로 떨어지고, 다른 한쪽은 천상으로 올라갔다. 그리고 자베르는 높이 올라간 접시나 낮은 곳에 떨어진 접시 둘 다 두려움을 느꼈다. 그는 결코 볼테르파라든가 철학자라든가 불신자라고 불릴 만한 인물이 아니었다. 오히려 확고한 가톨릭교회를 본능적으로 존경하고 있었지만 다만 사회 전체의 엄숙한 단편을 보여 주는 것이라고 생각하는 데 불과했다. 질서는 그의 교의였다. 그것만 있으면 충분했다. 어른이 되어 지금의 직무를 맡은 이래 그는 경찰이라는 직문에 자신의 종교 대부분을 가져다 놓았다. 그리고 비꼬는 게 아니라 매우 진지한 의미에서, 남들이 사제 노릇을 하듯 탐정 노릇을 했다. 그에게는 지스케 씨라는 상관이 있었다. 오늘날까지 그는 다른 상관인 신에 대해서는 거의 생각해 보지 않았다.

그러던 그가 신이라는 새로운 주인을 뜻밖에 느꼈다. 그 때문에 마음이 산란해졌다. 그 뜻하지 않은 존재에 그는 당황했다. 아랫사람은 언제나 머리를 숙이고, 상사에게 거역하거나 비난하거나 반박해서는 안 된다. 그는 평소 윗사람을 지나치게 못마땅하게 생각하는 아랫사람이 있다면 사표를 낼 수밖에 없다고 생각했다. 하지만 이 상관은 어떻게 해야 할지 몰랐다. 첫째, 신에게 사표를 내려면 어떻게 해야 한단 말인가?

어쨌든, 그의 생각이 되돌아오는 한 점, 그에게서 모든 것을 결정하고 있는 한 가지 사실은 그가 법을 위반했다는 것이다. 그는 재범자의 죄를 못 본 체했다. 한 죄수를 방면하여 법률에 속하는 한 남자를 법률한테 뺏은 것이다. 이제는 그 자신도 알 수가 없었다. 과연 이것이 본래 자신인지 믿을 수가 없었다. 그렇게 행동한 이유조차도 포착하지 못하고 헤맬 뿐이었다.

그는 그때까지 맹목적인 신념에 의해서 살아왔다. 그런데 신념이 그를 버렸다. 또 청렴은 그에게서 사라졌다. 그가 믿고 따랐던 모든 게 사라졌다. 그가 원치 않는 진실이 그를 괴롭혔다. 이제부터는 다른 사람이 되어야 했다. 갑자기 백내장 수술을 받은 양심의 통증에 시달렸다. 보고 싶지 않은 것을 보았기 때문이다. 자신이 텅 비고, 쓸모없고, 과거의 생명에서 격리되어 파면당하고, 붕괴되었음을 느꼈다. 공적인 권위는 그의 안에서 죽었다. 이제는 존재할 이유가 없었다. 흔들리는 지위는 무서운 것이다.

인간의 의혹이 무엇인지 깨달았다. 그것은 철저하게 법의 틀에서 만든 징벌의 모습이고 문득 그 충동적인 가슴 안에 있는 심장과도 같은 부조리와 반항을 깊이 깨닫는다. 그날까지 악이었던 게 선이 되고, 그 선에는 선으로 보답해야만 한다. 도둑을 지키는 개의 처지가 되어 도둑의 손을 핥는다. 얼음처럼 차갑게 굳은 몸이 녹아 간다. 못을 뽑는 장도리처럼 단단해야 할 손이 평범한 손이 된다. 사냥감을 붙잡은 손가락이 펴지는 것을 문득 느낀다. 사냥감을 놓는다. 무성한 일. 앞으로 나아갈 길을 잃고 후퇴하는 한 인간의 탄환!

왜 이런 일들을 자인해야 한단 말인가! 즉, 잘못이 없다는 생활 태도가 반드시 잘못이 없다고 할 수는 없다는 것, 교의에도 실수는 있고, 법전이 모든 것을 설명할 수는 없으며, 사회는 완전하지 않고 공적인 권위도 흔들릴 때가 있다. 강하고 단단한 것에 금이 갈 수도 있고, 재판관도 인간이다. 법률이 잘못되었거나, 법정도 잘못된 판결을 내릴 수 있으며 무엇보다 하늘의 끝없이 펼쳐진 유리에도 틈이 있다는 것을.

자베르의 마음에 변화가 일어났다. 그것은 직선적인 양심이 휘어지는 것이다. 분명 영혼의 탈선이며, 똑바로 돌진하여 신에게 부딪치고 부서지는, 그것이야말로 저항할 수 없는 힘이다. 청렴이 붕괴되는 것이라 할 수 있다. 그처럼 이상한 일이 일어났다. 질서의 화부, 권위의 기관차였는데, 눈먼 철마를 타고 궤도를 달리다가 광명의 일격을 받아 말에서 떨어지다니. 절대 움직이지 않고 똑바르며 정확하고, 기하학적이면서도 수동적인 것, 이토록 완전한 것이 무너지다니! 기관차에도 '다마스커스로 가는 길(어느 한순간 깨달음을 얻어 완전히 새로운 마음으로 심기일전하는 것을 비유하는 말_옮긴이)'이 있다니.

신, 항상 인간의 내면에 자리하고 있고, 참 양심으로 인간의 허위에 대항하는 신, 빛으로 사라지지 못하게 하는, 한 줄기의 광선으로 태양을 기억하라고 명령하며, 적대적인 허위와 대립되는 참다운 절대를 깨우치는 훈령, 사라지지 않는 인간성, 인간 불멸의 마음, 그 빛나는 현상, 우리 인간 내면을 흐르는 가장 아름다운 불가사의를 자베르는 깨달은 걸까? 그 내면을 통찰한 걸까. 이해한 걸까. 결코 그렇지 않았다. 하지만 이해할 수는 없으나 의심이 사라지고, 그러한 압력에 자신의 두뇌가 조금씩 열리는 것을 느꼈다.

그는 그 기적에 변했다기보다 희생되었다. 그는 격분하면서 기적을 받았다. 그의 눈에는 그 기적 속에 사는 것이 매우 어려워 보였다. 이제부터 영원토록 숨 쉬는 게 곤란해질 것처럼 느껴졌다. 자베르는 미지의 것을 깨닫는다는 것에 익숙하지 않았다.

여태까지 머릿속을 꽉 채운 것들은 명백하고 단순했으며 깨끗한 표면처럼 보였다. 거기에는 미지도 암흑도 없었다. 한정되고 명쾌하게 정리된 것, 사슬에 매어져 있으며 간결하고 정확한 것이었다. 범위가 한정되었으며 폐쇄된 것뿐이었다. 모든 것은 예견되었고, 공적인 권위는 평탄했다. 어떠한 추락도 동요도 없었다. 자베르는 다만 아래쪽에서만 미지의 것을 보아 왔을 뿐이었다. 뜻하지 않게 규칙에 어긋난 것이나 무질서하고 난잡한 틈, 언제 미끄러질지 모르는 절벽은, 하층 지대에 사는 하찮은 사람들, 즉 도적이며 악인들에게 속한 것이었다. 그런데 자베르는 벌

링 드러누워 머리 위에 펼쳐진 이상한 괴물 같은 심연을 보고 당황했다. 자베르는 밑바닥부터 무너진 것이다. 완전히 균형을 상실했다. 믿고 확신하던 것이 무너진 셈이다.

어찌된 일인가. 사회를 갑옷처럼 견고하게 감싸던 결함이 관대한 한 죄수에 의해 발견되어도 좋다는 말인가! 결백하고 정직한 법의 공백이 한 남자를 둘러싼 석방과 체포 사이에 끼어 버릴 수 있단 말인가! 국가가 공무원에게 내리는 훈령 중에도 불확실한 것이 있단 말인가. 의무 중에도 한계가 있다니. 이게 현실이라니. 일찍이 형벌 아래 굴복한 악당이, 벌떡 일어나 결국은 정당한 것이 되는 것도 진실이었던가? 이런 것을 믿으란 말인가. 그렇다면 모습을 바꾼 경우도 있을까.

그렇다. 자베르는 그것을 보고 만졌다. 단순히 부정하며 밀어내는 것을 떠나, 그 자신이 소용돌이 속에 들어가 있었던 것. 그게 현실이었다. 현실이 이처럼 기형적이라는 건 저주를 퍼부을 일이었다.

사실, 본분을 지킨다면 법을 증명하면 되었다. 사실이란 신이 만들어 내는 거니까. 그렇다면 무정부주의까지 하늘에서 내려온다는 말인가.

고뇌가 점점 깊어 갔다. 망연자실한 환각 속에서, 그의 감명을 가로막고 그의 생각을 정정해 주는 것이 모두 사라지고, 사회도 인류도 우주도 그의 눈에는 한낱 단순하고 보기 흉하게 보였다. 형법, 판결, 법규에 기인한 힘, 최고 재판소의 판례, 사법관, 정부, 혐의와 억압, 공무상의 사려, 법률의 확실성, 법규의 원칙, 정치적 및 개인적 안녕의 근거가 되는 모든 신조, 정의, 법전에서 나온 이론, 사회의 절대권, 공공 진리, 이 모든 것이 지금은 쓰레기가 되었다. 잡동사니처럼 그를 혼란스럽게 했다. 질서의 감시인이자 경찰의 엄정한 종복이며, 사회를 지키는 개였던 자베르! 그는 패배했나. 그리고 쓰러졌다. 그 폐허의 현장에 한 남자가 녹색 모자를 쓰고, 후광을 이마에 받으며 서 있었다. 그는 혼란에 빠졌다. 그의 영혼 속에 파고든 무서운 환영은 바로 그런 것이었다.

그것을 견뎌 내는 방법은 없었다. 지독하게 혹독한 상황이었다. 이 상황에서 빠져나가는 방법은 두 가지뿐. 하나는, 결연하게 장 발장을 감옥으로 돌려보내는 것, 또 하나는…….

자베르는 난간을 떠났다. 그러고는 확고한 걸음걸이로 샤틀레 광장 한 구석 각등이 켜져 있는 파출소 쪽으로 걸어갔다. 유리창 너머에서 순경이 한 사람 있는 것을 보고 안으로 들어갔다. 경찰관들은 파출소 문을 여는 것만으로도 상대가 동료인지 아닌지를 알아챘다. 자베르는 자신의 이름을 밝히고, 신분증을 보여 준 뒤 책상 앞에 앉았다. 그곳에는 촛불이 켜져 있다. 책상 위에는 한 자루의 펜과 납으로 만든 잉크병과 종이가 놓여 있었다. 불시에 조사나 야간 순찰의 훈령을 받게 될 때를 위해 비치되어 있었다. 그 책상은 어느 경찰 초소에서나 볼 수 있는 규정된 비품이었다. 그리고 책상 위에는 한결같이 톱밥이 들어 있는 회양목접시와 붉은 봉랍이 가득 담긴 종이 상자가 놓여 있었다. 관청사로서는 최하급이라고 할 만했다. 국가의 문학은 거의 그 책상에서 시작된다.

자베르는 펜을 들어 무언가를 쓰기 시작했다.

공무에 관한 의견서

1. 시경국장 각하에게, 친히 읽어 주시기를 바랍니다.

2. 예심을 마치고 돌아온 미결수들은 신체검사를 하려고 돌바닥 위에 오래 세워 둔다. 그래서 감방으로 돌아가면 많은 미결수들이 기침을 한다. 따라서 의무실 경비가 늘 수밖에 없다.

3. 미행은 거리를 두고 릴레이식으로 경관을 세우는 것이 좋으나, 중대한 경우에는 적어도 두 경관이 서로의 모습을 볼 수 있는 거리를 유지해야 한다. 이렇게 하면 어떤 이유로든 한 사람이 감시할 수가 있다.

4. 마들로네트 감옥에는 대금을 지불하는 죄수들에게조차 의자를 갖는 것

을 금하는 특별 규정이 있다. 그 이유를 이해할 수 없다.

5. 마들로네트에는 구내식당의 창문에 창살이 두 개뿐이다. 그래서 식당의 여종업원이 종종 죄수들에게 손목을 잡힌다.

6. 다른 죄수를 면회실로 불러내는 일을 하는 죄수가 있다. 죄수들은 이른바 호출인에게 이름을 분명하게 불러 달라고 2수씩 돈을 주고 있다. 이것은 착취다.

7. 직물 공장에서 노역하는 죄수는 실 한 가닥이 벗겨질 때마다 임금에서 10수씩 깎는다. 그러나 그것 때문에 직물의 품질이 나빠질 이유는 없으므로 이것은 청부업자의 폐단이다.

8. 포르스 감옥을 찾는 사람들이 생 마리 레지프시엔 면회실에 가기 위해 수용된 꼬마들의 안마당을 지나가야 한다. 그것은 매우 유감스러운 일이다.

9. 사법관의 형사 피고인에 대한 심문에 관해, 헌병들이 시경 안마당에서 매일 이야기하는 것은 분명한 사실이다. 신성해야 할 헌병이 예심 공판정에서 들은 것을 입 밖에 낸다는 것은 질서를 문란하게 하는 중대한 일이다.

10. 앙리 부인은 건실한 여성으로 그녀가 운영하는 구내식당은 매우 정결하다. 그러나 비밀 감방 입구를 한 여자가 독차지하는 것은 좋지 않다. 그것은 대문명국의 부속 감방으로서 수치스러운 일이다.

자베르는 천성적인 침착함과 정확한 필적으로, 쉼표 하나까지 정확하게, 종이 위에 힘찬 펜 소리를 내면서 이렇게 썼다. 그리고 마지막 줄에 서명을 했다.

일등 경위

자베르

샤틀레 광장 파출소에서

1832년 6월 7일 오전 1시경

자베르는 잉크를 말리고 종이를 편지처럼 접었다. 편지를 봉한 뒤, 뒷면에 '제도에 관한 메모'라고 쓰고는 책상 위에 놓고 나왔다. 창살 달린 유리문이 등 뒤에서 닫혔다.

그는 다시 샤틀레 광장을 비스듬히 빠져나와 강변 거리로 돌아왔다. 정확하게 15분 전에 떠났던 그 자리로 되돌아왔다. 그는 난간에 팔꿈치를 짚고 아까와 똑같은 자세로 섰다. 방금 전에 그곳을 떠난 적이 없는 것처럼 보였다.

한 점 틈도 없는 어둠. 12시가 지난 무덤과 같은 시간이었다. 구름이 별들을 가렸고, 하늘은 음침하게 흐릿했다. 시테 섬의 집에는 이미 희미한 불빛들이 새어 나오고 있었다. 눈에 보이는 거리나 강변이 적막에 싸여 있었다. 노트르담의 지붕과 재판소의 탑이 밤의 모형처럼 보였다. 가로등 하나가 강가를 붉게 비추었고, 다리의 그림자가 안개 속에 겹쳐져서 야릇하게 보였다. 비 때문에 강물이 불었다.

자베르가 팔꿈치를 괴고 서 있는 자리는 센 강의 급류가 무섭게 소용돌이치는 곳, 바로 위였다. 무한한 나선형처럼 풀렸다가 다시 감기고 있었다.

자베르는 머리 숙여 아래를 굽어보았다. 캄캄해서 아무것도 보이지 않았다. 이따금 아찔할 정도로 깊은 물속에서 희미한 한줄기 빛이 넘실거렸다. 물에는 넘치는 힘이 있어서 아무리 캄캄한 밤일지라도 어디서든지 빛을 내 그것을 뱀처럼 보이게 한다. 그 빛이 사라지면 다시 암흑으로 되돌아간다. 그곳에는 끝도 없이 광대무변한 무언가가 입을 벌리고 있는 것처럼 무시무시했다. 자기 밑에 있는 것은 물이 아니라 심연이었다. 가파른 강기슭은 안개에 희미하게 녹아들다가 갑자기 숨어 버린다. 그것은 낭떠러지 같았다.

아무것도 보이지 않았다. 적의를 품은 물의 차가움과 젖은 돌에서 역겨운 냄새가 느껴졌다. 거친 숨결이 깊은 물에서 올라왔다. 눈에는 보이지 않아도 강물의 흐름으로 물이 불어난 것을 알 수 있었다. 물결의 비장한 속삭임과 아치 모양 다리 기둥의 음울하면서 거대한 그 무엇, 어두운 허무의 공간으로 추락한다는 상상이 한데 뒤엉켜 암흑세계는 공포에 사로잡혀 있었다.

자베르는 암흑의 입구를 바라보며 꼼짝없이 서 있었다. 온 정신을 집중했다. 가만히 눈길을 모으고 보이지 않는 것을 지켜보았다. 물은 큰 소리를 내며 흘러갔다. 그는 불현듯 모자를 벗어 강둑 언저리에 놓았다. 잠시 후 아마도 으슥한 이때에 멀리 지나가는 사람이 있었다면 유령으로 보았을 키 큰 검은 그림자가, 난간 위에 올라갔다. 그러더니 센 강을 향해 몸을 굽혔다가 다시 일으키더니 짙은 어둠 속 강물로 똑바로 떨어졌다. 둔탁한 물소리가 났다. 물속으로 사라진 검은 그림자의 비밀은 어둠만이 알았다.

5. 손자와 할아버지

아연판을 댄 나무

지난번 이야기한 사건이 있은 뒤 얼마쯤 지나 불라트뤼엘 씨의 마음을 몹시 흔들어 버린 일이 일어났다. 불라트뤼엘은 이미 이 책의 어두운 장면에서 잠깐 모습을 드러냈던 몽페르메유의 도로 수리공이다.

불라트뤼엘은 독자가 기억하듯 여러 가지 수상한 일을 하는 사나이였다. 돌 깨는 일을 하는가 하면 때때로 대로에서 여행객들의 소지품을 훔치기도 했다. 인부와 도둑을 겸업하고 있었던 것이다. 그에게는 꿈이 있었다. 몽페르메유 숲 속에 보물이 묻혀 있다고 굳게 믿고 있었다. 그래서 언젠가는 어느 나무뿌리의 아래에 숨겨진 돈을 찾아내고야 말겠다고 결심했다. 그러나 당장은 통행인의 주머니 속에 있는 돈을 가로채는 것에 열중했다.

그런 그가 지금은 근신 중이었다. 최근에야 겨우 호랑이 아가리에서 벗어났기 때문이다. 그는 종드레트의 움집에서 붙잡혔었다. 다른 불한당들과 함께였다. 그러나 그에게 작은 행운이 따랐다. 술에 잔뜩 취해 있던 탓에 살아날 수 있었다. 그가 범행 현장에서 도둑이었는지 아니면 피해자였는지 끝끝내 구분할 수 없었기 때문이었다. 매복했던 날 밤, 술에 취해 있었다는 확실한 증거 덕분에 면소 판결이 내려져 석방되었다. 그는 재빨리 숲으로 도망쳤다. 그리고 가니에서 라니를 잇는 도로 공사로 돌아갔다. 정부의 감시를 받으며 국가를 위한 도로 공사를 다시 시작한 것이다. 그는 기운이 없는 데다 심한 우울증에 빠졌다. 덕분에 신세를 망칠수도 있었던 도둑질이 시들해졌다. 그러나 자신을 구해 준 술에 대해서는 한층 더 빠져들게 되었다.

도로 수리공의 오막살이로 돌아온 지 얼마 되지 않아 그의 마음이 몹시 흔들렸던 일은 다음과 같았다.

어느 날 아침, 아직 해가 뜨기 진이었다. 블리트뤼엘은 여느 때와 마찬가지로 일을 하러 나섰다. 일도 할 겸 매복도 할 겸 나서던 참이었다. 그때 나뭇가지 사이로 한 남자를 발견했다. 뒷모습밖에 보이지 않았지만 그는 몸집이 낯익다고 생각했다. 불라트뤼엘은 술꾼이었지만 정확하고 또렷한 기억력을 가지고 있었다. 그것은 법의 질서와 조금이라도 대립하고 있는 자들 특유의 무기였다.

"어디에서 본 것 같은데 어디서였지?"

불라트뤼엘은 자신에게 물었다.

그러나 시원한 해답이 나오지 않았다. 그의 마음속에 흐릿한 모습으로 남아 있는 누군가와 그 남자가 닮았다는 것을 어렴풋이 느낄 뿐이었다. 불라트뤼엘은 분명치 않은 생각을 이리저리 맞추어 보며 추측을 이어갔다. 저자는 이 지방 사람은 아니야. 딴 고장에서 왔을걸. 그것도 틀림없이 걸어서 왔어. 이런 시간에 몽페르메유를 지나가는 승합마차는 한 대도 없거든. 저 사람은 밤새도록 걸어온 게 틀림없어. 그렇다면 어디서 왔을까? 배낭도 보따리도 들고 있지 않은 걸 보면 멀리서 온 것은 아닐 테고……. 아마도 파리에서 온 것이겠지. 그렇다면 왜 이 숲에 온 거지? 어째서 이런 시각에, 무엇하러 온 거지?

불라트뤼엘은 그제야 보물 생각이 머릿속을 스쳤다. 기억을 더듬어 보니, 지금부터 몇 년 전 역시 한 남자 때문에 지금과 같이 마음을 썼던 일이 생각났다. 아무래도 그때 그 사람 같다는 의심을 지울 수가 없었다.

생각에 잠기면서 그는 남자를 잘 살피기 위해 머리를 숙이고 있었다. 그것은 영리하지 못한 선택이었다. 그가 머리를 쳐들었을 때에는 이미 아무도 없었다. 남자는 숲의 어둠 속으로 사라졌다.

"제기랄."

불라트뤼엘은 말했다.

"다시 찾아내고야 말 테다. 어디 사는 어떤 놈인지 알아내고야 말겠어. 이런 새벽부터 어정거리는 놈에겐 뭔가 있을 게 뻔해. 그것을 알아내야지. 내 숲 속에 비밀을 가지고 들어온 이상 내가 모르고 지낼 수는 없어."

그는 곡괭이를 들었다. 매우 날카롭고 뾰족한 곡괭이였다.

"자아."

그는 중얼거렸다.

"이걸로 땅도 인간도 파헤쳐 주겠어."

그리고 남자가 지나갔으리라고 짐작되는 길을 더듬어 걷기 시작했다.

큰 걸음으로 100보가량 갔을 때, 새벽이 완전히 물러갔다. 주변이 밝아져서 추적에 한결 도움이 되었다. 모래땅 여기저기 나 있는 발자국, 짓밟힌 풀, 갈라 헤쳐진 관목, 구부러진 어린 나뭇가지, 그러한 것들이 남자가 지나간 길을 알려 주었다. 그는 그 길을 따라갔으나 곧 길을 잃어버리고 말았다. 시간이 흘러갔다. 그는 더욱 깊이 숲 속으로 들어가 나지막한 언덕에 이르렀다. 마침 저쪽에서 한 사냥꾼이 휘파람을 불며 먼 오솔길로 가는 것을 보았다. 그는 나무 위로 올라가 봐야겠다는 생각이 들었다. 나이는 먹었어도 몸이 제법 민첩했다. 마침 오르기 적당한 너도밤나무 한 그루가 서 있었다. 불라트뤼엘은 너도밤나무에 최대한 높이 올라갔다.

나무에 올라간 건 좋은 생각이었다. 숲이 우거진 저편을 둘러보다가 불라트뤼엘은 뜻밖에 남자의 모습을 발견했다.

그러나 발견했다는 기쁨도 잠시였다. 남자는 금방 사라져 버렸다.

남자는 거리가 제법 먼, 나무들로 빽빽한 숲의 빈터로 미끄러지듯이 들어갔다. 불라트뤼엘은 그 빈터를 잘 알고 있었다. 예전에 그곳에서 나무껍질에 아연판이 못질되어 죽어 가는 밤나무 한 그루가 서 있는 것을 본 적이 있었기 때문이다. 밤나무 옆에는 절구 돌이 높이 쌓여 있었다. 그곳은 옛날에 블라뤼의 터라고 불리었다. 돌무더기는 무엇에 쓰이는지 모르나 30년 전에도 거기에 남아 있었다. 아마 지금도 남아 있을 것이다. 나무 담장도 오래가지만 돌을 쌓아 놓은 것에는 미치지 못한다. 그런데 그곳에는 일시적인 것으로도 중문한네 그리 오래 지탱하도록 돌을 써야 할 이유가 있었을까?

불라트뤼엘은 쾌재를 부르며 나무에서 급히 내려왔다. 실은 거의 미끄러지듯 내려왔다. 함정을 찾았다. 이제는 짐승을 잡기만 하면 되었다. 꿈에 본 그 기막힌 보물은 틀림없이 그곳에 있을 것이다.

그 빈터까지 가는 것은 쉬운 일이 아니었다. 사람이 평소에 지나다니는 오솔길은 심술궂을 만큼 꾸불꾸불해서 족히 15분은 걸렸다. 똑바로 간다면 그 근처는 특히 덤불이 깊고 가시투성이라 아무리 빨리 가도 30분 남짓은 걸렸다. 이것을 몰랐던 게 불라트뤼엘의 실수였다. 그는 일직선으로 가는 편이 좋다고 생각했다. 일직선이란 동경할 만한 가치가 있는 환상이면서도, 사람들을 종종 실패로 안내한다. 덤불이 아무리 깊더라도 불라트뤼엘은 그쪽이 빠른 길이라고 생각했다.

"늑대가 지나가는 리볼리 거리로 가는 게 좋겠군."

그는 말했다.

불라트뤼엘은 평소에는 비스듬한 길을 가는 버릇이 있었는데 이번만은 똑바로 가는 길을 택한 것이 실수였다.

그는 뒤얽힌 덤불 속으로 뛰어들었다. 그러나 호랑가시나무, 가시 돋친 풀, 산사나무, 들장미, 엉겅퀴, 또는 성질 급한 가시덤불과 싸워야 했다. 가는 내내 온몸이 긁혔다. 물이 괴어 있는 웅덩이는 뛰어넘어야 했다. 험난한 길이었다.

결국 거의 40분이나 걸렸다. 온몸이 땀에 푹 젖었고 긁힌 상처로 처참한 꼴이 되었다. 그는 간신히 블라뤼의 빈터에 다다랐다.

빈터에는 아무도 없었다. 불라트뤼엘은 돌무더기 옆을 향해 뛰었다. 돌무더기는 옛날 그대로였다. 누군가 건드린 흔적조차 없었다.

사나이는 숲 속으로 사라졌고 달아나 버린 것이 확실했다. 어디로? 어느 방향으로? 어느 덤불 속으로? 추측하기가 어려웠다.

더욱이 안타까운 것은 돌무더기 뒤, 아연판을 박아 놓은 나무 앞에 방금 파헤친 듯 새로운 흙이 있고, 잊어버린 건지 내버린 건지 알 수 없는 한 자루의 곡괭이와 구덩이 하나가 있었다.

구덩이는 텅 비어 있었다.

"도둑놈!"

불라트뤼엘은 두 주먹을 휘두르면서 외쳤다.

근심에 잠긴 마리우스

마리우스는 오랫동안 거의 죽은 것이나 다름없었다. 몇 주 동안 의식 불명인 채 열이 내리지 않았다. 또한 머리에 상처를 입었을 때의 충격이 원인이 되어 뇌에 큰 부담을 주었다. 위험한 증세가 나타나길 반복했다.

그는 처음 몇 밤 동안 고열로 인하여 헛소리를 많이 했다. 죽어 가는 사람의 안타까운 마음으로 코제트의 이름을 되풀이해 부르곤 했다. 몇 군데 큰 상처 자리도 지극히 위험한 건 마찬가지였다. 큰 상처의 고름은 항상 체내로 흡수되기 쉬운 것이어서, 대기의 상황에 따라 환자를 죽게 하는 수도 있었다. 그래서 날씨가 변할 때마다, 대수롭지 않은 비나 바람에도 의사는 긴장을 놓지 않았다.

"특히 환자를 흥분하지 않게 하도록."

의사는 반복하여 말했다. 그 무렵, 거즈나 붕대를 반창고로 고정하는 방법이 아직 없었으므로 치료는 매우 복잡하고 힘들었다. 니콜레트는 홑이불의 올 하나를 풀어 상처에 박아 넣을 심지를 만들었다. 그녀의 말을 빌면 '천장만큼이나 큰 것'이었다. 염화 세척제와 초산을 썩은 부분에 스며들게 하는 일도 쉽지 않았다. 마리우스가 사경을 헤매는 동안, 질노르망 씨는 손자의 머리맡에 정신 나간 사람처럼 붙어 앉아 있었다. 안타깝게도 마리우스와 마찬가지로 거의 죽어 가는 상태였다.

매일, 때로 하루에 두 번, 문지기는 말했다. 머리가 하얗고 차림새가 훌륭한 신사가 환자의 상태를 물으러 와서는, 치료하는 데 쓰라고 하면서 큰 가제 꾸러미를 놓고 갔다고.

의사는 9월 7일이 되어서야 생명이 위태로운 상태를 무사히 넘겼다고 말했다. 빈사의 몸인 마리우스가 조부의 집으로 옮겨진 지 꼭 네 달이 지난 후였다. 비참한 밤들을 마리우스는 무사히 지나왔다.

마침내 회복기가 왔다. 마리우스는 그래도 두 달여 동안 긴 의자 위에 누워 있어야 했다. 쇄골이 으스러진 데서 오는 증세 때문이었다. 마지막 상처가 좀처럼 아물지 않아 치료를 오래 끌었다. 그것이 환자를 몹시 지치게 만들었다.

오랫동안 병과 싸워 온 기간이 그를 쫓는 관헌의 추적을 따돌릴 수 있게 해 주었다. 프랑스에는 여섯 달이 지나면 들끓던 분노와 공적인 노여움이 슬그머니 사라진다. 게다가 지금의 사회 상태가 그런 현상을 더욱 부추겼다. 누구나 폭동을 저지를 수 있다고 생각했기 때문에 관헌에서는 다소 너그럽게 봐주는 분위기였다.

더구나 부상자를 고발하도록 의사에게 명령을 내린 지스케의 무모한 결정은 일반 여론을 분노하게 만들었다. 그뿐만 아니라 누구보다 먼저 국왕을 격노케 했다. 부상자들은 그 분노 때문에 더욱 잘 숨을 수 있었고 보호될 수 있었다. 그래서 전투 현장에서 체포된 자들을 제외하고 군법회의는 더 이상 혐의자를 찾아내려 하지 않았다.

덕분에 마리우스도 병을 회복하며 지낼 수 있었다.

질노르망 씨는 온갖 불안을 겪었다가 다음에는 온갖 기쁨을 맛보았다. 그는 매일 밤을 환자 곁에서 지내려고 했다. 마리우스의 침대 곁에 자신의 큰 팔걸이의자를 가져다 놓게 했다. 딸에게는 집에 있는 것 중에서 가장 좋은 것으로 거즈며 붕대를 만들라고 지시했다. 질노르망 양은 경험 많고 생각 깊은 여자였다. 그녀는 노인의 말대로 따르는 척하면서 좋은 헝겊은 쓰지 않았다. 거즈를 만드는 데는 바티스트 삼베보다 거친 그로스 면이 좋고, 새 헝겊보다 낡은 헝겊이 더 좋다고 설명해도 질노르망 씨는 알아듣지 못했다.

치료를 할 때 질노르망 양은 자리를 떴지만 질노르망 씨는 환자 곁에서 떨어질 줄을 몰랐다. 썩은 살을 가위로 잘라 낼 때 그는 고통스런 신음소리를 냈다. 질노르망 씨가 늙은 몸을 떨면서 환자에게 탕약 사발을 건네는 것을 볼 때는 눈물겨울 지경이었다. 그는 의사에게 계속 질문을 하면서도 언제나 똑같은 질문만을 되풀이한다는 것을 깨닫지 못했다.

의사가 위험한 고비를 넘겼다고 말해 준 날, 노인은 거의 이성을 잃을 지경이었다. 그는 문지기에게 루이 금화 세 닢을 보너스로 주었다. 밤이 되자 자기 방으로 돌아가 가보트 춤을 추었다. 엄지손가락과 집게손가락으로 캐스터네츠를 울리면서 노래를 불렀다.

잔이 태어난 푸제르는

양치는 처녀의 좋은 잠자리,

나는 좋더라. 그 장난스러운

허리의 치마.

아모르여, 너는 정말 태평스럽게
그녀의 품 안에 파묻혀서
그녀의 눈 속에 화살 통을 감추네,
이 못된 녀석이여!

나는 노래하리. 그녀에게 반해서,
다이아나보다도 사랑스런 잔,
브르타뉴 태생의 저 멋진 젖가슴.

노래를 부르고 난 뒤 그는 의자 위에 무릎을 꿇었다. 바스크는 반쯤 열린 문 뒤에서 그를 염려하며 지켜보고 있었다. 그가 기도를 드리려는 것이라고 생각했다.

그때까지 조부는 신을 믿고 있지 않았다.

환자의 병세가 엷은 종이를 벗겨 가듯 좋아지기 시작했다. 조부는 엉뚱한 짓을 점점 더 많이 했다. 기쁨이 넘치는 무의식적인 행동을 서슴지 않았다. 이유도 없이 계단을 오르락내리락했다. 이웃에 사는 아름다운 부인은 어느 날 아침 커다란 꽃다발을 받고 어리둥절했다. 보낸 사람은 질노르망 씨였다. 부인의 남편이 그 일로 몹시 질투를 한다는 말도 나돌았다. 질노르망 씨는 니콜레트를 무릎 위에 안아 올리려 했다. 마리우스를 남작이라고 부르며 "공화국 만세!"를 외치기도 했다.

그는 쉴 새 없이 의사에게 물었다.

"이젠 위험해질 일은 없겠죠?"

그는 할머니와 같은 눈길로 손자를 지켜보았다. 마리우스가 식사하는 동안에도 잠시 눈을 떼는 법이 없었다. 질노르망 씨는 이제 자신의 일은 상관하지 않았다. 지금은 마리우스가 이 집안의 주인이고 중심이었다. 자신의 지위를 양보할 만큼 그는 기뻐했다.

그 기쁨 속에서 질노르망 씨는 세상에서도 가장 귀한 어린아이가 된 듯했다. 회복기의 환자를 피곤하게 하거나 귀찮게 하는 건 아닌가 싶어 마음을 쓸 때도 뒤로 돌아선 채 웃곤 했다. 만족스러웠고, 즐거웠고, 열중했고, 사랑스러웠고, 매우 젊어진 기분이었다. 얼굴에 띤 기쁨의 빛으로 백발마저도 부드러운 위엄이 서린 듯 보였다. 다정함이 얼굴의 주름살에 섞여들 때 그것은 숭배할 만한 가치를 지닌다. 꽃피는 노년에는 뭔가 알 수 없는 여명의 빛이 있다.

그는 코제트가 어떻게 되었는지 전혀 모르고 있었다. 샹브르리 거리의 사건도 지금은 기억 속 한 조각 구름처럼 되어 버렸다. 파편처럼 떠다니는 기억들이 폭풍을 만난 듯 더욱 혼란스럽게 느껴졌다. 에포닌, 가브로슈, 마뵈프, 테나르디에 일가, 바리케이드의 연기 속에 처참하게 휩쓸려 들어간 모든 친구, 그 모든 것이 알아보기 힘든 그림자가 되어 그의 머릿속에 떠돌고 있었다. 그 유혈 사건 속에 포슐르방 씨의 이상한 등장은 폭풍 속 하나의 수수께끼처럼 남아 있었다. 자신이 살아 있는 데 대해 전혀 이해할 수가 없었다. 어떻게 누구의 도움으로 살아났는지 알 수 없었고 주위 사람들도 모르긴 마찬가지였다. 그가 대답할 수 있었던 말은 밤중에 한 대의 마차에 실려서 피유 뒤 칼베르 거리로 운반되어 온 일뿐이었다. 과거, 현재, 미래, 모든 것은 그에게 막연한 관념의 안개에 싸여 있었다. 그러나 그 안개 속에 움직이지 않는 한 점이 존재했다. 뚜렷하게 고정된 하나의 윤곽이, 화강암으로 만들어진 듯한 무언가가, 하나의 결의가, 하나의 의지가 있었다. 그것은 코제트와 다시 만나겠다는 것이었다. 그에게 있어서 생명의 관념과 코제트의 관념은 일치했다. 그는 마음속으로 둘 중 한 가지만을 선택하지는 않겠다고 결심했다. 누구든 자기에게 억지로 살 것을 강요하는 자에게는, 그것이 조부이든, 운명이든, 지옥이든, 사라진 그의 에덴동산을 되돌려 달라고 요구하리라 결심을 굳혔다.

여러 가지 어려움이 있으리라는 건 스스로도 예상하고 있었다.

여기서 한 가지 분명한 것이 있다. 그것은 조부의 어떠한 걱정이나 애정도 그의 마음을 사로잡지 못하고 감동시키지 못했다는 점이다. 첫째 그는 지나온 일들을 잘 모르고 있었다. 게다가 아직 열에 들뜬 병상의 몽상 속에 놓여 있었다. 그는 조부의 다정한 태도를 보고 자신을 교묘하게 회유하려는 새로운 방법이라고 여겼다. 그는 조부를 쉽사리 믿으려 하지 않았다.

그는 시종일관 냉담함을 유지했다. 조부의 애처롭고 노쇠한 미소는 헛되이 뿌려진 것이었다. 마리우스의 판단은 이러했다. 자신이 잠자코 시키는 대로 따라 하는 동안에는 조부도 잘 대해 줄 것이다. 그러나 일단 코제트에 관한 일이 문제시된다면 조부는 얼굴빛을 바꿀 것이다. 곧장 조부의 진짜 모습이 가면을 벗고 나타날 것이다. 그때야말로 복잡한 일이 생기게 된다. 가정 문제의 재연, 신분의 차이, 한꺼번에 쏟아져 나올 온갖 조롱과 반대, 포쉴르방이나 쿠플르방, 재산, 가난, 궁핍, 불명예, 장차 또 일어날 격렬한 반항과 끝장을 내버릴 거부. 이렇게 판단한 마리우스는 이미 마음을 굳히고 있었다.

게다가 꺼져 가던 생명이 살아남에 따라 옛날의 불만도 되살아났다. 마음의 옛 상처가 다시 벌어져 있었다. 과거를 돌이켜 보면 질노르망 씨와 마리우스 자신 사이에는 여전히 퐁메르시 대령이 버티고 서 있었다. 그는 자기 아버지에 대해 그토록 무정했던 사람에게서 진정한 호의를 기대할 수 없다고 단정했다. 그리고 그가 조부에 대해 완고하게 생각했던 부분도 서서히 되살아났다. 조부는 안타깝고 가슴이 쓰라렸다.

질노르망 씨는 겉으로 드러내지는 못했으나, 마리우스가 집으로 실려 오고 의식을 회복한 지금까지 단 한 번도 자신을 아버지라 부른 적이 없음을 마음에 두고 있었다. 마리우스는 남들처럼 깍듯한 경칭을 사용하진 않았다. 그러나 아버지나 경청을 피하는 교묘한 말투를 썼다. 위기는 확연하게 다가오고 있었다.

마리우스는 잠자코 있을 수만은 없었다. 문제를 터트리기 전에 시험 삼아 트집거리를 찾아보았다. 탐색전인 셈이었다. 어느 날 질노르망 씨는 우연히 신문을 보다 국민의회를 화제에 올렸다. 당통이나 생 쥐스트나 로베스피에르에 대해 왕당파답게 불평했다. 그러자 기회를 잡은 마리우스가 냉큼 대답했다.

"93년에 일한 사람들은 하나같이 큰 인물들이었습니다."

엄숙을 가장한 목소리로 말했다. 노인은 금세 입을 다물어 버렸다. 그날 온종일 아무 말도 하지 않았다.

마리우스는 옛날의 완고하던 조부를 늘 기억하고 있었다. 따라서 조부의 침묵을 뿌리 깊은 노여움이라고 해석했다. 곧 심한 논쟁이 벌어질 것을 예상하며 마음속으로 전투준비를 갖추었다.

만일 거절당하면 붕대를 찢어 버리고 쇄골을 빼고, 남아 있는 상처를 죄다 드러낸 채, 음식물을 모조리 밀어내리라 마음먹었다. 상처는 곧 그의 무기였다. 코제트를 얻든가 아니면 죽든가, 둘 중 하나였다.

그는 환자가 가진 교활한 인내로 좋은 기회가 오길 기다렸다. 그 기회는 왔다.

마리우스의 결심

어느 날, 질노르망 양이 조그만 병과 찻잔을 벽장의 대리석 판 위에 정리하고 있을 때였다. 질노르망 씨는 마리우스에게 몸을 기울여 되도록 다정한 말투로 말을 건넸다.

"마리우스야, 내가 너라면 이제는 생선보다 고기를 먹으련다. 넙치 튀김도 회복기에 좋은 음식이지만 환자가 힘이 더 생기려면 좋은 커틀릿을 먹어야지."

마리우스는 요즘 건강할 때의 체력이 거의 돌아온 것을 느꼈다. 힘을 집중해 자리에서 일어나 불끈 쥔 두 주먹으로 시트 자락을 그러쥐었다. 조부의 얼굴을 똑바로 바라보며 무섭게 말했다.

"그렇게 말씀하시니 한마디 말씀드리고 싶은 일이 있습니다."

"무엇이냐?"

"결혼하고 싶습니다."

"예상한 대로구나."

조부가 말했다. 그리고 웃음을 터뜨렸다.

"네? 알고 계셨다고요?"

"그렇다마다, 알고 있었다. 데려오너라, 네 착한 처녀를 말이다."

마리우스는 그 한마디에 어안이 벙벙해 몸을 떨었다.

질노르망 씨는 말을 이었다.

"그래, 네 귀여운 처녀를 데려오너라. 그 처녀는 매일, 어느 노인을 대신 보내 네 상태를 물으러 온단다. 네가 다친 뒤로 줄곧 울면서 거즈만 만들고 있다. 난 익히 짐작했지. 옴므 아르메 거리 7번지에 살지 않느냐? 그렇지, 바로 알아맞혔지? 그래! 너는 그 처녀를 차지하고 싶단 말이구나, 좋아, 그렇게도 좋으면 데려오너라. 그녀가 너를 사로잡았으니 말이다. 너는 쓸데없는 계략을 세우고 이런 생각을 했겠지.

'저 늙은이에게, 저 섭정 시대와 집정정부 시대를 지낸 미라에게, 저 옛날의 멋쟁이에게 저 제롱트가 된 도랑트에게, 분명하게 말해야겠다. 그도 옛날엔 경솔한 짓을 하기도 하고 정사도 하고 들뜬 여자의 꽁무니도 쫓아다니고, 코제트와 같은 여러 정부를 갖고 있겠지. 멋을 부리고 활개를 치며 봄의 빵을 먹었단 말이다. 자기가 한 짓을 생각나게 해 줘야지.

두고 봐. 이제부터 전쟁이다.'

너는 풍뎅이의 뿔을 잡은 거야. 좋아, 내가 커틀릿을 먹으라고 권하니 실은 결혼을 하고 싶은데요, 하고 말했어. 그게 바로 이야기를 슬그머니 바꾸는 것이지! 너는 좀 다툴 생각이었겠지? 넌 내가 능구렁이라는 것은 몰랐을 게다. 어떠냐, 약이 오르냐? 이 늙은이를 비보 취급하려 들지만 그건 잘못된 생각이지. 내게 말다툼을 걸면 네가 손해야. 변호사 양반, 화가 나는 모양이군. 자아 자, 화낼 것 없어. 네가 원하는 대로 해 주면 아무 불만 없겠지. 이 바보야, 들어 보거라. 나는 다 알아봤지. 이래 봬도 나는 엉큼하니까.

참 귀여운 처녀더구나. 영리해. 창기병 이야기도 거짓말이더라. 거즈를 무더기로 만들어 주었단다. 훌륭해. 너를 아주 많이 사랑하고 있더구나. 만약 네가 죽었다면 죽은 사람이 세 사람이나 될 뻔했어. 처녀의 관이 내 관 뒤에 따라올 뻔했으니까. 나도 네가 회복되고부터는 아예 아가씨를 네 머리맡에 데려다 놓을까 생각했지만 부상당한 미남자의 침대 곁에 젊은 처녀를 느닷없이 데려온다는 건 소설에서나 있을 이야기지. 그렇게 했다라면 네 이모가 뭐라고 했겠느냐? 넌 발가벗고 있을 때가 많았으니 말이다. 니콜레트에게 물어보아라. 여자가 옆에 있을 수 있었겠는지. 그 앤 한시도 네 곁을 떠나지 않았으니까. 게다가 의사는 뭐라고 했는지 아느냐? 아름다운 아가씨가 열을 내리게 하는 약은 아니라고 하더구나.

뭐 어쨌든 이 정도로 하자, 이야기는 끝났어. 이젠 됐다. 그 처녀를 맞도록 해라. 늙은이의 심술은 이제 그만 부리마. 알겠느냐? 난 네가 나를 사랑해 주지 않는 것을 알고 이렇게 생각했지. '이 놈이 나를 좋아하게 하려면 어떻게 하면 좋을까?' 나는 또 생각했다. '그렇다. 내게는 코제트라는 비첵이 있지. 그걸 주자. 그러면 조금은 나를 좋아해 줄지도 모른다. 설사 좋아하진 않더라도 좋아하지 않는 이유라도 말해 줄 것이다.' 그런데 너는 이 늙은이가 호통을 치고 호들갑을 떨며, 반대하고 저 여명과도 같은 아가씨에게 단장을 휘두를 거라고 생각했겠지. 그래서야 되겠느냐? 코제트도 좋고 사랑도 좋다. 나는 그것으로 족하다. 그러니 어서 결혼하여라. 행복하길 바란다. 내 귀여운 자식."

말을 끝내고 난 뒤 노인은 훌쩍거렸다.

노인은 마리우스의 머리를 끌어안고 늙은 가슴에 그를 품었다. 둘 다울기 시작했다. 운다는 것은 더없는 행복의 한 모습이다.

"아버지!"

마리우스는 부르짖었다.

"아아! 그럼 나를 좋아해 주는 거냐?"

노인은 말했다.

그것은 무어라 형언할 수 없는 순간이었다. 그들은 가슴이 벅차올라아무 말도 꺼낼 수 없었다.

이윽고 노인이 입을 떼었다.

"자아! 이젠 됐다. 나를 아버지라고 불렀으니."

마리우스는 조부의 팔에서 머리를 떼고 조용히 말했다.

"하지만 아버지, 이젠 저도 다 나았으니 그녀를 만나도 괜찮을 것 같습니다."

"그것도 안다, 내일 만나 보거라."

"아버지!"

"왜?"

"어째서 오늘은 안 됩니까?"

"그럼 오늘, 오늘로 하자꾸나. 네가 세 번이나 나를 '아버지'라 부른 사례라고 생각해라. 내가 주선해 주마. 네 곁에 데려오도록 하자. 이렇게 될줄 알았어. 시구에도 그렇게 되어 있으니까. 앙드레 셰니에의 〈병든 젊은이〉라는 비가의 끝 구절이다. 93년의 악……. 아니, 큰 인물들에게 목을베인 앙드레 셰니에의 말이다."

질노르망 씨는 마리우스의 눈썹이 살짝 찌푸려진 것을 본 것 같았다. 그러나 사실 마리우스는 황홀경에 빠져 있어 1793년에 관한 일보다 코 제트만 생각하느라고 노인의 말은 개의치 않았다. 그러나 조부는 적당 하지 못한 때에 앙드레 셰니에를 빗댄 데 대해 스스로 놀라 얼른 변명 을 덧붙였다.

"목을 베었다고 하면 안 되겠구나. 사실 말이지, 혁명의 위인들은 분명 히 악인이 아니었어. 사실은 영웅이었지. 영웅이었지만, 앙드레 셰니에 가 좀 거추장스럽다고 생각해서 그를 단두…… . 결국 그 위인들은 열월 (熱月) 7일에 공공의 안녕을 목적으로 앙드레 셰니에에게 부탁해서……."

질노르망 씨는 자신의 말이 목에 걸려 말문이 막혔다. 말을 마칠 수도 고칠 수도 없어서, 딸이 마리우스 뒤에서 베개를 고치고 있는 동안 격 정에 싸여 어쩔 줄 몰라 하며, 늙은 다리를 끌고 침실에서 뛰어나가 문 을 닫았다. 시뻘게진 얼굴로 숨을 헐떡거렸다. 숨이 막혀 입에 거품을 물 고 눈을 부릅뜨고 있다가, 마침 옆방에서 구두를 닦고 있던 정직한 바스 크와 딱 마주쳤다. 그는 바스크의 멱살을 움켜쥐고 미친 듯이 소리쳤다.

"에잇, 빌어먹을, 그 악당 놈들이 죽었단 말이야!"

"누굴 말씀입니까?"

"앙드레 셰니에 말이야!"

"그렇습죠, 나리."

바스크는 놀라서 말했다.

포슐르방 씨가 가지고 온 종이 꾸러미

코제트와 마리우스는 다시 만났다. 그 재회가 어떠했는지 이야기하는 것을 그만두기로 하자. 묘사해선 안 되는 것도 있다. 예를 들어 태양이 그러하다.

코제트가 들어왔을 때, 마리우스의 방에는 바스크며 니콜레트까지 온 집 안 사람들이 모두 모여 있었다. 그녀는 문 앞에 모습을 드러냈다. 마치 후광이 그녀를 감싼 듯한 모습이었다. 마침 그때 조부는 코를 풀려던 참이었다. 그는 갑자기 손을 멈추고 손수건으로 코를 누른 채, 코제트를 보았다.

"오, 훌륭한 처녀 아닌가!"

그는 외쳤다.

그런 후 그는 시끄러운 소리를 내며 코를 풀었다.

코제트는 정신없이 황홀하고 겁이 나 몸이 붕 뜬 느낌이었다. 행복에 사로잡히고도 공포를 느끼고 있었다. 떠듬거리고 파랗게 질리는가 하면 발갛게 익은 얼굴로 마리우스의 품에 숨고 싶었지만 그럴 용기는 없었다. 거기에 있는 사람들 앞에서 사랑의 마음을 들킨 사람처럼 어쩐지 쑥스러웠다. 사람들은 행복한 연인들에 대해서 무자비한 면이 있다. 연인들이 둘만 남기를 간절히 바라는데도 자리를 뜨지 않고 있다. 그러나 알고 보면 두 사람은 타인이 필요하지 않다.

코제트와 동행한 백발노인이 들어왔다. 노인은 장중한 얼굴이었으나 미소를 머금고 있었다. 그러나 그것은 희미하지만 고통스러운 미소였다. 그 노인은 '포슐르방 씨'이면서 장 발장이었다.

그는 문지기가 말했듯이 검은 양복에 흰 넥타이를 매고 있었다. 아주 훌륭한 차림이었다.

이 점잖은 부르주아, 말쑥한 공증인 같은 이 사람이 저 6월 7일 밤, 누더기 차림에다 피와 진흙이 뒤엉긴 얼굴로 기절한 마리우스를 안고 문 앞에 불쑥 나타났던, 그 무시무시한 시체 운반인이라고는 문지기도 미처 생각하지 못했다. 그러나 문지기는 직업적인 데서 오는 미묘한 직감

241

을 느꼈다. 포슐르방 씨가 코제트와 함께 왔을 때, 문지기는 아내의 귀에 대고 소곤거렸다.

"아무래도 전에 본 적이 있는 얼굴이야, 안 그래?"

포슐르방 씨는 마리우스의 방으로 들어와 비켜서듯 문 옆에 서 있었다. 겨드랑이에는 8절판 책처럼 보이는 종이 꾸러미를 끼고 있었다. 포장지는 녹색이 도는 색깔로 곰팡이가 슨 것 같았다.

"저분은 언제나 책을 끼고 다니나 봐?"

책을 좋아하지 않는 질노르망 양은 작은 소리로 니콜레트에게 물었다.

"그렇고말고."

질노르망 씨 역시 낮은 목소리로 대답했다.

"저분은 학자가 틀림없다. 그렇지만 그게 어떻단 말이냐? 전에 잘 알던 블라르 씨 역시 늘 책을 갖고 다니곤 했지. 언제나 저렇게 헌 책을 한 권씩 가슴에 안고 다녔어."

그리고 인사를 하면서 목소리를 높였다.

"트랑슐르방 씨……."

질노르망 씨는 일부러 잘못 부른 것은 아니었다. 남의 이름에 신경 쓰지 않는 게 그에게는 귀족적인 버릇들 중 하나였다.

"트랑슐르방 씨, 나는 내 손자 마리우스 퐁메르시 남작을 위해, 댁의 따님에게 결혼을 청하는 것을 매우 명예롭게 생각합니다."

트랑슐르방 씨는 가벼운 몸짓으로 고개를 숙였다.

"이로써 결정이 났다."

조부가 말했다.

그리고 마리우스와 코제트를 바라보며 두 팔을 벌려 축복했다.

"시로 사랑하는 것을 허락하노라."

이 연인들은 그 말을 두 번씩이나 되풀이하게 하지 않았다. 말하기가 무섭게 그들은 즐거운 듯 자신들의 이야기에 빠져들었다. 마리우스는 안락의자 위에 팔꿈치를 올려놓았다. 코제트는 곁에 서서 작은 목소리로 속삭였다.

"아아! 너무 기뻐요! 이렇게 다시 만나다니. 아, 마리우스! 당신은 전쟁에 나갔죠! 어째서 그랬죠? 무서웠어요. 넉 달 동안 전 죽을 것처럼 고통스러웠어요. 전쟁터에 가신 건 정말이지 심술궂은 결정이었어요. 내가 당신에게 뭘 잘못했나요? 이번만은 용서해 드릴 테니 다시는 그러지 말아 줘요. 아까 우리에게 와 달라는 전갈을 받았을 때, 나는 또 죽는 게 아닌가 걱정했는데 기쁜 일이었군요. 그땐 너무나 슬펐어요! 옷을 갈아입을 겨를도 없었지요. 꼴이 우스운가요? 주름 투성이의 깃 장식을 보고 댁의 어른들은 뭐라 하실까요? 자아, 당신도 뭔가 말씀해 주세요! 저만 이야기하게 내버려 두시는군요. 우리는 내내 옴므 아르메 거리에 있었어요. 당신의 어깨 상처가 너무 심했던 모양이에요. 손이 넘나들 크기의 상처였대요. 게다가 살을 가위로 자르기까지……. 끔찍해요. 난 계속 울기만 해서 눈을 버렸어요. 왜 그렇게 괴로워했던지, 지금 생각하면 우스워요. 할아버지는 무척 좋은 분 같아요! 움직이지 말아요. 팔꿈치를 짚으면 안 돼요. 아직 몸을 조심하셔야 하니까요. 아아! 참, 꿈을 꾸는 것 같아요! 불행은 이제 다 사라져 버렸으니까요! 난 바보인가 봐요. 할 이야기가 무척 많았는데 하나도 생각나지 않거든요. 여전히 나를 사랑하시나요? 우리는 옴므 아므레 거리에 살고 있죠. 정원은 없어요. 난 언제나 거즈를 만들고 있었어요. 보세요. 여길 보세요. 모두 당신 탓이죠. 손가락에 못이 박인 게 보이시나요?"

"나의 천사!"

마리우스가 말했다.

천사라는 말만은 수천 번이라도 더 할 수 있는 말이다. 그 외에 다른 말들은, 연인들이 남발한다면 견딜 수 없을 것이다.

그리고 나서야 주위에 사람들이 있다는 걸 깨닫고 그들은 입을 다물었다. 말없이 그저 다정하게 손을 잡고 있을 뿐이었다. 질노르망 씨는 방 안에 있는 사람들에게 외쳤다.

"자아, 큰 소리로 이야기해요! 무대 뒤에 있는 사람들은 떠들어야지. 자아, 좀 더 떠들어야 한다니까! 이 아이들 둘이 마음 편히 이야기 할 수 있게 말이야."

그리고 마리우스와 코제트에게 다가가 조용히 말했다.

"다정하게 얘기하렴. 사양할 필요는 없단다."

질노르망 이모는 빛이 사그라진 가정에 느닷없이 뛰어든 밝은 기운을 멍하니 지켜보고 있었다. 그 놀라움엔 조그만 가시도 돋쳐 있지 않았다. 그것은 두 마리의 사랑스러운 산비둘기에게 보내는 부엉이의 질투 어린 눈초리가 아니었다. 그것은 쉰일곱 살 죄 없는 늙은 여인의 어리둥절한 눈빛이었다. 사랑의 승리를 지켜보는 허전한 생명이었다.

"어떠냐?"

아버지는 그녀에게 말했다.

"이런 일이 일어날 거라고 진작 얘기했었지."

그는 잠시 침묵했다가 다시 덧붙였다.

"남의 행복도 새겨 두어라."

그리고 난 뒤 그는 코제트 쪽을 향했다.

"정말 예쁘구나! 정말 아름답구나! 그뢰즈의 그림 같이 느껴진단다. 너 는 이제부터 이 아가씨를 온전히 차지하겠구나. 이 녀석! 나하고 경쟁하 지 않아도 되니 행복한 줄 알거라. 만약 내가 15년만 더 젊었다면 칼을 걸고 너와 경쟁을 벌였을 거다. 진짜고말고! 아가씨, 나는 아가씨한테 반 했다. 당연한 일이지. 그것이 아가씨의 권리 아니겠는가. 아이! 이제는 아 름답고, 사랑스럽고, 즐겁고, 귀여운 결혼식을 할 수 있겠구나! 여기 교구 는 생 드니 뒤 생사크르망이지만 생 폴에서 결혼할 수 있게 특별 허가를 받도록 하겠어. 그 교회당이 딱 이야. 제주이트파가 세운 거거든. 그쪽이

더 아름답지. 비라그 추기경의 분수와 마주 서 있어서 말이야. 제주이트
파 건축의 걸작은 나뮈르에 있지. 생 루라고 한단다. 너희들 결혼하면 꼭
그곳에 가 보거라. 여행할 가치가 있는 곳이야. 아가씨, 나는 전적으로 아
가씨 편이라오. 처녀들이 결혼하는 건 좋은 일이고말고. 그러기 위해 태
어난 거 아니겠나. 성 카테리나같이 언제나 그 머리를 빗은 여자를 보고
싶은 생각도 있다만 말이다(스물다섯 살까지 미혼인 것을 '성 카테리나의 머
리를 빗는다.'라고 한다_옮긴이).

처녀로 지내는 것도 좋지만 썰렁한 얘기지. 성서에도 씌어 있잖아. 많
이 낳으라고 말야. 민중을 구하는 데는 잔 다르크가 필요하지만 민중
을 만드는 데는 지고뉴 아주머니만 있으면 돼. 그러니까 모름지기 미인
들은 결혼해야만 해. 정말 처녀로만 있어서 어쩔 것인지 나는 모르겠다
고. 그야 교회에 특별 예배소를 가지고 있으면서 성모회 사람들 이야기
만 하는 사람이 있다는 건 나도 익히 알고 있지. 그러나 훌륭하고 성실
하며 정직한 남편을 맞아 1년 뒤엔 통통한 금발 머리의 아기를 낳고, 그
녀석이 기운차게 젖을 먹고 넓적다리는 살이 쪄서 포동포동하고, 먼동
이 트는 모습처럼 웃으면서 장미꽃잎 같은 작은 손 가득 젖을 움켜쥐
는 그런 모습들이 밤 기도에 촛불을 들고 '상아탑'을 부르는 것보다 훨
씬 낫고말고."

조부는 아흔 살의 발뒤꿈치로 빙그르 한 바퀴 돌고는, 튕기듯이 말을
이었다.

알시프여, 그것이 진실인가? 흐르는 꿈을 막아 버리고 머지않아 네가 결
혼한다니.

"그건 그렇고!"
"뭔가요, 아버지?"

"네게 친한 친구가 있었던가?"

"네, 쿠르페락입니다."

"그 사람은 어찌되었지?"

"죽었습니다."

"그렇다면 알았네."

그는 두 사람 옆에 앉아 코제트도 앉게 한 뒤 그들의 네 손을 부여잡았다.

"정말 이 훌륭한 아가씨는 걸작이다. 이 코제트가 말이야, 아직 어린 처녀인데도 벌써 어엿한 귀부인 테가 흐르는구나. 남작부인으로는 아까울 지경이야. 선천적인 후작부인감이지. 눈썹도 아름답기 그지없구나! 잘 들어라, 너희들은 진실하게 살고 있다는 것을 잘 새겨 둬야 한다. 서로 사랑하거라, 바보가 될 정도로 말이야. 사랑이란 인간의 어리석은 짓이며 신의 지혜이기도 하지. 깊이 사랑하거라. 다만 말이다."

그는 갑자기 얼굴빛이 흐려졌다.

"아, 한 가지 슬픈 일이 있지! 내 재산의 절반 이상은 종신 연금으로 구성되어 있다. 내가 살아 있는 동안은 괜찮다만 내가 죽으면, 20년이 지나면 불쌍하게도 너희들은 무일푼이 되고 말지. 남작부인의 아름다운 손도 살아가기 위해 거칠어지겠구나."

그때 육중한 음성이 들려왔다.

"외프라지 포슐르방 양은 60만 프랑을 가지고 있습니다."

그것은 장 발장의 목소리였다.

그는 그때까지 아무 말도 하지 않았기 때문에 아무도 그기 있다는 사실조차 알아차릴 수 없었다. 그는 행복한 사람들 뒤에 조용히 서 있었다.

"그 외프라지 양이란 누굴 말하는 것이오?"

깜짝 놀란 조부가 물었다.

"저예요."

코제트가 말했다.

"60만 프랑이라니!"

질노르망 씨는 외쳤다.

"아마 1만 사오천 프랑 정도는 거기서 모자랄 수도 있을 겁니다."

장 발장은 말했다.

그는 테이블 위에 질노르망 이모가 책이라고 생각했던 꾸러미를 내려 놓았다. 장 발장은 제 손으로 꾸러미를 풀었다. 그것은 지폐 한 다발이었다. 사람들은 그것을 펼쳐 계산해 보았다. 1천 프랑짜리가 500장, 500프랑짜리가 168장이 있었다. 전부 58만 4천 프랑이었다.

"이건 정말 좋은 책이군."

질노르망 씨는 말했다.

"58만 4천 프랑!"

이모는 웅얼거렸다.

"이제 모든 것이 다 갖춰졌군. 그렇지, 질노르망 양."

조부는 말했다.

"마리우스 녀석, 재력가의 딸을 낚아채다니 굉장한 재주로군! 이쯤되니 너도 젊은 애들의 사랑에 간섭하지 못하겠지? 남학생이 60만 프랑짜리 여학생을 찾아냈으니, 미소년이 로스차일드(18세기 후반부터 19세기 유럽 금융 시장을 석권한 유대계 집안_옮긴이)보다 더 활약한 셈 아닌가."

"58만 4천 프랑!"

질노르망 양은 소리를 낼 수도 없어 우물거렸다.

"58만 4천 프랑! 60만 프랑이나 진배없어."

마리우스와 코제트는 하염없이 서로를 바라보고 있었다. 그들에겐 그런 것들이 머릿속에 들어올 틈이 없었다.

돈을 숲에 맡기다

여기에 길게 설명할 필요도 없이 독자는 이미 알아차렸을 것이다. 장발장은 상마티외 사건 이후 처음 며칠 동안 도망칠 수 있었다. 덕분에 파리에 와서, 몽트뢰유 쉬르메르에서 마들렌 씨 이름으로 번 돈을 라피트 은행에서 적절한 때 찾아낼 수 있었다. 그리고 다시 체포될 것을 예상하여—실제로 곧 체포됐다.—그 전에 몽페르메유의 숲 속 블라뤼의 빈터라고 불리는 장소에 그 돈을 묻어 두었다. 금액은 63만 프랑으로 전부 은행 지폐였다. 부피가 크지 않은 탓에 상자 하나에 다 들어갔다. 다만 상자에 습기가 차지 않도록 하기 위해 떡갈나무 상자에 밤나무 부스러기를 채워 두었다. 그 상자에는 또 하나의 보물인 신부의 촛대도 넣었다. 독자도 기억하듯이 그 촛대는 몽트뢰유 쉬르메르에서 도주할 때 가지고 갔던 것이다. 어느 날 저녁 불라트뤼엘이 발견했던 남자는 바로 장 발장이었다. 그 후 장 발장은 돈이 필요할 때마다 블라뤼의 빈터를 찾아왔다. 그가 종종 집을 비운 것은 그 때문이었다. 마리우스가 회복되는 것을 알았을 때, 그 돈을 사용할 시기가 가까워진 것을 느낀 그는 돈을 가지러 갔다. 불라트뤼엘이 숲 속에서, 저녁이 아닌 새벽에 발견했던 남자도 바로 장 발장이었다. 불라트뤼엘은 곡괭이만 가질 수 있었다.

세어 보니 남은 금액은 58만 4500프랑이었다. 장 발장은 그중 자기를 위해서 500프랑을 떼었다.

'그 뒤는 어찌되겠지.'

그는 생각했다.

이 남아 있는 돈과 라피트 은행에서 찾은 63만 프랑과의 차이는 1823년부터 1833년까지 10년간의 지출이었다. 수도원에 있었던 5년 동안은 5천 프랑만 들었다.

장 발장은 은 촛대 두 개를 벽난로 위에 놓았다. 그 훌륭함에 투생은 반해 버렸다.

더욱이 장 발장은 자신이 자베르에게서 해방된 것을 알고 있었다. 그의 앞에서 사람들이 이야기하는 것을 듣고, 〈모니퇴르〉기관지에서 사실을 확인했다. 그 기사에 의하면 자베르라는 한 경위가 퐁토 샹즈 다리와 퐁 뇌프 다리 사이의 세탁선 밑에서 익사체로 발견되었다는 소식이었다. 그는 상관의 신임도 두터웠던 사람으로, 그가 남기고 간 글을 보면 정신 착란에 의한 자살로 보인다는 것이었다.

'확실히.'

장 발장은 생각했다.

'나를 체포하고서도 놓아준 것을 보면 그때부터 좀 이상해진 건지도 모르지.'

두 노인, 코제트의 행복을 위해 최선을 다하다

결혼 준비는 끝났다. 의사는 2월에 결혼해도 좋다고 허락했다. 앞으로 두 달이 남았다. 행복하고 즐거운 몇 주일이 흘러갔다.

조부도 그녀만큼이나 행복했다. 그는 곧잘 한 시간 동안이나 코제트 앞에 앉아서 그녀를 바라보곤 했다.

"기가 막히게 예쁜 아가씨야!"

그는 소리치는 것이었다.

"게다가 다정하고 친절하기까지…… '사랑스런 아가씨 내 마음이여!' 만으로는 뭔가 부족해. 내 생에 처음 만나는 가장 아름다운 처녀야. 얼마 지나지 않아 제비꽃처럼 향 나는 부덕(婦德)도 갖출 것이다. 정말 우아하기 짝이 없군! 이런 부인과 함께라면 고상하게 살지 않을 순 없지.

그렇지 않냐? 마리우스, 너는 남작에다 부자다. 이젠 변호사 따위 그만두렴, 부탁이다."

코제트와 마리우스는 너무 갑작스러운 변화여서 두 사람 모두 눈앞이 어지러웠다.

"어찌된 영문인지 알겠어?"

마리우스는 코제트에게 물었다.

"몰라요."

코제트는 대답했다.

"다만 하느님께서 우리를 지켜 주시는 것 같아요."

장 발장은 모든 준비를 갖추었다. 어려움을 전부 제거하고, 여러 가지와 타협 짓고 모든 것을 쉽게 만들었다. 그는 코제트 자신과 마찬가지로 열심히 움직였다. 겉으로 보기에 기쁜 듯이 코제트의 행복을 서둘러 준비했다.

그는 시장을 지낸 일 때문에 코제트의 복잡한 신분 문제까지 해결할수 있었다. 그녀의 신원을 직접 밝혔다면 어떻게 되었을까? 일이 틀어졌을지도 몰랐다. 그는 모든 어려움에서 코제트를 구했다. 그녀를 위해 새로운 가계(家系)를 만들어 주었다. 이것은 매우 안전한 방법이었다. 코제트는 모두 죽고 사라진 한 집안의 하나밖에 남지 않은 후손이 되었다. 부연하면 코제트는 그의 딸이 아니라 또 다른 포슐르방의 딸이 된 것이다. 포슐르방이라는 두 형제가 프티 픽퓌스 수도원에서 정원사로 지냈던 적이 있었다. 수도원에 직접 가서 알아본 결과, 그곳에서 중요한 사실들을 많이 얻을 수 있었다. 선량한 수녀들은 신원 문제 따위는 잘 모르는 데다 관심도 두지 않았다. 하물며 거기에 부정한 일이 있나고는 생각지도 않았다. 이런 코제트가 두 포슐르방 가운데 어느 쪽의 딸인지 아무도 알지 못했다. 그녀들은 원하는 대로 답변을 해 주었다. 신분증명서는 곧 만들어졌다. 코제트는 법률상 외프라지 포슐르방이 되었다. 그녀는 부모 없는 고아로 신고되었고, 장 발장은 포슐르방이라는 이름 아래 코제트의 후견인으로 지정되었으며, 질노르망 씨는 후견 감독인으로 지정되었다.

58만 4천 프랑에 대해서는, 이름을 밝히기를 원하지 않는 어떤 고인 (故人)이 코제트에게 물려준 유산인 것으로 했다. 맨 처음 유산은 59만 4천 프랑이었으나 그중 1만 프랑은 수도원에 지불된 5천 프랑까지 포함하여 외프라지 앙의 교육비로 사용했다. 그 유산은 제삼자의 손에 맡겨져서 코제트가 성년이 되든가 또는 결혼할 때 돌려주기로 되어 있었다. 이런 일은 거금인 만큼 누가 보더라도 지극히 당연했다. 물론 몇 가지 이상한 점도 있었지만 아무도 그것을 생각하지 못했다. 이해관계가 있는 사람 중 한 사람은 사랑에 빠졌다. 다른 사람들은 60만 프랑에 마음이 빼앗겨 있었다.

코제트는 자기가, 오랫동안 아버지라고 불렀던 그 노인의 딸이 아니라는 말을 들었다. 노인은 그저 친척일 뿐이었다. 또 한 사람의 포슐르방이 그녀의 친아버지였다. 다른 경우였다면 이런 사실은 그녀를 슬프게 했을 것이다. 그러나 엄청난 행복에 둘러싸여 있는 지금, 그것은 조그마한 그림자, 흘러가는 구름에 불과했다. 그녀에게는 마리우스가 있었다. 청년이 오고, 노인은 자취를 감추었다. 인생의 자연스러운 모습인 것이다.

게다가 코제트는 여러 해가 지나는 동안, 주위에서 수수께끼 같은 일을 늘 보아 왔다. 이상한 유년기를 보낸 사람 특유의 어떤 체념 같은 것이 존재했다. 그래도 그녀는 장 발장을 '아버지'라고 부르기를 멈추지 않았다.

코제트는 기쁨에 넘쳐 있었지만, 질노르망 노인에게도 감격하고 있었다. 사실 노인은 줄곧 좋은 말과 선물을 안겨 주었다. 장 발장이 코제트를 위해 사회적인 적당한 지위와 어엿한 신분을 만들어 주고 있는 동안, 질노르망 씨는 결혼 선물에 매달렸다. 웅장하고 화려한 것들은 그를 즐겁게 해 주었다. 그는 자기 조모로부터 전해 내려온 뱅슈산 레이스로 만든 드레스까지 코제트에게 주었다.

"이런 유행은 다시 돌아오고 말지."

그는 말했다.

"옛날 것이 크게 유행하여 내 만년의 젊은 처녀들이 내가 어렸을 때와 같은 옷을 입는 거야."

그는 오랫동안 열지 않았던 장롱을 열었다. 코로망델산 옻칠을 하고 가운데가 불룩한 좋은 장롱이었다.

"이 미망인들의 이야기를 들어 보기로 할까?"

그는 말했다.

"뱃속에 무엇을 넣어 두고 있는가 어디 보자."

그리고 자신의 여러 아내와 정부, 조모들의 멋진 물건들이 가득 찬 서랍을 뒤적거렸다. 베이징 비단, 다마스커스산의 꽃무늬 비단, 므와레, 투르산의 불꽃 모양의 비단 드레스, 세탁하면 때가 잘 빠지는 금실로 수놓은 인도산 손수건, 앞뒤가 없는 꽃무늬 천, 제노아와 알랑송산 레이스, 오래된 금은 세공의 장신구, 섬세한 전쟁 그림으로 장식된 상아 과자함, 부속 장식품, 리본, 그는 아낌없이 코제트에게 주었다. 감탄한 코제트는 마리우스에 대한 사랑에 취하고 질노르망 씨에 대한 감사의 마음으로 어찌할 바를 몰랐다. 비단과 벨벳을 감은 끝없는 행복을 꿈꿨다. 천사들이 결혼 선물을 바치는 듯한 기분이었다. 그녀의 영혼은 말린산 레이스의 날개를 펴고 푸른 하늘 위로 날아올랐다.

연인들의 황홀한 마음에 못지않은 것이 조부의 황홀감이었다. 피유 뒤 칼베르 거리는 마치 악대의 음악이 울려 퍼지는 듯했다. 매일 아침 조부는 어떤 골동품이든 코제트에게 보냈다. 온갖 장신구가 그녀의 주위에서 찬란하게 빛을 발했다.

행복에 젖으면서도 진지한 이야기를 즐겨 하던 마리우스는 어느 날 이렇게 말했다.

"혁명가들은 정말 위대합니다. 카토이나 포시온처럼 여러 세기에 미치는 영향을 갖추어서 한 사람 한 사람이 고대의 기념물처럼 생각됩니다."

"고대의 비단!(마리우스의 말을 일부러 잘못 들은 척함_옮긴이)"

노인이 외쳤다.

"고맙구나, 마리우스. 바로 내가 찾고 있던 거야."

잠시 후 갈색의 고대 비단으로 만든 훌륭한 드레스가 코제트의 결혼 선물 목록에 추가되었다. 조부는 그 의상들에서 교훈을 끌어냈다.

"연애는 좋은 것이지. 그러나 거기에는 소품이 필요해. 행복에는 쓸데없는 것이 필요하단다. 행복 그 자체는 필수품이야. 그러니 전혀 소용없는 것들로 맛을 내는 거야. 궁전과 마음. 마음과 루브르 미술관. 마음과 베르사유의 대분수. 양치는 여자와 결혼하면 공작 부인으로 만들어 줘야 해. 꽃을 꽂은 필리스를 차지했으면 10만 프랑의 연금을 붙여 줘야 하고, 대리석 복도 아래 한없이 넓은 전원 풍경을 선사해야 하지. 목가적인 풍경도 좋고 대리석과 황금의 꿈같은 경치도 괜찮지. 메마른 행복은 메마른 빵과 같은 거야. 먹을 수는 있되 맛있는 음식은 될 수 없지. 필요 이상의 것, 소용없는 것, 하찮은 것, 너무 많은 것, 아무 짝에도 쓸 수 없는 것, 난 그런 게 좋구나.

나는 스트라스부르 대성당에서 4층 건물 높이의 큰 시계를 본 적이 있단다. 그 시계는 친절하게 시간을 알려 주었지만, 그것만을 위해서 만들어진 건 아닐 테지. 그 시계는 태양의 시간인 정오나, 사랑의 시간인 자정이나, 그 밖의 어떤 시간에도 종을 울린 뒤 여러 가지를 내보였다. 달과 별, 육지와 바다, 새와 물고기, 페뷔스와 페베, 게다가 벽이 움푹 파인 곳에서 나오는 많은 것들, 열두 사도, 황제 카를 5세, 에포닌과 사비누스, 거기에다 나팔을 부는 금빛 꼬마들까지 많이 나왔다.

또 그때마다 공중에 퍼지는 종소리는 어쩐지 감흥을 주었지. 다만 시간을 가르쳐 줄 뿐인 하찮은 시계가 그것과 비교될 수 있을까? 나는 스

253

트라스부르의 큰 시계 편이다. 슈바르츠발트의 뻐꾸기 울음소리를 내는 자명종보다 훨씬 낫지."

질노르망 씨는 특히 결혼식에 대해 지나친 참견을 하며 18세기 풍속을 들어 열정적인 찬미를 멈추지 않았다.

"너희들은 의식을 거행할 줄 모르는 게 분명해. 요즘 사람들은 기쁨의 날을 어떻게 보내야 하는지 모른다고."

그가 외쳤다.

"너희들의 19세기는 너무 연약해. 도대체 분에 넘치는 걸 모르지. 부자도 몰라보고 귀족도 몰라보는 철부지에 불과하단 말이야. 이른바 너희들의 제3계급이란 맛도 색깔도 냄새도 형태도 없는 것이지. 중류 시민계급들이 가정을 꾸미려는 몽상은 자신들도 인정하듯 새 자단(紫檀)이나 화려한 문양의 천으로 꾸민 그리 넓지 않은 화장실 정도에 불과할 뿐이야. 자, 나란히 서세요. 검약 군과 절약 양이 결혼하겠습니다, 하는 꼴이지. 그러한 사치와 화려함이라면 루이 금화를 양초에 한 닢 겨우 붙이는 것과 별 차이가 없지. 19세기란 그런 시대야. 나는 발트해 너머로 달아나고 싶을 정도다. 이미 1787년부터 모든 것이 허망해질 거라고 예언하지 않았느냐? 모든 게 끝난 거라고 말이야. 로앙 공작이나 레옹 대공, 샤보 공작, 몽바종 공작, 수비즈 후작, 프랑스의 대귀족 투아르 자작이 낡은 마차를 타고 롱샹 경마장으로 가는 것을 본 날에 말이다! 예언 그대로 된 거지.

금세기에는 누구나가 장사를 하고, 투기를 하고, 돈을 벌고, 인색하게 굴면서 겉으로만 번지르르하게 가꾸지. 정성껏 멋을 부리고, 씻고, 비누질을 하고, 때를 벗겨 내고, 수염을 깎고, 머리를 빗고, 구두를 솔질하여, 겉만 깨끗하게 하고, 조약돌처럼 반들반들하고 조심성이 있고, 깨끗해 보이지만, 한 꺼풀 벗기면, 쳇! 손으로 코를 푸는 마부조차도 뒷걸음치게 만들만큼 거름 구덩이나 수채 구멍 같은 마음을 갖고 있지. 나는 이 시대에 더러운 청결이라는 표어를 붙여 주고 싶구나. 마리우스, 화내지 마

254

라. 조금만 더 이야기하게 해 주렴. 민중을 헐뜯자는 게 아냐. 네 민중에게는 충심으로 경의를 품고 있다만, 중류 계급의 시민을 약간 변죽을 울리는 것도 나쁘지 않아. 나도 중류 계급이다. 진실로 사랑하는 자가 매질하는 법이지.

그래서 나는 단언컨대, 오늘날의 사람들은 결혼하는 방법을 몰라. 정말 옛날 풍습이 그립다. 모든 것이 그립다고. 그 우아함, 기사도가 밴 행동, 정중하고 다정스러운 태도, 누구나가 지녔던 그 즐거운 일들, 혼례에는 음악이 꼭 있었지. 교향곡에서 북치기에 이르기까지, 그리고 무도회가 있었지. 테이블에 앉은 즐거운 얼굴들, 말할 수 없이 달콤한 사랑의 노래, 가요, 불꽃, 꾸밈없는 웃음, 농담, 커다랗게 묶은 리본, 그리고 신부의 양말대님까지 그립다. 신부의 양말대님은 비너스의 허리띠와 사촌이지.

트로이 전쟁이 왜 일어났을까? 그래, 헬레네의 양말대님에서 시작되었지. 어째서 그들은 싸웠지? 어째서 신과도 같은 디오메데스는 메리오네스가 머리에 쓴 열 개의 뿔이 달린 커다란 청동 투구를 때려 부쉈을까? 어째서 아킬레우스와 헥토르는 창으로 서로 찔렀을까? 다른 게 아니야, 헬레네의 양말대님에 파리스가 손을 댔기 때문이지. 양말대님을 소재로 호메로스는 《일리아드》를 쓴 거다. 시 속에 수다쟁이 늙은이를 넣어서, 그걸 네스토르라고 이름 붙인 거야.

옛날엔, 그 사랑스럽던 옛날에는 사람들이 현명한 방법으로 결혼했지. 멋지게 계약한 다음 어마어마한 잔치를 베풀었어. 퀴자스가 나가자 곧 가마슈가 들어왔지. 그런 거라고! 위란 놈은 유쾌한 놈이라 자기 몫을 요구하고 자기도 혼례에 참견하고 싶어 한단 말이다. 모두 잘 먹고, 테이블에서는 가슴장식을 떼버리고 적당히 깃을 벌린 미인과 나란히 앉았었지. 아아! 모든 사람이 흥겹게 웃던 그 시대는 무척 즐거웠지!

청춘은 꽃다발과 같았지. 젊은 사나이들은 모두 하나의 라일락 가지, 한 다발의 장미꽃이 되었지. 군인들까지 양치는 목동이었다. 설사 용기병 대장이더라도 사람들이 플로리앙이라고 부르는 재간을 발휘했었다. 모두 옷차림을 존중했어. 수놓은 옷이나 빨간 비단으로 차려 입었지. 부르주아는 꽃 같고, 후작은 보석 같았지. 구두 밑으로 돌려 매는 끈을 쓰거나, 장화를 신거나 하지는 않았다. 화려하고 광택이 나는 비단이나 황갈색 옷을 입고, 경쾌하고 정갈하고 요염했지. 그리고 허리에는 칼을 차고 있었다. 벌새가 부리와 발톱을 갖고 있듯 말이다. '우아한 남빛' 시대였다. 18세기의 어떤 면은 섬세하고 어떤 면은 장대했다. 그리고 그야말로 즐겁게 놀았지.

지금은 모두가 너무 점잖아. 부르주아는 인색하고 가면까지 쓰고 있어. 너희들의 세기는 불행해. 목 언저리를 너무 내놓았다고 해서 미의 여신들까지 쫓아내려 한다고. 추악한 것과 함께 아름다움까지도 숨기려 들지. 혁명 뒤에는, 누구나 다 바지를 입고 있어. 춤추는 계집들까지도. 여자 광대도 점잖고, 리고동 춤도 거드름을 피우고 있지. 위엄 있는 체해야만 한다. 레이스 깃 속에 턱을 묻고 있지 않으면 모두 언짢아해. 결혼하는 스무 살 난 젊은 애송이의 이상은, 루아예 콜라르가 되는 것이다.

그러한 위엄이 도달하는 곳이 어딘지 알고 있느냐? 쩨쩨한 사람이 될 뿐이야. 잘 알아 두어라. 쾌락이란 그저 즐거운 것만이 아니다. 그것은 위대한 거지. 그러니까 사랑도 즐겁게 하라는 거다! 결혼을 하는 데는 행복의 열정과 맹목과 법석과 요란함을 꺼내어 떠들썩하게 해야 한다! 교회에서 점잔을 빼는 건 좋다. 그러나 미사가 끝난 뒤에는, 신부 주위에 꿈의 소용돌이를 일으켜 주어야 하지.

결혼은 무게 있고 침착하면서도 꿈이 있어야 해. 랭스의 대성당에서 상틀루 탑까지 의식의 행렬을 해야 한단 말이다. 넋 빠진 결혼 같은 건 생각하기도 싫다. 제기랄! 적어도 그날만은 올림포스 산에 올라간 기분이어야 해. 모든 신이 되는 거야. 아아! 모두 공기의 정(精)이나 기쁨의 신이나 웃음의 신이나 알렉산드르 대왕의 은으로 만든 정병이 되는 거야. 애야, 갓 결혼한 사람은 모두 알도부란디니 대공 같아야 한다. 평생에 단 한 번뿐인 그때를 놓치지 말고, 백조나 독수리와 함께 가장 높은 천상으로 날아가거라. 이튿날을 검소하게 하여 찬란한 결혼의 빛을 깎아서는 안 된다. 아름다운 날에 인색하지 말거라. 결혼은 살림살이가 아니다. 아아! 내 꿈대로 할 수 있다면 좋을 텐데. 숲 속에서 바이올린 소리를 들려주는 거야. 내 계획은 하늘의 푸른빛과 은빛이다. 의식에는 전원의 신들도 한자리에 넣어 주고, 숲의 요정이나 바다의 요정도 초대하는 거지. 암피트리테의 혼례, 장밋빛 구름, 머리를 곱게 빗은 발가벗은 님프들, 여신들에게 4행시를 바치는 아카데미 회원, 바다의 괴물들이 끄는 마차.

트리톤이 앞장서서 소라고둥 부는
황홀한 그 소리에 모두 넋을 잃었네.

이것이 의식의 절차다. 의식 절차의 하나야. 이게 아니라면 나는 단연코 아무것도 몰라!"

조부가 서정적인 기분에 취해 스스로의 말에 넋을 잃고 있는 사이, 코제트와 마리우스는 마음껏 얼굴을 서로 마주 보며 눈빛을 나누었다.

질노르망 이모는 이런 모습을 당황스럽게 여기지 않았다. 평온한 태도로 바라보고 있었다. 그녀는 최근 오륙 개월 사이에 제법 감동을 느꼈다. 마리우스가 돌아온 것, 마리우스가 피투성이로 실려 온 것, 마리우스가 바리케이드에서 간신히 운반되어 온 것, 죽어 가던 마리우스가 살아난 것, 조부와 화해한 것, 약혼, 가난한 처녀와 결혼한다는 것, 큰 부자의 딸과 결혼한다는 것, 그리고 60만 프랑이 그녀에게는 결정적인 놀라움이었다. 그러던 것도 잠시, 다시 최초의 성체배수를 하던 때와 비슷한 무관심으로 돌아왔다. 그녀는 규칙적으로 어김없이 교회 예식에 참례하고 묵주를 굴리고, 기도서를 읽었다. 집 안 한쪽에선 '당신을 사랑하오.'란 말을 속삭이는 동안 다른 한쪽에선 '아베 마리아'를 속삭였다. 마치 그림자처럼 마리우스와 코제트를 보고 있었다.

타성적인 금욕 생활이 반복하다 보면 영혼은 마비되고 중화되어, 흔히들 세상살이라고 하는 것에 무관심해지며, 지진이나 큰 재해가 일어나지 않는 한, 인간다운 감동은 아무것도 받을 수 없게 된다.

"그런 신앙심은."

질노르망 노인은 딸에게 말하곤 했다.

"코감기와 같다. 너는 인생의 냄새를 맡지 못하는 게야. 나쁜 냄새도 그렇거니와 좋은 냄새도 분별해 낼 수 없지."

더구나 60만 프랑이라는 돈이 노처녀의 마음에 아무래도 상관없다는 생각이 들게 했다. 아버지는 그녀에게 거의 관심을 두지 않았기 때문에 마리우스의 결혼 승낙에 관해서도 그녀와 의논하지 않았다. 그는 성급하게 행동해서 노예가 된 전제군주처럼, 오직 한 가지, 마리우스를 만족시키려는 것만 생각했다. 마리우스가 이모에 대해서는, 이모가 존재하고 있는지 이모에게도 어떤 의견이 있는지조차 생각 하지 않는 것 같아서, 지극히 온순한 그녀도 화가 나 있었다. 마음속에 망설임이 있었으나 겉으로는 태연하게 그녀는 스스로에게 말했다.

"아버지는 내게 의사를 묻지도 않고 결혼 문제를 결정했으니, 나도 혼자서 상속 문제를 결정해야겠어."

사실, 그녀에게 재산이 있었고 아버지에게는 없었다.

그래서 그녀는 자신의 결심을 굳혔다. 만약 신혼부부가 가난하다면 가난한 대로 내버려 두자. 조카에게는 안된 일이지만! 가난한 처녀와 결혼하면 자기도 가난해지는 게 당연한 게 아닌가. 그러나 코제트가 가지고 있는 100만 프랑의 반이 넘는 돈은 이모의 마음에 들었고, 이 한 쌍의 연인에 대한 그녀의 결심을 바꾸어 놓았다. 60만 프랑의 위력은 대단했다. 젊은 그들에게 돈 걱정이 없어진 현재, 자기의 재산을 그들에게 남겨 줄 수밖에 없다는 건 자명한 일이었다.

　신혼부부는 조부의 집에서 살게 되었다. 질노르망 씨는 집에서 가장 아름다운 자기의 방을 그들에게 주겠다고 고집 피웠다.

　"그렇게 하면 나도 젊어지니까."

　그는 말했다.

　"그전부터 그러려고 했어. 난 언제나 내 방에서 결혼식을 올리고 싶었지."

　그는 그 방을 세련되고 매력 있는 갖가지 골동품으로 장식했다. 천장이나 벽은 진기한 직물로 꾸몄다. 유트레히트산이라고 믿고 있는 긴 한 필을 몽땅 가지고 있는데 미나리아재비빛 새틴 바탕에 앵초색 벨벳 같은 꽃무늬가 있었다. 그는 말했다.

　"이것하고 똑같은 직물이 로슈 기용에 있는 앙빌 공작부인의 침대 휘장으로 장식되어 있었지."

　벽난로 위에는 발가벗은 배 위에 머프를 안고 있는 색소니 인형을 놓았다.

　질노르망 씨의 서재는 마리우스가 갖고 싶어 하던 변호사 사무실이 되었다. 변호사를 하려면 사무실 하나쯤 가지고 있어야 조합 평의회로부터 인정을 받을 수 있었기 때문이었다.

행복 속의 망상

　연인들은 매일 만남을 가졌다. 코제트는 포슐르방 씨와 함께 방문했다.

　"이건 완전히 거꾸로야."

　질노르망 양은 말했다.

"이렇게 신부 쪽에서 달콤한 소리를 들으려고 남자 집으로 오다니."

그러나 그것은 마리우스의 회복기부터 시작된 습관이었다. 또 끼유 뒤 칼베르 거리의 안락의자가 옴므 아므레 거리의 짚 의자보다 마주 앉기에 적당했기 때문에 생겨난 습관이었다. 마리우스는 포슐르방 씨와도 대면했지만 말을 주고받지는 않았다. 마치 저절로 생겨난 묵계와 같았다. 처녀란 곁에 함께 있는 사람이 필요하다. 코제트는 포슐르방 씨 없이는 편안히 오지 못했을 것이다. 마리우스에게는 코제트가 있어서 포슐르방 씨도 있는 것이다. 어쨌든 마리우스는 매번 포슐르방을 반갑게 맞이했다. 이러한 만남이 되풀이되자 그들은 세상 사람들의 보편적인 운명의 개선이란 차원에서 정치적인 이야기를 꺼내기도 했다. 물론 세세한 부분을 모두 언급하진 않고 막연하게 화제로 삼았다.

"네." 혹은 "아니요."라는 대답보다 좀 더 많은 이야기를 주고받을 때도 있었다.

그러다 교육에 관한 이야기가 나왔다. 마리우스가 무료로 의무교육제를 실시하여 여러 가지 형식을 갖춘 뒤 만인에게 고루 기회를 주어, 민중 전체가 흡수할 수 있도록 해야 한다는 평소 지론을 이야기했다. 그러자 두 사람은 의견이 맞아서 갑자기 친밀한 사이처럼 이야기를 나누었다. 마리우스는 포슐르방 씨가 말을 잘하고, 어느 정도 고상한 말씨를 구사하는 것을 알았다. 그러나 그에게는 어딘지 모르게 부족한 면이 있었다. 포슐르방 씨는 보통 사람에 비해 무언가가 모자라는 반면 무인가가 넘치는 면도 갖고 있었다.

마리우스는 마음속으로, 친절하지만 냉랭한 포슐르방이라는 사람에게, 남모르는 의문을 품고 있었다. 때로는 자기 자신의 기억을 의심한 적도 있었다. 그의 기억에는 하나의 구멍이, 넉 달 동안 죽음의 괴로움을 겪으며 생겨난 깊은 심연이 있었다. 많은 일들이 그 속으로 사라져 갔다. 그래서 마리우스는 포슐르방 씨를, 이렇게나 근엄하고 침착한 사람을, 바리케이드 속에서 과연 똑똑히 보았는지 어떤지 의심스러워지곤 하는 것이었다.

게다가 나타났다가는 사라지는 과거의 그림자가 그의 뇌리에 남겨 둔 혼미함은 그것뿐만이 아니었다. 행복하고 모든 것이 만족스러운 때에도 문득 우수에 사로잡혔다. 그럴 때면 지난날을 되돌아보곤 했다. 집 요하도록 기억에 고뇌가 달라붙어 떨어지지 않았다. 사라진 지평선 쪽을 되돌아볼 줄 모르는 머리에는 사상도 없고, 사랑도 없다. 이따금 마리 우스는 얼굴을 두 손으로 싸안을 때가 있었다. 그때 어기렇고 어슴푸레한 과거가 머릿속의 희미한 빛 속을 지나가는 것이었다. 눈에는 마뵈프가 쓰러지는 것이 다시 보이고, 귀에는 가브로슈가 산탄 밑에서 노래하는 소리가 들리고, 입술에는 에포닌의 이마에 느껴졌던 차가움이 되살아났다. 앙졸라, 쿠르페락, 장 프로베르, 콩브페르, 보쉬에, 그랑테르, 친구들은 모두 그의 앞에 나타났다가는 사라져 갔다. 그립고도 슬픈 비극적인 사람들, 그들은 모두 꿈이었던 것일까? 현실에 존재하기나 했던 것일까? 폭동이 모든 것을 대포 연기 속에 몰아넣어 버린 것이다. 그러한 생각들은 커다란 망상을 내포하고 있었다. 사라져 간 모든 현실에 현기증을 느꼈다. 그는 스스로에게 물었다. 도대체 그들은 어디에 있는 것일까? 모두가 죽었다는 게 정말일까? 자기 하나만을 남겨 놓고 모두가 암흑 속으로 떨어져 버리고 말았다. 모든 것이 마치 연극 무대의 막 뒤로 사라져 버린 듯했다. 인생에 존재하는 막이 내려지는 순간, 신은 다음 장면으로 사라져 간다.

그리고 마리우스 자신은 달라지지 않았다고 확신할 수 있을까? 그는 가난했는데 부유해졌다. 고독했는데 가정을 갖게 되었다. 절망했는데 코제트와 결혼하게 되었다. 마치 무덤 속을 헤쳐 나온 것처럼 생각되었다. 그리고 그 무덤에 다른 사람들은 남겨진 것이다. 어떤 때에는, 그들 과거의 사람들이 모두 유령이 되어 나타나 그를 둘러쌌다. 그는 우울해지곤 했다. 그럴 때 마리우스는 코제트를 생각하고 밝은 마음을 찾아내는 것이었다. 그 충만한 행복만이 파국의 자리를 씻어 낼 수 있었다.

포슐르방 씨는 사라진 사람들 중 한 사람이라고 해도 과언이 아니었다. 바리케이드에 있던 그 포슐르방이 지금 뼈와 살을 가진 모습으로 코제트 옆에 점잖게 앉아 있는 이 포슐르방이라고는 도저히 믿어지지 않았다. 몇 시간 동안 정신착란을 일으켰던 사이에 나타났다가 사라진 악몽 중의 하나처럼 느껴졌다. 그러나 두 사람 다 완고하고 남과 어울리지 않는 성격이었기 때문에 마리우스가 포슐르방 씨에게 질문할 수는 없었다. 물으려고 생각조차 하지 않았다. 두 사람 사이의 묘한 입장에 대해서는 이미 말했다.

두 인간이 하나의 공통된 비밀을 갖고 있으면서 일종의 묵계에 따라 그 문제에 관해서는 한 마디 말도 주고받지 않는 일은, 세상에 그리 드문 일이 아니다. 단 한 번 마리우스는 은근히 떠보았다. 그는 이야기 속에 샹브르리 거리에 관한 것을 언급하며 포슐르방 씨를 향해 몸을 돌렸다.

"당신은 그 거리를 잘 알고 계시죠?"

"어느 거리 말씀인가요?"

"샹브르리 거리 말입니다."

"그런 이름에 대해서는 아무것도 생각나는 게 없군요."

포슐르방 씨는 아주 자연스러운 태도로 대답했다.

이 대답은 거리의 이름에 관해 초점을 맞춘 것이었고 거리 그 자체에 관한 대답은 아니었으나, 그래도 마리우스는 잘 이해한 것 같은 느낌이 들었다.

그는 생각했다.

"나는 꿈을 꾼 게 맞아. 착각이었던 거야. 누군가 몹시 비슷한 사람이 있었겠지. 포슐르방 씨는 그곳에 있지 않았어."

사라진 남자들

기쁨이 참으로 컸다. 그러나 마리우스의 마음 한구석을 괴롭히는 다른 근심을 사라지게 하지는 못했다. 결혼 준비가 진행되었고 정해진 날을 기다렸다. 한편 그는 사람을 써서 과거의 사실을 알아내려 준비했다.

그는 많은 사람들에게 은혜를 입었다. 아버지로부터도 은혜를 입었고 자기 자신으로 인해서도 은혜를 입었다. 우선 테나르디에가 있었다. 그리고 마리우스를 질노르망 씨의 집에 실어다 준 미지의 남자가 있었다. 마리우스는 그 두 사람을 잊지 않을 작정이었다. 마음의 빚을 갚지 않고는 의무에서 벗어나기 어려웠다. 찬란하게 빛날 자신의 생활 아래 그늘이 생길 것도 두려웠다. 그는 무슨 일이 있더라도 그들을 찾아내야 한다고 결심했다. 그는 과거를 청산할 마음을 먹은 것이다.

테나르디에는 악인이었다. 그러나 그는 퐁메르시 대령을 구했다. 테나르디에가 세상 사람들에게는 악한이었지만 마리우스에게는 그렇지 않았다. 그러나 선행을 한 사실만으로 악인의 멍에가 감해지는 것은 아니었다. 마리우스는 워털루 전투의 실제 상황을 몰랐기 때문에 자기 아버지가 테나르디에에 대해, 생명의 은인이긴 하나 감사할 필요는 없다는 묘한 입장에 놓여 있는 그 전말도 알지 못했다.

마리우스는 여러 모로 알아보았지만 아무도 테나르디에의 행방을 알아내지 못했다. 종적이 묘연했다. 테나르디에의 아내는 예심 중에 감옥에서 죽었다. 테나르디에와 딸인 아젤마만이 그 집안에서 살아남은 식구였는데 그 두 사람도 행방이 묘연했다. 심연은 너무도 고요하여 그곳에 어떤 흔적들이 존재하는지 알려 주지 않는다. 수면의 파문을 통해 추를 내릴 만한 실마리조차도 보여 주지 않는 것이다.

테나르디에의 아내는 죽고, 불라트뤼엘은 불기소 처분되었다. 클라크수는 자취를 감추어 버렸다. 주요한 피고인들은 탈옥했기 때문에 고르보 저택 잠복 사건의 재판은 흐지부지 중단되었다. 중죄 재판소는 두 명의 공범자를 처벌하게 된 것으로 만족해야만 했다. 즉 팡쇼, 일명 프랭타니에 또는 비그르나유로 불리는 범인과 드미 리야르, 일명 드밀리야르라고 하는 이 둘은 심리(審理)에서 징역 10년 형에 처해졌다. 탈주한 공범들에 대해서는 결석재판으로 종신징역의 판결이 내려졌다. 두목이며 주모자인 테나르디에는 역시 결석재판에 의해서 사형이 선고되었다. 이 판결이 테나르디에에 관해서 남은 유일한 정보였다. 이 판결은 다시 체포될 공포 때문에 테나르디에를 심연의 바닥 깊숙이 몰아넣어, 그를 에워싼 어둠을 한층 더 짙게 만들었다.

또 한 사람, 마리우스를 구한 미지의 남자에 관해서는 처음엔 다소 탐색한 성과가 나타났다. 그러나 얼마 가지 않아 딱 막혀 버렸다. 6월 6일 밤, 마리우스를 피유 뒤 칼베르 거리에 실어 준 역마차를 찾아낼 수는 있었다. 마부의 이야기로는 6월 6일, 샹젤리제의 강둑 대하수도의 출구 위에서, 한 경관의 명령으로 오후 3시부터 밤까지 마차를 대기해 두었다고 한다. 밤 9시경, 강가에 면한 하수도 창살문이 열렸다. 그곳에서 한 남자가 나왔는데, 이미 죽은 것처럼 보이는 한 남자를 어깨에 짊어지고 있었다. 그곳을 감시하고 있던 경관은 남자를 체포했다. 경관의 명령으로 마부는 '그 사람들'을 마차에 태웠다.

우선 피유 뒤 칼베르 거리에 갔다. 그곳에서 죽은 남자를 내렸다. 그때 죽은 남자란 마리우스를 말하는데 사실은 살아 있었던 것이다. 마부는 그를 똑똑히 기억하고 있었다. 그러고 나서 남은 사람은 다시 마차에 탔다. 그는 말에 채찍질을 하며 달렸다. 아르시브 입구 몇 걸음 앞에서 서라는 소리에 마차를 세운 뒤 그는 돈을 받고 돌아갔다. 경관은 그 남자를 어디론가 끌고 갔다. 그 뒤의 일은 아무것도 모른다. 그날 밤은 유난히 검은 밤이었다.

이미 말했듯이 마리우스는 아무 기억도 나지 않았다. 다만 바리케이드 안에서 뒤로 벌렁 넘어질 뻔했을 때, 누군가의 억센 손에 붙잡힌 것이 생각날 뿐이었다. 그다음 기억은 전혀 없었다. 의식을 회복한 것은 질노르망 씨의 집에서였다.

그는 골똘히 생각했다. 마부가 말한 남자가 자기라는 것에는 의심의 여지가 없었다. 그러나 샹브르리 거리에서 쓰러진 사람이 앵발리드 다리 가까운 센 강둑에서 경관에게 발견되다니 이게 어떻게 된 노릇일까? 누군가가 그를 중앙 시장에서 샹젤리제로 운반한 것이다. 그렇다면 어떻게? 하수도를 통해서? 그렇다면 놀랍도록 헌신적인 행위다! 누구일까? 도대체 누구였을까?

마리우스는 바로 그 사람을 찾고 있었다. 생명의 은인인 그 사람에 대해서는 아무것도 몰랐다. 아무 흔적도 없었고 조금도 단서를 찾을 수가 없었다.

마리우스는 그 방면으로는 조심해야 할 몸이면서도, 탐색의 손길을 시경까지 뻗쳤다. 그러나 거기 역시 더 이상의 정보는 없었다. 이것저것 알아보았지만 아무런 단서도 되지 않았다. 시경은 역마차 마부보다도 사건에 대해 잘 알지 못했다. 6월 6일에 대하수도의 창살문에서 누군가를 체포한 적이 있다는 사실을 아는 사람은 없었다. 그 사건에 관해서는 경관의 보고가 없었기 때문에 시경에서는 사건을 지어낸 이야기라고 생각하고 있었다. 그 말을 지어낸 사람은 마부라고 했다. 마부란 돈이 생각나면 무슨 짓이든 한다. 그러나 마부의 진술은 너무나도 확실해 보였다. 마리우스는 그것을 의심할 수 없었다. 적어도 마부가 이야기한 죽어 가는 남자가 자기였다는 것은 믿을 수 있었다. 이 괴상한 수수께끼 속에서는 모든 것이 이해하기 어려웠다.

그 남자, 기절한 마리우스를 어깨에 메고 대하수도의 창살문으로 나오는 것을 마부가 보았고, 감시중인 경관이 폭도를 구출한 현행범으로 체포했다는 그 이상한 남자, 그 남자는 어떻게 되었을까? 경관은 어떻게 되

었을까? 어째서 그 경관은 침묵을 지키고 있는 것일까? 남자는 교묘하게
도주해 버린 것일까? 아니면 경관을 매수한 것일까? 마리우스에게 온갖
은혜를 베풀어 준 그 남자는 어째서 살아 있다는 증거를 주지 않는 것일
까? 그 사심 없는 행위는 그 헌신적인 행위 못지않게 놀라운 일이다. 왜
그 사람은 두 번 다시 나타나지 않는 것일까? 아마 그는 아무리 큰 보수
를 받아도 모자랄 것이다. 그러나 누구든, 감사하는 마음을 표현하는 것
이 먼저일 것이다. 죽었을까? 어떤 사람일까? 어떻게 생겼을까? 아무도
그것을 말하지 못했다.

"그날 밤은 무척 캄캄했습니다."

마부는 대답했다. 바스크와 니콜레트는 너무 놀라서, 피투성이가 된
젊은 주인에게만 신경을 썼다. 다만 마리우스의 처참한 귀향을 촛불로
비추었던 문지기만은 문제의 남자를 보았지만, 막상 그가 그려 보이는
인상은 이것뿐이었다.

"그 사람은 정말 끔찍한 모습을 하고 있었습니다."

탐색을 하는 데 도움이 될지도 모른다 싶어 마리우스는 할아버지 집
에 운반되어 왔을 때 입었던 피투성이 옷을 그대로 간직해 두게 했다. 윗
도리를 보니 옷자락이 한 군데 묘하게 찢어져 한 조각은 없어져 있었다.

어느 날 밤, 마리우스는 코제트와 장 발장 앞에서 그 이상한 사건과 지
금까지 해 온 무수한 조사와 헛되이 끝난 노력에 대한 이야기를 했다. 그
런데 '포슐르방 씨'의 냉담한 표정이 그를 화나게 했다. 그는 거의 분노
에 떨리는 격한 목소리로 외쳤다.

"그렇습니다. 그 사람이 본디 어떤 처지였던 간에, 그땐 숭고한 사람이
었습니다. 그가 어떤 일을 했는지 아십니까? 그는 천사처럼 전투 속에 뛰
어들었습니다. 전투가 한창 벌어진 그 속으로 뛰어들어 하수도 뚜껑을
열고 그 속으로 나를 끌어넣어 메고 가야 했습니다! 무서운 지하통로의
어둠 속을, 15리 이상이나 시체를 등에 지고 걸어야 했단 말입니다. 그

시체를 구한다는 그 일념만으로 말입니다. 그 시체가 나였습니다. 그 사람은 이렇게 생각한 겁니다. '아직 틀림없이 생명의 빛이 남아 있다. 이 불쌍한 생명의 불을 위해 움직이자!' 그리고 그 사람의 존재는 한 번뿐만 아니라 스무 번이나 위험에 부딪쳤던 겁니다! 걸음을 옮길 때마다 위험이 도사리고 있었습니다. 하수도에서 나온 순간, 그는 체포되었습니다. 그 사람이 그런 일을 했다는 것을 어떻게 생각하십니까? 더욱이 아무런 보수도 바라지 않았습니다. 내가 도대체 무엇이었겠습니까? 한낱 폭도에 지나지 않았습니다. 정말 무엇이었을까요? 한낱 패배자에 지나지 않았습니다. 아아! 코제트의 60만 프랑이 내 것이라면…… ."

"그건 자네 것이네."

장 발장이 중간에 참견을 했다.

"그렇다면."

마리우스는 짧은 숨을 들이마셨다.

"그 사람을 찾아내기 위해 그 돈을 다 쓴다 해도 아깝지 않겠어요!"

장 발장은 잠자코 있었다.

6. 잠 못 이루는 밤

축제와 축복과 결혼

1833년 2월 16일부터 17일에 걸친 밤은 축복받았다. 밤의 어둠 위에 하늘이 열려 있었다. 마리우스와 코제트가 결혼하는 밤이었다.

그날은 아름다운 하루였다.

그것은 할아버지가 꿈꾸던 하늘빛 축전(祝典)도 아니고, 신랑 신부 두 사람의 머리 위를 천사 케루빔이나 사랑의 큐피드가 나는 환상극도 아니었다. 문 위에 장식을 두를 만한 결혼도 아니었으나 즐거운 웃음이 넘치는 하루였다.

1833년 당시의 결혼식 모습은 오늘날과 달랐다. 신랑이 신부를 빼앗다시피 교회를 나서자마자 달아났다. 자신의 행복이 부끄러운 나머지 몸을 숨겼다. 파산자(破産者)와 같은 태도, 솔로몬의 '찬가'의 황홀함을 동시에 갖는 우아한 멋을 프랑스는 아직 영국에서 배우지 못했다. 역마차의 흔들림에 낙원을 맡기고, 신비로운 마음을 비격대는 마차소리에 꿴 채, 여인숙에 신방을 차렸다. 평생의 가장 신성한 추억을 마부와 여관집 하녀들의 떠들썩함과 뒤섞어 버린다. 특별한 하룻밤을 평범한 침상에 남겨 두고 오는 그런 풍습이었다. 겉으로 보이는 것과 달리 정숙하고 근실한 뭔가가 있는 풍습을 프랑스 사람들은 아직 이해하지 못했다.

19세기 후반에 들어선 현대에서는 시장과 그 장식 띠, 사제와 그 법의, 법률과 신만으로는 이미 부족했다. 거기에는 '롱쥐모의 마부(한 마부가 결혼 전에 오페라 배우가 되어 돌아다닌다는 극중 인물_옮긴이)'가 필요했다. 붉은 선을 두르고 방울 단추가 달린 푸른 저고리, 금박 완장, 초록색 가죽 반바지, 꼬리를 잡아맨 노르망디 말을 모는 목소리, 가짜 금몰, 초를 먹인 모자, 분을 바른 요상한 머리, 커다란 채찍, 그리고 튼튼한 장화. 그러나 프랑스에서는 아직 영국의 귀족사회가 하는 것처럼 신랑 신부의 역마차 위에 닳아빠진 슬리퍼나 헌 구두를 마구 던질 만큼 우아한 풍습을 가지지 못했다. 이 풍습은 결혼 당일 백모(伯母)의 노여움을 사서 낡은 구두로 얻어맞자 오히려 행운이 찾아왔다고 하는, 훗날 말보르그 또는 말브루크 공으로 불리는 처칠에게서 유래했다. 헌 구두나 슬리퍼는 아직 프랑스의 결혼식에는 도입되지 않았다. 그러나 좀 더 기다리도록 하자. 좋은 취미는 자꾸 퍼져 유행하는 법이니까, 이제 곧 그러한 시대가 될 것이다. 1833년에는, 또 100년 전에는 마구 달리는 마차를 타고 결혼하러 가는 사람도 없었다.

당시 사람들은, 결혼은 극히 허물없는 공공의 축제였다. 순박한 잔치는 가정의 존엄성에 해를 입히지 않으므로 좀 지나치게 흥청거리더라도 괜찮았다. 난장판을 만들지만 않으면 절대 행복에 방해되지 않는다고 생각했다. 그리고 두 사람의 운명의 결합은 집안에서 시작되기 마련이었다. 부부가 결혼식을 치룬 공간을 갖는다는 것은 존중할 만한 좋은 일이라고 생각했다. 그러므로 부끄러워하는 일 없이 자기 집에서 결혼했다.

마리우스와 코제트의 결혼 잔치도 지금은 없어진 그 풍습에 따라 질노르망 씨의 집에서 열렸다.

결혼의 절차로서 당연한 일들이지만, 교회에 결혼 예고를 게시하고, 정식 계약서를 작성하고, 구청이나 교회에 드나들어야 한다는 것은 다소

번잡한 일이다. 그래서 2월 16일 이전에 준비를 끝내기 어려웠다.

그런데—나는 다만 정확히 하기 위해서 이런 사소한 일에까지 주의를 기울이는데—16일은 마침 마르디 그라(사육제의 마지막 날 화요일_옮긴이)였다. 그래서 사람들은 여러 가지로 망설이기도 하고 걱정했다. 특히 질노르망 이모의 걱정이 매우 컸다.

"마르디 그라란 말이지!"

할아버지는 목소리를 높였다.

"그렇다면 더 잘됐지, 이런 속담이 있잖아. '마르디 그라 때 결혼을 하면 불효자식은 낳지 않는다.' 괜찮아, 16일이 좋지! 마리우스, 넌 늦추고 싶으냐?"

"아니요. 조금도 늦추고 싶지 않죠."

사랑에 빠진 청년이 대답했다.

"그렇다면 그날 결혼하지."

이리하여 16일, 세상 사람들의 떠들썩한 마르디 그라 축제에도 아랑곳없이 결혼식을 올렸다. 그날은 비가 왔다. 궂은 날씨에도 하늘에는 맑게 갠 한구석이 있게 마련이었다. 하객들이 우산을 받고 있을 때도 연인들은 맑게 갠 하늘 한구석을 올려다보며 행복했다.

그 전날, 장 발장은 질노르망 씨가 참석한 가운데 마리우스에게 58만 4천 프랑을 건네주었다. 결혼은 부부 재산 공유법을 따라 이루어지므로 계약서는 간단했다.

투생은 코제트가 물려받기로 하고 몸종으로 승격시켰다. 질노르망 씨네 집의 아름다운 방 하나가 장 발장을 위해 특별히 마련되었다. 코제트가 "아버지, 부디 소원이에요." 하고 간곡히 말했기 때문이었다. 그도 어쩔 수 없이 그 방에서 살겠다는 약속을 하고 말았다.

결혼을 며칠 남겨 두고 장 발장에게 작은 사고가 생겼다. 오른손 엄지손가락을 조금 다친 것이다. 대수로운 상처는 아니었다. 작은 상처임에도 그는 누구에게도 상처를 내보이지 않았다. 장 발장은 오른손을 헝겊으로 싸맸고 팔을 어깨에 매달아야 했기 때문에 도저히 서명을 할 수 없었다. 자연스럽게 질노르망 씨가 코제트의 후견 감독인으로 장 발장을 대신했다.

작자는 독자를 구청이나 교회까지 안내하지는 않겠다. 그곳까지 두 연인을 따라갈 구경꾼은 없고, 신랑의 꽃다발이 단추 구멍에 꽂히면 사람들은 곧 나와 버리게 마련이었다. 그러므로 여기서는 한 가지 사건만을 적기로 하겠다. 그 사건은 결혼식에 참석한 사람들은 눈치채지 못했다. 사건은 피유 뒤 칼베르 거리에서 생 폴 싱딩끼지 가는 도중에 일어났다.

그 무렵, 생 루이 거리의 북쪽 변두리에는 포석을 다시 까는 공사가 진행 중이었다. 공사 때문에 파르크 루아얄 거리에서부터 통행이 금지되어 있었다. 혼례 마차는 곧장 생 폴 성당으로 갈 수 없었다. 큰 거리로 돌아가려는데 초대 손님 중 한 사람이 오늘은 마르디 그라니까 혼잡할 것이라고 주의를 주었다.

"어째서 그렇지?"

질노르망 씨가 물었다.

"가장행렬이 있기 때문이죠."

"그것 참 재미있겠군."

할아버지는 말했다.

"방향을 그쪽으로 하게. 이 젊은이들은 이제 막 인생을 시작하려는 중이네. 가장행렬을 조금 보아 두는 것이 공부가 될 것이야."

일행은 큰 거리로 길을 잡았다. 혼례 마차의 선두에는 코제트와 질노르망 이모, 질노르망 씨, 그리고 장 발장이 타고 있었다. 마리우스는 풍습을 따라 신부와 떨어져 다음 마차를 타고 있었다. 혼례 행렬은 피유 뒤 칼베르 거리를 나서자 곧 마들렌에서 바스티유로, 바스티유에서 마들렌으로 끝없이 이어진 긴 마차 행렬 속에 섞여 들었다.

가장한 사람들로 길이 꽉 차 있었다. 이따금 비가 내렸지만 파야스나 팡탈롱이나 질 같은 광대들은 동요하지 않았다. 이 1833년 겨울의 유쾌한 분위기 속에서 파리는 베니스로 변장하고 있었다. 오늘날에는 그러한 마르디 그라는 찾아볼 수 없다. 오늘날 남아 있는 것은 넓은 의미의 사육제뿐이다. 진짜 사육제는 사라졌다.

거리에는 사람들이 넘쳤고 창문마다 호기심 많은 사람들로 빼곡했다. 극장 복도 위의 테라스에도 구경꾼들이 바글거렸다. 가장행렬도 구경거리였지만, 통상 경마장처럼 마르디 그라에서는 온갖 종류의 마차 행렬도 볼만했다. 역마차, 삯마차, 유람 승합마차, 포장마차, 말 한 마리가 끄는 이륜마차 등. 각종 마차들이 경찰의 안내에 따라 서로 일정하게 간격을 유지했다. 마치 레일을 타고 있는 것처럼 질서를 지키며 앞으로 나아갔다. 마차에 타고 있는 사람들은 구경꾼인 동시에 남의 구경거리가 되었다. 순경들은 서로 반대 방향으로 움직이는 끝없는 두 줄의 평행선을 한길 양쪽으로 갈랐다. 그 두 겹의 흐름이 엉키지 않도록 마차의 흐름을 하나는 상류인 앙탱 쪽으로, 하나는 하류인 생 앙투안 쪽으로 교통정리를 하고 있었다. 귀족원 의원이나 각국 대사의 문장이 있는 마차는 찻길 중앙을 차지하여 자유롭게 왕래가 가능했다. 몇몇의 화려하고 유쾌한 행렬, 그중에서도 특히 아름답게 치장한 소의 행렬도 같은 특권을 누렸다. 이 파리의 흥겨운 법석 속에서 영국은 그 채찍을 울리고 있었다. 즉, 민중들이 세이머 경이라고 별명을 붙인 역마차가 요란한 소리를 내며 지나가고 있었던 것이다.

두 줄의 행렬을 따라서 헌병들이 양몰이 개처럼 말을 타고 달렸다. 행렬 속에는 할머니 할아버지들이 잔뜩 타고 있는 조촐한 가족 마차도 섞여 있었다. 마차 문에 일곱 살짜리 피에로, 여섯 살짜리 피에로니 하는 가장한 아이들이 얼굴을 내밀고 있었다. 유쾌한 아이들은 마차 행렬에 정식으로 참가하고 있다는 걸 우쭐해했다. 자신감이 솟았는지 광대놀이의 품위를 의식하며 관리들처럼 점잔을 뺐다.

이따금 마차 행렬의 어딘가에 혼란이 일어났다. 양쪽 줄 어딘가 엉킨 곳이 풀릴 때까지 행렬이 멈추기도 했다. 한 대의 마차가 고장이 나면 행렬 전체가 그 자리에 서게 되는 것이었다. 행렬이 정리되면 행진은 곧 다시 시작되었다.

혼례 마차는 바스티유 쪽을 향해 오른쪽으로 가는 행렬 속에 끼어 있었다. 그런데 퐁 토슈 거리의 높은 지점에서 잠시 행렬이 멈추었다. 그와 비슷하게 마들렌 쪽으로 가는 행렬도 정지했다. 그 행렬 바로 근처에 한 대의 가장행렬 마차가 있었다.

가장행렬 마차, 아니 가장행렬 짐마차는 파리 사람들에게 매우 익숙했다. 그런 마차가 마르디 그라나 카렘프(사순제의 중간 날_옮긴이)에 나타나지 않으면 사람들은 뭔가 불길한 일이 있는 것이라고 생각하고 수군거렸다.

"무슨 곡절이 있는 모양이군. 내각이라도 바뀌는 모양이지."

사람들의 머리 위에서 몸을 흔드는 카산드라며 아를르캥이며 콜롱빈(모두 어릿광대들의 이름_옮긴이) 등의 무리, 터키인에서 야만인에 이르기까지, 온갖 광대들, 후작 부인을 떠메고 있는 헤라클레스들, 아리스토파네스의 눈을 감게 한 바커스의 무녀들처럼 라블레로 하여금 귀를 막게 할 만큼 더러운 말을 쏟아 내는 여자들, 헝클어진 가발, 장밋빛 속옷, 멋쟁이의 모자, 사팔뜨기의 안경, 나비에게 희롱당하는 자노의 고깔모자, 거리를 향하여 질러 대는 고함 소리, 허리에 대고 있는 주먹, 아슬아슬한 자세, 드러낸 어깨, 가면 쓴 얼굴, 주위를 아랑곳하지 않는 추태, 그리고 꽃모자를 쓴 마부가 내뱉는 욕지거리, 그런 것이 이 가장행렬의 모습이었다.

그리스에는 테스피스(비극시의 창시자인 그리스의 시인_옮긴이)의 사륜마차가 필요했지만 프랑스에는 바데(통속시의 창시자인 프랑스의 시인_옮긴이)의 역마차가 필요한 것이다.

풍자는 어떤 것이라도 가능하다. 풍자 자체도 또 다시 풍자될 수 있다. 고대의 중후한 아름다움을 자랑하는 사투르누스 축제도 점점 열기를 더해 가더니 결국 마르디 그라로 변했다. 또 예전에는 포도 덩굴을 관(冠)으로 쓰고 햇볕 아래서 성스러운 반나체로 대리석 같은 젖가슴을 보여 주던 바쿠스 축제가 오늘날에는 북방의 축축하게 젖은 누더기 아래 가장행렬이라고 불릴 만큼 퇴락해 버렸다.

가장 마차의 전통은 아주 오래된 왕정 시대로 거슬러 올라간다. 루이 11세의 회계 기록에 따르면 궁정 집사에게 '가장 마차 세 대를 위해 투르누아 은화 20수'의 지출을 인정하고 있다. 오늘날에는 그러한 소란스러운 가장의 무리는 구식 역마차 꼭대기까지 가득 싣고 가게 했다. 포장을 내린 시영 마차에 벌떼처럼 시끄럽게 사람들이 타고 있었다. 6인승 마차 한 대에 스무 명이나 타고 있는 지경이다. 마부석, 접어 넣은 걸상, 포장 옆, 마차채 위에도 사람이 올라탔다. 심지어 마차의 초롱에 걸터앉아 있는 이도 있었다. 서기도 하고, 눕기도 하고, 앉기도 하고, 다리를 꼬기도 하고, 다리를 마차 밖으로 내놓기도 한다. 여자들은 남자들의 무릎 위에 앉아 있다. 멀리서 보면 사람들의 머리가 우글우글하게 모여 있어서 피라미드 형태로 보인다. 그 마차에 탄 사람들은 혼잡 속에 우뚝 솟아 있다. 콜레와 파나르나 피롱의 시에 은어가 보태어져 마차에서 흘러나온다. 마차 위에서 군중을 향해 상스러운 말이 튀어나온다. 사람들을 끝도 없이 실은 그 마차는 마치 전리품 같다. 요란하고 왁자지껄한 마차다. 떠드는 사람, 노래하는 사람, 고함을 지르는 사람, 까르르 웃어 대는 사람, 들떠서 몸을 뒤트는 사람, 농담이 오가고 야유가 일고, 들뜬 기분이 두도하게 퍼져 간다. 두 마리의 깡마른 말이 마차 위의 광대극을 신을 향해 끌고 간다. 그 마차는 웃음의 신(神)의 개선 마차이다.

그 웃음은 노골적이기보다 냉소적이다. 실제로 그 웃음에는 수상한 느낌이 깔려 있다. 그것은 하나의 사명을 띠고 있는데 파리 사람들에게 사육제란 어떤 것인가를 보여 주는 임무를 맡고 있는 것이다.

그들의 야비하고 품위 없는 마차에는 무언지 모르게 암흑이 느껴져서 철학자의 몽상을 끌어낸다. 그 속에는 정치가 숨겨져 있다. 관리와 공창(公娼) 사이의 은밀한 화합이 확연히 느껴진다.

갖가지 추행이 쌓여서 들뜬 분위기를 조성하는 것, 파렴치와 비천함을 쌓아 올려 민중을 위하게 하는 것, 기밀 조직이 매춘의 지주가 되어 민중을 모욕하면서도 즐겁게 만드는 것, 그 살아 있는 기괴한 짐이, 찬란한 누더기가, 더러움과 광명의 뒤섞임이, 짖어 대고 노래하면서 역마차의 네 수레바퀴 위에 실려 가는 것을 군중이 좋아라고 구경하는 것, 대중에게는 경찰이 스무 개의 머리를 가진 쾌락의 히드라를 자기들 속으로 끌고 다녀 주는 것 말고는 재미있는 일도 신나는 일도 없다는 것, 그것은 분명 슬픈 일이다. 그러나 그것을 어떻게 하면 좋단 말인가? 리본이나 꽃으로 꾸며진 더럽고 추한 그 가장 마차들. 민중의 웃음은 그 마차를 조롱하면서도 용서하고 있는 것이다.

만인의 웃음은 보편적인 타락을 구제한다. 음험한 의도를 숨긴 축제는 민중을 분산시키고 대중을 만들어 낸다. 건전하지 않은 축제에 대중들이 환호하기 때문이다. 대중에게는 전제군주와 마찬가지로 해학이 필요한 것이다. 국왕에겐 로클로르(루이 14세 때 해학으로 유명했던 장군_옮긴이)가 있고 민중들에겐 파야스(비속한 희극에 등장하는 광대_옮긴이)가 있다. 파리는 장엄한 대도시의 일면과 광란의 대도시의 일면을 모두 가지고 있다. 여기서 사육제는 정치의 일부분이다. 까놓고 얘기하면 파리는 스스로 파렴치한 희극을 원하고 있다. 만약 주인이 있다면 그 주인은 한 가지밖에 청하지 않았다. 즉 '나를 진흙으로 칠해다오.'라고. 로마도 같은 기질을 가지고 있었다. 로마는 네로를 사랑했다. 그런데 네로는 진흙을 칠한 거인이었다.

방금 말했듯이 혼례 행렬이 한길 오른쪽에 멈추려 했을 때, 마침 가면을 쓴 남녀를 잔뜩 싣고 돌아다니던 대형 사륜마차 한 대가 멈춰 섰다. 한길을 사이에 두고 가면을 쓴 사람들이 탄 마차는 신부가 타고 있는 마차를 정면으로 바라보았다.

"야!"

가면을 쓴 한 사람이 말했다.

"혼례 마차잖아?"

"가짜 혼례야."

다른 한 사람이 말했다.

"진짜는 우리다."

호기심이 생겼지만 혼례 일행에게 말을 걸기에는 거리가 너무 멀었다. 순경에게 야단을 맞을 일도 두려웠기 때문에 그 두 사람의 가면은 딴 곳을 바라보았다.

가장 마차의 사람들은 곧 바빠지기 시작했다. 군중이 그들을 놀리기 시작한 것이다. 가장한 자들에게 군중은 그런 식으로 애무를 했다. 그래서 좀 전의 두 가면도 동료 둘과 함께 군중에 대항하느라 바빠졌다. 그들은 군중의 압도적인 야유 앞에 다른 것을 돌아볼 여유가 없었다. 가장한 무리와 군중 사이에 심한 야유가 오갔다.

그러는 동안 같은 마차를 타고 있는 다른 두 사람이 혼례 마차에 관심을 기울였다. 늙은이처럼 가장하고 검은 수염을 달고 있는 큰 코의 스페인 사람, 검은 벨벳 가면을 쓴 젊지만 깡마르고 천해 보이는 여자가 혼례 마차를 보고 있었다. 동료들과 통행인들이 야유를 주고받는 동안 그 둘은 낮은 목소리로 이야기를 나누었다.

그들의 쑤군대는 밀담은 소음에 가려 옆 사람에게도 들리지 않았다. 이따금 비가 내린 탓인지 열어젖힌 마차 안은 젖어 있었다. 2월의 바람은 아직 차가웠다. 스페인 사람에게 대답을 하면서 목덜미를 드러낸 천한 여자는, 몸을 떨기도 하고 웃기도 하면서 기침을 하고 있었다.

그 대화는 이러했다.

"애야."

"뭐예요, 아빠?"

"저 늙은이 보이냐?"

"어느 늙은이요?"

"저기, 혼례 마차의 맨 앞에 타고 있는 남자 말이다."

"검은 천으로 팔을 매단 남자요?"

"그래."

"저 사람이 왜요?"

"분명히 내가 본 기억이 있는 사람이야."

"그래요?"

"나는 저 팡탱을 알고 있어. 아니라면 목이 잘려서 한평생 아무 말을 하지 못해도 좋다."

"오늘 파리는 팡탱(팡탱이란 작은 꼭두각시로 가면을 쓴 광대를 가리키지만 또 하층민의 속어에서는 파리 사람을 가리키기도 한다_옮긴이)인걸요."

"너, 몸을 숙이면 신부가 보이지?"

"안 보이는데요."

"그럼 신랑은?"

"저 마차에 신랑은 타지 않았어요."

"그래?"

"옆에 있는 늙은이가 신랑이 아니라면 말예요."

"그럼 좀 더 구부리고 신부를 봐라."

"안 보인다니까요."

"어쨌든 저 팔을 달아맨 늙은이는 분명히 본 기억이 있어."

"본 기억이 있다고 한들 그게 무슨 상관이에요?"

"그야 알 수 없지, 하지만 때론 소용이 있을 때도 있지!"

"나는 늙은이한테는 별로 관심 없어요."

"난 저놈을 알고 있어!"

"마음대로 알고 계세요, 그럼."

"어떻게 해서 혼례 행렬에 끼어 있을까?"

"알게 뭐예요."

"서 혼례 마차는 어디서 왔을까?"

"내가 어떻게 알아요?"

"내 말 좀 들어 봐라."

"뭔데요?"

"한 가지 네가 해 줄 일이 있다."

"뭘요?"

"마차에서 내려서 저 혼례 마차 뒤를 밟는 거야."

"뭐하려요?"

"어디로 가는지, 누구의 혼례인지 알고 싶어서 그래. 얼른 내려서 뛰어가, 넌 젊으니까."

"여기서 내릴 순 없어요."

"어째서?"

"나는 고용되어 왔는걸요."

"젠장!"

"천한 여자 노릇을 하기로 하고 시경에서 일당을 받고 있잖아요."

"그건 그래."

"만약 마차에서 내렸다가 경찰에게 들켜 보세요. 곧 잡히고 말 거예요. 잘 아시잖아요?"

"그래, 알고 있어."

"오늘 난 당국에 팔려 있는 몸이에요."

"그렇지만 아무래도 저 늙은이가 마음에 걸려서 그래."

"늙은이 따위가 마음에 걸린다는 거예요? 젊은 처녀도 아니고?"

"저놈은 맨 앞의 마차에 타고 있어."

"그래서요?"

"신부 마차에 타고 있단 말이다."

"그래서요?"

"신부의 아버지란 말이지."

"그게 어쨌다는 거죠?"

"신부의 아버지라니까."

"물론이죠. 그 사람이 아버지겠죠."

"글쎄, 잠자코 들어 봐."

"뭘 말예요?"

"나는 가면 없이는 절대로 나다니지 못해. 여기는 얼굴이 가려져 있으니까 아무도 나를 모르지만, 그러나 내일이면 가면은 없어지게 되거든. 내일은 재의 수요일(사순절 첫째 날_옮긴이)이다. 자칫 잘못하면 나는 잡히고 말아. 다시 구멍으로 돌아가야 해. 그러나 너는 자유롭지 않니?"

"그렇게 자유로울 것도 없어요."

"나보다야 훨씬 낫지."

"그래서 어쨌다는 거예요?"

"저 혼례 행렬이 어디로 가는지, 네가 알아봐 줄 수 없겠니?"

"어디로 가는지?"

"그래."

"그거라면 알아요."

"뭐? 어디로 가는데?"

"카드랑 블뢰겠죠, 뭐."

"아니야, 그런 데가 아닐걸."

"흥! 그렇다면 라페일 거예요."

"다른 데로 갈지도 몰라."

"그건 저쪽 마음이죠. 혼례 행렬이 어디로 가건 그들의 자유란 말예요."

"내가 말하는 건 그게 아니야. 저 혼례는 누구의 혼례고 저 늙은이는 어떤 관계이며, 저 신혼부부는 어디에 사는지 그것을 알아봐 달란 말이다."

"안 돼요! 그런 쓸데없는 일은. 마르디 그라에 파리를 지나간 혼례 행렬의 행방을 일주일이나 지난 뒤에 알아낸다는 건 쉬운 일이 아니에요. 건초더미 속에 떨어진 바늘 찾기 같은 거라고요! 그게 가능할 거라고 생각하세요?"

"하지만 어쨌든 해 봐야 해. 알겠니? 아젤마."

두 줄의 행렬이 다시 서로 반대 방향으로 움직이기 시작하자 신부가 탄 마차와 가장행렬 마차는 점점 멀어져, 시야에서 사라지고 말았다.

여전히 팔을 달아맨 장 발장

꿈을 실현하는 것은 누구에게 허용된 일인가? 그것 때문에 하늘에서는 선거가 실시된다. 우리는 모두 알지 못하는 사이 그 후보자가 된다. 그리고 천사들이 투표를 한다. 투표 결과 코제트와 마리우스가 뽑혔다.

코제트는 시청에서도 성당에서도 아름답게 빛나서 사람들에게 감동을 안겨 주었다. 그녀의 옷차림은 투생이 맡았고, 니콜레트가 도왔다.

코제트는 흰 태페타 천의 속치마 위에 뱅슈산 레이스 드레스를 입고, 영국식 수가 놓인 베일을 썼다. 고급 진주목걸이를 하고, 오렌지꽃 화관을 쓰고 있었다. 모두 새하얀 색깔이었는데도 그녀는 흰색보다 더 빛을 발하고 있었다. 처녀가 여신이 되려 하고 있다고 해도 과언이 아니었다.

마리우스의 아름다운 머리는 윤이 흘렀고 향기로웠다. 숱 많은 고수머리 아래 바리케이드에서 입은 상처 자국이 언뜻 비쳤다.

조부는 당당하게 머리를 쳐들고 바라스 시대의 온갖 우아함을 과시하며 코제트를 인도했다. 장 발장은 검은 옷차림으로 미소를 지으며 뒤를 따랐다.

"포슐르방 씨."

조부는 그에게 말했다.

"정말이지 좋은 날입니다. 이것으로 슬픔이라든가 고민은 사라졌으면 합니다. 이제 앞으로는 슬픈 일이 일어나서는 안 되겠어요. 정말입니다! 나는 기쁨을 사람들에게 명령하고 싶군요. 악이란 존재할 권리를 갖지 않습니다. 세상에 불행한 사람들이 있다니, 사실 푸른 하늘에 비추면 부끄러운 일입니다. 악은 원래 선한 사람에게서 오는 것이 아니죠. 인간의 비참함을 대표하는 나라의 정부 이름은 아마도 지옥일 겁니다. 다시 말해 악마의 튈르리 궁전 말입니다. 어이쿠, 나도 이젠 과격파 같은 말을 하고 있군그래! 하지만 나는 정치에 대해서는 아무런 의견도 갖고 있지 않습니다. 모든 사람이 즐겁게 사는 것, 그것만이 내 소원입니다."

모든 의식을 완성시키기 위해 두 사람은 시장과 사제 앞에서 대답할 수 있는 만큼 대답하고, 시청과 성전에서 장부에 서명하고 반지를 교환했다. 흰 비단 휘장 아래 피어오르는 향로의 연기 속에서 나란히 무릎을 꿇고 손을 맞잡았다. 그리고 모든 사람의 선망을 받았다. 마리우스는 검은 옷, 코제트는 흰옷으로 단장했다. 대령 견장을 단 안내인이 큰 도끼로 바닥을 두드리며 두 사람을 안내했다. 감탄하는 참석자들이 두 줄로 늘어선 가운데, 성당 정문 아래에서 마차에 올라타자 모든 의식이 끝났다. 코제트는 이것이 현실인지 믿을 수가 없었다. 그녀는 마리우스에게 눈길을 보낸 뒤 군중을 훑어보며 하늘을 바라보았다. 마치 꿈에서 깨어나기 두려운 듯 눈동자가 흔들렸다. 놀라고 불안한 그녀의 모습은 뭐라 형용하기 어려운 매력을 품고 있었다.

집으로 돌아가기 위해 그들은 함께 마차에 올랐다. 마리우스는 코제트 곁에 앉았고 질노르망 씨와 장 발장은 그들의 맞은편에 자리를 잡았다. 질노르망 부인은 다음 마차를 탔다.

"너희들."

조부가 입을 떼었다.

"이것으로 너희들은 3만 프랑의 연금을 가진 남작 각하와 남작 부인이 된 것이다."

그러자 코제트는 마리우스에게 몸을 기울여 천사 같은 속삭임으로 그의 귀에 숨결을 불어넣었다.

"그럼, 정말이군요. 나도 마리우스라고 불리는 건가요? 당신의 아내, 마리우스."

그들은 빛났다. 그들은 다시 불러오지 못할, 다시 찾아내기 힘든 순간, 청춘과 기쁨의 교차점에 있는 것이다. 장 플루베르의 시구를 실현하고 있는 중이었다. 두 사람의 나이를 합쳐도 마흔 살이 되지 않았다. 그것은 승화의 기쁨이었고 젊은 두 사람은 백합 두 송이였다. 그들은 서로를 보지 않고도 서로를 느꼈다. 코제트는 마리우스를 영광 속에 바라보고 마리우스는 코제트를 제단 위로 우러르고 있었다. 그리고 두 사람은 제단 위의 신이 되어 맺어졌다. 안개와 불꽃 속에서 하나의 이상과 현실이 만났다. 입맞춤과 꿈이 만나 그들의 자리가 보이는 듯했다.

이제까지 두 사람이 맛본 모든 고뇌가 감미롭게 그들의 마음으로 돌아왔다. 고통, 불면, 눈물, 번뇌, 두려움, 원망, 모두 사랑의 손길이 되고 애무로 변해 다가오는 아름다운 시간을 빛내 주었다. 또 그런 과거의 슬픔은 현재의 기쁨을 장식해 주는 들러리처럼 여겨졌다. 고생했던 것이 참으로 다행스러웠다. 과거의 불행이 지금의 행복에 빛을 더해 주고 있었다. 그들의 사랑 속에서 오랜 고뇌는 마침내 승화의 기쁨을 누리고 있는 것이다.

그들의 영혼은 하나의 환희를 나누었다. 마리우스의 영혼은 그것을 쾌락의 빛으로 물들이고, 코제트의 영혼은 정절이란 빛으로 물들였다. 그들은 나직하게 소곤거렸다.

"다시 플뤼메 거리에 있는 우리의 작은 정원을 보러 가요."

코제트기 입은 드레스의 주름이 마리우스 위에 놓여 있었다.

이런 하루는 아스라한 꿈과 확실한 현실이 표현하기 어렵게 뒤섞이는 날이다. 사람은 소유하고 상상한다. 이것저것 상상할 만한 시간이 아직 여유로 남아 있는 것이다. 대낮에 한밤중의 일을 생각한다는 것은 형용할 수 없는 감동이다. 두 사람이 느끼는 환희는 다른 사람들에게도 번져 나갔다. 길을 지나는 사람들도 즐거운 듯 표정이 밝았다. 생 앙투안 거리의 생 폴 성당 앞에서 사람들은 걸음을 멈추고 마차 유리창을 바라보았다. 유리창 너머 코제트의 머리에 꽂힌 오렌지꽃이 한들한들 떨렸다.

이윽고 모두 피유 뒤 칼베르 거리에 있는 집으로 돌아왔다. 마리우스는 코제트와 나란히 계단을 올라갔다. 예전에 빈사지경의 몸으로 올라갔던 때와 사뭇 대조적이었다. 문 앞에 떼를 지은 가난한 사람들이 얻은 돈을 서로 나누면서 두 사람을 축복해 주었다. 가는 곳마다 꽃으로 가득하여 향기로웠다. 향수 냄새와 장미꽃 향기가 났다. 그들은 무한한 공간 속에서 노랫소리를 듣는 것 같았다. 마음에 온전한 신을 품고 있었으며 운명은 별이 새겨진 천장처럼 느껴졌다. 머리 위를 아침 햇살이 간질이는 듯했다. 갑자기 큰 시계가 울렸다. 마리우스는 코제트의 사랑스러운 팔과 열린 앞가슴의 레이스를 통해 어렴풋이 보이는 장밋빛을 음미했다. 그리고 코제트는 마리우스의 눈길을 느끼곤 눈 속까지 붉어졌다.

질노르망 집안의 옛 친구들이 객실에 초대되어 코제트의 주위를 에워쌌다. 모두 앞다투어 그녀를 남작 부인이라고 불렀다.

지금은 대위가 된 테오될 질노르방 장교도 사촌 퐁메르시의 결혼식에 참석하기 위해 와 있었다. 코제트는 그의 얼굴을 완전히 잊고 있었다.

테오뒬도 여성들에게서 미남 소리를 듣는 데 익숙했으므로 코제트를 특별히 기억하고 있지도 않았다.

"이 창기병의 말을 내가 곧이듣지 않기를 잘했지!"

질노르망 노인은 혼자 중얼거렸다.

코제트는 지금까지보다 더욱 다정스럽게 장 발장을 대했다. 그녀는 질노르망 노인과도 잘 맞았다. 노인이 경구나 격언으로 기쁨을 표현하면 그녀는 애정과 호의로 대답했다. 행복은 좀 더 많은 사람들이 행복하기를 바라는 법이다.

장 발장에게 이야기를 하는 코제트는 소녀 시절의 목소리를 되찾아 그에게 응석을 부리고 있었다. 식당에서 축하 잔치 준비가 끝났다. 대낮이 무색할 정도로 휘황한 조명이 기쁨의 풍취를 더했다. 행복한 사람들은 안개나 어두컴컴한 것을 좋아하지 않는다. 그들은 자신들이 검은 그림자가 되기를 원하지 않았다. 밤은 좋지만 암흑은 허용할 수 없다. 해가 나오지 않을 때는 해를 만들어야 한다.

식당은 눈을 즐겁게 하는 화려한 것들로 가득했다. 빛나는 중앙 테이블 바로 위에 나뭇가지처럼 꾸민 베니스산 큰 촛대가 놓여 있었다. 파랑, 보라, 빨강, 초록 등 색색의 새가 촛불을 에워싸고 앉아 있었다. 그 커다란 촛대 주위를 다시 여러 개의 작은 촛대가 둘러싸고 벽에는 세 갈래나 다섯 갈래로 갈라진 반사경이 걸려 있었다. 거울, 수정 세공품, 유리 세공품, 큰 접시, 자기, 도기, 토기, 금은 세공품, 은그릇, 모든 것이 번쩍이며 흥을 돋웠다. 꽃으로 메워진 촛대 때문에 어디든지 불빛 아니면 꽃투성이였다. 객실에서는 세 개의 바이올린과 하나의 플루트가 소리를 줄이는 장치를 달고 하이든의 사중주를 은은하게 연주했다.

장 발장은 처음에 객실 문 뒤에 있는 의자에 앉아 있었다. 문이 열리면 장 발장이 문 뒤에 가려지곤 했다. 식탁에 앉기 조금 전에 코제트는 장 발장에게 왔다. 두 손으로 웨딩드레스 자락을 살짝 펼치며 깊은 존경과 사랑을 표시한 뒤 장난스러운 눈으로 그에게 물었다.

"아버지, 만족하세요?"

"그럼."

장 발장은 말했다.

"물론이지. 무척 만족한단다."

"그러세요? 그럼 웃어 보세요."

장 발장은 코제트를 보며 웃어 보였다.

잠시 후 바스크가 만찬의 시작을 알렸다.

손님들은 코제트의 손을 잡은 질노르망 씨를 따라 모두 식당에 들어가서 정해진 자리에 늘어섰다.

신부의 좌우에 두 개의 커다란 팔걸이의자가 있었는데, 하나는 질노르망 씨의 자리이고 또 하나는 장 발장의 자리였다. 질노르망 씨는 첫 번째 자리에 앉았다. 두 번째 자리의 팔걸이의자가 비어 있었다.

사람들은 눈으로 '포슐르방 씨'를 찾았다. 그는 이미 없었다. 질노르망 씨는 바스크에게 물었다.

"포슐르방 씨가 어디 계시는지 아느냐?"

"네."

바스크는 대답했다.

"잘 알고 있습니다. 포슐르방 님께선 손의 상처가 아프셔서 남작 내외분과 함께 식사를 할 수 없겠다고 하셨습니다. 그렇게 나리께 말씀드리라고 분부하셨습니다. 부디 용서해 주십사고 덧붙이셨습니다. 내일 아침에 오겠다고 하시며 지금 막 돌아가신 참이었습니다."

빈 의자는 잠시 혼례의 잔치 분위기를 술렁이게 만들었다. 그러나 포슐르방 씨 대신 질노르망 씨가 즉시 자리의 흥을 돋우려 말했다.

"포슐르방 씨께서 다친 데가 아프면 빨리 자리에 눕는 게 좋겠지만, 대

287

수롭지 않은 '아야야'에 불과해."

이 말만으로 충분히 분위기가 가벼워졌다. 그리고 큰 기쁨에 사로잡혀 있을 때, 한구석이 조금 어두운들 어떤가? 코제트와 마리우스는 행복만을 느낄 수 있는 축복의 순간에 놓여 있었다. 게다가 질노르망 씨가 묘안을 생각해 냈다.

"그렇군. 이 팔걸이의자가 비었으니 마리우스야, 네가 앉아라. 권리로 따지자면 이모님이 먼저이지만 네게 양보할 거다. 그 팔걸이의자는 네 자리다. 그건 예의에도 맞고 즐겁기도 한 일이지. '행복한 여자' 옆에 '행복한 남자'가 앉는 것이니 말이야."

모여 앉은 사람들이 모두 손뼉을 쳤다. 마리우스는 코제트 바로 옆 장 발장의 자리에 앉았다. 모든 것이 제자리를 잡았다. 처음에 장 발장이 없는 것을 슬퍼하던 코제트도 결국 만족을 표했다. 마리우스가 장 발장을 대신한 순간부터 코제트는 이미 신을 원망치 않았다. 그녀는 흰 새틴으로 만든 실내화를 신고 있었다. 그 발 하나를 마리우스의 한쪽 발 위에 살며시 올려놓았다. 행복감이 서로를 자극했다.

팔걸이의자는 채워지고 포슐르방 씨의 존재는 사라졌다. 이것으로 부족한 것은 아무것도 없었다. 그리고 5분 후 참석자 모두가 유쾌한 기분으로 마음껏 웃고 있었다.

식사 후 질노르망 씨가 일어섰다. 아흔두 살 난 몸이 떨리는 관계로 반만 채운 샴페인 잔을 들고 신혼부부의 건강을 축복했다.

"너희들은 오늘 두 가지 설교를 듣게 될 거다."

그는 외쳤다.

"아침에는 주임 사제의 설교를 들었지만 저녁에는 할아비의 설교를 들을 차례야. 그래, 내 말을 잘 들어라. 나는 너희들에게 한 가지 조언을 할까 한다. 그것은 서로 깊이 사랑하라는 거다. 나는 곧장 결론을 말하 겠다. 행복해지라고 말이다. 생명 있는 것들 중 현명한 것은 꿩과 비둘

기쁨이다.

철학자들은 말한다. 그대들의 기쁨을 아끼라고. 그러나 나는 너희들에게 기쁨의 고삐를 느슨하게 만들라고 말하겠다. 끝까지 서로 반해라. 서로에게 미친 사람처럼 되어라. 철학자들은 잠꼬대를 하고 있는 거다. 그들의 철학 따위는 그들의 목구멍 속으로 도로 밀어 넣고 싶은 마음이다. 향기가 너무 짙고, 장미꽃이 너무 많이 피고, 밤 꾀꼬리가 너무 많이 노래하고, 푸른 나뭇잎이 너무 많고, 인생에 서광이 너무 많이 비친다고 하는 일이 있을 수 있을까? 사람은 지나칠 정도로 서로 사랑할 수 있을까? 지나칠 만큼 서로 마음에 드는 수가 있을까? '조심해라, 에스텔, 너는 너무 예뻐!', '정신 차려, 네모랭, 너는 너무 아름답다!' 이 얼마나 얼빠진 말이냐? 서로의 마음을 황홀하게 하고, 기쁘게 하고, 넋을 잃게 하는 데 지나치다니! 말이 안 된다. 지나치다는 건 없다. 지나치기 때문에 너희들의 기쁨을 아끼라니, 무슨 말을 하는 거지? 철학자들을 타도하라! 지혜란 향락을 뜻하는 것이야. 향락하라, 향락하라. 우리는 착한 사람이니까 행복한 건가, 아니면 행복하니까 착한 건가. 상시의 다이아몬드는 아를레드 상시가 가지고 있었기 때문에 상시라고 불리는지, 아니면 106(프랑스어로 cent six라 하며 '상시'로 발음된다_옮긴이)캐럿이라 상시라고 불리는지 나는 모른다. 인생은 그런 문제들로 가득 차 있다.

그러나 중요한 것은 상시의 다이아몬드를 갖는 일이다. 행복을 갖는 일이야. 잔소리 말고 행복해지거라. 태양을 덮어놓고 따르자. 태양이란 뭐냐? 그것은 사랑이다. 사랑이란 여자를 두고 하는 말이다. 아니! 그것은 전능이다. 전능은 여자란 말이다. 이 마리우스라는 과격 민주정치파에게 물어보아라. 그도 이 코제트라는 여왕님을 받드는 노예가 아니냐고 말이다. 기꺼이 노예가 되어 있거든, 이 비겁자는! 정말 여자가 아니고는 못하는 노릇이지! 로베스 피에르 같은 자도 오래 배겨 날 리가 없어, 항상 여자가 군림하니까. 나는 아직 왕당파지만 지금은 여자의 왕권을 받드는 왕당일 따름이다. 아담은 무엇인가? 바로 이브의 왕국이다. 이브에게는 89년 같은 일은 일어나지 않는다.

백합꽃을 새긴 국왕의 홀도 있었고, 지구 모양을 새긴 황제의 홀도 있었고, 무쇠로 만든 샤를마뉴 대제의 홀도 있었고, 황금으로 만든 루이 대왕의 홀도 있었지만, 혁명은 엄지손가락과 집게손가락으로 그것들을 몇 푼 되지 않는 지푸라기처럼 비틀어 버리고 말았다. 그것으로 끝장이 난 거냐. 꺾이고 땅바닥에 내팽개쳐져서 이제는 홀의 그림자도 없다. 그러나 말이다, 향수 냄새를 풍기는 수놓은 이 조그마한 손수건을 상대로 혁명을 할 수 있다면 해 보여 주기 바란다! 보고 싶군그래. 해 보아라. 상대가 힘에 벅찬 건 어째선가? 헝겊이기 때문이다. 아! 자네들은 19세기란 말이지? 흥, 그러니까 어쨌단 말인가? 우리는 18세기의 인간이었다! 그리고 우리도 자네들과 마찬가지로 바보였어.

그러나 자네들은 사흘 만에 죽어 버리는 괴상한 병을 콜레라라 부르게 되고, 부레 춤을 카투사 춤이라고 부르게 되었다고 해서 자신이 세상을 일변시켰다고 생각하면 안 돼. 결국은 역시 여자를 사랑할 수밖에 없는 거야. 아무도 이 숙명에서 벗어날 순 없어. 그렇게 어떻게도 할 수 없는 여자란 것이 우리의 천사란 말이다. 그렇다. 사랑, 여자, 키스, 이러한 세계에서 아무도 빠져나갈 수 없지. 아니, 나는 그 속에 뛰어들고 싶을 지경이야. 여러분 중에 누가 이런 것을 보신 분은 없으신지요? 이 세상 모든 것을 굴복시킨 비너스의 별이, 하늘의 위대한 바람둥이 여신이, 대양의 셀리멘이 넘실대는 파도에도 눈 하나 깜짝 않고 하늘 높이 아득히 날아가던 것을?

대양, 그것은 근엄한 알세스트다. 그러나 그가 아무리 못마땅한 얼굴을 하고 있다가도 비너스가 모습을 나타내면 어쩔 수 없이 벙글거리고 만다. 그 거칠고 난폭한 짐승도 굴복하고 마는 것이다. 우리도 다 마찬가지야. 분노, 폭풍, 천둥, 천장까지 치솟는 파도. 그러나 한 여자가 무대에 등장하면, 별 하나가 하늘에 돋으면, 사나이는 그만 납작하게 엎드리고 마는 거야! 마리우스는 6개월 전에는 싸우고 있었다. 그런데 오늘은 결혼을 한다. 그러면 된 거야. 아무렴. 마리우스, 잘한 일이지. 코제트, 너희들은 옳은 일을 하고 있어. 서로를 위해서 마음껏 살아가거라. 마음껏 애무해라. 흉내 낼 수 없을 정도로, 우리가 패씸하게 여길 정도로, 열렬하게 사랑해라. 너희들의 부리로 지상에 있는 온갖 행복의 지푸라기들을 물어다가 그것으로 인생을 위한 보금자리를 만들어라. 사랑하고 사랑받는다는 것은 젊은 시절의 아름다운 기적이니까 말이다!

그러나 그걸 너희들이 밀명힌 기거고 생가채선 안 된다 나도 역시 꿈을 꾸었고, 생각도 했고, 사랑하기도 했다. 나 역시 달처럼 빛나는 영혼을 가진 적이 있었다. 연애는 6천 살의 어린아이다. 사랑은 길고 하얀 수염을 길렀다 해도 상관없다. 므두셀라도 큐피드에 비하면 코흘리개에 지나지 않는다. 60세기 전부터 남자와 여자는 서로 사랑하면서 용케 어려움을 헤쳐 나왔다. 교활한 악마는 인간을 미워하기 시작했지만 사람은 그보다 더 교활하기 때문에 여자를 사랑하기 시작했지. 그래서 인간은 악마로부터 받은 재난보다 훨씬 큰 행복을 얻었다. 이 묘한 술책은 지상의 낙원이 시작될 때부터 생각되어 왔어.

이것은 오래된 발명이지만 지금도 새롭다. 그것을 유익하게 쓰도록 해라. 필레몽과 보시스(근대 오페라 속의 두 연인_옮긴이)가 되기 전에 먼저 다프니스와 콜로에가 되어라(그리스 이야기 속의 두 연인_옮긴이). 둘이 함께 있기만 하면 아무런 부족함이 없을 것이다. 코제트는 마리우스의 태양이고, 마리우스는 코제트의 모든 세계인 거다. 그렇게 되도록 해라. 코제트, 태양이 빛나는 하늘은 네 남편의 미소인 줄 알아라. 마리우스, 비는 네 아내의 눈물인 줄 알아라. 그리고 너희들의 가정에는 절대로 비 같은 것은 오지 않도록 해라. 너희들은 연애결혼이라는 좋은 제비를 뽑은 거다. 큰 상품을 차지했으니 소중하게 간직하고, 자물쇠를 단단히 채워 헛되이 하지 말며, 서로 깊이 사랑하고 그 밖의 일은 상관하지 말거라. 내가 하는 말을 믿어라. 이것은 양식이다. 양식은 절대로 사람을 그르치지 않는다. 서로가 신앙의 목표가 되어라.

신을 숭배하는 방법은 사람에 따라 저마다 다르다. 그러나 신을 숭배하는 가장 좋은 방법은 자기 아내를 사랑하는 것이다. 나는 너를 사랑한다! 이것이 나의 교리니까. 사랑하는 사람은 모두가 정통 신앙자이다. 앙리 4세가 곧잘 쓰던 욕설은, 취기와 성찬 사이에 신성이라는 것을 끼워넣는 식이지. 즉 '술주정꾼의 신성한 배(腹)'('이런 빌어먹을!' 또는 '쳇! 제기랄'과 의미는 같으나 어감은 더욱 강함_옮긴이)처럼!

그러나 나는 그런 종파는 아니다. 이래서는 여자라는 걸 잊고 있는 게된다. 이것이 앙리 4세의 욕설이라니 나로서는 뜻밖이다. 자, 여러분, 여성 만세! 나를 노인이라고들 하지만 그러나 이제부터 놀랄 만큼 나는 젊어질 것 같소. 오보에 소리를 들으러 숲에라도 가고 싶을 지경이오. 여기있는 이 아이들이 아름답게, 그리고 충실하게 살아갈 길을 발견했다는 그 사실이 나를 취하게 하오. 원하는 분이 계시다면 나도 멋지게 결혼해보이고 싶소. 죽도록 사랑하고, 달콤한 말을 주고받고, 멋을 부리고, 비둘기가 되고, 수탉이 되어 아침부터 밤까지 사랑을 쪼아 먹고, 귀여운 아내를 거울삼아 자신의 모습을 비춰 보고 의기양양해서 뽐내고, 으스대겠소. 신이 우리를 그 이외의 목적으로 만들어 냈다고는 생각할 수 없소. 결국 이것이 인생의 목적인 것이오. 이것이 결국 그, 실례를 무릅쓰고 말씀드리면 우리 노인이 젊었을 시절에 생각했던 바로 그것이란 말이오.

에이, 제기랄! 그 시절엔 요염한 여자가, 사랑스러운 얼굴이, 새싹 같은 싱싱한 소녀가 무척 많았었지! 나는 그 속을 마구 헤치고 다녔어. 그러니까 너희들도 서로 사랑해라. 사람이 서로 사랑하지 않을 바에야 도대체 육체가 무슨 소용인지 난 모르겠거든. 그럴 바엔 차라리 하느님께 부탁드려서 하느님이 우리에게 보여 주시는 아름다운 것을 죄다 치워 버리고 빼앗아 버려 꽃도, 새도, 예쁜 처녀들도 하느님의 상자 속에 도로 넣어 줬으면 싶을 정도야. 자, 얘들아, 할아비의 축복을 받아다오."

축복의 밤에 열린 연회는 떠들썩하고 쾌활했다. 조부는 최고의 기분에 휩싸여 축하연 전체의 분위기를 이끌었다. 누구나 이 100세가 다 된 노인의 스스럼없는 태도에 동조했다. 사람들은 춤과 웃음과 이야기를 많이 나누었다. 더할 나위 없이 경사스러운 혼례였다. '자디스 영감'을 그곳에 초대하고 싶을 만큼 좋았다. 아니, 자디스 영감은 질노르망 노인의 마음속에 함께 숨 쉬었다.

이렇게 흥겨운 잔치가 끝난 뒤에는 징겪이 뒷따들었다. 신혼부부는 자리를 떴다. 자정 조금 전에 질노르망 집 안은 고요함이 내려앉았다.

여기서 작자는 펜을 멈추겠다. 결혼한 날 밤 문 앞에는 한 천사가 서서 입술에 손가락을 대고 미소를 지었다. 사랑의 의식이 벌어지는 성스러운 자리 앞에서 영혼은 묵상에 잠긴다.

집 위에는 아름다운 광채가 빛을 흩뿌리고 있을 것이다. 그런 집이 간직한 기쁨은 빛이 되어 벽을 새어 나가 어둠을 비출 것이다. 신성하고도 운명적인 경사가 벌어지는 곳이다. 반드시 천국의 광명을 퍼트리고 있을 것이다. 사랑, 그것은 남녀의 융합이 생겨나는 숭고한 곳. 인간의 삼위일체—일체, 삼체, 극체(極體)—가 거기서 생겨난다. 두 영혼에게서 태어나는 한 영혼은 어둠까지도 감동시킬 것이다. 사랑하는 남자는 사제이고 환희하는 처녀는 두려움에 떨고 있다. 그 기쁨의 얼마는 신에게까지 닿는다. 참다운 결혼이 이루어지는 곳, 사랑이 있는 곳에는 이상이 섞여 있다.

결혼의 잠자리는 어둠 속에서 여명의 한 자락을 만든다. 사람의 눈이 천상계의 매혹에 찬 형상들을 볼 수 있다면, 날개 달린 미지의 형상들이 머리를 맞대고 앉아 기뻐하고, 축복하며, 남의 아내가 된 처녀를 가리키고 놀라면서, 그들의 성스러운 얼굴에 행복이 드러나는 것을 볼 것이다.

완전한 행복은 천사들도 초대하는 것이다. 그 어둡고 작은 침실은 하늘을 천장으로 삼고 있다. 두 개의 입술이 사랑을 머금고 창조를 위해 가까이 닿을 때, 입맞춤 위에는 별들의 신비 속에서 하나의 전율이 일어난다.

그런 행복이야말로 진정한 행복이다. 그러한 기쁨 외에 참다운 기쁨이란 없다. 사랑, 거기에는 오직 하나뿐인 황홀이 존재한다. 그 밖의 모든 것은 눈물이다.

사랑한다, 사랑했다. 그것뿐이다. 더 이상 무엇을 바랄 것인가? 인생의 어두운 주름 속에서 발견할 수 있는 건 오직 사랑뿐이다. 사랑하는 것은 성취하는 것이다.

가방 속에 든 물건

장 발장은 어떻게 되었을까?

코제트의 다정한 명령에 따라 웃어 보이고 난 후, 아무도 그에게 주의를 두지 않는 틈을 타서 객실로 나왔다. 여덟 달 전, 진흙과 피와 먼지로 새까매진 그가 조부에게 그 손자를 업고 들어갔던 방이었다. 벽의 낡은 판자는 지금 나뭇잎과 꽃으로 꾸며져 있었다. 그때 마리우스를 뉘었던 긴 의자에는 악사들이 앉아 있었다. 여덟 달 전과 지금은 너무나 많은 것이 달라져 있었다. 바스크가 이제부터 차려 낼 요리 접시 둘레에 장미꽃을 곁들이고 있었다. 장 발장은 띠로 달아맨 팔을 그에게 보였다. 자리를 뜨는 까닭을 전해 달라고 부탁한 뒤 밖으로 나갔다.

식당의 유리 창문은 거리 쪽으로 향해 있었다. 장 발장은 환한 창문 아래의 어둠 속에 오랫동안 멈추어 있었다. 그는 귀를 기울였다. 연회의 시끄러운 소음이 그가 있는 곳까지 들렸다. 질노르망 씨의 높은 말소리, 바이올린의 연주, 식기들이 부딪는 소리, 터져 나오는 웃음소리가 뒤섞였다. 그리고 혼잡한 소음 속에서 그의 귀는 코제트의 즐겁고 상냥한 목소리를 들을 수 있었다.

장 발장은 피유 뒤 칼베르 거리를 떠나 옴므 아르메 거리로 향했다.

그는 돌아가는 길로 생 루이 거리와 퀼티르 생 카트린 거리, 그리고 블랑 망토 성당의 길을 선택했다. 약간 돌아가는 길이었지만, 석 달 동안 비에유 뒤 탕플 거리의 혼잡과 진창길을 피해 옴므 아르메 거리에서 피유 뒤 칼베르 거리로 매일 코제트를 데리고 걸어 다녔던 길이었다. 코제트와 다닌 이 길을 그는 전전히 걸었다.

장 발장은 집으로 돌아왔다. 촛불을 켜 들고 계단을 올라갔다. 집은 텅 비었다. 투생도 이미 없었다. 장 발장의 발소리는 여느 때보다 훨씬 크게 방 안을 울렸다. 창문이 모두 열려 있었다. 그는 코제트의 방으로 들어갔다. 침대의 시트가 벗겨지고 없었다. 비단 베개는 베갯잇과 레이스 장식 모두 벗겨져 바닥에 둔 이불에 놓여 있었다. 코제트는 소중히 간직했던 자질구레한 여자용 소지품을 모두 챙겨 갔다. 커다란 가구와 사면의 벽만 남아 있을 뿐이었다. 투생의 침대도 역시 벗겨진 채였다. 다만 한 침대만 정돈되어 누군가를 기다리고 있었다. 장 발장의 침대였다.

장 발장은 벽을 둘러보고 열려 있는 벽장문을 닫은 뒤 이 방에서 저 방으로 서성거렸다. 그런 뒤 자기 방으로 돌아와 촛불을 테이블 위에 놓았다.

그는 팔을 달아맨 띠를 풀고 아픈 적이 없었던 것처럼 오른손을 쓰고 있었다.

그는 자기의 침대로 다가갔다. 그리고 의도한 것인지 우연인지 모르게 어떤 물건에 눈길이 닿았다. 그것은 코제트가 늘 궁금해하던 물건이었다. 그 물건은 절대 그의 곁에서 떠난 일이 없는 작은 가방에 머물렀다. 6월 4일 옴므 아르메 거리에 도착했을 때 그는 그것을 베갯머리의 둥근 탁자 위에 놓았었다. 그는 빠른 걸음으로 둥근 탁자 옆으로 갔다. 주머니에서 열쇠를 꺼내 가방을 열었다.

장 발장은 그 속에서 10년 전 코제트가 몽페르메유를 떠날 때 입었던 옷을 하나씩 꺼냈다. 먼저 조그맣고 까만 드레스, 그다음에 까만 목도리, 다음엔 발이 작은 코제트가 지금도 신을 수 있을 것 같은 조잡한 어린이 구두, 그리고 매우 두꺼운 벨벳으로 만든 소매달린 짧은 윗옷, 메리야스로 된 속치마, 또 주머니가 달린 앞치마, 털실 양말 등등. 조그마한 정강이의 형태가 아직도 남아 있는 긴 양말이었다. 모두 검은색 한 가지였다. 코제트를 위해서 몽페르메유까지 그 옷들을 가지고 갔던 것은 그였다. 그는 지금 그것들을 가방 속에서 꺼내어 침대 위에 늘어놓았다.

장 발장은 추억을 더듬었다. 겨울이었다. 몹시 추운 12월에 그녀는 누더기 옷을 걸치고 거의 헐벗은 몸으로 떨고 있었다. 조그마한 발이 나막신 속에서 새빨갛게 얼어 있었다. 장 발장은 누더기 옷을 벗기고 이 상복을 입혀 주었다. 그녀의 어머니는 딸이 자기를 위해 상복을 입는 것을 무덤 속에서 보았을까.

혹은 무엇보다 따뜻한 옷을 입는 것을 보고 기뻐했을까. 장 발장은 몽페르메유의 숲을 생각했다. 코제트와 둘이서 그 숲을 지났었다. 그때의 날씨, 낙엽진 나무들, 새들이 떠나 버린 나무들, 햇빛이 비치지 않는 하늘을 그는 기억해 냈다. 그래도 즐거웠던 한때였다. 그런 생각을 하면서 장 발장은 침대 위에 늘어놓은 작은 옷가지들을 하나씩 눈여겨보았다.

코제트는 이 옷들과 똑같이 조그마했다. 커다란 인형을 팔에 안고 루이 금화를 앞치마 주머니에 넣은 채 웃고 있었다. 두 사람은 나란히 서서 손을 잡고 걸었다. 그녀에게는 이 세상에 아무도 없었다. 장 발장 밖에는.

그렇게 생각했을 때 그의 숭엄한 백발이 맥없이 침대 위로 떨어졌다. 그 강인한 늙은 가슴은 날카롭게 찢어졌다. 그의 얼굴은 코제트의 옷 속에 파묻히고 말았다. 만약 그때 계단을 지나가는 사람이 있었다면 무섭게 흐느껴 우는 소리를 들었을 것이다.

오랜 싸움

우리가 이미 수많은 상황을 지켜봤던 오랜 투쟁이 다시 시작되었다.

야곱이 천사와 싸운 것은 난 하룻밤이었다. 그러ㅏ아! 우리는 몇 번이나 장 발장이 암흑 속에서 스스로 자신의 양심과 미친 듯이 싸우는 것을 보았는가!

표현하기 힘든 괴로운 투쟁이었다! 어떤 때는 발이 미끄러지고, 어떤 때는 땅이 꺼졌다. 몇 번이나 선(善)으로 나아가려는 그 자신이 스스로를 조르고 짓눌렀던가! 양보 없는 진리가 가차 없이 그의 가슴 위에 덮친 적은 또 몇 번이었던가! 저 엄중한 빛, 신부의 손으로 그의 마음과 머리 위에 켜진 그 빛은 맹목으로 가리고 싶은 그의 눈을 어지럽혔다. 몇 번이나 그는 싸우다가 다시 일어나 바위에 매달리고 궤변을 부르짖으며 먼지 속을 뒹굴었다. 때로는 양심을 발아래 뒤집어엎고 때로는 양심에 발이 걸려 넘어졌다. 몇 번이나 모호한 논리를 앞세워 이기심을 사용해 보았으나, 분노한 양심이 귀 아래에서 "간사한 자식! 비참한 자식!" 하고 외치는 것을 들어야만 했다. 끊임없이 그의 마음은 의무 앞에서 반항하려고 애를 썼다. 매번 경련하고 허덕였다. 신에 대한 저항, 검은 대지, 수많은 상처의 비밀, 그 혼자만 느끼는 출혈, 그의 고통스러운 삶이 기진맥진하고 좌절하면서도 빛을 받고 다시 일어났었다! 패하면서도 그는 자신을 승자라고 느꼈다. 그리고 그의 양심은 그를 때려눕히고 굴복시킨 뒤 그에게 조용히 말하는 것이었다.

"자, 이제 평화로운 마음으로 일어나라!"

그런데 그토록 힘든 투쟁에서 빠져나온 뒤에 느껴지는 것은, 아, 얼마나 슬픈 마음의 평화란 말인가!

그러나 오늘 밤, 장 발장은 자신이 마지막 싸움을 하고 있음을 느꼈다. 하나의 참담한 문제가 그를 가로막고 있었다.

숙명이 늘 곧은 것은 아니다. 사람들의 숙명이 항상 곧고 넓게 뻗어 있지는 않다. 거기에는 막다른 골목도 있고, 어두운 모퉁이도 있으며, 여러 갈래의 불안한 길도 있다. 지금 장 발장은 위태로운 기로에 부딪쳐 걸음을 멈추었다.

그는 선악의 마지막 갈림길에 이르렀다. 그는 그 캄캄한 분기점을 눈앞에 두고 있었다. 이번에도 두 갈래의 길이었다. 하나는 그를 유혹했고, 다른 하나는 그에게 두려움을 주었다. 어느 것을 택해야 하는 것인가?

그를 두렵게 하는 길은, 인간이 어둠을 확인하려 할 때마다 잠시 보이는, 저 신비한 집게손가락이 가리키고 있다.

장 발장은 이번에도 다시 무서운 항구와 미소 짓는 함정 중 하나를 선택해야 했다. 영혼은 회복할 수 있지만 숙명은 되돌릴 수 없다는 말은 정말 진실일까? 고칠 수 없는 숙명! 무서운 일이다.

지금 그의 앞에 나타난 문제가 다급하다.

장 발장은 코제트와 마리우스의 행복에 대해 앞으로 어떤 태도를 취할 것인가? 그 행복을 바란 것은 그였고, 만들어 준 것도 그였다. 그는 자기 가슴속 깊이 접어 두었던 그 행복을 지금 다시 꺼내어 들여다보았다. 자기 가슴에서 피를 뿜으며 뽑아낸 단도 위에서 자신의 이름을 읽어 내는 대장장이처럼, 그도 만족감의 한 종류를 느낄 수 있었다.

지금 코제트에게는 마리우스가 있고, 마리우스에게는 코제트가 있다. 그들은 재산과 모든 것을 가지고 있다. 그들의 상황은 장 발장의 작품이었던 것이다.

그 행복을 다 이루어 낸 지금, 장 발장은 장차 어찌할 작정인가? 그 행복을 나눠 가져도 괜찮을까? 그것을 자신의 것처럼 다뤄도 좋을까? 물론 코제트는 남의 사람이 되었다. 그래도 코제트에게서 되찾을 수 있는 만큼만 다시 찾아와도 괜찮은 것인가? 막연하지만 존경받아 오던 아버지의 위치에 예전처럼 머물러 있어도 좋을까? 아무렇지도 않게 코제트의 집에 눌러 앉아도 되는 것일까? 한마디 말도 없이 자신의 과거를 코제트의 미래 속에 가지고 들어갈 수 있단 말인가? 그런 권리가 있는 것처럼 그곳에 얼굴을 내밀고, 비밀을 지닌 채 저 밝은 가정에 머물러 앉으려는 것인가? 그의 비참한 부 손으로 그들의 때 묻지 않은 순결한 손을 잡아도 되는 것인가? 질노르망 씨네 응접실의 평화로운 벽난로 가에, 법률의 부끄러운 그림자를 끌고 다니는 자신의 발을 올려놓아도 좋은가? 코제트와 마리우스와 함께 행운의 몫을 나눠 가져도 좋은가? 자신의 이마 위 그림자와 함께 그들의 이마 위 구름을 더욱 짙게 해도 좋은가? 그들 두 사람의 행복에, 제삼자인 그의 파국을 얹어 줘도 괜찮은가? 언제까지나 비밀을 감추고 있어도 되는가? 한마디로 말해 저 행복한 두 사람 옆에서 운명의 불길한 묵시자로서 살아도 좋은가?

사람은 항상 숙명과 그 타격에 익숙하다. 그렇기 때문에 어떤 종류의 의문이 적나라한 모습으로 나타났을 때, 눈을 들어 그것을 응시할 수 있어야 한다. 선과 악은 그 준엄한 의문 뒤에 숨어 있다. 어쩔 작정인가? 하고 스핑크스는 묻고 있다.

장 발장은 그러한 시련이 낯설지 않았다. 그는 스핑크스를 똑바로 바라보았다. 그리고 잔인한 문제를 생각하고 또 생각했다.

코제트, 저 사랑스러운 생명은 표류자에게 하나의 뗏목이었다. 그런데 지금은 어찌하면 좋은가? 거기에 매달려야 하나? 아니면 손을 놓아야 하나? 만일 매달려 있다면, 그는 파멸에서 빠져나와 태양으로 올라가서 옷과 머리카락에서 짠물을 씻어 버리고, 구출되어 살아갈 수 있다. 그런데 손을 놓는다면? 그때는 검은 심연이 그를 기다리고 있을 뿐이다.

그는 자신의 생각과 괴로운 문답을 계속 주고받았다. 아니, 싸웠다는 것이 더 정확한 표현이다. 마음속에서 서로 다른 두 가지 생각이 미친 듯이 달려들었다. 그중 하나는 욕망을 향했고 다른 하나는 신념을 향했다. 방향이 다른 고뇌가 서로 뒤엉켰다.

장 발장은 눈물을 터뜨렸다. 다행스러운 일이었다. 아마도 그것이 그의 마음을 씻어 주었을 것이다. 그러나 한동안은 처절했다. 일찍이 그를 아라스로 몰아갔던 때보다도 훨씬 세찬 폭풍이 그의 마음에 휘몰아쳤다. 과거가 현재 앞에 다시 모습을 드러냈다. 그는 과거와 현재를 비교하며 흐느껴 울었다. 눈물이 한번 흐르기 시작했을 뿐인데 절망한 그는 몸부림을 쳤다.

장 발장은 막다른 길에 닿았음을 느꼈다.

아아, 저 이기심과 의무와의 끝없는 다툼! 그 속에서 길을 잃고 격분했다. 기를 쓰고 항복을 거부하며, 완강히 저항했다. 달아날 길이 없나 하고 출구를 찾아 도망 다녔다. 한 걸음 한 걸음 도도한 이상 앞에서 물러날 때, 등 뒤를 가로막는 벽을 느꼈다. 그 차가움이란! 그 단단함이란! 얼마나 처절한 저항을 할 것인가! 앞을 가로막는 신성한 그림자를 느끼는 마음! 눈에 보이지 않는 혹독한 존재, 그것은 얼마나 집요하게 따라다닐 것인가!

양심과 장 발장의 대결은 언제까지고 끝나지 않는다. 체념하라, 브루투스여. 체념하라, 카토여. 양심은 신이고, 따라서 바닥이 없다. 사람은 그 우물 속에 일생을 던져 넣고, 행복을 던져 넣고, 재산을 던져 넣고, 성공을 던져 넣고, 자유며 조국을 던져 넣고, 안락을 던져 넣고, 휴식을 던져 넣고, 기쁨을 던져 넣는다. 좀 더! 더욱더! 집어넣어라! 단지를 비워라! 병을 비워라! 마침내는 자신의 마음까지도 던져 넣어야 한다. 그 옛날의 지옥의 안개 속 어딘가에 바닥이 보이지 않는 통이 있다.

그것을 거절하는 것이 사람에게는 허용되지 않는단 말인가? 끝없는 추구는 거절할 권리를 가지고 있을까? 한없는 쇠사슬은 사람의 힘을 넘지 못하는 것이 아닐까? 시시포스나 장 발장이 "이제 제발 그만!" 하는 것을 누가 탓할 수 있겠는가? 물질의 복종에는 마모 때문에 일정한 한계가 있는데 영혼의 복종에는 그런 한계가 없단 말인가? 영원한 운동은 불가능하다고 하는데 영원한 헌신을 요구해도 좋단 말인가?

첫걸음은 아무것도 아니다. 어려운 것은 마지막 한 걸음이다. 코제트의 결혼과 그것이 가져온 결과에 비하면 상마티외 사건이 대체 뭐란 말인가? 허무 속으로 들어가는 것에 비하면 삼옥으로 돌아가는 것쯤이야 무엇이겠는가?

오, 내리막길의 첫 계단이여. 그대는 어찌 이다지도 어둡단 말이냐! 오, 두 번째 계단이여, 그대는 어쩌면 그렇게 암흑이란 말인가! 여기까지 와서 어떻게 얼굴을 돌리지 않을 수 있단 말인가?

순교는 하나의 승화다. 침식에 의한 정화다. 사람을 신성케 하는 가책이다. 처음 한동안은 감수할 수가 있다. 벌겋게 단 무쇠 왕좌에도 앉을 수 있고, 벌겋게 단 무쇠 관도 쓸 수 있으며, 벌겋게 단 무쇠 공도 받을 수 있고, 벌겋게 단 무쇠 홀도 잡을 수 있다. 그러나 그 위에 다시 불꽃 망토를 입어야 한다. 그때 비참한 육체가 그 심한 형벌에 반항하고 항거하지 않을 수가 있을까?

드디어 장 발장은 기진맥진하여 평정 상태에 들어갔다. 그는 생각하고, 몽상하며, 빛과 어둠의 신비로운 저울이 올라갔다 내려갔다 하는 것을 지켜보았다. 저 눈부시게 빛나는 두 젊은이에게 자신의 형벌을 지워 줄 것인가, 아니면 자신의 구제할 길 없는 소멸을 자기 혼자만으로 그칠 것인가. 한쪽 길은 코제트를 희생함이요, 다른 쪽 길은 자신을 희생함이다.

그는 어떤 해결을 마음속에 품었을까? 어떤 결의를 했을까? 숙명의 엄중한 심문에, 마음속으로 정한 최후의 확답은 무엇이었을까? 어떤 문을 열려고 결심했을까? 생활의 어느 쪽 문을 닫고, 어느 쪽을 막아 버릴 결의를 했을까? 그를 에워싼 측량할 수 없는 낭떠러지 중에서 어느 것을 골랐는가? 어느 종극(終極)을 달게 받아 들였는가? 그 심연 중 어느 것을 향하여 고개를 끄덕였을까?

장 발장의 혼미한 몽상은 밤새도록 계속되었다.

그는 날이 샐 때까지 똑같은 자세로, 침대 위에 몸을 구부리고 거대한 운명 아래 엎드려, 만신창이가 되어, 십자가에 매달려 있다가 땅 위로 내동댕이쳐진 사람처럼 주먹을 불끈 쥐고, 두 팔을 열십자로 벌리고 있었다. 열두 시간, 긴긴 겨울밤의 열두 시간 동안 얼어붙은 듯 머리도 들지 않고, 말 한마디 하지 않았다. 상념이 어느 때에는 히드라처럼 땅바닥을 기어 다니고, 어느 때는 독수리처럼 하늘을 날아다니는 동안, 몸은 줄곧 송장처럼 움직이지 않았다. 그 모습은 마치 죽은 사람 같았다. 마침내 그는 경련하듯 몸을 부르르 떨고, 그의 입은 코제트의 옷에 달라붙어 거기에 키스했다. 그것이 그가 아직 살아 있는 인간이라는 것을 보여 주는 유일한 것이었다.

그것을 보고 있던 자는 누구인가? 누구였는가? 장 발장은 혼자뿐이었고, 그곳에는 아무도 없지 않았는가?

아니다. 암흑 속에 언제나 있는 '누군가'가 본 것이다.

7. 고배의 마지막 한 모금

지옥과 천국

　결혼식 이튿날은 어쩐지 쓸쓸하다. 사람들은 행복한 두 사람의 평화를 가만히 지켜 주고 있다. 그리고 그들이 늦잠을 자도 작은 경의를 표한다. 축하 손님의 방문으로 붐빌 때까지 좀 더 시간이 있다. 2월 17일 정오를 조금 지났을 때, 바스크가 걸레와 깃털 비를 들고 객실을 청소하고 있었다. 문을 두드리는 소리가 들렸다. 초인종은 울리지 않았다. 이런 날에 초인종은 좀 실례가 될 것이다. 바스크가 문을 열고 보니 포슐르방 씨였다. 바스크는 그를 응접실로 안내했다. 그곳은 아직도 흐트러진 채로 전날 밤의 흔적이 남겨져 있었다.

　"이것 참, 나리."

　바스크는 말했다.

　"저희들이 일어나는 게 늦었습니다."

　"주인께선 일어나셨을까?"

　장 발장이 물었다.

　"팔은 좀 어떠십니까?"

　바스크가 되물었다.

"좋아졌네. 주인께선 일어나셨나?"

"어느 주인 말씀입니까? 큰 나리입니까? 젊은 나리 말씀입니까?"

"퐁메르시 말일세."

"남작님 말씀이군요?"

바스크는 몸을 바로 일으키며 말했다.

남작이란 지위는 특히 하인들이 존경스러워한다. 그들은 그것에서 무엇인가를 읽어 내기 때문이다. 그들은 철학자들이 칭호의 찌꺼기라고 폄하해 부를 만한 것을 얻었다고 의기양양해한다. 공화주의자의 투사였던 마리우스는, 본의는 아니지만 현재 남작이 되어 있었다. 이 칭호 때문에 집안에 약간의 혁명이 일어났다. 그 칭호를 소중하게 여기는 사람은 질노르망 씨였다. 마리우스는 이제 그것을 아무렇지도 않게 여기고 있었다. 퐁메르시 대령의 유언에 따라 마리우스는 아버지의 칭호를 물려받은 것뿐이었다. 게다가 여자인 코제트는 남작 부인이 된 것을 무척 기뻤다.

"남작님 말씀이군요."

바스크는 거듭 말했다.

"확인해 드리겠습니다. 포슐르방 님께서 오셨다고 말씀드리지요."

"아니, 나라고 밝히지 말아 주게. 누가 면담을 하고 싶어 한다고만 말씀드리고 이름은 말하지 말아 주게."

"예에?"

"놀라게 해 주고 싶어서 그러네."

"아, 예에!"

바스크는 대답하며 어리둥절함을 털어 버렸다.

바스크는 응접실을 나갔다. 장 발장은 혼자 남았다.

응접실은 몹시 어수선했다. 혼례 때 법석이던 소리까지 남아 있는 듯한 착각이 들었다. 방바닥에 화환이며 화관에서 떨어진 온갖 꽃들이 흩어져 있었다. 밑동까지 타 버린 초 때문에 촛대의 투명 유리 위에 촛농이 잔뜩 있었다. 제자리에 놓여 있는 가구는 하나도 없었다. 방 구석구석에는 팔걸이의자가 서너 개씩 둥그렇게 모여 있었다. 온 방 안이 흐트러진 가운데 웃고 있었다. 잔치가 끝난 뒤에도 그 자취가 남아 있는 것이다. 남아 있는 자취를 느끼는 것조차 참으로 행복한 일이었다. 이제 태양이 샹들리에를 대신하여 응접실 안을 밝게 비추고 있었다.

몇 분이 지났다. 장 발장은 바스크가 나갈 때 서 있던 그 자리에 가만히 서 있었다. 얼굴빛이 몹시 창백했다. 잠을 자지 못했기 때문에 눈이 움푹 꺼져서 거의 눈구멍 속에 숨어 버릴 정도였다. 밤새도록 입고 있던 검은 옷은 구김이 가 있었고, 팔꿈치께는 시트에 문질렀을 때 일어난 털로 뿌옇게 되어 있었다. 장 발장은 발밑 마룻바닥에 햇빛이 떨어뜨리고 있는 창 그림자를 바라보고 있었다.

문에서 소리가 났다. 그는 눈을 들었다. 마리우스가 들어왔다. 입가에는 미소를 머금고, 얼굴에 형용할 길 없는 빛을 띠고, 이마는 환하게 빛나고, 눈은 자랑으로 가득했다. 그 또한 자지 못한 것 같았다.

"아버님이셨군요!"

그는 장 발장을 보고 소리쳤다.

"바스크란 놈, 어쩐지 까닭이 있는 듯 보였어요! 퍽 일찍 오셨군요. 아직 12시 반밖에 안 되었는데. 코제트는 아직 자고 있어요."

마리우스가 포슐르방에게 '아버님'이라고 말한 것은 더없는 행복을 의미했다. 두 사람이 만나면 어쩐지 늘 냉랭하고 거북살스러웠다. 녹여 버리지 않으면 안 될 얼음이 둘 사이에 가로놓여 있었다. 그러나 지금의 마리우스는 도취경에 빠져 얼음을 녹일 수 있었다. 포슐르방 씨가 마리우스에게도 아버지처럼 느껴진 것이다. 마리우스는 말을 계속했다. 신성한 기쁨에 도취된 나머지 말이 넘쳐 났다.

"뵙게 되어 정말 기쁩니다! 어제 아버님이 안 계셔서 얼마나 섭섭했는지 모릅니다! 정말 잘 오셨어요. 아버님, 손은 좀 어떠십니까? 좋아졌겠지요?"

좋아졌다는 것을 확신한 듯 혼자 머리를 끄덕이면서 마리우스는 말을 이었다.

"저희들은 아버님 이야기를 무척 많이 했습니다. 코제트는 아버님을 말할 수 없이 사랑합니다! 여기에 아버님의 방이 준비되어 있다는 걸 잊으시면 안 됩니다. 우리에겐 이제 옴므 아르메 거리는 필요 없습니다. 정말 필요 없습니다. 어떻게 그런 데로 이사를 하셨습니까. 시끄럽고 지저분한 데다 좀 위험한 거리 아닙니까? 이리 오셔서 함께 사시도록 하세요. 오늘 당장 말입니다. 사양하시면 코제트가 무척 화낼 겁니다. 코제트가 아버님과 저를 제 뜻대로 휘두를 작정이라는 걸 미리 귀띔해 드릴게요. 아버님 방은 보셨겠지요? 저희들 방 바로 옆방인데 정원을 향하고 있지요. 자물쇠도 다 손봐 놨고 침대도 정돈해 놓았습니다. 모든 준비가 다 돼 있으니까 그저 오시기만 하면 됩니다. 코제트가 아버님 침대 옆에 우트레히트산 벨벳으로 만든 커다랗고 오래된 팔걸이의자를 갖다 놓았어요. 그걸 바라보면서 말했답니다. '우리 아버지를 포옹해 주렴.' 하고. 매년 봄이 되면 창문 맞은편의 아카시아 숲 속에 꾀꼬리가 날아옵니다. 두 달 동안 있지요. 그 꾀꼬리 둥지가 방 왼쪽에 있어서 저희들에겐 보금자리가 오른 쪽에 있는 셈이지요. 밤엔 꾀꼬리가 노래하고 낮엔 코제트가 지저귑니다. 그 방은 햇살도 잘 들어요. 코제트가 아버님의 책도 정리해 드릴 겁니다.《루크 선장의 여행기》며《벤쿠버 여행기》등 필요한 것은 뭐든 다 갖춰 놓을 겁니다. 소중히 다루시는 조그마한 여행 가방도 있으시죠? 그걸 놓아둘 적당한 자리를 마련해 놓았습니다. 아버님은 저희 조부님의 마음을 빼앗아 버리셨습니다. 서로 죽이 잘 맞으실 겁니다. 모두 함께 살아요. 트럼프를 아시는지요? 만일 할 줄 아신다면 조부께서 무척 좋아하실 겁니다. 제가 재판소에 나가는 날엔 코제트와 산책을 하십시오. 옛날 뤽상부르 공원에서 하셨듯이 그녀의 팔을 잡으시고. 우리는 행복하게 살아가자고 굳게 결심했답니다. 거기엔 아버님의 행복도 함께여야 합니다. 아시겠습니까? 그리고 참, 오늘 저희들과 점심 식사 함께 하실 수 있겠죠?"

"사실은."

장 발장은 말했다.

"한 가지 해야 할 이야기가 있소. 난 전과자요."

소리의 예리함은 정신적 지각의 한계를 느끼게 할 수가 있다. '나는 전과자요.'라는 말이 포슐르방 씨의 입에서 나와 분명히 마리우스의 귀에 들어왔지만 의미를 알아차리는 데는 한계가 있었다. 마리우스는 그 의미를 이해하지 못했다. 그는 어리둥절해 있었다.

그제야 마리우스는 상대방의 표정을 살폈다. 포슐르방 씨가 무서운 얼굴을 하고 있는 것을 뒤늦게 깨달았다. 혼자만의 기쁨에 취해 있었기 때문에 상대의 안색이 무섭도록 창백한 것을 알아차리지 못했던 것이다.

장 발장은 오른팔을 매고 있던 검은 띠를 벗었다. 손에 감았던 붕대를 풀어 엄지손가락을 마리우스에게 내보였다.

"손은 아무렇지도 않았소."

그는 말했다.

마리우스는 엄지손가락을 멍하니 바라보았다.

"처음부터 아무렇지 않았소."

장 발장은 다시 말했다.

정말 상처는 아무 데도 없었다. 장 발장은 말을 이었다.

"나는 그대들의 결혼식에 빠지고 싶었소. 어떻게든지 빠지려고 했소. 내가 손가락을 다쳤다고 한 것은 위증을 하지 않기 위해서였소. 결혼 계약서가 무효가 되지 않도록, 서명하지 않아도 되게 하기 위해서였소."

마리우스는 겨우 입을 떼며 말했다.

"그건 무슨 의미입니까?"

"다시 말해,"

장 발장은 대답했다.

"나는 감옥에 들어갔던 적이 있는 사람이라는 말이오."

"그럴 리가!"

마리우스는 공포에 사로잡혀서 외쳤다.

"퐁메르시 군."

장 발장은 말했다.

"나는 19년 동안 감옥살이를 했소. 절도죄였소. 그 뒤에는 무기 징역을 받았소. 절도죄로, 재범이었소. 흰새는 탈주범의 몸이오."

마리우스는 현실을 믿고 싶지 않았다. 그는 차츰 사정을 깨닫기 시작했고 밝혀진 내용 이상의 것도 이해하기 시작했다. 그는 마음속에 번개가 친 것처럼 전율을 느꼈다. 여러 가지 생각이 순식간에 그의 머리를 스쳐 지나갔다. 그는 미래의 자신에게 다가올 끔찍한 운명을 본 듯했다.

"모든 걸 말씀해 주십시오. 전부 다!"

마리우스는 외쳤다.

"당신은 코제트의 아버지가 아닙니까!"

믿을 수 없는 공포에 사로잡혀 두어 걸음 뒤로 물러섰다. 장 발장은 천장까지 닿을 만큼 엄숙한 태도로 똑바로 몸을 폈다. 그는 진지한 표정을 잃지 않았다.

"그대는 지금부터 내 말을 믿어 주어야 하오. 나 같은 사람의 맹세는 법정에선 효력이 없겠지만……."

여기서 장 발장은 잠깐 말을 끊었다. 잠시의 침묵이 천금보다 무거웠다. 곧 무덤 같은 위엄을 담고, 한 마디 한 마디 힘주어 발음하면서 말을 이었다.

"내 말을 믿어 주시오. 나는 코제트의 아버지가 아니오. 하느님 앞에 맹세하겠소. 퐁메르시 남작, 나는 파브롤의 시골 사람이오. 나무의 가지

치기를 하며 살아왔소. 나는 포슐르방이 아니라 장 발장이오. 코제트와는 아무 연고도 없소. 안심하시오."

마리우스가 중얼거렸다.

"누가 그걸 증명합니까?"

"나요. 내가 그렇게 말하는 이상."

마리우스는 그를 조용히 쳐다보았다. 그는 침울했고 냉정했다. 이처럼 평정한 사람의 입에서 거짓말이 나올 리가 없었다. 얼음처럼 냉랭한 것이 오히려 진실한 것이다. 그 무덤과 같은 차가움 속에서 진실이 느껴졌다.

"당신의 말씀을 믿겠습니다."

마리우스는 말했다.

장 발장은 고개를 끄덕이고 다시 말을 이었다.

"나는 코제트와 아무 관계도 없소. 그저 지나가는 사람에 불과하오. 10년 전에는 그녀가 이 세상에 있다는 사실조차도 몰랐소. 그 애를 사랑한다는 것만은 진실이오. 나이를 먹고 보면 어린 소녀를 귀여워하게 되지. 나이가 들면 어느 아이에게나 할아버지와 같은 마음이 드는 법이오. 나 같은 사람에게도 진정한 마음이 있다는 것을 알아주실 줄 믿소. 그 애는 고아였소. 아버지도 어머니도 없었소. 그래서 나 같은 사람이 필요했고, 그런 이유로 나는 그 애를 사랑하기 시작했던 거요. 어린애란 연약해서 어떤 사람이든, 심지어 나 같은 인간이라도 보호자가 될 수 있소. 나는 코제트에 대해 보호자로서의 의무를 다해 왔소. 보호자의 일을 선한 행위라고 할 수는 없겠지만, 만약 그게 선한 행위라고 생각한다면 내가 그 일을 했다는 걸 생각해 주시오. 이러한 정상을 참작해 달라는 뜻이오. 지금 코제트는 내 슬하에서 떠났고 우리가 가는 길은 서로 달라졌소. 이제부터 나는 그 애에 대해서 아무것도 아니오. 그 애는 퐁메르시 부인이고, 그 애의 보호자는 바뀌었소. 그리고 코제트에게는 그것이 더 행복한 일이오. 모든 것은 잘되었소. 60만 프랑의 돈에 대해 지금 당신은 아무 말도 하지 않고 있지만, 내가 먼저 말한다면 그것은 위탁받은 돈이오. 그 위탁금이 어떻게 내 수중에 있었는가? 그건 아무런들 어떻소? 나는 위탁금을 돌려줄 뿐이오. 그 이상 내게 요구할 것은 없을 거요. 나는 내 본명을 밝힘으로써 원래의 나로 돌아갔소. 그것은 나 개인에 관한 문제요. 내가 어떤 사람인지 그대가 알아주기를 바라는 거요."

그렇게 말하고 장 발장은 마리우스를 똑바로 바라보았다.

마리우스는 혼란하고 걷잡을 수 없는 감정만 간신히 느끼고 있었다. 어떤 운명의 바람은 인간의 영혼 속에 그저럼 파장을 일으킨다.

사람은 누구나 자기 내부에서 모든 것이 흩어져 버리는 난처한 순간을 경험할 때가 있다. 그때 사람은 이치에 닿지도 않는 말을 함부로 지껄이게 된다. 세상에는 뜻밖의 일이 갑자기 일어나는 수도 있다. 사람은 그것을 견디지 못해 독한 술을 마신 것처럼 비틀거리는 수가 있다. 마리우스는 자기에게 닥친 새로운 상황에 몹시 놀랐다. 상대가 왜 그런 고백을 하는 것인지 이해할 수 없었다. 느닷없는 고백에, 원망에 가까운 감정이 솟았다.

마리우스는 외쳤다.

"어른께선 어째서 그런 말씀을 내게 하시는 겁니까? 누가 그렇게 하라고 강요했습니까? 혼자서 비밀을 간직할 수도 있었지 않습니까? 어른께선 고발을 당한 것도, 수사를 받는 것도, 추적을 당한 것도 아니지 않습니까? 자진해서 일부러 그런 비밀을 털어놓는 데에는 어떤 이유가 있을 겁니다. 말씀하십시오, 그 이유를. 어째서 그걸 고백하시는 겁니까? 어떤 동기에서!"

"어떤 동기?"

되묻는 장 발장의 목소리는 마리우스에게보다 자신에게 향했다. 그는 나직한 목소리로 말했다.

"하긴 그래. 어떤 동기로 이 죄수가 '나는 죄수요.' 하고 말하러 왔는가, 그거로군. 그렇소! 좀 색다른 동기요. 정직한 마음에서요. 불행하게도 내 마음속에는 나를 붙들어 매고 있는 밧줄이 한 가닥 있소.

나이가 들수록 그 밧줄은 점점 더 질겨지오. 주위의 생활이 전부 허물어져 가는 데도 그 밧줄만은 저항하고 있소. 만약 내가 그 줄을 자르거나 해서 멀리 가 버릴 수 있었다면 나는 구제되었을 거요. 곧장 떠날 수 있었을 거요. 블루아 거리엔 역마차도 있소. 그렇게 되면 그대들은 행복해지겠지. 나는 그 줄을 끊으려 했고 뽑아내려 했지만, 줄은 끊어지지 않고 내 마음까지 함께 뽑혀 나갈 지경이 되었소.

그때 나는 생각했소. '나는 이곳 외에는 살 수 없다. 나는 이곳에 머물러 있어야 한다.' 그렇소, 그러나 그대가 말한 것도 옳소. 나는 어리석은 사람이오. 왜 이대로 모르는 척하고 있어선 안 되는가? 그대는 방 하나를 나에게 제공해 주었고 퐁메르시 부인은 나를 사랑해서 팔걸이의자에게까지 '아버지를 꼭 끌어안아다오.'라고 했으며, 그대의 조부님은 내가 와 있는 것을 만족해하시고 내가 마음에 든 것 같으니, 모두 함께 살며, 같이 식사도 하고, 코제트를…… 아니 퐁메르시 부인이오, 실례했소, 그만 입버릇이 되어서……. 나는 퐁메르시 부인의 손을 잡아 주고, 모두 한 지붕 밑에서 한 테이블을 에워싸고, 겨울엔 벽난로 가에 둘러앉아 같은 불을 쬐며, 여름엔 모두 함께 산책을 하고. 그것은 즐거운 일이오. 그것은 행복이오. 그 이상 무엇이 있겠소. 우리는 한 식구로 함께 생활하는 거요, 가족처럼!"

이 말을 했을 때 장 발장은 광포해졌다. 그는 팔짱을 끼고 뚫어지게 발밑을 노려보았다. 목소리가 갑자기 격렬해졌다.

"한 가족처럼! 아니오. 나는 가정을 가지고 있지 않소. 나는 그대의 집안 식구가 아니오. 나는 세상 어느 집안의 식구도 될 수 없소. 사람들이 집이라고 부르는 그 어디서도 나는 환영받지 못하오. 세상에는 많은 가정이 있지만, 내가 들어갈 가정은 없소. 나는 불행한 사람이오. 사회에서 버림받은 사람이오. 나에게 부모가 있었는지조차 의심스러울 정도요.

내가 그 아이를 결혼시킨 날, 모든 것은 끝났소. 그녀가 행복해진 것을 보고, 사랑하는 사람과 함께 있고, 훌륭한 노인이 계시고, 두 천사의 가정이 태어나서 이 댁에 기쁨이 넘치고, 만사가 잘되어 가는 것을 보고, 나는 자신에게 말했소. 너는 저 속에 들어가지 말라고. 하기야 나는 거짓말을 하고 그대들을 모두 속이고 포슐르방 씨로 그냥 지낼 수도 있었소. 그것이 그녀를 위한 것이있을 동안은 거짓말을 할 수도 있었소. 그러나 이번은 나 자신을 위한 것일 테니 거짓말을 할 수가 없소. 허긴 내가 잠자코 있기만 하면 모든 것은 전과 다를 바 없겠지.

누가 나에게 고백할 것을 강요했느냐고 그대는 물었소. 하찮은 것이지만 그건 내 양심이오. 사실 잠자코 있는 건 정말 쉬운 일이었소. 나는 스스로를 설득하려고 밤새껏 애썼소. 당신은 모든 것을 고백하라고 했소. 내가 그대한테 이야기한 것은 정말 이상한 일이어서, 그대가 그렇게 말하는 것도 무리가 아니오. 나는 밤새껏 이것저것 구실을 만들어 보았소. 그럴 듯한 교묘한 구실을 생각해 내고 할 수 있는 데까지 다했소.

그러나 도저히 내 힘으로 어쩌지 못하는 것이 두 가지 있었소. 내 마음을 여기에 붙들어 매고 있는 줄을 끊는 것과, 홀로 있을 때 소곤소곤 말을 걸어오는 것을 잠재우는 일이오. 내가 오늘 아침, 그대한테 모든 것을 고백하러 온 것도 그 때문이오. 모든 것을, 거의 전부를 말이오. 나 혼자에게만 관계되는 것, 말할 필요가 없는 것은 내 가슴속에 접어 두겠소. 중요한 것은 이미 그대가 아는 그대로요. 이제 나는 내 비밀의 밑바닥까지 그대한테 내주었소. 그리고 내 비밀을 그대의 눈앞에서 파헤쳐 보였소.

이것은 쉬운 결심이 아니었소. 밤새껏 나는 몸부림쳤소. 설마 하고 생각할지 모르지만 나는 이런 생각까지 했소. 이것은 샹마티외의 사건과는 다르다, 내 이름을 감춘다고 해서 누구에게 누를 끼칠 것도 아니다. 포슐르방이라는 이름은 내가 어떤 일을 해 준 데 대한 감사의 표시로 포슐르방 자신이 내게 준 거요. 그것을 내 이름으로 쓰면 어떤가, 게다가 그대가 제공해 준 그 방에 들어가면 나는 행복해질 수 있다, 누구에게도 방해될 것 없다, 그저 한구석에 틀어박혀 있으면 된다, 그리고 그대가 코제트와 있는 동안 나는 그녀와 한 집에 있다는 생각을 하자고 말이오. 그것으로 제각기 자신에게 어울리는 행복을 누리는 셈이지. 포슐르방 씨로 지내기만 하면, 그것으로 만사가 잘되는 거요. 물론 내 영혼을 제외한다면. 내 주위에는 기쁨이 넘치지만 내 영혼의 밑바닥은 역시 암흑 속에 있을 것이오.

사람은 행복만으로는 충분하지 않소. 만족스러워야 하오. 이대로라면 나는 포슐르방 씨로 있으면서 자신의 진짜 얼굴을 감추고 그대의 기쁨 앞에서 나는 비밀을 갖고, 그대의 환한 빛 속에서 캄캄한 암흑을 품게 되오. 그리고 아무런 경고도 없이 정직한 체하면서 그대의 가정에 감옥을 끌어들이고, 만약 그대에게 정체가 알려지면 쫓겨나리라는 생각을 늘 하면서 그대의 식탁에 마주 앉고, 알려지게 되면 틀림없이 '아유, 무서워라!' 할 하인들의 시중을 받는 거요.

그대가 응당 싫어할 팔꿈치를 그대에게 맞대고, 그대의 악수를 속임수로 가로채는 거요! 그대의 집에서는 존경스러운 백발과 욕된 백발 사이에 존경을 나누어 갖게 되오. 더할 나위 없이 정다운 대화를 나눌 때, 모두가 서로의 흉금을 터놓고 있는 줄 알 때, 조부님과 그대 내외와 나, 넷이 같이 있을 때, 그곳에 낯선 사람 하나가 있는 거요! 나는 그대들의 생활 속에 뛰어들어 자신의 무서운 우물의 뚜껑을 절대로 열지 않으려는 데에만 신경을 쓰겠지.

그래서 이미 죽어 있는 내가 살아 있는 그대들에게 짐이 될 것이오. 그 짐은 영원히 벗을 수 없소. 그대와 코제트와 나, 세 사람 모두 녹색 죄수모를 쓰게 되오! 소름 끼치지 않소? 나는 지금 세상에서 가장 짓밟힌 사람이오만, 그렇게 되면 가장 무서운 사람이 될 것 아니오? 그리고 그 죄를 날마다 저지르게 될 거요. 거짓말을 매일 해야 하니까요! 밤의 가면을 매일 얼굴에 쓰고 있게 되오! 나의 굴욕을 매일 그대들에게 나누어 주는 게 되오! 그것도 내가 사랑하는 그대들에게, 나의 아이들인 그대들에게, 결백한 그대들에게 말이오!

잠자코 있는 게 아무것도 아닌 일일까. 침묵을 지키는 게 간단한 일이겠소? 아니오, 간단하지 않소. 침묵이 거짓말이 되는 수도 있소. 그리고 나의 거짓말을, 취위를, 비열함을, 비겁함을, 배신을, 죄를, 나는 한 방울 한 방울 마시고 토해 냈다가, 다시 삼키고, 한밤중에 끝냈다가는 하낮에 다시 시작할 것이고, 또 나의 아침 인사도 거짓말이 되고, 밤 인사도 거짓말이 되어, 나는 그 거짓말 위에서 자고 그 거짓말을 빵에 발라 먹고, 그리고 코제트와 얼굴을 맞대고, 천사의 미소에 지옥에 떨어진 자의 미소로 대답하는, 가증스러운 사기꾼이 되는 거요! 어떻게 그런 짓을 할 수 있겠소? 행복해지려면 어떻게 해야 할까? 아, 이런 내가 행복해지려면! 도대체 나에게 행복해질 권리 같은 것이 있겠소? 나는 인생에서 소외된 사람이오."

장 발장은 말을 끊었다. 마리우스는 귀를 기울이고 있었다. 일관된 진술을 무시할 수 없었고 고뇌에 찬 목소리를 막을 수는 없었다. 장 발장은 다시 소리를 낮추어 말하기 시작했지만 처참한 목소리였다.

"왜 고백을 하느냐고 그대는 물었소. 고발을 당한 것도, 수색을 당하는 것도, 추적을 당하고 있는 것도 아닌데 하고 말이오. 아니오! 나는 고발되어 있소! 그렇고말고! 수사도 받고 있소! 추적도 당하고 있소! 누구에게? 바로 나한테서요. 나의 도피를 가로막는 것은 바로 나 자신이오. 나는 스스로를 끌어내고, 체포하고, 스스로를 처형하는 거요. 더욱이 자기가 자신을 붙잡을 때는 너무나 잘 잡히는 법이오."

장 발장은 자신의 윗도리를 꽉 움켜쥐었다. 그것을 마리우스 쪽으로 잡아당기면서 "이 주먹을 보시오." 하고 그는 말을 이었다.

"목덜미를 움켜쥐고 놓지 않으려는 것 같지 않소? 어떻소! 그런데 이런 주먹이 또 하나 있소. 그것이 양심이오! 행복해지기를 원하는 사람은 결코 의무라는 것에 깊이 빠져서는 안 되오. 왜냐하면 일단 의무에 깊이 빠져들면 의무는 집요하게 사람을 공격하기 때문이오. 마치 의무에 깊이 들어간 것을 벌하는 것처럼 말이오. 그러나 사실은 그렇지 않소. 의무는 그것을 깊이 깨달은 사람에게 보답을 하오. 왜냐하면 의무는 사람을 지옥으로 떨어뜨리지만, 사람은 거기서 자기 옆에 신이 있음을 느끼기 때문이오. 사람은 자신의 창자를 찢는 순간, 자기 자신과 화해할 수가 있는 것이오."

그리고 비통한 말투로 덧붙였다.

"퐁메르시 씨, 상식에 어긋나는 말 같지만 나는 정직한 사람이오. 나는 그대에게 멸시당함으로써 스스로를 높이는 것이오. 이런 일은 전에도 한 번 있었지만, 이번처럼 괴롭지는 않았소. 그건 아무것도 아니었소. 그렇소, 나는 정직한 사람이오. 그러나 만일 내가 잘못한 탓으로 그대가 나를 계속 존중한다면 나는 정직하다고 할 수 없을 거요. 그런데 지금 그대는 나를 경멸하고 있으니까 나는 정직하다고 할 수 있소. 나는 남의 존경을 훔치지 않고는 존경을 얻을 수 없소. 그러나 그런 경의는 오히려 나를 부끄럽게 하고, 마음을 괴롭히오. 스스로를 존경하기 위해서 남이 나를 경멸하게끔 만들 필요가 있소. 이것이 내가 짊어지고 있는 숙명이오. 이래야만 비로소 나는 똑바로 설 수가 있소.

나는 자신의 양심에 복종하는 죄수요. 이런 사람은 다시 또 없으리라는 것을 잘 알고 있소. 그러나 어떻게 하겠소? 이것이 사실인걸. 나는 나 자신에게 약속했소. 그리고 그것을 지키고 있소. 사람은 자신을 속박하는 것에 부딪치기도 하고 우연히 의무 속에 끌려들어 가는 경우도 있소. 그렇소, 퐁메르시, 내 인생에는 여러 가지 일들이 있었소."

장 발장은 다시 입을 다물고 자기가 한 말의 뒷맛이 씁쓸하기라도 한 듯 괴롭게 침을 삼킨 뒤 다시 말을 이었다.

"이런 혐오스러운 것을 짊어지고 있는 인간이 다른 사람들에게 영향을 끼치게 둘 수는 없소. 자신의 괴질을 남에게 전염시킬 권리는 없소. 알지 못하는 사이에 사람을 자신의 파멸로 끌어들일 권리는 없소. 자신의 피 묻은 외투를 남에게까지 입힐 권리는 없소. 자신의 비참으로 엉큼하게 남의 행복을 방해할 권리는 없소. 건강한 사람들에게 접근해서, 눈에 보이지 않는 자기 이름을 슬그머니 문질러 댄다는 건 끔찍한 일이오.

포슐르방이 나에게 자기 이름을 빌려 주었지만 나는 그것을 이용할 권리가 없소. 하나의 이름은 하나의 자아요, 아시겠지요? 나는 시골 사람이지만 조금은 생각도 하고 책도 좀 읽었소. 그리고 사리분별도 할 줄 아오. 이렇게 자기 생각도 표현하오. 나는 스스로 자기 교육을 한 것이오. 그렇소, 남의 이름을 훔쳐다가 그 아래 숨는 것은 정직하지 못한 짓이오. 이름이 단순한 알파벳에 불과하다면 지갑이나 시계처럼 속여서 뺏을 수 있소.

그러나 순전히 가짜 이름이 되고, 살아 있는 가짜 열쇠가 되어 자물쇠를 비틀어 열고, 정직한 사람들의 집에 들어가며, 결코 똑바로 보지 못하고, 언제나 곁눈질만 하고 자기 마음속의 명예를 더럽혀서는 안 되오! 안 되오! 절대로 안 되오. 그러느니보다는 차라리 괴로워하고, 피를 흘리고, 손톱으로 살가죽을 뜯어내고, 밤마다 고뇌에 몸부림치며, 몸도 마음도 여위어 버리는 편이 낫소. 그렇기 때문에 나는 그대에게 모든 것을 고백하러 온 거요. 그대 말대로 자진해서 말이오."

장 발장은 괴로운 듯이 숨을 쉬고, 그리고 마지막 말을 토했다.

"살기 위해서 옛날에 나는 빵 한 조각을 훔쳤소. 그러나 오늘은 살기 위해서 당신에게 그 이름을 훔치고 싶지 않소."

"살기 위해서."

마리우스는 말을 가로막았다.

"어르신께서 살기 위해서 이름이 필요한 건 아니겠죠."

"아아! 그 말은 나도 알겠소."

장 발장은 대여섯 번 쯤 천천히 머리를 끄덕이면서 대답했다.

침묵이 흘렀다. 둘 다 입을 다물고 각자 깊은 생각에 잠겼다. 마리우스는 테이블 옆에 앉아서 손가락으로 입술을 누르고 있었다. 장 발장은 응접실을 거닐었다. 그는 거울 앞에서 걸음을 멈추더니 한동안 움직이지 않았다. 이윽고 거울 속에 비친 자신의 모습을 외면하려 애쓰면서 말했다. 마치 골몰하던 추리에 대답이라도 하는 듯 보였다.

"그러나 이제 나는 마음 편히 쉴 수 있게 되었소!"

그는 다시 걷기 시작하여 응접실 저편 끝까지 갔다. 뒤로 돌아서려다 마리우스가 자신의 걸음걸이에 시선을 두고 있다는 것을 깨달았다. 그러자 그는 뭐라 표현하기 어려운 어조로 마리우스에게 말했다.

"나는 다리를 약간 절고 있소. 그 까닭은 이미 아시겠지."

그는 마리우스 쪽으로 똑바로 마주 섰다.

"그런데 한 번 상상해 보시오. 내가 아무 말도 하지 않고 여전히 포슐르방 씨로 있으면서 이 집에 들어와서 한 식구가 되고, 아침이면 편안히 식사하러 나오고, 저녁에는 셋이서 나란히 연극 구경을 가고, 퐁메르시 부인을 따라 튈르리 궁전이나 루아얄 광장에 나가고, 모두 함께 생활하면서 똑같은 인간으로 대접받고 있다 합시다. 그런데 어느 날 갑자기 장 발장! 하고 내 이름을 크게 부르는 소리가 나고, 저 무시무시한 경찰의 손이 그늘에서 튀어나와 내 가면을 잡아 벗긴다면!"

장 발장은 잠시 숨을 멈추었다. 마리우스는 부르르 떨며 일어섰다. 장 발장은 말을 이었다.

"그렇게 되면 어떻게 하시겠소?"

마리우스의 대답은 침묵이었다.

장 발장은 계속했다.

"결국 내가 비밀을 감추어 두지 않은 것이 옳은 일이라는 걸 잘 아셨소? 자, 부디 행복하게 햇빛 속에 만족하며 사시오. 그리고 가련한 지옥의 사람이 자신의 의무를 다하기 위해 어떤 수단을 취하든, 염려하지 말아 주시오. 지금 그대 앞에 있는 자는 가련한 한 인간일 뿐이오."

마리우스는 천천히 응접실을 가로질렀다. 장 발장의 곁으로 다가가 손을 내밀었다. 그러나 상대가 손을 내밀지 않았으므로 마리우스가 그의 손을 잡아야 했다. 장 발장은 그가 하는 대로 내버려 두었다. 마리우스는 대리석을 손에 쥔 것처럼 느껴졌다.

"내 조부에겐 많은 친구분이 계십니다."

마리우스는 말했다.

"어른께서 사면을 받으실 수 있도록 노력해 보겠습니다."

"소용없소."

장 발장은 대답했다.

"나는 죽은 걸로 돼 있소. 그것으로 족하오. 죽은 사람까지 감시하지는 않으니까. 조용히 썩어 가는 걸로 되어 있소. 죽음은 사면과 같은 것이오."

그리고 마리우스에게 잡혔던 손을 지그시 빼내었다. 얼굴에 범접하기 어려운 위엄을 갖추어 덧붙였다.

"게다가 의무를 다한다는 것은 의지할 수 있는 친구를 얻는 것과 같은 것이오. 또한 내게 필요한 사면은 단 하나뿐이오. 그것은 내 양심의 사면이오."

그때 응접실 저쪽 문이 살그머니 열리더니, 그 틈으로 코제트의 머리가 보였다. 머리는 아름답게 풀려 있었고, 눈꺼풀은 졸음이 남아 있어 봉긋했다. 코제트는 새둥지에서 머리를 내미는 작은 새 같은 몸짓으로 먼저 남편과 장 발장을 번갈아 보았다. 장미처럼 웃으면서 그들에게 소리쳤다.

"틀림없이 정치 이야기겠죠! 정말 너무해요. 나를 따돌려 놓고!"

장 발장의 몸이 꿈틀했다.

"코제트!"

마리우스는 중얼거렸다

그리고 그는 말문이 막혔다. 두 사람은 마치 죄인 같았다.

코제트는 명랑한 표정으로 두 사람을 바라보고 있었다. 그녀의 눈동자 속에 낙원의 빛이 반짝이고 있었다.

"두 분은 제게 들켰어요."

코제트는 말했다.

"난 문 너머로 포슐르방 아버지가, '양심의 의무니' 하고 말씀하시는 걸 들었어요. 그건 정치 이야기겠죠. 난 싫어요. 바로 결혼 이튿날부터 정치 이야기를 꺼내시다니, 안 돼요."

"그렇지 않아, 코제트."

마리우스는 대답했다.

"우린 지금 의논을 하는 중이야, 당신의 60만 프랑을 어디에 맡기는 것이 가장 좋을까 하고……."

"그런 게 아니에요."

코제트는 말을 가로막았다.

"나 그리로 들어갈게요. 들어가도 괜찮죠?"

그리고 선뜻 문을 열어젖히고 객실로 들어왔다. 그녀는 목에서부터 발등까지 닿는 흰 실내복을 입고 있었다. 그녀의 모습은 낡은 고딕 그림을 떠올리게 했다. 황금빛 하늘 위에 긴 드레스를 입은 매혹적인 천사의 그림.

그녀는 커다란 거울에 자신의 모습을 비추어 보고 나서 만족감이 주는 기쁨에 넘쳐 외쳤다.

"옛날에 한 임금님과 여왕님이 살았다는 이야기를 하시는 것 같군요. 아아! 난 얼마나 기쁜지 모르겠어요!"

그렇게 말하고 그녀는 마리우스와 장 발장에게 살짝 무릎을 굽혀 인사를 했다.

"자."

그녀는 말했다.

"나노 바로 옆 팔걸이의자에 앉겠어요. 이제 30분 후면 점심이에요. 무엇이든 좋아하는 이야기를 하세요. 남자분들은 이야기를 하셔야 한다는 걸 잘 알고 있어요. 전 얌전하게 앉아 있을게요."

마리우스는 그녀의 팔을 잡고 다정하게 말했다.

"우리는 의논할 게 있어."

"아, 참!"

코제트가 대답했다.

"아까 창문을 열어 보니 뜰에 피에로들이 많이 와 있더군요. 가장행렬 이야기가 아니라 새 말이에요. 오늘은 재의 수요일이죠. 하지만 새들에겐 그런 날이 없나 보죠?"

"우리는 할 이야기가 있으니까. 자, 코제트. 잠깐만 둘이 있게 해 줘. 숫자에 관한 이야기야. 틀림없이 당신은 지루할 거야."

"오늘 아침 당신 넥타이 참 멋있는데요, 마리우스. 정말 멋있어요. 괜찮아요. 전 숫자도 지루하지 않아요."

"지루할 게 뻔해."

"아뇨. 당신 이야긴걸요. 잘 모를지도 모르지만 귀담아 듣겠어요. 사랑하는 사람의 목소리를 들을 때는 그 뜻은 몰라도 괜찮아요. 그저 여기 함께 있고 싶을 뿐이에요. 여기 있어도 괜찮죠? 당신 옆에 말예요, 네?"

"사랑하는 코제트! 그렇지만 안 돼."

"안 된다고요?"

"응."

"좋아요."

코제트는 말했다.

"할 이야기가 많았는데. 할아버지께선 아직도 주무시고, 이모님은 미사에 가셨고, 니콜레트는 포슐르방 아버지의 방 벽난로에서 연기가 나서 굴뚝 청소부를 부르러 갔고, 투생하고 니콜레트는 벌써 말다툼을 했어요. 니콜레트가 투생이 말을 더듬는다고 놀렸거든요. 하지만 당신한테는 아무것도 얘기해 드리지 않을 테니까요. 어떻게 그럴 수 있죠! 안 된다고요? 그럼 나도 같이 '안 돼요.' 하고 쏘아 드리겠어요. 누가 항복하게 될까요? 그러니까 부탁이에요, 마리우스. 나도 같이 있게 해 주세요."

"정말 꼭 둘만 있어야 할 사정이 있어."

"그래요? 나는 남이란 말인가요?"

장 발장은 계속 입을 다물고 있었다. 코제트는 그를 돌아보았다.

"그럼 아버지, 제게 키스해 주세요. 내 편이 되어 주시지 않고 아무 말씀도 않으시니, 도대체 어떻게 된 거예요? 그런 아버지가 어디 있어요? 보시다시피, 나는 집에서 매우 불행하답니다. 남편이 구박하는걸요. 자, 얼른 제게 키스해 주세요."

장 발장이 코제트에게 다가갔다. 코제트는 힐끔 마리우스를 돌아보았다.

"당신 미워요."

냉큼 말하고 난 뒤 그녀는 장 발장에게 이마를 내밀었다. 장 발장은 한 발 다가갔다. 코제트는 갑자기 뒤로 물러섰다.

"아버지, 안색이 나쁘시군요. 혹시 손이 아프신가요?"

"걱정할 것 없다. 손은 다 나았다."

장 발장이 말했다.

"잘 주무시지 못하셨나요?"

"아니."

"슬픈 일이 있으신가요?"

"아니."

"그럼 키스해 주세요. 아무 탈도 없고 잠도 잘 주무셨고, 만족하신다면 전 아무 잔소리도 하지 않겠어요."

그리고 그녀는 다시 이마를 내밀었다. 장 발장은 천상의 아름다움이 비치고 있는 그 이마에 키스했다.

"웃어 주세요."

장 발장은 그녀의 말에 따랐다. 그러나 그것은 유령의 비소처럼 실체가 느껴지지 않았다.

"자, 이제 제 편이 되어 주세요."

"코제트!"

마리우스는 말했다.

"야단쳐 주세요, 아버지. 내가 없으면 안 된다고 해 주세요. 내가 있더라도 이야기는 할 수 있잖아요. 나를 바보처럼 여기시는군요. 의논이니, 돈을 은행에 맡긴다느니, 그것 참 굉장한 이야기군요. 남자들은 하찮은 것을 비밀로 하는가 봐요. 난 비켜 드리지 않겠어요. 나 오늘 아침 무척 예쁘지 않나요? 나 좀 봐 주세요, 마리우스."

그리고 어깨를 귀엽게 으쓱하고 약간 삐친 듯한, 더없이 사랑스런 표정으로 그녀는 마리우스를 바라보았다. 순간, 그들 사이에 불꽃 같은 감정이 지나갔다. 누가 있다는 것쯤은 조금도 문제되지 않았다.

"사랑해!"

마리우스가 말했다.

"당신이 제일 좋아요!"

코제트가 말했다.

그들은 도저히 참을 수가 없어서 서로를 껴안아 주었다.

"이제."

코제트는 실내복의 주름을 고치면서 의기양양하게 입을 내밀고 말했다.

"전 여기에 있을 거예요."

"그건 안 돼."

마리우스는 애원하듯이 말했다.

"우린 이제부터 결론을 내려야 해."

"또 안 돼요?"

마리우스는 좀 더 엄숙한 목소리를 가장했다.

"정말이야, 코제트. 안 된다니까."

"어머나, 화난 목소리로군요. 좋아요, 갈게요. 아버지, 아버지도 역성 들어 주시지 않았죠. 남편도 아버지도 두 분 다 폭군이에요. 할아버지께 그렇게 말씀드리겠어요. 내가 금방 돌아와서 아양이라도 떨 줄 아신다면 착각이에요. 저도 자존심이 있으니까요. 이번에는 내가 버틸 거예요. 이제 곧 알게 되실 테죠, 내가 없으면 지루해지는 건 두 분이라는걸. 어쨌든 가 버릴 거예요."

토라진 몸짓으로 그녀는 나갔다.

그러나 잠시 후 문이 다시 열렸다. 문틈 사이로 발그레한 그녀의 얼굴이 보였다. 그녀는 발랄한 목소리로 두 사람에게 외쳤다.

"나 정말 화났어요."

문은 닫히고 어둠이 다시 방을 채웠다. 그녀가 나타난 것은 마치, 길을 잃은 햇빛이 느닷없이 밤 속을 가로지른 것 같았다. 마리우스는 문이 잘 닫혀 있는지 확인했다.

"가엾은 코제트!"

그는 중얼거렸다.

"머지않아 이 사실을 알게 된다면……."

이 말에 장 발장은 몸을 떨었다. 그는 흐린 눈으로 마리우스를 바라보았다.

"코제트! 아아, 그렇군. 그대는 코제트에게 그 이야기를 할 작정이군. 당연하지, 나는 미처 그것을 생각하지 못했소. 어떤 일에 대해서는 강인한 자라도 다른 일에는 무력한 경우가 있소. 제발 부탁이오. 이렇게 빌겠소. 맹세해 주오. 저 아이한테는 말하지 말아 주오. 그대가, 그대 혼자만 알고 있는 것으로 족하지 않소? 나는 남에게 강요받지 않고 자진해서 그 사실을 말했소. 온 세상 모든 사람에게 이야기할 수 있소. 그리해도 나는 괜찮소. 그러나 저 애는 사정을 알지 못하오. 알면 몹시 놀랄 거요. 죄수라니, 그게 무슨 말인지도 설명해 줘야 할 거요. 감옥살이하던 사람이라고 얘기해 줘야 할 거요. 저 애는 쇠사슬에 묶인 죄수들이 지나가는 것을 본 일이 있소. 아아!"

그는 팔걸이의자에 쓰러져 두 손으로 얼굴을 감쌌다. 어깨가 가느다랗게 떨리고 있었다. 소리 없는 울음이 아픈 눈물을 쏟아 냈다. 그의 흐느낌이 지나친 탓인지 경련이 찾아왔다. 그는 숨을 쉬기 위해 의자 등받이에 몸을 젖히고 두 팔을 축 늘어뜨렸다. 눈물에 젖은 얼굴이 마리우스를 향했다. 마리우스는 속 깊은 곳에서 울리는 목소리로 그가 중얼거리는 것을 들었다.

"아아! 죽어 버렸으면!"

"안심하십시오."

마리우스는 말했다.

"어른의 비밀은 저 혼자만의 가슴속에 넣어 두겠습니다."

마리우스는 아마 독자 여러분이 상상하는 만큼의 감동은 느끼지 않았으나 한 시간 전부터 뜻하지 않게 일어났던 일들에 조금씩 익숙해졌다. 포슐르방 씨의 모습에 한 죄수의 모습이 겹쳐지는 것을 느꼈다. 차츰 그 비통한 현실에 사로잡혔다. 그러나 서로의 입장이 극명하게 다른 데서 오는 간격을 인정하지 않을 수 없어 이렇게 말을 이었다.

"어른께서 그토록 성실하고 정직하게 돌려주신 위탁금에 대해 한마디 말씀을 안 드릴 수 없습니다. 그것은 성실한 행위입니다. 어른께서는 당연히 그 보상을 받아야 합니다. 스스로 금액을 정하십시오. 그만큼 지불해 드리겠습니다. 아무 염려 마시고 얼마든지 금액을 말씀하십시오."

"고맙소."

장 발장은 침묵에 가깝게 대답했다.

그는 한동안 생각에 잠겨 집게손가락으로 엄지손가락의 손톱을 무의식적으로 문질렀다. 잠시 후 그는 입을 열었다.

"이제 모든 일이 거의 끝난 것 같소. 마지막으로 한 가지만 더……."

"뭡니까?"

장 발장은 마지막 말을 꺼내기 망설이는 듯했다. 목소리와 숨소리가 거의 들리지 않았다.

"모든 비밀을 안 지금 남편인 그대로서는 내가 다시는 코제트를 만나선 안 된다고 생각하겠지요?"

"그편이 좋다고 생각합니다."

마리우스의 목소리에서 싸늘한 기운이 묻어났다.

"그렇다면 다시 만나지 않기로 하리다."

장 발장은 중얼거렸다.

그리고 그는 문 쪽으로 다가갔다. 손잡이에 손이 닿았고 문고리가 벗겨진 문이 조금 열렸다. 장 발장은 문을 열고 잠시 멈추었다. 굳은 채 서 있다가 문을 다시 닫았다. 마리우스를 향해 고개를 돌렸다.

그의 얼굴은 이제 창백한 정도가 아니라 납빛이었다. 눈에는 이미 눈물도 사라지고 없었다. 대신 비통한 불꽃같은 것이 눈 속에서 타오르고 있었다. 그러나 목소리는 이상하리만큼 침착해져 있었다.

"그러나 말이오."

장 발장은 말했다.

"만약 허락해 준다면 그녀를 만나러 오고 싶소. 진심으로 그렇게 해주기를 바라오. 코제트를 만나지 않아도 좋았다면, 그런 고백을 그대에게 하지도 않고 어디로든 가 버렸을 것이오. 그러나 코제트가 있는 곳에 머물러 있으면서 계속 만나고 싶었기 때문에 정직하게 그대한테 털어놓아야 했던 거요.

무슨 뜻인지 아시겠소? 누구라도 알 수 있을 거요. 그렇소, 나는 9년 이상 그녀와 함께 있었소. 처음에 우리는 큰 거리의 오두막집에서 살았고, 그다음엔 수도원에서 살았고, 또 그다음엔 뤽상부르 공원 가까이에서 살았소. 거기서 그대는 그녀를 처음 만났던 거요. 그녀의 푸른 벨벳 모자를 기억하오?

우리는 그 뒤 앵발리드 구역의 철문과 뜰이 있는 집으로 옮겼소. 플뤼메 거리요. 나는 조그만 뒤뜰의 별채에 살면서 그녀의 피아노 소리를 들었소. 그것이 내 생명이었소. 우리는 한 번도 떨어진 적이 없었소. 그것은 9년 몇 개월이나 계속되었소. 나는 아버지와 같았고 그녀는 내 딸 같았소. 그대에게 이런 심정이 이해되겠소?

퐁메르시 씨, 이제 이곳을 떠나 다시는 그녀를 만나지도 못하고 이야기할 수 없으며 모든 것을 잃어버린다는 건 참으로 고통스러운 일이오. 당신에게 그다지 나쁘지만 않다면 나는 이따금 코제트를 만나러 오고 싶소. 귀찮도록 찾아오지는 않겠소. 오래 있지도 않겠소. 아래층 조그만 방에서 만나도록 해 주면 족하오.

하인들이 출입하는 뒷문으로 드나들어도 좋소만, 그렇게 되면 남들이 보고 놀라겠지요. 그러니까 역시 정문으로 들어오는 게 좋겠소. 제발 부탁이오. 앞으로 얼마 동안만 코제트를 만나고 싶소. 아주 이따금이라도 좋소. 내 처지가 되어 봐 주시오. 나에게는 이제 아무것도 없소. 게다가 물론 조심도 해야겠지요. 내가 전혀 오지 않게 되면 도리어 남들이 이상하게 생각할 것 아니겠소. 우선은 나로서는 저녁때, 해 저물녘에 찾아오는 것이 좋을 것 같소."

"매일 저녁 오셔도 좋습니다."

마리우스는 말했다.

"코제트가 기다릴 겁니다."

"정말 고맙소."

장 발장은 말했다.

마리우스는 장 발장에게 인사했다. 행복은 절망을 문까지 배웅했으며 두 사람은 헤어졌다.

고백 속에 드리운 그림자

마리우스는 마음이 어지러웠다.

코제트의 곁에서 항상 보아 온 그 남자. 그에게 자신이 늘 어떤 거리감을 느꼈던 까닭을 이제야 이해할 수 있었다. 그 인물에게는 어쩐지 수수께끼 같은 데가 있다는 것을, 본능이 그에게 가르쳐 주었던 것이다. 그 수수께끼란 수치 가운데서도 가장 증오할 수치, 감옥이었고, 포슐르방 씨는 죄수 장 발장이었던 것이다.

행복의 한복판에서 느닷없이 찾아온 비밀은 비둘기 둥지 속에서 전갈을 발견하는 것과 같았다. 마리우스와 코제트의 미래는 그런 사람과 함께하도록 결정된 운명이란 말인가? 그것은 이미 움직일 수 없는 사실인가? 그 사람을 받아들이는 것이 결혼을 이루는 조건이었던가? 이제는 어쩔 도리가 없는 것인가? 결혼이 불러들인 죄수까지도 마리우스가 짊어져야 한단 말인가!

아무리 황홀경에 잠긴 대천사나 영광에 둘러싸인 반신인(半信人)이라 할지라도 이런 타격을 감당하긴 어려울 것이다. 마리우스는 온몸이 전율로 떨려 왔다.

삶의 급격한 변화에 흔히 그러듯 마리우스는 자신을 되돌아보았다. 자신에게 비난할 만한 점은 없는지 스스로에게 물어보았다. 통찰력이 부족했던 것일까? 생각이 모자랐던 것은 아닐까? 자기도 모르게 성급한 짓을 저지른 것은 아닐까? 그런 점이 다소 있을지도 모른다. 코제트와 연애를 시작할 때, 주위를 경계할 만한 신중함이 모자랐던 것은 아닐까? 인생에서 인간이 차츰 개선되어 가는 이유는 이러한 인간의 연속적인 자기 검증 때문이다. 마리우스는 자신의 성격 속에 공상적이고 몽상가다운 일면이 있음을 인정했다. 그것은 마음속의 구름 같은 것이다. 그 구름은 정열이나 고통이 한계에 달하면 부풀어 오르거나 영혼의 온도 변화에 따라 변화무쌍하다. 결국 사람 전체를 잠식하여 그 본심을 안개로 덮어 버린다.

이미 여러 번 말했듯이, 마리우스의 개성에는 그러한 독특한 요소가 있었다. 그러고 보니 그 플뤼메 거리에서 황홀한 사랑에 취해 있던 육칠 주 동안 저 고르보 저택에서의 수수께끼 같은 사건에 대해, 피해자가 싸우는 동안 이상하리만큼 잠자코 있다가 나중에 도망가 버린 그 사건에 대해서 코제트에게 이야기조차 하지 않았다는 것이 생각났다. 그 사건을 전혀 코제트에게 말하지 않았다니 웬일인가! 그것도 최근에 일어난 그토록 무서운 사건이었는데! 그녀에게 테나르디에라는 이름도 말한 적이 없었다. 더구나 에포닌을 만난 일조차 얘기하지 않았음은 웬일일까? 이제 돌이켜 생각하니 당시 자신의 침묵은 스스로도 이해할 수 없을 정도였다.

그러나 굳이 이유를 붙이자면, 생각건대 당시의 자신이 멍청했다. 코제트에게 정신없이 반한 나머지 서로 상대를 최고의 이상형으로 여겼다. 또한 영혼이 격렬한 매혹에 빠져 있으면서도 약간의 이성이 존재했다. 막연한 본능이 접촉을 경계했다. 어떠한 역할도 맡고 싶어 하지 않았고 줄곧 피하기만 했던 그 무서운 사건, 이야깃거리로 삼거나 증인이 되거나 하면 자신이 고소인이 되어 버릴 게 뻔한 그 사건에 대해서 다만 자기의 기억 속에 넣어 두고 없었던 일로 생각하려고 한 것이었다. 게다가 그 몇 주일 동안은 찰나와 같았다. 그저 서로 사랑하는 것 말고는 아무것도 할 겨를이 없었다. 그때 모든 것을 조사해서 다른 선택을 했더라면? 고르보 저택의 매복 사건과 테나르디에 집안의 이름을 그녀에게 말했었다면? 그렇다 한들, 설사 장 발장이 죄수라는 것을 알았다 해도 그 것으로 마리우스의 마음이 변했을까? 코제트의 마음이 변했을까? 그렇다고 해서 물러났을까? 그녀에 대한 사랑이 식었을까? 그녀와 결혼하지 않았을까? 천만에. 그것 때문에 뭔가 지금과 달라진 것이 있었을까? 그럴 리가 없다. 그렇다면 후회하고 자책할 필요가 없지 않은가? 모든 것이 잘된 것이다. 연인들에게는 하나의 신이 있다. 눈이 멀어 버린 것과 상관없이 마리우스는 눈이 밝을 때 택했을 것과 똑같은 길을 택했다. 사랑은 그의 눈을 가렸다. 그를 어디로 데려가기 위해서였을까? 낙원으로 안내하기 위해서였다.

그러나 그 낙원은 이제부터 지옥과 함께하게 되었다.

장 발장이 된 포슐르방에게 마리우스가 전부터 느껴 왔던 꺼림칙한 마음에는 이제 혐오가 섞이게 되었다. 그러나 그 혐오에는 어떤 연민의 정이 스며 있었다. 뜻밖의 놀라움도 포함되어 있었다.

그 도둑은 위탁금을 고스란히 돌려주었다. 그것도 60만 프랑이라는 엄청난 돈을 말이다. 위탁금에 얽힌 비밀은 그만 알고 있는 내용이었다. 그는 위탁금을 고스란히 차지해 버릴 수도 있었다. 그런데도 그것을 몽땅 돌려준 것이다.

더군다나 그는 스스로 자신의 정체를 밝혔다. 누군가 강요한 일도 아니었다. 그 고백은 위험을 무릅쓴 것이었다. 죄수에게 가면은 단순한 가면이 아니라 하나의 은신처다. 그는 그 은신처를 버린 것이다. 거짓 이름은 신분을 보호하는 수단이다. 그는 거짓 이름을 팽개쳐 버렸다. 죄수라 할지라도 견실한 가정 속에 영원히 은신할 수도 있었다. 그러나 그는 거부했다. 그것도 어떤 동기에서였을까? 양심의 불안에 의해서다. 그것을 그는 진실이 깃든 엄숙한 어조로 설명했다. 요컨대 장 발장이 어떤 인간이든 그는 양심을 자각하고 있음에 틀림없다. 거기에는 그 어떤 신비한 재생이 싹트고 있었다. 이미 오랫동안 양심에 의해 지배되어 온 것이다. 그와 같은 정의와 선의 태동은 비천한 성격을 가진 지힌메는 있을 수 없는 일이다. 양심이 눈을 뜰 때, 영혼의 위대함이 드러난다.

장 발장은 성실했다. 그 성실은 눈에도 보였고 손으로 만질 수도 있었다. 부정할 수 없는 것이며, 그것으로 인해 그 사람이 말하는 모든 것에 진정성을 부여하고 있었다. 이런 점이 마리우스의 마음을 기묘하게 바꿔 놓았다. 포슐르방의 입에서 나오는 것은 모두 불성실이며 장 발장의 입에서 나오는 것은 모두 성실이었다.

마리우스는 깊이 생각하다가 장 발장에 관한 대차대조표를 만들었다. 더하거나 빼야 할 점을 계산한 뒤 평균점을 얻고자 하였다. 그러나 폭풍 속에 있는 것처럼 혼란스러웠다. 마리우스는 그 사나이에 관해서 뚜렷한 관념을 얻으려고 애를 썼다. 그러나 그의 모습은 어쩔 수 없는 안개 속에서 곧잘 사라지곤 했다.

위탁금을 정직하게 돌려준 것, 성실하게 고백한 것, 모두가 좋은 일이었다. 그것은 구름 사이로 엿보이는 맑은 하늘 같았다. 그러나 다음 순간 구름이 다시 시커멓게 덮어 버리는 것이었다. 마리우스의 기억은 몹시 혼란했지만 거기에서 어떤 그림자가 되살아왔다.

종드레트의 고미다락방에서의 그 사건은 과연 무엇이었던가? 경관이 왔을 때 어째서 그 사람은 호소하지 않고 달아났던가? 아마도 그 사람은 탈옥한 전과자였기 때문일 것이다.

의문은 아직 있었다. 그 사람은 어째서 바리케이드에 왔을까? 마리우스는 그때의 기억이 재현되는 것이 역력히 보였다. 그 사람은 바리케이드에 왔었다. 그러나 싸우지는 않았다. 그렇다면 대체 무엇을 하러 왔었는가? 이 의문 앞에 한 그림자가 나타나서 거기에 대답했다. 자베르였다. 이제야 마리우스는, 장 발장이 묶여 있는 자베르를 바리케이드 밖으로 끌고 가는 처참한 광경을 떠올렸다. 몽데투르 골목 모퉁이 뒤에서 들렸던 무시무시한 총소리가 지금도 귀에 쟁쟁했다.

틀림없이 그 밀정과 죄수는 서로 증오했을 것이다. 아마 서로가 방해자였겠지. 장 발장은 복수하기 위해 바리케이드에 갔던 것이다. 그의 도착은 너무 늦었다. 아마도 자베르가 그들의 포로가 된 것을 알았을 것이다. 코르시카의 벤데타(코르시카 족벌 간에 벌어지는 치열한 복수_옮긴이)는 어떤 하층사회에 침투해서 법률 같은 힘을 갖고 있다. 그것은 간단하게 행해진다. 착하게 지내던 사람들조차도 그것을 당연하게 여겼다. 그들은 도둑질은 삼가지만 복수에는 전혀 주저함이 없다. 장 발장은 자베르를 죽인 것이다. 적어도 그 점만은 확실하다고 생각되었다.

마지막으로 또 하나의 의문이 떠올랐다. 그러나 쉽게 답을 얻지 못했다. 마리우스에게는 그 의문이 자신을 꼼짝달싹 못하게 하는 집게처럼 느껴졌다. 즉 장 발장은 어째서 긴 시간 동안 코제트와 함께 생활해 왔단 말인가? 어린 소녀와 그 남자를 만나게 한 하늘은 무슨 의도였을까? 하늘은 그리도 처절한 운명의 장난을 쳤단 말인가? 천상에도 이중의 쇠사슬이 있어 천사와 악마를 한데 매어 두고 신은 기뻐하는 것일까? 비참하고 신비로운 감옥에서 죄악과 순결이 한방에 있을 수도 있을까? 인간의 숙명은 모두가 죄인이라는 것이다. 그 죄수들의 행렬 속에서 순진한 이마와 사나운 이마가 만나는 일도 있을까? 이 설명할 수 없는 부조화를 도대체 누가 정했단 말인가? 어떻게 해서 어떤 기적으로 그 천국의 소녀와 저 지옥의 노인 사이에 공동생활이 이루어졌을까? 누가 새끼 양을 이리에게 붙여 주었으며, 더욱 이해하기 어려운 것은 어떻게 이리가 새끼 양에게 애착을 느낄 수 있었는가 하는 것이다.

어쨌든 이리는 새끼 양을 사랑했다. 흉포한 자가 연약한 자를 사랑하겠다. 9년 동안 천사가 괴물을 의지하고 살아왔던 것이다. 코제트의 어린 시절과 청춘, 세상으로의 등장, 생명과 광명을 향한 처녀의 성장, 그것들은 저 기괴한 헌신에 의해서 보호받아 왔던 것이다. 여기에서 꼬리를 무는 의문이 생겼다. 의문은 수없는 수수께끼로 실라지고 심연 아래 다시 심연이 열려서 더욱 깊은 곳을 향하기만 했다. 마리우스는 장 발장의 속을 들여다보려 할수록 현기증이 일었다.

바닥을 알 수 없는 저 남자는 도대체 누구란 말인가?

창세기의 오래된 비유가 있다. 현재와 같은 인간 사회에는 늘 두 종류의 인간이 존재한다. 높은 곳에 있는 인간과 낮은 곳에 있는 인간이 있다. 하나는 선을 따르는 자, 즉 아벨이요, 다른 하나는 악을 좇는 자, 즉 카인이다. 그러면 이율배반적인 저 착한 카인은 어떻게 된 사람인가? 한 처녀를 경건한 마음으로 숭배하고, 감시하고, 키우고, 지키고, 위했다. 자신은 욕된 몸이면서도 순결로써 그녀를 감싼 것이다. 시궁창 같은 그 도둑은 도대체 어떤 사람인가? 코제트를 교육한 장 발장은 원래 어떤 사람이었는가? 하나의 별을 떠오르게 하기 위해 온갖 그림자와 온갖 구름으로부터 지켜 낸, 저 암흑의 남자는 원래 어떤 사람이었나?

거기에 장 발장의 비밀이 있었다. 거기에 신의 비밀이 있었다.

이중의 비밀 앞에서 마리우스는 뒷걸음질 쳤다. 첫 번째 비밀은 어떤 의미에서 두 번째 비밀에 대한 그의 불안을 가라앉혀 주었다. 이 사건 속에는 장 발장과 함께 신의 모습도 보였기 때문이다. 신에게는 신의 도구가 있다. 신은 마음에 드는 도구를 사용한다. 신은 자기가 만들어 낸 인간에 대해 책임지지 않는다. 신의 행위를 인간이 알 수 있겠는가? 장 발장은 코제트에게 정성을 들였다. 그는 그녀의 영혼을 어느 정도 만들어 낸 것이다. 그것은 부인할 수 없는 사실이다. 그런데, 그 일을 한 사람은 무서운 남자였다. 반면에 그의 작품은 훌륭했다. 신은 마음 내키는 대로 기적을 낳는다. 신은 저 아름다운 코제트를 만들고, 그 도구로써 장 발장을 사용했다. 이 이상한 협력자를 택하는 것이 신의 마음에 들었던 것이다. 대체 왜? 그 까닭을 신에게 물을 수 있을까? 퇴비가 봄을 도와서 장미꽃을 피게 하는 것이 신기한 일이라고만 할 수는 없다.

마리우스는 그렇게 결론을 내리고 스스로 만족했다. 그는 함부로 장 발장을 추궁하려 들지 않았다. 감히 추궁할 용기가 없는 자신을 깨닫지도 못했다. 그는 코제트를 깊이 사랑하고 있었다. 그것만으로 그는 만족했다. 그 이상 어떤 해명이 필요하겠는가? 코제트는 빛이었다. 그는 모든 것을 가지고 있었다. 그 이상 무엇을 바라겠는가? 모든 것이면 충분하지 않은가? 장 발장의 일신상의 문제들은 따지고 보면 그와는 아무 상관도 없었다. 마리우스는 그 남자의 숙명의 그림자를 들여다보았다. 그 비참한 남자의 엄숙한 선언을 다시 떠올렸다.

"나는 코제트와는 아무것도 아니오. 10년 전에는 그녀가 세상에 존재한다는 사실조차 몰랐소."

장 발장은 그저 지나가던 사람에 불과했다. 스스로 그렇게 말하지 않았던가? 그렇다면 그냥 지나가 버리면 되는 거다. 그가 어떤 사람이든지 그의 할 일은 이미 끝났다. 이제 코제트 곁에서 보호자 역할을 해 줄 마리우스라는 사람이 있다. 코제트는 푸른 하늘 속에 자기와 동등한 사람을, 연인을, 남편을, 천국의 남성을 찾은 것이다. 코제트가 날개를 달고 날아오를 때 이미 변신은 끝났다. 장 발장은 코제트가 벗어 버린 흉한 허물일 뿐이다. 땅 위에 남겨 둔 허물.

이처럼 마리우스는 이리저리 생각을 굴려 보았으나 결국은 언제나 장 발장에 대한 어떤 두려움에 다시 빠져들곤 했다. 그것은 아마도 신성한 공포이리라. 왜냐하면 마리우스는 그 사람한테서 '신성한 무언가'를 느끼고 있었기 때문이다. 그러나 아무리 정상을 참작하려 해도 결국 그 사람은 죄수라고 하는 결론에 도달할 수밖에 없었다.

죄수란 사회계층의 가장 밑바닥보다 더 아래에 있다. 사회에는 몸 둘 곳조차 없는 인간이다. 죄수는 말하자면 살아 있는 인간 축에 들지 않는다. 법률이 한 인간에게서 뺏을 수 있는 모든 인간성을 빼앗아 버린 것이다. 마리우스는 민주주의자였지만 형법상의 문제에 대해서는 아직도 엄격한 사회제도를 지지하고 있었다. 법률의 응징을 받는 자에 대해서는 법률과 똑같은 냉정함으로 대하고 있었다. 그도 아직 모든 점에서 진보를 이룩했다고는 할 수 없었다. 인간의 손으로 쓴 법률과 신의 손으로 쓴 인권을 분간할 수 있는 데까지는 아직 도달하지 못했다. 인간의 힘이 닿지 못하는 문제를 처리할 권리가 인간에게 있는가? 여기에 대해 그는 아직 고찰해 보거나 연구해 보지 않았다. '형벌'이라는 말이 불쾌하게 여겨진 적이 없었다. 성문율(成文律)을 어길 때 받게 되는 처벌은 당연한 일이라고 생각했다. 사회적 처벌을 문명의 방편으로 받아들이고 있었다. 그는 천성이 선량하고, 근본적으로 마음속에 진보성을 갖추고 있으므로 머지않아 더 발전된 생각을 가질 것이 틀림없다. 그러나 아직은 이 정도 한계에 머물러 있었다.

그러한 사고방식으로 보면 그에게는 장 발장이 밉고 불쾌하게 생각되었다. 장 발장은 신께 버림받은 사람이었다. 한낱 죄수였다. 이 생각은 그에게 마지막 심판의 나팔 소리처럼 들렸다. 그리고 오랫동안 장 발장을 관찰한 뒤에 취한 그의 마지막 태도는 얼굴을 돌리는 것이었다.

'물러가라(사탄이여 물러가라).'

여기서 분명하게 강조해 두어야 할 일이 있다. 마리우스는 장 발장에게 나름대로 이것저것을 캐물었지만, 정작 두서너 가지 결정적인 질문은 하지 못했다. 그런 질문을 생각지 못한 것은 아니었다. 입 밖에 내기가 무서웠던 것이다. 종드레트의 고미다락방에 관한 일은? 바리케이드에서의 일은? 자베르에 대한 것은? 만약 그런 것들을 묻게 되면 얼마나 깊은 비밀이 밝혀질지 상상도 할 수 없었다.

장 발장은 말을 꺼내기 시작하면 주저할 사람 같지 않았으므로, 마리우스가 그에게 고백을 강요한 뒤에 오히려 그의 입을 틀어막고 싶어질지 알 수 없는 일이었다. 어떤 절박한 경우에 결정적인 질문을 하고 대답을 듣지 않으려고 귀를 막는 건 흔히 있는 일이다. 그것은 특히 사랑하고 있는 사람이 곧잘 저지르는 겁먹은 행동이다. 지나치게 묻는 것은 현명하지 않다. 자신의 생명과 숙명적으로 관련되어 있는 경우에는 더욱 그렇다. 장 발장이 모든 걸 설명하기 시작하면 얼마나 무서운 영향력이 거기서 나올지 몰랐다. 그렇게 되면 그 가증스러운 영향력이 코제트에게 미치지 않는다고 누가 장담할 수 있겠는가? 번갯불의 파편이라 해도 번개는 번개였다. 인간의 숙명에는 연대성이 있어서, 자신이 아무리 결백하다 해도 죄악의 낙인이 찍히게 되는 경우가 있다.

가장 순결한 것일지라도 무서운 사람과 이웃하여 얻은 오점이 영원히 머물러 있을 수가 있다. 옳고 그른 것은 고사하고 마리우스는 두려웠다. 그는 이미 너무 많은 사실을 알고 있었다. 그 이상 밝히려 애쓰기보다는 차라리 덮어 버리고 싶었다. 그는 정신이 멍해져 장 발장에 대해서는 애써 외면하고서 허겁지겁 코제트를 품에 안았다.

그 남자는 어두운 밤이었다. 살아 있는 무서운 어둠이었다. 어떻게 감히 어둠의 바닥을 뒤져 보겠는가? 어둠에게 묻는 것은 두려운 일이다. 도대체 뭐라고 대답할지 누가 알겠는가? 그 때문에 새벽마저 영원히 더럽혀질지도 모르는 일이지 않는가?

앞으로도 그 남자가 코제트와 어떤 접촉을 가질 거라고 생각하니 마리우스는 곤혹스러웠다. 입 밖에 내기를 망설인 무서운 질문, 가차 없이 결정적인 결론을 끌어낼 수 있었을지도 모르는 질문들을 끄집어내지 못한 것이 후회됐다. 그는 자신이 너무 약하다는 것을 깨달았다. 약한 마음이 그를 섣불리 양보하게 만들었다. 허점을 이용당한 것이다. 그것은 잘못이었다. 장 발장을 단호하고 간단하게 거절했어야 했다. 장 발장을 희생시켰어야만 했다. 그러니까 자기 집이 화재로부터 벗어나게끔, 불씨 같은 그 남자를 내보냈어야 했다. 마리우스는 자신이 원망스러웠다. 그의 귀와 눈을 막고 그를 휩쓸어 버린 그 격정의 소용돌이가 원망스러웠다. 자기 자신이 한심스러웠다.

이제 와서 어떻게 하면 좋을까? 장 발장이 찾아온다는 건 정말 싫었다. 그 사람을 내 집에 불러들일 필요가 있는가? 그럼 이떡하면 좋은가? 여기까지 생각했을 때, 마리우스는 망연해졌다. 더 이상 깊이 파고들고 싶지 않았다. 깊이 생각하고 싶지 않았다. 자기의 마음을 더 뒤지고 싶지 않았다. 이미 약속을 해 버렸다. 얼떨결에 약속해 버리고 만 것이다. 장 발장은 그의 약속을 믿고 있다. 상대가 죄수이건 아니건, 오히려 죄수이기 때문에 더욱 약속을 지켜야 하는 것이다. 그러나 마리우스는 무엇보다도 코제트에 대한 의무를 우선시했다. 코제트를 보호하려니 죄수에 대한 혐오감이 고개를 들었다. 혐오감이 그를 초조하게 만들었다.

그러한 관념들이 마리우스의 머릿속에서 통째로 뒤엉켰다. 그 때문에 깊은 혼란에 빠져 버렸다. 혼란을 코제트에게 감추기란 쉬운 일이 아니었지만 사랑은 일종의 재능이어서 마리우스는 결국 그것을 감출 수 있었다.

마리우스는 천진난만한 코제트에게 자연스럽게 이것저것 물어보았다. 그녀의 어린 시절이며 소녀 시절에 관한 것을 화제로 삼았다. 그리하여 인간으로 더할 나위 없는 선량함과 부성애의 숭고함을 그 죄수가 코제트에게 주었다는 사실을 점점 더 뚜렷하게 깨달았다.

마리우스가 짐작하고 상상했던 것은 모두 사실이었다. 그 불길한 쐐기풀은 이 백합꽃을 사랑하고 또한 보호하고 있었던 것이다.

8. 황혼의 희미한 빛

아래층 방에서의 만남

이튿날 저녁 무렵, 장 발장은 질노르망 씨 댁 정문을 두드렸다. 바스크가 그를 맞이했다. 바스크는 마침 안뜰에 나와 있었다. 분부라도 받은 것처럼.

"아무개 씨가 오실 테니 기다려라." 하고 때때로 하인에게 일러두는 일이 있었다.

바스크는 장 발장이 다가가기도 전에 말했다.

"2층으로 올라가실 건지 아래층에 계실 건지 여쭈어 보라고 남작님께서 분부하셨습니다."

"아래층에 있겠네."

장 발장이 대답했다. 그러자 바스크는 지극히 공손하게 아래층 방문을 열어 주며 말했다.

"곧 아씨 마님께 아뢰겠습니다."

장 발장은 방에 들어갔다. 둥근 천장에 붉은 벽돌이 깔린 습기 찬 방이었는데, 가끔 술 창고로도 쓰였다. 방은 거리 쪽을 향해 있었지만 창문이 쇠창살이 달린 것 하나뿐이어서 어두컴컴했다.

그것은 깃털이나 먼지떨이며 빗자루로 성가시게 쓸어 대는 그런 방은 아니었다. 먼지가 조용히 쌓여 있었다. 거미를 잡으려는 흔적도 없었다. 거미줄이 유리창에 당당하고도 커다랗게 펼쳐져 있었다. 거미줄에는 이미 완전히 시꺼메진, 죽은 파리들로 장식되어 있었다. 방은 좁고 천장도 낮았으며 방구석에는 빈 병이 수북하게 쌓여 있었다. 안쪽에는 검게 칠한 목재 벽난로가 있었다. 좁은 선반이 달린 벽난로에는 불길이 활활 타오르고 있었다. "아래층에 있겠소." 하고 장 발장이 대답할 내용을 미리 아는 듯했다.

벽난로 양쪽 끝에는 안락의자가 두 개 놓여 있었다. 의자 사이에는 카펫 대신 낡은 침대 깔개가 펼쳐져 있었다. 털보다 실이 훨씬 더 두드러져 보였다. 방 안은 벽난로 불빛과 창문으로 비치는 황혼 빛만으로 밝혀져 있었다.

장 발장은 피곤했다. 며칠 동안 먹지도 자지도 못했기 때문이다. 그는 팔걸이의자에 쓰러지듯 주저앉았다. 바스크가 들어오더니, 벽난로 위에 켜진 촛불 한 자루를 놓고 나갔다. 장 발장은 고개 숙여 턱을 가슴에 대는 자세로 앉아 있어서 바스크가 촛불을 들고 들어왔다 나간 것도 몰랐다.

문득 그는 튕기듯 몸을 일으켰다. 코제트가 의자 뒤에 서 있었다. 장 발장은 그녀가 들어오는 인기척을 느꼈던 것이다. 그는 몸을 돌려 그녀를 지그시 바라보았다. 놀랄 만큼 아름다웠다. 그러나 장 발장이 가만히 깊은 눈길로 바라보는 것은 그녀의 아름다움이 아니라 영혼이었다.

"어머나."

코제트는 외쳤다.

"정말 이상하기도 하셔라. 아버지가 조금 색다른 분이라는 건 알고 있지만, 설마 이러실 줄은 몰랐어요. 마리우스는 아버지께서 여기서 만나고 싶다고 하셨다더군요."

"그래, 내가 그랬다."

"그렇게 말씀하실 줄 알았어요. 좋아요, 앙갚음을 해 드릴 테니까, 어쨌든 인사부터 하기로 해요. 자, 키스해 주세요. 아버지."

그렇게 말하고 코제트는 뺨을 내밀었다. 장 발장은 가만히 서 있었다.

"꼼짝도 않으시는군요. 알겠어요. 꼭 죄인 같아요. 하지만 좋아요. 용서해 드리겠어요. 그리스도께서 말씀하셨어요. 다른 뺨도 돌려 대라고요. 그럼 이쪽 뺨을."

그리고 그녀는 다른 쪽 뺨을 내밀었다. 장 발장은 그때도 꼼짝하지 않았다. 마치 발이 방바닥에 박혀 있는 것 같았다.

"정말 큰일이군요. 제가 뭘 어쨌다고 그러세요, 토라진 것처럼. 그렇다면 화해해야겠는데요. 저희하고 함께 식사하시도록 하세요."

"벌써 끝내고 왔다."

"거짓말 마세요. 질노르망 할아버님께 말씀드려서 꾸중하시라고 할 거예요. 할아버지라면 아버지를 꾸짖을 수 있을 테니까요. 자, 저와 함께 응접실로 가세요. 얼른요."

"안 돼."

코제트는 단호한 목소리에 약간 주춤했다. 그녀는 구슬리는 것을 멈추고 묻기 시작했다.

"왜 그러세요? 저를 만나시는데 집에서 제일 누추한 방을 고르시다니, 여기는 정말 있을 곳이 못 돼요."

"너도 알다시피."

장 발장은 말을 고쳤다.

"아시다시피 부인, 나는 좀 괴상한 사람이오. 여러 가지 이상한 버릇이 있지요."

코제트는 조그마한 손으로 손뼉을 쳤다.

"부인? 아시다시피?……. 또 이상한 말씀을! 그건 무슨 뜻이죠?"

장 발장은 절박한 표정으로 애써 입가에 미소를 띠웠다. 아픔이 느껴지는 미소였다.

"당신은 부인이 되기를 바랐소. 그리고 지금은 부인이오."

"하지만 아버지에게까지 그렇지는 않아요."

"이제부터는 나를 아버지라고 부르지 마시오."

"뭐라고요?"

"장 씨라고 불러 줘요. 아니면 그저 장이라고만 하든지."

"이제는 아버지가 아니라고요? 그럼 저는 이제 코제트가 아닌가요. 장 씨라고요? 그게 무슨 말씀이죠. 마치 혁명 같군요. 도대체 무슨 일이 생겼나요. 제 얼굴 좀 보세요. 우리하고 함께 살고 싶지 않다니, 제 방에도 들어오려 하지 않으시고. 제가 무슨 잘못을 했나요? 뭘 잘못했다는 거예요. 아니면, 무슨 곡절이 있군요."

"아니 아무것도."

"그럼 왜 그러세요?"

"모든 것이 여느 때와 다름없소."

"어째서 이름을 바꾸셨나요?"

"당신도 이름이 바뀌지 않았소."

그는 다시 고통스러운 미소를 지으며 덧붙였다.

"당신이 퐁메르시 부인인 이상 나도 장 씨가 되어도 상관없지."

"대체 무슨 말씀을 하시는 건지 모르겠군요. 이상한 일뿐이에요. 아버지를 장 씨로 불러도 좋은지 남편에게 물어보겠어요. 틀림없이 반대할 거예요. 아버지는 저를 속상하게 하시는군요. 궤변도 좋지만 귀여운 코제트를 슬프게 하시면 안 돼요. 나빠요. 착하신 분이 공연히 심술궂게 그러시지 마세요."

장 발장은 대답하지 않았고 굳은 표정을 풀지도 않았다. 그녀는 재빨리 그의 두 손을 잡았다. 뿌리칠 겨를도 없이 잡은 손을 자기 얼굴 아래 목에 갖다 댔다. 이것은 깊은 애정을 나타내는 몸짓이었다.

"제발, 좀 더 친절하게 대해 주세요."

그리고 코제트는 애원했다.

"친절이란 이런 거예요. 고집부리지 마시고 여기에 와서 사시고 또 저와 즐거운 산책을 하세요. 여기에도 플뤼메 거리처럼 새들이 많아요. 옴프 아르메 거리의 쓰러져 가는 집은 그만 버리고, 우리와 함께 지내요. 우리에게 수수께끼 같은 말씀은 그만하세요. 우리와 함께 점심 식사를 드시고, 우리와 함께 저녁 식사도 드세요. 제 아버지로 계셔 달라는 거예요."

장 발장은 잡혀 있던 손을 풀었다.

"당신에겐 이젠 아버지는 필요 없어. 당신에겐 남편이 있으니까."

코제트는 발끈 화가 났다.

"이제는 아버지가 필요 없다고요? 그런 당치도 않은 말씀을. 정말 무슨 말을 해야 할지 모르겠네요."

"여기에 투생이 있었다면."

장 발장은 물에 빠진 사람처럼 도움을 구하는 눈빛이었다. 지푸라기라도 잡는 심정으로 말을 이었다.

"내가 언제나 내 방식대로 해 왔다는 것을 제일 먼저 알아주었을 텐데, 별로 새로 변한 것은 없어. 나는 언제나 나의 어두운 면이 좋았으니까."

"하지만 여기는 추워요. 그리고 어두워서 잘 보이지도 않고 정말 싫어요. 장 씨가 되고 싶다니, 그리고 아버지한테 '당신'이라는 말은 듣고 싶지 않아요."

"아까 여기 오는 도중."

장 발장은 코제트의 말에는 대답도 하지 않고 화제를 돌렸다.

"생 루이 거리에서 가구가 하나 눈에 띄더군. 어느 가구점에 있었지. 내가 만약 예쁜 여자라면 그 가구를 샀을 거야. 아주 좋은 화장대였어. 모양도 새로웠고, 당신이 장미 나무로 만들었다고 하던 그런 것 같았어.

상감도 잘되어 있더군. 거울도 무척 크고 서랍도 몇 개 달려 있고, 아주 예쁘던데."

"어머, 너무하세요."

코제트는 대꾸했다.

그리고 사랑스러운 동작으로 화난 표정을 지어 보였다. 마치 고양이 흉내를 내고 있는 여신과도 같았다.

"전 몹시 화났어요."

그녀는 말했다.

"이제부터 모두가 저를 화나게 하는걸요. 정말 속상해요. 영문을 모를 일뿐이에요. 아버지는 마리우스가 뭐라고 해도 저를 두둔해 주시지 않고, 마리우스는 저를 도와서 아버지의 이야기 상대가 되어 드리지도 않고, 저는 아무도 도와줄 사람이 없는 외톨이에요. 방을 깨끗하게 꾸며 놓았는데도, 만약 신께서 들어와 주신다면 기꺼이 맞아들이고 싶을 정도예요. 전 빈 방에서 혼자 쩔쩔매고 있어요. 빌리는 사람이 없으면 아마 파산할 거예요. 제가 니콜레트에게 맛있는 음식을 장만하라고 했더니 모두 제가 시킨 음식을 싫다고 한대요.

게다가 포슐르방 아버지는 장 씨라고 불러 달라고 하시질 않나, 더럽고 축축한 벽이 수염을 기른 광 속에서, 투명한 유리 대신 빈 병이 쌓여 있고 커튼 대신 거미줄이 쳐 있는 방에서 저를 만나고 싶다고 하시질 않나! 아버지가 좀 이상한 분이신 건 알아요. 그건 아버지 성격이니까요. 하지만 지금 갓 결혼한 사람에게는 좀 쉽게 해 주셔야죠. 나중에 다시 이상한 짓을 하셔도 되잖아요. 아버지는 저 옴므 아르메 거리의 그 기막힌 집이 정말 맘에 드신다는 건가요. 전 아주 싫었어요. 저의 어디가 못마땅하신 건가요. 정말 아버지가 걱정돼요. 정말로."

그리고 갑자기 정색을 하고 그녀는 장 발장을 물끄러미 바라보다가 덧붙였다.

"그럼 제가 행복해진 것을 언짢게 여기시나요?"

순진한 이도 이따금 자기도 모르는 사이에 사람의 마음을 꿰뚫을 때가 있다. 코제트는 아무 생각 없이 한 말이었으나 장 발장에게는 가슴을 찌르는 질문이었다. 코제트는 살짝 할퀴려 했지만 깊은 상처를 주고만 것이다.

장 발장은 창백해졌다. 한동안 말을 잇지 못했다. 이윽고 잔뜩 갈라진 목소리로 혼잣말처럼 중얼거렸다.

"너의 행복, 그것은 내 평생의 목적이었다. 지금 신은 내가 가야 할 방향을 가리키신 것이다. 코제트, 너는 행복해졌고 내 생애는 끝났다."

"어머나! 저를 '너'라고 하셨군요."

코제트는 외쳤다.

그리고 그녀는 장 발장의 목에 매달렸다. 장 발장은 정신없고 망연한 가운데 그녀를 가슴에 끌어안았다. 거의 그녀를 되찾은 듯한 느낌이었다. 그러나 가슴을 찌르는 고통은 여전했다.

"고마워요. 아버지."

코제트는 말했다.

코제트에게 끌리는 마음이 절벽을 치받는 파도 같았다. 치밀어 오르는 감정을 그는 조용히 억눌렀다. 그는 코제트의 팔에서 몸을 빼고 모자를 집어 들었다.

"왜요?"

코제트가 물었다.

장 발장은 대답했다.

"가겠소, 부인. 가족들이 기다리실 거요."

그리고 문턱에서 덧붙였다.

"난 당신에게 너라고 했소. 앞으론 그러지 않겠다고 남편께 말씀드려 주시오. 실례했소."

장 발장은 코제트를 뒤에 남겨 둔 채 방을 나갔다.

이해하기 어려운 상황에 둘러싸여 코제트는 붙박인 듯 서 있었다.

다시 뒤로 물러서다

이튿날 같은 시각에 장 발장은 또 찾아왔다.

코제트는 아무것도 묻지 않았다. 놀라는 빛도 보이지 않고, 춥다는 말도 하지 않고 응접실 이야기도 하지 않았다.

그리고 아버지라고도 장 씨라고도 말하기를 피했다. 그리고 당신이라고 부르든, 부인이라고 부르든 가만히 있었다. 다만 기쁜 기색은 다소 줄어 있었다. 그녀에게 그림자가 드리워진 탓이었다. 그 그림자는 슬픔이었다.

사랑을 받는 남자는 말하고 싶은 것만을 말하고, 아무것도 설명하지 않고도 사랑받고 있는 여자를 만족시키는 법이다. 아마도 그녀는 마리우스와 그런 대화를 주고받았을 것이다. 사랑하는 사람들은 자기들 사랑을 해치면서까지 호기심을 채우려 들지 않는다.

아래층 방은 조금 치워져 있었다. 바스크가 빈 병을 내가고 니콜레트가 거미줄을 거둔 것이다.

다음 날도 그다음 날도 장 발장은 같은 시각에 나타났다. 그로서는 마리우스의 말을 문자 그대로 받아들일 수밖에 없었다. 매일 찾아오는 것이었다. 마리우스는 장 발장이 오는 시각에는 언제나 집에 있지 않았다. 집 사람들도 포슐르방 씨의 기이한 버릇에 익숙해졌다. 투생의 말도 도움이 되었다.

"나리는 언제나 저러셨어요."

그녀는 되풀이해서 말했다. 조부는 이렇게 단정했다.

"그 사람은 괴짜야."

이 한마디로 모든 것이 결정되었다. 게다가 아흔 살이나 되고 보면 이제는 다른 사람들과 어울릴 수도 없다. 그저 한 자리에 같이 있을 뿐이다. 새 사람이 끼는 것이 귀찮다. 이젠 그런 자리는 없다. 모든 것이 습관이 돼 버렸다. 포슐르방 씨인지 트랑슐르방인지 '그 사람'을 끼워 주지 않아도 된다면 그보다 더 좋은 일은 없다고 질노르망 노인은 생각했다. 그는 이렇게도 말했다.

"아아, 그런 괴짜만큼 겉으로는 그럴듯해 보이면서 속은 아무것도 아닌 건 없어. 온갖 이상한 짓을 하지만 동기 같은 건 전혀 없어. 카나플 후작은 더 심했지. 굉장한 저택을 갖고 있으면서도 자기는 일부러 헛간에서 살았거든. 그렇게 그들은 변덕을 부려 보는 거야."

그 기막힌 이면은 아무도 짐작하지 못했다. 누가 그 같은 것을 꿰뚫어 볼 수 있었겠는가? 인도에는 그와 같은 늪이 곳곳에 있다. 이상야릇한 물이 괴어 있는데, 바람도 불지 않는데 물결이 일고 잔잔해야 할 곳이 흔들린다. 사람은 그 수면에 까닭 모르게 이는 거품을 바라보면서도 그 물밑에서 몸부림치는 히드라는 알아보지 못한다.

대부분의 사람들이 그런 비밀의 괴물을, 마음에 깃든 근심을, 몸을 물어뜯는 용을, 내부의 암흑 속에 사는 절망을 갖고 있다. 그런 사람도 다른 사람과 다를 바 없이 그날그날을 살아가고 있다. 그 마음속에는 무서운 고뇌가 기생하며, 그것이 그 비참한 인간의 내면에서 살며 그의 생명을 앗아 가는 것을 아는 사람은 없다. 그가 바로 하나의 심연임을 아는 사람은 없다.

그 물은 괴어 있기는 하나 깊은 못이다. 이따금 까닭을 알 수 없는 물결이 수면에 나타난다. 야릇한 잔물결이 일었다가 곧 사라지고는 다시 나타난다. 한 방울의 거품이 솟아올라 왔다가 터진다. 아무것도 아닌 것 같지만 실로 무서운 것이다. 그것은 사람이 알지 못하는 짐승의 숨결이다.

남들에 비해 이상한 버릇, 이를테면 다른 사람들이 떠나갈 무렵에 찾아온다거나, 다른 사람들이 자연스럽게 행동하는 동안 한구석에 처박혀 있다거나, 특별한 때에만 입어야 하는 옷을 아무 때나 입고 나선다거나, 한적한 오솔길을 찾거나 인기척 없는 거리를 좋아하거나, 절대로 대화 속에 끼어들지 않는다거나, 군중이나 축제를 피한다거나, 태평한 듯 보이면서 가난한 살림을 한다거나, 부자이면서도 주머니에 열쇠를 항상 넣고 초를 문지기에게 맡긴다거나, 샛문으로 드나들고 비밀 사다리로 오르내리는 이러한 하찮고 유별난 행동은 모두 수면에 나타난 산물 겹이고 기포이다. 잠시 동안의 파문일 뿐인 것 같다. 그러나 사실은 수면 밑에서 솟아오르는 무서운 것일 때가 많다.

몇 주일이 그렇게 지나갔다. 장 발장과의 슬픔은 점차 스러져 갔다. 새로운 생활이 조금씩 코제트의 마음을 사로잡았다. 결혼으로 인해 생긴 교제, 방문, 집안일, 즐거움 등등의 사건들이 일어났다. 코제트의 즐거움은 비용이 필요하지 않았다. 그것은 마리우스와 함께 있다는 단 한마디로 끝났다.

그와 함께 있는 것이야말로 그녀에게 가장 중요한 일이었다. 서로 팔짱을 끼고 대낮의 거리를 아무 거리낌 없이 숱한 사람들의 눈앞에서 단둘이 걷는다는 것, 그것은 그들에게 항상 새로운 기쁨이었다.

코제트를 신경 쓰이게 한 일이 한 가지 있었다. 두 노처녀들의 화합은 도저히 불가능한 것이어서 투생은 니콜레트와 맞지 않아 끝내 나가 버렸다. 그러나 질노르망 씨는 건강했고, 마리우스는 종종 법정에서 변호를 했다. 질노르망 이모는 신혼부부 곁에서 만족스러운 생활을 보내고 있었다. 장 발장의 방문은 매일 이어졌다.

너라고 부르는 말투는 사라지고 당신이라든가 부인이라든가, 장 씨라든가 하는 말로 바뀐 것이 코제트에게는 여전히 낯설었다. 코제트는 그가 딴 사람처럼 느껴져 서먹했다. 장 발장이 자진해서 그녀를 자기에게서 떼어 놓으려 한 그 노력은 성공했다. 코제트는 차츰 다정함을 잃어 갔다. 그러나 그녀는 지금도 장 발장을 몹시 사랑하고 있었다. 그도 그것을 느끼고 있었다.

어느 날 코제트는 느닷없이 말했다.

"당신은 예전과 딜리 제 아버지도 아니고, 아저씨도 아니고, 포슐르방 씨도 아니에요. 지금은 다만 장 씨일 뿐이죠. 대체 당신은 어떤 분인가요. 전 이런 건 좋아하지 않아요. 당신이 정말 좋은 분이라는 걸 알지 못했다면 전 당신이 무서워졌을 거예요."

장 발장은 여전히 옴므 아르메 거리에 살고 있었다. 코제트가 사는 곳에서 멀리 떨어질 결심은 도저히 할 수가 없었던 것이다.

장 발장은 처음 얼마 동안은 단 몇 분 동안만 코제트의 곁에 머물렀다. 그것이 변해 차츰 오래 머물러 있게 됐다.

해가 길어지는 것을 이용하는 듯했다. 그는 예전보다 조금 일찍 와서 늦게 돌아가곤 했다.

어느 날 코제트는 무심결에 "아버지." 하고 불렀다. 순간 기쁜 빛이 장 발장의 어두운 얼굴에 스쳤다. 그러나 그는 얼른 코제트를 나무랐다.

"장이라고 불러 주오."

"아아! 그랬었지요."

코제트는 웃음을 터뜨리면서 말했다.

"장 씨."

"이제 됐소."

장 발장은 말했다.

그리고 그녀에게 들키지 않도록 얼굴을 돌려 눈물을 닦았다.

플뤼메 거리의 정원을 회상하다

그것이 마지막이었다. 그 이후 마지막의 반짝임은 완전히 꺼져 버렸다. 이제 친밀한 몸짓도 없어지고 키스 인사를 주고받는 일도 없어졌으며 상냥함이 깃든 말도 들을 수 없었다. 장 발장은 자신의 모든 행복으로부터 스스로를 멀어지게 만들었다. 그리고 하루 사이에 코제트를 송두리째 잃어버렸다. 그날로부터 매일 조금씩 그녀를 잃어버리는 비참함을 맛보게 되었다.

지하실에 들어가면 눈은 곧 어둠에 익숙해긴다. 결국, 매일 코제트의 모습을 볼 수 있다는 것에 만족했다. 그의 모든 생활은 오직 그것에 집중되어 있었다. 장 발장은 그녀 옆에 앉아서 말없이 그녀를 바라보거나 또는 옛날의 일들을, 그녀의 어린 시절이며 수도원 일이며 그때의 어린 동무들에 대한 이야기를 그녀에게 들려주는 것이었다.

4월 초순의 어느 날이었다. 이미 날씨는 따뜻해졌으나 그래도 바람은 서늘했다. 마리우스와 코제트의 창 주변의 정원은 봄의 재생이 약동하여 아가위나무가 싹트기 시작했고, 자란의 보석 장식은 낡은 담장 위에 전개되고, 장밋빛 금어초는 돌 틈에서 하품을 하고, 풀숲에는 실국화와 금봉화 꽃이 피기 시작했다. 흰나비들이 날아다니고 봄바람은 첫 음률을 수목 속에서 연주하고 있었다. 그런 날 오후 마리우스는 코제트에게 말했다.

"플뤼메 거리에 있는 우리만의 뜰을 다시 한 번 보러 가자고 이야기했었지? 지금 갑시다. 은혜를 잊어서는 안 돼."

그래서 그들은 한 쌍의 제비처럼 봄날을 향하여 날아올랐다. 그 플뤼메 거리의 정원은 그들에게 새벽빛처럼 느껴졌다. 그들은 과거 속에 사랑의 봄을 숨겨 놓고 있었다. 플뤼메 거리의 집은 아직 계약 기간이 끝나지 않아서 코제트의 것이었다. 거기서 두 사람은 옛날로 돌아가서 현재를 잊었다. 저녁때 여느 때와 같은 시각에 장 발장은 피유 뒤 칼베르 거리를 찾아왔다.

"아씨 마님께서는 나리님과 함께 외출하셔서 아직 돌아오시지 않았습니다."

바스크가 그에게 말했다.

장 발장은 잠자코 앉아서 한 시간쯤 기다렸다. 코제트는 좀처럼 돌아오지 않았다. 그는 고개를 깊이 떨어뜨리고 돌아갔다.

코제트는 '자기들만의 정원'을 산책한 것에 완전히 도취되어 '하루 종일 과거 속에서 보낸' 기쁨에 이튿날에도 그 이야기만을 했다. 그녀는 그날 장 발장을 만나지 않았던 것엔 생각이 닿지 않았다.

"어떻게 거길 갔소?"

장 발장은 코제트에게 물었다.

"걸어서 갔죠."

"그럼 돌아올 때는?"

"마차를 탔어요."

얼마 전부터 장 발장은 젊은 부부가 절약하는 생활을 하고 있는 것을 깨닫고 있었다. 그는 그것이 마음에 걸렸다. 마리우스의 절약은 엄격했다. 예전에 그가 장 발장에게 한 이야기는 절대적인 의미를 지니고 있었다. 장 발장은 단호하게 이렇게 물었다.

"어째서 당신들은 마차를 갖지 않소? 아담한 마차라면 한 달에 500프랑밖에 들지 않을 거요. 당신은 돈도 있소."

"이유는 잘 모르겠어요."

코제트는 대답했다.

"투생만 하더라도 그렇소."

장 발장은 말을 이었다.

"그 사람이 나갔는데도 당신들은 아무도 두지 않소, 어째서요?"

"니콜레트만으로도 충분한걸요."

"그러나 당신에겐 하녀가 있어야 할 텐데."

"마리우스가 있잖아요."

"당신들은 자기 집을 지니고 자기 하인들을 거느리고 마차를 마련하고 극장에 특별석도 갖는 게 당연하오. 당신들은 무엇을 차지한다 해도 분에 넘치지 않소. 어째서 여유롭게 지내지 않소? 재물은 행복에 꽃을 곁들여 주는 거요."

코제트는 입을 다물었다.

장 발장의 방문 시간은 갈수록 길어졌다. 사랑이 한 길로 미끄러져 갈 때에는 쉽게 멈추지 못하는 법이다.

장 발장은 오래 머무르고 싶을 때는 마리우스에 대한 칭찬을 늘어놓았다. 코제트에게 시간가는 것을 잊게 하고 싶을 때에 쓰는 방법이었다. 마리우스는 잘생겼고, 고상하고 용감하고 재주가 뛰어나고 말재주도 있고 친절하다고 했다. 코제트는 늘 그 이상으로 표현했다. 장 발장은 똑같은 말을 되풀이했다. 이야기는 그칠 줄을 몰랐다. 마리우스, 이 말은 아무리 길어 내어도 마르지 않는 샘이었다. 그 글자 속에는 몇 권인지도 모를 책이 들어 있었다. 그렇게 해서 장 발장은 오래 앉아 있을 수가 있었다. 코제트를 바라보며 그녀의 옆에서 모든 것을 잊는 일은 장 발장에게는 정말 즐거운 일이었다. 그것은 그의 상처를 동여매 주는 붕대였다. 그녀의 존재는 말할 수 없는 위로가 되었다. 바스크가 "질노르망 님께서 아씨 마님께 식사 준비가 다 되었다고 말씀드리라는 분부십니다." 하고 두 번씩이나 채근할 때가 종종 있었다.

그럴 때면 장 발장은 깊은 생각에 잠겨서 자기 집으로 돌아갔다.

언젠가 마리우스가 문득 생각했던 그 누에고치라는 비유에는 과연 진실이 들어 있을까. 장 발장은 실제로 하나의 누에고치, 끈질기게 남아서 자기에게서 날아간 나비를 찾아오는 저 누에고치란 말인가?

어느 날, 장 발장은 여느 때보다 오래 머물러 있었다. 그런데 이튿날 그는 벽난로에 불이 지펴져 있지 않은 것을 알았다.

'이런!'

그는 생각했다.

'불이 없구나.'

그리고 장 발장은 마음속으로 이렇게 이유를 설명했다.

'낭연한 이야기지. 벌써 4월인 걸. 추위는 끝났어.'

"어머나! 여기가 왜 이렇게 춥죠?"

코제트는 들어오자마자 소리쳤다.

"춥지 않소."

장 발장이 말했다.

"그럼 당신께서 바스크에게 불을 피우지 말라고 하셨나요?"

"그렇소, 곧 5월인 걸요."

"하지만 6월까지는 불을 피워야 해요. 게다가 이런 지하 굴에서는 일년 내내 불이 필요해요."

"이제 불은 소용없다고 생각했소."

"정말 당신다운 생각이군요."

코제트는 말했다.

그 이튿날에는 불이 피워져 있었다. 그 대신 두 개의 팔걸이의자가 문 앞 가까운 끝 쪽에 나란히 놓여 있었다.

'이건 무슨 뜻일까?'

장 발장은 생각했다.

그는 그 팔걸이의자를 가져다가 여느 때처럼 벽난로 가까운 장소에 놓았다. 그래도 불이 다시 피워져 있다는 것이 그를 안심시켰다. 그는 평소보다 오래 이야기했다. 막 돌아가려고 일어서려 했을 때 코제트가 그에게 말했다.

"마리우스가 어제 제게 이상한 말을 하더군요."

"어떤 이야기요?"

"이러더군요. '코제트, 우리에겐 3만 프랑의 연금이 있어. 2만 7천 프랑은 당신 것이고 3천 프랑은 할아버지께서 내게 주시는 거야.' 그래서 전 대답했어요. '그럼 3만 프랑이 되는군요.' 그러자 그이는 '당신 3천 프랑으로 생활할 용기가 있겠소?'라고 묻는 거예요. 전 '네, 한 푼도 없어도 상관없어요. 당신과 함께라면.' 하고 대답했어요. 그러고 나서 '어째서 그런 걸 물으시죠?' 하고 물었죠. 그이는 '그냥 물었을 뿐이야.' 하고 대답할 뿐이었어요."

장 발장은 대꾸할 말이 없었다. 코제트는 그에게서 어떤 설명을 기대했던 모양이었다. 그러나 장 발장은 침울하게 입을 다문 채 귀를 기울이고 있었다. 그는 옴므 아르메 거리로 돌아갔다. 너무 골똘히 생각에 잠겨 있었기 때문에 입구를 잘못 찾았다. 옆집으로 들어가고도 한참 후에야 잘못 온 것을 깨달았다. 무거운 발걸음을 돌려 계단을 돌아 나왔다.

장 발장의 마음은 여러 가지 억측으로 시달리고 있었다. 마리우스가 그 60만 프랑의 출처에 대해 의심을 품고 무언가 깨끗하지 못한 곳에서 나온 돈이 아닌가 하고 두려워하고 있음이 분명했다. 마리우스는 어쩌면 그 돈이 장 발장 자신에게서 나왔다는 것을 알아차렸는지도 모른다. 그 의심스러운 재산 앞에서 망설이며 그것을 자기 재산으로 하기 싫어하고 수상쩍은 재물로 부자가 되기보다는 차라리 코제트와 둘이서 가난하게 사는 편이 좋다고 마음먹었는지도 모른다.

게다가 장 발장은 자신이 무시당하고 있지나 않나 하고 막연하게 느끼기 시작했다.

다음 날 아래층 방으로 들어가던 장 발장은 호되게 한 대 얻어맞은 듯한 느낌이 들었다. 팔걸이의자가 하나도 없었던 것이다. 걸상조차도 놓여 있지 않았다.

"어머나, 어떻게 된 걸까요?"

코제트가 들어오면서 소리쳤다.

"의자가 없군요. 의자가 어디 있을까?"

"이젠 없소."

장 발장이 대답했다.

"너무하군요."

장 발장은 더듬거렸다.

"내가 바스크에게 가져가라고 했소."

"어째서요?"

"오늘은 잠깐만 있을 테니까요."

"잠깐 동안 밖에 계시지 않는다고 해서 서 있어야 할 이유는 없어요."

"바스크는 응접실에 팔걸이의자가 필요하다고 했던 것 같소."

"그건 왜요?"

"아마 오늘밤 손님이 오나 보지요."

"아뇨, 아무도 안 와요."

장 발장은 더 이상 둘러대는 것이 불가능했다.

코제트는 어깨를 으쓱했다.

"팔걸이의자를 가져가게 하시다니. 요전에는 불을 끄게 하시고, 정말 이상하시군요."

"잘 있어요."

장 발장은 중얼거렸다.

그는 "잘 있어요, 코제트."라고 하지 않았다. 그렇다고 해서 "잘 있어요. 부인." 하고 말할 힘도 없었다,

그는 맥이 빠져서 나갔다. 이번에야말로 확실하게 알게 되었다. 이튿날 그는 오지 않았다. 코제트는 밤이 되어서야 비로소 그것을 깨달았다.

"어머."

그녀는 말했다.

"장 씨가 오늘은 안 오셨구나."

그녀는 약간 서글펐지만 그것도 곧 마리우스의 키스로 거의 잊어버리고 말았다.

그다음 날도 그는 오지 않았다. 코제트는 별로 염두에 두지 않고 평소와 다름없이 초저녁을 보냈다. 밤이 지나 아침에 눈을 뜨고서야 비로소 그 사실을 깨달았다. 그녀는 그토록 행복했던 것이다. 그녀는 곧 니콜레트를 장 씨의 집으로 보내어 병이 나셨는지, 어째서 어제는 오시지 못했는지를 알아오게 했다. 니콜레트는 장 씨의 내답을 듣고 왔다. 그는 앓고 있지 않았다. 바빴던 것이다. 며칠 안으로 오시게 될 거다, 되도록 빠른 시일 안에. 더욱이 그는 잠깐 여행을 하려고 한다. 가끔 여행하는 습관이 있는 것은 부인도 잘 알 것이다. 걱정할 건 조금도 없다. 제발 자기 걱정은 하지 말도록 하라는 대답이었다.

니콜레트는 장 씨 집에 가서 부인의 말을 그대로 전했다.

"부인께서 '장 씨께서 어제 왜 안 오셨는지' 여쭈어 보라고 해서 왔습니다."

"내가 안 간 건 벌써 이틀째요."

장 발장은 조용히 말했다.

그러나 그의 괴로운 심정에 니콜레트는 관심 두지 않았다. 코제트에게는 그 말을 전혀 하지 않았다.

소멸에 이르는 진동

1833년 늦봄부터 초여름까지 몇 달 동안 마레 구역의 사람들은 매일 같은 시간에 한 노인을 볼 수 있었다. 검은 옷을 차려입은 노인은 해질 무렵이면 옴므 아르메 거리에서 생 크루아 들 라 브르토느리 거리 쪽으로 나와 생 루이 거리로 들어가곤 했다.

그곳까지 가면 노인은 걸음을 늦췄다. 머리를 앞으로 내밀고 언제나 한곳을 응시하고 있었다. 그에게 있어 별이라도 빛나고 있는 듯이 생각되는 그 한 점은 피유 뒤 칼베르 거리 모퉁이 바로 그곳이었다. 그 거리 모퉁이로 가까이 다가갈수록 그의 눈은 점점 빛을 더해 갔다. 눈을 빛내며, 매혹되고 감동에 잠긴 듯한 표정이었다. 입술은 보이지 않는 누군가에게 이야기하는 양 가늘게 떨리고, 희미하게 미소를 지으며, 되도록 천천히 걸음을 옮겼다. 마치 그곳에 가기를 갈망하면서도 접근하기를 두려워하는 듯하였다. 그를 끌어당기는 듯한 그 거리에서 이제 집들이 몇 채 남지 않은 곳에 이르면, 그의 걸음은 매우 느려졌다. 그러나 아무리 속도를 늦추어도 결국은 도착하지 않을 수 없었다. 마침내 피유 뒤 칼베르 거리에 닿고 나면 그는 걸음을 멈추고 몸을 부르르 떨었다. 모퉁이에서 겁먹은 태도로 고개를 내밀어 그 거리를 바라보는 것이었다.

그 눈길에는 비통함이 깃들어 있었다. 이윽고 한 방울의 눈물이 떨어져 뺨 위로 미끄러지고 때로는 입가에서 멎었다. 노인은 그 쓰디쓴 맛을 느끼고 있었다. 그는 그렇게 한참 동안 돌처럼 서 있었다. 그런 뒤에 같은 길을 같은 걸음으로 돌아갔다. 그리고 멀어져 감에 따라 그의 눈은 빛을 잃어 갔다.

차츰 그 노인은 피유 뒤 칼베르 거리 모퉁이까지 가지 않게 되었다. 생 루이 거리의 중간쯤에서 걸음을 멈추게 된 것이다. 때로는 그보다 조금 더 갈 때도 있지만 또한 그보다 앞에서 멈출 때도 있었다. 어느 날은 퀼티르 생 카트린 거리 모퉁이에 서서 멀리 피유 뒤 칼베르 거리를 바라보았다. 그리고 말없이 고개를 흔들고는 왔던 길로 되돌아갔다.

얼마 가지 않아 그는 생 루이 거리까지도 가지 않게 되었다. 파베 거리까지 와서는 고개를 저으며 되돌아갔다. 이윽고 이번에는 트루아 파비용 거리 이상은 가지 않게 되었다. 그다음에는 블랑 망토 성당 앞을 지나는 일도 없어졌다. 그것은 마치 태엽을 감지 않은 시계추가 차츰 진동의 폭을 좁혀 가다가 마침내 멈춰 버리는 그런 상태와 흡사했다.

매일 그는 같은 시각에 집을 나와서 같은 길을 택했지만 이제는 저편에 도착하는 일이 없었다. 그의 얼굴 전체에는 '그게 무슨 소용인가?' 하는 오직 하나의 생각만이 떠올라 있었다. 눈동자는 빛을 잃어 이제는 빛을 볼 수 없었다. 눈물도 말라 버려서 눈시울 끝에 괴지도 않았다. 생각에 잠긴 눈은 메말라 있었다. 노인의 머리는 아직도 앞으로 나와 있었다. 이따금 턱이 떨렸다. 여윈 목덜미의 주름살은 보기에도 가슴 아팠다. 이따금 날씨가 나쁘면 그는 우산을 옆구리에 끼고 있었으나 그것을 펴는 일은 없었다.

이웃에 사는 아낙네들은 말했다.

"정신이 좀 이상한 사람이야."

아이들이 웃으면서 노인의 뒤를 따라다녔다.

9. 마지막 어둠, 마지막 새벽

불행한 사람들, 행복한 사람들

행복하다는 것은 무서운 일이다. 그들은 행복한 것에 얼마나 만족하고 있는가. 얼마나 그것으로 충분하다고 생각하는가. 인생의 그릇된 목적인 행복을 소유함으로써 참다운 목적인 의무를 얼마나 잊고 있는지.

그러나 말해 두지만 마리우스를 비난하는 건 정당하지 않다.

마리우스는 결혼 전에도 포슐르방 씨에게 이것저것 질문하는 일이 없었다. 당연히 결혼 후에도 장 발장에게 질문하기를 두려워했다. 오해는 두려움을 증폭시키기 마련이다. 그는 무심코 장 발장과 약속을 해 버린 것을 후회했다. 그 절망적인 인간에게 그런 양보를 한 것은 잘못이었다고 몇 번이나 마음속으로 생각했다. 그리하여 조금씩 장 발장을 집에서 멀리하고 코제트의 마음에서 될 수 있는 대로 그를 지워 버릴 수밖에 없다고 마음먹었다. 마리우스는 코제트와 장 발장 사이에 언제나 자기를 끼워 놓았다. 그렇게 하면 코제트도 장 발장을 걱정하지 않고 생각하지도 않을 것이다. 그것은 지워 버린다기보다는 차라리 보이지 않게 하는 것이었다.

마리우스는 필요하다고 판단한 일을 실천했을 뿐이었다. 냉혹한 방법을 쓰지 않고, 더욱이 약한 태도를 보이지 않고 장 발장을 멀리하는 데는 독자가 이미 본 바와 같은 중대한 이유가 있었고, 또한 다음에 보게 될 다른 이유도 있다고 그는 생각하고 있었다.

마리우스는 자기가 변호를 담당한 어떤 소송 사건에서 라피트 집안(은행가_옮긴이)의 옛날 고용인을 우연히 만나게 되었다. 그가 일부러 알려고 한 것은 아니었으나 수수께끼 같은 이야기를 들었다. 그는 비밀을 지키겠다고 약속한 바도 있었고, 또한 장 발장의 위험한 입장을 생각해서 그 이야기를 깊이 캐묻지 않았다. 그러나 마리우스는 60만 프랑에 대해 무거운 의무감을 느꼈다. 마리우스는 그 60만 프랑을 돌려주어야 한다고 생각했다. 그는 되도록 신중하게 그 상대를 찾고 있었다. 돌려줄 상대를 찾을 때까지 그는 돈에 손대지 않기로 결심했다.

코제트는 그런 비밀을 전혀 알지 못했다. 그러므로 그 일로 그녀를 비난하는 것 또한 가혹한 일이다. 마리우스로부터 그녀에게 어떤 절대적인 자력이 흐르고 있어서 그것이 그녀로 하여금 본능적으로, 거의 무의식적으로 마리우스가 원하는 대로 하게 했다. '장 씨'에 대해서 그녀는 마리우스의 뜻을 알아차리고 거기에 따르고 있었다. 남편은 그녀에게 아무 말도 할 필요가 없었다. 그녀는 남편에게서 흘러나오는 무언의 의도를 느꼈다. 막연하기는 했지만 분명한 압력을 받았고 거기에 맹목적으로 복종했다. 여기서의 복종은 다만, 마리우스가 잊어버리고 있는 것을 굳이 들추어내지 않는 것이었다. 그러기 위해서는 아무런 노력도 필요하지 않았다. 자기 자신도 왜 그런지 알지 못한 채 그녀의 영혼은 남편의 영혼이 되어 버렸다. 그렇기 때문에 마리우스의 생각 속에서 그림자로 가려진 부분은 그대로 그녀의 생각 속으로 옮겨졌다. 그녀를 탓할 수 없는 점이 바로 여기에 있었다.

그러나 너무 말을 많이 하지 않기로 하겠다. 장 발장에 관한 한, 그 망각과 소멸은 다만 피상적인 것에 불과하다. 그녀는 잊어버리기를 잘한다기보다는 무심해져 있었던 것이다. 사실 그토록 오랫동안 아버지라고 불러 왔던 그 사람을 그녀는 무척 사랑하고 있었다. 그러나 그보다 남편을 더 사랑했다. 그렇기 때문에 그녀의 마음은 약간 균형을 잃고 한쪽으로 기울어졌던 것이다.

때때로 코제트는 장 발장에 대한 이야기를 하면서 이상하게 여길 때도 있었다. 그런 때 마리우스는 그녀의 마음을 가라앉혀 주는 것이었다.

"그분은 집에 안 계신 모양이지. 여행을 떠나신다고 하지 않았소?"

"그랬어요."

코제트는 대답했다.

"그분에겐 이렇게 훌쩍 사라지는 버릇이 있었어요. 하지만 이렇게 오래 걸리는 일은 없었는데."

두서너 번 그녀는 니콜레트를 옴프 아르메 거리에 보내어 장 씨가 여행에서 돌아오셨는지 어떤지 물어보게 했다. 그때마다 장 발장은 아직 돌아오지 않았다고 대답하게 했다.

코제트는 더 이상 묻지 않았다. 이 세상에서 필요한 것은 오직 마리우스뿐이었기 때문이다. 게다가 또 마리우스와 코제트도 얼마간 집을 비우게 되었다. 그들은 베르농에 갔다. 마리우스가 코제트를 아버지 묘소에 데리고 간 것이다.

마리우스는 코제트를 조금씩 장 발장에게서 떼어 놓았다. 코제트는 그렇게 되는 대로 가만히 있었다.

게다가 또 어떤 경우에는, 아이들이 은혜를 망각한다고 너무 가혹하게 말하는 것도, 항상 사람들이 생각하는 것만큼 비난할 일만은 아니다. 그것은 자연스러운 것이다. 자연은 다른 데서 말했듯이 '앞날을 바라보는' 것이다. 자연은 살아 있는 사람들을 오는 사람과 가는 사람으로 구분한다. 가는 사람은 그림자 쪽을 보고, 오는 사람은 빛 쪽을 보고 있다. 거기에서 노인과 젊은이에게는 어떤 괴리감이 생긴다. 그 괴리감은 처음에는 느껴지지 않을 정도였던 것이 차츰 나뭇가지가 뻗듯이 커져 간다. 작은 가지는 줄기에서 떨어지지 않은 채 멀어져 간다. 작은 가지가 나쁜 게 아니다. 청춘은 기쁨이 있는 곳을, 축제를, 발랄한 빛을, 사랑을 향해서 가는 법이다. 노년은 종말을 향하여 간다. 서로의 모습을 알아보지 못하는 것은 아니지만, 이제 서로를 포용하는 일은 없다. 젊은이들은 인생의 싸늘함을 느끼고, 노인들은 무덤의 싸늘함을 느낀다. 그러므로 이러한 젊은이들을 탓하지 말기로 하자.

램프의 마지막 흔들림

어느 날 장 발장은 집 밖으로 나와 두서너 걸음을 내딛다가 한 경계석 위에 걸터앉았다. 그것은 가브로슈가 6월 5일에서 6일에 걸친 밤에, 장 발장을 발견했던 바로 그 경계석이었다. 그는 그곳에 한참 동안 생각에 잠겨 있다가 집 안으로 들어갔다. 그것이 시계추의 마지막 진동이었다. 다음 날, 그는 집에서 나오지 않았다. 그다음 날은 침대에서도 나오지 않았다.

문지기의 마누라는 양배추나 감자에 베이컨을 조금 섞어서 형편없는 음식을 만들어서 장 발장에게 주곤 했다. 그날 그 마누라가 그의 갈색 질그릇 접시를 보고 외쳤다.

"아니, 어제도 아무것도 안 잡수셨군요!"

"그렇지 않소."

장 발장은 대답했다.

"접시는 그대로잖아요?"

"물병을 봐요. 비어 있잖소?"

"그건 물을 마신 거지 음식을 잡수신 건 아니잖아요."

"하지만, 물 말고 다른 건 먹고 싶지 않았소."

"그건 갈증이라는 거예요. 물과 함께 식사를 드시지 않으면 열이 있는 거예요."

"내일 먹겠소."

"아니면 '언젠가는'이겠죠. 어째서 지금 안 잡수시는 거죠? '내일 먹겠소.'라니요. 그런 말씀이 어디 있어요! 제가 애써서 만드는 요리에 손도 안 대시다니! 이 감자는 아주 좋은 거였어요."

장 발장은 노파의 손을 잡았다.

"꼭 먹겠소."

그는 부드럽게 타이르는 듯한 목소리로 말했다.

"참 알 수 없는 분이군요."

문지기 마누라는 대답했다.

장 발장은 이 노파 말고는 거의 아무도 만나지 않았다. 파리에는 아무도 지나다니지 않는 거리가 있고, 아무도 찾아오지 않는 집이 있다. 그는 그렇게 한산한 거리와 집에 살고 있었다.

그가 가끔은 밖으로 나다니던 무렵이었다. 철물점에서 작은 구리 십자가를 몇 수에 사서, 그것을 침대 맞은편 못에 걸어 두었다. 그 처형대는 언제나 보기 좋았다.

장 발장을 일주일 내내 줄곧 누워만 있었다. 문지기의 마누라는 남편에게 말했다.

"뒷방 할아버지는 아예 일어나지도 않고 먹지도 않아요. 오래갈 것 같지 않군요. 무슨 걱정이 있는지. 아무래도 딸이 시집을 잘못 간 모양이에요."

문지기는 남편의 위엄을 갖춘 말투로 대답했다.

"부자라면 의사를 불러야지. 돈이 없다면 의사를 못 부르는 거고, 그러면 죽을 뿐이지."

"의사를 부르면요?"

"그래도 죽겠지."

노파는 스스로 나의 포석(鋪石)이라고 부르는 곳에 난 풀을 낡은 칼로 긁기 시작했다. 그녀는 풀을 뽑으면서 중얼거렸다.

"가엾기도 하지. 참으로 깔끔한 노인이었는데. 병아리 깃털처럼 새하얀 분이었건만."

마침 노파는 의사가 거리 저쪽으로 지나가는 것을 보았다. 그녀는 장 발장에게 묻지도 않고 의사에게 와 달라고 부탁했다.

"3층이에요. 노인은 침대에서 꼼짝도 할 수 없어서 문에 열쇠가 매달려 있어요."

의사는 장 발장을 만났다. 그리고 진찰을 끝낸 의사가 아래로 내려왔다.

"어떤가요, 선생님?"

문지기의 마누라가 물었다.

"몹시 안 좋아요."

"어디가 나쁜가요?"

"도무지 어디가 나쁘다고 할 수도 없을 정도로 전부 안 좋소. 소중한 사람을 잃은 것 같더군요. 그 때문에 죽는 수도 있어요."

"환자는 뭐라고 해요?"

"아무 이상 없다고 하더군요."

"또 와 주세요, 선생님."

"그러죠. 그러나 다음엔 내가 아닌 다른 사람이 와야 할 거요."

펜대 한 자루조차도 무거운 팔

어느 날 저녁 장 발장은 팔꿈치를 짚고 몸을 일으켰다. 큰 고통을 느꼈다. 손목에서도 맥을 느낄 수가 없었다. 호흡은 짧았고, 이따금 끊어졌다. 그는 어느 때보다 자기 몸이 허약해진 것을 알았다. 그때 어떤 생각이 마음에 걸렸다. 그는 애써 일어나 낡은 노동복을 꺼내 입었다. 이제는 외출하는 일도 없어서 옷장 깊숙이 넣어 두었던 노동복인데, 그 옷이 마음에 들기도 했다. 그 옷을 입으면서도 그는 몇 번이나 쉬지 않으면 안 되었다. 윗도리의 소매에 팔을 집어넣는 것만으로도 이마에서 땀이 흘렀다.

그는 혼자 남게 되면서 적적한 거실에는 머물고 싶지 않았다. 그래서 침대를 응접실로 옮겨 놓았다. 그는 가방을 열고 코제트가 어릴 때 입던 옷을 꺼냈다. 그리고 그것을 침대 위에 펼쳐 놓았다.

주교의 촛대는 난로 위 항상 있던 자리에 놓여 있었다.

그는 서랍에서 초를 두 자루 꺼내 촛대에 꽂았다. 그런 다음 여름이라 아직도 훤했지만 그 초에 불을 붙였다. 죽은 사람이 있는 방에는 이처럼 대낮부터 촛불이 켜 있는 것을 이따금 볼 때가 있다.

가구에서 가구로 돌아다니는 그의 걸음 하나하나에 힘이 들어갔다. 얼마 못 걷고는 다시 주저앉았다. 그것은 잠시 쉰다고 해서 회복되는 그런 피로가 아니었다. 간신히 쥐어 짜내는 운동의 나머지였다. 두 번 다시 되풀이할 수 없는 힘겨운 노력 속에 방울방울 떨어져 가는, 다 시들어 가는 생명이었다.

그는 의자에 털썩 쓰러졌다. 의자는 바로 거울 앞에 놓여 있었다. 거울은 그에게 숙명적인 것을 깨닫게 했다. 거울에 비친 압지 위에서 그는 거꾸로 된 코제트의 글씨를 읽었던 것이다. 거울에 비친 얼굴이 자신이라고는 믿기지 않았다. 여든 살이나 된 듯한 얼굴이었다. 마리우스의 결혼 전에는 쉰 살이 될까 말까 해 보였는데, 그 이후로 1년은 30년에 해당될 만큼 길고 지루한 시간이었다. 지금 그의 이마에 새겨진 주름은 이미 늙은이의 주름이 아니라 죽음의 각인이었다. 거기에서는 가차 없는 운명의 손톱자국이 느껴졌다. 뺨은 늘어졌고 얼굴의 살갗은 이미 흙으로 덮여 있는 듯 회색빛이었다. 입언저리는 옛 사람들이 무덤에 조각했던 얼굴처럼 밑으로 처져 있었다. 그는 원망하는 듯한 눈빛으로 허공을 지켜보았다. 마치 누군가를 탓하지 않을 수 없는, 비극적이고 위대한 인물처럼 보였다.

그는 슬픔의 마지막 단계에 이르러, 이미 비애의 흐름도 말라 버린 상태였다. 슬픔조차 응결되어 버린 것이다. 인간의 영혼에도 절망이 엉긴 덩어리와 같은 게 있다.

벌써 밤이었다. 그는 가신히 힘을 내어 테이블과 낡은 안락의자를 벽난로 옆으로 당겼다. 테이블 위에 펜과 잉크와 송이를 올려놓았다.

그렇게 하고는 정신을 잃었다. 의식을 되찾았을 때 그는 목이 타들어 갔다. 물병을 들어 올릴 힘도 없었다. 가까스로 물병을 입으로 기울여 한 모금 마셨다.

그러고도 도저히 일어날 기운이 없었다. 그는 의자에 앉은 채로 침대 쪽을 바라보았다. 작은 검은색 옷이며 소중한 물건들을 하염없이 바라보았다. 몇 시간이나 계속 응시했지만 그에게는 찰나의 순간처럼 느껴졌다. 갑자기 오한이 스며들었다. 부르르 몸을 떨었다. 그는 주교의 촛대를 놓은 테이블에 팔꿈치를 짚고 펜을 들었다.

오랫동안 펜과 잉크를 쓴 일이 없었기 때문에 펜촉은 구부러지고 잉크는 바싹 말라 있었다. 잉크 속에 물을 몇 방울 떨어뜨려야 했다. 그 일을 하는 데도 힘이 부쳤다. 그래서 두서너 번 손을 멈췄다가 앉아야 했다. 더욱이 펜은 펜 등으로 쓸 수밖에 없었다. 그는 이따금 이마를 닦았다.

손이 떨렸다. 그는 글자 몇 줄을 천천히 써 나갔다.

코제트, 너를 축복한다. 너에게 조금 설명하고 싶은 게 있구나. 네 남편이 나를 떠나야 한다고 깨닫게 해 준 건 옳았다. 그러나 그가 믿고 있는 내용에는 약간의 착오가 있다. 그러나 그로서는 당연한 일이다. 그는 훌륭한 사람이니 내가 죽은 뒤에도 언제까지나 그를 사랑해라. 퐁메르시, 나의 사랑하는 아이를 언제까지나 사랑해 주오. 코제트, 이 종이에 써 놓겠다. 여기에 너에게 말하고 싶은 모든 것을 말이다. 만약 아직 내게 기억력이 남아 있다면 숫자도 쓰겠지만, 잘 들어라. 그 돈은 분명 너의 것이다. 그 사유는 이렇다. 흰 구슬은 노르웨이에서 오고, 검은 구슬은 영국에서 오고, 검은 유리구슬은 독일에서 온다. 진짜 검은 구슬은 가볍고 귀해서 값도 비싸나. 독일에서 모조품을 만들 듯 프랑스에서도 만들고 있다. 2인치 평방의 조그만 모루와 초를 녹이는 알코올램프가 있어야 한다. 예전에는 나뭇가지와 그을음으로 그 초를 만들었는데, 1파운드에 4프랑이었다. 나는 그것을 라크와 테르벤틴으로 만드는 법을 발명해 냈다. 비용은 불과 30수로 훨씬 품질이 좋다. 팔찌는 보랏빛 유리를, 지금 말한 초로 조그맣고 검은 쇠고리에 붙여서 만든다. 유리는 쇠 세공품에는 보랏빛이어야 하고, 금 세공품에는 검은빛이어야 한다. 이건 스페인에서 가장 많이 사 간다. 스페인은 검은 구슬의 나라로…….

여기서 그는 손을 멈추었다. 때때로 마음 밑바닥에서 치밀어 오르는 절망이 이 불쌍한 남자를 사로잡았다. 그는 두 손으로 머리를 싸안고 깊은 생각에 잠겼다.

'아아!'

그는 마음속으로 외쳤다. 그 비통한 외침을 듣는 것은 신뿐이었다.

'모든 것은 끝났다. 더는 그 아이도 만날 수 없겠구나. 그 아이는 나를 스쳐 간 하나의 미소였다. 두 번 다시 그 아이를 만나지 못하고 어둠 속으로 들어가려는 건가. 아아! 1분만이라도, 한순간이라도 좋다. 그 아이의 목소리를 듣고, 저 옷을 만져 보고, 그 천사 같은 모습을 바라보고 죽을 수만 있다면! 죽는 것은 아무것도 아니다. 두려운 것은 그 아이를 만나지 못하고 죽는 일이다. 그 아이가 미소를 보여 주고 말을 걸어 주면 얼마나 좋을까? 그게 누군가를 괴롭게 하는 일인가? 아니, 이제는 끝났다. 영원히, 나는 이렇게 혼자다. 아! 이제는 그 아이를 만나지 못하는구나.'

그때 누군가가 문을 두드렸다.

잉크병은 하얗게 만드는 것에 불괴하다

같은 날 저녁때, 마리우스는 식탁에서 물러나 사무실에 들어갔다. 소송 서류를 조사할 일 때문이었다. 얼마 지나지 않아 바스크가 편지 한 통을 들고 왔다.

"이 편지를 가져 온 사람이 객실에서 기다리고 있습니다."

코제트는 조부의 팔을 잡고 정원을 산책하고 있었다.

사람처럼 기분 나쁜 편지도 있다. 조잡한 종이, 거친 구김살이 드러나는 편지는 한눈에도 불쾌감을 준다. 바스크가 가져온 편지는 그런 종류였다.

마리우스는 편지를 건네받았다. 담배 냄새가 났다. 냄새만큼 기억을 불러일으키는 것은 없다. 마리우스는 그 담배 냄새를 기억했다. 겉봉을 보았다. '퐁메르시 남작 각하.' 담배 냄새는 그의 필적마저 떠올리게 했다. 놀라움은 번개처럼 사람을 덮친다. 마리우스는 번개를 맞은 것 같았다.

후각의 저 신비스러운 비망록은 그의 마음속에 하나의 세계를 되살렸다. 종이, 접은 모양, 뿌연 잉크 빛, 필적, 그중에서도 특히 담배 냄새. 종드레트의 고미다락방이 떠올랐다.

어쩌면 이렇게도 신기한 일이 우연처럼 일어나는지! 그가 그토록 찾았던 두 발자취 중의 하나, 요즈음도 비상한 노력을 기울였지만 찾아내지 못해 영원히 놓쳤다고 포기하던 것이 저절로 눈앞에 나타났다.

그는 재빨리 겉봉을 뜯어 읽었다.

남작 각하

만약 주님께서 소생에게 재능을 부여하셨다면, 저는 학사원(과학원) 회원
테나르 남작이 될 수 있었을 겁니다만, 실은 남작과 다른 사람입니다. 저
는 다만 남작과 성이 같은 데 지나지 않습니다만, 만약 그것 때문에 각하
의 호의를 받을 수가 있다면 다행이라고 생각합니다. 각하가 저에게 베풀
어 주시는 은혜는 머지않아 보답을 받으실 겁니다. 저는 어떤 인물에 관
계된 비밀을 쥐고 있기 때문입니다. 그 인물은 각하와도 관계가 있습니다.
저는 각하의 영광을 바라기 때문에 그 비밀을 각하께 알려 드립니다. 남작
부인과 각하는 고귀한 집안의 태생입니다. 문제의 인물은 명예 있는 가정
과 맺어질 권리가 없는 자이므로 그를 댁에서 추방할 간단한 방법을 가르
쳐 드리겠습니다. 덕이 넘치고 신성한 곳도 이 이상 오래 죄악과 함께 어
울리면 그 품위를 잃을 거라고 생각합니다.

응접실에서 남작 각하의 명령을 기다리고 있겠습니다.

삼가 아룁니다.

편지에는 '테나르'라고 서명돼 있었다.

그 서명이 허위는 아니었다. 다만 테나르디에를 약간 줄였을 뿐이다.

더욱이 모호한 문장과 맞춤법이 편지 주인의 정체를 완전히 드러내 주
었다. 신원 증명은 완벽했다.

마리우스는 감격스러웠다. 놀라운 충격을 받았다. 그리고 이번에 받은
충격은 그를 기쁘게 했다. 지금껏 찾고 있던 나머지 한 사람, 즉 마리우스
를 구해 준 사람만 찾아내면 그는 더 이상 바랄 게 없었다.

그는 사무용 책상 서랍 속에서 지폐 몇 장을 꺼내 주머니에 넣고는 초

인종을 울렸다. 바스크가 문을 살며시 열었다.

"들어오라고 해."

마리우스는 말했다.

바스크는 손님을 안내했다.

"테나르 씨입니다."

한 남자가 들어왔다. 마리우스는 또다시 놀랐다. 그는 한 번도 본 적 없는 사람이었다.

그 남자는 늙은이였는데, 큰 코에 넥타이 속에 턱을 파묻고 있었으며, 눈에는 녹색 테프터로 양쪽에 차양을 단 녹색 안경을 쓰고, 머리는 영국 상류사회의 마부가 쓰는 가발처럼 눈썹까지 내려오도록 이마 위에 반질반질하게 빗어 붙이고 있었다. 머리카락은 반백이었다. 그는 머리에서 발끝까지 검은 옷으로 차려입었는데 그 검은 옷은 닳았어도 깨끗했다. 윗옷 안주머니에서 장식 줄이 나왔는데, 거기에 시계가 들어 있다는 걸 알 수 있었다. 손에는 낡은 모자를 들고 있었다. 사나이는 허리를 굽히고 걸었다. 등이 굽었기 때문에 그의 인사는 한결 공손해 보였다.

가장 눈길을 끈 것은 그 남자의 윗옷이었다. 단정하게 단추를 채웠지만 너무 컸다. 한눈에도 맞춤옷이 아니었다.

여기서 약간 이야기가 옆길로 벗어나야겠다. 파리에는 당시, 라르스날 도서관에서 가까운 보트레이 거리의 한 낡고 수상한 집에 재주 있는 유대인이 살고 있었다. 그 유대인은 부랑자를 건실한 신사로 변장시켜 주는 일로 돈을 벌었다. 부랑자들은 오래 기다리는 것을 원하지 않았다. 그런데 거기에 가면 오랜 시간을 들이지 않고 변장할 수 있었다. 하루나 이틀이면 순식간에 변장되었다. 하루에 30수씩만 내면 온갖 종류의 신사 옷차림으로, 되도록 근사하게 변장시켜 주었다. 옷을 빌려 주는 사람은 '교환인'이라고 불렸다. 파리의 소매치기들이 붙여 준 이름이었다.

그는 꽤 구색을 갖춘 의상실을 갖고 있었다. 변장하는 데 필요한 의상을 거의 다 구비할 정도였다. 그는 여러 가지로 분류된 특수한 품목을 갖추고 있었다. 의상실 벽에 박힌 못 하나하나에 온갖 사회적 신분에 걸맞은 의상이 걸려 있었다. 다만, 낡고 허름한 옷이라는 게 흠이었다. 이쪽에는 법관복이 있고, 저쪽에는 사제복이 있고, 한군데에는 은행가의 옷이 있으며, 구석에는 퇴역 군인의 옷이 있고, 맞은편에는 문인의 옷이, 저쪽에는 정치가의 옷이 있었다.

그 남자는 사기꾼들이 파리에서 공연하는 큰 연극의 분장사였고, 그의 허름한 집은 절도나 협잡꾼들이 출입하는 분장실이었다. 누더기를 걸친 부랑자가 그 옷집에 와서 30수를 내면 그날 출연하려는 배역에 맞는 옷을 골라 입었다. 다시 계단을 내려갈 때는 이미 그럴싸한 인물로 바뀌는 것이다. 이튿날이면 옷가지는 정직하게 돌아왔다. 도둑놈들을 신용하고 있는 교환인은 한 번도 도둑을 당해 본 적이 없었다.

다만 그 옷들에는 한 가지 불편한 게 있었다. 누구에게도 꼭 맞지 않았다. 입는 사람의 몸에 맞춘 게 아니어서 어떤 사람에게는 작고 또 어떤 사람에게는 헐렁헐렁했다. 소매치기란 모두 보통 사람보다 크거나 작았기 때문에 교환인의 옷은 아무래도 잘 안 맞았다. 너무 뚱뚱해도 안 되고 너무 말라도 안 되었다. 교환인은 보통 사람의 체구밖에 예상하지 않았다. 그는 한 부랑자에게 맞추어서 치수를 쟀는데 그는 뚱뚱하지도 마르지도 않았고, 몸집이 크지도 작지도 않았다. 그래서 때로는 옷 입기 곤란한 때도 있었지만 교환인의 단골손님들은 적당히 잘 맞춰 입었다. 유별난 체격의 소유자에게는 매우 딱한 일이었지만 말이다. 이를테면 정치가의 옷은 위에서 아래까지 검은색이어서 적절하지만, 피트에게는 너무 크고 카스텔시칼라에게는 너무 작은 식이었다.

'정치가'의 복장은 교환인의 목록 속에 다음과 같이 지정되어 있었다. 그것을 옮겨 보기로 하겠다.

'검은 나사 윗도리, 검은 캐시미어 바지, 비단 조끼, 장화, 셔츠' 그리고 난외(欄外)에 '전(前) 대사'라고 적혀 있고 주(註)가 붙어 있었다. 그것도 옮겨 보면 '다른 상자에 적당한 고수머리의 가발, 녹색 안경, 시곗줄, 솜에 싼 길이 1인치의 조그마한 새의 깃대 둘', 그것만으로 대사를 지낸 정치가가 되었다. 그 옷들은 모두 낡았다. 솔기는 허옇게 바랬고, 팔꿈치 한쪽은 단추 구멍만 한 크기로 뚫리는 중이었다. 게다가 윗옷 가슴의 단추가 하나 떨어지고 없었다.

그러나 그것은 대수로운 일이 아니었다. 정치가는 손을 언제나 윗옷 속에 집어넣고 기슴을 누르고 있어야 했으므로 떨어진 단추를 감출 수 있었다.

마리우스가 만일 파리의 그러한 비밀스러운 기관에 대해 알고 있었다면, 지금 바스크가 안내한 손님의 옷이 교환인의 의상실에서 빌려 입은 정치가의 윗옷이라는 것쯤은 알았을 것이다.

기대한 것과는 다른 사나이가 들어오자 마리우스는 실망했고, 곧 새로운 손님에 대한 혐오감으로 변했다. 손님이 지나치게 정중하게 허리를 굽히는 동안, 그는 그 머리에서 발끝까지 훑어보며 퉁명스럽게 물었다.

"무슨 일이오?"

사내는 악어가 아양을 떠는 듯한 웃음이랄까, 이를 드러내면서 붙임성 있게 말했다.

"남작 각하와는 이미 사교계에서 만난 영광이 있었지요. 특히 수년 전에는 바그라시옹 공작부인의 저택과, 귀족원 의원인 당브레 자작 각하의 살롱에서 만나 뵈었다고 생각합니다."

생면부지의 사람에게 느닷없이 어디선가 만난 적이 있는 척하는 것은 부랑자들의 교묘한 수단이다. 마리우스는 그 사내의 말투며 몸짓을 주시했다. 그러나 실망은 점점 커질 뿐이었다. 기대했던 날카롭고 카랑카랑한 목소리와 딴판이었다. 그냥 콧소리였다. 그는 거의 추리를 포기할 지경이었다.

"나는 바그라시옹 부인도 당브레 씨도 모르오. 생전에 누구네 댁에 간 일이 없소."

마리우스는 짜증스럽게 말했다. 그래도 사내는 넉살 좋게 말을 이었다.

"그럼 샤토브리앙 씨 댁이었나 봅니다! 저는 샤토브리앙을 잘 압니다. 정말 싹싹하지요. 이따금 저에게 '테나르, 나하고 한잔하지 않을 텐가?' 할 때가 있었지요."

마리우스의 이마는 점점 준엄해졌다.

"나는 샤토브리앙 씨 댁에 간 적도 없소. 용건을 말하시오."

엄격해진 그 목소리 앞에 사내는 점점 고개를 숙였다.

"남작 각하, 제발 제 말을 들어 주십시오. 아메리카의 파나마 쪽 지방에 조야라는 마을이 있습니다. 마을이라고는 해도 집이 한 채밖에 없습지요. 단단한 벽돌로 지은 커다란 4층 건물입니다. 사방의 길이가 각각 500피트, 각층은 아래층보다 12피트가 들어가 있어서 그것이 건물을 삥 둘러서 테라스를 이루고 있습니다. 중앙에는 식료품이며 무기를 저장해 두는 안뜰이 있습니다. 창문은 없고 모두 구멍으로 되어 있습니다. 문이 없어서 사다리로 드나들도록 되어 있지요. 즉 땅바닥에서 2층 테라스로, 3층에서 4층 테라스로 올라가는 사다리가 있습니다. 안뜰로 내려갈 때도 사다리를 사용합니다. 방에는 문이 없고 모두 들어 올리는 뚜껑 문이 있으며, 계단 대신 사다리가 있습니다. 밤에는 들어 올리는 뚜껑 문을 닫고, 사다리를 끌어올린 뒤 나팔 총이며 기총을 배치합니다. 안으로 들어갈 길은 없습니다. 대낮에는 보통 집이고, 밤에는 요새가 되는데, 800명의 주민이 살고 있다는 것이 대략 그 마을의 모습이지요. 어째서 그렇게 경계를 하나 하면요. 그 지방은 위험하기 때문입니다. 식인종들이 우글우글하기 때문이죠. 그런데도 왜 그곳에 살까요. 그 지방은 정말 기막힌 곳이기 때문입니다. 황금이 나오거든요."

"그래서 어쨌다는 거요?"

마리우스는 실망하다 못해 이제 화가 나서 남자의 말을 가로챘다.

"말하자면 남작 각하, 저는 이미 지쳐 버린 왕년의 외교관입니다. 낡은 문명은 저를 녹초로 만들었죠. 야만스런 일을 해 보고 싶은 겁니다."

"그래서?"

"남작 각하, 이기주의는 세상의 법칙입니다. 마차가 지나가면 날품팔이하는 가난한 농사꾼 여자는 돌아봅니다. 하지만 자기 소유의 밭에서 일하는 여자는 돌아보지 않습니다. 가난뱅이의 개는 부자를 보고 짖어대고, 부잣집 개는 가난뱅이를 보고 짖어 댑니다. 각각 자기 밖에는 생각지 않는다는 말씀이죠. 이익, 이것이야말로 인간의 목적입니다. 돈, 그것이야말로 자석입니다."

"결론을 말하시오."

"저는 조야에 가서 살고 싶습니다. 가족은 셋입니다. 집사람과 딸이 하나 있죠. 썩 예쁜 딸이에요. 긴 여행이라서 돈도 많이 듭니다. 저는 돈이 좀 필요합니다."

"그게 나하고 무슨 상관이 있소?"

마리우스는 물었다.

낯선 사내는 독수리에 어울릴 것 같은 몸짓으로 넥타이에서 목을 빼고 더 크게 웃으면서 말했다.

"남작 각하께선 제 편지를 안 읽으셨나요?"

그것은 거의 맞는 말이었다. 사실 편지 내용은 마리우스의 마음을 슬쩍 지나쳤을 뿐이었다. 그는 편지를 읽었다고 하기보다는 필적을 봤을 뿐이었다. 내용은 거의 생각나지 않았다. 그러나 바로 지금 새로운 실마리가 나타났다. 그는 '집사람과 딸'이라는 한마디에 주의했던 것이다. 그는 파고드는 듯한 눈길로 낯선 사내를 쏘아보았다. 예심판사라도 그 이상 날카롭게 사람을 쏘아보지는 않으리라. 마치 겨냥하는 것 같았다. 그러나 그는 이렇게만 대답했다.

"요점을 말하시오."

사내는 두 손을 바지 주머니에 집어넣고, 여전히 등을 구부린 채 머리만 쳐들었다. 이번에는 마리우스를 녹색 안경 너머로 살펴듯이 보았다.

"좋습니다, 남작 각하. 이제 분명하게 말씀드리지요. 저는 각하께 팔고 싶은 비밀을 쥐고 있습니다."

"비밀을!"

"예, 비밀입니다."

"나하고 관계가 있는가?"

"조금 그렇습니다."

"그게 뭐요?"

마리우스는 그의 말에 귀를 기울이면서 더욱 그를 면밀하게 살폈다.

"우선 보수가 필요 없는 이야기부터 시작하겠습니다."

낯선 사나이는 말했다.

"이제 곧 제가 재미있는 사람이라는 걸 아시게 될 겁니다."

"이야기하시오."

"남작 각하, 당신께선 집 안에 강도와 살인자를 두고 계십니다."

마리우스는 등골이 오싹했다.

"내 집에? 천만에."

그는 말했다.

사내는 침착하게 모자의 먼지를 팔꿈치로 털며 말을 이었다.

"살인범이고 강도입니다. 잘 들어 주세요, 남작 각하. 저는 오래되고 케케묵은 사실을 말씀드리는 것이 아닙니다. 법률로 시효도 소멸되지도 않았고, 신께 회개하는 것으로 지워지는 그런 죄를 말하는 게 아닙니다. 최근에 일어난 사실입니다. 아직도 사법 당국에서 모르는 사실을 말씀드리려는 것입니다. 그자는 가명을 써서 교묘하게 당신의 신용을 얻고, 가족의 한 사람처럼 되었습니다. 그자의 진짜 이름."

"어디 들어 봅시다."

"그자는 장 발장이라고 합니다."

"알고 있소."

"또 하나, 이것도 역시 거저 가르쳐 드리겠습니다. 그가 어떤 인물인가를."

"말하시오."

"그는 전과자입니다."

"알고 있소."

"그건 제가 가르쳐 드렸기 때문에 아셨겠지요?"

"아니오. 전부터 알고 있었소."

마리우스의 냉랭한 어조와 두 번 되풀이된 '알고 있소.'라는 대답, 그리고 이야기를 중간에 꺾어 버리는 듯한 간단명료한 말투는 사내에게 어떤 분노를 불러일으켰다.

그는 격분한 눈초리로 마리우스를 흘끗 훔쳐보았으나 그 눈빛은 이내 사라졌다. 그것은 실로 재빠르게 나타났다 사라졌지만 한 번 보면 결코 잊을 수 없는 눈초리였다. 마리우스는 그것을 놓치지 않았다. 어떤 종류의 불꽃은, 어떤 종류의 영혼에서만 불붙는다. 마음의 창문인 눈은 그 불꽃으로 타오른다. 안경도 그것을 감추지 못한다. 지옥의 불길을 유리로 가리려는 것과 다를 게 없다.

사내는 엷은 웃음을 띠면서 말했다.

"남작 각하의 말씀에 반박할 생각은 없습니다. 그러나 어쨌든 제가 비밀을 쥐고 있는 것은 아서야 합니다. 그런데 지금부터 가르쳐 드리려는 것은 저밖에 모르는 일입니다. 그것은 남작 부인의 재산에도 관련 있습니다. 돈을 받고 팔 만한 굉장한 비밀이지요. 그것을 각하께 알려 드리려는 겁니다. 싸게 말씀드리죠. 2만 프랑으로."

"나는 다른 비밀처럼 그것도 알고 있소."

마리우스는 말했다.

사내는 약간 값을 내려야겠다고 생각했다.

"남작 각하, 만 프랑만 주십시오."

"거듭 말하지만 당신은 내게 아무것도 가르쳐 줄 게 없소. 당신이 말하고자 하는 것을 나는 전부 알고 있소."

사내의 눈에 다시 새로운 빛이 반짝였다. 그는 부르짖었다.

"그렇지만 저는 오늘 먹을 것을 얻지 않으면 안 됩니다. 이건 굉장한 비밀입니다. 남작 각하, 말씀드리겠습니다. 30프랑만 주십시오."

마리우스는 사내를 똑바로 쳐다보았다.

"나는 당신의 굉장한 비밀을 알고 있소. 장 발장의 이름을 알고 있듯이 당신의 이름도 알고 있소."

"제 이름을?"

"그렇소."

"그건 조금도 어렵지 않죠, 남작 각하. 편지에도 썼고, 말씀도 드렸으니까요. 테나르라고."

"디에."

"네?"

"테나르디에."

"그건 누구입니까?"

위험에 부딪치면 호저는 털을 곤두세우고 풍뎅이는 죽은 체하고, 옛날의 근위병은 네모나게 진을 치지만, 이 사내는 웃기 시작했다. 그러고 나서 그는 윗옷 소매를 손가락 끝으로 퉁겨 먼지를 털었다. 마리우스는 계속 말했다.

"당신은 그 밖에도 노동자 종드레트, 배우 파방투, 시인 장 폴로, 스페인 사람 돈 알바레스, 발리자르의 부인이기도 하지."

"무슨 부인이라고요?"

"그리고 또 몽페르메유에서 싸구려 음식점을 했고."

"싸구려 음식점을! 천만의 말씀입니다."

"그리고 당신은 테나르디에란 말이오."

"그렇지 않습니다."

"그리고 당신은 악당이야. 자, 여기 있네."

그렇게 말하고 마리우스는 주머니에서 지폐 한 장을 꺼내 사내의 얼굴에 던졌다.

"고맙습니다! 죄송합니다! 500프랑이군요! 남작 각하!"

사내는 굽실거리면서 허둥지둥 지폐를 움켜쥐고는 그것을 들여다보았다.

"500프랑!"

그는 눈을 휘둥그레 떴다. 그리고 목소리를 낮추어서 중얼거렸다.

"진짜 지폐야!"

그러다 느닷없이 외쳤다.

"네, 이만하면 됐습니다. 이제 터놓고 얘기합시다."

그리고 원숭이처럼 민첩하게 머리칼을 뒤로 쓸어 올리고, 안경을 벗고, 두 개의 새 깃털을—그것은 조금 전에도 이야기했지만, 독자는 이 책의 다른 쪽에서도 이미 그것을 보았을 것이다.—코에서 뽑아내, 마치 모자라도 벗듯이 탈을 벗어 버렸다.

그의 눈은 번들번들 타올랐다. 위쪽에 흉한 주름이 잡힌 이상한 이마가 드러났다. 코는 새의 부리처럼 뾰족했다. 잔인하고 교활한 옆얼굴이 나타났다. 그것은 육식 조류의 옆모습과 닮아 있었다.

"남작 각하께선 바로 보셨습니다."

그는 이제는 조금도 코가 막히지 않은 분명한 목소리로 말했다.

"전 테나르디에입니다."

그리고 그는 구부렸던 등을 꼿꼿이 폈다.

일견 당당한 척하려 했으나 테나르디에는 몹시 놀랐다. 당황했기 때문이다. 상대를 놀래 줄 작정으로 왔는데 반대로 자기가 놀란 것이다. 그 굴욕의 대가로서 500프랑은 충분한 위로가 되었다. 그러나 어쨌든 몹시 놀랐다.

그는 이 퐁메르시 남작과 초면이었다. 그가 변장을 했지만 퐁메르시 남작은 그의 정체를 간파했던 것이다. 더구나 속속들이 그를 알아냈다. 게다가 이 남작은 장 발장에 대해서도 알고 있는 듯했다. 아직 풋내기로밖에 보이지 않는데 이처럼 냉철하고 호기 있는 청년은 대체 어떤 사람이란 말인가? 남의 이름을 잘 알면서도 재판관처럼 사기꾼을 골탕 먹이는가 하면 속임수에 넘어간 어리석은 사람처럼 지갑을 열어 돈을 내주다니! 테나르디에는 상황을 종잡기 어려웠다.

테나르디에는 예전에 마리우스의 옆방에서 살았지만 한 번도 그를 본일이 없었다. 그런 일은 대도시 파리에서는 흔한 일이다. 그는 일찍이 자기의 딸들이 같은 집에 사는 마리우스라는 극히 가난한 청년에 대해서 이야기하는 것을 어렴풋이 들은 일이 있었다. 누군지도 모르고 그에게 편지를 써 보낸 일도 있었다. 그러나 그의 마음속에서 마리우스와 퐁메르시 남작 각하를 결부시키는 건 도저히 불가능했다.

퐁메르시라는 이름에 대해서는 아시는 바와 같이, 워털루의 싸움터에서 그 마지막 세 마디(메르시는 고맙다는 뜻_옮긴이)만을 알아듣고 그저 감사하다는 말인 줄로만 알고 관심을 두지 않았다. 그에겐 당연한 일이었다.

그러다가 딸 아젤마를 시켜서 2월 16일 신랑 신부의 뒤를 밟게 하고또한 자신도 이것저것 탐색해 본 결과 많은 것을 알게 되었다. 몇 가닥 비밀의 실마리를 갖게 된 셈이었다. 그리고 언젠가 대하수도 속에서 만난 남자에 대해서도 교활한 재치로 알아냈다. 여러 구체적인 사실로부터 일반적인 원리를 끌어내어 짐작했다. 그 남자의 이름도 어렵지 않게 알아냈고, 퐁메르시 남작부인이 코제트라는 것도 알았다. 그러나 그쪽에 대해서는 신중해야 했다.

도대체 코제트란 누군가? 그 자신도 분명하게 알지 못했다. 어떤 사람의 사생아라는 소리는 언뜻 들었지만, 팡틴의 이야기는 아무래도 모호하게 생각되었다. 게다가 그 이야기를 꺼내어 무얼 하겠는가? 입막음하는 돈을 받아 낼 수 있을까? 그러나 그에게는 팔 만한 좀 더 좋은 게 있었다. 또는 있다고 믿고 있었다. 게다가 아무런 증거도 없는데 '당신의 부인은 사생아입니다.' 하고 퐁메르시 남작에게 폭로한들, 기껏해야 남편의 구둣발에 걸어차일 게 고작일 것이다. 너무 위험한 수는 함부로 두지 않는 게 좋다.

마리우스와의 담판은 아직 시작도 되지 않았다. 물론 한 걸음 후퇴하여 전술을 수정하고, 진을 버리고 전선을 바꾸어야 했다. 그러나 본질적인 것은 아직 아무것도 입 밖에 내지 않았고, 500프랑은 호주머니에 챙겨 두고 있었다. 게다가 결정적인 것은 말하지 않고 덮어 두었다. 아직은 유리한 고지에 있다는 판단이 들었다. 테나르디에와 같은 인간에게는 사람과 하는 대화는 모두가 전투다. 그런데 이제부터 전개되려는 싸움에서 그의 입장은 어떠한가? 그는 상대를 간파하진 못했지만 어떤 문제에 대해서 이야기하고 있는가는 알고 있었다. 그는 재빨리 머릿속으로 자신의 무기를 점검하고, "저는 테나르디에입니다."라고 한 뒤에 상대가 어떻게 나오는가를 기다렸다.

마리우스는 생각에 잠겨 있었다. 이제야 드디어 테나르디에를 찾은 것이다. 그토록 만나고 싶었던 그 사내가 지금 여기에 서 있는 것이다. 이제야 아버지 퐁메르시 대령의 부탁도 수행할 수 있게 됐다. 마리우스는 그 영웅이 이런 불한당에게 다소 은혜를 입은 것이 수치스러웠다. 테나르디에에 대한 그의 복잡한 심정은 이 파렴치한에게 구원받은 불행에 대해 대령의 복수를 해도 좋다고 생각했다. 어쨌든 그는 기뻤다. 이제야 간신히 이 쾌씸한 채권자로부터 대령의 그림자를 놓아줄 수가 있는 것이다. 아버지의 부채를 털어 낼 때가 온 것 같았다.

그 의무 외에 그에게는 또 다른 의무가 있었다. 가능하면 코제트의 재산 출처를 밝히는 일이었다. 이제야말로 그 기회가 왔다. 테나르디에는 틀림없이 뭔가 알고 있을 것이다. 이 사내의 시커먼 속을 들여다보는 것도 쓸데없는 일은 아니리라. 그는 거기서부터 시작했다.

테나르디에는 '진짜 지폐'를 안주머니에 집어넣자, 상냥할 만큼 공손한 얼굴로 마리우스를 보았다. 마리우스는 입을 열었다.

"테나르디에, 나는 당신 이름을 말했소. 이번에는 당신의 그 비밀이라는 걸 말해 주겠소? 나도 이미 여러 가지를 알고 있소. 내가 당신보다 더 자세히 알고 있다는 것을 이제 곧 알 거요. 장 발장은 당신이 말했듯이 살인범이고 강도요. 유복한 공장 주인 마들렌 씨를 파산시키고 그 재산을 훔쳤기 때문이오. 살인범이라는 건 경위 자베르를 살해했기 때문이고."

"무슨 말씀인지 잘 모르겠습니다만, 남작 각하."

테나르디에는 말했다.

"그럼 알게 해 주리다. 들어 보시오, 1822년경 파 드 칼레 군(郡)에 한 남자가 있었소. 그는 옛날에 유죄판결을 받은 일이 있었는데 마들렌이라는 이름으로 돌아가 명예를 회복했소. 그 사람은 말 그대로 올바른 사람이 되어 있었소. 새로운 검은 유리구슬의 제조 발명으로 그는 도시 전체를 번영시켰소. 자기의 개인 재산도 만들었지. 그것은 부차적인 것이어서 말하자면 우연히 생긴 데 불과하오. 그는 가난한 사람들을 부양하는 어버이가 되었소. 자선병원을 짓고, 학교를 만들고, 병자를 돌보고, 결혼하는 처녀에게는 지참금을 주고, 미망인을 돕고, 고아를 맡아 길렀소. 그 지방의 보호자였소. 그는 훈장을 거절했지만 사람들은 그를 시장에 임명했소. 한 전과자가 그 사람이 옛날에 받았던 형벌의 비밀을 알고 있었소. 전과자는 그를 고발하여 체포케 하고, 그가 잡혀간 틈을 타서 파리에 와서 라피트 은행에서—이 사실은 은행 출납계원한테서 직접 들은 얘긴데—가짜 서명을 사용하여 마들렌 씨가 소유한 50만 프랑 이상의 금액을 빼냈소. 마들렌 씨의 돈을 훔친 죄수, 그가 바로 장 발장이오. 또 한 가지 사실에 대해서도 당신은 나에게 가르쳐 줄 것이 없소. 장 발장은 자베르 경위를 죽였소. 권총 한 발로 죽인 거요. 내가 그 현장에 있었소."

테나르디에는 멸시하는 듯한 눈길을 흘끔 마리우스에게 던졌다. 그것은 일단 얻어맞아서 뻗었다가 다시 승리에 손이 닿아서 잃어버린 처지를 순식간에 회복한 인간의 눈이었다. 그러나 다시 곧 비굴한 미소가 떠올랐다. 패자는 승리를 획득해도 더욱 아첨을 해야 하기 때문이다. 테나르디에는 마리우스에게 이렇게만 말했다.

"남작 각하, 아무래도 이야기가 이상한 것 같습니다."

그는 시곗줄을 의미심장하게 빙빙 돌리며 말에 힘을 주었다.

"뭐라고! 아니란 말이오? 이것은 모두 사실이오."

마리우스는 말했다.

"터무니없는 말씀입니다. 남작 각하께서 털어놓고 말씀하시니 저도 말씀드리지 않을 수 없습니다. 무엇보다도 진실과 정의가 제일입니다. 저는 남이 무고한 죄를 뒤집어쓰는 건 보고 싶지 않습니다. 남작 각하, 장 발장은 결코 마들렌 씨의 돈을 훔치지 않았습니다. 장 발장은 자베르를 죽이지도 않았습니다."

"무슨 소릴! 어째서 그렇단 말이오?"

"두 가지 이유가 있습니다."

"어떤 이유? 말해 보시오."

"첫 번째 이유는 이렇습니다. 그는 마들렌 씨의 돈을 훔치지 않았습니다. 왜냐하면 마들렌 씨는 바로 장 발장 자신이니까요."

"그게 무슨 말이오?"

"그리고 두 번째로 그는 자베르를 죽이지 않았습니다. 왜냐하면 자베르를 죽인 사람은 자베르 자신이니까요."

"그건 무슨 뜻이오?"

"자베르는 자살했습니다."

"증명해 보시오! 증거가 있소?"

마리우스는 자기도 모르게 소리를 질렀다.

테나르디에는 마치 알렉상드르의 시구라도 읊듯이 한 마디 한 마디 끊으면서 발음했다.

"경위, 자, 베, 르는, 퐁, 토, 샹즈, 다리 밑, 에서, 익사체로, 발견되었습니다."

"글쎄, 증명해 보란 말이오!"

테나르디에는 주머니에서 커다란 회색 종이봉투를 꺼냈다. 거기에는 여러 가지 크기로 접은 종이쪽지가 들어 있는 것 같았다.

"여기 기록이 있습니다."

그는 침착하게 말했다.

그러고 나서 그는 덧붙였다.

"남작 각하, 저는 당신을 위해 장 발장을 바닥 구석구석까지 파헤쳐 보려고 했습니다. 저는 장 발장과 마들렌은 같은 인물이라고 말씀드렸고, 자베르는 그 자신 외에 살해자가 없다고 말씀드렸습니다. 저의 이야기는 증거가 있어서 드리는 말씀입니다. 그것도 손으로 쓴 증거가 아닙니다. 손으로 쓴 것은 모호합니다. 그런 것은 적당히 처리될 수도 있으니까요. 그러나 제가 가지고 있는 것은 인쇄한 증거입니다."

이야기하면서 테나르디에는 봉투 속에서 누렇게 전 담배 냄새가 물씬 풍기는 두 장의 신문지를 꺼냈다. 그 두 장 중 한 장은 접은 데가 모조리 찢어져서 네모난 조각으로 나뉘어져 있었고 다른 한 장보다 훨씬 오래돼 보였다.

"각각의 사실에 각각의 증거물."

테나르디에는 말했다. 그리고 두 장의 신문지를 펴서 마리우스에게 내밀었다.

그 두 장의 신문은 독자들도 아는 것이다. 한 장은, 다시 말해서 오래된 것은 1823년 7월 25일자의 〈드라포 블랑〉이다. 그 기사는 이 책의 제2부 제2편에서 보았듯이 마들렌 씨가 장 발장과 같은 인물이라는 것을 입증하고 있다. 또 한 장은 1832년 6월 15일자 〈모니퇴르〉인데, 자베르의 자살을 확증해 주었다. 동시에 다음과 같은 것을, 즉 자베르의 시경국장에 대한 구두 보고를 덧붙이고 있었다. 그 보고에 의하면 그는 샹브르리 거리의 바리케이드에서 포로가 되었는데, 한 폭도가 그를 피스톨 앞에 세웠으면서도 머리를 쏘지 않고 하늘을 향하여 발사한 덕택에 목숨을 건졌다는 것이다.

마리우스는 빠르게 읽어 내려갔다. 그 속에는 증명이 있었다. 분명한 날짜가 적혀 있고, 부정할 수 없는 증거가 되었다. 그 두 장의 신문은 테나르디에가 자기가 한 말을 증명하기 위해 특별히 제작한 것은 아니었다. 〈모니퇴르〉에 나와 있는 기사는 시경이 공식으로 발표한 것이었다. 마리우스는 의심할 수가 없었다. 은행 출납계원의 정보는 잘못된 것이었다. 마리우스 자신이 잘못 알고 있던 것이다. 장 발장의 모습이 갑자기 커져서 구름 속에서 나타났다. 마리우스는 구름이 걷힌 기쁨의 환성을 억제할 수가 없었다.

"아, 그 불행한 사람은 훌륭한 사람이었구나! 그 재산은 모두 정말로 그의 것이었어! 그 사람이 한 지방의 보호자, 바로 마들렌이었어! 영웅이다! 성인이다!"

"아닙니다. 그자는 성인도 영웅도 아닙니다. 살인범이고 강도입니다."

테나르디에가 차갑게 말했다.

그리고 그는 권위적인 말투로 덧붙였다.

"자, 침착하게 이야기합시다."

도둑놈, 살인범. 사라져 버렸다고 생각했던 그 말들이 다시 돌아와서 차디찬 소나기처럼 마리우스에게 쏟아져 내렸다.

"그래도!"

그는 말했다.

"역시 그렇습니다."

테나르디에는 말했다.

"장 발장은 마들렌의 돈을 훔치지는 않았지만 그래도 역시 도둑놈입니다. 자베르를 죽이지는 않았지만 역시 살인범입니다."

"당신이 말하고 싶은 것은 저 40년 전의 보잘것없는 도둑질 말이오? 그거라면 그 신문에서 보더라도 회개와 극기와 덕으로 일평생 보상되었소."

마리우스는 말했다.

"저는 살인과 도둑질이라고 말씀드리는 겁니다. 남작 각하. 그리고 거듭 말씀드립니다만 저는 현재의 사실을 이야기하는 겁니다. 이제부터 각하게 밝히는 것은 전혀 알려져 있지 않습니다. 드러나지 않은 겁니다. 그리고 아마도 장 발장이 교묘하게 남작 부인에게 물려준 재산의 출처도 그것으로 아시게 될 겁니다. 교묘하게라는 것은, 그런 종류의 재산 증여로 명예 있는 가정에 들어가서 그 안락함을 같이하고, 그와 동시에 자신의 죄를 감추고, 훔친 물건을 향락하고, 본명을 숨기고, 자기 가정을 이룩한다는 것은 그렇게 서툰 방법은 아니니까요."

"그 점에 대해서는 나도 할 말이 있소. 하지만 그대로 계속해 보시오."

마리우스는 말했다.

"남작 각하, 보수에 대해서는 각하의 관대한 처신에 맡기겠습니다. 이 비밀은 금덩이 같은 가치가 있는 겁니다. 그렇다면 왜 장 발장에게 말하지 않느냐고 하시겠지요. 이유는 극히 간단합니다. 저는 그가 재산을 모두 포기했다는 것을, 그것도 각하를 위해 포기했다는 것을 알고 있습니다. 매우 영리한 방법이었다고 생각합니다. 어쨌든 그는 이미 1수도 갖고 있지 않은 셈이니 제가 가더라도 빈손뿐이겠지요. 그러나 저는 조야로 가는 데 약간의 돈이 필요하기 때문에 무엇이나 다 가지고 계시는 각하를 택한 거지요. 좀 피곤한데 의자에 앉는 것을 허락해 주십시오."

마리우스는 앉으면서 그에게도 앉도록 눈짓했다.

테나르디에는 가죽의자에 앉아 두 장의 신문을 집어 봉투에 넣으며 〈드라포 블랑〉을 손톱으로 톡톡 퉁기면서 혼자 중얼거렸다.

"이걸 얻느라고 고생깨나 했지."

그러고 나서 다리를 꼬고는 의자에 등을 기댔다. 자기가 말하려는 것에 대해서 확신이 있기 때문에 나오는 자세였다. 그는 무게 있게 말에 힘을 주면서 본론으로 들어갔다.

"남작 각하, 1832년 6월 6일, 지금부터 약 1년 전, 그 폭동이 있던 날, 한 남자가 파리의 대하수도 속, 앵발리드 다리와 예나 다리 사이에서 센 강으로 흘러들어 가는 곳에 있었습니다."

마리우스는 갑자기 자기 의자를 당겨 테나르디에의 걸상 가까이로 다가갔다. 테나르디에는 그 동작을 눈여겨보았다. 상대방이 자기 말에 혹해 있음을 느끼는 연설가처럼 천천히 말을 이었다.

"그자는 정치와 관계없는 이유로 몸을 숨길 필요가 있었기 때문에 하수도를 집으로 삼고 그 열쇠를 가지고 있었습니다. 거듭 말씀드립니다만 6월 6일입니다. 저녁 8시경이나 되었을까요? 남자는 하수도 속에서 무슨 소리가 나는 것을 들었습니다. 깜짝 놀란 그는 몸을 웅크리고 사방을 살폈습니다. 그것은 사람의 발자국 소리였습니다. 누군가가 어둠 속을 걸어서 그가 있는 쪽으로 다가오고 있었습니다. 하수도 속에 그 외의 다른 사람이 있다는 건 이상한 일이었습니다. 하수도 출구의 철책은 거기서 멀지 않았습니다. 거기서 스며드는 희미한 빛에 비추어 보니, 그 새로운 사나이가 낯익은 자라는 걸 알았고, 또 그 사나이가 등에 무언가를 젊어지고 있는 것도 알았습니다.

몸을 구부리고 걷고 있는 그 사나이는 전과자였고 어깨에 메고 있는 것은 시체였습니다. 틀림없는 살인 현행범이지요. 도둑질로 말하면 뻔한 것입니다. 그냥 사람을 죽일 리는 없거든요. 그 죄수는 그 시체를 강에 던지려고 했던 겁니다. 한 가지 주의할 일은 출구의 철책에 다다르기 전에 하수도 속을 먼 데서부터 애써 걸어 온 그는, 무시무시한 진창 구덩이 하나쯤은 만났을 게 틀림없었을 것이므로 거기에 시체를 버리고 올 수도 있었을 겁니다.

그러나 그 이튿날이라도 하수도 인부가 진창 구덩이를 청소하러 왔다가 살해된 사람을 발견하지 않는다고 장담할 수도 없었습니다. 그래서 시체를 그렇게는 하지 않았습니다. 그보다는 아예 무거운 짐을 짊어진 채 진창 구덩이 속을 넘는 편이 좋다고 생각했던 겁니다. 그의 노력은 필사적이었을 겁니다. 그보다 더 위험천만한 일은 없을 테니까요. 죽지 않고 어떻게 그곳을 빠져나왔는지 영 알 수 없는 노릇입니다."

마리우스의 의자는 더욱 당겨졌다. 테나르디에는 그 틈을 타서 길게 숨을 내쉬었다. 그리고 그는 계속했다.

"남작 각하, 그 하수도는 연병장과 다릅니다. 거기에는 전혀 몸 둘 곳이 없습니다. 두 사람이 거기에 있으면 영락없이 마주치게 마련입니다. 역시 만났지요. 거기서 살던 사나이와 지나가려던 사나이는 둘 다 꺼림칙해하면서도 어쩔 수 없이 인사를 교환해야만 했습니다. 지나가려던 사나이는 그곳에 사는 사나이에게 말했습니다. '너는 내가 뭘 짊어지고 있는가 보았겠지. 나가야겠는데, 넌 열쇠를 갖고 있을 테니 그걸 빌려 주게.' 그 죄수는 굉장히 힘이 센 사나이였습니다. 거절할 수가 없었습니다. 그 와중에도 열쇠를 가지고 있는 쪽은 이것저것 담판을 했습니다. 시간을 끌기 위해서였죠. 그리고 그 죽은 사람을 관찰했습니다만, 단지 젊은 청년이었고, 옷차림이 좋고, 부자인 듯했으며 그리고 피범벅이 되어서 얼

390

굴을 알아볼 수 없었다는 것 외에는 아무것도 알 수 없었습니다. 그는 말을 하면서도 살인범이 눈치채지 않도록 가만히 뒤에서 살해된 남자의 윗옷 한 조각을 잘라 냈습니다. 아시겠지요. 증거물로 하기 위해섭니다. 사건을 탐색하여 범죄자에게 증거를 들이대기 위해서였습니다. 그는 증거물을 주머니에 집어넣었습니다. 그러고 나서 철책을 열어 사나이를, 등에 진 귀찮은 물건과 함께 밖으로 내보내고 철책을 다시 닫고 도망쳐 버렸습니다. 그 이상 그 사건에 관련될 생각이 없었고, 특히 살인범이 피해자를 강물에 던져 넣을 때 그 현장에 있고 싶지 않았기 때문입니다. 이제는 다 아셨을 겁니다. 시체를 짊어지고 있었던 사나이, 그게 바로 장 발장입니다. 열쇠를 가지고 있었던 사나이, 그건 지금 각하께 말씀드리고 있는 바로 접니다. 윗옷을 잘라 낸 조각은…….”

테나르디에는 말을 끊고 온통 얼룩지고 찢어진 검은 나사 양복 한 조각을 주머니에서 끄집어내어 눈높이로 들어 올렸다.

마리우스는 새파랗게 질려 숨도 제대로 쉬지 못한 채 검은 나사 조각을 응시하며 일어섰다. 한마디도 못하고 벽 쪽으로 물러가 뒤로 뻗은 오른손으로 벽 위를 더듬었다. 벽난로 옆의 열쇠를 찾았다. 벽장문을 열고 테나르디에가 들고 있는 헝겊에서 놀란 눈을 떼지 않은 채, 한 팔을 벽장 속에 밀어 넣었다.

그 사이에도 테나르디에는 계속 지껄이고 있었다.

“남작 각하, 저는 그 살해된 청년이 장 발장의 함정에 빠진 어느 외국의 부호이며, 거액의 돈을 가지고 있었다는 극히 유력한 근거를 갖고 있습니다.”

“그 청년은 바로 나였어. 여기 그 윗옷이 있어!”

마리우스는 그렇게 외치며 마룻바닥에 피투성이인 낡고 검은 옷을 던졌다.

그는 헝겊을 테나르디에의 손에서 빼앗았다. 윗옷 위에 찢어진 옷자락을 맞춰 보았다. 찢어진 자리는 꼭 들어맞았고 그 헝겊 조각으로 옷은 완전한 것이 되었다. 테나르디에는 아연실색했다. 그는 생각했다.

'이거 된통 당했구나.'

마리우스는 부들부들 떨며 절망에 빠진 얼굴로 벌떡 일어났다. 그는 주머니 속을 뒤져 성난 표정으로 테나르디에 쪽으로 걸어갔다. 500프랑과 천 프랑짜리 지폐를 하나 가득 움켜 쥔 주먹을 얼굴에 들이댔다.

"당신은 파렴치한이야! 거짓말쟁이고, 중상자고, 악당이야. 당신은 그분을 고소하려다가 거꾸로 그분의 무죄를 증명했어. 그분을 파멸시키려 했지만 그분에게 명예를 줄 수밖에 없게 되었어. 당신이야말로 진짜 도둑이야! 살인범은 바로 당신이야! 테나르디에 종드레트, 나는 당신을 저 로피탈 큰 거리의 쓰러져 가는 집에서 보았어. 그럴 생각만 있다면 당신을 감옥으로, 아니 좀 더 먼 곳으로 보내기에 충분할 만큼 당신에 관한 증거를 갖고 있지. 자, 악당임에는 틀림없지만 천 프랑을 줄 테니 받으시오!"

그렇게 말하고 그는 천 프랑짜리 한 장을 테나르디에에게 던졌다.

"이봐! 종드레트 테나르디에, 비열한 악당! 이제는 조금이라도 깨닫도록 하시오. 비밀을 거래하고 어둠 속을 뒤지고 다니는 불쌍한 사람! 500프랑짜리도 여기 있소. 어서 가지고 나가시오! 워털루 덕분인 줄 아시오."

"워털루!"

테나르디에는 아까의 천 프랑과 함께 그 500프랑을 주머니에 집어넣으면서 중얼거렸다.

"그렇소, 살인자! 당신은 거기서 한 대령을 구했어……."

"장군이었지요."

테나르디에는 머리를 들면서 말했다.

"대령이오!"

마리우스는 화가 불끈 치밀어서 말했다.

"장군이었다면 단 1리아르도 주지 않았을 거요. 당신은 염치없는 짓을 하려고 여기 왔소! 말해 두겠는데 당신은 이미 여러 가지 죄악을 범했소. 자, 나가시오! 다만 편하게 사시기를. 그것만이 내가 바라는 바요. 아아! 불쌍한 인간! 여기 3천 프랑 더 주겠소. 받아 두시오. 당장 내일이라도 딸과 함께 미국으로 떠나시오. 당신 아내는 이미 죽었지. 괘씸한 거짓말쟁이 같으니! 내가 당신이 떠나는 것을 확인할 테니까, 알겠소? 그리고 그때 2만 프랑을 더 주겠소. 어디라도 좋으니 목을 매달러 가란 말이오!"

"남작 각하."

테나르디에는 머리가 땅에 닿도록 절을 하면서 대답했다.

"은혜는 잊지 않겠습니다."

그리고 테나르디에는 도무지 영문도 모르는 채 그곳을 나갔다. 황금주머니와 지폐가 그의 품 안에 있었으므로 그는 기쁘기 그지없었다.

여기서 당장 이 사나이는 정리해 버리기로 하자. 지금 이야기한 사건이 있고 나서 이틀 뒤, 그는 마리우스의 주선으로 이름을 바꾸어 딸 아젤마를 데리고 미국으로 출발했다. 뉴욕에서 바꾸게 될 2만 프랑의 어음을 가진 채였다. 이 타락한 시민 테나르디에의 정신은 이제 더 이상 구원할 수 없었다. 악인이 손을 대면 때로는 선행도 썩어서 거기서 악행이 빚어지는 수가 있다. 마리우스가 준 돈으로 테나르디에는 노예 매매꾼이 되었다.

테나르디에가 나가자마자 마리우스는 코제트가 아직도 산책하고 있는 정원으로 달려 나갔다.

"코제트! 코제트!"

그는 외쳤다.

"이리 와. 빨리 와. 자, 출발합시다. 바스크, 역마차를 잡아라! 코제트, 서둘러요. 아, 이럴 수가! 내 목숨을 구해 준 것은 그분이었어. 단 1분이라도 지체할 수 없소! 어서 숄을 둘러요."

코제트는 남편이 정신이라도 이상해졌나 싶었지만 하라는 대로 했다.

그는 숨도 쉬지 못했다. 두근거리는 가슴을 가라앉히기 위해 가슴에 손을 대고 있었다. 그리고 성큼성큼 서성이는가 하면 느닷없이 코제트를 끌어안는 것이었다.

"아아, 코제트. 나는 멍청한 놈이었어!"

마리우스는 거의 미친 사람처럼 되어 있었다. 저 장 발장 속에 뭐라 말할 수 없는 숭고한 모습이 희미하게 나타나기 시작한 것이다. 예전에 없었던 덕의 화신이 겸손한 모습으로 눈앞에 나타난 것이다. 죄수의 모습은 그리스도의 모습으로 변했다. 마리우스는 그 기적에 눈이 찔했다. 그는 자신이 지금 보고 있는 것이 그저 위대하다는 것밖에 아무것도 확신하지 못했다.

얼마 안 있어 마차 한 대가 문 앞에 섰다.

마리우스는 코제트를 마차에 태우고 이어 자기도 뛰어올랐다.

"마부!"

그는 말했다.

"옴므 아르메 거리 7번지로."

마차는 달리기 시작했다.

"정말 고마워요."

코제트는 말했다.

"옴므 아르메 거리로 가는군요. 전 당신께 그 말씀을 드릴 용기가 없었어요. 장 씨를 만나러 가는 거죠?"

"당신의 아버지요, 코제트! 이제야말로 진짜 당신의 아버지란 말이오. 코제트, 나는 알았어. 당신은 내가 가브로슈 편에 보낸 편지를 받지 않았다고 했지. 그건 그분에게 전해진 거요. 코제트, 그래서 그분은 나를 구하시려고 바리케이드에 오셨던 거야. 천사가 되는 것이 그분의 바람이었으니까. 그러면서 다른 사람들까지 구해 주셨소. 자베르도 구했지. 그분은 나를 당신에게 주기 위해 그 구렁텅이 속에서 나를 끌어내 주었소. 나를 짊어지고 그 무서운 하수도 속을 지나왔소. 아아, 나는 정말 지독히도 배은망덕한 놈이오. 코제트, 그분은 당신의 보호자가 된 뒤에 내 보호자도 되어 주신 거요. 상상해 보구려, 무시무시한 진창 구덩이가 있었단 말이오. 그 속에 빠져 죽을 것 같은, 진창 속에 빠져 버릴 것 같은 수렁이 있었던 거요. 코제트! 그분은 그런 곳을 나를 메고 건너셨소. 나는 기절해 있었소. 아무것도 보이지도 들리지도 않았소. 내가 어떤 지경에 있었는지 알지 못했소. 우리 그분을 모셔 옵시다. 함께 모셔 옵시다. 그분이 뭐라 하든 이제 두 번 다시 헤어지지 않도록 합시다. 그저 집에 계셔만 주신다면! 만나 뵐 수 있기만 하면! 나는 남은 평생을 그분을 존경하며 살겠소. 그렇고말고, 마땅히 그래야 하는 거요. 알겠소, 코제트? 가브로슈는 내 편지를 그분에게 드렸던 거요. 그것으로 모든 것이 설명되었어. 당신도 이제 모든 것을 알았겠지."

코제트는 한마디도 제대로 이해할 수 없었다. 그러나 "그래요, 당신 말씀이 옳아요." 하고 남편에게 지지를 보냈다.

마차는 쉬지 않고 달리고 있었다.

밤을 지나 다가오는 여명

누군가가 문을 두드리는 소리에 장 발장은 고개를 들었다.
"들어오시오."
그는 힘없이 말했다.
코제트와 마리우스가 나타났다. 코제트는 장 발장을 보자마자 방 안으로 뛰어들어 갔다. 마리우스는 문설주에 기댄 채 서 있었다.

"코제트!"

장 발장은 말했다. 단박에 의자 위에서 일어나 떨리는 두 팔을 벌렸다. 눈에는 핏발이 서고 얼굴은 창백하여 처참한 모습이었으나 두 눈만은 무한한 기쁨의 빛으로 넘치고 있었다.

코제트는 감동에 헐떡이며 장 발장의 가슴에 달려들었다.

"아버지!"

장 발장은 울음 섞인 목소리로 더듬거리며 말했다.

"코제트, 애야! 당신이, 남작 부인께서! 아니, 너로구나, 아아!"

그리고 코제트의 팔에 안기면서 그는 외쳤다.

"오, 너로구나! 네가 와 주었어. 그럼 나를 용서해 주는 거구나!"

마리우스는 흐르는 눈물을 참으려고 눈을 감았다. 부들부들 떨리는 입술 사이로 중얼거렸다.

"아버지!"

"당신도 나를 용서해 주겠소?"

장 발장은 마리우스를 향해 말했다.

마리우스는 뭐라고 해야 할지 몰랐다. 장 발장이 침묵의 의미를 알았다는 듯 덧붙였다.

"고맙소."

코제트는 숄을 벗고 모자를 침대 위에 던졌다.

"아유, 이것들은 귀찮아."

그녀는 말했다.

그리고 노인의 무릎 위에 앉았다. 그녀는 귀여운 몸짓으로 백발을 쓸어 올리고 이마에 키스했다. 장 발장은 당황해서 코제트가 하는 대로 가만히 있었다.

코제트는 자세한 사정을 대부분 알지 못했지만 마치 마리우스의 부채를 갚으려는 양 한껏 정성스럽게 애정을 퍼붓는 것이었다. 장 발장은 말을 더듬거렸다.

"인간은 참 어리석은 것이오! 나는 두 번 다시 이 아이를 만나지 못할 줄 알았소. 생각해 보오, 퐁메르시. 당신들이 들어왔을 때, 나는 이렇게 마음속으로 말했소. '이미 모든 것은 끝났다. 저기에 그 애의 조그만 옷이 있구나. 나는 가련한 인간이다. 이제는 코제트를 만날 수 없겠구나.' 하고. 당신이 계단을 올라오고 있을 때 나는 그런 생각을 하고 있었소. 나는 정말 바보였소! 인간이란 그토록 어리석은 거라오. 그러나 그것은 신을 잊고 있기 때문이오. 신께선 이렇게 말씀하십니다. '너는 사람들이 너를 저버렸다고 생각하는 모양이구나. 어리석은 놈! 그러나 그렇지 않다.' 라고 말이오. 그런데 여기에 천사를 필요로 하는 불쌍한 노인이 있소. 그때 천사가 옵니다. 그리고 노인은 코제트와 재회하게 되지요. 귀여운 코제트를 다시 만나는 겁니다. 아, 나는 정말 불행했소!"

장 발장은 한동안 말을 잇지 못했다. 목이 메는 감동의 시간이 흐른 뒤 다시 말을 이었다.

"나는 이따금, 잠깐씩이라도 코제트를 만나고 싶었소. 사람의 마음이란 추억이라고 하는, 오래오래 빨고 있을 뼈를 하나 갖고 싶어 하죠. 그렇지만 나는 나 자신이 쓸데없는 자라고 충분히 느끼고 있었소. 나는 나 자신에게 말했소. 그 사람들에게 너는 필요 없어. 너는 네 구석에 틀어박혀 있어라. 아무도 항상 같이 있을 수 없는 거라고. 아, 고맙게도 나는 다시 이 아이를 만났소! 아느냐, 코제트. 네 남편은 아주 훌륭한 사람이라는 걸? 아, 너는 예쁘게 수놓은 깃을 달고 있구나. 그 무늬가 참 좋구나. 남편이 골라 준 거겠지. 너에게 캐시미어도 어울릴 테니 그것도 사 달라고 하렴. 퐁메르시, 내게 이 아이를 너라고 부르게 해 주오. 잠깐 동안만이요."

그러자 코제트가 입을 열었다.

"우리를 그렇게 내버려 두시다니 참 심술궂으세요! 도대체 어디 갔다

오셨나요? 어째서 그렇게 오래 걸리셨나요? 예전엔 여행을 하시더라도 겨우 사나흘 정도였는데, 제가 니콜레트를 보내도 언제나 인 셰시더라는 대답뿐이었어요. 언제 돌아오셨어요? 어째서 우리에게 알려 주지 않으셨어요, 네? 아버진 참 많이 변하셨어요. 아아! 아버지, 미워요. 그런 걸 감추시다니! 편찮으셨는데도 저희는 몰랐던 거예요! 어쩌지? 마리우스. 아버지 손을 만져 보세요, 아주 싸늘해요!"

"이렇게 당신도 와 주었구려! 퐁메르시, 당신은 나를 용서해 주는 거군요!"

장 발장은 거듭 감사했다.

장 발장이 다시 그렇게 말하는 것을 듣자, 마리우스는 벅찬 마음을 쏟아 냈다.

"코제트, 들었소? 이 어른은 언제나 이렇소! 더욱이 이 어른은 나에게 용서를 빌고 있소. 내 목숨을 구해 주신 건 이분인데. 더욱이 그 이상의 것도 해 주셨소. 당신을 내게 주셨으니까. 그리고 나를 구해 주시고, 당신을 나에게 주신 뒤에 이 어른은 스스로 자신을 어떻게 했다고 생각하오? 자신을 희생하신 거요. 정말 훌륭한 분이오. 더욱이 은혜를 모르는 나에게, 잊어버리기 잘하는 나에게, 인정 없는 나에게, 죄인인 나에게 고맙다고 하시는 거요! 코제트, 내 일생을 이 어른의 발밑에 내던져도 모자랄 거요. 나는 정말 후회하오. 저 바리케이드, 저 하수도, 저 열화 속, 저 더러운 물구덩이, 그 모든 것을 이 어른은 나를 위해, 당신을 위해 뚫고 나오신 거요. 코제트! 온갖 용기와 덕성과 온갖 용맹과 고결함, 그것들을 모조리 가지고 계시오. 코제트, 이분이야말로 성인이오!"

"아니, 무슨!"

장 발장은 극히 낮은 목소리로 말했다.

"어째서 그런 말을 하시오?"

"그러는 어른께서야말로."

마리우스는 존경심에 가득 차 부르짖었다.

"어째서 어른께선 그 말씀을 안 하셨습니까? 어른께서도 나쁘십니다. 생명을 구해 주셨는데도 그것을 감추려 하시다니. 그뿐만이 아닙니다. 가면을 벗어 보이겠다는 구실로 어른께선 자신을 중상하셨습니다. 너무 심하십니다."

"나는 진실을 말한 것이라오."

장 발장은 말했다.

"아닙니다."

마리우스는 말했다.

"진실이란 모든 진실이라는 뜻입니다. 어른께선 모든 진실을 말씀하지 않았습니다. 어른께서는 마들렌 씨였는데, 왜 그 말씀을 하시지 않았습니까? 어른께서는 자베르를 구하셨는데 어째서 그것을 말씀하시지 않았습니까? 어른께서는 저를 구해 주셨는데 왜 아무 말씀도 안 하셨습니까?"

"나도 당신과 같은 생각을 했기 때문이오. 당신이 말한 것은 옳다고 생각했소. 나는 떠나 버려야 했소. 만약 그 하수도에 관한 것을 알았다면, 당신은 나를 붙잡았을 거요. 그러니까 나는 입을 다물어야 했소. 만약 내가 말해 버리면 정말 곤란하게 되었을 거요."

"무엇이 곤란하단 말인가요? 누가 곤란하단 말인가요?"

마리우스는 말했다.

"어른께서는 여기 줄곧 계실 작정이십니까? 저희들이 어른을 모시고 가겠습니다. 죄송합니다, 정말입니다! 그런 것을 우연히 알게 된 것을 생각하면 정말 송구합니다! 저희들이 어른을 모시고 가겠습니다. 어른께서는 저희들의 일부이십니다. 이 사람의 아버지이시고, 또한 저의 아버지이십니다. 이제는 하루도 이 누추한 집에서 사셔서는 안 됩니다. 내일도 여기에 계실 거라고 생각하시면 안 됩니다."

"난."

장 발장은 말했다.

"나는 여기 없을 거요. 그러나 당신 집에도 없을 거요."

"무슨 말씀이신가요?"

마리우스는 물었다.

"아닙니다. 이제는 여행도 못 가시게 하겠습니다. 이제는 저희에게서 떠나실 수 없습니다. 어른께서는 저희들 겁니다. 저희들은 다시는 어른을 놓지 않겠습니다."

"이번엔 꼭이에요."

코제트도 말을 거들었다.

"아래에 마차를 기다리게 했어요. 전 아버지를 모시고 가겠어요. 강제로라도 그렇게 할 테니까요."

그러고는 그녀는 웃으면서 노인을 두 팔로 들어 올리는 몸짓을 했다.

"저희들 집에는 지금도 아버지 방이 그대로 있어요."

코제트는 말을 이었다.

"요즘 정원이 얼마나 아름다운지! 진달래가 아주 예쁘게 피어 있어요. 오솔길에는 시내의 모래를 깔았답니다. 조그마한 제비꽃 빛깔의 조개껍질이 모래에 섞여 있어요. 아버지께 딸기를 대접하겠어요. 제가 언제나 물을 주거든요. 그리고 이제는 부인도 장 씨도 다 없애 버리고 모두 공화 체제가 되어 서로 '너'라고 부르기로 해요. 그렇죠, 마리우스? 프로그램은 바뀌었어요. 아, 참! 아버지, 아주 슬픈 일이 있었어요. 울새 한 마리가 벽의 구멍 속에 집을 짓고 있었는데 무서운 고양이가 그것을 먹어 버렸지 뭐예요. 얼마나 불쌍하던지. 언제나 둥지에서 머리를 내밀고 저를 지켜보던 예쁜 새였는데, 전 울었어요. 고양이를 죽여 버리고 싶을 정도였어요! 하지만 이제부터는 울지 않기로 했어요. 모두 웃고, 모두 행복하길 바라요. 아버지는 저희들과 함께 사셔야 해요. 할아버지께서도 무척 좋아하실 거예요! 아버지는 정원에 땅을 조금 가꾸세요. 아버지 딸기가 제 딸기만큼 훌륭한지 솜씨를 보여 주세요. 그리고 전 아버지께서 원하시는 건 무엇이라도 하겠어요. 그리고 아버지도 제가 얘기하는 걸 들어 주셔야 해요."

장 발장은 귀를 기울이고 있었다. 그녀의 말보다는 오히려 그 목소리의 음악을 듣고 있었다. 영혼의 흐린 진주인 커다란 눈물 한 방울이 그의 눈 속에 천천히 고이고 있었다. 그는 중얼거렸다.

"하느님께서 친절하신 증거로 그 아이가 지금 여기에 와 있구나."

"아버지!"

코제트가 불렀다.

장 발장이 말을 계속했다.

"분명히 함께 사는 것은 즐거운 거다. 새가 나무숲에 차 있고, 나는 코제트를 데리고 산책한다. 매일 아침 인사를 주고받고, 정원에서 불러내는 활기찬 사람들 속에 들어가는 것은 유쾌한 일이야. 모두 아침부터 얼굴을 마주 보고, 서로 정원 한구석을 가꾸겠지. 저 아이는 제 딸기를 나에게 먹여 주고 나는 내 장미꽃을 저 아이에게 꺾어 줄 것이다. 얼마나 즐거운 일이겠는가. 다만……."

그는 말을 끊었다가 따뜻하게 다시 말했다.

"유감스러운 일이구나."

눈물은 떨어지지 않고 삼켜졌다. 장 발장은 그 대신 코제트를 향해 빙긋이 웃어 주었다. 코제트는 노인의 두 손을 자기 두 손으로 감싸 쥐었다.

"어머!"

그녀는 놀랐다.

"아버지 손이 아까보다 더 싸늘해졌어요. 편찮으신가요? 괴로우신가요?"

"나 말이냐? 아니다."

장 발장은 대답했다.

"난 기분이 무척 좋다. 다만……."

그는 입을 다물었다.

"다만 뭐죠?"

"난 이제 곧 죽는다."

코제트와 마리우스는 소스라쳤다.

"돌아가시다뇨!"

마리우스는 외쳤다.

"그렇소, 그러나 그것은 아무 일도 아니오."

장 발장은 말했다. 그는 한숨을 짓고는 빙긋이 웃은 뒤 다시 말했다.

"코제트, 너는 나에게 이야기를 해 주었지. 계속하렴, 좀 더 이야기하렴. 네 귀여운 울새가 죽었다고? 자, 이야기해라, 내게 네 목소리를 들려주렴!"

마리우스는 굳어 버린 돌처럼 가만히 노인을 바라보았다. 코제트는 가슴이 미어져 소리를 질렀다.

"아버지, 저의 아버지! 살아 계셔야 해요. 오래 살아 계셔야 해요. 제겐 아버지가 살아 계셔야 해요, 아시겠어요? 오오, 내 아버지!"

장 발장은 몹시 사랑스러운 듯 그녀 쪽으로 머리를 들었다.

"아아, 그래. 나를 죽지 않게 지켜다오. 죽다니, 아니다. 너희들이 여기에 왔을 때 나는 죽어 가고 있었는데 너희들의 얼굴을 보니 죽지 않게 되었어. 어쩐지 다시 살아난 것 같았지."

"어른께 아직 힘과 생명이 넘치고 있습니다."

마리우스는 외쳤다.

"그런 정도로 사람이 죽는다고 생각하십니까? 괴로움이 너무나 많으셨습니다만, 이제 앞으로는 없을 겁니다. 용서를 구해야 할 사람은 접니다. 무릎을 꿇고 말입니다! 어른께서는 살아나실 수 있습니다. 저희들과 함께 오래도록 살아 계셔야 합니다. 저희들은 어른을 다시 모시러 왔습니다. 저희들 둘은 여기 있습니다. 앞으로 단 한 가지, 어른의 행복만을 생각하는 저희들이 여기 있습니다!"

"아시겠어요?"

코제트는 눈물에 젖어 말했다.

"아버지가 돌아가시지 않는다고 마리우스는 말하고 있어요."

장 발장은 계속 흐뭇한 미소를 지었다.

"당신이 나를 다시 맞아 주었다고 해서 내가 지금과 다른 인간이 될 수 있겠소, 퐁메르시 군? 아니오, 신께선 당신이나 내가 생각한 것과 똑같이 생각하셨소. 신께선 의견을 바꾸거나 하시지 않소. 내가 떠나는 것은 모두에게 도움이 되는 일이오. 죽음은 좋은 처방이오. 우리가 어떻게 해야 할 것인가는 우리보다 신께서 더 잘 알고 계시오. 당신들이 행복해지는 것, 퐁메르시가 코제트를 맞이하는 것, 청춘이 아침과 짝을 짓고, 당신들 주위에 라일락꽃이 피고, 꾀꼬리가 노래하는 것, 당신들 인생이 햇빛이 쏟아지는 아름다운 잔디와 같다는 것, 하늘의 온갖 환희가 당신들의 영혼을 가득히 채우는 것, 그리고 지금 아무 쓸모없었던 내가 죽어 가는 것, 이와 같은 일들은 모두 옳은 일임에 틀림없소. 아시겠소? 두 사람 다 잘 들으시오. 이제는 아무것도 할 수가 없소. 나는 모든 게 끝났다고 분명히 느끼고 있소. 한 시간 전쯤에 나는 정신을 잃었었소. 그리고 또 오늘 저녁에 나는 거기에 있는 물병의 물을 다 마셔 버렸소. 코제트, 네 남편은 더할 나위 없이 친절한 분이다! 너는 나하고 함께 있었던 때보다 훨씬 행복해."

문이 열리는 소리가 들렸다. 들어온 사람은 의사였다.

"어서 오시오. 하지만 곧 이별이오, 선생."

장 발장은 말했다.

"이 아이들이 내 자식들이오."

마리우스는 의사에게 다가갔다. 그는 한마디 "선생님……?"이라고 말했다. 그 말에는 모든 질문이 담겨 있었다. 마리우스는 절박했다. 의사는 의미심장하게 눈을 깜빡여 그 물음에 답했다.

"만사가 뜻대로 되지 않는다고 해서 신에 대해 부당한 마음을 가져서는 안 되오."

장 발장이 말했다.

침묵이 흘렀다. 모든 사람의 가슴은 짓눌려 있었다. 장 발장은 코제트쪽을 돌아보았다. 그는 그녀를 영원히 잃지 않으려는 듯 조용히 바라보기 시작했다. 그는 코제트를 지켜볼 때 여전히 황홀감에 잠길 수 있었다. 그녀의 다정한 얼굴빛이 그의 창백한 얼굴에 얼비추고 있었다. 짧은 순간, 무덤도 빛을 받아 눈이 부시는 때가 있다.

의사는 그의 맥을 짚었다.

"아, 이분에게 필요했던 것은 당신들이었습니다!"

의사는 코제트와 마리우스를 바라보면서 중얼거렸다.

그리고 마리우스의 귀밑으로 몸을 굽히고 낮은 목소리로 속삭였다.

"이미 늦었습니다."

장 발장은 좀처럼 코제트에게서 눈을 떼지 않은 채 밝은 얼굴로 마리우스와 의사를 보았다. 그의 입에서 다음과 같은 알아듣기 어려운 말이 새어 나왔다.

"죽는 것은 아무것도 아니야. 무서운 것은 진정으로 살지 못한 것이야."

갑자기 그는 일어섰다. 그처럼 갑자기 힘이 회복되는 것은 때때로 죽음이 다가선 고통의 표시다. 그는 확고한 걸음으로 벽 앞으로 걸어갔다. 부축하려는 마리우스와 의사의 손을 뿌리치고 벽에 걸려 있는 작은 구리 십자고상(十字苦像)을 벗겼다. 그리고 건강한 사람처럼 자유로운 동작으로 되돌아와서 자리에 앉았다. 십자고상을 테이블 위에 놓으면서 큰 소리로 말했다.

"이분이야말로 위대한 순교자야."

그 후 그의 가슴이 푹 꺼지더니, 머리는 죽음에 사로잡힌 것처럼 떨리고, 무릎에 놓인 두 손은 손톱으로 바지 천을 긁기 시작했다.

코제트는 그의 어깨를 붙들고 흐느껴 울면서 말을 걸려고 애썼지만 아무 말도 하지 못했다. 다만 눈물과 침으로 범벅이 되어 띄엄띄엄 하는 말속에서 다음과 같은 말을 들을 수 있었다.

"아버지, 우리를 버리지 말아 주세요. 겨우 다시 만나 뵈었는데, 이렇게 금방 헤어지다니 어떻게 그럴 수가 있어요?"

죽음의 고통은 시계추처럼 움직인다. 그것은 왔다가 물러가면서 무덤쪽으로 나가는가 하면 다시 생명 쪽으로 되돌아오기도 한다. 죽음을 향해 가는 것은 어둠 속을 손으로 더듬는 것과 비슷한 데가 있다.

장 발장은 그런 반 가사 상태 뒤에 다시 기력을 회복하여 어둠을 떨쳐 버리듯 머리를 흔들더니 거의 완전히 제정신으로 돌아왔다. 그리고 코제트의 소맷자락을 움켜쥐고 거기에 키스했다.

"좋아졌습니다. 선생님, 회복되었어요!"

마리우스가 외쳤다.

"당신들은 친절한 사람들이오."

장 발장은 말했다.

"무엇이 나를 괴롭혀 왔는지 그것을 당신들에게 알려 주고 싶소. 나를 괴롭힌 것은, 퐁메르시 군. 당신이 그 돈을 쓰려고 하지 않았던 일이오. 그 돈은 틀림없는 당신 아내의 것이오. 그 내막을 두 사람에게 설명하리다. 내가 당신들을 만나서 기뻐하는 것도, 첫째는 그 때문이오. 검은 구슬은 영국에서 오고, 흰 구슬은 노르웨이에서 오는데, 그런 건 모두 여기 있는 종이에 써 놓았으니까 나중에 읽도록 하시오. 팔찌에 용접한 고리 대신 그저 끼우기만 하면 되는 고리를 나는 생각해 냈소. 그렇게 하면 깨끗하게 만들어질 뿐 아니라 품질이 좋고 싸게 먹히지. 그러니 얼마나 돈이 벌리는 사업인지 알겠지요. 그런 내막이므로 코제트의 재산은 분명히 그 아이의 것이오. 나는 당신의 마음을 편하게 해 줄까 하여 이런 상세한 말을 하는 거요."

문지기의 마누라가 빠끔히 열린 문으로 안을 들여다보았다. 의사가 아래로 내려가라고 했다. 그러나 노파가 내려가면서 죽어 가는 사람에게 이렇게 말하는 것을 막을 수는 없었다.

"신부님을 부를까요?"

"신부님은 한 분 계시오."

장 발장은 대답했다.

그리고 그는 손가락으로 머리 위의 한곳을 가리키는 시늉을 했다. 마치 거기에서 누군가의 모습을 보고 있는 듯했다. 아마 미리엘 주교가 그의 임종을 지켜보고 있었을 것이다.

코제트는 가만히 그의 허리 밑에 베개를 괴어 주었다. 장 발장은 말을 계속했다.

"퐁메르시 군, 염려하지 마시오. 부탁하오. 그 60만 프랑은 분명히 코제트의 것이니까. 만약 당신이 그 돈을 쓰지 않는다면 내 인생은 무의미한 것이 되고 말 거요! 우리는 그 유리구슬을 만드는 데 성공했소. 베를린의 보석이라는 것과 경쟁했지. 독일의 검은 유리구슬에는 아무도 당하지 못하오. 아주 잘 만들어진 구슬을 1200개 넣은 1그로스가 단돈 3프랑밖에 들지 않으니까."

소중한 사람이 죽으려 할 때 사람들은 애원하는 듯한, 붙잡고 싶은 듯한 눈길로 그 사람을 지켜보는 법이다. 두 사람 다 너무나 불안해서 입을 꾹 다문 채, 죽음에 대해 무어라고 해야 할지조차 모르고 그저 절망하여 몸을 떨면서 그의 앞에 서 있었다. 코제트와 마리우스는 서로의 손을 의지한 채 그 시간을 견뎌 내고 있었다.

시시각각으로 장 발장은 쇠잔해 갔다. 그는 점점 가라앉아 갔다. 어두운 지평선으로 다가갔다. 호흡은 자주 끊기고 조그만 허덕임에도 숨이 막혔다. 팔을 움직이는 것조차 힘들어지고, 두 다리는 전혀 꼼짝도 하지 못했다. 그러나 팔다리의 비참함과 육체의 쇠약이 심해짐과 동시에 영혼의 장엄함은 높아져 점차 이마 위로 퍼져갔다. 미지 세계의 빛이 이미 그 눈동자 속에 나타나고 있었다.

얼굴은 차차 창백해지면서 동시에 웃음을 띠고 있었다. 이미 저기에는 생명이 없었고 다른 무언가가 깃들고 있었다. 호흡은 약해지고 눈동자는 커졌다. 그것은 날개를 느끼게 하는 하나의 주검이었다.

그는 코제트에게, 그리고 마리우스에게 가까이 오라고 눈짓을 했다. 분명히 마지막 순간이 온 것이었다. 그리고 그는 멀리서 들려오는 듯한, 또는 두 사람과 그 사이에 벽이 만들어진 것처럼 가녀린 목소리로 두 사람에게 이야기하기 시작했다.

"이리 오너라, 둘 다 가까이 오렴. 나는 너희들을 깊이 사랑한다. 아아! 이렇게 죽어 가는 것은 좋다! 코제트, 너도 나를 사랑해 주었구나. 네가 언제나 이 늙은이에게 애정을 가져 주었다. 내 허리 밑에 이 베개를 괴어 준 것은 참 고마운 마음씨야! 내가 죽는 걸 조금은 슬퍼해 주겠지. 하지만 너무 울면 못쓴다. 나는 정말 네가 슬퍼하기를 바라지 않는다. 너희들은 마음껏 즐거워해야 하니까 말이다.

말하는 것을 잊었구나, 그 잠그는 고리가 없는 팔찌는 다른 어떤 것보다도 벌이가 좋았단다. 1그로스에, 다시 말해 12다스에 실제로는 10프랑이지만 60프랑에 팔렸어. 좋은 장사였지. 그러니까 그 60만 프랑에 대해 놀랄 필요는 없단다. 퐁메르시 군, 그건 부끄럽지 않은 돈이야. 당신들은 아무 거리낌 없이 부자가 될 수 있어요. 마차를 사고, 이따금 연극의 특별 좌석을 사고, 무도회의 아름다운 의상도 지어야 해, 코제트. 그리고 친구들에게 좋은 음식을 대접하고, 마음껏 행복하게 살아야 한다.

나는 바로 조금 전에 코제트에게 편지를 썼다. 나중에 찾아보아라. 벽난로 위에 있는 두 개의 촛대를 코제트, 너에게 물려주겠다. 은으로 만든 것이지만 내게는 금으로 만든 것과 같고, 다이아몬드로 만든 것과 같다. 초를 꽂으면 그것은 성당의 큰 촛불로 변하게 하는 힘이 있다. 내게 그것을 주신 분이 지금 하늘에서 나를 보고 만족해하시는지 어떤지는 모르겠다. 다만 나는 나로서 할 수 있는 데까지 일을 해 왔다.

너희들, 너희들은 내가 가난한 사람이라는 것을 잊어버리지 말아다오. 어디라도 좋으니까 장소를 표시할 만한 돌 밑에다 나를 묻어 주렴. 이건 내 뜻이다. 돌에는 이름을 새기지도 말도록 해라. 만약 코제트가 이따금이라도 와 주기만 한다면 난 그것만으로도 기쁘겠다. 당신도 와 주오, 퐁메르시 군. 내가 늘 당신을 사랑했던 것만은 아니었다고 고백해야겠소. 제발 그 점을 용서해 주시오.

그러나 지금은 이 아이와 당신, 두 사람이 내게는 한 사람이오. 나는 당신에게 깊이 감사하고 있소. 당신이 코제트를 행복하게 해 주리라는 것을 나는 알고 있소. 아시겠소, 퐁메르시 군. 아 아이의 아름다운 장밋빛 뺨은 내 기쁨이었소. 조금이라도 안색이 나쁘면 나는 슬퍼지곤 했소. 벽장 속에 500프랑짜리 지폐가 한 장 있을 거요. 나는 그것을 쓰지 않고 두었소. 그것은 가난한 사람들을 위한 것이오.

코제트, 거기 그 침대 위에 네 조그마한 드레스가 있지? 그걸 기억하겠니? 그로부터 겨우 10년밖에 안 됐다. 세월이 흐르는 건 참 빠르구나. 우리는 참으로 행복했다. 그러나 이미 끝난 일이다. 자, 둘 다 울지 마라, 나는 그렇게 멀리 가는 게 아니니까. 거기서 너희들을 보고 있겠다. 밤이 되거든 하늘을 올려다보렴, 틀림없이 내가 빙긋이 웃는 것이 보일 테니까.

코제트, 너는 몽페르메유에서 있던 일을 기억하느냐? 너는 숲 속에서 무척 무서워했지. 생각나니? 내가 물통 손잡이를 들어 주던 일 말이다. 내가 네 조그마한 손을 만진 것은 그때가 처음이었다. 그 손은 말할 수 없이 차가웠지! 아아, 아가씨, 당신의 손은 그때 새빨갰는데, 지금은 정말 뽀얗군요. 그리고 커다란 인형! 기억나니? 너는 그 인형에게 카트린이라고 이름을 지어 주었지. 그것을 수도원에 가져가지 않은 것을 네가 얼마나 분해했는지!

너는 또 얼마나 나를 웃게 해 주었는지 모른다. 내 다정한 천사! 비가 갰을 때, 너는 냇물에 지푸라기를 띄우고 그것이 흘러가는 것을 보고 있었다. 언젠가 나는 너에게 버드나무 가지로 만든 라켓하고 깃털이 달린 공을 사 준 일이 있었어. 이젠 잊었겠지, 너는. 너는 어렸을 때 무척 장난꾸러기였어. 매일 다쳤지, 제 귀에 버찌를 집어넣기도 했어.

그러나 이젠 다 지나간 일이다. 아이를 데리고 지나간 숲, 산책을 하던 숲, 몸을 숨겼던 수도원, 여러 가지 장난과 동심으로 돌아갔던 웃음, 그것들도 지금은 어두운 그림자가 되어 있다. 나는 그것들이 모두 내 것인 줄 알았구나. 그것이 내가 어리석은 점이었다. 저 테나르디에 집안은 모두 나쁜 사람들이었다. 그러나 그들을 용서해 주어야 한다.

코제트, 이제야 겨우 너에게 네 어머니의 이름을 일러 줄 때가 왔구나. 네 어머니는 팡틴이라고 했다. 그 이름을 단단히 외워 두어라, 팡틴이란다. 그 이름을 부를 때마다 무릎을 꿇어라. 너의 어머니는 무척 고생했단다. 너를 무척 사랑했지. 지금 네가 행복한 가운데서 가지고 있는 모든 것을 네 어머니는 불행 속에서 가지고 있었다. 그것이 하느님의 섭리라는 거다. 하느님께선 높은 곳에서 우리를 모두 보고 계신다. 그리고 커다란 별들 사이에서 자신이 하시는 일을 알고 계신다.

자, 너희들, 나는 이제 가련다. 언제까지나 서로 깊이 사랑해라. 서로 사랑한다는 것, 이 세상에 그 외의 것은 별로 중요하지 않단다. 너희들은 여기서 죽은 불쌍한 노인도 가끔은 생각해다오. 아아, 코제트! 요즈음 쭉 너를 만나지 못했지만, 그건 내가 나빠서가 아니야. 그 때문에 나는 가슴이 터질 것처럼 슬펐단다. 나는 네가 사는 거리 모퉁이까지 곧잘 가곤 했단다. 내가 지나다니는 것을 본 사람들은 매우 이상하게 생각했을 거다. 나는 미친 사람 같았다. 한 번은 모자도 쓰지 않고 밖에 나간 일도 있었어.

내 자식들아, 이제 눈이 잘 보이지 않는구나. 아직도 할 말이 더 있는데, 그러나 그것도 이젠 상관없다. 다만 가끔 나를 생각해다오. 너희들은 축복받은 사람들이다. 아아, 나는 어떻게 될까, 나도 모르겠다. 다만 빛이 보이는구나. 좀 더 가까이 오너라. 나는 행복하게 죽어 간다. 너희들의 사랑스러운 머리를 이리로 내밀어 주렴, 내 손을 그 위에 얹게 해다오."

코제트와 마리우스는 망연자실하여 눈물에 젖은 채 저마다 장 발장의 손에 매달리면서 쓰러질 듯이 무릎을 꿇었다.

그 엄숙한 손은 이미 움직이지 않았다. 그는 반듯이 쓰러졌고, 두 촛대의 희미한 빛이 그 모습을 비추고 있었다. 그 흰 얼굴은 하늘을 올려다보고 있었다. 그의 두 손은 코제트와 마리우스의 키스로 덮였다. 그는 죽어 있었다.

밤하늘은 별도 없고 한없이 어두웠다. 아마도 그 어두운 암흑 속에는 어떤 거대한 천사가 두 날개를 펴고 흠 없는 한 영혼을 기다리며 서 있었을 것이다.

장식 없는 돌

묘석이 도시처럼 늘어선 지역에서 멀리 떨어진 곳 쓸쓸한 구석이 있다. 공동묘지 가까운 그곳에서 페르 라셰즈 묘지를 찾을 수 있다. 낡은 담벼락을 따라 갯보리와 이끼에 섞여 메꽃덩굴이 흔들린다. 늘 푸른 바늘잎나무 한 그루 아래 돌이 하나 있다. 오랜 세월의 산화 작용을 겪었고 곰팡이와 이끼와 새똥이 함께 머문다. 물은 그 돌을 푸르게 만들었고, 공기는 검은 빛을 만들어 냈다. 그곳은 어느 오솔길과도 가깝지 않다. 주위에는 온통 풀이 높이 우거져 있다. 아무도 거기까지 들어가 보려 하지 않는 곳, 엷은 햇빛이 비칠 때 도마뱀이 찾아든다. 주위에 가득한 야생 귀리가 바람에 흔들린다. 멧새가 봄을 노래한다.

아무런 장식도 없는 돌. 다만 사람 하나를 덮을 만한 길이와 폭을 가졌을 뿐.

이름도 적혀 있지 않다.

다만 수년 전에, 누군가가 4행 시구를 연필로 적어 두었다. 그나마 비와 먼지가 다녀가고 나면 지금쯤 지워져 흔적조차 없어졌을 것이다.

그는 잠들었네. 운명은 그에게 가혹했어도,

그는 살았네. 천사를 잃어버리자 그는 죽었네.

올 일은 결국 찾아온다네.

낮이 가면 밤이 오듯이.

비천한 전과자 장 발장을 통해
인간과 삶, 세상을 통찰한 걸작

19세기 프랑스의 대문호 빅토르 위고의 대표작을 꼽으라면 단연《레 미제라블》이다. 이 작품은 역사, 사회, 철학, 종교, 인간사의 모든 것을 축 적한 세기의 걸작으로 "한 저주받은 비천한 인간이 어떻게 성인이 되고, 어떻게 예수가 되고, 어떻게 하느님이 되는"지 그려 냈다. 빅토르 위고 가 35년 동안 마음속에 품은 이이야기를 십칠 년에 걸쳐 완성한 이 작품 은 워털루 전쟁, 왕정복고, 폭동이라는 19세기 격변을 다룬 역사 소설이 자 당시 사람들의 애환을 그린 민중 소설이다. 사상가이자 시인 빅토르 위고의 철학과 서정이 담겨 그 자체로 "하나의 거대한 세계"나 다름없는 독보적인 걸작이다.

《레 미제라블》은 역사상 가장 유명한 소설 가운데 하나다. 하지만 이 작품을 '완독'한 사람은 의외로 많지 않을 것이다. 축약하거나 각색하 지 않은 '무삭제판'《레 미제라블》을 처음 접한 사람은 두 번 놀라게 된 다. 방대한 분량에 놀라고, 그 유명한 줄거리가 빙산의 일각에 불과하다 는 사실에 또 한 번 놀란다. 장 발장에 대한 이야기는 이 소설에서 3분의 1가량 내용에 불과하며, 나머지 3분의 2에는 19세기 초의 프랑스 사회 와 풍습, 그리고 다양한 문제에 관한 저자의 견해가 서술되어 있기 때문 이다. 이 세트는《레 미제라블》의 전 구성으로 무삭제판《레 미제라블》 을 완독할 수 있다.

《레 미제라블》의 반향

《레 미제라블》은 총 5부로 구성된다. 제1부는 브뤼셀에서 1862년 3월 3일에 출판되었고, 나흘 후인 4월 3일에 파리에서도 출판되었다. 제2부와 제3부는 같은 해인 5월 15일에 브뤼셀과 파리에서 동시 출간되었다. 빅토르 위고는 이 작품을 1945년에 쓰기 시작했다는 점을 감안하면 출판되기까지 17년이 걸린 셈이다.

《레 미제라블》은 출판되자마자 폭발적인 반향을 일으켰다. 프랑스에서 성경 다음에 많이 읽혔다는 말이 전해질 정도로 18~19세기에 베스트셀러와 스테디셀러 자리를 거머쥐었다. 오늘날까지 《레 미제라블》은 뮤지컬과 영화, 어린이들을 위한 애니메이션까지 장르 구분 없이 활약하고 있다.

새로운 장르와 모습으로 탄생하는 《레 미제라블》

화제가 되고 있는 뮤지컬 영화 《레 미제라블》이 전 세계 최초로 한국에서 개봉한다. 영화 홍보차 오는 주인공 역을 맡은 배우가 내한하기도 했다. 개봉 영화 〈레 미제라블〉은 뮤지컬 영화 사상 최초로 촬영 현장에서 라이브 녹음을 시도해 생생한 현장감을 전한다고 한다. 지금까지의 뮤지컬 영화는 미리 스튜디오에서 녹음한 뒤 촬영 현장에서 립싱크를 하는 방식으로 진행되었다. 그런데 이런 뮤지컬 영화가 현장에서 실시간으로 배우들의 노래를 녹음해서 제작된 것은 이번이 최초다.

〈레 미제라블〉에 참여한 모든 배우들은 매 장면마다 세트 바깥에 있는 피아니스트의 반주에 맞춰 실시간으로 노래를 불렀다고 한다. 이에 대해 영화의 주연 휴 잭맨은 "피아니스트가 배우를 직접 보면서 연주를 하기 때문에 박자에 신경 쓸 필요 없이 연기에만 몰입할 수 있었다."라고 실시간으로 녹음한 소감을 밝혔다.

이 책은 한국 최초, 최초의 라이브 녹음 뮤지컬 영화 〈레 미제라블〉을 새롭고 알찬 구성의 원작으로 만날 수 있는 기회를 제공한다. 전 권이 한글과 영문판 세트로 구성되어 있어 총 10권이다. 표지 디자인은 탄성을 자아내게 할 만큼 강렬하다. 10권 모두에 《레 미제라블》의 상징이라고 할 수 있는 에밀 비야르의 작품 '코제트'를 활용했다. 이 《레 미제라블》 세트는 알찬 내용과 더불어 세련된 디자인으로 다시 한 번 독자들의 마음을 사로잡을 것이다.

《레 미제라블》의 장 발장이 전하는 교훈

《레 미제라블》은 빅토르 위고가 35년 동안 마음속에 품어 왔던 작품이라고 알려져 있다. 35년간 작가는 생활이 변했고, 사상이 진전했으며, 1830년 7월 혁명과 1848년 2월 혁명을 겪었다. 이를 통해 사상과 예술성이 달라져서 이 작품은 더욱 복잡한 세계를 담을 수 있었다.

《레 미제라블》이라는 위대한 걸작을 읽은 사람은 누구나 이야기 속에 빠져든다. 이 작품은 감동과 웅장한 교훈을 준다. 이는 작품의 주인공인 장 발장의 행보가 드라마틱하게 전개되는 서사의 힘 덕분이다.

장 발장은 빵 한 조각을 훔친 죄로 총 19년간 감옥에서 복역하고 나온다. 그러고도 하룻밤 잠자리를 마련해 준 미리엘 주교의 집에서 은 촛대를 훔쳐 달아난다. 그런데 장 발장이 헌병에게 체포되었을 때 미리엘 주교는 은 촛대는 자신이 준 것이라고 말해 장 발장을 구한다. 덕분에 체포를 면한 장 발장은 비로소 사랑에 눈뜨고 마들렌이라는 새 이름으로 살면서 시장까지 되어 사람들의 존경을 받으며 새 삶을 살게 된다.

그러나 주교의 집에서 은 촛대를 훔쳤을 당시 장 발장을 체포했던 경감은 끈질기게 그를 의심한다. 때마침 한 사나이가 장 발장으로 오인되어 체포되자 장 발장은 자수해 사나이를 구하고 감옥에 간다. 곧 탈옥한 장 발장은 지난날 자신이 도와주었던 여공을 찾아간다. 그녀는 죽기 직전에 자신의 딸 코제트를 장 발장에게 부탁한다. 장 발장은 다시 체포되었으나 곧바로 탈옥해 코제트를 데리고 파리로 도망친다. 그곳에서 장 발장은 열심히 일해 다시 성공한다. 그리고 코제트는 마리우스와 사랑에 빠져 결혼한다. 장 발장은 코제트 부부가 지켜보는 가운데 숨을 거둔다.

　간략한 줄거리인 듯 보이지만, 이 안에 빅토르 위고는 혼돈 세계를 형상화해 냈다. 역사, 철학, 종교를 고찰했다. 워털루 싸움, 왕정복고, 1832년 6월 폭동, 수도원 생활, 파리의 부랑배 등과 같은 역사 소설인 듯하나 풍속성과 서정성도 갖췄다. 민중이 평안하기를 바라는 인도주의적인 시각, 사상가의 관념, 자기 희생, 속죄, 완성되어 가는 성자의 이야기는 당대의 사회와 시대적 배경과 점철되어 인간과 삶, 거대한 세상을 통찰하게 한다.

1802년 2월 26일 빅토르 마리 위고 브장송에서 대위 조제프 레오폴 시기베르 위고와 트레뷔셰의 셋째 아들로 태어난다.

1816년(14세) 이공과 대학 수험을 준비한다. 7월 10일, 시첩에 '샤토브리앙이 되는 것이 아니라면 아무것도 쓰고 싶지 않다.' 첫 작품 비극《이르타멘느》를 쓴다.

1819년(17세) 《르 콩세르바퇴르 리테레르》 창간한다. 2월, 툴루즈 아카데미 프랑세즈 문학경시대회에서 수상한다. 이해 봄, 아델 푸세에게 사랑을 고백한다. 12월에는 형제들과 함께 〈문학수호자〉지를 창간한다.

1820년(18세) 3월, 〈베리 공작의 죽음에 대한 오드〉로 루이 18세로부터 하사금을 받는다. 중편소설《뷔르 자르갈》을 〈문학 수호자〉지에 게재한다.

1821년(19세) 어머니가 사망한다. 아델 푸세와 약혼한다.

1822년(20세) 시집《오드(Les Odes)》를 간행한다. 아델 푸세와 결혼한다.

1823년(21세)　소설 《아이슬란드의 한》을 간행한다. 〈라 뮤즈 프랑세즈〉 지를 창간해 1년간 유지한다. 7월에 첫아들 레오폴이 태어나지만 10월 에 죽는다.

1827년(25세)　위고를 중심으로 한 젊은 시인들의 모임 '세나클'을 발족 한다. 희곡 《크롬웰 서문(Preface de Cromwell)》(낭만주의의 선언서)을 발 표한다.

1828년(26세)　아버지 위고 장군이 사망한다.

1829년(27세)　《동방 시집》, 소설 《어느 사형수의 마지막 날》, 정부가 희 곡 《마리오 들로롬》의 상연을 금지한다.

1830년(28세)　《에르나니(Hernani)》가 첫 상연된다. 이는 고전파와 낭만 파의 싸움을 야기해 '에르나니 싸움'이 일어난다.

1831년(29세)~1842년(40세)　시 《가을의 나뭇잎》 소설 《파리의 노트르 담》을 간행하고, 희곡 《마리옹 들로롬》을 상연한다. 이후 희곡 《왕은 즐 긴다》 《뤼크레스 보르지아》 《마리 튀도르》가 상연된다. 1834년 32세 때 《문학과 철학 잡론집》과 소설 《클로드 괴》를 간행한 후 1840년 39세 때 까지 시 《황혼의 노래》, 희곡 《앙젤로》, 시 《내면의 목소리》, 희곡 《뤼이 블라스》 상연과 《견문록》 집필, 시 《빛과 그림자》 등의 작품을 꾸준히 간행하고 상연한다. 1842년 40세에는 기행문인 《라인 강》을 간행한다.

1843년(41세)　희곡 《레 뷔르그라브》가 실패한다. 장녀 레오폴딘이 자신 의 남편과 함께 센 강에서 익사한다. 모든 집필을 중단한다.

1845년(43세)　정계에 진출해서 상원의원에 임명된다. 훗날《레 미제라블》이 되는《레 미제르》집필이 시작된다.

1849년(47세)　민주주의자가 되어 입헌의회 의원에 이어 입법의회 의원에 당선된다.

1852년(50세)~1859년(57세)　1852년 50세에 브뤼셀에서《소인 나폴레옹》을 간행한다. 영국해협 저지 섬으로 이주한다.《징벌 시집》《관조 시집》, 서사시《세기의 전설》을 1859년까지 간행한다.

1862년(60세)　《레 미제라블》을 간행한다.

1863년(61세)　6월, 위고의 아내와 오귀스트 바크리가 쓴《그의 생애 목격자가 말하는 빅토르 위고(2권)》를 간행한다.

1864년(62세)　셰익스피어 탄생 300주년을 맞아 기념 에세이《윌리엄 셰익스피어》를 간행한다.

1865년(63세)　10월에 아들 샤를르는 알리스 르아느와 결혼한다. 같은 달에 시《거리와 숲의 노래》를 간행한다.

1866년(64세)　소설《바다의 일꾼들》이 간행되고, 크게 성공한다.

1869년(67세)　소설《웃는 남자》를 간행한다. 9월에 로잔느에서 평화회의 총재가 된다.

1870년(68세)   제정이 전복되어 파리로 귀환한다. 19년간의 망명생활을 끝낸다.

1871년(69세)   파리에서 국회의원에 당선되었으나 곧 사직한다.

1872년(70세)   4월에 시집《두시운 해》를 간행한다.

1874년(72세)   2월, 소설《93년(3권)》을 간행한다. 4월에 위 고 가족은 클리시 거리 21번지로 옮긴다. 자택에서 살롱을 연다.《내 아들들》을 출간한다.

1876년(74세)   파리에서 상원의원에 선출된다. 7월,《행동과 말(제3권)》을 간행한다.

1877년(75세) 《세기의 전설》(제2집 및 제3집), 시《할아버지 노릇하는 법》과《어떤 범죄의 이야기》제1부를 간행한다.

1878년(76세) 《어떤 범죄의 이야기》제2부와 시《교황》을 간행한다.

1880년(78세)   시《종교들과 종교》와《나귀》를 간행한다.

1881년(79세)   시《정신의 사방위》를 간행한다.

1883년(81세) 《제세기의 전설》증보판을 간행한다.

1885년(83세)   폐 출혈로 사망한다. 국장으로 팡테옹에 매장된다.

옮긴이 베스트트랜스

세계 여러 곳에 숨겨진 작품을 발굴·기획하고 번역하는 사람들의 모임이다. 베스트트랜스는 기존의 번역가가 번역한 작품을 편집자가 편집하는 방식에서 탈피하여 번역가와 편집자가 한 팀을 이뤄 양질의 책을 만드는 데 온 힘을 쏟고 있다. 번역한 책으로는 더클래식 세계문학컬렉션 《노인과 바다》《동물 농장》《어린 왕자》《사람은 무엇으로 사는가》《이방인》《그리스인 조르바》《도리언 그레이의 초상》《벨 아미》《안나 카레니나》등이 있다.

레 미제라블 5

개정 1쇄 펴낸 날 2020년 12월 1일
개정 2쇄 펴낸 날 2021년 1월 30일

지 은 이 빅토르 위고
옮 긴 이 베스트트랜스
펴 낸 이 장영재
펴 낸 곳 (주)미르북컴퍼니
자 회 사 더클래식
전   화 02)3141-4421
팩   스 02)3141-4428
등   록 2012년 3월 16일(제313-2012-81호)
주   소 서울시 마포구 성미산로32길 12, 2층 (우 03983)
E-mail sanhonjinju@naver.com
카   페 cafe.naver.com/mirbookcompany

* (주)미르북컴퍼니는 독자 여러분의 의견에 항상 귀 기울이고 있습니다.
* 파본은 책을 구입하신 서점에서 교환해 드립니다.
* 책값은 뒤표지에 있습니다.

더클래식

세계문학
컬렉션

* 더클래식 세계문학 컬렉션은 계속 출간될 예정입니다.